U0572427

司马懿吃三国

天命攸归

公元234–251年

李浩白 著

辽宁人民出版社

图书在版编目（CIP）数据

司马懿吃三国 . 天命攸归 : 公元 234-251 年 / 李浩白著 . —沈阳：辽宁人民出版社，2021.9
ISBN 978-7-205-10242-5

Ⅰ . ①司⋯ Ⅱ . ①李⋯ Ⅲ . ①长篇小说—中国—当代 Ⅳ . ① I247.5

中国版本图书馆 CIP 数据核字（2021）第 139100 号

出版发行：辽宁人民出版社
地址：沈阳市和平区十一纬路 25 号　邮编：110003
电话：024-23284321（邮　购）　024-23284324（发行部）
传真：024-23284191（发行部）　024-23284304（办公室）
http://www.lnpph.com.cn
印　　刷：天津中印联印务有限公司
幅面尺寸：170mm × 240mm
印　　张：22.5
字　　数：355 千字
出版时间：2021 年 9 月第 1 版
印刷时间：2021 年 9 月第 1 次印刷
责任编辑：赵维宁　贾　勇
封面设计：乐　翁
版式设计：新视点
责任校对：刘再升
书　　号：ISBN 978-7-205-10242-5

定　　价：59.80 元

目 录

第 4 章　智除异己，司马懿三做托孤辅政之臣

第 5 章　司马兄弟招兵买马

第 6 章　曹爽威信骤减，司马懿欲清内患

第 7 章　欲擒故纵，司马懿告老还乡

第 8 章　曹爽恶事做尽，司马懿待时而发

第 9 章　灭曹爽，司马懿独揽大权

第 10 章　司马懿最后一击，三国尽无敌手

第1章
大破火攻计，攻诸葛之心

诸葛亮的礼物

夕阳已然落去，垂垂夜幕笼罩着魏军大营，中军帐内依然灯火通明。一只朱漆大盒静静地呈放于帅案之上，诸将围坐帐中，指指点点，窃窃私语。蜀将邓芝泰然立于一旁，嘴角露出一丝不易察觉的微笑。良久，司马懿轻咳一声，微微颔首，示意亲兵上前开启。

那只朱漆大盒慢慢打开了，跃入司马懿眼中的是一顶乌亮的，由细长马尾编织而成的贵妇人“剪氂帼”。放在这顶“剪氂帼”底下的，是一件绯红色的织锦女衫。

刹那间，中军帐内一片寂然——司马师、司马昭、胡遵、牛金、黄华、魏平等诸将面面相觑，不知诸葛亮此刻莫名其妙地赠送司马懿这一套巾帼服饰究竟是何用意。

“司马大将军，这漆盒里还有一封诸葛丞相写给您的信。”邓芝不卑不亢地开口道，“不过，不知您有没有这份胆量敢将这信公开念出来给大家听一听呢？”

“这有何不敢？”

既是诸葛亮写来的信札，为避嫌疑，司马懿也会当众公开朗诵的。他面如止水，慢慢伸手从那大盒里拈起一封帛书来，徐徐拆开念道：

司马君亲启：

天下汹汹纷扰三十余年，皆因四方多战而未能定乾坤也。亮此番东来，本欲为民解困、为汉中兴，以一战而安天下！而仲达既为对垒之大将，统领中原士众，不思披坚执锐与亮一决雌雄，反而甘愿窟守土巢，一味龟缩而谨避刀矢以自保，却与庸妇又有何异？亮心甚为失望，特遣使者送巾帼绯衣而至。倘若仲达又不出战，无须多言，且请披而受之，以显名实之无谬；倘若仲达耻心未泯，尚有一丝男子胸襟，且请速速批文而依期赴战！

诸葛亮谨呈

帐下诸将一听，一个个“啊呀呀”失声大叫起来：“诸葛村夫好生大胆！竟拿这等妇人之物来羞辱我家大将军！是可忍，孰不可忍！”吵嚷之间，司马师已是一个箭步蹿上，一刀便架在了邓芝的后颈窝上！

“住手！”司马懿满脸铁青一声暴喝，顿时盖住了帐中的喧喧闹闹。

那白刃加颈的邓芝却似毫无惧色，只是冷笑着看向帐内诸人，一言不发。

司马懿慢慢托起那顶“剪毫帼”，拿在手中翻来覆去看了半晌，淡淡地说道：“好东西！这马尾色泽不错，手工编艺也甚是精细。好一份‘巾帼之礼’！本帅就欣然收下了！”

“大将军！不能啊！”胡遵、黄华、魏平等大声呼道。

司马懿右手一举，止住了他们，然后向司马师把眼一瞪：“子元！收起你的刀来——快请邓大人落座！”

司马师紧咬钢牙，悻悻然收刀回鞘，退到了帐角下埋头直生闷气。

司马懿却是满脸堆笑，迎着邓芝双手一拱，道：“邓大人，你家丞相此番赠予本帅‘巾帼之礼’，本帅实在是不觉其辱但见其荣。”

邓芝嘴角一撇，冷冷笑道：“邓某真没想到您司马大将军堂堂八尺须眉男儿，居然乐于以巾帼女子自居！这倒是好生奇怪的志趣啊！”

他这话一出，帐中诸位魏将都似被抽了重重一记无形的耳光，脸色俱是一片绛红。

司马懿丝毫不为所激，慢慢捋着胸前苍髯，柔声道："邓君你有所不知——兵诀有云，'用兵布阵，须当动若脱兔而静如处子'。本帅严阵以待，坐等可乘之机，自立于不败之地，而不为你家丞相多方相扰，本就是上上之策，何须你再来刺激？所以，在本帅看来，你家丞相送我这一盒巾帼绯衣，哪里是在骂本帅？分明正是在夸赞本帅之用兵行阵实乃'静如处子'也！你说，本帅今日遇此，何怒之有？又何辱之有？"

邓芝一听，心下暗惊，这老贼脸皮厚若城墙，刀枪不入，水火不侵，当真是厉害得紧！他念头稍定，仍是暗含挖苦地讥笑道："听司马大将军您这般讲来，您这人确是与常人大异情趣啊！常人之辱，而君视之为荣；常人之耻，而君视之为誉！邓某差不多快要认为司马大将军您得了什么'失心疯'了……"

司马懿哈哈一笑，一摆手，让帐中诸将齐齐退了下去。

偌大的中军帐内，就只剩下了司马懿父子三人和邓芝。在一片静谧之中，司马懿悠悠地说道："黔驴技穷，辱人不成而自取其辱——孔明他闷在那高高的五丈原上一定很难受吧？"

邓芝听了，冷声而笑："司马大将军自己闷在营里以巾帼女子自居而不惭不愧，只怕心里也好受不到哪里去吧？"

"邓大人好一张'铁嘴'，厉害！厉害！"司马懿纵声大笑，"师儿，去外面取一坛'百花香'美酒来！为父要好好敬迎邓大人几杯！"

"父帅！这……"司马师余怒未息，犹豫着不肯答应。

"父帅——就让孩儿去取吧！"司马昭一见，急忙在旁讲道。

"不用！"司马懿一抬手喝住了司马昭，同时凛然逼视着司马师，语气变得冷森森的，"快去取酒！为父的话你没听清吗？"

司马师无奈，只得狠狠一跺脚，出了营帐，从外面抱了一个大酒坛进来。

邓芝冷眼看着司马懿为自己亲自斟满了一杯酒递来，心里暗想：这司马懿当真是迥异常人的一代枭雄！今天他遭到了丞相大人和自己的这般羞辱，居然能心平气和，不怒不躁，还和自己酌酒对饮起来，这一份忍功忒也了得！一念至此，他不禁对司马懿生出了深深的钦佩之心，便把自己脸上的冷傲之色渐渐收敛起来。

司马懿向他一连敬了三杯，笑吟吟地说道：“邓大人你有所不知啊，其实本帅与你家丞相在前朝建安十三年之时就相识了！若要论起相貌之清秀俊逸、气质之彬然高华、风姿之轻灵潇洒，你家丞相才是一等一的才子佳人！他才是‘男生女貌’的卓异之士——这一套巾帼绯衣，穿在他身上才是风采照人，妙态横生啊！

“呵呵呵……想不到在这两军对垒阵前，他还有这份闲情逸致用这些巾帼衣饰来逗一逗本帅开心。唉！本帅可比不得他，每日里宵衣旰食累得要死！这不，你瞧本帅的黑眼圈都重了许多吧？昨夜本帅还熬到了二更末刻呢……”

邓芝一时好胜心起，随口便道：“我家丞相也如周公再世一般夙兴夜寐，坐以待旦，励精图治，躬亲庶务，连对营中士卒行使二十军棍的处罚都要亲自过问，做到赏而无滥，罚而无憾，公正之极！”

司马懿听罢，微微颔首，眯着双眼而笑：“好！好！好！‘不泄迩、不忘远’，事事得中、处处得宜——孔明果有周公之风！却不知他每日食量如何？反正本帅一天到晚累得要命，平日里最多也就只吃三四碗麦饭……”

邓芝面色一灰，黯然而道：“是啊！我家丞相日理万机，亦是饭量不足——每餐只喝两三碗绿豆粥便罢了……”

“两三碗绿豆粥？哈哈哈……真想不到孔明他的玄门修为已经达到了当年谋圣张良那般‘辟谷食气’的境界！了不起！了不起！”司马懿目光一闪，抚须笑道，“其实，他每日应该还可以多喝几杯菊花茶或荷叶茶，这些都是能够为他清心败火的……当然，他饭量这么少，还可以吃一些山楂、枸杞，给自己健脾开胃嘛……”

邓芝听到后来，额上冷汗直冒——司马懿竟能一眼瞧破丞相大人病情，当真了得。

司马懿继续深深说道：“邓大人，您返回蜀营之后，一定要替本帅将这句话亲口带给孔明老友——人之立身建业，全然以心泰体健为基；孔明老友您食少而事繁、体弱而任重，焉能持久乎？一切还望自爱自重！”

邓芝一听，心头一阵剧震，喉头一紧，竟是答不上话来。

司马懿面含微笑，用双筷给邓芝的碗中又夹了一块鹿肉，若有心又似无意地言道："邓大人且先吃好啊……本帅听闻你家丞相帐下长史杨仪与征北将军魏延一向关系不和，势难两立。本帅以为，你家丞相若在，应该自能镇之以静；倘若一朝你家丞相有所不测，此二人必会因隙生乱，届时尔等将何以善后耶？你们切莫等闲视之也！"

邓芝听罢，暗自吃惊——这老贼的耳目居然这等灵通？连杨仪、魏延二人交恶之事竟也被他探知到了？他急忙肃然正色答道："司马大将军此言何其乖谬也？挑人之乱而为己利，岂是仁人君子之所为也？我汉营上下尽人皆知——杨长史、魏将军之不协，纯系起于公心，而毫无争权夺利之私念。即便我家丞相不在，他俩亦必能摒弃前嫌、联手并肩、共赴国难而无他意！"

司马懿一声长笑："邓大人何必如此虚加掩饰？此事内情究竟如何，你我心知肚明，又何必一争口舌之长短耶？本帅这么说，也是希望你益州上下和睦一心而不生异变罢了。毕竟孔明乃是本帅之故交，本帅不得不聊尽旧友规箴提醒之责耳。"

说完，他大手一挥，又道："今日孔明送了本帅一盒'巾帼之礼'，正所谓'来而不往非礼也'——本帅也要还他一份厚礼。昭儿，你且将本帅昨日去南原荒林中亲手射猎而获的那头野猪让厨师细细切了做成脍肉，稍后交给邓大人带将回去，请诸葛丞相好好享用！"

"'食少而事繁、体弱而任重，焉能持久？'司马懿这句话说得好啊！"诸葛亮静静地凝视着食盒中的那一片片鲜红的野猪脍肉，喃喃地说着。他怎么能没有听出司马懿这话中的"弦外之音"呢？他身后的这个蜀国，不也正是像司马懿所描绘的这样——"食少而事繁，体弱而任重"吗？这一次北伐如果不能成功，那么它的反噬之力就会翻转过来压垮整个蜀国的！

一丝苦笑从他唇边徐徐掠过："想不到这么多年过去了，司马仲达他还是这么了解本相啊！"

"丞相！依属下之见，司马懿这人居心叵测——他所送的这些野猪肉可能会含有剧毒。"杨仪在一旁开口进言道，"请容属下喊来军医剖开它们细细检查一下……"

诸葛亮目光一转，盯着杨仪道："杨长史，你总是这么喜欢用最大的恶意去臆测别人的动机吗？司马懿为人固然阴深狡诈，但恐怕这时还不屑于以此等下毒暗算的卑劣手段来自损声名吧？刘诺，你且拿下去让厨师用调料抹了，好好炖煮一锅出来，本相今天要尝一尝荤、开一开胃……”

杨仪被诸葛亮这么一训，脸上便有些发讪。魏延在边上瞧着他的狼狈样儿，就“哧”的一声笑了出来。杨仪听得分明，侧头恨恨地瞪了他一眼。两个人目光一碰，都撞得火花四溅。

诸葛亮慢慢坐回了软垫榻席之上，心底暗想，司马懿此番送来野猪肉，分明是在向本相示威啊！他表明了他自己体气康健，老而未衰，在繁忙公务之余尚能跃马持弓射猎杀豕，岂是我诸葛亮这一副心亢脾虚的病躯所能相耗得起的？

“本相想好好地休憩一下了。”诸葛亮双目微闭，低低地开口了，“伯约，你且留下。”

杨仪、魏延、邓芝、王平、马岱、高翔等应声纷纷退了出去。

营帐里一片沉静，静得让姜维有些莫名的惊恐。

“伯约……”诸葛亮睁开眼直视着他，缓声问道，“你认为司马懿为什么有底气敢在这八百里关中平原与我大汉天军一直对峙下去呢？”

“司马老贼所凭恃而与我大汉天军相抗者，便是看准了我军粮草供应不能长期维持下去的缺陷。”姜维沉吟着答道，“他就是想和咱们再打一场旷日持久的消耗战，像上一次北伐那样迫使咱们缺粮而退……”

“倘若我大汉天军也在五丈原驻扎下来施行军屯自养之策呢？”诸葛亮的双眸深处精芒一闪，“司马懿会如何因应呢？”

“唔……丞相大人果然智谋超世！”姜维全身一震，惊喜之极，“您若施行这‘军屯自养’之策，既可缓解益州百姓供粮之苦，又能在这关中种粮自足，当真是一箭双雕的妙计！这样一来，无论您和司马懿再拖多久，您都不用担心了……”

诸葛亮仍是顺着自己的思路继续追问着：“那么，在这‘拖’字诀已然失效的前提下，司马懿又会如何呢？伯约，你再替本相想一想……”

姜维思索片刻，双目亮光闪动：“丞相大人，倘若换了姜某面临这一窘境，姜某就只得改计而行——说不得便要潜心伺机，效仿曹操当年火烧乌巢之所为，组织一支死士队伍劫击对方的粮仓！”

“是啊！司马懿被逼急了，大概也只能像你这么做了。”诸葛亮听了，手中鹅羽扇轻轻而摇，脸上终于露出难得的笑容来，“伯约，看来日后这大汉的藩护之任，本相是该交付给你的。你方才此计甚妙，很好！很好！明日本相就发下令去，暂拨一万步卒在五丈原西区与渭河之滨种粮屯田……

“同时，本相决定将日后从斜谷道运送过来的益州粮草都分批囤积在五丈原南端的上方谷内，把它作为我大汉天军的后方粮草主仓细心经营起来……”

“丞相巧设奇局，天衣无缝，只怕司马老贼这一次定然中计难逃了！”姜维双拳一抱，朗声而赞。

诸葛亮目光闪闪地看着姜维，心下暗道：伯约啊！你知道吗？这便是本相凝聚毕生之力给予司马仲达的最后一击了！本相是想拼尽全力在自己有生之年将司马懿这个蜀汉第一劲敌替你们除掉啊……本相也只有祈求天不亡汉，以使本相这一计策终能大奏奇功啊……

见招拆招

> 夫以愚克智，逆也；以智克愚，顺也；以智克智，机也。其道有三，一曰事，二曰势，三曰情。事机作而不能应，非智也；势机动而不能制，非贤也；情机发而不能行，非勇也。善将者，必因机而立胜。

司马懿慢慢地读着诸葛亮所著的《将苑》，眉目之际尽是感慨之色：“幸得本帅先前将此书另抄录了一本，再次读仍是颇有感悟啊。这诸葛亮真乃文武兼备之奇杰也！他身怀异器而枉居偏邦，真是可惜了！以他这般诚笃缜密之心、谋国尽忠之才、出将入相之器，我朝陈群陈司空岂能与之相比？他若为我大魏之臣，略展其良相大将之能，恩加海内，抚养万民，威服八荒，天下何忧不平？乱世何忧不治？”

他话犹未了，司马师却呵呵笑道：“尽管父帅对他这般一味褒扬，孩儿却实在看不出他目前究竟有何妙策能出奇制胜——五丈原的这一盘‘僵局’，他恐怕是接不下去了……”

“你知道什么？诸葛亮要在五丈原西区与渭河之滨种粮屯田了！他真的

想在这里蹲下来和本帅把这盘‘僵局’一直对弈下去了……”司马懿一扬手，将案头边斥候们送来的一份敌情密报丢给了司马师。

司马师翻开那密报一看，眉头立刻紧紧拧了起来：“倘若蜀寇一直这么驻兵屯田下去，我大魏王师就再也不能坐视不理了……”

司马懿沉吟片刻，将目光倏地投向了赵俨：“赵军师，依您之见，此刻我方须得如何应对蜀寇才是上策？”

“这个问题，赵某亦已筹思过许久了。”赵俨慢慢抚摸着颔下长髯，徐声道，“大将军，您还记得当年太祖武皇帝在官渡之战，东吴名将周瑜在赤壁之战，还有陆逊在夷陵之战之时，他们是如何克敌制胜的吗？”

司马懿听罢，缓缓点了点头，神色若有所动：“唔……赵军师所言极是。本帅已有所悟矣！”

司马昭在一旁瞧着司马懿的表情，亦是颇为会心地微微一笑。

司马懿一瞥眼，看到了司马昭眉眼间的淡淡笑意，便肃然而问：“子上，你笑什么？”

司马昭面色一恭，俯首而答：“启禀父帅，孩儿从赵军师话中亦有所悟，所以不禁会心而乐。”

司马懿用手慢慢梳理着胸前的花白须髯，继续一脸凝肃地问道：“尔有何悟？细细道来。”

“依孩儿悟来，赵军师所举的官渡之战、赤壁之战、夷陵之战的胜负过程，其实都体现了布阵用兵的‘三字妙诀’！”司马昭款款答道。

“三字妙诀？哪‘三字妙诀’？”司马懿心底暗暗而动，脸上却不露声色地问道。

“这‘三字妙诀’就是：持、忍、奇！所谓‘持’，就是指用兵交战之际‘对外要坚持、对内要持重’；所谓‘忍’，就是在艰险关头要‘外示隐忍而内怀坚忍’；所谓‘奇’，就是指瞄准时机而‘谋奇策、出奇招、立奇功’！您看，曹操在官渡之战，周瑜在赤壁之战，陆逊在夷陵之战，都是‘先持重而后运忍，先运忍而后用奇’，最后才‘剑走偏锋’一招破敌的——所以，孩儿意下以为，父帅日前亲受诸葛亮‘巾帼之辱’而不乱，正是一步一步地践行着这‘三字妙诀’……”

司马懿听了，抚着胸前垂髯含笑不语，拿眼瞧向了赵俨：“赵军师——

您听子上这讲的……”

赵俨面露惊服之色，起身拱手言道：“二公子聪颖明敏、天资过人，析事剖理澄澈如水。老夫佩服之至！”

明亮的烛光下，紫沉沉的檀香木棋枰角边，两个纯银铸造成的棋钵一左一右静静而放。

司马懿从左边的棋钵里拈起一枚白玉棋子来，轻轻放到了紫檀木棋枰的中腹之上，略歪着头瞧了半晌，才有些满意地微笑了一下：“师儿、昭儿，你俩瞧一瞧，为父这一招应得如何？”

司马师不禁赞道：“父帅这一招是‘一子定中央’，高屋建瓴而势压群雄！”

司马昭却含笑道：“父帅双手互搏，以己为敌，自战自胜。实在是一种甚为稀罕的玩法！”

司马懿瞧着那方棋枰，认真地说道：“这种玩法不好吗？每一个人毕生当中最大的劲敌，实乃他自身。只要战胜了自己，你就战胜了一切。你只有通过和自己的不断交锋，不断磨砺，不断强大，才会迎来勃然而兴，天下无敌的那一天！”

讲到这里，他的目光望向了东边的天际，仿佛忆起了在河内温县孝敬里当年旁观父亲司马防自我对弈的情景，轻轻叹道：“师儿、昭儿，你俩不知道啊，这种对弈之法，当初还是你们的祖父传授给为父的呢。你们的祖父，那是何等睿智通达啊！为父从他身上学到了很多很多……

“就拿弈棋这事儿来说，你们祖父就教导为父说，‘棋弈之道，即是征伐之道’。前朝鸿儒马融曾言，‘略观围棋兮，法于用兵。三尺之局兮，为战斗场。陈聚士卒兮，两敌相当。怯者无功兮，贪者先亡。先据四道兮，守角依傍。缘边遮列兮，往往相望。离离马目兮，连连雁行。堤溃不塞兮，泛滥流长。当食不食兮，反受其殃。胜负之策兮，于言如发。乍缓乍急兮，上且未别。守规不固兮，为所唐突。上下遮离兮，四面隔闭。诱敌先行兮，往往一室。驰逐爽问兮，转相周密。商度地道兮，期相盘结。蔓延连阁兮，如火不灭。扶疏布散兮，左右流溢。计功相除兮，以时早讫。事留变生兮，拾棋欲疾。营惑窘乏兮，无令诈出。深念远虑兮，胜乃可必’。这每一句话都蕴含着立身建业、行军用兵的诀窍啊……”

司马师、司马昭听着司马懿的话，不禁微微颔首。

司马懿一口气说了这么长的一篇话，稍感疲惫，便停下来休息了片刻。他轻轻呷了一口清茶之后，忽然朝司马师说了一句："师儿，为父在这里向你贺喜了……"

"什么？"司马师一愣。

"前段时间里，你言谈举止多有激荡之态——大概是徽儿的死深深刺激了你吧？"

"父帅……"司马师心头一热，眼角泪珠顿时滴了下来。

"为父理解你。为父也知道丧失自己最爱之人，是何等的痛彻心扉！但这一切，终需你自己吞咽下去。为父看到你最后竟能从那片阴影当中走出来，实在是为你高兴啊……"

"父帅……"

"天下之间，唯有至情至性之人，方能成就至高至峻之大业！师儿……为父相信，你若将那一股无穷心力转到建功立业上来，日后必是前程不可限量！"

"孩儿多谢父帅的开解。"司马师拭泪而答。

静了半晌，司马懿才道："好了，今晚为父要和你们谈一谈正事了。"说着，他把眼色向营帐门口那边一丢。司马昭会意，疾步走到帐门处，吩咐那些亲兵守卒道："你们且去二十步外严加把守，千万不可让任何人靠近打扰。"

然后，他又回到帐中，在司马师身畔肃然而立。

司马懿倚坐在铺着虎皮的榻床上，双眼正视着他这两个宝贝儿子，满面沉肃地说道："师儿、昭儿，今晚为父要告诉你俩一些'干大事、立大功、成大业'的本源之诀了……你俩可知道，我司马家自秦末群雄逐鹿以来，便是根深叶茂的殷国王族贵胄？你们的太祖司马卬就是第一代殷国王君！只因当时他所面对的刘邦、项羽等俱是天纵劲敌，故而他才会黯然退出逐鹿之场，不复以争王夺霸为念，而是静下心来细细经营'化家为国，可大可久'之宏图。这样说来，我司马家才是源远流长的世家望族，而绝非沛郡曹氏、夏侯氏那样的乡豪村夫之辈所能比拟的！

"而且，在为父自幼所受的门风家教当中，我们作为真正的世家望族，是决不会以流俗之见的‘代代自有高官出’为立家之基的，而是以‘代代自有英才出’为持家之本。你俩都清楚的，我的高祖司马钧大将军，生前那是何等雄毅威猛，慑服羌贼而名震塞外；你俩的曾祖（司马俊）曾经身任颍川太守，一手扶植起了颍川钟氏、荀氏、陈氏等清流名门；你俩的祖父（司马防），更是智略绝伦，品行无双，当年的太祖武皇帝见了他也不禁折节尽礼而事之；你俩的叔祖父（司马徽），亦是荆楚高士之冠，连诸葛亮、裴潜、孟建等名相贤牧都出自他的门下……你俩如今挟我司马家世族多年积累之资，再加以自身超群出众之才，难道不能一步登天，更铸辉煌吗？”

司马师、司马昭听得热血沸腾，激动不已：“父帅放心——孩儿一定乘势疾进，精益求精，力拓大业！”

“那就好。为父也相信你们一定能行的——一定能将我殷国司马家的宏图大业继往开来，发扬光大！”司马懿目光一凝，盯视着他俩，又徐徐道，“今年凉州玄川河溢涌而出的那座‘灵龟玄石’图谶拓文你俩看到了吧？对它，你俩有何感悟？”

司马师和司马昭对视了一眼。然后，司马昭暗暗推了一推司马师。司马师这才鼓起勇气，上前躬身说道：“父帅，孩儿若是将自己心中感悟说了出来，您可不要讥笑孩儿妄自尊大啊！”

司马懿一听，心底暗暗一喜，脸上却毫无异色：“哦？你有何感悟竟是说不出口？但讲无妨嘛！为父决不讥笑！”

“父帅，老实说，孩儿自从看到那‘灵龟玄石’图谶拓文的第一眼起，就暗暗感觉到这些谶文写的就是我殷国司马家——‘金马出世，奋蹄凌云，大吉开泰，典午则变’。这‘金马’不正是指我司马家吗？还有那‘典午’二字，昭弟他是喜欢咬文嚼字的，竟看出了‘典者，司也；午者，马也’的蕴意！”

司马懿心头一震——好厉害的司马昭！果然是思维敏捷，明察秋毫！一念及此，他喜意顿生，便将目光转向了司马昭：“子上，你这个解析倒是绝妙啊……”

司马昭俯身恭然道：“父帅——这‘灵龟玄石’上的图谶确是应验在我司马家身上的。孩儿细细观察了它上面那八匹腾空而起的骏马图形，恰巧与咱们宗祠里供放的那方‘殷王之印’上面骏马之钮的形状完全相仿啊……”

司马懿听着，心头暗想，你倒是聪明乖觉得很！你哪里知道——这“灵龟玄石”上的“八骏腾空”之图就是你祖父司马防在前朝建安年间让工匠们按照“殷王之印”的骏马之钮雕刻而成的。那座“灵龟玄石”后来被司马防千方百计搬运到玄川河畔埋了下来，至今已有二三十年的光景了！如今为父秉钺持节重兵在握，这才吩咐牛恒带人让它乘着河水暴溢之际而“横空出世，启告天命”……但这一切内幕情形，他却是永远埋在心底，永远也不会向儿子说破的。

他定住心念之后，淡然道：“昭儿你这番话倒与你的岳父王肃大人的一些言语不谋而合了。他也认为这座‘灵龟玄石’图谶横空出世，恰是昭示着我殷国司马氏乃是时顺民从，天命攸归。所以，像董昭、崔林、高柔、何曾、傅嘏等这样的睿智通明之士已然纷纷归心！他们甚至提议要在为父此番击败诸葛亮之后，联名推举为父拥享九锡，晋位丞相……昨天董昭司徒还写来密函询问为父与诸葛亮对敌时的情形呢。”

司马师、司马昭兄弟俩欣然相顾——看来，我司马家祖孙三代苦心经营的“异军突起，后发制人，扭转乾坤”之大业，到了今天终于结出了累累硕果！

司马懿从书案后面拿出一封帛书，推到了司马师、司马昭二人眼前。他俩凝眸一看，只见上面正是数行父帅飞扬灵动的大字：

董司徒亲启：

诸葛亮志大而不见机，好兵而无权略，多谋而少明断，此番跳梁西来，虽提卒十余万而已堕吾妙计之中！公等皆不须为忧，请静候捷报。

——原来，这是司马懿写给董昭的复函。

司马昭看罢，沉吟片刻，言道：“不知父帅您准备对诸葛亮施何等妙计而出奇制胜？”

“昭儿啊！你今日总结的那‘三字妙诀’实在是精辟啊！为父对付诸葛亮，便是‘先持而后用忍，先忍而后寻变，寻变而后出奇’！”司马懿缓缓道，“诸葛亮如今既有屯田养兵之变兆，为父就须得随机应变、出奇制胜了。”

“父帅又想如太和五年那一次那样去狙劫诸葛亮身后的粮道？”司马师小心地问道。

“唔……师儿，你要记住，对付诸葛亮这样的劲敌，你永远只能用新招去攻击他。再高明、再厉害的旧招，也不能重复使用。”司马懿为了把自己多年来征战杀伐的心得体会传授给这两个儿子，不惜以长篇大论来启发和教诲他俩，“如今斜谷道一线已被诸葛亮五步一岗、十步一哨地全程监控了，为父再去劫他的粮草，必会碰壁而归。不过诸葛亮设在五丈原大寨处的粮仓，为父倒是颇想去奇袭他一把！”

“狙劫近在眼前的蜀军粮仓？父帅的谋划好生出奇！不过，听说诸葛亮现在也是最怕父帅袭劫他的粮草，在五丈原大寨周围到处都设了粮仓：一处设在北面的渭河之滨；一处设在西角的九盘山；一处设在了南边的‘上方谷’……”司马师对蜀军营盘布置情形甚为熟悉，仿佛尽在胸中装着一般，随口便道了出来。

“这诸葛亮实在狡猾——他连设置粮仓也要来个‘狡兔三窟’，比当年袁绍把所有的粮草都只囤积在乌巢一个地方要聪明多了……”司马昭感慨地说道。

司马懿背负双手在营帐中踱了起来，微微皱紧了眉头，沉吟片刻，言道：“不管是他的渭河滨粮仓也好，九盘山粮仓也好，上方谷粮仓也好。这三大粮仓总有一个是储粮最多的主仓，其余两个则是用以掩人耳目的偏仓！毕竟上方谷、渭河滨、九盘山三地每两地都相隔二三百里，他若是向这三大粮仓平均分粮，似也太过劳师动众。所以，诸葛亮一定会对这三大粮仓有主有次、有轻有重地施以管理。而为父只要劫了他的储粮主仓，他的军心就会大乱，他的队伍哪里还有粮食熬得过今年？士卒们既是缺粮少米，食不果腹，又如何能在五丈原一带安心屯田呢？”

“好！孩儿下去后就立刻派出精干人员细细探查这蜀军三大粮仓到底哪一个是储粮主仓！”司马师反应极快，立刻就接上话来。

从斜谷道通往五丈原的驿道上，一队蜀兵牵着一群“木牛流马”正在缓缓而行。

虽然此刻已是进入初秋七月了，但炎热的天气却丝毫不见降温。蜀军运粮官李俭跨在一匹枣红马上，全身上下脱得只剩下了一条汗衫，仍被热得摇头晃脑，直吐舌头。他一副挤眉皱额的苦相儿，两眼东盯西望的，巴不得一头钻进道旁阴凉的树林深处再也不出来。

他一边拿着一个扁扁的头盔拼命地扇着凉风，一边暗暗地想，想当年老子的伯父李严大人在尚书令任上的时候，老子当的是少府寺郎官，吃香的喝辣的什么福没享过？哪承想诸葛亮一拿掉伯父之后，就来了个“精官简政”，搞什么“公开选任，优胜劣汰”，大刀阔斧地刷下了一大批他眼中的“冗官闲吏”，栽了自己一个“久居宦寺，不亲庶务”的理由便把自己调离了少府寺的“肥差”，到这北伐大军做起护粮督运的琐事了！这个诸葛亮简直是不把咱们当人用啊！整天风风火火地催来赶去，撵得咱们像猪狗牛马一样累得要死！他这哪里是在搞什么“大正大义”的北伐伟业嘛？分明是要把咱们折腾到死啊……

就这么恨恨地想着，李俭解下腰间挂的葫芦，一仰脖子，“咕嘟咕嘟”地猛灌了一气凉水。但那些凉水一下肚，就很快被灼人的高温蒸成涔涔的热汗流了个干干净净！这么炎热的鬼天气，到哪一天才有个尽头啊！这么坎坷的运粮之路，到哪一天才会走到终点啊！

一阵“吱吱呀呀”的车轮滚动之声打断了李俭的思绪，那一辆辆“木牛流马”正井然有序地行进着。这诸葛亮的造物之技当真了得——那“木牛”，外表看来真似一头活牛，方腹曲头、一脚四蹄，形态敦实得很。它的牛腹正是装粮之处，足可装粮六七百斤，完全够十名士卒食用一个月了。而那押运“木牛”的粮卒，却也不必费力拉动，只需扭转木牛的“牛舌”机关，那木牛便能似活牛一般运动自如，推进起来可谓健步如飞。

而“流马”，亦似真马一般，由粮卒跨坐在它背上，手扶“马耳”机关把握方向，驱动它拉着千余斤重的一驾粮车向前疾驶。

虽然李俭对诸葛亮的成见极深，但他也不得不佩服。若不是这几年诸葛亮精心研制出了这一批“木牛流马”，此番北伐的粮草后勤供应还不知会有多费事！

“李大人，咱们到前边树林里休息一下再走吧！”一个步卒快跑过来向他禀道，“这里的天气太热了……”

李俭抬眼望了一下毒辣辣的日头，摆了摆手：“好，好，好。咱们就到那片树林里休息一下吧！”

他话音未落，猛然听到四下里一阵喊杀之声。两边的树林丛中，似恶狼般冲出了一群魏军死士，将自己和运粮队伍团团围住！

糟了，自己中了埋伏了！李俭心头一跳，顿时被吓得从马背上骨碌碌地滚落了下来：“快！快放响箭——通知前边接应的岑将军！”

“启禀丞相，督粮官李俭押送着十万斤粮食，在斜谷口北路遭到魏贼劫袭——岑述将军赶去救援，抢回了九万多斤粮食。但李俭和几头‘木牛流马’却被魏贼抓走了……”

诸葛亮听罢亲兵禀报之后，双眉一动，深深一叹，手中鹅羽扇摆了一摆，让他退了下去。

“丞相大人，李俭这人心性一向摇摆不定，守节不固，他既落到了司马懿手里，一定会叛变的。”姜维急忙向诸葛亮说道，“他若是向司马懿泄露了我蜀军各个粮仓的虚实、底细，咱们就有些被动了……”

诸葛亮看了他一眼，目光里充满了考量的意味：“那么，伯约，依你之见，咱们对上方谷、九盘山、渭河滨这三处粮仓又该如何措置呢？”

姜维侃侃而谈：“启禀丞相大人，上方谷粮仓是我军储粮的主仓，那里的屯粮最多。倘若现在李俭向司马懿叛变告密，上方谷主仓便全然暴露了。所以，我们就应该迅速将那里的粮草分运北上，不能再把它们过多地积放在那里。司马懿是肯定要来劫粮的！”

“伯约啊！你的想法现在是越来越成熟了。本相看到了心头很是欣慰啊！”诸葛亮脸上露出了一丝满意的笑容，他轻轻摇动手中鹅羽扇，悠然而道，“司马懿若是要来上方谷劫粮，那就任他来劫嘛！本相倒要看一看，他这一番究竟想来个怎么样的劫法？”

“您……您要任由司马老贼来劫粮？”姜维一听，不禁大惊失色。

诸葛亮笑而不答，缓缓摇着鹅羽扇，突然向一直在旁边静坐的太史令谯周问道：“谯大夫，依您的法眼观察天象，这五丈原的天气还会干旱多久？”

谯周深若古潭的目光静静投向营帐门外那被晒得明晃晃的黄土地上，慢慢答道：“启禀丞相大人，近日谯某夜观天象，只见得群星争辉，月华淡郁，恐怕这大旱之象还要持续二十日之久啊……”

“哦？也就是说，这大旱天气直到八月初八还不会缓解？谯大夫，您不会算错吧？”诸葛亮用右手握着的鹅羽扇轻轻叩着自己的膝盖，极为认真地注视着谯周。

“丞相大人，谯某敢以自身官职保证此言不虚，今年连立秋那一天都没有下雨，就等于秋季的节气没有应验；而秋季的节气既未应验，那么按照天文常理，这一整个秋天都很难下雨的。如果这二十日内天降骤雨，则实乃大大的异数。谯某届时也只有甘受其罚而无悔了。”谯周斩钉截铁地答道。

诸葛亮自己也是精通天文气候的观测之术的——他的推算结论本与谯周没有多大差别，只是为了务求确定才追问谯周一下的。如今看到谯周信誓旦旦的模样，他便不再犹豫了。

于是，诸葛亮慢慢回过身来，向姜维郑重吩咐道：“伯约，你稍后且替本相传令下去——自即日起，迅速向渭河滨、九盘山两处粮仓各增调八千精兵严加把守，而且要大张旗鼓地公然实施开拔行动……”

“上方谷粮仓那里也要调兵增守吗？”姜维禁不住问道。

“那里倒暂时不用增兵，但可以派一队车马前去运粮转移北上。”诸葛亮沉吟了一下，思忖着缓缓说道，“上方谷地势险要，易守难攻，司马懿应该是不会轻易发兵前去碰它的……”

姜维听了，一愣之余，心底却想：丞相大人！您既然公开派兵增守渭河滨、九盘山两处粮仓，那么对外呈现的含意就是您准备增兵护粮了。正所谓“粮增则兵增”，那么司马懿就难免据此断定您会将上方谷粮仓中的存粮大部分都北上转移到那两大粮仓之中！这样一来，他才不会管什么“上方谷地势险要，易守难攻”，一定会冒险拼了全力来加紧偷袭上方谷粮仓！但您似乎又不是真的要从上方谷分粮北上，而且还不增兵把守，这岂不是把上方谷粮仓完全暴露在司马懿眈眈虎视之下？日后万一事生猝变，丞相大人您又如何善后呢？您到底是怎么谋划的啊？

这边，诸葛亮却徐步走到帅帐门帘边，眯着眼睛斜望着那被炎炎烈日烧得连一丝白云也没剩下的湛蓝天空，深深长叹：“天若有情，就请再给我大汉一臂之助吧！本相毕生之志愿心力，已全然掷此一举之中矣！”

听到诸葛亮这番话，姜维不知怎的，顿感心头莫名的沉重。

“孩儿亲自带人深入敌境探查，发现上方谷粮仓的规模确是宏大。里面竟有九十多座粮囤，存粮之量应当不少于五十万石。这几日里每天都有六七百辆‘木牛流马’从里面拉走四五千石粮草北上五丈原。倘若父帅您动手晚了，再拖延个二三十日，那上方谷的存粮就会愈减愈少了。”

司马昭向司马懿满脸认真地禀报道。司马懿听罢，双目半睁半闭，瞳眸间一阵精光闪过，冷不丁问了一句：“诸葛亮在上方谷粮仓周围可曾增兵把守吗？”他问出这句话后，又不禁笑了一笑：“罢了！罢了！这句话本帅问得太傻了——诸葛亮一定早就派兵增守了！”

司马昭却直直地看着他，认真地答道：“没有。诸葛亮没有在上方谷增兵把守。”

“没有？你是说他没有派兵增守上方谷？”司马懿双眼霍然一张，寒芒似剑直刺而出，“你确定？”

“孩儿亲眼所见。上方谷毫无增兵援守的迹象。”司马昭肃然而答，“孩儿若是有误，愿受父帅责罚。”

“咦？这倒怪了！”司马懿有些摸不着头脑了，“难道李俭的告密有误？上方谷不是他们蜀军储粮的主仓？”

“大将军，依赵某之见，这诸葛亮刻意将上方谷置于可轻可重、可大可小的表象之中，恰巧证明他是想要继续保留上方谷作为自己的储粮主仓的。”赵俨这时开口剖析道，“您看，这上方谷北邻五丈原，南挨斜谷道，位于蜀寇大军的腹背夹辅之中，本就处于万全之势——诸葛亮认为自己随时可以调兵驰援，所以他就没有在上方谷周围增兵把守。但从目前的情势来看，诸葛亮为了预防万一，也已经着手准备在近期将上方谷内的大部分存粮赶快转移出去了。”

“赵军师言之有理。不过，对上方谷的内外情形，咱们还是不能马虎放过啊！”司马懿站起身来，背负双手在帐室内踱了起来，“昭儿，你在上方谷内外还探察到了什么异样的情况吗？不要急，慢慢回忆，不要漏掉任何一个细节。”

司马昭蹙眉回忆了许久，答道：“依孩儿所见，上方谷那儿并无什么异样之处。”

司马懿心念暗转，问了一句：“那些蜀卒除了把守粮囤之外，究竟还在干什么？”

“蜀卒们似是十分怕热，就在谷底里到处找寻起了草棚竹窝，分批轮班入内歇凉。”

“哦，”司马懿微一点头，继续问道，“那么上方谷粮仓周围可添设了什么异样的设施、物什没有？”

“没有，真的没有。上方谷里里外外一切如常，毫无异状。”司马昭沉思了好一会儿，眉尖一挑，又答道，“不过，孩儿瞧到诸葛亮有一个做法实在是显得有些谨慎过度。父帅，您绝对没有想到，他竟然让士卒们在谷中每一座粮囤周围都放了一排盛满凉水的大木桶，大概是害怕这大旱之季天干物燥一时失火烧了粮囤吧！他们那些木桶放得到处都是，多得出奇！”

司马懿听罢，微微一笑：“原来诸葛亮也怕自己的粮仓被人猝下杀着而连烧带劫了呀！”

“父帅，咱们不能眼睁睁看着诸葛亮一步一步把上方谷里的粮仓搬空啊！”司马师拱手出列禀道，“蜀寇若是以这些粮草为凭恃，拼命撑过今年这个冬天，到了明年来春再收割到他们屯田里的麦粮之后，就定然会在此地扎下根基，再也不惧咱们的‘拖延’战术了。那个时候，蜀军势力近在我关中肘腋之地而潜滋暗长，时日一久，谁还遏制得住啊！父帅，请不要再犹豫了，马上伺机前去劫击吧！”

司马懿却不立刻回答，而是继续背负双手，在帐中不紧不慢地踱着圈子：“师儿，你想过没有，倘若诸葛亮在上方谷里暗暗设下了陷阱又怎么办？咱们不能乱钻啊！”

“父帅不是刚才问过了吗？诸葛亮并没有派兵增守上方谷，昭弟也说上方谷内外并无异样啊！”司马师心直口快地说道，“他就是抓住父帅您‘事事务求周密无缺’的心理，故意演了这一出‘空谷计’来迷惑您的。父帅，您就是太过严谨持重了，连放到自己眼皮底下的猎物也不去捕捉。”

他这么一说，胡遵、黄华、魏平等魏将也齐声附和了起来。

“这样吧！本帅也不想犯守株待兔，坐失良机之误。”司马懿搓着双手，有些焦躁地在营帐内踱来踱去，“梁机，你马上悄悄通知咱们安插在蜀营里的所有眼线，让他们给本帅查一查诸葛亮这一次究竟要在上方谷要什么花招。谁能查得出，本帅将上奏朝廷赐予他世袭罔替的关内侯之爵的重赏！”

……

四天过去了，魏国设在蜀军的所有眼线几乎都发回了讯报，对诸葛亮在上方谷内的施计方案，他们几乎什么都没有探查到。

这更让司马懿大感震惊，难道诸葛亮就是要利用自己素来严谨持重、务求周密的性格在自己的眼皮底下真真正正地要一出“空谷计”？他算准了本帅不敢轻易冒险，于是反倒大大方方地将上方谷主仓暴露在自己的眼前，任他蜀卒从中运粮来去自如？

同时，司马师、胡遵、黄华、魏平等要求伺机主动劫击上方谷的呼声也愈来愈高，严重地扰乱了他的全盘决策——该不该择机劫击上方谷，成了他此刻无法回避也无法跨越的一个核心难题了，几乎所有的将士都在催着他尽快拍板定案。司马懿这一次面临的压力之大，几乎超过了他先前的所有决策。弄得他左右为难——去劫吧，恐怕会有埋伏；不去劫吧，白白看着敌人大模大样地在自己眼皮底下招摇过市，这让他脸上怎么挂得住？万一别人再借题发挥，攻击自己是明目张胆地“养寇以自重”，曹叡那里会怎么想？自己也不好自圆其说啊！

当然，司马懿也曾考虑过派遣一名偏将去劫袭上方谷粮仓。但他自己也很清楚，自己麾下的任何一员将领在用兵之术上都不是诸葛亮的对手——如果他们前去，说不定又会被诸葛亮大摆“迷魂阵”，反倒越陷越深；到时候自己亦会落个救也不是，弃也不是！然而，倘若自己亲率大军前去，诸葛亮又派人来自己的后方偷袭渭南大营，又该如何是好？这也让他颇有投鼠忌器之感。

就这样犹犹豫豫过了几天，司马懿最终在胸中暗暗决定了，派遣牛金、魏平率领两万人马前去劫袭上方谷粮仓，而自己则坐镇渭南大营在后方应变。无论如何，都要豁出去试一试了！

攻心之计

二更时分，周宣突然掀开门帘闯进了司马懿的寝帐，将他从被窝里睡眼惺忪地拉了起来，将一札短短帛书塞到了他的手里：“启禀大将军，周某刚才收到了一封飞鸽传书……”

“你那个同乡宿友写的？”司马懿只问了一句，便展开那卷帛书埋头阅看起来——看着看着，他的脸色就渐渐变了，狂喜之意一下涌上了眉梢：“好！好！好！周师兄——您和您这位老友可真是为我大魏立下了一桩大大的奇功啊！原来诸葛亮在上方谷里设下的是这样一出毒计……厉害！厉害！怪不得他在上方谷粮仓里到处都装了水桶，他也害怕玩火自焚啊！”

说罢，他心神一敛，立刻恢复成一尊铜像般的冷峻表情，既像是对着周宣，又像是在自言自语地说道：“也好！他既要绞尽脑汁吸引本帅进入上方谷一观，本帅就给他来一个将计就计——让他的斗志从此彻底瓦解！让他懂得这一切乃是天不佑汉，天命有革，不可逆转！”

然后，他的语气略略顿了一顿，又道：“周师兄，这几日里您且替本帅好好观测一下天文气候。最好能够推算出未来哪一天会有降雨之象。”

周宣嘻嘻一笑：“仲达，我这位义弟不是在这封飞鸽传书里点到了吗？十日之后，也就是八月初三那天可能会有一场暴雨骤然而降。”

司马懿一把握住了他的右手，目光直直地正视着他，语气和缓而又不失刚劲：“他的确是在这封帛书当中明确点到了这一点。但此事关系甚大，与本帅所施的攻心之计成败胜负息息相关，来不得一丝一毫的马虎。本帅拜托周师兄您从今日起定要精心观测天文气候，务要占卜准确，绝无差池。”

周宣从来没有看到司马懿这般严肃郑重过，不禁脸色一紧，重重地答道：“仲达勿忧，待会儿周某便去后营观星台认真观测和捕捉天象气候的变化之兆。一有异动，便随时赶来向你禀报。”

在以后的六七天里，司马懿仿佛完全忘记了去上方谷粮仓劫粮一事，但却连续派兵去向渭河滨的蜀军屯田地带进行了多次骚扰，一直吸引着蜀军主力盘踞五丈原而难以分兵南下。

终于，在八月初二这天下午，司马懿才将诸将召入帐内，部署任务如下：调派胡遵、黄华、魏平等大将齐率四万兵马分左右两路合抱围攻五丈原，阻截蜀军的南下要道；同时，他亲自带领司马师、司马昭，统率三万铁骑，以牛恒、牛金为先锋大将，衔枚疾走，连夜前去奇袭上方谷粮仓。

行到深夜寅时初刻之际，魏军已经杀到半途，司马懿却猝然让牛恒兄弟退到中军队伍里来。他将他俩召到路旁一处树荫下的隐秘地方停了下来，说有要事吩咐。

“大将军有何钧令？”牛金朗声而问，“牛某兄弟但凭驱驰。”

司马懿欲言又止，瞧了瞧身边的司马师、司马昭兄弟二人，挥了挥手向他俩说道：“师儿、昭儿，你俩且去这周围为本帅把好风。除了周大夫留在此地之外，任何人士也不许无故靠近！”

牛恒看着司马懿一副神神秘秘的模样，正自惊讶之时，却见司马懿盘腿坐在一块岩石上，直盯向他来。一瞬间，牛恒感到了他那两道目光沉重如山，压得自己的呼吸不禁一紧！

“牛恒君，我司马家与你牛家这些年来交情如何？”司马懿缓缓开口了，说得很慢很慢，却挟裹着一股令人难以抗拒的劲道。

刹那之间，牛恒仿佛一下明白了什么。他马上腰板一挺，毫不犹豫地说道：“大将军！您待俺兄弟俩恩重如山！俺兄弟俩都永远记着呢——俺兄弟俩原本都是河内温县的奴隶出身，祖祖辈辈都给别人家做牛做马，若不是碰上了您和老太爷他们，一辈子都别想出人头地！是您司马大将军不拘一格，唯才是举，摒弃曹安、夏侯杰之流的贵戚要员不用，将俺兄弟俩从为奴为婢的卑微出身中拔擢而起，一路做到了今天官秩中二千石、爵位关内侯的将军地位！俺兄弟俩的一切，都是您一手赐予的！俺兄弟俩纵是粉身碎骨也难以为报啊！您有什么吩咐尽管直说，俺兄弟俩若是皱一皱眉头就遭天劈雷打！”

司马懿听罢，虎目噙泪，神色慨然，凝视着牛恒，道：“好！好！牛恒君真乃无双国士也！本帅能够结识到您这样一位义薄云天的硬汉子，真是三生有幸！别的话也就不多说了——周大夫，您给牛恒君、牛金君讲一讲咱们此番对付诸葛亮的攻心之计吧！”

一直像影子一样隐在树荫底下的周宣，这时才应声走上前来，拈着胡须，微眯着眼，不慌不忙地言道：“牛恒君、牛金君，明早咱们前去奇袭蜀军的上方谷，本是一条中中之策，表面上看起来算不得什么奇谋妙计。但在这条中中之策中，我们还蕴含着另外一条极为微妙的攻心之计。牛恒君、牛金君，您二位心里须得作好准备。这一次诸葛亮在上方谷粮仓内早已掘出深堑暗窟，埋下了为数千百桶的干柴、烟硝、火油、炸药等，只待咱们杀进谷中，他们再火矢齐发，来个‘瓮中烧鳖’，将咱们一网打尽。”

“好毒辣的计策啊！”牛金一听，面色顿变，“既是如此，那咱们还去奇袭上方谷干什么？这不是去送死吗？咱们何不速速退兵而回？”

周宣却不理他，仍是双目寒光闪闪地看着他俩，道：“但是，依大将军的高见，咱们值此之际，恰恰应当不退反进，来一个将计就计，顺水推舟，一步一步借着诸葛亮的火攻之策而反击他自己。他不是在这一出‘火攻上方谷’之计中费尽了所有的心力和精力吗？他不是在这一出‘火烧上方谷’之计中寄托了所有的期望吗？他不是决定把这一出‘火烧上方谷’之计作为对我大魏王师拼尽全力的最后一击吗？司马大将军就是要让他眼睁睁看着这最后一击白白落空而无可奈何！所以，司马大将军决定亲自带兵杀进上方谷，并最终无比巧妙地从诸葛亮的眼皮底下在四面火墙围堵之中安然脱身而出……”

“周大夫，俗话讲，‘水火最是无情物’。诸葛亮本就是擅用火攻的绝顶高手，司马大将军若被围在谷中，便成釜底游鱼，又焉能确保安然脱身而出耶？”牛恒摇了摇头，“您这一计说得实在是太过冒险。”

“这个……牛恒君，你有所不知，本座已经卜算了九天九夜，测出明日午时上方谷那里必会骤降暴雨，这样一来诸葛亮的那把烈火就休想烧得起来！所以，这三万大魏王师定能从那上方谷中安然脱身而出！”

牛恒半信半疑地看了周宣一眼：“真的？您真的推算出了明日中午会有暴雨降下？”

“此事关系到数万魏军儿郎的生死存亡，本座焉敢稍有怠忽？”周宣伸手指了指自己的脸上，“你瞧本座的这一对眼圈，这八九日来早就熬得黑如焦炭了。”

“周大夫既是这么说，我等也只有勉力冒险一试了。”牛恒转头看了他弟弟牛金一眼，毅然道。

周宣的目光这时却倏地一下锋利起来：“牛恒君、牛金君，你俩自是可以杀进上方谷冒险一试，但司马大将军他乃三军元首，社稷柱石，却万万不宜亲临险境。”

牛恒面色一正，坦然自若地接过他的话来：“这个自然。牛某与司马大将军年纪相仿，身高相近，而且容貌也粗看相似……待会儿牛某再稍加易容改装，穿上大将军您的盔甲之后，便假扮成您率兵杀进上方谷之中，来一个‘瞒天过海，李代桃僵’之计，迷惑住诸葛亮的耳目，最后给他一记斗转星移、反手一击的攻心之策……”

他正自说着，一抬眼间却见司马懿两眼泪水涟涟，蓦地从岩石上站了起来，奔上前来一把握住了自己的双手，哽咽而道：“牛恒君真乃本帅麾下代主赴难的‘纪信’也！您这番舍身报主之恩，懿永世难忘！”

当炽红的火光如同巨幕一般从上方谷底缓缓升起之时，诸葛亮正坐着四轮车在山谷西面高高的方岩上目不转睛地盯着谷中的情形，紧张得连手中的羽扇都忘了扇。

他以异常敏锐的目光清清楚楚地看到那个明晃晃的专属于司马懿所用的红缨虎头纯银盔正在那片火海中腾跃飞奔，仿佛一条亮丽的银鱼要拼命地挣脱烈焰的束缚！

再添三四通火箭下去，司马懿就一定在劫难逃了，本相平生最大的劲敌就从此不复存在了，大汉天军挺进关中，收复两都，就指日可待了！大汉王朝的重振复兴就不再遥远了！昭烈皇帝的殷殷重托，自己终于圆满完成了……想到这些，诸葛亮感到自己那本似枯竹一般虚弱的身体，不知从哪里一下平添了许多的力气和精神，满脸都放出灼灼的红光来！他竟一跃而起，俯视着上方谷底的熊熊烈焰，长吟道：“炎炎大汉，赤运正隆。区区伪魏，尽亡此役。灭此巨寇，挥师东进。匡复中原，九州归一！”

随着他的吟哦之声，周围的士卒们也情不自禁地举起槊矛齐齐扬声应和起来！

然而，谁都没有注意到，一直侍立在四轮车旁的谯周，眼角却溢出了愈来愈浓的忧色——他一直仰天而望，仿佛在期待着什么，又似乎在担心着什么……

这时，烈日当头的湛蓝天空突然起了一丝异样的变化，一条条游蛇般的云彩钻行过来，在半空中像扭麻花一样紧紧地纠结着，盘绕着，颜色也渐渐由白变灰，到得最后竟已黑得就似铅块一般……

正在手舞足蹈，兴奋流泪的诸葛亮全身蓦地一僵，接着他的惊讶之色掩不住地从脸上直溢而出。谯周怯怯的、低低的声音如蚊鸣一般飘进了他的耳中：“丞相大人……这……这天快要变了！”

诸葛亮的身形一个踉跄，又疾速稳住——他抬头仰望上去，天色沉沉地暗了下来，四宇之间已然变得一片灰蓝。只有那谷底的熊熊焰光还在不屈不挠地跃动着……可是，那漫天的乌云翻滚着，犹如铁板一般压将下来，窒得那满谷的火光也似缩成了细细的一簇……

“糟了……”诸葛亮的面色愈加铁青，手中那柄鹅羽扇的扇柄都快被他捏得碎裂开来！

一道钢亮的闪电“唰”地撕开层层阴云劈了下来，照得诸葛亮脸上一蓝！接着便是“轰隆隆”一串滚雷炸响——瓢泼大雨哗哗降下！

“丞相快避雨！”姜维从震惊之中回过神来，急忙脱下身上的甲衣准备遮在诸葛亮的头上——诸葛亮却一把推开了他，依旧石像一般呆呆站立在方岩的边缘上，静静地望着谷底的烈烈赤焰在倾盆大雨的泼灌之下渐熄渐灭……

谷底，魏军的欢呼雀跃之声顿时响遏行云！而那个红缨虎头亮银盔也依然在一片黑色的魏军玄甲之中安然自若地穿行着，那一份恰似闲庭信步的自信几乎是溢然可感。

诸葛亮双目一闭，手中鹅羽扇颓然落地，两行清泪混合着额上的雨水似断线珍珠一般潸潸而下……他就像一株孤松般站在雨幕之中，一直待到上方谷内内外外尽皆归于一片沉寂，一直待到这天地之间只剩下了一片雨声——而那雨声，莫非就是悠悠上苍流泪而叹的声音？

但是，诸葛亮没有看到——在上方谷东面的那座突兀耸峙的“青鹰岩”上，一柄乌罗伞下，身穿士卒衣着的司马懿和他的两个儿子正静静地遥望着他的一切举动和情形。

司马师、司马昭都看到，当暴雨初降之时，父帅的狂喜之情可谓溢于言表；当雨下得越来越大之时，父帅的喜色渐渐也随之淡去，透出来的是一种愈来愈浓的莫名的、复杂的表情；到了最后，父帅竟和诸葛亮一样也微垂着头，双肩抽搐得厉害——这一点，他俩谁也没想到，他们那一向战无不胜、攻无不克的父帅，此刻居然也在涕泪横流，抽泣不止了。

“父帅，您不必这般太过激动，免得伤了自己的身体……”司马昭上前轻轻劝道。

“你不懂！你不懂！你什么也不懂的！”司马懿用力地挥了挥手打断了他的话，透过蒙眬的泪光，凝视着对面山谷方岩上那个峻挺的身影，声音哽哽咽咽的，“孔明！孔明……为兄真的不想这么对你啊！真是‘既生亮，何生懿’啊！这……这是天命攸归、大势所趋，你我谁也违逆不了啊！”

司马师哪里知道父亲与诸葛亮当年的那些恩怨情仇，却是按捺不住自己心底的兴奋之情跨前一步，眉飞色舞地说道：“父帅，您应该感到高兴才是啊！古语有云，哀莫大于心死。如今诸葛亮已经明明白白地觉察到他和他的大汉乃是天之所弃、人之所离，他的进取之心自此必亡无疑，也不再将是我大魏之劲敌……父帅的这一记‘将计就计，随君入瓮，反手一击’的攻心之策终于立竿见影了！孩儿甚为父帅高兴！”

“啪”的一声，司马师话犹未了，还没反应过来，耳鼓里“嗡”地一响——原来他竟被自己的父亲莫名其妙地抽了一记耳光！

司马懿像一头受了伤的野狼一样恶狠狠地看着他：“蠢才！你以为诸葛孔明的心死了，为父就会很高兴吗？他的心死了，为父的心里也有那么一大块跟着他一齐死了……将来，将来为父的日子会是多么寂寞、多么荒凉、多么乏味啊！”

就在这时，司马昭慢慢开口道：“父帅，请听孩儿一句宽解的话。即使是诸葛亮真的死了，您将来的日子，也永远不会寂寞，永远不会荒凉，永远不会乏味。因为，因为孙权、陆逊他们都还在。‘肃清四海，一统六合’的大业正等着父亲去底定功成呢！”

听罢司马昭这番话，司马懿全身微微一震。他若有所思地抬起眼来，往司马昭脸上瞄去，长长地吐出一口气来：“看来我的昭儿真的是长大了……”

魏国老汉

“炎炎大汉，赤运正隆。区区伪魏，尽亡此役。灭此巨寇，挥师东进。匡复中原，九州归一……”

五丈原的阵阵秋风播扬起蜀兵们苍凉而激越的歌声，飘过营帐的上空，在浓郁的夜色中淡淡地散去。

军中的金柝敲过了二更，姜维一路从连营西面夜巡过来。经过中军大帐时，他停下了马，下意识地往大帐望去。果然，那里的灯一如往常般亮着，丞相倚门而立的瘦削身影正投在帐前的地面上，拉得像他胸中的绵绵思绪一般悠长。

跳下坐骑，姜维轻轻地走过去，唤道："丞相。"

"是伯约啊……这么晚了，你还……辛苦你了……"诸葛亮的声音轻弱得仿佛连一阵风都能吹散，头却有些倔强地仰起来遥望苍穹，习习的夜风撩动着他的宽袍大袖微微作响。

姜维情不自禁地顺着他仰望着的那个方向抬头看去。只见月如银盘悬空而照，西北的天际却有几点弱弱的星光在孤独而执着地闪烁着。

他的心头不由得蓦地一紧，他记得太史令谯周有一天晚上曾经向他指出过——那西北天边的几颗星辰便是丞相的本命将星！从今天夜里看来，那些星辰的光芒已是微弱得如同风前残烛，忽明忽暗的，瞧着便让人揪心不已！

"丞相……"姜维有些惊疑地收回目光，看向了诸葛亮。诸葛亮仿佛没有听到一样，仍像雕像一样木然站立着，静静地盯着那些星辰一闪一亮，久久不动，任那帐内倾泻而出的灯光映得他枯瘦的面颊一抹昏黄，脸上的愁容和那深深的皱纹亦是纤毫毕见！

许久，他才转过身迎向姜维。他的眸光失去了平日的明澈，现出了黯然之色："唉！司马懿说得不错——本相食少而事繁、体弱而任重，确是不能持久了……"

"司马懿这老匹夫……他不过是在危言耸听罢了。他是故意诅咒丞相您的，您别往心里去。"姜维急忙开解道，"您福德齐天，岂是他心怀妒意便能中伤得了的？"

"唉……司马仲达真是了解本相啊！他可能算是这个世界上最了解本相的人了……"诸葛亮苦笑了一下，缓缓摇了摇头，"本相原本希望在这次北伐中能够为你们搬掉他这个大障碍，可惜上方谷那一把火终究没能烧得起来……天意！天意啊！"

他说到这里，面色却是一变，突然用鹅羽扇掩住了口，猛烈地咳嗽了起来。姜维连忙上前扶住他，发觉他的身体确是清瘦得厉害，好似这垄地的一束秋稻已然退尽了鲜绿的生机，只剩下干枯的茎干在秋风中瑟抖。他心中一酸，却没注意到自己指尖传来了隐隐的一暖，似乎沾上了什么温热的液体。

"本相没事儿的。伯约，你去休息吧！"姜维把诸葛亮扶进内帐之时，诸葛亮侧头对姜维说道，"明天辰时，咱们一起去渭河滨巡视军屯。"

“丞相……”姜维望着他，却不知该怎么劝才好。

“去吧！”他慈祥中透着一丝虚弱地笑了笑。

姜维退出营帐，一扬头间，还见西北的星辰依然在摇摇欲坠地闪亮着，他的泪不禁徐徐流下。

迈着沉重的步伐，姜维漫无目的地在营垒中徐徐穿行。士兵和将校们都已安睡，起起伏伏的呼吸声从一扇扇半掩的帐门中传出，又在带着凉意的空气中融汇飘散。一排守夜的火把红红亮亮地在大寨栅门上跳动。再往外远去，渭水的岸边，就是魏国对峙的十余万大军的驻地了。

或许司马懿也正在仰望这同一片星空，寻找着对应于丞相大人的那颗将星的光辉，并且窥伺着——窥伺着丞相大人的不能长久。姜维的内心忽然感到一阵刺痛，仿佛是逃避已久的事实一下跃现到了眼前：丞相肩上所承受的压力真的已经远远超过了常人的极限了——前几天，孙权使者送来急函，声称他遭到了满宠、田豫、王观等魏军将领的腹背夹击和三面包抄，再加上河道水枯、退路告急，他已经不得不决定撤兵江南了！而丞相大人这一次在上方谷非但没有烧死司马懿，反而还白白折损了数十万石粮草，更是使军中形势雪上加霜……难道丞相大人只能又像上一次北伐一般再度无功而返？可是……可是丞相大人这一次还能退得回去吗？他连大汉的正统名分都让出来换取与东吴的联手攻魏行动了，他怎么回去面对陛下和整个大汉朝廷？他承受得起别人如狂潮般袭来的“腹诽口谤”吗？想到此处，姜维觉得自己心头沉甸甸的。他脚下一个趔趄，未及站定，便瞥到一个黑影匆匆向营地深处跑去。

“什么人？站住！”姜维劲喝一声，右手倏地按上了佩刀的刀柄。

那个人影似乎犹豫了一下，停住了身，缓缓回过头来。在月光下，姜维有些惊讶地喊出声来：“魏、魏将军！”

“伯约？”魏延盯着姜维，眼神中的骇异一闪而过，迟疑了一下，还是上前了两步，凑近姜维，低声问道，“伯约——我问你，丞相大人他、他是不是病得有些厉害？”

姜维双眉一扬，拿眼直盯回去，冷冷地并不答话。

魏延素来是敬服姜维的忠勇刚直的，便斟酌着字句继续问他：“丞相大人如果返回汉中养病，大军也会跟着撤回吗？不过，伯约，你知不知道眼下各营里流言纷纷，都说丞相已经不能撑到回汉中郡之时了……”

“魏将军！丞相大人是一定能带领我等取得北伐的最终胜利的。”姜维一字一句地凛然讲道，“对这一点，您和姜某都应该是笃信不疑的。”

“伯约，魏某也相信如果丞相大人身体无恙，则必会北伐功成。”魏延知道姜维是北伐大军中的一个重要将领，自己若要起事，非得倚仗他不可，就缓和了语气与他谈道，“可是，丞相大人现在的身体状况，你我都很清楚。一旦、一旦他有个长短，这里的十余万大汉儿郎可该怎么办呢？”

说着，他探过头来附在姜维耳畔，压低了声音说道：“你知道吗？魏某刚才是去找谯周大夫解梦了……就在刚才一更时分，魏某做了一个怪梦，梦见自己头顶生出了一对枝枝杈杈的鹿角……”

姜维继续不冷不热地盯着他，一言不发。

魏延把后面的话压得更低了：“谯大夫向魏某解释说，这是‘头生麟角之象，必有暴贵骤发之运’。伯约，你懂什么是‘暴贵骤发’么？魏某现在就是三军之中的副帅了，再进一步是什么结果，你应该清楚的。看来，天意就注定了魏某将要接任丞相的节钺大权，将他的北伐大业继承到底了，杨仪他们那些刀笔小吏根本不行。倘若由他们来统领三军，那可就糟了。伯约，你放心，魏某执掌三军之后，决不会亏待于你的！”

“魏将军，您不要再说了。”姜维终于开口打断了他的话，一字一顿地说道，“这些话，姜某就当作什么都没听到。届时，丞相大人要姜某追随谁，姜某就追随谁。姜某所言，俱尽于此。您回帐休息去吧！”

然后，在魏延满是惊愕的目光中，姜维慢慢转过了身，一步一步沉沉稳稳地向自己的寝帐中走去。

当姜维在帐中准备解衣小憩时，他这才发现自己指尖竟有几斑殷红，在暗淡的烛光下似是早已凝固。这、这是……姜维蓦然想起，自己先前在扶着丞相的时候，手指原来触到了他掩扇而咳的衣袖！丞相！丞相！原来他袖中竟有他咳出的滴滴鲜血……

一瞬间，姜维全身都变得无比僵硬了，背心的衣衫顿时被冷汗打湿得冰凉冰凉的。两行清泪，不知何时，已悄悄爬下他的颊边，滴落在衣襟之上……

习习的凉风，从渭河之滨的旷野上拂掠而过，吹得高达齐腰的秋草一片片低了头。风过之后，它们又缓缓直立而起，等待着另一阵秋风的来临。几阵秋风吹过之后，茂密的青草就变成了黄草；再几阵风后，那草便会退去枯黄的草茎，却把草根牢牢地植在地底，待到来年春暖冰消之时再度萌生。

诸葛亮这一次巡视屯田却没有再乘坐四轮车，而是由姜维、刘诺陪伴着一路款款步行而来。路上，诸葛亮掩袖轻咳了几声，忽然问姜维道："伯约，今天早上起来，本相听到不少将士在传魏延将军做的一个异梦，说魏将军梦见自己'头生麟角'，必是大吉大祚之兆……你怎么看这件事呢？"

姜维恭然低头而答："启禀丞相，孔子不言'怪力乱神'，在下素来也不信'怪力乱神'。"

"唔……这样最好！这样最好！"诸葛亮面露赞赏之色，"不过，对魏将军这个梦，本相方才也找来谯周问了一下。谯周却给本相解析道，'角之为字，乃刀下用也；头上用刀，何吉之有？'看来，这魏延一味自诩的'不凡之梦'实在是有些自欺欺人了！"

姜维沉吟了一下，拱手而道："丞相，在下也听到有人说，谯周在昨夜给魏延讲解他的梦是'头生麟角，必有暴贵之运'。"

诸葛亮身形顿时一定，转过头来深深盯了他一眼："谯周给本相也说了，他是故意拿这些话来麻痹魏延的。"

"丞相大人，在下总觉得谯周这个人阴阳叵测，有一些说不出的怪怪的感觉。"姜维皱着眉头，仍是十分认真地禀道。

"谯周乃是玄门术士出身，有一些怪脾气也是正常的。"诸葛亮手中鹅羽扇一摇，把话题移了开去，"伯约啊！你今后的器量总要开阔一些才好啊！记着，要能忍世间难忍之事，能容世间难容之人，这才是磊落英明的大将风范啊！"

"是。在下记住丞相大人的教诲了。"姜维急忙躬身答道。

诸葛亮看着他的目光渐渐变得柔和起来："伯约，你一身忠肝义胆，本相甚是喜欢。这六七年来，你追随本相征战沙场，任劳任怨，艰辛备尝——本相很是感激啊！其实，在本相心里，是一直把你当作自己平生唯一的弟子，甚至——是本相的亲生儿子来看待的。"

"丞相！"姜维抑制不住自己的感情，热泪滚滚而落。丞相呀丞相！在我姜维的心里，又何尝不是把您当作自己亲爱的慈父呢！

"唉……只可惜，时不我待呀！从今而后，也许，本相也不能再多教你什么了。《将苑》那本书，你自己结合实际去细细参悟吧。”诸葛亮的声音低沉了下来，眼中泛起了薄薄的雾气。

“丞相的大恩大德，在下……”姜维哽咽着，再说不出什么。

诸葛亮慈祥地看着他，轻轻一叹：“以后……唉，伯约，可真难为你了。”然后，抢前一步，将他抛在自己身后，同时用力地眨了眨眼睛，把快要失控的泪水全都忍了回去。

他们一行人经过了蜀军的屯田地带，来到了渭南魏国居民的田地旁——诸葛亮的治军是非常严明的，自从深入魏国境内，他便颁令让麾下将士对当地居民秋毫无犯，相敬相让，即使军中再缺粮少谷也不得骚扰他们。他的这一举措，一时在关中地带传为美谈。

所以，那正在麦田里埋头浇水的魏国老农虽然已经远远看到诸葛亮一行人缓缓走近，却毫无惊容，仍是泰然自若地做着自己的农活儿。

“老人家，您且歇一会儿吧。”诸葛亮走到田埂边，用袍袖掩住口低低咳嗽了数声，“刘诺，你们帮这位老人家做一下农活，本相要和他在这里闲聊。”

“这怎么成……”那老农正喃喃地说着，却已在不知不觉间被姜维扶到了田埂上诸葛亮的身边，而刘诺带着几个亲兵早已拿起镰刀和水桶帮他在田地里做起了农活。

“草民见过大人。”老农扯下肩头系着的羊毛巾儿把擦干满脸的汗水后，躬身朝诸葛亮深深一揖。

老农的语调平实真纯，像是对阔别多年老朋友的问候，既无常人见到高官显宦时的惶恐失态，也无山野村氓那般的粗俗无礼。他从心底里把自己当作极平常的人，也把世上所有人视为极平常的人。礼毕，环顾四周，他向着众人一笑，那是纯净若山涧小溪的笑。

诸葛亮不禁被感染了，也难得地微微一笑。好久没有这样笑过了，他心下想道。这位老人家的生活何等逍遥自在啊！本相真羡慕他啊！二十六年前，本相在南阳隆中草庐躬耕待时的心境，除了那一腔豪情壮志之外，似亦与这老农今日表情一般纯淡天成啊！可惜，这样的日子，只怕在自己的余生中再也享受不到了。

他摇着鹅羽扇，低低地吟了一句：“日出而作，日入而息，帝力于我何有哉？老人家真是好清福啊！”

那老农歪着脑袋瞅了诸葛亮片刻，道：“这位大人还羡慕咱们草民的这等‘清福’吗？您可真是说笑了……”

诸葛亮微微而笑：“怎么？您不相信？退回到二十多年前去，本……老夫也还不是和您一样‘脸朝黄土背朝天’地在田地里摸爬滚打！虽然身体累是累了点儿，心境却舒畅得很呢！老人家，您今年的粮食收成还好吧？日子过得惬意吗？”

“唉……今年自三月初起就一直大旱到今天，这地里的粮食收成又怎么好得起来？”那老农蹙了蹙眉，说道，“还有，咱们司马大将军与你们益州的诸葛丞相一直斗了四五个月还难解难分的……您说，咱们的日子怎么惬意得起来？”

“是啊！司马懿为了填饱他那群虎狼之卒的肚子，一定会派出奸官酷吏来逼你们交纳苛捐杂税吧？”姜维愤愤地问道。

“司马大将军他不是这样的人。他是爱民如子的大善人。”那老农横了他一眼，“他的士兵是在自己的屯田庄园里自给自足的，从来不到咱们这些庶民手中抢占什么便宜。这几年来，他还借着‘关中近贼，民宜静抚’的名义上书朝廷给咱们免了不少赋税呢……”

诸葛亮静静地听着，他原以为中原百姓在以法家之术立国的伪魏里会过着饥寒交迫、民不聊生的日子——现在看来，自己的有些认识可能是有些偏差了。

姜维听了，却不禁更加愤愤然起来：“听您这老汉这么说，那伪魏还有足可称道之处啰？您知不知道，这是那曹贼为了笼络人心而向你们施展的‘阳予阴取’之术。实话说了吧，还不是咱们丞相大人锐意前来北伐威胁到了他曹魏的统治，曹贼才不得不用这些小恩小惠来羁系你们的，否则你们早被盘剥净尽了。”

老农拿眼直盯着他，很是倔强地说：“这位长官，别的地方情况究竟怎么样，我老汉不清楚。但在司马大将军的治下，我老汉自喜还是可以安然无忧地坐享清福的……”

姜维正欲反唇驳斥，却被诸葛亮一摆扇给止住了。诸葛亮看着那老农，悠悠地说：“老人家，待我大汉王师一举荡定关中之后，必定广施仁政，让您享受到比今天优渥百十倍的清福！”

那老农听了，用手中羊毛巾拍了几拍自己葛衫上的灰土，呵呵一笑：“这位大人您哄我老汉开心呢？他诸葛丞相真能给我老汉带来百十倍的清福？我老汉是打死也不相信！前天他们军屯里一个士卒还哭着和我老汉谈起，他媳妇写了一封急函来，里面说，‘夫君，家中田无耕、儿无食、赋已纳、罂已空，何以持久耶’？弄得他堂堂八尺男儿，哭得像一个小孩儿似的……”

诸葛亮全身一阵剧震，猛地重重咳嗽了几声，目光倏地抽向了刘诺：“真的？军中竟有这等事体？你为什么不给我禀告？”

刘诺涨红了脸，嘴唇嚅动了数下，低下头去不敢抬起。

诸葛亮顿时全明白了。他静了半晌，才缓缓说道：“益州百姓，为了匡汉大业而如此牺牲，我们全军上下都会永记不忘的。我们大汉王师一直兴兵北伐了五次，历时长达六年，真是苦了他们了！日后大汉收复中原，一统天下之后，便会减免益州百姓赋税六年以作补偿，这或许便够了吧？”

说着，他转头看向那老汉而道：“我大汉乃是华夏正统，岂容曹贼窃位自居？正所谓‘名不正则言不顺，言不顺则事不成’。只有我大汉才堪为天下士民归心之所，才能真正拨乱世而返太平，老人家，您说是不是？”

那老农坐在田埂上，双手抱膝，嘿嘿笑了几声：“大人您前边的话还讲得有仁有义，在情在理，但您后边的话可就有些强词夺理了！要说古今正统，莫过于上古的三皇五帝。可是今天谁还会请他们的后裔来做天子呢？大汉历时已有四百余年，其间虽有文景之治，有孝武之雄，有光武之明，但溯本究源，那高祖皇帝龙潜之际，亦不过是区区一介亭长而已！那个时候，谁能料到他将会是灭秦而立的真命天子呢？今日汉室不振，其因种于当年桓、灵二帝之际的君昏臣佞，天弃民离，故而‘党锢之患’‘黄巾之乱’‘十常侍之祸’接踵而至，几令人心澌灭无余。正缘于此，自大魏黄初元年以来，中原各州境内竟无一起以复汉之仇为名的起义！那么，请问大人，您凭什么又认定非汉室之正统而不可终结天下之战乱呢？”

姜维听着听着，脸色渐渐就变了，他正欲勃然发作，诸葛亮却似已瞧见他的反应，及时用手中的鹅羽扇在他手背上轻轻一拍，再一次止住了他。

那老农继续旁若无人地侃侃说道：“天下重归太平，乱世干戈尽息，本就是当今天下士民的最大心愿，无论是远在江东的父老，还是近隔剑阁的益州儿郎，其实莫不如此。真有天纵之英、超世之杰，他也唯有抚之以道，顺势而为。似你们那位诸葛丞相一味狂逞机巧心智，假重振正统之名，越俎代庖，自诩为替百姓谋利而将他们送上胜机渺茫的浴血之途，可不谓之‘搅乱世道而以紫夺朱’乎？”

“何方狂佬！竟敢在此妖言惑众！”姜维再也忍不住了，一声大叱，拔刀而出便要架在那老农的颈上！

瞧着姜维气愤填膺的样子，那老农却先是微微一怔，尔后便是淡淡一笑。他这一笑恬和自然，宛若野岭荒原中的百合花，又若深山幽谷里的一脉清泉，明净得一望见底。一时之间，姜维只觉胸中一空，手中一僵，那刀竟是劈不下去了！

“伯约……你且让这位老人家把话讲完！”诸葛亮喝退了姜维，又掩口咳嗽了几声，便望向老农来，“老人家究竟是何方隐世高人？诸葛亮在此失敬了。”

那老农拂须一笑，道：“原来大人您便是诸葛丞相啊！老夫失礼了。老夫乃颍川人士，姓胡名昭，字号却与诸葛丞相您的字相同——‘孔明’。”

“原来您是当年灵龙谷‘紫渊学苑’管宁亲师座下的高徒胡昭先生？”诸葛亮面色一变，“那么，您也是司马仲达的同门师兄弟了？”

“不错。”胡昭右手捋髯，徐徐含笑而道。

诸葛亮也深深地笑了：“孔子西游而遇楚狂接舆，屈子行吟而逢汨罗渔父——亮今日出巡而见胡先生，可谓不虚此行矣！”

“诸葛丞相乃一代圣贤，胡某那一番管窥之见让您见笑了。”胡昭谦逊而道。

诸葛亮抬起头来，遥望着天际一缕悠悠飘移的白云，沉沉而道：“您的这些话，亮下来之后必会细细思悟的……”

胡昭仍是微微笑着，忽然从腰间解下一双方方的木屐来，托在掌中，道：“唔……老夫差点儿忘了，老夫那个司马师弟托老夫送给诸葛丞相您一件礼物——便是魏国博士马钧为他制造出的这一双软材平底木屐。他说，诸葛丞相您日后在登山攀坡之际，倘若碰上什么蒺藜之类的锐物，您穿上这双木屐应该用得着。”

诸葛亮接过那双软材平底木屐拿在手中掂了几掂，觉得它们的质地蓬松柔韧而且富于弹性，任何锐器在底面上一扎就陷了进去，但又无论如何也刺它不透。他脑中一个念头霍然一闪：这样的木屐正是自己所发明的那“铁蒺藜”的克星！

他的嘴唇抖了几下，缓缓垂下了眼帘：“胡先生，有劳您替本相带一句话给仲达……”

第2章 死诸葛“吓”走活司马

桓范设局

洛阳桓府书房的正壁之上，高高地悬挂着一条白绢字幅，上面写着一排龙飞凤舞，矫健遒劲的《荀子》隶书古文：“君子养心莫善于诚，至诚则无它事矣，唯仁之为守，唯义之为行。”

在这条字幅之下，兖州牧桓范正在伏案挥笔疾书他的为政专著《世要论》：

在上者，体人君之大德，怀恤下之小心；阐化立教，必以其道；发言则通四海，行政则动万物。虑之于心，思之于内，布之于天下；正身于庙堂之上，而化应于千里之外。虽黈纩塞耳，隐屏而居，照幽达情，烛于宇宙；动作周旋，无事不虑。服一采，则念女工之劳；御一谷，则恤农夫之勤；决不听之狱，则惧刑之不中；进一士之爵，则恐官之失贤；赏毫厘之善，必有所劝；罚纤芥之恶，必有所沮。使化若春风，泽如时雨；消凋污之人，移薄伪之俗；救衰世之弊，反之于上古之朴；至德加于天下，惠厚施于百姓……

正当他顺着自己构思好的腹稿握管泼墨一气而写之际，书房的室门被人从外面“笃笃笃”地敲了几下。

“谁啊？”桓范头也不抬，继续在绢帛上笔走龙蛇地写着。

“父亲大人，武卫将军曹爽、中领军大人夏侯玄两位前来求见！”桓范的长子桓畅在书房门外轻轻地说道。

“哦？那就让他们进来吧！”桓范一听，不由得搁下了手中毛笔，向外面答了一声。

房门“吱呀”一响开了，身着便服的曹爽、夏侯玄趋步走了进来。桓畅跟在后面，顺手便将书房木门紧紧关上了。

“两位贤侄深夜前来相见，有何要事啊？”桓范缓缓端起案头一盏清茶，漫不经意地呷了一口。

那曹爽和夏侯玄闻言，互相对视了一眼，表情却是显得异常复杂，“吭吭哧哧”地说不出个什么来。桓范一见，便已瞧出他俩似有难言之隐。他正暗暗纳闷之际，桓畅已是轻轻推了夏侯玄、曹爽一下，正容而道：“家父素来光明磊落，无心不可与人共见，无事不可与人共言。您二位既称是为公事而来，为何到此却又犹豫难言？”

夏侯玄听了，沉吟片刻，终于一咬钢牙，肃然道：“桓伯父，侄儿等此刻深夜前来叨扰，实是为了莫大之公事而来，万望伯父予以支持。”

桓范放下茶盏，点了点头：“没关系。你等有何公事，但讲无妨。”

“桓……桓伯父，您知道您这次被陛下突然下诏召回洛阳述职，此事幕后的真正原因是什么吗？”曹爽也鼓起勇气开口问道。

听得曹爽如此一问，桓范的面色微微一僵。他先前心头的那一丝疑惑立刻冒上了脑际：这一次自己在兖州刺史任上本来干得好好的，却突然被陛下一纸诏书召回了洛阳京城述职。不料到了京城之后，陛下又将自己搁了起来，竟迟迟不召自己进宫面圣。这些他一直有些莫名其妙。

曹爽注视着他的表情，继续又问：“在您回府候旨召见的这段时间里，有哪些大臣登门造访过您呢？”

桓范听了，脸色又是一滞。是啊！在自己回府候旨召见的这八九日里，董昭、崔林、高柔等公卿宿臣倒是络绎不绝地进入自家府中前来探晤，但自己因为一心要撰写《世要论》，便对他们只以一刻钟为限，常常是没谈上几句话就把他们撵出府去了。他心念电转，肃然问道：“两位贤侄，你们究竟想与老夫交谈什么？有话直说嘛！”

曹爽轻咳了一声，转脸看了夏侯玄一眼。夏侯玄整了整衣襟、挺了挺身板，恭然道：“桓伯父，我家先父和曹真伯父当年都曾经留下遗言，‘国有难，找桓君；君有危，求元则（桓范的字为‘元则’）。’他们都熟知桓伯父您一向堪为朝廷柱石之臣，倘若社稷有难，须当前来求您相助……”

桓范听到后来，脸色骤变：“朝中已有危难？”

“桓伯父您还没看出来吗？”曹爽缓声而道，“当今朝廷，已有鹰扬之臣崛起于萧墙之内！”

“鹰扬之臣？”桓范一听，低下头思忖片刻，慢慢说道，“莫非你们是指司马仲达？”

“不错。桓伯父，您瞧，司马懿如今是党羽爪牙遍布天下，势力根深日久，非同小可——他的世交旧友裴潜是镇北将军，他的亲家翁满宠是镇东大都督，他的心腹僚属王昶是镇南将军，他的弟弟司马孚最近升任为尚书令，他的堂弟司马芝是河南尹……大魏天下从外到内四面八方的军政实权可以说都被他和他的党羽联手操控着。他不是鹰扬之臣，那还有谁是？”

尽管曹爽讲得言之凿凿，桓范听罢，还是一脸的不以为然：“仲达的为人，桓某还是非常清楚的。他不是那种飞扬跋扈、权势熏天的鹰扬之臣！况且，如今他东征西战累有大功，拥享莫大福禄而足可安度天年，岂会晚年丧节而行此王莽、董卓之事耶？你们实在是过虑了！”

“桓伯父，您此言有差也！依愚侄之见，自古以来，大凡枭杰雄霸之崛兴，其始必有绝大之功业，足以耸动人心，能令朝野畏服，然后可以为所欲为，潜移国祚于无形。而今，以司马懿之势观之，不正如此乎？”夏侯玄仍是固执而道。

“司马仲达的累累丰功，不是让人畏服，而是让人敬服！”桓范盯了夏侯玄一眼，“他也是儒门清流出身，岂会违心背教而施枭獍之行？”

“不管是‘畏服’还是‘敬服’，他若仗此功勋与势力来逼宫挟主，都会令人‘心服’啊！他如今已经拥有这份咄咄逼人的实力了。”夏侯玄一脸的沉痛之色，“您知道吗？近来董昭、崔林、高柔、王肃、何曾等都已在私底下悄悄串联署写劝进表。据他们传出的口风，他们就要联名推举司马懿拥享九锡之礼、登上丞相之位……”

“什么？竟有这事？”桓范一听，微微变了脸色，联想到这几日来董昭、崔林、高柔、王肃等窜进自己府中那些神神秘秘、语焉不详的动作和神态，他恍然大悟了！然后，他目光一凛，看向曹爽、夏侯玄：“你们为何要跑来告诉老夫这些情况？你们究竟是受了何人指使？”

曹爽和夏侯玄相互对视一眼，这才不约而同地站了起来。曹爽从袍袖间取出一卷黄绢来，轻轻展开，肃然念道：

“桓范接旨……”

桓范一听，一怔之下，慌不迭地应声而起，带着桓畅来到书房下位面北而跪：“老臣率犬子桓畅接旨。”

曹爽款款念道：“当朝已呈干弱枝强，尾大不掉之势，朕甚以西事为忧，而桓爱卿智广谋深，可托重任，着汝倾心筹谋，为朕排忧。钦此！”

桓范此刻消息再不灵通，也懂得了圣旨中“干弱枝强，尾大不掉”“甚以西事为忧”这些说法是指向谁的了。但是，自己真的要站出来与司马仲达正面较量、制衡吗？他可是自己的师弟，自己的荐主啊！然而，这一边的秤盘上站着的又是陛下！“食君之禄，忧君之事，殉君之难”，不正是自己多年来立身从政的圭臬吗？自己当年为了避世高遁，在汉魏嬗变之际刻意隐居不仕……本来以为大魏开国启运，自己从此可以在魏朝从一而终，没想到今天还是被推到了魏室与司马氏逐鹿竞权之际的风口浪尖之上！自己……自己究竟应该何去何从呢？他正在苦思冥想之际，桓畅从他身后悄悄拉了一下他的衣角，轻声道：“父亲大人！我桓家历代以忠义之道传家继世，您此番若能替大魏力挽狂澜，排忧解难，则日后必成我朝中兴第一勋臣，定能流芳百世的……”

听了儿子这番天真得近乎可笑的话，桓范仍是默然不答。这时，夏侯玄、曹爽却双双“扑通”一声跪倒在他面前，哀哀而泣：“桓伯父，愚侄等就代陛下求求您了……”

桓范静静地听着，脸上表情泛起一阵激烈的抽搐，终于紧咬钢牙，“砰”地叩下头去，同时恭恭敬敬地伸出手来：“老臣……老臣接旨。”

看到桓范接下了这道圣旨，曹爽、夏侯玄就像心头终于放下了一块巨石一般。他俩和桓畅偷偷交换了一下眼神，眉宇间都露出了一缕释然之色。

曹爽面容一正，向桓范开门见山地问道：“桓伯父，如今情势紧急，您此刻可有什么遏制司马懿的妙计吗？”

桓范握着手中那札诏书，就像握着一块烧红的烙铁一样，拿也不是，放也不是。他最后将它横放在自己双膝之上，朝着曹爽苦苦一笑：“老夫这时哪有什么妙计？眼下单从朝廷内部寻找助力来遏制仲达，那已是绝无可能。你们自己刚才也说了，他党羽爪牙遍布天下，而且都已各据要津，手握实权，朝中已然无人再可制衡于他了！以前尚书台还没落入他的掌心之中，但现在司马孚已经接任了尚书令一职……朝廷这最后一个堡垒也几同失陷……唉！难！难！难！”

他正说之间，双眉一拧，似乎又想起了什么：“不过……他此刻不正在与伪蜀诸葛亮交战吗？倘若诸葛亮能在前方疆场之上一挫他的锐气，他便会在谋取九锡、相位的行动上有所收敛的。”

“桓伯父您有所不知，诸葛亮现在已经挫不了他的锐气了！十日前上方谷一战，诸葛亮苦心设伏，非但没能将他烧死，反而白白折损了数十万石粮食。据我等在前方的眼线传来消息说，诸葛亮也拿司马懿无可奈何，反倒是被司马懿逼得郁郁成疾，拖不了几天便会败退回蜀了！”夏侯玄向他坦陈相告。

“唔……那就真的是有些棘手了！”桓范听完，不禁双眉紧锁，站起身来，背负双手，在书房内缓缓踱步转起圈来，“让老夫再细细地想一想，究竟还有没有其他的应对之策！”

“干脆咱们挑选一批死士，潜入关中大营，把司马懿……”曹爽伸出手来，平直如刀，做了一个猛地下劈的动作！

“这绝对不行！”桓范疾喝一声，冷冷看了他一眼，“司马仲达本人武艺超群，而且城府深密，处处设防，你所选的死士绝对近不了他的身旁！就算你一时击伤了他，他只要缓过气来，抓住这个把柄大肆反攻，尔等焉有命在？大魏焉可久存？还是让老夫再细细地想一想。”

曹爽正欲反驳，夏侯玄开口道：“昭伯（曹爽的字为‘昭伯’），桓伯父所言甚是——诸葛亮上一次派出的死士那么厉害，不是也对司马懿毫发无伤？咱们用这一招行不通！”

“这……”曹爽顿时语塞了起来。

桓范却似没有理会这一切，只埋着头不断地边踱步边思忖着，也不知他在书房内踱了多少个圈子后，曹爽、夏侯玄、桓畅都等得昏昏欲睡了，他才蓦然一声欢呼道："有了！有了！老夫终于想出一计了！"

"什么计策？"曹爽、夏侯玄、桓畅等精神一振，都不禁脱口问道。

"请陛下立刻下诏，强行征调辽东太守、乐浪公公孙渊入京担任太尉之职，并令幽州刺史毌丘俭举兵逼临其边境。毌丘俭是陛下的东宫旧僚，这事儿他应该会照办的……"桓范一双眼睛睁得大大的、亮亮的，直视着他们三个人。

"这……这不是分明要把公孙渊逼反吗？"夏侯玄一惊。

"就是要将他公孙渊逼反！"桓范两眼像火焰一般亮得灼人，"司马仲达为人行事的风格，老夫一向很是了解，他最是喜欢严谨周密，万无一失，这是他最大的优点，同时，这也是他的弱点。他此刻全盘计划已是筹谋得密不透风，我们要从内部将其打破已是极为艰难了！所以，我们就是要来个另辟蹊径，以邻为壑，制造外部矛盾，把司马氏的绝大压力暂时转移出来……"

"这……这样做，会对我大魏不利啊！"曹爽也不无忧虑地说道。

桓范慢慢坐回席位上，脸庞淹没在灯架的倒影之中，只有那一双眼眸仍在黑暗里炯炯生光："唔……公孙渊被逼起兵造反，固然对我大魏有所不利，但同样也对司马氏有所不利啊！司马懿既已视大魏为其囊中之物，依他的个性就决不会允许公孙渊染指！倘若不出老夫之所料，他在得知公孙渊起兵造反的消息之后，只能是暂时按捺下自己篡魏自立的勃勃野心，抽出手来先行远征去扫荡辽东……这样一来，董昭、崔林、高柔、王肃他们的劝进九锡晋相之事就非得'搁浅'不可。"

"高！高！高！好一记以乱打乱的高招！"夏侯玄这时才明白了过来，目光一亮，无限钦佩地看着桓范，老话说得没错——到底姜还是老的辣呀！

曹爽含笑而赞："桓伯父出手果然非同凡响！"

桓范这时的表情又恢复成平静如水，他双眉紧蹙，沉沉而叹："唉……这条计策也算不得什么高招。它治标不治本，不过是拖延一时的权宜之计罢了……公孙渊哪里是司马仲达的敌手？待到司马懿挟扫平辽东之大勋凯旋之后，只怕那时才是我大魏国步入险境的真正开始……"

"不管怎么说，眼前这一场大劫总算是化解过去了。"曹爽心情轻松地站起了身，敬佩之极地看了桓范一眼，“回宫之后，爽便和太初（夏侯玄的字为‘太初’）一起建议陛下任命您为车骑将军和司隶校尉。桓伯父，愚侄等真该早一点儿来向您求助啊！”

桓范也拍了拍自己袍角上的灰尘，站了起来，一副淡然无事的表情，徐徐道：“你们先前恐怕都是嫌老夫这个人性格棱角分明，不好接触，所以才对老夫敬而远之吧？现在再说这些话，就是多余的了……老夫生为大魏臣，死为大魏鬼，决心把一个‘忠’字扛到底！请陛下放心，他托付的重任，老夫定当竭尽所能，务求底定功成！”

他说到这里，曹爽和夏侯玄的脸颊都顿时感到火辣辣的，眉目之间尴尬之色毕露无余。桓范却好像没把他们的表情看在眼里，自顾自地继续讲道：“如今天下兵权已大半落于他司马氏之手，但幸而掌粮之权似乎尚未引起他们的注意……老夫既是真要选择一个合适的职位来辅助朝廷，不如就请陛下让老夫出任大司农一职！只要陛下将全天下各州各郡的军民粮仓抓在了手中，就等于掐住了四方诸侯的米袋子和命根子！他们手中无粮，又如何跟司马懿造得起反来？”

诸葛亮的遗策

八月十五的月儿，又圆又大，玉盘一般高悬半空。渭河边的沙滩上，铺满了一层亮亮的、浅浅的银辉，白缎一般延伸到黑夜的尽头。一切，宛若回到了建安十三年荆州长宁河畔那个秋天的夜晚。一切，皆如梦境浮现一般清晰。

河水面上跃动着灿烂的白光，渐渐模糊了司马懿的眼睛。诸葛亮那伟岸峻拔的背影在月华的衬托之下显得愈加浮凸。他，此刻正背对着司马懿在缓缓抚琴。

琴声纯纯淡淡，仿佛是用无形的笔墨书写的另一种动人华章。司马懿一瞬间仿佛回到了自己在灵龙谷求学的青年时代，那一切宏大的、细微的、昂扬的、婉转的声音，犹如暗夜刚刚诞生，带着初生的清醒和天真扑面而来，萦萦绕绕，幽香脉脉。月光倾洒下的鱼跃，悠悠远山的钟鸣，平平阔阔的河流，柔风拂过漫山青翠，草丛里一只野鸭破壳而出，岩壁下的灵狐正仰天而啸……诸葛亮抚琴的手指灵动而又轻盈，如同两只展翅飞动的翩翩白鹤，那琴身是一片芳香四溢的花海，七根琴弦便是那一波波不断涌来的花香。乐声和花香虽然无形无色，却都是可以渗入心灵深处的一道扉门，在那里回回旋旋。司马懿放松地、静静地谛听，那道扉门徐徐开启，如水的阳光汩汩流进，而那个魂牵梦绕的“她”的笑靥正渐渐飘近……他脸颊边一串冰凉悄悄掠下，那是他莹亮的清泪。

“铮”的一响，琴音戛然而止。司马懿心头一漾，立刻降回到真真切切的现实中。他禁不住失声叹道：“好琴艺！真乃天籁佳音也！只怕当年周瑜周公瑾的七弦之技也逊乎难及吧？”

诸葛亮在竹席上静坐了片刻，方才缓缓转过身来凝望着他，仿佛注视着一个相知多年的老友一般亲切而自然。虽然他俩在关中也曾交过两次手了，但平日里都是他俩手下兵来兵往、将来将往，他俩临阵见面的机会却少得可怜——就算是见面，彼此也只是隔着沙场遥遥相望而已，绝没有今天走得这般贴近。

他慢慢地举起鹅羽扇扇动着，悠然而道：“司马君，这么多年过去了，你仍是风采依旧，可喜可羡啊！”说着，他大袖轻扬，掩住了口，闷闷地咳嗽了一声。

司马懿却依然静静地正视着他，柔声说道：“孔明，你也要多多注意自己的身体才好！”那温暖的声音里，赫然透出一份莫名的亲切和关心来。

诸葛亮摆了摆手，敛去脸上的一丝痛楚之色，缓缓从衣襟之处拿出一块物件来，托在掌上。司马懿一瞧，不由得心头怦然一动。却见它正是自己二十多年前在荆州沉璧湖上木舟之中赠给他的那块西汉未央宫瓦当！它上面的应龙纹饰依然是那么栩栩如生！他略一迟疑，轻轻吟道：“黄漆硬把赤瓦污，奸心费尽终不得。雨刷云收日出处，还我炎汉真颜色！孔明你当年作的这首诗，至今诵来仍旧是清越入云啊！”

诸葛亮却面色平静，淡淡道：“仲达你莫非已经忘记了，这块瓦当可是你当年亲手赠送于亮的。”

司马懿的脸色微微一滞，缓缓言道：“天下大势，顺之者昌，逆之者亡。孔明你如此殷殷邀吾前来，恐怕不会是再来谈这理势之辩吧！”

“不必，不必。这块大汉宫阙瓦当，当年是从水中而来，如今亮还是送它回归水中而去吧！我想，你我二人都已不必将它系留于身了。它本就该在当年与孔大夫、荀令君他们一道殉葬的了……”诸葛亮以一种平静得近乎淡漠的语气说着，一扬手，便将那块未央宫瓦当“咚”的一声远远抛进了缓缓东流而去的渭河水中，只泛起了微微几圈波纹之后便杳然消失了……

司马懿见了，心头一阵轻震，一时竟不知该讲什么才好。

诸葛亮转过了脸，迎着他深深一笑：“这几日亮一直在思索你当初在建安十三年长宁河边所讲的那个发生在野河县里的那个故事，它对亮的触动很大。你说得没错，天下之交争者，其实不在名器，不在礼法，不在权势，而应该是在民心的向背！老百姓最需要的，不是什么名器，不是什么正统礼法，而是一份温饱、一份安宁、一份自在。亮已在益州裹挟着百姓折腾了太久了，是到了该结束的时候了。”

司马懿的脸上微微波动，他也没有料到以诸葛亮之睿智顽强，今日竟也说出这样一番话来！于是，他沉吟了一下，轻轻一叹：“可是不谋不动，不思不虑，坐困一隅，本也不是你诸葛孔明的作风啊……”

诸葛亮长长一笑：“这六次北伐，亮已极尽到了所能。亮是有自知之明的，仲达，你赢了！”

这一段话便如一串霹雳自天而降，“轰”的一下震住了司马懿！他怔怔地站在那里静了许久，一时竟不敢相信自己的耳朵。终于，他慢慢反应过来，眼圈便倏地红了：“孔明——你……”

诸葛亮避开了他的目光，指着竹席旁放着的那一条长长的木匣，向刘诺和牛金示了示意，道：“你俩把这木匣打开！”

木匣打开，赫然现出一卷巨大的画卷，横幅约有七八尺宽。

在司马懿惊讶莫名的目光中，诸葛亮轻轻吩咐道：“将它拉开。”

刘诺和牛金各自抓住画卷两边的檀香木卷轴，分别走了开去。白绸的底面上，金丝织成的城邑、银线绣成的江河、朱缕描成的峰岭、蓝缎钩缀的湖海……从右端的辽东半岛而起，幽州、冀州、并州、青州、兖州、扬州、徐州、豫州、荆州、益州、雍州、凉州等一块块形态各异、色彩纷呈的州郡地图迎面而来，直到左端的西域葱岭脚下为止——原来，这竟是一幅长达一丈四尺，美妙绝伦的天下地图画卷！

司马懿借着明亮的月光，望着那幅巨图，在心底啧啧称赞，好漂亮的蜀锦！好大气的宝图！

“这是‘九州归一图’……”诸葛亮伸出修长的手指，在光滑明润的锦缎画面上轻轻抚过，像抚摸着自己心爱的婴孩一样。多少个北伐驻军的夜晚，在寝帐里他披着衣袍执着灯烛在这幅画卷前徘徊难眠啊。自己在这四海方圆之内，除了到过兖州、徐州、豫州、荆州、扬州、益州、雍州、凉州之外，其他的幽州、冀州、青州、并州等大幅中原疆域都从未涉足，甚至连洛阳、长安这两都自己都没去过……而他，曾在心底里多么渴望自己能将大汉的旗帜插遍这万里江山上的每一寸土地啊！但是，现在，这一切在自己有生之年都不可能实现了……

心境一阵激荡之下，他不禁泪眼蒙眬，轻轻吟道：“束发读诗书，修身兼悟道，仰观与俯察，雄略胸中存。躬耕从未忘忧国，习经总为解民困。凤兮凤兮思高翔，世乱时危要来拯。茅庐承三顾，促膝纵横论。半生遇知己，斯人相与归。一朝携琴随君去，羽扇纶巾赴征尘。龙兮龙兮风云会，一腔碧血映天日。归去来兮吾夙愿，余年还做陇亩民。清风明月入怀抱，猿鹤听我再抚琴……”

司马懿听着听着，亦是唏嘘流泪不止。

诸葛亮吟罢，凝住心神，他的手指抚过高山，抚过河流，抚过平原，最后在自己当年隐居躬耕的豫州南阳郡那里停了下来。他的目光久久地注视着它，喃喃地说道：“亮多么希望自己所看到的这幅巨图能够成为现实啊……天下不再有蜀、魏、吴三个国家，九州八荒复又归于一统，连东胡西羌都闻风归附……四方风调雨顺，庄稼连年丰收，官府政清吏廉，百姓安居乐业，驿道四通八达，万民共为一家……尧舜禹三代之盛世重现于今……”

然后，他转过脸来，目光炯炯地正视着司马懿：“仲达，你接得下这幅宝图吗？”

司马懿看着这幅蜀锦巨图，满脸肃穆之色，重重地点了点头。

“那，这幅图，现在亮就将它赠送给你了。”终于，诸葛亮款款说了这一句话。然后，他慢慢又回转过身，悠悠而言：“亮，就此告辞了。”

望着诸葛亮渐去渐远的背影，司马懿热泪盈眶，猝然一声长啸，那啸声清越若凤唦，沉浑若龙吟，飞扬激越，直入云霄。

诸葛亮身形一停，撮了撮口唇，便欲与他共鸣相和——不料却引得胸口微微一阵刺痛：原来自己的肺气已虚，是再也打不起那一声清啸了；就算勉力应和，自己亦是力有不逮……

他双目一闭，两串清泪滴滴而下！

“哗啦”一阵声响，六枚金光闪闪的铢钱撒落在书案上，排了开来，卦象乃是同人卦，卦中第四爻变动。

司马懿一副宁心静气的模样，缓缓睁开眼来，沉吟有顷，方才轻轻翻开放在手边的《易经》书简，只见同人卦的卦辞是：“同人于野，亨。利涉大川，利君子贞。”第四爻的爻辞是：“乘其墉，弗克攻，吉。”面对这六枚铢钱排成的卦象，他轻抚长髯，双眸微闭，陷入了深深的思索之中。

隔了许久，他才徐徐开口说道：“《周易》乃古今第一奇书，钩深致远、探赜索隐，圣人用之以测天下之事，以通天下之志，以定天下之业，以断天下之疑。为父曾命尔等深研细读，近日习来可有心得体会？今天，尔等且将为父面前这一卦细细解释听来！”

他这话是问向他的两个儿子的。司马师上前细细一看那卦象、爻辞，喜形于色，道：“父帅，看来咱们此番征讨诸葛亮，实乃天佑人从，无往不克！这同人卦上讲，利涉大川。此话确是不假。孩儿得到消息，据称蜀军上下已然尽知诸葛亮病情危急，早就是人心惶惶、窃窃不安了！父帅何不乘此良机，潜军进取一举荡平蜀寇？”

一听此言，司马懿的两道长眉微微一颤：此子魄力十足，霸气溢然，倒也堪称折冲厌难之才，只是稍稍有点儿好斗之性。他在心底微一转念，正欲开口。

“且慢。”司马昭清朗异常的声音使他不禁心头一动，便默然侧耳倾听。

“大哥请看这同人卦第四爻爻辞：乘其墉，弗克攻，吉。这说明，整个战局虽然对我军大大有利，但近段时期还是慎于用兵的好，力求全师保胜，不宜急于一战，以待底定功完之机。”

司马懿微微点头，司马昭洞烛先机而临事不惑，亦为一代韬略奇才。于是，他这才缓缓开口：“你俩的意见都不错。依为父观之，此卦、此爻乃是‘沉静则吉，妄动则凶’之象，占卦之人不可贪一时之小利而误失一世之大业，须谋定而后发，择机出击。诸葛亮虽然身患重病，但他部下十余万蜀军士气犹盛，岂可轻撄？真要潜军秘讨，也得待他真正身殁之后再相机而动……”

“父帅，诸葛亮他活不了几天啦！”司马师不禁提醒道。

“正是因为他正奄奄病重，才要更加防范。万一他施出诈死诱敌之计怎么办？”司马懿冷冷地扫了他一眼，“要沉住气，静观其变——越是临近最后胜利的关头，咱们越要如履薄冰，战战兢兢！”

说着，他又俯下头去看了看那卦象爻辞，如同瞻仰一位先知一般，目光里充满了无限的信任和尊敬。敬卦、敬爻，在司马懿心目中，就是敬天、敬道、敬命。他这一生几乎可以不相信任何人，但他不会不相信案头这本《易经》。它是他征战决断，处事谋略常用不误的法宝，它引导着他一步一步走向成功，走近理想，所以他几乎只相信它。在前朝建安二十二年，三十八岁的司马懿作为僚佐随同魏武帝曹操西征益州，一日临战前为曹操占了一卦，乃是解卦，卦辞为：利西南。无所往，其来复吉。有攸往，夙吉。第六爻动，爻辞为：公用射隼于高墉之上，获之，无不利。

根据卦象、爻辞，针对当时的战局，司马懿经过深入研究，全面辨析之后，就向曹操进言：“此时刘备以诈力而虏刘璋，蜀人未必倾心附之也！而他竟不顾此情与孙权远争江陵，真乃机不可失矣！如今丞相骤克汉中，益州震恐，军民不安，您若速速进兵临之，敌必瓦解，全蜀可得。圣人不能违时，亦不可失时。请丞相明断之。”然而曹操认为他年少心大，口出躁言，竟讽刺道：“人若无足，既得陇，复望蜀耶？”并未采纳他的建议就收兵北归了。结果他前脚刚走，刘备便与孙权达成和议而后脚赶来，出师剑阁关，杀掉夏侯渊，一举抢占了汉中要塞，封住了曹操进蜀的西南门户。曹操这时才悔悟过来，自知察言不慎，痛失良机，忍看三国鼎立之势已成，却又无力挽回，抱憾终身。临终之际，曹操念及司马懿言无不中，谋无不成，实乃栋梁之材，便调任他为曹丕的中庶子，辅弼曹丕开基建业。追昔思今，司马懿怎能不将《易经》倚为圭臬、奉为神明呢？

司马师忍了又忍，最后还是开口禀道：“父帅您还是太过谨慎了。据咱们设在蜀军中的眼线来报，诸葛亮的长史杨仪和他的先锋大将魏延素有积怨，倘若诸葛亮一死，他俩说不定就会为争权夺利而大打出手……这难道不正是我们乘隙而进的最佳时机吗？”

“哼！师儿啊，你真是把诸葛亮想得太简单了！区区魏延、杨仪二人，恐怕早已在诸葛亮的筹谋之中，难以成为破坏蜀军安全的隐患了！你逮不到什么可乘之隙的。"司马懿看向他去，"为父也知道，你是急着催促为父击溃蜀寇，立下大功之后再冠冕堂皇地响应董司徒、崔司空等的劝进九锡晋相之事吧？告诉你，古语讲得好，唯圣人能内外无患，自非圣人，外宁必有内忧。你切切不可只见其一，不见其二；只见其外，不见其内；只见其利，不见其弊……"

他正说之际，却听寝帐门帘外传来了牛恒的呼声："大将军，属下有急事相禀！"

"进来……"司马懿听出牛恒的话声里似有一丝惊慌，便急忙答了一声。

牛恒进了帐室之后便向司马懿抱拳禀道："大将军，朝廷传来八百里加急快骑讯报，辽东太守、乐浪公公孙渊反了！他公然自立为燕王，并已起兵直扑幽州边境而来……"

"怎么回事？"司马懿面色剧变，"公孙渊他废叔夺位还没多久，朝廷亦以虚礼默许而羁系之，他怎的又会猝生异志而割据作乱？"

"听说……听说是陛下颁下一道圣旨将他逼反的。陛下以明升暗降之法调他入京担任太尉之职，结果一下便把他逼反了！"

"陛下这……这……这是想干什么？他不是给我大魏凭空添乱吗？孙资、刘放他俩怎么不阻止他？尚书台怎么不阻止他？怎能由着他如此胡来？"司马懿勃然怒道。

牛恒弯着腰认真禀道："启禀大将军，据说陛下这道诏书是他自己亲笔写好后揣在龙袍里带上九龙殿亲口对外发布的。中书省和尚书台当时都被弄了个措手不及，自然是阻挡不住了……"

"唉！这简直是胡闹嘛！对付那公孙渊，本帅早有计策在胸。如今陛下乱发诏书打草惊蛇，实在是……实在是棘手啊！"司马懿咬牙忍住怒意，沉思片刻，又问道，"裴潜他们那里作好了应付公孙渊之乱的万全之备了？"

"恐怕还没有……"牛恒轻轻地答道，"属下稍后就以您的名义写一封密函送到裴大人那里去？"

司马懿微微闭上了眼，沉沉地点了点头。

这时，司马昭却双拳一捏，失声而道："哎呀！坏了！父帅，董司徒、崔司空、高廷尉他们为您劝进九锡晋相的事儿已经筹备得差不多了，这、这、这，您看……”

“唔……现在还能再去想什么劝进九锡晋相之事吗？说不定本帅稍后打退蜀寇之后，便要迅速拔兵北上，前去辽东平叛了。”

“那……父帅，您的意思是劝进九锡晋相之事暂时就搁下了？这……这怎么行？”司马师一愣，“依孩儿的意见，他们那边该劝进还是得劝进啊！”

司马昭看了他大哥一眼：“大哥……古语讲：小不忍则乱大谋。看来，咱们只有通知董司徒、崔司空、高廷尉他们，在父帅殄灭公孙氏之后再来推动此事了。”

“可……可是，你瞧董司徒、崔司空那一大把年纪，他们还撑不撑得到父帅从辽东班师回朝的那一天啊……”司马师皱着眉头说道。

“虽是如此，那也没办法！”司马懿一锤定音，“牛恒，从现在起，你帮助本帅搜集一切有关辽东方面的情报呈上来！”

“是！”牛恒干脆利落地应了一声。

他们正交谈着，寝帐外一阵凌乱的脚步声匆匆跑近。帐内诸人一下全都住了口，却见门帘一掀，周宣面色慌张地一头撞了进来：“仲达！仲达！刚才西北夜空有一颗赤芒多角的巨星陨落了，而且落去的方向正是五丈原。”

“巨星陨落了？”司马懿浑身一震，双眼大睁，“难道……”

“诸葛亮死了！”周宣直盯着他，一字一顿地说道。

“诸葛亮真的死了？”司马懿喃喃地自语，“他真的死了？”

“不错。大将军若是不信，就请随周某走出帐外一观星象。”周宣恭然躬身而答。

刹那之间，司马懿只听到自己心房深处仿佛有一块水晶般的东西“叮”的一下粉碎了，一股尖锐的疼痛顿时刺激了他全身的神经……他颓然坐倒在胡床上，半晌缓不过气来。

周宣双手一拱，喜上眉梢，向他继续讲道：“周某在此恭贺大将军了。诸葛亮已死，大敌已除，您自此可以安枕无忧了！放眼天下，再无他人堪称您之敌手矣！”

司马懿神色一凛，倏地一跃而起，一把抓住了他的袖角：“周师兄！关于诸葛亮已死的这个消息，您一定要守口如瓶，千万不能外传！”

“这……这是为何？”周宣大惊。

“倘若全军上下闻知诸葛亮身亡的消息，一定会群情激奋，不顾一切地催着本帅赶快兴兵前去攻打蜀军。但诸葛亮乃是何等厉害的角色？他必会在自己身后留下相当凌厉的后招，诱使我军自投陷阱。”司马懿凛凛的目光紧盯着周宣的双眸，面色冷峻得出奇，“刚才本帅所占的那同人卦第四爻爻辞正是‘乘其墉，弗克攻，吉’。这恰巧是冥冥上苍对本帅最冷静的提醒啊！”

“唔……周某明白了。”周宣深深地点了点头。

绵绵秋雨中，姜维和杨仪带着两万人马为南返大军殿后，缓缓朝汉中郡进发。队中依然载着那辆四轮车，上面撑着青罗伞盖，车中却坐着丞相大人的木像，依然是羽扇纶巾、鹤氅皂绦的潇洒打扮，显得颇有几分生气。

坐骑颈项上系着的鸾铃在细雨中清脆而凄婉地振响着。这条斜谷汉水间的路，姜维已经来来去去许多次了。他还记得半年之前，正是春和日媚，暖风拂面的时候，他随着丞相从这里经过，意气风发地开始了第六次北伐关中。而现在……

凄风苦雨之中，已经桃落菊开，物是人非了——姜维只觉自己所熟悉的、所尊敬的那个人的音容笑貌再也无处寻觅。

“昔我往矣，杨柳依依。今我来思，雨雪霏霏。行道迟迟，载渴载饥。我心伤悲，莫知我哀！”

不知是什么液体无声地流进姜维的嘴中，像雨像泪又像血，五味杂陈。一幕幕情景浮现在他脑际：诸葛亮从病榻上撑起身来，正视着他郑重道：“伯约，大军南返之时，由你来总领后军……”

姜维懂得这个部署意味着什么，肃然而答：“丞相请安心。维以死守之！”

“届时司马懿他必会率军追来，铁蒺藜是再也拦他不住了，而你自然是敌他不过的。”诸葛亮慢慢地说着，一个字一个字地仿佛是从胸腔深处挤出来一般，“那时，你再把本相的那尊坐像推将出来。那样，司马懿就不会为难你们了。”

“真的？”姜维抹着泪水，嘶声问了一句。

“当然是真的。”诸葛亮静静合上了双眼，轻轻躺了下去，“伯约啊！从今之后，我大汉天军的战略转为守势，务求保境安民便可。你一定要记住啊！老百姓再也经不起折腾了……”

……

“报——杨大人、姜将军，司马懿大军正在后面追赶我军，目前正距离此地二十余里！”斥候飞马来禀，打断了姜维的悠悠思绪。

“怎么办？”杨仪失声而呼，脸色一下子变得惨白。

“不用怕。”姜维心底虽然激荡非常，脸上表情却是十分沉着，“请杨大人即刻下令，马上让后军回戈转为前军，所有旌旗戟指朝北，摆开八卦之阵，严阵以待。等到敌军扑近之时，在阵前列好十三面牛皮战鼓一起擂响，顺势再将丞相大人的尊像推将上前，来个以假乱真之计唬一唬魏贼！”

“好！一切就依你所言！”杨仪一边颤声答着，一边抹着额上的冷汗，急忙去中军落实督办这些部署了。

姜维转过坐骑，望着后面的来路，神色一片怆然。司马懿有十余万大军，而蜀军只有两万人马殿后——姜维自己也很清楚，目前蜀中无人再是司马懿之敌手，更何况魏延、马岱各带部曲已擅离而别。但，姜维已经别无他路可以选择。无论如何，他都要竭尽全力阻击司马懿，决不能让他逞凶肆威，否则自己如何对得起丞相大人的临终重托！

“丞相啊！您在天有灵……保佑我大汉将士吧！”姜维在心底默默地祈祷着。这时，在一旁的副将刘诺却仿佛看穿了他的心思一般，轻轻拍了一下他的肩头，低沉而有力地说道：“姜将军，没事儿的，司马懿不会乱来的。”

姜维瞧着这个谜一般神秘的丞相侍卫首领，一愕之余，也不及多想，连忙指挥蜀军兵马很快在路口布下阵来。隔着层层雨幕，他仍能听到数万铁骑动地而来的隆隆蹄响。难道自己沿途撒下的铁蒺藜竟是全然失效了？

“报——十三里！”

“五里！”

姜维甚至能看到栈道的尽头飘出写有“魏征西大都督司马”字样的大旗了！他的心倏地悬了起来，习惯性地转过头去寻找青罗伞盖下那位摇扇而哂的丞相。然而，那里，映入他眼帘的却是那一尊宛然如生的木像，正用凝固成永恒的微笑回应着他……即便如此，“他”似乎也给了姜维心头莫大的慰藉！

隆隆战鼓之声中，姜维挺枪纵马，正对着狂扑过来的伪魏兵马，长啸而出，一如半年之前刚杀出斜谷道之际一样锐气逼人！

司马懿父子三人的战马冲在最前面，他们望到姜维自斜刺里杀出，都不禁怔了一怔！

“司马老贼！你又中了我家丞相的妙计了！拿命来！”满腔是锥心刺骨的剧痛，而脸上装出的却是不可一世的狂傲笑容。在最想痛哭的时候，姜维却不得不扬声大笑！

他清楚地看到司马懿愕然地一拉马缰勒住了坐骑，直直地看向自己的身后——那是蜀兵们簇拥着的载着丞相木像的四轮车，还有一面高高扬起的旗帜：“汉丞相诸葛。”

司马懿遥遥地望着这一切，脸上表情竟有说不出的复杂，让人模模糊糊地看不明切。他蓦地一扬马鞭，身后的数万铁骑齐刷刷地停了下来！这时，司马师、司马昭、牛金、胡遵等人都拍马靠近围在他的身边，分明是在七嘴八舌地争相劝说他下令继续杀上前来！

过了短短的一刻，司马懿突然做出了一个几乎令所有人都感到不可思议的举动——他手中马鞭高高一挥，硬声下令道：“诸葛亮原来是诈死！前边恐有伏兵，我军全速撤退，不可久留！”

他的命令是不可违抗的，魏军诸将从他身旁悻悻然散了开来，魏兵严整之极的阵脚于是在蜀军破喉而出的呐喊之声中开始松动、摇摆，最后竟乱成一窝蜂似的纷纷后退。

而司马懿在拨转马头的一刹那，回过头来迅速望了一下端坐在四轮车中的诸葛亮木像，谁也没见到他眼角似有泪光隐隐一闪而逝！

仿佛一阵疾风，数万魏军铁骑就这样一矢不交、一枪不碰地卷旗扬尘惶惶而去。

望着他们远遁的背影，姜维策马立在那尊诸葛亮木像身畔，终于由哽咽抽泣变成了失声痛哭。丞相！您的遗计又一次奏效了！连老奸巨猾的司马懿也被您一具遗像吓得抱头鼠窜……然而，当一切的光辉和绚烂都随您而去了之后，我们又该如何在日趋灰暗的平淡、平庸中挣扎着自存自立?

在山间栈道上，溃退的魏国士兵扛旗拖矛，丢盔弃甲，纷纷鼠窜，很是狼狈。

司马懿乘着枣红马在满是泥泞的路上缓缓而行，目光直视前方，默默不语。司马师似是按捺不住，待四下无人注意之时，打马凑到父亲身边问道：“父帅——那诸葛亮的确是早已身殁而亡了呀！刚才咱们看到的肯定也是别人易容化装而成，就像您在上方谷那时一样。”

司马懿仍是不言不答。

司马师又道：“无论真伪虚实，您当时还是应该挥师杀上前去与他们交锋一番。唉！咱们今日不战而退，一定会被朝中那些政敌抓住大做文章，甚至还会编出死诸葛吓走活司马之类的谣言对您百般讥辱。这对您如日中天的隆隆声望实在是大大有损害啊！”

“师儿，你听着。智不足以统理万物，仁不足以惠养万民，明不足以烛照万机，威不足以摧灭万难，功不足以显耀万世，这才是为父深以为耻之事。除此之外，没有任何事情能让为父感到耻辱。他们若要讥笑为父，也只得由他们去了。只要真正的胜利最终是属于为父的，一切皆不足论！”司马懿将马一停，侧过头来直盯着他徐徐讲道。他的表情深沉如大海，平静似天空，仿佛任何风浪也不能稍加扰动。

司马师的双唇颤抖着，不敢再唠叨什么了。

司马昭也从后面拍马上来，与他大哥并肩而立，望着父亲如此沉肃的神情，不禁敛息起敬。

司马懿深深注视着他俩：“你兄弟俩自信在用兵韬略上能胜得过姜维吗？”

司马师、司马昭互视一眼，毅然而答：“能。”

“那就成了。”司马懿双目微微一闭，拨过马去，话声从前边顺风飘来，“益州，就留给你俩将来去平定吧！那桩奇功，也留给你俩将来去亲手建立！我司马氏四百年世食汉禄，为父实在是狠不下这份心肠……”

他一边催马前行，一边仰起头来望向苍黄的天空，在心底默默自语道：“孔明兄，懿对你可谓仁至义尽矣！你在天上也该安然瞑目了吧？即便天命在我司马家一族，懿也决意要做西伯姬昌，终身不行有瑕有疵之事！大汉一脉，懿是断然不会亲手损毁的。至于你所效忠的那个刘禅伪帝，他自己将来能不能守住你和刘备并肩联手辛辛苦苦为他打下的这偌大基业，那就是你和我都无法左右的气数了……”

司马懿再度出征

“诏曰：大将军、征西大都督司马懿力挽狂澜，驱退蜀寇，毙其酋首诸葛亮，厥功至伟，着晋位为太尉，增邑三千户，并立刻单身返京面圣，朝廷另有大任托付。钦此！”

钦差大臣辛毗念完了圣旨，便急忙上前扶起司马懿，毕恭毕敬地说道：“大将军啊！陛下还托辛某捎来口谕，请您务要保重身体，切莫因稍染风寒而误了国事啊！陛下对大将军——现在该称您为太尉大人了，陛下对太尉您的恩宠实在是无以复加啊！”

司马懿其实早已知道这道诏书急召自己进京接手的“大任”是什么，却故意假作懵懂地问道：“辛大人，请恕本帅多嘴，不知这诏书里的‘朝廷另有大任托付’的含义到底是……”

“那还用说吗？眼下辽东作乱，朔方狼烟乍起，实非太尉您亲自出马而不能一举荡平之啊！毌丘俭已经在碣石口吃了败仗了……”

“原来是这回事儿啊！”司马懿假装恍然大悟，抚须言道。

“太尉大人，辛某半个月前托崔林司空给您说的那件事儿，您考虑得如何了？”辛毗忽然目光莹亮地看着司马懿。

司马懿一听，便明白了他话中蕴意。崔林在前段时间联络辛毗署名劝进九锡晋相之事，辛毗在口头上倒是痛快地应承了下来，同时却反托崔林前来说媒，想要将自己亲家翁羊续的孙女羊徽瑜嫁给司马师为妻。

关于兖州泰山郡羊氏一族的门户渊源，司马懿是十分清楚的。羊续为东汉灵帝之时的太常，和自己的父亲司马防系同朝僚友。羊续为人清正廉洁，当年就是不肯给权阉行贿买官，所以才仕途困顿，爵位本该升任“三公”而仅止于太常。因此，同为儒林清流出身的司马懿从心底里对泰山郡羊氏还是一直颇有好感的。而且，辛毗的女婿羊耽以及他的哥哥羊衜、羊秘都是当今朝中后起之秀中的佼佼者。在他们这样好儒崇文的门风熏陶下成长起来的子女应该不会很差吧？想必那羊徽瑜亦与王元姬一般博学达礼吧？自己若是允诺了这门亲事，颍川辛氏、兖州羊氏两大望族便可与我司马家联为一气，日后在朝中对抗曹氏一族就又平添了不少助力。这笔交易划得来！司马懿想到此处，便是心念一定，就呵呵一笑，道："行！这次回京之后，本座就把师儿和羊家的这桩喜事办了。"

辛毗本来是因瞧到司马氏一族在当今朝廷日益崛起，在此之前又暗地里探听到不少公卿元老也意欲为司马懿劝进九锡、相位之事，深感他司马家的前途不可限量，这才在崔林上门前来游说之际抛出了这一条与司马家"曲线攀亲"之计，以使自己的家族利益在将来难以捉摸的朝局变化之中得到最大的保全和拓展的。但对司马懿愿不愿意接受这件事儿，其实他心头也一直是没底儿的，所以亦是暗中捏了一把冷汗。直至此刻他亲耳听到司马懿如此爽快一口答应，才不由得心花怒放，连连点头称好。他心情平静下来之后，就随口谈起了一件事情："对了！太尉大人，您或许还不知道吧，前朝废帝、山阳公刘协在辛某此番动身来长安之前两三天的一个夜里暴毙了……"

司马懿悚然一惊："山……山阳公暴毙了？"

辛毗扫眼看了看四周，凑过来向他附耳说道："洛阳城里有传言说，他是在得知蜀相诸葛亮身殁的消息之后自杀的。"

司马懿一听，顿时明白了。是啊！诸葛亮死了，大汉复兴的最后一丝希望也破灭了，刘协他不自杀又能怎的？他也不想这么郁郁闷闷地苟活下去了啊！一想到这个曾经在名义上"君临天下"了二十多年的傀儡天子，而今如此黯然退场，司马懿的心头不知为何竟也泛起一缕淡淡的酸涩。毕竟这个人，曾经还使孔融、荀彧、杨彪等人为他殉身尽忠了啊！也许，他若不是生在这个乱世，遇到了曹操这样的权臣，还是有可能成为一代守文明君的吧！

"外边的人都说这刘协真蠢，倘若那诸葛亮真能带领大军杀进洛阳，还会把大汉皇位让于他吗？诸葛亮终究只会拱辅他那个伪蜀的刘禅登上天位的。"辛毗摇着脑袋，一脸的讥笑之色。

"唔……可是他刘协一定会是这么认为的吧，这大汉江山，若是落到他们沛郡刘氏一族中任何一人的手里，也终归比落在其他外人的手中更好啊！他说不定还一直在暗暗地等待着再一次禅位给刘禅呢。只是，如今他的希望彻底破灭了，才黯然自尽的吧！刘协，也算是汉高祖刘邦的孝子贤孙了！"

司马懿口里这么说着，心底却暗想，自己先前以为刘协和曹丕都是三国政坛上相差无几的三流角色，如今看来刘协的贤明实则超越曹丕甚远。曹丕明知大魏终将大权旁落，却死死不肯将辅政之任托付给嫡亲兄弟曹植，真乃自掘坟墓，愚不可及也！

东吴建业城的皇宫寝殿里，窗外淅沥连绵的雨声不断敲打着孙权的心境，让他感到了一种莫名的抑郁。

"诸葛亮死了，蜀汉仗着汉中、剑阁等处的峻岭天险，也许还暂时可以挡住魏贼的进攻。不过，这司马懿也当上伪魏的太尉了，他若是说动曹叡小儿集中全国之兵力来对付我大吴，那又该怎么办呢？"他这番忧心忡忡的话语，是问向那个东吴三军大都督陆逊的。

陆逊跪在柏木地板上伏首而答："微臣唯有以死拒之！"

孙权目光迷离地看了他许久，才喟然一声长叹："今后，咱们再也不能像先前那样安逸度日了。失去了诸葛亮的蜀汉，再也不会对我大吴有什么分忧减压之助力了！现在，朕只有希望辽东燕国的公孙渊能够从后方牵制伪魏了。"

"陛下，辽东燕国公孙渊志大才薄，远逊于蜀汉诸葛亮，倘若遇上司马懿为敌，必是危在旦夕！他绝对是起不到从后方牵制伪魏之作用的。陛下不要对他寄以太高的期望了。"陆逊咬了咬牙，忍不住肃然奏道，"请恕微臣犯颜直言，陛下您一生总是希望借人之力以为己助，这样终是不能持久啊！我大吴若是真的有意逐鹿中原，除了任贤使能、励精图治、奋发图强之外，别无他途！"

孙权板着面孔，冷然看着他一脸慨然的表情，心想，呵呵呵！狐狸尾巴终于露出来了。你陆伯言口口声声说什么朕要"任贤使能、奋发图强"，分明就是挟此外患之机向朕伸手要权嘛！你想要那么大的自主之权去干什么？难道你也想当我吴国的"司马懿"？但他此刻还不能与陆逊公开翻脸，就在嘴上敷衍道："伯言，你说得是，朕会好好考虑你的这些建议的。武昌那边的留守重任，朕就拜托你了。"

目送着陆逊垂手退出殿门之后，孙权脸色一变，马上一招手，孙峻从龙床下侧立刻会意地凑了上来。孙权冷冷地盯着陆逊退身出去的那个殿室门口，问道："张昭他现在……"

"启奏陛下，张昭听闻前汉废帝刘协暴毙的消息之后，便一直在府中托病闭门不出，"孙峻何等机灵，一下就懂得了孙权的言外之意，小心翼翼地奏道，"但根据宫内校事署派驻在张府中的眼线来报，其实，张大人是在暗中为废帝刘协吊丧七日。”

孙权听着，心念暗转，诸葛亮死了，刘协死了，江东士族们归心汉室正统的最后一线希望也彻底断绝了。这样一来，他们就应该彻底掉头投向我江东孙氏了吧？他们就应该真正拱服我大吴王室了吧？他们还有别的选择吗？

孙权一边深深地思索着，一边挥了挥手，让孙峻也退了出去。

这时，殿室之上，只剩下了他和吴国太子孙登两个人。

一直缄默不语的孙登此刻双手一拱，恭恭敬敬地向孙权奏道：“父皇，儿臣觉得陆大都督刚才说的确是极对。咱们大吴一定要任贤使能，励精图治，奋发图强！先前您为了北伐大业，一直是御驾亲征，身不离鞍，实在是太过劳累了。从今以后，您完全可以升任陆大都督为本朝太尉，放手赋予他持节掌钺之权，统领武昌、柴桑、建业三大重镇的兵马舟师，积极筹谋，对抗伪魏司马懿！儿臣一直觉得，陆大都督只是担负镇守西疆之任，委实有些太过屈才了。”

孙权听罢，面色微微而变。登儿啊！你难道看不出来？像司马懿、满宠、裴潜那样的魏国巨室士族们就是打着要自己主君任贤使能、励精图治、奋发图强的旗号暗暗进行抓权夺势的！这样的悲剧，只要父皇在世一天，就决不会让它在大吴境内上演！父皇不能留给你一个干弱枝强、尾大不掉的朝局，让你像前朝废帝刘协一般受制于强臣啊！陆逊他现在表面上看起来是忠心不贰，可是谁能担保他将来势力膨胀之后不会变成我吴国的“司马懿”呢？司马懿在魏国亦是显得耿耿精忠，无疵可寻，然而父皇却探听到他们国内竟似也有不少公卿重臣要为他联名劝进九锡、相位。这样的苗头才是最危险的啊！父皇一想到这点，就不禁冷汗直冒。陆逊再能干、再厉害，父皇也要将他紧紧捏在自己的掌心而不能放任他把自己的翅膀养硬。但是，这些心里话，孙权又不好向孙登明说。于是，他便转换了话题言道：“登儿，你看到过我们江东水边渔夫所养的鱼鹰吗？它捕鱼的技能是最厉害的——一头鱼鹰，一天几乎能够捕到二三十条鲫鱼！

“你知道它为何会如此善于捕鱼吗？原来是那些渔夫饲养它时，硬是在鱼鹰的脖子上系了一条小绳，缚得不松不紧，只让小鱼儿通过食道。这样，便能永远保持鱼鹰半饥半饱的状态以激其拼搏进取之气！正是由于这个缘故，才使得我们江东鱼鹰成为最善于捕鱼的鱼鹰。”

孙登慢慢地听着，脸上不动声色，也不好与父亲公开争辩什么，就在心底暗暗想道，难怪父皇您自赤壁之役、夷陵之战后再无大的胜利，原来您是这样一直卡住了陆逊他们的“食道”，让他们只能取小胜而不可建大功……可是，这样的做法，究竟又能获得多少实效呢？万一将来真有司马懿那样的一条“巨鳄”来袭，您手下那些习惯了捕食“小鱼”的将领还能够应付得过来吗？

“陛下，安汉将军李邈守在宫阙门口递上了一道奏疏，请求陛下及时阅办。”黄皓将一本奏折双手高举齐额，呈到了刘禅的案头。

两眼哭得早已肿成红桃般的刘禅停住抽泣，翻开那封奏折一看，只见上面写道：

> 臣邈奏曰，吕禄、霍禹未必怀反叛之心，孝宣帝岂好为杀臣之君？直以臣惧其逼、主畏其威，而裂隙萌生。诸葛亮身仗强兵，独领三军，狼顾虎视，五大（五大，谓太子、母弟、贵宠公子、公孙、累世正卿也）不在边，愚臣常为社稷而危之！今亮殒没，盖宗族得全，西戎静息，大小为庆。且请陛下不必过哀，并召回李严辅政安国。

刘禅阅罢，脸色慢慢变了，双眉也拧了起来。黄皓看去，却见刘禅并无自己先前所想象的那样情绪激动。他只是紧咬着牙关，提起笔来，在奏折右角上批了一行红字：“转蒋琬、费祎、董允等众卿共阅。朕意以为李邈奸心猝萌，妄攻元勋，指鹿为马，诬罔天下，实不可忍！拟判斩立决！”

瞧到这段批示，黄皓心头一颤，不禁暗暗吐了吐舌头。他转念一想，便收起了李邈那道奏疏，又向刘禅呈上了另外一本，道：“陛下，这是费诗、孟光等大臣们联名撰写的为诸葛丞相请求立祠纪念的奏疏。”

“立祠纪念？”刘禅面容一动，蹙眉沉吟片刻，缓缓答道，“这份奏疏就搁在那边吧。你且替朕传诏下去，就说朕要罢朝七日，为相父素服发哀，亲临守丧。”

“诺。”黄皓轻轻地答了一声。他趁着刘禅闭目养神的空隙，又款款言道：“奴才恭喜陛下，贺喜陛下，您从此可以亲政自决了。”

刘禅闭着眼睛，并不答话。

“依奴才之见，陈祗素来侍奉陛下甚是恭谨得力，您不如将他……”

“闭嘴。”刘禅眼也没睁，冷冷言道，“朕意已决，朝中自此废除丞相一职，任命蒋琬为尚书令兼司徒，费祎为尚书仆射兼司空，姜维为骠骑大将军。”

“陛下，请恕奴才直言，这是诸葛丞相生前为了自固其名望而在朝政上的私心布局，您……您真的要按照他的这个意见去办？”

刘禅霍然睁开双目，寒光凛凛地射向他来：“黄皓！朕告诉你，朕自从十多年前先皇驾崩辞世之时起，就已经完全懂得在这个世界上谁都有可能会害朕，但相父他绝对不会！朕听他的话，总是不会错的。还有，你今后说话也要小心着点儿——阉宦妄议朝事者，依祖训是要诛除九族的。”

“哎呀！陛下饶命！陛下饶命！”黄皓听了，不禁吓得脖子一缩。

瞧着黄皓这副模样，刘禅不由得“扑哧”一笑，一本正经的表情顿时烟消云散：“别怕，别怕，朕这话是吓你的！像你这样伶俐能干的奴才，朕哪里舍得砍你的头哟！陈祗嘛，朕也是有所考虑的。朕和蒋琬他们先通一通气，就让他出任选曹尚书一职吧！”

一面晶亮如水，莹然剔透的黄铜圆镜上，清清晰晰地映现出了一张皱纹纵横，表情复杂的脸庞。

谯周对着铜镜中自己的这副映像，喃喃地说道：“谯允南（谯周的字为‘允南’），诸葛亮终于死了，大汉四百年气数也终于到此彻底崩断了。你高兴了吧？你满意了吧？你这些年处心积虑不就是想让炎汉赤运最终灰飞烟灭吗？现在你终于成功了！你该高兴了吧？你该满意了吧？”

盯视着镜面里那个笑容显得十分扭曲的自己，谯周继续梦呓似的自言自语道：“苍天已死，黄天当立。这是一个颠扑不破的天命启示！三四十年前大汉就该寿终正寝了！谯允南，你这个当年黄巾道的嫡传弟子，是何等幸运啊！张角、张宝、张梁等道中的大宗师都没有看到炎汉澌灭的这一天，而你居然熬到现在亲眼目睹了这一天，上苍对你的眷顾何其之深也！”

谯周喃喃自语着，又从袍袖之中取出一块背雕龟钮的纯金圆印来，托在掌中，故意朝着铜镜映像当中的另一个自己翻来覆去地展示着、炫耀着，呵呵傻笑着：“谯允南，你看这是什么？这是你的老友周宣君从魏国太尉司马懿那里给你请赏而来的一尊千户侯金印！十多年前，你就和他们联起手来对付炎汉了，终于到了今天，咱们才取得了彻底的成功！大汉真的要亡了，谁也救不了了……你瞧一瞧这益州两个刘氏皇帝的名字，便明白其中的玄机了。那个昭烈皇帝的名字为‘备’，当今汉帝的名字为‘禅’，这两个名字合起来就是‘备禅’二字——‘备禅’‘备禅’就是‘准备禅让’啊！益州，这炎汉的最后一块根据之地也撑持不了多久了！”

他说到这里，一边托起那块龟钮金印凑到自己眼皮底下细细端详着，一边眯缝着眼睛朝着铜镜中那个一脸痴迷的自己咧嘴而笑：“张角、张宝、张梁他们三位大宗师，如今看到你居然已成汉灭禅代之际的新朝贵臣，一定会非常惊愕吧？当年那个在黄巾军中只懂观气占星的区区末代弟子，竟也会有封侯食邑的一天。谯允南，你很快便会乘坐蒲轮安车，起驾奔赴泱泱上国的长安、洛阳两京之地，与老友周宣他们欣然相聚了。中原神州，才是我谯允南扬名增誉、纵横挥洒的大好地方！这区区巴蜀蛮荒之域，哪里会是我的久栖之处？”

他正说之间，卧室木门被人从外面“咚咚咚”轻轻敲了几下。

谯周在铜镜中的表情蓦地一滞，他缓缓放下那枚龟钮金印，头也不回，冷冷问道：“谁呀？”

“弟子陈寿，应召前来问安。”

“哦……原来是承祚（陈寿的字为‘承祚’）啊！”谯周面色一松，将那面铜镜的正面俯仆在书案桌几上，把金印藏好，这才慢慢转过身来，向卧室门口处注目望去，“进来吧！”

“师父，弟子叨扰您的谈经论道了！”陈寿推门进室一看，却见只有谯周单身一人席地而坐，不由得伸手摸了摸自己的后脑勺，“咦？这屋里怎么只有您一个人？您……您刚才不是正在和别人谈经辩道吗？”

“净室里就只有为师一人而已！”谯周抬起头来，凛凛然刺了他一眼，“承祚，你怕是在外面听错了吧？”

“是、是、是！弟子听错了、听错了！还请师父原谅。”陈寿听出谯周话意大为不善，急忙敛容躬身恭然而答，“不知师父召唤弟子前来有何吩咐？”

谯周这才缓和了面色，指了指身旁书案上放着的一篇文稿，道：“这是为师近日来精心撰写的一篇奇文，你阅过之后若未发现什么错漏之字，便拿去和其他师兄各自分工抄写一百二十份，再把它们流传散布出去。”

“好的。”陈寿拿起那绢帛文稿放到眼下一看，只见上面赫然写着《仇国论》三个乌墨大字标题，便轻轻读了起来：

因余之国小，而肇建之国大，并争于世而为仇敌。因余之国有高贤卿者，问于伏愚子曰：“今国事未定，上下劳心；往古之事，能以弱胜强者，其术何如？”伏愚子曰：“吾闻之，处大无患者恒多慢，处小有忧者恒思善；多慢则生乱，思善则生治，理之常也。故周文养民，以少取多；勾践恤众，以弱毙强，此其术也。”

贤卿曰：“曩者项强汉弱，相与战争，无日宁息。然项羽与汉约分鸿沟为界，各欲归息民；张良以为民志既定，则难动也，寻帅追羽，终毙项氏，岂必由文王之事乎？肇建之国方有疾疢，我因其隙，陷其边陲，觊增其疾而毙之也。”伏愚子曰：“当殷、周之际，王侯世尊，君臣久固，民习所专；深根者难拔，据固者难迁。当此之时，虽汉祖安能杖剑鞭马而取天下乎？当秦罢侯置守之后，民疲秦役，天下土崩，或岁改主，或月易公，鸟惊兽骇，莫知所从，于是豪强并争，虎裂狼分，疾博者获多，迟后者见吞。今我与肇建皆传国易世矣，既非秦末鼎沸之时，实有六国并据之势，故可为文王，难为汉祖。夫民疲劳则骚扰之兆生，上慢下暴则瓦解之形起。谚曰：‘射幸数跌，不如审发。’是故智者不为小利移目，不为意似改步，时可而后动，数合而后举，故汤、武之师不再战而克，诚重民劳而度时审也。如遂极武黩征，土崩势生，不幸遇难，虽有智者将不能谋之矣。若乃奇变纵横，出入无间，冲波截辙，超谷越山，不由舟楫而济盟津者，我愚子也，实所不及。”

他读罢之后，细细一思，额上冷汗顿时直冒而出。所谓“肇建之国方有疾疢，我因其隙，陷其边陲，觊增其疾而毙之也”这种说法正似出自蒋琬、姜维等之口。他们近日看到公孙渊于辽东作乱，从背后给伪魏捅了一刀，便觉得这正是蜀军出兵杀进关中的可乘之隙，都嚷嚷着要“继承丞相遗志，北伐中原到底”呢！而谯周写这篇《仇国论》不正是公开站出来与他们对唱反调吗？于是，陈寿就委婉地劝说道：“师父，您这篇文章可是与近来朝廷里一些公卿重臣的论调有所冲突啊，您先搁一搁再择时而发吧……”

“这些问题，你就不用担心了。”谯周淡淡说着，从书案上拿过那面铜镜来，用袖角在镜面上轻轻擦拭了一下，冲着镜中那个自己颔首一笑，“陈祗尚书和黄皓大人都认为为师的这篇文章写得极好，而且几乎是写到当今陛下的心坎里去了。你们放心大胆地去抄写传播吧！此乃天象示警之语，为师代天而发，谁敢持有异议而乱驳之？！”

洛阳郊外老君庙的暮钟之声在晚风中一波接一波地荡漾着，音韵悠长而又深远，清淳而又浑厚，恰似一泓清水徐徐漫入众人心境之中，令人顿生恬然怡静之感。

司马懿一身儒服，从后院拾级而上，来到一间精舍门外停下。一位清瘦的麻袍长者在门口处恭然侍立着。司马懿一见之下，讶然变色，这不是柯灵么？那个三十多年前的少年侍童，而今竟亦是鬓角染霜了！他的眼眶顿时湿润了：“柯……柯师弟，我……我是司马懿啊！”

“司马师兄！”柯灵凝望着他，眉眼间分明流溢出欢喜的神色来，但多年的玄门修持又使得他始终是那么恭谨自制，有分有寸，终于只是略略弯下了腰，“您还好吧？师父正在里边等着您呢。”说着，他退到一边，为司马懿轻轻推开了精舍的大门。

司马懿欠身还了一礼，说了一句：“待会儿咱俩下来好好聚一聚。”他举步迈入室内，一下映入眼帘的便是精舍正壁上挂着的那一幅绢书，上面写着一首意境高远的五言诗：

云拭碧空净，风抚潭月清。
水敲白石上，莺歌绿霞间。
远近长风吟，采菊上南山。
心空四野旷，云飞鹤在涧。

而那幅绢书之下，便是一身鹤氅宽袍，端然静坐于紫草蒲团之上的玄通子管宁先生了。那柄雪白的麈尾拂尘横放在他双膝之上，银亮的须发轻轻地飘拂着，一派超尘脱俗的仙风道骨，依然不减三十多年前的丰挺清逸！

“师父……”司马懿双眉间喜色一敛，跪下地来，膝行着爬上前去，远在一丈开外便向管宁倒身下拜。

管宁徐徐睁开双眼，眸中神光流转，久久注视着司马懿，表情忽阴忽晴变幻莫名，露出莫大的感慨来，终于深深一叹：“三十多年不见，司马仲达，你果然是头角峥嵘，气宇超群了！却不知当年你立下的那一桩‘济世安民，兴利除害，拨乱反正’之大志，在你胸中是否依然坚持如一？”

“师父在上，弟子胸中那桩‘济世安民，兴利除害，拨乱反正’之大志，多年来始终萦系于心，不懈不怠，念念在兹，而且行行在兹。”司马懿恭敬无比地伏首答道，“今日有幸能够再睹师父尊颜，弟子实在是喜不自胜。”

管宁将银丝麈尾拂尘拿在手中轻轻一摆，若有所思地讲道：“像我等清流儒士，在这滚滚红尘，纷扰寰宇之间，能够知行合一、始终如一地成就一番事业，本也极不容易。这些年来，你身处乱世而不为乱世所制，兀然崛立而功震天下，委实是十分难能可贵了。”

“弟子这点儿小小成就，均是师父当年灌溉教导而成。弟子岂敢妄生自得之意耶？”司马懿噙泪而道，“师父此番东归而回，弟子甚是高兴。弟子已与桓范师兄准备联名上奏朝廷，请求陛下尊奉您为本朝太傅，坐而论道，德化海内，时时刻刻指教训诲弟子等开济大业！”说着，他将一份自己亲笔拟写而成的绢帛文稿呈到了管宁面前。

管宁淡然一笑，将那奏稿随手展开一看，只见上面写道：

臣司马懿、臣桓范联名进奏，昔者殷汤聘伊尹于畎亩之中，周文进吕尚于渭水之滨。窃见东莞管宁，束修著行，少有令称，州闾之名胜于故太尉华歆，遭乱浮海，远客辽东。于浑浊之中，履洁清之节，笃行足以厉俗，清风足以矫世，以箪食瓢饮，过于颜子；漏室蔽衣，逾于原宪。臣等闻唐尧宠许由、虞舜礼支父、夏禹优伯成、文王养夷齐，乃汉祖高四皓之名，屈命于商洛之野；史籍叹述，以为美谈。陛下绍五帝之鸿烈，并三王之逸轨，膺期受命，光昭百代；仍优崇之礼，于高士管宁宠以上卿之位，荣以安车之称，斯之为美，当在魏典，流之无穷。

他看罢，左手轻轻一扬，便将那绢帛奏稿一下抛入了紫草蒲团旁边的香炉炭盆之中，任它在淡蓝色的火焰中化为一缕青烟消散而去。

“师父，您……您这是……”司马懿愕然道。

“朝中已有仲达你高拱庙堂，为师出与不出已皆无意义矣。况且，现在的朝廷……诸葛亮刚一身殁，当今陛下便迫不及待地召集各州农夫到洛阳给自己扩九龙殿，造芳林园……”管宁缓缓摇头，悠然道，“天降灵龟玄石于凉州，公开昭示‘金马出世，奋蹄凌云，大吉开泰，典午则变’，这好像说的便是你司马氏一族吧？”

司马懿一听，唬得全身冷汗直流，伏地而道：“师父不曾教过怪力乱神，弟子也从来不信什么怪力乱神。”

管宁认认真真地看着他：“为师三十多年前便给你讲过，至于为将任相，称王居霸，只要有济于天下苍生，你都得当仁不让，义不容辞！你若真有这个能力济世安民，兴利除害，拨乱反正，为师自然是为你感到万分欣慰。却不知你日后掌权执政之后，又当以何等施为而实现当年之大志耶？”

司马懿听到师父点得如此明白，也就不再回避，肃然讲道：“师父在上，弟子若有机缘掌权执政，必当以逸代劳，以治易乱，掩唐虞之四域，揽九州于一统，班正朔达八荒，扬天威布四海，使宇内书同文、车同轨、道同趋，销浮华而复淡泊，止浇风而返淳朴，官得其位、士得其荣、民得其乐，天下无穷人而世间无战乱！”

管宁徐徐抚着胸前银髯，向他问道：“你和你的家族真的能够做到吗？”

司马懿的语气显得极为坚定：“弟子与族人定当以此为最后之鹄的，代代传志，薪火相承，前仆后继，始终如一，直至底定功成！”

管宁手中麈尾拂尘轻轻一摆，荡开一片莹莹白光，目光悠悠地看向窗外：“皇天无亲，唯德是辅。今日你司马氏有功有德，足以拥享大宝，为师自然也是衷心祝福，并无他念。但他日你司马氏若丧功失德，便也怨不得天弃民离了。你自己须得看透这一点才是！”

司马懿额角汗珠不禁滚滚落下：“弟子一定会殚精竭虑，未雨绸缪，不使这等悲剧上演于世。”

管宁收回了目光，微微一笑：“仲达你可真够顽强，可惜，任何大圣大贤，英雄豪杰，自有能力掌控住自己活着时的这个世界，但身去之后，却未必再能支配得了。一代、两代、三代之后人或许体念祖先创业之艰辛而有所节制，但四代、五代之后，时移世易，他们是否能保持当年祖先那一股不折不挠的锐气和韧劲就很难说了。”

“师父提醒得极对。”司马懿衷心谢道，“弟子对您这些教诲一定永铭于心。”

管宁缓缓将手向外一摆，慢慢说道：“为师也希望你们司马氏一族将来世世代代都能记得为师的这番教诲才好！今天，为师就和你谈到这里吧！柯灵那里有为师在辽东隐居二十年所搜集到的一些图谱、资料和弟子名册。你此番前去平定公孙氏，应该还用得着。”

“司马爱卿，您真是辛苦了！”曹叡亲自来到御书房门口之处，恭敬异常地将司马懿迎进了里边。那些早已等候着的公卿大臣都纷纷越席上前欢迎。曹叡看在眼里，一丝隐隐的不快之色从眉角一掠而过，便又马上堆起了满脸笑容，向身边的侍者吩咐道：“快取那锦垫坐枰来，挨近朕的龙床。司马爱卿，您且请坐。”

司马懿双膝一弯，急忙捧笏谦辞而道：“这个……陛下请稍缓。老臣还是坐到下首席位上更好一些。”

“无妨，无妨！朕准您享用这御前专位之特权。”曹叡坚持着说道。

司马懿摇了摇头，仍是在阁中列卿所坐的长席之上跽跪下来，软中带硬地说道：“陛下所赐者，乃旷代之恩典也；老臣所守者，乃万世之礼法也。老臣深深谢过陛下您的旷代恩典，却恳求您不要逼迫老臣无意中坏了这礼法纲常。”

“唔……司马爱卿您既是如此谦逊持盈，固守礼法，朕就不勉强您了。”曹叡只好任他在座前对面那条长席之上坐下，微微沉吟少顷，身形一正，直入正题，“司马爱卿西征本是辛苦，该当在府休憩。但朕不得不劳驾召您前来，实是朝中出了要事，不可等闲视之。那公孙匹夫乃区区一个无赖反贼耳，只因其拥据辽东山河之险、边塞之要、士马之众，恐怕他日后会乘势坐大。所以，朕不得不将此平叛重任托付于您，还望您千万勿要推辞。”

司马懿在席位上伏身而答：“老臣唯陛下之命是从，决不懈怠。区区辽东小贼，老臣愿为陛下剿灭之。”

“那么，依司马爱卿之见，这公孙渊会采取何等计策对抗我大魏王师呢？”

“启奏陛下，老臣近来对辽东之事亦思之极深。依老臣之愚见，公孙渊欲与我大魏相抗，所用者不过三策：弃其城池而预先逃窜隐匿，避开我大魏王师之锋芒而保全实力以为后图，此为其上策；据守辽水天险而尽地利之益，扼住我大魏王师东进之路，务求御敌于境外，此为其中策；坐屯襄平而与我王师交锋对峙，此为其下策，则必被我军尽擒而无疑。”

曹叡眉头紧皱，追问道：“公孙渊在这三策之中最终会采用哪一条对策呢？还请司马卿再加详析。”

“在老臣看来，古语有云：自知者明，知人者智。唯明智之士方能知己知彼、知长知短、知虚知实而预为权衡取舍，先行立于不败之地。公孙渊岂是这样的人才？他贪利而不明、为逆而无智，怎会甘心抛下襄平城中辛辛苦苦篡夺而来的珠池华宅，而逃入苦寒之地以保全实力？再加上他自认为我大魏王师此番四千里征伐辽东，实在是路途绝远，役费难供，必是难以持久。所以，他定会生出狂妄自大之心而与我大魏王师对峙，则将先据辽水以拒之而后再退守襄平以抗之！这样一来，他必将遁入中、下二策当中无法脱身。至此，老臣便有十足把握将他一举殄灭！”

曹叡见司马懿说得如此自信满满，便问：“司马爱卿胸中既有如此筹算，朕相信公孙渊那反贼定然指日可破矣！却不知您此番率师远征一去一返之间，须当耗时多久？”

“启奏陛下，老臣率师平叛，往百日，攻百日，再以六十日为休息，则只需耗时一年便足矣。”

他此语一出，在御书房中同席旁听共参的王肃、桓范、蒋济、何曾、曹爽、夏侯玄等都齐齐吃了一惊——这位司马太尉屈指之间，竟将平叛殄敌之期算得如此精确，实在是匪夷所思！

曹叡惊疑不定地看了司马懿半晌，斜眼瞧了一下桓范、曹爽等。桓范向他还了一个坚定的眼神，替他暗暗打气。曹叡这才咬了咬牙，轻咳一声，清了清嗓子，道：“对了，司马爱卿，您先前曾经提出要统兵十万远征辽东，朕却有些拿不定主意。您也知道的，如今辽东狼烟乍起，东吴、西蜀都在边疆虎视眈眈，磨刀霍霍，朕焉敢从东西两翼抽出太多的兵力投向朔方？唉……上一次秦朗误国，又将京畿虎豹骑禁军折损了大半……朕……朕……

也为难！况且十万大军负粮远征四千里，恐生师繁役重，劳民扰众之弊，反倒更为棘手！所以，朕思前想后，只能拨给您四万人马用以平叛！”

“四万人马？”在座诸臣一听，纷纷失声惊呼。

王肃、何曾等急忙举笏出列：“启奏陛下，公孙渊坐拥辽东兵马十万之众，而司马太尉却带四万士卒与之对敌，如何可行？望陛下慎思。”

蒋济也开口谏道：“王大人、何大人所言甚是。当年太祖武皇帝在白狼山一役击破匈奴、乌桓，亦是用了六万人马啊……司马太尉这四万兵卒实在是太少了。”

曹叡满脸苦笑：“诸位爱卿，如今我大魏三面受敌，确实只有四万兵马可以提供使用。朕何尝不想为司马爱卿多拨士卒以壮天威？可是……可是，东吴、西蜀那两翼，朕又如何支应？诸位爱卿也给朕多多出谋划策嘛……”

桓范见到曹叡向自己暗暗一丢眼色，便须髯一掀，离席出列，双眸精光若电，正视着司马懿，咄咄然言道：“人言司马太尉用兵如神，所向无敌，怎么，您今日遇上一个区区的公孙渊反倒怯了？这样吧！司马太尉若是畏难怕险，不如且将虎符转而赋予桓某。桓某甘愿代替您领军出征，剿平辽东！司马太尉，您意下如何？”

他这一席话抛出来，就等于将司马懿直接逼到了死胡同，几乎弄得他无法回旋。司马懿眉峰一跳，神色有些复杂地盯着桓范看了好一会儿，却见他仍是将目光硬硬地直迎上来，毫不退缩！他脸上表情变了几变，终于一咬钢牙，向曹叡俯首答道：“陛下既有此等苦衷，老臣也唯有诚心体念而无异言。老臣愿率四万人马四千里远征辽东——”

他此话一出，曹叡与桓范不禁双目一交，表情顿时为之一松，司马懿终于应允了！这一出“两虎相斗，坐收渔利”之计终于得手了！司马懿以四万人马去硬剿公孙渊的十万雄师，无论胜败如何，他自己都会是“杀敌一千而自损八百”！只要司马懿的锐气受挫，便是魏室的一大胜利！当然，最好的结局就是让司马懿在辽东被拖得上气不接下气，然后桓范便可辅助曹爽领兵前去增援——乘机攫取此番远征辽东最后的胜利果实！

他俩正在暗暗称快之际，司马懿又开口奏道：“但是，老臣临征之前亦有两事恳求陛下恩准。”

“您但讲无妨。”曹叡表面上是故作大度，心却不禁提了起来。

“一是请求陛下授予老臣招贤选将之权。兵诀有云：兵不在多，而在于将。老臣所统之兵既是如此之少，若不再选良将贤材以辅之，岂非驱群羊而入虎口？万望陛下恩准。”

“唔……您这个请求，朕准了。”曹叡原以为司马懿会向自己来个狮子大开口要钱要粮要权，却没想到他的请求竟是如此之轻，便一口答应了。

“二是老臣的这一道奏疏，请陛下允了。”

曹叡拿过那份奏疏一看，只见上面写道：

老臣谏曰，昔日周公营洛邑，萧相造未央，而今宫室未备，本乃老臣之责也。然而自河以北，百姓困穷，外内有役，势不并兴。老臣以为，宜当息绝内务，以救时急。

曹叡见了，脸色微微一红，知道他是在暗暗劝谏自己停止修缮九龙殿等巨役工事，便将奏疏随手搁在御案一边，轻飘飘地答了一句：“朕知道了。朕会慎重考虑您的这份谏言的。”

司马懿瞧见曹叡眉宇之间掠过一丝散漫之色，明白他下来之后必是又将自己这道奏疏束之高阁。一念及此，他不禁在心底沉沉一叹，什么话也不想多讲了。

“嗖”的一声破空锐啸，一支利箭疾射而至，犹如一道黑色的闪电，正中箭靶红心！

校场上顿时轰然响起一片叫好之声。却见那放马射箭的少年仍是胯下马不停蹄，“嗖嗖”连声，又放了两支利箭，居然支支全中靶心！刹那之间，场下场上的喝彩鼓掌之声更是震天价响了。

观技台上，司马懿穿着一身简易服饰，远远望着那少年的表现，不禁微微颔首。坐在他身边的监选副官、选曹侍郎邓飏也点头赞道：“太尉大人，这位少年英武过人，堪为枭将良材，您完全可以将他纳入军中效力！”

司马懿转过头来看了邓飏一眼，捋着自己颔下的绺绺苍髯，淡淡说道：“邓君，你应该不知道，这个少年乃是本座帐下将领胡遵的长子胡奋，今年才刚满十八岁。胡遵先前一直在私底下向本座推荐他这个儿子到军前效力，是本座将他喝止了。我司马懿用人行政，从来是光明正大，磊落无私！他儿子既声称有千夫之勇、一将之材，本座的意见就是，你是骡子是马，也不消多言，只管到竞技场上拉出来公公开开遛一圈再说！大家说你行，你就行；大家说你不行，你就不行！这不，这小子就真的到这场中来一显身手了。邓君，你看他倒还不算辱没了‘将门虎子’这四个字吧？”

邓飏本是曹爽的心腹亲信。他这一次被派到司马懿身边监选督考，也是奉了曹叡的密旨要严防秘阻司马懿借着“招贤选将”之名私自安插羽翼。但这几日招贤活动举办下来，邓飏全程参与，竟是抓不着他的半点儿把柄。司马懿所选用的人才，个个都是能力非凡，并无一人才职不符。便是眼前这个胡奋，邓飏隐隐猜出他在幕后必与司马氏有着亲密关系，但他自己也毫无理由将胡奋从中拦下，毕竟他连发三箭而皆中靶心，确系一员可造之才！四方戎事正紧，也实是急需他这样的将才啊！所以，邓飏此刻胸中再是疑云丛生，也只得赔着笑脸朝司马懿说道：“太尉大人说得是。朝廷已经封拜胡遵将军为您此番北伐公孙氏的副帅——这胡奋和他父亲为赴国难而父子操戈同上疆场，也未尝不是我大魏一段佳话！”司马懿含笑点头，唤过亲兵吩咐下去：“你传话给那胡奋，就说他已被朝廷选用了。官职暂定为千夫长吧！”

邓飏抬头瞧了瞧日头，见到天边已有晚霞泛起，便探身问道：“太尉大人，今日天色将晚——您看招贤选将活动不如就到此为止吧！”司马懿看了看场上寥寥可数的几个选手，略想了一下，便欲点头应允。正在此刻，场外却“咚咚咚”响起了擂鼓求选之声！

一听到这鼓声，众人的脸色就微微变了。“擂鼓求选”这道程序，是专为出类拔萃之才而设的，可以不依常序而直接上场进入面试。但是，这几日下来，“擂鼓求选”这道程序却一直未被人启动过。今天它这一响，算是破天荒了！

邓飏眉尖一挑，吩咐亲兵道：“什么人竟敢擅自擂鼓求选？他真有什么超群出众之能么？你且去喊他停手，明日再排名依序进来应选，勿得出这风头！”

他话犹未了，司马懿却一摆手，唤住了那传令亲兵，道：“且慢！此人竟敢擂鼓而鸣、越次求选，必定自负有过人之才。这样吧，你们且将他带上来让本座与邓侍郎共同考验一番！”

邓飏脸色一滞，只得干笑道：“太尉大人既是如此不厌其烦，邓某亦只得恭陪末座，一睹此君的真才实学了！”

过了片刻，一位举止斯文、气宇儒雅的青衫少年被亲兵领上了观技台，原来他就是擂鼓求选的那个人。

邓飏一见，便不禁皱了皱双眉，右掌重重一拍木案，冷冷问道：“你这狂生，有何才艺竟敢擂鼓求选？拉得开几石的硬弓？射得穿几札的牛皮？又舞得起几斤的槊矛？”

那青衫书生虽是听他问得凌厉，却毫无惧色，彬彬然躬身而答：“启禀大人，小生骑射之艺拙钝之极，并无可称之处。”

邓飏双目一吊，讥讽之色溢然而出：“那你这样一个手无缚鸡之力的区区儒生怎可这般狂傲自大，擂鼓求选？只怕你一上战场，一闻金鼓交鸣、箭矢飞响，就必会股栗而逃矣！”

那青衫书生却不卑不亢地直起腰来讲道：“行阵用兵，岂是只在擢取匹夫之勇、健夫之技乎？小生年岁虽少，但自信手中一支笔足可抵得战场上千杆槊矛！”

“你这狂生满口胡言——”邓飏被他顶得面红耳赤，“来人！快将他乱棍打出！”

青衫书生听了，禁不住纵声长笑：“小生听闻朝廷欲效前贤往圣破格取士之法而公开招贤，这才千里迢迢从庐江郡赶赴而来！却不料台场之上，竟是你这等叶公好龙之徒！真是误尽天下英贤，冷却壮士雄心！小生好不失望！”

“慢着！”司马懿这时才缓缓开口了，“阁下年小气锐，睥睨自傲，乃是许多儒生未经世事之通病，本座倒也有些理解。你既放得出偌大口气，便当施得出偌大才气方可！说什么‘手中一支笔，可抵千杆槊矛’——那么你的笔锋必是相当快捷犀利啰？

“你也应该晓得，战时作文，须当倚马可待，下笔立成，而不能有丝毫的迟延。本座便令你当场写作一篇《用兵论》来瞧一瞧，如何？”

那青衫书生没料到这位老年长官一开口就直取要害，似乎比刚才那位邓大人英明敏锐多了，便微笑而答：“这有何难？当年东阿王曹植踱行七步而能赋诗。小生虽不能及，但十步之内自信尚可作出一文！”说着，就在观技台上缓缓踱了起来——他刚刚不多不少地踏到第十步之时，一仰头朗声而诵道：

> 圣人之用兵也，将以利物，不以害物也；将以救亡，非以危存也。故不得已而用之耳！然以战者危事、兵者凶器，不欲人之好用之。故制法遗后，命将出师，虽胜敌而返，犹以丧礼处之，明弗乐也。故曰，好战者亡，忘战者危；不好不忘，天下之王。
>
> 夫兵之要，在于修政；修政之要，在于得民心；得民心，在于利之也。利之之要，在于仁以爱之、义以理之也。故六马不和，造父不能以致远。臣民不附，汤武不能以立功。故兵之要在于得众；得众者，善政之谓也；善政者，恤民之患、除民之害。故政善于内，则兵强于外也。
>
> 历观古今用兵之败，非鼓之日，民心离散、素行预败也；用兵之胜，非阵之朝，民心亲附、素行预胜也。故法天之道，履地之德，尽人之和，君臣辑穆，上下一心，盟誓不用，赏罚未施，消奸匿于未萌，折凶邪于殊俗，此帝者之兵也。德以为卒，威以为辅；修仁义之行，行恺悌之令；辟地殖谷，国富民丰；赏罚明，约誓信；民乐为之死，将乐为之亡；师不越境、旅不涉场，而敌人稽颡，此王者之兵也。帝王之兵，圣人若用之，四海何愁不定耶？

他这琅琅然一气诵完，司马懿听得如醉如痴，回味许久，方才大声喊道："好！好文章！写得有本有源，华实兼茂！邓君，本座要他入我北伐军中幕府，担任秘书郎之职。"

太尉大人都这么说了，邓飏自然也只得点头称是，便取过一张官牒准备填写起来，向那青衫书生问道："这位公子，你的门户渊源是……"

"在下姓虞名松。"那青衫书生神情突然显得有些紧张，额头更是冒出了一层细汗。

"姓虞？莫不是陈留虞氏中人？那你可与边氏一族有亲？"邓飏将笔一搁，脸色陡变，语气也冷峻起来。

"前九江太守边让正是虞某的外祖父。"虞松咬了咬牙，仍是坦白而告。同时，他禁不住将殷殷求助的目光深深地投向了正自抚须不语的司马懿。

邓飏一听，立刻就嚷了起来：“怪不得你不敢排名依序应试，原来你是害怕自己因门户渊源遭查而被半途刷落啊！”他一边嚷着，一边起身向司马懿肃然禀道：“太尉大人，那边让当年与太祖武皇帝有仇，所以太祖武皇帝将他戮而除之，并颁下严令禁锢边氏亲戚入仕。这个虞松，恐怕是不能选用了！”

“不能选用？为何不能选用？太祖武皇帝也曾言：任人唯贤、不拘一格。这才是咱们招贤取士的准则嘛！”司马懿面容一正，向他严词驳道，“前太尉贾诩曾与太祖武皇帝有杀子之仇，太祖武皇帝却仍是不计前嫌，对他信重有加！边让与太祖武皇帝之间的恩怨可比得上这一点么？邓君，你若一味拘于苛制，岂能为我大魏招纳到真正的英才奇杰？虞君既有文才巧思，且又愿为我大魏平叛大业效力，如何不可选用？本座选定他了！”

邓飏骇然失色：“这……这是太祖遗令，您……您还须三思啊！”

“本座已向陛下要得招贤选将之权，现在是代君取贤，你竟敢抗旨？”司马懿面色一沉，盯视着邓飏的目光立刻变得犀利如刀！

邓飏哪里承受得起？急忙连连称是，不敢多言，继续提笔又在牒上替虞松填了起来。

虞松双目噙着晶莹的泪光，向司马懿一头跪下：“司马太尉不愧为度量如海、魄力如山的当世雄杰！小生唯有尽心竭诚，誓死以报您的破格栽培！”

大魏景初二年正月十八日上午，漫天的雪花犹如片片鹅羽凌空旋落，飘飘洒洒，一直像羊绒毛毡一般覆盖到天地的尽头。

寒风不停地呼啸着，一阵紧似一阵地将那面绣着“魏太尉司马”五个隶书大字的军旗高高地撩上半空，让它招展成一片醒目的黑云！军旗之下，是一列列大魏士卒黑压压地排成一块雄浑无比的方阵，戎装整齐，肃然待发。

方阵两边道旁的白杨向天穹伸出如戈如矛的枯枝，密密麻麻望不到边，透出一派森森然的杀气来。三三两两的乌鸦不时从远处飞来，停留在枯枝上面敛翅而立。

彤云在天空上缓缓挤拢，层层相叠，遮住了冬日那稀薄的阳光。鼓鸣之声从云底下那片方阵之中隐隐响起，一下又一下，震得树枝积雪簌簌掉落。乌鸦从枯枝上惊飞而起，盘旋于空，探头下望。

梁机、牛恒、胡遵、牛金、虞松、胡奋等随同司马懿北伐的太尉府掾吏、将校各自乘马立在大军方阵的前列，向洛阳西明门外那座铺毡结彩的饯行台上望去。

原来，大魏天子曹叡发诏设下饯行宴，亲自带领文武百官驾临西明门，为司马懿挥师北伐送行。

只见嵯峨高耸的饯行台上，董昭、崔林、司马孚、卢毓、高柔、王肃、蒋济、桓范、曹爽、夏侯玄、何曾等将臣大夫们分列左右两队恭然而跪。曹叡穿戴着一身珠光宝气的衮冕帝服，神情肃穆庄敬，用双手高高举起一尊青铜百鸟朝凤雕纹大爵，斟满了波光漾然的葡萄美酒，向司马懿缓缓敬递过来，口吻异常郑重地说道："司马爱卿，朕特以此酒恭祝您北伐马到功成，胜利归来！"

一身银盔玄甲的司马懿上身微弯，伸出了双手，恭敬无比地接过了曹叡递来的那一爵饯行酒，执在掌中，同时抬头向四周缓缓环视了一圈。一瞬间，天地之际顿时变得寂静非常，连片片雪花飘落在台板上的"沙沙"声响也能清晰之极地听见！这一幕情景与三十年前赤壁之役前夕汉献帝为魏武帝曹操所举办的那次饯行会是何等相似啊！只是，它俩举办的季节有些不同：三十年前的那一次是在炎热未消的流金七月，而今天的这一次则是在天寒地冻的正月十八。它俩举办的地点也有些不同：三十年前的那一次是在汉末都城许昌，而今天的这一次则是在中原腹心洛阳。然而，于司马懿的感觉而言，这两场饯行会的本质似乎都是完全一样的。眼下，在饯行台上的诸位公卿将臣之中，亲身连续参加了这两场饯行会的，也只剩下我司马懿和董昭司徒了！而且，在今天的饯行台，我司马懿也从当日袖手旁观的看客彻底变成了今天意气风发的主角了！忍耐、拼搏和时间，真的可以改变一切啊！

"司马爱卿……"曹叡见他一副唏嘘感慨的样子，心底诧异之极，不由得轻轻唤了一声。司马懿的心神立刻从无穷无尽的追忆遐思之中敛回到眼前的现实境地里来。他双瞳一亮，灼灼目光直射在曹叡的面庞之上，深深然讲道："老臣谨谢陛下恩典。老臣也在此恭请陛下放心，当今之世，四方云扰，群丑跳梁，然而只要老臣一息尚存，陛下自可拱居天位，安享大魏无穷之福祚！想当年挟诡诈如孟达者，拥强兵如孙权者，善谋略如诸葛亮者，老臣皆已为陛下一一或剿或驱而去，不复为忧。眼下这区区一个公孙渊，异想天开竟敢割据自立，徒负辽东山河之险作垂死挣扎耳！老臣此行必能为陛下手到擒来，以正国法！”

曹叡听了这些话，面色微微一僵，倏地又挤出一种干干涩涩的笑意来，迎视着司马懿的双眼，徐徐而答：“很好，很好。若是如此，司马爱卿您凯旋之日，朕定亦在此处率群臣设宴欢迎！”

在一旁一直静观着这一切的司徒董昭一刹那也联想起了当年曹操与汉献帝在许都朱雀门外饯行台上的那番对话，今日之情形与当日何其相像啊！董昭心头一阵剧震，不禁嘴角一斜，眼皮一眨，一滴浑浊的老泪淌了下来。天意！这一切都是天意啊！谁能想到，煌煌大魏才刚刚建立近二十年，便又走进了和当年汉魏易代之际一模一样的天道循环之中！荀令君真乃一代旷世圣贤也！他当年的预言是何等的灵验啊……

司马懿知道曹叡这是在“皮笑肉不笑”地敷衍着自己，一如当年汉献帝在饯行台上敷衍曹操一样。这一切都是明摆着的，自己的这一次北伐辽东，曹叡不仅只让自己带了四万兵马赴战，而且还以“西疆有寇，不可不防”的理由将赵俨、郭淮、孟建、邓艾、魏平、黄华等一大批谋士良将扣在了关中，不让他们随同自己北伐。甚至，他对司马师、司马昭两兄弟也下诏予以了慰留。他这是想让自己在几乎等同于单枪匹马的境遇之下以一己之智去铲除公孙氏啊！尽管条件如此困难，司马懿却对此毫无怯意。他这时仍装出不胜感激的表情，向曹叡用力地点了点头。

然后，他一个旋身转了过来，背后的披风宛如鹰之巨翼一般迎风张了开来！他当着台下所有将士的面，将手中那一爵饯行酒仰天一饮而尽，威风凛凛地扫视着台下站着的列列军队，扬声高吟而道：

天地开辟，日月重光。
遭遇际会，毕力遐方。
将扫群秽，还过故乡。
肃清万里，总齐八荒。

他的吟诵之声似和当年的曹操一般，亦是那么雄浑，那么慷慨、激扬，那么沉实豪迈，恰若龙之长吟、虎之高啸，在茫茫雪穹之中遥遥传送出去，久久不息地萦绕在诸位将士的耳畔，回旋在诸位将士的心头！

司马懿在畅快淋漓的仰天吟哦之际，眼角目光一瞥，却分明看到曹爽、夏侯玄、桓范等似乎都隐隐变了脸色。想来，他们也是为自己吟诵之间四溢而出的那一派雄壮峻伟、浩然奔腾的王霸之气而暗暗动容！而他眼前站着的那个曹叡，像寒风中的一片枯叶一般，全身微微震颤着，瑟瑟发抖，脸上表情更是显得青如顽铁、僵似寒冰！

自己千万不能在时机尚未成熟之际刺激魏室贵戚们那一根根敏感而狐疑的神经啊！此刻离太祖武皇帝曹操当年权倾四方、威盖六合的境界还差着一大步呢！必须强抑心志，放低姿态，要做到“如履薄冰，英华内敛”。一线灵光从司马懿脑中闪过，他硬生生将已经冲到嘴边的最后一段诗词“功成勒石，我武惟扬”这八个字像吞铁蛋一样全都咽回到了肚子里，以无比谦逊的语气和姿态用另外八个字为他这首《北伐歌》作了一个令人回味无穷的结尾：“告成归老，待罪舞阳！”

听到这样一句语气谦卑之极的诗词，曹叡铁青僵硬的脸色这才渐渐缓和下来。他一招手，旁边的侍宴宦官立刻会意，跑上前去，在司马懿手中的青铜百鸟朝凤雕纹方爵里斟满了酒。

“老臣谢过陛下！”司马懿捧爵在手，又向台下的所有将士、僚佐们遥遥敬去，“列位臣工、列位将士，为了预祝此番北伐大胜，天下重归太平，本座借陛下所赐之美酒给大家敬上一杯了！”

“肃清万里！总齐八荒！肃清万里！总齐八荒！”台下千千万万将士们的呼应之声高亢飞扬，仿佛一波接着一波的雷鸣，冲天而起，震得半空中彤云四碎，雪花凋落……

而司马懿却似一尊金像般双手举起那方酒爵，像是在向那高高远远的苍穹深处敬酒而去。那里，一轮红日正渐渐破云而出，暖洋洋地洒下了万丈金芒，映得他须眉俱亮！

淋浴着冬日圣洁的金辉，司马懿在心底暗暗宣誓：“若天命在吾与吾族，吾与吾族必令天下重归一统，销乱世之干戈，还万民以太平，布天下以仁政，开创尧、舜、禹三代后第一盛世！皇天后土，共鉴勿疑！”

第 3 章
魏帝的反击

援军天降

大魏景初二年。辽东的这个七月，注定是一个古怪而不祥的月份。自七月初一开始，每天从早到晚都是电闪雷鸣，大雨滂沱！暴雨“哗哗啦啦”地从半空倾泻而下，就像老天爷攒射下来的万千雨箭，又像天河决堤奔涌下来的汩汩巨瀑，到处都是白茫茫一片汪洋，冲得地面上树倒屋塌！

“好厉害的霖雨！”征辽护军校尉兼太尉府军司马梁机对站在帐篷的窗边，正向外眺望着的魏国太尉兼征辽大都督司马懿感慨道，“咱们关中那边的暴雨下得再骤猛，也没有他们辽东这边的雨来得厉害！这平地积水都这么深，已经完全淹到梁某腰胯这里来了……”

司马懿没有接话，只是无言地收回了自己的目光，瞧了瞧自己的身下。他现在何尝不是因为站在桌案之上，方才免去了身陷泥泞雨洼的窘况？大帐内的地面之上，早就积起了三四尺深的雨水，人一站到里面就似把自己的下半身泡进了大水缸一般。

“太尉大人！太尉大人！”幽州别驾、裴潜的堂弟裴景“哗啦哗啦”地踏着积水一头直闯进来，咋咋呼呼地喊道，“这雨下得太大了！咱们军营设在这洼地之中，到处都是泥水横溢，兄弟们跑来走去实在是多有不便，还请您颁令让大家移屯于后面山坡顶上！”

“裴君！这可使不得！”司马懿在桌案上蹲下身来，向他答道，“我军处于洼地之势，与后面的山丘坡坎相比有大大的不便，但却是不得已而为之。此地正是襄平城兵马出入进退之咽喉要道也！咱们倘若就此撤营而走，万一此地被伪燕人马窃据而占，则全局攻守主客之势尽易，咱们日后再想要扳回来就千难万难了！所以，本座还请裴将军下去代为多加疏导，劝诸位儿郎稍稍再忍耐数日。待得天晴雨停之后，咱们筑好营垒四面合围，便可一鼓攻下襄平城了！”

裴景听了，在雨水洼中恨恨地一跺脚，顿时踢得泥水飞溅：“太尉大人您不知道，咱们这几日冒着大雨在绕着襄平城外墙修营筑栅之时，那些伪燕士兵站在城头上就一直嘲笑咱们是又蠢又呆的土鳖，只知道在泥水里打滚、折腾，连天下这么大的雨都不晓得找个地方去躲避……”

司马懿缓缓抬起了目光，向帐中侧壁望去，凛然道：“那也没什么关系。且让这些蠢材自己笑去！瞧一瞧将来到底是谁能够笑到最后！”

裴景在底下顺着他的目光看过去，只见那侧壁上悬挂着两条宽大的字幅，上面龙飞凤舞地写着两段铭训：“居安则操一心以防患于未然”“处变则坚百忍以图成于积渐”！他虽然是从半途赶来支援司马懿的幽州“客军”主将，但这几个月来也是熟悉司马懿的脾气了，看到他今天说得这般冷峻坚定，只得闭住了口，不敢再行劝谏。

司马懿仍是直盯着那两条字幅铭训，冷冷地吩咐道：“古来善用兵者，以纲纪为本源，以一人之心为万众之心，役千军万马而如役一人，令行禁止而其应如响，心意所到而兵锋皆到，其静如渊而其动如瀑，其进如风而其退如电，泰山压顶而不惧，烈焰焚身而不恤，勇闯龙潭而不怯，故能所向披靡，无往不胜！本座就是要身先士卒，带头打造出这样一支铁的队伍来！”

说着，他提气一纵，跳下地来，半个身子都淹在了雨水洼中：“从今之后，本座与列位将士一道在这深可及腰的泥水中同行同止，同苦同熬！梁机——你且传令下去，军中若有再敢妄言移营徙垒者斩无赦！”

待梁机出帐传令去后，司马懿又唤来幕府秘书郎虞松，自己就站在泥水之中问道：“虞君，如今本座持兵于坚城之下，驻屯于雨水泥泞之中，而欲发檄射书宣谕逆顺祸福之理于襄平城内的将士臣民，你觉得如何？”

虞松也站在水洼地里，凝眉沉思有顷，躬身而答：“启禀太尉，先礼而后兵，先教而后诛，庸人视为迂缓，而豪杰明其卓绝。您之此举，实乃王者之师所应为，自当可行。”

司马懿微微点头，以手抚须，吩咐而道：“那你马上给本座拟好一份檄文草稿呈来！”

“不瞒太尉大人，虞某先前亦对此事有所思忖，早已打好了这篇檄文的腹稿。”虞松脸上浮起了淡淡的笑意，款款而道，“现在虞某就背诵出来，请您详加审听，如何？”

“哦？原来你早就打好了这篇檄文的腹稿？难得！难得！”司马懿微微眯上了眼，拿眼缝间的目光瞟了他一下，“那么，你就念来给本座听一听吧！”

“是！”虞松闻言，急忙将衣领一提，整了整自己的长袍，身子一挺，开口背诵道：

告辽东、玄菟等将校吏民：

逆贼公孙渊世受国朝皇恩，本享公爵之荣与上卿之号。大魏待之极厚，一心冀其可化，不料此贼利欲熏心、性如枭獍，为夺伪位而公囚其叔，为谋僭号而暗结孙权，背恩叛主，恶极滔天，诱骗尔等而欲同陷大罪。

按诸典籍：十室之邑，犹有忠信，陷君于恶，《春秋》所书也。而今辽东、玄菟奉事国朝，纡青拖紫，以千百为数，戴冠垂缨，济济于市野，曾无匡正献善之言乎？龟玉毁于椟，虎兕出于柙，是谁之过也？国朝实为诸君士大夫羞之！昔狐突有言：“父教子贰，何以事君？策名委质，贰乃辟也。”今乃阿顺邪谋、胁从奸惑，岂独父兄之教不详、子弟之举习非而已哉？若苗秽害田，随风烈火，芝艾俱焚，安能自别乎？利则义所不利，贵则义所不贵，此为自厌安乐之居、自求危亡之祸、自贱忠贞之节、自负背叛之名，何其鄙也！蛮貊之长，如莫护跋等，犹如爱礼，以此事人，亦难为颜！今忠臣烈将，咸忿辽东反复携贰，皆欲乘桴浮海，期于肆意。当今陛下为天下父母，加念天下新定、西虏刚平，既不愿劳动干戈，远涉大川，费役如彼，又悼边陲遗余黎民，迷误如此，故遣太尉司马等陈兵示意。若股肱忠良，能效节立信以辅时君，反邪就正以建大功者，福莫大焉。倘恐自嫌，已为恶逆所见污染，不敢倡言，永怀伊戚！其余与逆贼交通而迷途知返者，皆赦除之，既往不咎，与之更始。

司马懿静静地半闭着眼听罢，方才开口赞道："很好！很好！虞君这篇檄文可谓理明词畅，心澄文清！看来，你之天资实于公牍最相近，所拟奏咨函批，俱有大过人之处，将来必会建树非凡——"说到此处，他双目一睁，眸中一道亮利如雪刃的寒芒一闪而过。"不过，依本座之见，你却可在这篇檄文本尾添上一句，'若有一意孤行、从逆不回者，城破之日即是族诛之时，勿谓国朝言之不早矣'！"

虞松闻言，心头一震，急忙答道："是！虞某待会儿撰拟之际便将这句话添写在上。"

司马懿两眼盯视着他，缓声而道："虞君，你心中既是早已打好檄文之腹稿，足见你亦善于藏器于身，择时备变。这本也不错。'上不呼，则下不应；上不问，则下不答'，本也是中规中矩的君子处世之道。但在我司马懿麾下，却从不崇尚虚文繁仪，只重真抓实干，得策辄发。你日后若是在本座面前再多几分积极筹谋，直抒胸臆就好了！"

虞松听出了司马懿对自己半掩半藏、半吞半吐的做法有所批评，顿时双颊一红，惭色尽露："太尉大人教诲得是，虞某衷心领教了。"

"懂得受教就好。"司马懿摆了摆手，便让他退下拟檄去了。虞松刚一离开，却见帐门布帘一掀，一个铜钟般洪亮的声音扑面而来："司马太尉，您在雨水泥泞中扎营围城，可真是持忍得住啊！"

司马懿与裴景应声看去，见来人乃是一个身形雄伟如山的鲜卑壮汉，漆黑的长发披散双肩，微黄的胡须斜斜上翘，两眼铜铃一般又圆又大，腰板挺直得如同劲松，整个人举手投足便溢出一派夺人的豪气来。他身后跟着一个鲜卑青年，虽然身材并不很高，但也生得脖粗背厚，脸如铁铸，顾盼之际虎虎生威。

"莫护跋大酋长驾到——本座真是有失远迎啊！"司马懿哈哈一笑，也不顾帐中水深及腰，就“哗啦哗啦”地踏着迎了上去。

那鲜卑壮汉却是带着身后那鲜卑青年一齐手捂着左胸，朝着司马懿深深弯腰一躬：“司马太尉，莫护跋这厢见礼了！”

司马懿却伸出手来将他俩扶起，满面堆笑地说道：“免礼！免礼！莫护君与本座本有同门之谊，何必显得这么客气？”

原来，这莫护跋是辽西鲜卑胡族的大酋长，同时也是司马懿师父玄通子管宁隐居辽河之滨时本着有教无类的原则收下的一名亲传弟子。所以，论起来，他自然算是司马懿的同门师弟。这一次北伐辽东，司马懿特意派人邀来莫护跋，把管宁先生亲笔所写的介绍函在他眼前一亮，立刻就将他延揽到了自己的帐下，担任了平辽先锋将军。毕竟朝廷只拨给了司马懿四万人马，而公孙渊这边的兵力却达十余万之众，故而，对莫护跋这支强悍的地方势力，司马懿是绝对不能不加以借重的。

“师父所教的尊长敬兄之礼，我莫护跋衷心铭记，焉敢稍忘？”莫护跋连鞠三躬之后方才立起身来，“司马师兄，您不必谦让！”

司马懿也不再多说什么，转身伸手指着军帐正壁上悬挂着的那幅辽东全境军事地形图，面色一正，认真地问道：“莫护师弟来看——如今本座的意思是准备沿着襄平城四面筑起一圈二百里连营，将此城紧紧围困其中，来个瓮中捉鳖，你认为此计可行否？”

“可行自是可行，”莫护跋沉思着点头而答，“就是只怕这霖雨下得太大，弟兄、儿郎们泡在水里都受不了。上一次毌丘俭将军前来征伐之际，也就是因为熬不过这大雨整日整夜的浇灌，没办法才撤军而退的。”

“唉……行军打仗非同儿戏，面临艰险之际，再难熬也得熬，再难忍也得忍啊！”司马懿伸出手掌拍了一拍自己的腰甲，深深一笑，“你看——本座不也是和前线将士一般时时刻刻泡在水洼里处置公务吗？”

“唔……司马师兄您真是能以身作则，垂法于众，我莫护跋实在敬服之极！”莫护跋毕竟曾在一代儒宗管宁先生门下受过教的，所以开口谈吐之际颇有文通词顺之状，到底与那些不知文学礼仪的粗蛮酋长大不相同，“行！我鲜卑儿郎亦自当一意追随于您，便是上刀山，下火海，冒箭雨也在所不辞！”

裴景在旁边听得连异族客军酋长也这样向司马懿表态示忠，心底暗自讶异，这位司马太尉当真是了得，竟连鲜卑蛮子也被他收在麾下整得服服帖帖的！

司马懿也听过管宁的介绍，知道莫护跋这位鲜卑酋长素来爱慕中华礼仪文明，对华夏的器物典章、泱泱风范一向欣赏之极。他心中一动，便依着管宁先前所教，微笑而道：“对了！莫护师弟，本座奉管宁师父之命，特将一物赠送于你。”说着，从桌案上取过一只红木方箱来，轻轻打开，一派耀眼的金光顿时四射而出。

“哎呀！这不是管师父先前所戴的那顶纯金步摇冠吗？”莫护跋一瞧，两眼瞪得圆亮亮的！

只见那顶步摇冠通体上下金光闪烁，底座被雕成了一只栩栩如生的鹿头，鹿头顶上分别向左方、上方、右方伸展开来七根细细长长的角枝，每根角枝上面都悬吊着一片片黄澄澄的金叶子。司马懿将它托在手上，轻轻一摇，微风掠动，那步摇冠上的金枝金叶便闪动个不停，让人看得眼花缭乱。

莫护跋满脸漾出浓浓的笑意来：“好、好、好……”

“来，师弟，为兄给你戴上！”司马懿走上前来，莫护跋应声向他单膝跪下。司马懿先将他头上披散如瀑的长发细心地绾起，然后小心翼翼地罩上了这顶纯金步摇冠，再从发髻之中横贯了一支梅花银簪将这冠牢牢固定住。瞧得这冠戴端正了，司马懿这才松开了手，左看右瞅了一番，呵呵笑着点头叫好。

莫护跋戴上纯金步摇冠后，站起了身，一步一摇地就踏着雨水在帐篷里踱起了步来，好像一个得到了心爱宝贝的孩子一般兴高采烈。那明晃晃亮灿灿的步摇冠，在他头上于摇曳晃悠之间流光溢彩，当真是妙不可言！

“好了！管宁师父知道你一向喜爱他这顶纯金步摇冠，就托为兄转送给你了。莫护师弟，你且好好收下吧！”司马懿抚着自己油光水滑的须髯，笑吟吟地说道。

莫护跋听罢，也不顾帐中积水颇深，“哗”的一声便跪了下去：“弟子衷心感谢管宁师父的赠冠之恩！”

司马懿疾步上前，将他扶了起来：“师父赠你宝冠，也是希望你知书达理，将来成为我大魏藩夷中的铮铮亮节之人啊！你千万不要辜负了师父的这一番苦心才好！”

“是！是！小弟一定牢记师父的苦心训诲，一定不负师父的殷切期盼！”莫护跋两眼噙着泪花，上身直挺着，满脸认真地看向司马懿，“司马师兄，小弟这里尚有一事请求相助——我莫护跋既已倾心归慕华夏文明，还请司马师兄为我等恩赐一个姓氏，如何？”

“赐姓？唔……你既有这等诚意，为兄倒是不当予以轻加拂逆……”司马懿听了，背负双手，在帐篷中来往踱了几番，方才沉吟而道，“为兄记得，管宁师父曾经给你莫护族留下一条亲笔字幅，内容为‘慕两仪之嘉德，羡三光之懿容’。为兄便从这十二字中取出两个字来，建议你们一族改姓为‘慕容’！”

“慕容？慕两仪之嘉德，羡三光之懿容？慕容……”莫护跋将这个崭新的姓氏反复地在口中念叨了好一会儿，终于伸手一拍膝盖，哈哈笑道，“师兄你改得好！改得好！我莫护跋从此就改姓为慕容了——小弟从此就叫慕容跋了！”

说着，他回过身来一拍那鲜卑青年的肩头，大声笑道：“木延！我这像海东青一样矫健的儿子——你今后再也不要用莫护这个粗鄙的姓氏了！你的姓名从此是慕容木延了！你还不赶快向你的这位司马师伯跪下叩谢！”

“不必多礼！不必多礼！”司马懿急忙上前一把扶住了慕容木延，同时侧过头来对慕容跋说道：“慕容师弟啊！你既已躬率全族上下归顺了我煌煌大魏，就且随为兄一道大展身手，狠狠地将这逆贼公孙渊一举收拾掉！只要你立下战功，为兄一定不以华夷之别为念，亲书上奏，恳请陛下封拜你为率义王！”

“瞧师兄您这话说的——师兄您的敌人，就是我慕容跋的敌人！就是我整个辽西鲜卑一族的敌人！您这样的博学达礼之士能够像亲兄弟一般待我慕容跋，我慕容跋怎不会把一颗真心掏出来回报您呢？”慕容跋将顶上的纯金步摇冠扶了一扶，满面肃容，爽朗地讲道，“您有什么吩咐，尽管说吧！”

襄平城中金碧辉煌的伪燕王宫里，外面“哗哗啦啦”的暴雨击打着屋顶、地面的声响，丝毫也掩不住殿阁内到处飘溢的歌舞丝竹之音。

头戴貂尾鹿皮毡冠，身披大红绸袍的公孙渊大腹便便地踞坐在雕龙王座之上，右手执着一方青铜古爵，向座下的诸位臣僚敬酒而道：“列位爱卿！朕……朕敬你们一杯！不，不，不，咱们大家一齐来向天致谢。苍天有意，祖宗有灵，降下神雨保佑我大燕万世无敌啊！”

他话犹未了，伪燕的丞相王建已是谄媚地一笑，逢迎而道：“陛下！上天待我大燕真是不薄啊！上一次毌丘俭那厮率领五万人马进犯而来，结果在辽河西津口也被一场天降神雨淋了个焦头烂额，撑不到半个月就仓皇而逃了。司马懿这一次在咱们襄平城下也坚持不了多久的！”

伪燕御史大夫柳甫也站起来同声附和道：“是啊！是啊！陛下！这神雨下得这么大，那些魏贼在城外的营栅土山怎么砌也砌不起来的。今天早上老臣特地登上南城墙头看了，他们每砌起一尺，就会被暴雨冲垮一尺！一个个却还傻乎乎地在那雨水泥泞里做无用功！”

公孙渊听得连连叫好，脸上五官都笑得挤成了一堆。瞧着自己的主子龙颜大悦，侍中卫演也不甘落后，笑嘻嘻地献媚道：“就是！就是！咱们的镇国大巫师曲尼勒说了，这一次天降神雨还要再下一个多月的时间，那些魏贼在襄平城下就算不被咱们打跑，也一定会被那平地八九尺高的雨水给冲走的——我大燕当真是洪福齐天，百灵相助啊！”

“好！好！好！多谢众卿的吉言相献！”公孙渊心花怒放，将青铜方爵中的美酒一饮而尽，“朕与众卿同喜同庆了！”

正在这时，他国中的征南将军卑衍、平虏将军杨祚却面带忧色，越众而出，抱拳奏道：“启奏陛下，这司马懿布阵用兵确是诡变无穷，奄忽如神，可谓‘瞻之在前，忽焉在后；视之在左，忽焉在右’，实在防不胜防，攻无可攻！臣等在辽河津口与他交过手，知道他的厉害。如今他已绕着我襄平城列下数百里土山连营，日夜不停地督促着魏兵顶风冒雨施工不已。倘若他这数百里土山连营一旦合围，则我军形势堪忧矣！”

“这个……”公孙渊闻言，笑容顿时一僵，放下了手中方爵，神情有些沉重起来。

“两位将军——你们多虑了！”卫演暗恨这两个武将破坏了场中那一派欢乐祥和的气氛，冷冷地驳斥他俩道，“这场神雨还会持续连降三十余日，这可是镇国大巫师曲尼勒的预言啊！司马懿和他的那些虾兵蟹将怎么熬得下去？上次毌丘俭开始不也是信心满满地宣称要在天降神雨之中与我大燕雄师对峙到底吗？结果他也只撑了十二三天就丢盔弃甲而逃……”

“卫侍中！神雨再厉害，也终究会有日出云收的一天啊！”杨祚苦苦地劝说道，“咱们襄平始终是一座孤城。万一到了天晴雨住的时候，司马懿和魏贼却若仍是坚持不退，咱们又该怎么办呢？”

“这有何难？这有何忧？”卫演满不在乎地说道，“到了那时，他们早被神雨一个个浇成落汤鸡了……就算他们想要前来挑战，亦已被耗得士气大弱，兵威重损，筋疲力尽，我大燕雄师正可以逸待劳，一鼓而全歼之！”

“唉！卫侍中你没见过魏兵的厉害！你不知道，听说那鲜卑蛮子莫护跋也率众投奔了他司马懿。司马懿而今是如虎添翼，锐不可当啊！”卑衍双眉紧皱，仍是忧虑不已。

“这也没什么可担心的！”公孙渊双目一抬，向座下群臣缓缓扫视过去，“他司马懿拉拢了辽西鲜卑蛮族，难道朕在外面就招揽不到帮手吗？王相国，你速速派人去与高句丽国君高位宫联络，以重金厚礼而啖之，邀请他在适当的时候配合咱们一齐联手对司马懿这只老狐狸实施腹背夹击！”

高句丽国将军高允明与侍中高德来率领两万精兵正从梁水上游南下，在泥泞道中衔枚疾进。他们是奉了国王高位宫的命令，前往襄平城外去驰援公孙渊的。但同时，高位宫也给这支兵马的主将高允明下了一个铁的指令，在情势危急不测的时候，他必须服从侍中兼监军的高德来的每一句话。

当高句丽的部队赶到距襄平城还有二百八十余里之遥的柳林口时，天边已露出了一线鱼肚白。

“监军大人，大家就在这里休息一下，用过早饭之后再赶赴襄平城下吧！”高允明瞧了瞧周围的地势，向高德来建议道。

“行！”高德来也四下里打望着，一脸的紧张之色，“只是高将军你千万要派人加强四周的巡逻戒备。”

“是！”高允明听了，便欲回身发号施令。就在此刻，前方猝然响起了一串悠长而浑厚的号角长鸣之声，“呜呜呜”犹若猛虎低啸。

“有……有伏兵！”高德来和高允明都吃了一惊，慌忙各自勒住坐骑，传令让自己身后的部卒即刻全力备战。

随着号角鸣响之声愈来愈急，在雾漫霞蒸的山林之间，一声声奇奇怪怪的皮鼓和哨音也交杂而起，惊得一群群鸦雀仓促地拍着翅膀，急匆匆飞上更高的树枝，好奇地转动着滴溜儿圆的黑眼珠，朝树底下探头张望着。

“这……这是鲜卑蛮子的声音！”高允明有些惊骇地侧头向高德来说

道，“他……他们……”

高德来两眼紧盯前方，神情一片凝重，只淡淡说了一句：“他们已经来了！”

柳林口前开阔的空地上，已经从四面八方汇集了一眼望不到边的鲜卑夷人。有的头戴羽饰，项戴骨链；有的腰束皮裙，赤足裸臂；有的耳挂金环，鼻垂银饰；更有的赤身露体，在颊上、额上、背上文着各种鸟兽图案。再看他们的手中，各种兵刃在晨晖下映着森森寒光。弯的，直的，长的，短的，粗的，细的，带刺的，弧圆的，奇形怪状，神神秘秘，让人瞧了心底犯怵。虽然他们个个生得奇模怪样，未习教化，却又能很好地应着皮鼓和哨音的节奏虎视眈眈地迎上前来，很快就在高句丽大军面前列成了一个整整齐齐的方阵。

鲜卑蛮子征战杀伐的厉害，高句丽国士众早就亲身体会过了。所以，高允明和高德来都变了脸色，急急传令道：“三军警戒——结阵迎战！”

正当高句丽士卒们挺戈勒马全力戒备之际，却听号角之声愈来愈近，鲜卑夷人的阵形像波浪一般从当中分出一条宽阔的通道来。一杆写着“魏太尉司马”五个大字的黑色旗帜一马当先，紧随而来的便是鲜卑大首领慕容跋和大魏后将军牛金。

“魏……魏狗也来了！”高允明一下握紧了手中的刀柄，侧身瞧了瞧高德来，“监军大人，咱们是冲上去和他们……”

他话犹未了，“嗖”的一声尖啸掠空而来，一支羽箭犹如白光一闪，瞬时插落在他胯下坐骑蹄前一丈开外的草地上！

随着这支飞箭而来的，是牛金沉缓的声音：“高句丽属国诸位大人，本将乃是大魏后将军牛金，今日特奉司马太尉之令，前来迎接尔等一同赴襄平城下会师共讨逆贼公孙渊！”

他一说完，右手举起令旗高高一扬，四下里顿时鸦雀惊飞，一杆杆魏国军旗骤升而起，一列列魏国骑兵如同一堵堵铁墙一般平地冒出，将这支高句丽队伍围了个水泄不通。

高允明抬起头来，举目四顾，见得这四面魏兵大阵的后面仍是黑影幢幢，不知那里还埋伏了多少魏军步卒和鲜卑蛮子。看来，这一番是凶多吉少了！他把嘴唇抿得紧紧的，正欲将鞘中宝刀一把抽出——

这时，一只强劲有力的手倏地伸过来扣住了他的右腕，让他一时拔不出刀来！他骇然转头，却见高德来向他轻轻摇了摇头，目光里尽是不允之意。

“监军大人，您……”高允明不禁一愣。

那高德来面色极为肃重，朝他飞快地塞过来一条黄绢诏书，低低地讲道：“允明，你且看一看大王的这道密旨……”

高允明急忙打开那诏书一瞧，只见上面写着：

谕告诸位援燕将士，此番西击，见可而进，见难而退，见围而降，随机制变，勿得自损王师。高句丽王手诏。

看罢此诏，高允明只得长叹一声，放开了紧握刀柄的右手。

然后，高德来一正衣冠，展颜而笑，忽地跃身下马，立在草地之上，身形一低，迎着牛金、慕容跋深深一揖，道：“天朝大臣在上，微臣高德来、高允明，特遵本国大王高位宫之令，正欲率兵前来与天军会师于襄平城下，共伐公孙逆贼……”

第四方人物

忽浓忽淡的幽蓝色香烟，一缕缕地从那座金麒麟宝炉中悠悠然飘出，袅袅而升，盘旋环绕，犹如一团浮在半空的丝线，纠来缠去，难以梳理得清。

曹叡一抬头，正望见那团“丝线”，脸上表情一怔，立时陷入了沉思之中。那纠结纷乱的烟丝之景，不正与他此刻的心境相仿吗？突然，他只觉一阵剧烈的头晕袭来，狂跳不已的心脏似要冲胸而出，憋得自己连气都快透不出来了，脸庞也涨得铁青。

“陛……陛下，您……您怎么了？”他所宠爱的贵妃郭瑶一见，顿时慌了手脚，急忙膝行着趋近龙床前来察看，“臣妾去喊太医……”

“不要！”曹叡短促地喝了一声之后，就一下子颓然倚坐在龙床靠背上，两手紧紧按着胸口，一言不发，咬着牙齿忍了半晌，这才慢慢缓过气来。他沉沉地摇了摇头，涩声说道：“不……不必了！朕……朕现在没事了。”

“陛下！您……您的龙体既是欠安，就不要再操劳国事了……”郭贵妃噙着眼泪伏在龙床边悲悲切切地说道，“万一您有个意外，可让臣妾怎么活啊！”

曹叡沉着脸，没有答话。其实，对于郭瑶，曹叡的感情是十分复杂的。当年郭太后害母专权之事，曾经在他心底留下了深深的烙印。依着他的个性，他本是决不会再纳郭姓的女子为后妃的了。后来，孙资和刘放联名向他推荐了郭瑶入选椒宫。他俩的理由是郭瑶乃河东一带久著盛誉的郭氏一族出身，又系太祖武皇帝当年的心腹谋士、贞侯郭嘉的侄孙女。曹叡纳她为妃，有助于增强元老世族们对他统治的认可与支持。曹叡为了坐稳自己的江山，也就只得依言而行。这些年下来，他才发现这郭瑶非但贤德淑婉，而且精明能断，渐渐成了自己不可缺少的一个佐朝助手。平时当自己心绞之痛发作时，他都是将政务交由郭贵妃代为裁理的，而郭瑶的代理大体也能合他心意。

过了好一会儿，曹叡才平静了心情，缓缓说道：“好了！好了！爱妃你不要再哭了。朕今天的事儿，你千万不要到外面去乱说。记住，对谁都不要说。去——到那架百宝柜上，把周宣大夫给朕炼制的混元金丹拿来，朕服过之后就再也没事了……”

“喏。”郭瑶拭去眼角的泪痕，起身慢慢向御书房一角的那只百宝柜走去。

曹叡看着郭瑶的背影，沉吟许久，自从秦朗的骁骑将军一职被免去之后，一直拖到现在都半年多了还没找到合适的人选来接替他。还有，自己应该趁司马懿近来不在关中掌权之机，尽快把凉州刺史孟建召回洛阳闲置起来，同时外放夏侯霸出去坐镇凉州。那么，夏侯霸先前在京所任的卫尉一职就又空了出来。卫尉、骁骑将军都是拱卫京畿的要职啊，非至亲至信之士不可接任。先前司徒崔林、廷尉高柔、选曹尚书卢毓、太中大夫王肃等人一直在极力推荐司马懿的长子司马师担任骁骑将军一职，但自己还敢把京畿重权再进一步交给他们司马家吗？但似乎也不能全部都交给曹爽、夏侯玄等宗室宿贵啊！谁能担保他们在偌大的权力诱惑面前不会私欲膨胀、作威作福而无法无天？唔……郭瑶爱妃的叔父郭芝对朕倒是忠心耿耿，他大约是可以引入皇宫大内之中制衡曹爽、夏侯玄的。对了，就让他去顶任夏侯玄的虎贲中郎将之职，把夏侯玄调到卫尉一位上去，再将骁骑将军这个职务暂时也给曹爽兼着。不过必须把曹爽身负的武卫将军辖下最重要的中护军一职剥离出来，另行择人选任。这个人还必须是与这曹氏、夏侯氏、郭氏等没有任何利害关系的第四方人物！当然，司马家的人更不能入选。那么，自己究竟该选谁当这个中护军呢？一想到这里，曹叡的眉头就紧紧蹙了起来。

“陛下！请服用混元金丹。”郭瑶将手中一方玛瑙盒轻轻打开，从里边取出金亮亮的一颗丹丸送了上来。

曹叡将金丹拈在了掌心里，反复细看了半晌，两眼紧盯着它，口里却悠然而道：“曹爽日前给了朕一个建议，效仿当年秦始皇，建筑高台峻阁，以与神仙往来，求长生不老之方。他还说，汉朝二十四帝，唯有武帝刘彻享国最久、寿算最高，只因服饮了那天上日精月华之气。刘彻当年曾于长安宫中，建了一座三十余丈高的柏梁台，台上立了一座铜铸巨人，手捧一盘，名曰承露盘，接三更北斗所降沆瀣之水，其名曰天浆，又曰甘露。取此水用美玉之屑调和而服之，可以延年益寿，返老还童。爱妃，依你之见，朕是否应当采纳他的这番建议？”

郭瑶黑亮的眼珠转了几转，沉吟片刻，言道：“本来，陛下所讲的乃是社稷大事，臣妾是万万不该有所妄言的。但是此事涉及陛下的龙体安危，臣妾就不得不多嘴了。依臣妾之见，陛下的龙体安康关系我大魏之煌煌国运，纵使赶赴长安汉宫拆取这铜人、承露盘确是劳民伤财之事，却也顾不得了。陛下应该尽快采纳曹爽此言。”

曹叡将那颗金丹忽地一下吞了下去，深深地直视着郭瑶，脸上现出几分真切的感动来，款声道：“唔……还是爱妃你对朕最是关心啊……好吧！朕就如你所言，采纳了曹爽这一奏请！”

“夫君，外面有一种传言，说陛下为了提防父亲手握重兵而在辽东猝生不测之变，便故意将您和大哥召回京城扣在身边作为人质监视起来……您还别撇嘴，您自己瞧，您被陛下封为了大内首席议郎，大哥也被陛下封为了散骑常侍，都是些与他近在咫尺的贴身之职！万一事生不测，他翻掌之间便可将你俩控制于须臾！”王元姬慢慢给司马昭斟了一杯清茶，用双手捧着递了上来。

“我不渴。”司马昭头也没抬，手里拿着一方毛巾，轻轻擦拭着父亲送给他的那块紫龙玦雪白光滑的表面，神情显得十分专注，“元姬啊！其实你也是替为夫和大哥空担心——咱兄弟俩这两三年里在京畿之外待得也太久了，也该回来在这天下中枢之地好好活动活动一下筋骨了。”

“夫君，不是妾身在空担心啊！您应该看得清楚，在父亲大人远征辽东的这半年多时间里，董司徒和辛毗大人都病殁了，我司马家一下子便减去了两大助力；接着，崔司空也病重了，高廷尉又遭到了排挤，现在卢毓尚书在选曹里说话还没有邓飏管用，就是妾身的父亲也被调到了广平郡去任太守。理由倒是冠冕堂皇，说是让妾身的父亲去经历亲民之职，其实就是想把他撵出朝廷中枢要地！陛下和魏室宿贵们趁着咱们父亲大人远离洛阳京都就一直在拼命地打压我司马家族啊！”

那块紫龙玦被司马昭极为用心地擦拭得光亮如脂，玦身上盘绕着的那条龙形紫纹更是栩栩灵动，须爪挥扬之际几欲浮跃而出破空飞去！他将它托在掌心里细细地瞧着，语气淡若白水：“你怕什么？我司马家素为百年望族之首，当世豪门之冠，根深枝茂荫盖天下，岂是他们想搬就能搬得动的？”

王元姬将茶杯轻轻放回了桌几面上，悠悠一叹：“话虽是这么说，但别人是在不顾一切地步步紧逼啊！从孙大人、刘大人那里传送出来的消息说，卫尉夏侯霸快要被外放出去顶替孟建大人的凉州刺史之职了。孟建大人则被陛下召回京中担任崇文观太学祭酒的闲职。曹爽、夏侯玄等魏室宿贵们分明是想把他们的手伸入到咱们父亲大人经营多年的关中地带里去。”

紫龙玦顿时被扣紧了，光滑的玉面倏然印出清清晰晰的指纹，一圈一圈地泛将出去，又缓慢而无声地融化无踪。司马昭的声音变得沉滞了起来：“夏侯霸要到关中去？哼，这一枚楔子倒是打得又刁又狠，咱们还没开始向他的京畿大内徐徐渗透，他反倒要对咱们苦心经营的关中之地下手了。”

然后，他目光一抬，笔直地投向了王元姬：“这件事儿，母亲大人和大哥知道吗？”

“这个消息，就是母亲大人亲口告诉妾身的，大哥也应该早就知道了。”

“哦，母亲大人和大哥既然已经知道了，那就不用担心了，他们自有对策的。”司马昭听了，这才脸色一定，神情平复如常，继续缓缓抚摸着那块紫龙玦，娓娓而道，“日前陛下下了一道诏书，令将作大匠马钧带领一批能工巧匠，征发三万八千名农夫，前去长安城未央旧宫中拆取汉武帝时的大铜人和承露盘，再运回洛阳京城重修柏梁台以立铜人、承露盘。为夫为这件事儿拟写了一道谏言疏。元姬，你且将它好好修改润色一下，明日一早为夫便带进宫去呈给陛下。”

司马昭让王元姬帮他修改润色奏稿是有原因的。她出身山东儒门王氏世家，自幼饱受家学熏陶，其祖父王朗曾经称赞她“精通文艺，善研诗书，目所一见，必贯于心”。既然身边有王元姬这样一个才学超群的奇女子作为贤内助，司马昭当然会让她时常辅助自己处置各项外务了。此刻，她听了司马昭的吩咐，也不多话，把桌几上放着的那道奏疏稿本拿了过来，细细翻阅着，只见上面写道：

微臣司马昭谨奏：

昔日尧尚茅茨而万国安其居，禹卑宫室而天下乐其业；及至殷、周或堂崇三尺，度以九筵耳。古之圣帝明王，未有极宫室之高丽以凋敝百姓之财力者也。桀作璇室、象廊，纣为倾宫、鹿台，以丧其社稷；楚灵以筑章华而身受其祸；秦始皇作阿房而殃及其子，天下叛之，二世而灭。夫不度万民之力，以从耳目之欲，未有不亡者。陛下当以尧、舜、禹、汤、文、武为法则，以夏桀、殷纣、楚灵、秦皇为深诫。而今却唯宫苑是侈是饰，取长安铜人而劳民重役，建承露之台而耗国积蓄——微臣窃为陛下所不取也！

今吴、蜀二贼，非徒白地小虏、聚邑之寇，乃据险乘流，跨有士众，僭号称帝，欲与中国争衡。今若有人来告：“权、禅并修德政，复履清俭，轻省租赋，不治玩好，动咨耆贤，事遵礼度。”陛下闻之，岂不惕然恶其如此，以为难卒讨灭而为国忧乎？若使告者曰：“彼二贼并为无道，崇侈无度，役其士民，重其征赋，下不堪命，吁嗟日甚。”陛下闻之，岂不勃然忿其困我无辜之民，而欲速加之诛，其次，岂不幸彼疲弊而取之不难乎？苟如此，则可易心而度，事义之数亦不远矣。

且秦始皇不筑道德之基而筑阿房之宫，不忧萧墙之变而修长城之役，当其君臣为此计也，亦欲立万世之业，使子孙长有天下；岂意一朝匹夫大呼，而天下倾覆哉？故臣以为使先代之君知其所行必将至于败，则弗为之矣。是以亡国之主自谓不亡，然后至于亡；贤圣之君自谓将亡，然后至于不亡。昔汉文帝称为贤主，躬行约俭，惠下养民，而贾谊方之，以为天下倒悬，可为痛哭者一，可为流涕者二，可为长叹息者三。况今天下凋敝，民无担石之储，国无终年之蓄，外有强敌，六军暴边，内兴土木，州郡骚动，若有寇警，则臣惧版筑之士不能投命虏庭矣！恳请陛下深长思之！

王元姬慢慢读罢，蛾眉渐蹙，面色微微变了："夫君这一篇谏言疏固然写的是峻直深刻、砭骨三分，堪称为天下万民而立言。妾身举笔亦无处可改。只是您万一向上发出，触怒了龙颜，又当如何？"

"爱妻以为为夫此疏乃是不择人、不明时、不顺势而妄发耶？"司马昭深深然注视着她，"为夫此奏一发，实乃公私兼顾，义利双收也！你想，以公理言之，为夫职在议郎，自当义不容辞为社稷大业谏与诤，必会赢得天下士民归心景仰；以私利言之，为夫此奏文笔中情中理，不偏不倚，刚柔得宜，魏室宿贵们终有嫉恨而无隙可乘，况且陛下本人又一向以开明之君自诩。"

王元姬玉颊上缓缓现出一种深沉莫名的笑容来："听夫君这么一讲，妾身终于明白了。夫君您公开呈上这一道谏言疏，实际上是在天下士民面前彰显我司马家的清正精忠，亲民恤士之高风亮节，从而为我司马家更为广泛地招纳人心啊！"

就在司马昭与王元姬在密室里认真讨论如何修改润色那道谏言疏的同时，武卫将军曹爽、虎贲中郎将夏侯玄、驸马都尉何晏、选曹侍郎邓飏等人正在夏侯府后花园的养心亭里聚会交谈。

夏侯玄站在案几之前，身形微微前倾，左右两手分别握着一支毛笔，同时在案几上两条绢幅面上笔走龙蛇，洒兴而写——他右手笔下写的正是何晏所著的《无名论》："天地以自然运，圣人以自然用。自然者，道也。道本无名，故老氏曰强为之名。仲尼称尧荡荡无能名焉，下云巍巍成功，则强为之名，取世所知而称耳。岂有名而更当云无能名焉者邪？夫唯无名，故可德遍以天下之名而名之；然岂其名也哉？唯是喻而终莫悟，是观泰山崇崛而谓元气不浩芒者也！"

他的左手笔下同步而写的却是《道论》："有之为有，恃无以生；事而为事，由无以成。夫道之而无语，名之而无名，视之而无形，听之而无声，则道之全焉。故能昭音响而出气物，包形神而章光影。玄以之黑，素以之白，矩以之方，规以之圆。圆方得形而此无形，白黑得名而此无名也。”

在旁人看来，夏侯玄虽是双手同时挥笔而写，然而其动作之疾缓、转折之曲直、周旋之宽窄却是合节合拍，一气呵成，毫无迟滞。右边的《无名论》之字体写得端方庄重、典雅古朴；左边的《道论》之字体却写得轻灵圆融，潇洒飘逸！一直静静观赏着他写完字幅的邓飏不禁走近前来，几乎忍不住伸出手指要去抚摸那条幅上的一行行墨汁淋漓的字迹，失声啧啧叹道：“好精深的文章！好漂亮的书法！前朝名师梁鹄之方楷、一代鸿儒蔡邕之圆隶，俱不能及也！何大人，您也过来欣赏一下吧！”

那边，面色白若傅粉的何晏正将自己的双手浸在侍女端上来的铜盆之中，撩着清水轻轻地搓洗着。他的声音始终那么温绵如春水：“别催，别催，等晏净过了手之后，自当过来向夏侯君讨教讨教。”

曹爽正负手而立，投目望来，瞧着何晏那皎白的双手在透亮的清水中悠悠涤荡，随着浅浅的波纹漾起，亦不见一星半点儿的脂粉飘荡散开。看来，他那一双手的皮肤，果然是天生的白皙如玉，绝非涂脂抹粉所致。

夏侯玄慢慢搁下了双手所执的那两支毛笔，一边打量着自己的这两张字幅上还有什么瑕疵，一边似乎漫不经心地问邓飏道：“邓君，你还没告诉我辽东战事的情报呢！”

邓飏闻言，急忙敛容正色，认真回答道：“武卫将军、夏侯君，咱们派往司马懿身边的那个细作传送回来的情报里讲，司马懿在率兵围攻襄平城之际，遇到了一场辽东数十年间雨期中持续时间最长的暴风雨，实在称得上是天不相助。他这一仗打得很是吃力！”

曹爽听了，冷冷而道：“是啊！与人相斗，尚有可为之机；与天相斗，司马老儿纵有再大的本事，只怕也力不从心吧！”

“难怪这几日司马子元连咱们以前时常举办的清谈之会都不参加了！”夏侯玄还是一边瞧着绢幅上自己所写的那些湿沁沁的字迹慢慢被秋风吹干凝固，一边若有所思地言道，“正所谓父子同心，司马太尉在外面碰到了如此之大的难事，那司马子元心里恐怕也不会好受到哪里去吧？”

“他心里再不好受又怎样？大概也只能无可奈何地接受了！”何晏将双

手缓缓地从铜盆之中取了出来，拿过盆架边放着的毛巾轻轻擦拭着自己的手心手背，眼底深处透出一丝深深的笑意，“你还别说，咱们桓老前辈呈进的这一招‘釜底抽薪’之计来得真是高明。早先选曹关于建议任命司马子元为平蜀将军，司马子上为雍州别驾的文书草稿都已经拟好了，陛下却乘司马懿远出征辽之机把司马子元、司马子上都留在了皇宫大内担任近职。这不是分明把他兄弟俩扣在了京城里当人质吗？还有，陛下让夏侯卫尉出任凉州刺史，同时又抽回了孟建入京到崇文观赋闲，这也几乎等同于斩去了司马懿在关中军政界中的一臂一膀。”

“唉，这也是朝廷迫不得已而施出的阴招！司马氏盘踞关中多年，早把那里经营得密不透风了！若是再让司马师兄弟继续在那里坐大成势，万一骤生异志而与征伐辽东的司马懿遥相呼应，东西并举，谁还遏制得住啊！”夏侯玄沉沉叹道，“桓伯父的这些计策实在是务本务实，直中要害的宏谋大略啊！”

邓飏听着，脸上却现出几分不甘不服来：“这桓前辈本事虽大，但脾气也不小——那一日他当着武卫将军和夏侯君的面商议削弱司马氏党羽之计策时，几乎是他一个人在那里大唱独角戏，旁人简直是一句话都插不上。还有，他那一副自居为尊，高高在上的姿态，仿佛把咱们都看成三尺孺子了。”

“唉，桓伯父他脾性一直都是这样。”曹爽干干地一笑，“咱们做晚辈的，也只有让着他才行啊。”

夏侯玄双目一抬，却是精光闪闪地看向邓飏：“邓兄，玄并不认为桓伯父这样的脾性有什么不好！咱们关起门来是自家人，就该当有一说一，无遮无掩，这才显出彼此之间的坦诚本色！咱们就是应当学习桓伯父这样一个知无不言、言无不尽的优点！这样说来，何叔父，玄与您有些不同见解……”

“什么事儿？”何晏听了，不觉一怔，便随手放下了擦手的毛巾，愕然而问。

“玄听曹兄讲，是何叔父您让他上书建议陛下拆取长安未央宫铜人，徙来承露盘，修建柏梁台的？”夏侯玄正视着他，毫不回避地讲道，“您这些建议实有媚君误国、劳民伤财之嫌。”

何晏却倏地避开了他灼然的目光，只是低头直瞧着自己那双洗得愈发白净的双手，徐徐言道：“夏侯君，你应该明白，咱们既要与司马氏一党相斗，就一定要取得陛下的全力支持；若想取得陛下的全力支持，咱们就要在陛下面前显得比司马氏一党更为忠心。为叔让曹昭伯进言建议陛下拆取铜人，徙来承露盘，修建柏梁台以延年益寿，也正是出于此意啊！”

夏侯玄慨然道：“何叔父，玄还是不能理解，您这样做真的是对陛下竭诚尽忠吗？玄倒认为您这是置陛下于不义、置百姓于困顿啊！咱们或许会一时获得圣意的认可，但却有可能会长久地失去民心啊！”

“在历朝历代的政局之争中，究竟是予取予夺、威福无边的圣意重要，还是虚无缥缈、一盘散沙的民心重要？这个问题在这里还值得为叔来训导你吗？”何晏深深地看着夏侯玄，“清谈是清谈，现实是现实，太初，你可不要越谈越痴了！”

夏侯玄没想到一向口不离老庄、手不释典章的这位表叔也会讲出这般痞子气极浓的话来，不由得一呆，不知该如何回答他才好。

“好了，咱们也不必在现实政争中把心弦绷得太紧了，为叔在这里写一篇深得清虚玄远之妙趣的文章给你们读一读。”何晏弯下腰去，用自己洗得干干净净的右手提起一支笔，在桌案上另一张绢幅上飞快地写了起来：

> 夫称君子者，心不措乎是非，而行不违乎道者也。何以言之？夫气静神虚者，心不存于矜尚；体亮心达者，情不系于所欲。矜尚不存乎心，故能越名教而任自然；情不系于所欲，故能审贵贱而通物情。物情顺通，故大道无违；越名任心，故是非无措也。是故言君子则以无措为主，以通物为美；言小人则以匿情为非，以违道为阙。何者？匿情矜吝，小人之至恶；虚心无措，君子之笃行也。是以大道言“及吾无身，吾又何患”？无以生为贵者，是贤于贵生也……

他正写之间，邓飏这时却向曹爽说道：“武卫将军您可知道么？近来河内郡山阳县中，有一批青年名士常在那里聚会交游呢……”

“邓君讲的是阮籍、嵇康、向秀、刘伶他们吧？”何晏忽然开口了，同时将手中毛笔轻轻搁下，“喏，你们过来看一看，这便是嵇康写的《养生论》。”

夏侯玄应声踱步过来，眼睛往何晏那张字幅上一落，目光立刻便被拉直了：“唔，好精妙的文章——夫气静神虚者，心不存于矜尚；体亮心达者，情不系于所欲。矜尚不存乎心，故能越名教而任自然；情不系于所欲，故能审贵贱而通物情。他可谓已是深得玄道妙理之真谛了。”

何晏听罢，微微而笑：“何某的这个侄女婿啊，嘴上说说这些清虚之词还能勉强可以，但他自己是否能够做到‘言顾行，行顾言’，何某就不怎么清楚了。”

“曹某的意见是，对像阮籍、嵇康、向秀、刘伶这样的一批青年名士，咱们还是应当想方设法争取把他们拉拢过来。”曹爽沉吟少顷，肃然而道，“何君，邓君，你们先去找嵇康谈一谈。”

“昭伯所言甚是。不过，在玄看来，咱们一方面要为自己积极争取助力，另一方面也不要忘了时时刻刻为自己认真消除阻力。”夏侯玄右手拈起了何晏写的那条字幅一边细细地观阅着，一边缓缓地言道，“嵇康这句话说得很妙：物情顺通，故大道无违。反过来讲，物情若是不顺不通，大道必然有碍了。昭伯，玄倒是想起了一件事儿，不得不向你直言相告，你还是须得将曹训、曹彦他们几个好生管教管教！”

“太初，训弟、彦弟他们在外边又捅了什么娄子吗？”曹爽一愣。

“前几日玄的堂叔（夏侯杰）从襄阳来信提到曹训、曹彦向他寄送去了三四十匹布绢，请他利用职务之便从江东那边偷偷给他俩物色几个吴越美女回来。这等的骄奢淫逸之举，昭伯你一定得过问一下！”夏侯玄正色讲道，“我等正与司马氏一党在朝中殊死较量，千万不能因己之误而留给他们一丝一毫的把柄啊！”

“他妈的！这几个小杂毛真是活腻了！”曹爽一听，脸庞气得红成了煮熟的猪肝，失声便吼了起来，“我回府去后便用家法好好管教管教他们一番！”

“壮士何慷慨，志欲威八荒。驱车远行役，受命念自忘。良弓挟乌号，明甲有精光。临难不顾生，身死魂飞扬。岂为全躯士，效命争战场。忠为百世荣，义使令名彰。垂声谢后世，气节故有常。”谏议大夫蒋济轻声地吟诵着钟繇太傅的长子、选曹郎中钟毓送来的这篇诗作，眉宇之际颇有感染激动之色。吟罢，他徐徐赞道："好诗！好诗！此诗意气风发，慷慨激昂，深有陈思王曹植当年《白马篇》之遗风！它是谁作的？"

"是当年名重一时的'建安七子'之一的文豪阮瑀之子阮籍所写的。"钟毓笑着介绍道，"蒋大夫您有所不知，近来这阮籍和嵇康、向秀、刘伶等一批青年才俊常常在河东、河内、颍川各地结社交游，吟诗作赋，挥洒文采，口口声声说要继承当年'建安七子'之风骨而推陈出新呢！"

"哦，原来是阮瑀君的儿子阮籍写的呀！"蒋济慢慢放下了手中那页诗简，悠悠说道，"阮籍、嵇康、向秀、刘伶他们有这样的志向，本亦不错。眼下文学繁盛，诗赋勃兴，不也正证明我大魏国安民逸，王道昌明吗？他们的这些事儿，我们应当全力支持。钟君，本座稍后让府中管家付给你二十块金饼，托你带给阮籍、嵇康、向秀他们，聊作本座的鼓励扶持之薄资。"

"蒋大夫心系诗文，提携后进，念念相扶，钟某甚是钦服。"钟毓深深而叹，"不过……说来蒋大夫或许会笑话，阮籍、嵇康他们个个也都摆脱不了文人雅士的通病——清高自负，鲜与人和，少与俗同。我那小弟钟会几次三番想加入他们社群当中去，阮籍、嵇康竟是拒之不纳！"

蒋济听了，不由得微微皱眉："唔……他们这样做就有些不太妥当了。水至清则无鱼，人至察则无徒。当年建安七子讲究的就是'不择细流，兼收并蓄'！似他们这般孤芳自赏，自绝于众，焉能长久？钟毓，你若与他们相熟，还是对他们择机委婉地劝诫一下才好！"

他俩正在交谈之际，蒋府管家蒋老五走了进来，禀道："老爷，中书令孙资大人前来求见。"

钟毓一听，慌得连忙起身，道："蒋大人，既然孙大人有事前来与您相晤，钟某就不再打扰您了，钟某就此告辞。"

蒋济也不挽留，点了点头，朝蒋老五吩咐道："老五啊！你且代本座将钟大人送出门去，另外经过账房时支取二十块金饼给他……"

蒋老五是个心口如一的直肠子，顾不得钟毓在场，当时就嚷起来："哎呀！老爷！这二十块金饼可是咱们全府上下年底过节用来压箱底的一点积蓄啊……"

"哦？蒋大人，您这是何苦如此约己丰人呢？"钟毓听得清楚，脸都涨红了，"这二十块金饼您还是自己留着急用吧！"

“别听他瞎嚷嚷——老五，你啰唆什么？本座喊你支取给钟大人，你就快去支取！”蒋济挥了挥手，如轰似赶地将蒋老五、钟毓二人送出了客厅。

中书令孙资如今已是魏朝之中炙手可热的权要人物了。他平日里出宫入殿，就是司徒崔林、廷尉高柔、选曹尚书卢毓等元老重臣见了他亦要礼敬三分。但今天他竟独自一人默默来访，倒确是有些出人意料。

进了客厅，孙资还未落座就向蒋济拱手而道：“哎呀！蒋大夫，恭喜恭喜。您的大作《万机论》如今在朝野上下真是流传甚广，文武群僚皆是抄而颂之，说不定您这部大作假以时日，必能与《吕氏春秋》《淮南子》一流的治国典籍而并名于世呢！”

“哪里！哪里！孙大人过奖了！”蒋济急忙呵呵笑着逊谢道，“蒋某的《万机论》不过是信手涂鸦而已，直白浅显得很，实在贻笑大方了！”

“唔……您的那篇《万机论》写得真是言简义丰，陛下还将它亲笔抄写出来列于案头时时观赏，以致本座耳濡目染也能将它倒背如流了！”孙资将袍角一摆，坐到那棉垫坐枰之上，继续向他侃侃道来，“现在，您就且听本座向您随口诵来：‘夫虎之为兽，水牛之为畜，殆其兵矣。夫虎，爪牙既锋，胆力无伍，至于即豕也，卑俯而下之，必有扼喉之获。夫水牛不便速，角又乔竦，然处郊之野，朋游屯行，部队相伍。及其寝宿，因阵反御，若见蒨虎，抵角，牛希见害矣。若用兵恃强，必鉴于虎；居弱，必诫水牛。可谓攻取屠城，而守必能全者也。’怎么样？本座所诵的文章之中没有一个错字吧？”

听到孙资如此用心称叹自己的著作，蒋济再自视清高，这时也不禁为之动容而言道：“区区拙作，难得孙大人记得这般清楚！您如此推崇蒋某，蒋某心中实是感激不尽。”

“哪里！哪里！关键是蒋大夫您自己于用兵一道深有真知灼见，所以才写得出这样的好文章！”孙资微微含笑，从坐枰上站起身来，上前用手轻轻按了蒋济的肩头，缓声而道，“蒋大夫您文武双全，刚柔兼备，滞留在谏议大夫这样一个清流文职上太久了。此乃我中书省举贤不速、用贤不力之过也！

“现在，我中书省决定要全力推助蒋大夫您出任皇宫大内中护军之要职……这里边，其实也含有蒋大夫您的至交好友司马太尉的意思。他也是一直竭力支持蒋大夫您履职军界，为朝廷一尽京畿藩臣之责的！”

蒋济听了，只觉心头一跳，胸口不禁一阵发热：“蒋某在此多谢司马太尉和孙大人您的竭诚推举之恩了！”

“蒋大夫您何必这么客气呢？”孙资讲起话来完全是温情脉脉的，“您和咱们可不是什么外人啊。实话说吧，推助您入宫担任中护军之职，乃是改革我大魏京畿部伍军容军风的重要举措之一。司马太尉从辽东平叛归来之后，也是定要启动此项要务的。不过，此次为了顺利上任，不让宵小之徒猝然从中乘隙加以阻挠，您须得要有一番非常之谋才行。”

“非常之谋？”蒋济有些愕然地看着孙资那脸上隐有深意的微笑，“官职者，朝廷所授之公器也。蒋某从来不会对它存有什么钻营渔猎的非常之谋。”

孙资脸上的笑容一滞，轻轻叹了一口气，摇了摇头，道：“蒋大夫，您不知道，天下之事，直行则滞，曲缓则圆，该用非常之谋还是得用啊！当今陛下最是厌恶群臣在下面私结朋党。倘若本座与司马太尉、刘放大人等一齐到陛下面前去推荐您，您那时倒是未必升得了职的。”

蒋济沉吟了片刻，将自己的衣袍轻轻一掸，悠然道：“若是须用这等非常之谋，蒋某不当这个中护军也罢。”

“且慢！”孙资捻着颔下的根根须茎，缓缓道，“中护军一职关系社稷安危，岂可由蒋大夫您说不要就不要？您就是它的最佳人选，您不要再推辞了。本座此时胸有一计，可以助您排除重重阻力，最终一举夺魁！”

蒋济深深地看了他一眼，没有开口言声。

孙资探过身来，几乎是贴在蒋济的耳边低低言道：“这条计策就是，请蒋大夫迅速拟好一封密奏呈进宫来，在里边严词指责本座和刘放大人恃势弄权。您对我俩骂得越是厉害，您夺魁中选的可能性就越大！”

“这怎么使得？蒋某这不是昧着良心诬陷刘大人和孙大人您吗？”

“您且依照本座所言尽管做去，莫要犹豫。您莫要惊讶，其实，陛下看到您这封密奏之后，才会更加切实相信您在朝中是不偏不党的股肱之臣。您想，连天下权枢中书省都敢直言冒犯的臣子，难道不正是忧公忘私的国士吗？这样一来，在陛下心目中，您必是担任中护军的合适人选。只有您能为朝廷制衡一切权贵，像卫尉夏侯玄、武卫将军曹爽、虎贲中郎将郭芝等位于九重京阙之内的宿臣贵戚若有不法之举，才能仰仗您以史鱼之直、汲黯之风挺身而出约束之！”

“唔……感谢孙大人之好意了。”蒋济双眸一阵波光闪动，口里喃喃地说道，“这个……且让蒋某下来细细思量一番。”

朝中新局

一串串秋雨打在屋顶的篷角上，“嗒嗒嗒”的声响绵绵不绝，就像有人在半空中敲起了小鼓似的。

从卧室的窗户望出去，院坝的地面上早已积起了一片片的水洼，雨点砸在里面，“咕嘟咕嘟”地便冒起了一泡泡透明的水磨菇，几乎遍地皆是。

司马师站在窗边幽幽地注视着这一切，眼角掠过了一抹深深的忧虑。近来，他觉得心头十分郁闷，却又似被这绵绵秋雨浇得一如那堂前阶下的青苔般发霉得厉害，简直是无处宣泄也无处化解！念及此处，他不禁追念起自己陪着父帅当年在关中地域与万千蜀寇征战杀伐的铿锵岁月来。还是那样的生涯来得热血澎湃、激情四溢啊！

“夫君您又在担心父亲大人的辽东战事了？”羊徽瑜拿来一件锦袍给他轻轻披上，“夫君不必过虑，父亲大人兵动若神，天下无敌，一定能长驱直入，一举荡平公孙逆贼的。”

“徽瑜，你不知道，几天前幽州刺史毌丘俭送来了前线紧急战况讯报，声称这段时间里辽东全境一直是大雨滂沱，气候恶劣，北伐大军进兵、运粮、攻城、休寝等俱为十分艰难，建议朝廷下诏暂时班师停战，择机再伐。”司马师显出难得的沉静来，仍是凝望着窗外密密层层的雨帘，深深说道，“朝廷内有不少大臣也都纷纷赞同毌丘俭此议，但父亲大人却硬是从前方发来了奏表，希望朝廷再挺一个月，届时他必能拿下襄平，底定辽东！父亲大人身处逆境，面对如此恶劣的天时、地势，居然能百折不挠，一往无前，实在是了不起啊！

“可是，徽瑜你不知道，父亲大人毕竟也是年近六旬的人了，体质终是与青年壮汉不同，在霖雨滂沱的辽东熬得住吗？听梁机来报，他们在辽东几乎是天天泡在泥泞雨水里办公议事，那种滋味别提有多难受了！有的士兵因为整日里在齐腰深的水洼里走来走去，连自己的腰腿都生出了蛆虫来，其状简直是惨不忍睹！你说，为夫怎能不担心父亲大人的身体安康呢……”

羊徽瑜听着，眼眶里也是泪光转动，柔声道：“是呵！俗谚讲，能耐天磨才是真英雄。父亲大人以忍自持而与天人交战，这一份顽强坚毅迥非寻常豪杰所能匹敌啊！”

司马师的面色忽又渐渐变了，声音微微颤抖了起来：“但是……但是，徽瑜啊！瞧着父亲大人在前方为我司马家如此奋力打拼，我司马师却只能在京都之中袖手遥望，爱莫能助！一想到这些，为夫心里就沉痛得很！这曹叡也忒狡猾，用一个散骑常侍的近侍之职就把为夫拴在了皇宫里任他监控，弄得为夫整日里如履薄冰、战战兢兢，这简直不是常人能过的日子嘛！”

“夫君……当今时势之下，再沉痛再艰难，您也要咬紧牙关忍住啊！”羊徽瑜眸中泪光隐现，仍是柔声向他劝慰道。

司马师全身微微一颤，喃喃自语道：“是啊！是啊！再沉痛再艰难，为夫也要咬紧牙关忍住！父亲大人临行之前说得对，居安则操一心以防患，处变则坚百忍以图成！”说着，他将目光收转回来，徐徐投向了卧室内壁上挂着的那一幅颜色陈旧、白得发黄的绢帛上——它是司马懿北伐辽东之时赠给他的那幅司马家祖传的百忍血书。

司马师正视着那幅绢帛上密密麻麻、大大小小、殷红刺眼的“忍”字，胸中心弦禁不住一阵阵波动起来。是啊！在当前形势之下，自己也只能学习父亲大人以忍自持啊！忍意气之冲动，忍旁人之排抑，忍困窘之境遇，忍不测之坎坷，在坚忍中奋发，在隐忍中进取，最终方能苦尽甘来，否极而泰啊！一念及此，他长长地从胸腔深处舒出一口气来，仿佛所有的郁闷，所有的烦恼终于烟消云散。然后，他走到那幅由先祖汉朝征西将军司马钧流传下来的百忍血书前，拿手上去慢慢摩挲着，淡淡地说道：“多谢夫人的提醒，为夫知道今后应该怎么办了。父亲大人在前方为我司马家异军突起，扭转乾坤的雄图大业而不懈打拼，为夫亦要在后方为夯实我司马家的权力之基而苦心筹谋！”

羊徽瑜的玉颊上这才绽出一片深深的笑意来，微微点了点头。她忽又想起了什么似的，蛾眉轻蹙，款款言道：“夫君您注意到了没有，近来陛下的举动甚是异常啊！那日子上呈上一道谏言疏，把他批驳了一个体无完肤！结果，令人意外的是，陛下却对子上大加赞赏，还一举提升他为新城乡侯，食邑两千户！”

“嗯……依为夫之见，这就是陛下近来的高明之处了。二弟上奏直谏其非，是想为司马家博得一个清正爱民、不阿不谀的美誉。陛下若是公然拒绝或是打压，都只会使自己的魏帝形象受损。于是，他也就来了一个顺水推舟，一方面对二弟大加褒奖以示自己的开明之风，另一方面却借着刻意褒赏二弟而给我司马家打入一个隐秘的楔子……”司马师显然先前早对此事揣摩已深，一开口就点中了要害，“徽瑜，你想，我司马家族之中，除了父亲大人劳苦功高而被晋封为舞阳县侯之外，即使二叔那么笃实勤勉，兢兢业业，至今也仅是一位万寿亭侯而已！而二弟凭着一道区区奏疏，就一下越过二叔和我们其他兄弟成了食邑两千户的新城乡侯！这既显示了陛下对二弟刻意的褒赏，也展现了他对二弟格外的关照。他就是要用这一招，十分露骨地显示他对司马家中人是亲疏有别的。因为在明面上二弟于太和四年至五年之间曾在他身边当过禁军校尉嘛！说穿了，他特意抬举二弟起来，就是想借机挑起我司马家叔侄兄弟之间的矛盾，让他可以从旁坐收渔利！”

“原来是这样啊！”羊徽瑜悚然一惊，“想不到陛下的心机竟是如此深沉！在他这一褒一赏之间，竟已隐含了这么多的阴招！”

“那也不尽然——陛下本人的才识，为夫在皇宫大内之中也曾亲眼目睹过，他哪里有这等深沉的城府。实话讲，为夫猜测他背后一定隐藏着一个厉害非常的高人！此人心机之深，计谋之妙，几乎可与父亲大人一争雌雄！”司马师沉声而道，“只可惜，他们布下的这些圈套，对我司马家叔侄兄弟而言，都是全然无效的！二叔他会嫉妒二弟吗？二叔他一听到二弟献上了那道谏言疏，当场就在尚书台里高兴得跳了起来，赞扬道：‘我司马家清正为民，直言敢谏之风可谓后继有人也！’还把二弟比喻为汉末我司马家的骨鲠之士——司马直！还有，我会嫉妒二弟吗？二弟的爵位越高，成就越大，作为兄长的我只会为他越是高兴！外人想伺机挑起我司马家内部不和的矛盾，简直是痴人说梦！”

他正说到这里，卧室虚掩着的门外蓦然传来一声响亮的喝彩：“好！好！好！师儿这番话讲得好！”

司马师和羊徽瑜听得这一声喝彩，不禁骇得回过头去。随着那声喝彩，房门开处，一身轻袍长袖，肩垂五彩霞帔，头戴珠花凤冠的张春华雍雍容容地迈步走了进来。她的身后，竟是跟着司马昭和王元姬。

“母亲……”司马师夫妻二人一见，急忙恭敬之极地迎了上去，望着她屈膝而拜。

“免礼。”张春华微一摆手止住了他俩，转过身来朝司马昭、王元姬夫妇语含深意地说道，“昭儿、元姬，刚才大哥、大嫂所讲的话你们在外边可都听清楚了？你们大哥不愧是你们的大哥。这一份挚爱亲情，这一份豁然大度，这一份不计得失，你们须得衷心恭服才是！我殷国司马家千百年来就是以‘孝悌’二字为立族之本，正所谓‘兄弟同心，其利断金’是也！他沛郡曹家之所以远远不及我司马家，便是在这‘孝悌’二字上弱了几分功力！只要我司马家上下精诚团结，互爱互助，任何劲敌亦是无隙可乘！”

司马昭、王元姬的表情也是显得极为感动，应声便向司马师夫妇倒身行礼：“小弟携弟媳见过大哥、大嫂！”

“二弟、弟妹快快请起！”司马师夫妇急忙将司马昭、王元姬二人分别扶了起来。

张春华慢慢踱步上前在室中主榻之上坐下，面色渐渐凝重，缓声说道：“师儿、昭儿，徽瑜、元姬，近来朝中局势表面上是风平浪静，暗底下却是潜流汹涌。你们在外言谈行事都要小心谨慎着点儿。你们可知道么，黄门令何曾也被外调而出，去了宛城担任豫州别驾！是曹爽的好友、黄门丞张当接替了他的黄门令之职！”

司马师、司马昭闻言，不禁对视一眼，俱是沉沉一叹。看得出来，曹叡、曹爽就是想用这个张当隔断他们司马家与孙资、刘放的平日联系。从今以后，司马府与孙大人、刘大人在皇宫大内的联络可就有些不太顺畅了。

张春华瞧了他兄弟二人一眼，眉尖若蹙，继续徐徐言道：“子元刚才有一句话讲得好。你们父亲在前方正为我司马家异军突起，扭转乾坤的雄图大业而不懈打拼，你们做儿子的亦须在后方为夯实我司马家的权力之基而苦心筹谋！现在，咱们还是须得另辟蹊径，如今郭瑶贵妃一家在宫中似是十分得势，她的叔父郭芝居然升任虎贲中郎将了！而且，听孙大人和刘大人报来的消息，据说郭贵妃甚得圣宠，有可能晋为后宫之首，执掌凤印呢！所以，咱们也务必要和她们一族搭上关系才成……”

听到这里，司马昭忽然眸光一闪，抬起头来，仰视着张春华说道：“启禀母亲，这件事儿，孩儿也筹思许久了。孩儿与贾逵刺史的嗣子贾充自幼亲如兄弟，他的妻子郭槐就是郭贵妃的堂妹，亦是郭芝的侄女。咱们可以通过贾充、郭槐与后宫郭氏一党搭上关系的！”

“唔……难得昭儿你平时用心如此缜密，很好！这件事儿就交给你去办理吧！”张春华面露赞赏之色，微微点头，“昭儿，你现在是大内首席议郎，常在内廷行走，凡事要与同僚搞好关系，多结友，少树敌。眼下蒋大夫也被咱们安排到了中护军的职位上，你平时暗中要与蒋大夫建立联系才好！他可是咱们好不容易才打进皇宫大内禁军之中的一根楔子。你先前不是在皇宫大内担任过禁军校尉吗？暗暗挑选几个精干得力，死命效忠于我司马家的老部下推荐给蒋大夫，借他的手把咱们的人盘活！”

“好的。”司马昭恭然而答。

张春华说到这里，语气微微一顿，将灼灼亮亮的目光又射向羊徽瑜：“徽瑜，你弟弟羊祜可是朝野之际后起之秀中的顶尖人才啊！唉，只可惜他竟是夏侯霸的女婿……”

“禀告母亲，我祜弟虽然是夏侯霸的女婿，但他在大是大非上并不含糊，也从不屈意附从夏侯霸他们的悖乱之举。”羊徽瑜甚为小心地瞧着张春华的脸色，慢慢答道，“这一点，孩儿可以向您明确保证，我祜弟他决不会倒向曹氏一派的。”

“你不必紧张。”张春华轻轻一摆手止住了她，“恰恰相反，你应该感到高兴，你弟弟留在夏侯氏那边，说不定在某些时候还能发挥巧妙用处呢！对不对？”

羊徽瑜听了，略一转念，就明白过来，自己的婆婆想必又是想借着自己的弟弟联入夏侯氏一门之机顺势给他们安插上一双时刻监视着夏侯家一切动静的“眼睛”！她在心底无声地叹息了一下，垂首而答：“是。孩儿下去之后，定会切实办好此事的。”

张春华满意地点了点头，道：“很好。徽瑜，你这么做才不愧是我司马家的好儿媳。你放心，咱们亏待不了你那祜弟的。”

王元姬在一旁看着，脸上现出微微笑意：“大嫂能为我司马家付出这等牺牲，元姬实在敬佩之至。”

张春华听到王元姬亦是如此通情达理，心头更是高兴。我司马家子贤媳惠，当真是百福所钟，令人欣慰啊！她过了良久才平静了心情，抬起头来正视着司马师、司马昭，缓缓言道：“我司马家就是应该在这朝野上下做到势力遍布。近年来，阮籍、嵇康、向秀、刘伶他们这一批青年才俊正在扬声而起，夏侯玄、曹爽、何晏他们已经盯上了这批人！我司马家也不能落在人后！为母已经安排了你们大姨妈家的那个二表哥山涛也加入了他们的诗社之中。有山涛在他们里边，我司马家就不会担心他们这一批青年才俊能够脱离我们的掌心！”

司马师、司马昭兄弟二人闻言，不禁相顾骇然，母亲真是好手段！她的谋划如此深远，布局如此周密，实在是达到了包举八荒，巨细无遗的境界！

张春华又意犹未尽地深深看向他俩来：“你们兄弟俩在洛阳城里忙于公务之余，也要抽出时间来多研读几本好书，多琢磨一下世事，尽快把自己的本领锻炼起来，但要注意顺性而习，随心而练，不可生硬勉强！在为母看来，师儿你性格中刚多柔少，武强文弱，可以取太祖皇帝曹操为楷模而砥砺不已；昭儿你性格中柔多刚少，文强武弱，可以取光武大帝刘秀为楷模而砥砺不已。你俩都不要妄自菲薄，依你俩的潜质，日后必能与曹操、刘秀这一流的盖世雄豪并名于世的！”

“启禀太尉，前线斥候来报，燕贼大开南门，公然于我军阵前纵其军民出城樵采柴薪、牧放牛马，请示我军该当发兵应战否？”

虞松气喘吁吁地跑进中军帐内，向司马懿躬身便问。

司马懿正倚着高床在阅览兵书，听得虞松此问，双眸精光倏然一闪即隐，沉吟道：“哦？燕贼好大的胆子，居然在我阵前将士的眼皮底下大摇大摆地出来樵采放牧？这岂不是视我堂堂大魏雄师如无物？”

“是啊！是啊！”虞松愤然而道，“启禀太尉大人，燕贼如此逞强耀武于我军阵前，实在是傲气逼人，令人忍无可忍！我大魏王师须当冲杀上前给他们重重一击！”

司马懿听了他这番进言，放下兵书，沉吟有顷，缓缓摇了摇头，皱眉而道：“不妥！不妥！燕贼以此举动示骄于我，其实正是诱我大军前去应战。我军若是不审虚实而强攻之，恐有意外之变啊！”

梁机在一旁闻言，不禁诧异地问道："太尉大人何必对区区公孙渊亦如此持重以待呢？昔日太尉您攻取荆州新城之时，兵分八路，昼夜不息，勠力不辍，故能于一旬之半拔坚城，斩孟达。如今大军远来而不加紧攻城略地，却使我等久居雨水泥泞之中，且又纵其贼众樵牧自若，何其迂缓也！在下实是窃惑不解。"

司马懿认真地听他讲完，却丝毫不嫌麻烦，看着他和虞松，耐心地解释道："哦？梁君你也心有疑惑么？且听本座细细解析而来。昔日叛贼孟达兵虽少而食可支一年，而我军将士虽多而粮不足月，以一月而图一年，安可不速？其时以众击寡，全力以赴，不敢稍懈，是与其竞粮也！如今燕贼众而我军寡，燕贼粮少而我军食足，又加上雨水如此之稠，虽当尽速而强攻，其效亦不甚大！

"自我大军从京师出发以来，不忧燕贼之交攻，但恐燕贼之逃逸！眼下贼军坐困孤城，粮草殆尽，而我军二百里环城连营尚未彻底合围，三军阵线亦未十分巩固，若是不顾大局而纵兵掠其牛马，抄其樵采，这反倒是驱敌而遁也！怎可如此糊涂？古语有云：兵者，诡道也，善因事变，善随机应。燕贼凭众恃雨，故虽饥困已显而未肯束手，我军恰当示无能以惑之，使其自窒于孤城之中！滥取些许小利而无故惊扰其心，实非良策也！"

虞松本就是心窍玲珑之士，听见司马懿剖析得如此曲尽其妙，不由得暗自叹服，这司马太尉果然不愧为当今天下顶尖儿的良将奇才！这一番话赫然已将敌我大势俯揽于手，如睹掌纹，公孙渊竟是堕其圈套已久矣！

"可是，这里的雨下得这么大……"梁机仍是面有忧色地言道，"大家再在这水洼里泡将下去，只怕浑身都要冒脓长蛆了……"

司马懿冷冷地瞪了他一眼："你们近来确是都泡在雨水洼里十分辛苦，难道本座可就居高避水去了？本座一大把年纪都熬得下来，你们这些青壮小伙儿还比不过本座吗？咱们就是头上冒脓长蛆也得再忍下去！忍得苦中之苦，方能赢得利中之利！"

然后，他将目光徐徐投向了帐窗之外，瞧着那满地乱溅起来的朵朵水花，沉沉道："再急的雨，再大的风，也终究会有风停雨歇的一天！只要咱们能忍到最后，就一定能赢到最后！虞松，你传令下去，特别是去给慕容跋、高允明作一下耐心说明。只要大雨一停，咱们就将这襄城团团围困，四面猛攻，一泄这数十日来的郁闷之气！”

他正说着，巡营校尉胡奋一步跨进营来，朗声禀道：“太尉大人，属下方才巡查全军，查到督粮官张静擅自迁移寝帐于高丘之处，引得后营将士议论纷纷！”

“张静？”司马懿讶然而问。梁机目光一闪，探身上前，只低低说了一句：“这张静是曹爽、夏侯玄当日在洛阳京师推荐入营的。”

司马懿双眉一扬，向胡奋肃然下令道：“张静竟敢违反军令趋逸避劳，实在是不杀而不足以定军心。你即刻将他斩首示众，以儆效尤！”

大臣太重者国危，左右太亲者身蔽，古之至戒也。往者大臣秉事，外内扇动。陛下卓然自览万机，莫不祗肃。夫大臣非不忠也，然威权在下，则众心慢上，势之常也。陛下既已察之于大臣，愿无忘于左右。左右忠正远虑，未必贤于大臣，至于便辟取合，或能工之。今外所言，辄云中书，虽使恭慎不敢外交，但有此名，犹惑世俗。况实握事要，日在目前，倘因疲倦之间有所割制，众臣见其能推移于事，即亦因时而向之。一有此端，因当内设自完，以此众语，私招所交，为之内援。若此，臧否毁誉，必有所兴，功负赏罚，必有所易；直道而上者或壅，曲附左右者反达。因微而入，缘形而出，意所狎信，不复猜觉。此宜圣智所当早闻，外以经意，则形际自现。或恐朝臣畏言不合而受左右之怨，莫适以闻。臣窃亮陛下潜神默思、公听并观，若事有未尽于理而物有未周之用，将改曲易调，远与黄、唐角功，近昭武、文之迹，岂近习而已哉？然人君犹不可悉天下事以适己明，当有所付。三官任一臣，非周公旦之忠，又非管夷吾之公，则有弄机败官之弊。当今柱石之士虽少，至于行称一州、智效一官，忠信竭命，各奉其职，可并驱策，不使圣明之朝有专吏之名也。

夏侯玄将蒋济所写的这道《劝谏陛下戒左右亲臣疏》缓缓地念完，反复地看了又看，深深叹道：“昭伯，玄发现近来陛下颇有以言取人，因言赐赏之举也。上一次，司马子上凭着一篇谏言疏，便获得了一个新城乡侯的爵号；这一次，蒋大夫凭着这一道奏表，也是即刻便进入皇宫大内当了中护军一职。这倒也罢了，他俩毕竟是有所付出方才得此回报的。司马子上是冒了冲撞陛下的风险，蒋大夫亦是冒了得罪中书省的风险……所以，连一向嗜好对人吹毛求疵的选曹卢毓尚书对他俩的任命诏书亦是一路放行，拦都不拦一下。只是咱们皇宫大内里新任的这个虎贲中郎将郭芝，他能‘鲤鱼跳龙门’一跃而升此职，可就有些令人不服了！”

“是啊！陛下偏要一意孤行地在咱们皇宫大内禁军之中拼命安插一个郭芝进来，这岂不是又想重新起用外戚了吗？”曹爽亦是满脸的不快之色，“先帝遗诏曾云，后族之家不得横受茅土之爵，不得参与辅政之列。当年郭老太后、郭表、郭进等外戚一族图谋不轨之事，陛下而今就全都忘却了吗？他现在如此重用郭瑶、郭芝一族，到底是何用意啊？”

“那还用说吗？”夏侯玄白了曹爽一眼，“你怎么连这一点都看不明白？古往今来，历代帝王重用外戚的首要目的就是制衡宗室宿贵。陛下若是要对付司马氏等异姓大臣，只要凭恃我们曹家、夏侯家等旧交宿贵就够了，何必又要硬塞一个文武不全、攀龙附凤的郭芝进来呢？”曹爽脸上表情变了几变，深深地叹了一口长气：也许，在陛下的心目中，他也不知道自己在这个世界上究竟应该相信谁、依靠谁吧？

夏侯玄还兀自在那边喋喋地说道：“我夏侯家世代以军功实绩立身扬名，终是不屑与郭芝这一流靠着裙带关系飞黄腾达的平庸之辈并肩同席！他来当这个虎贲中郎将，本座终是不甘不服。”

秋风起兮白云飞，草木黄落兮雁南归。兰有秀兮菊有芳，怀佳人兮不能忘。泛楼船兮济汾河，横中流兮扬素波，箫鼓鸣兮发棹歌。欢乐极兮哀情多，少壮几时兮奈老何？

曹叡倚着龙舟船舷，望着黄龙池面倒映着的日光云影，缓声吟诵着汉武帝所著的这首《秋风辞》，双瞳之中已是泪花隐隐。黄龙池的池水碧蓝如玉，平静若镜，那条龙舟在水面上徐徐划开一道绿虹，驶向了云水深处。

“爱妃，你替朕传旨下去，让太医院不必再调剂那什么玉屑甘露了！”曹叡用手掬起一抔池水，乘在掌心之中，瞅着一缕缕水线从指缝间沁沁流下，“曹爽递进的这个药方根本就没有什么效用！朕已经连服了九日九夜，身子骨儿还是毫无起色啊！”

“是。臣妾待到龙舟靠岸后就回去传旨。”郭瑶轻轻地答道。

“人生在世，及时行乐方为上上之选。”曹叡悠然又道，“稍后你去太医院传旨之际，顺便让才人石英她们在芳林苑预备好笙乐歌舞之宴，朕和你今晚要去那里一起欢度良宵！”

郭瑶脸颊边飞起了一片桃红：“好的。臣妾恭谢陛下您的垂幸共娱之恩了！”

“对了，朕听闻夏侯玄对郭芝中郎将的态度似乎很是不好？”曹叡目光一转，深深地看着郭瑶，“真难为你在朕面前装得像金葫芦似的滴水不漏！罢了，你找个机会劝慰劝慰你这个叔父，叫他平时让着夏侯玄他们点儿。夏侯玄、曹爽都是我魏室宿贵，素来自大惯了，自然是瞧不得你们这些勃兴暴贵的庶族寒门。不过，只要朕对你们好，就够了……”

“陛下如此体贴臣妾，臣妾自是感激不尽。”郭瑶语气似软非软地说道，“臣妾回去之后自当好好劝慰约束我家叔父。却不知以夏侯玄之清高自大，曹爽之浮华多欲，谁又该来居中检束他们呢？况且，陛下龙威尚在，他们就似已不能容下臣妾身为虎贲中郎将的叔父，万一……”讲到这里，忽然闭住了嘴，不再说下去了。

曹叡的脸色在这短短几句话的工夫里已经变了好几遍。首先，给外戚与宗室宿贵的关系之间打进楔子造成不和，其实正是他心底所希望的；其次，如果外戚和宗室宿贵之间的矛盾愈演愈烈而不可收拾，这又是他心头不愿忍受的；最后，必须将外戚和宗室宿贵的关系运作成为“车之双轮、鸟之双翼”，这才是维护魏室长治久安的关键因素，这也才是他一直梦寐以求的朝廷权力格局。但是，现在自己能够调控得了他们双方之间的关系吗？曹叡心中并没有足够的把握。他定住心念，蓦地抬起眼来，锐利的目光在郭瑶脸上一刺，沉声而言：“你们郭家可千万莫要存有那样的念头。倘若朕万一有一天不在世了，你们郭家和夏侯家、曹家更要精诚团结、肝胆相照才是！切记！切记！在势力庞大的异姓权臣面前，魏室的外戚和宗亲宿贵实在是合则两利、分则两害啊！”

“陛下您想得太多了。臣妾心底虽是有些埋怨，却也万万不会误了大局的。臣妾和本家亲戚日后一定会恭谨慎节，与夏侯家、曹家好好相处的。”郭瑶此刻在曹叡面前自然不敢有所异议，急忙满脸堆笑来敷衍。她在心底却暗想，人人都说河内司马家权势熏天，听起来仿佛是功高傲慢得不得了，但近来郭芝叔父却常向自己谈起司马家一族待我们郭氏中人实是谦敬有加，诚挚之极，比起曹爽、夏侯玄他们来不知要热络了多少倍去！看来，所谓“异姓权豪”的这司马氏一族其实也并不是那么叵测可怕嘛！

她正自杂七杂八地想着，曹叡又缓缓开口了：“爱妃，朕已经决定立芳儿为太子，你今后要替朕好好照顾扶持他才是啊……”

一听这话，郭瑶心头不禁猛地一震，脸上微微变色。什……什么？陛下真的要立曹芳这个不知从何而来的“野种”为太子？这……这可如何是好？曹芳那么小，担得起东宫之任吗？其实，郭瑶是知道曹芳的来历底细的。曹叡在六宫妃嫔之中一向无子，后来一次夜游芙蓉池偶然御幸了一名宫婢，方才生下了曹芳。永安宫的郭老太后当时嫌弃那宫婢身份低微，又惧她日后以子为贵而成为自己独断后宫的对手，便暗暗让宦官在她产子之夜就行鸩毒死了她。这样一来，曹芳刚一出生，就在大魏后宫里成了有父无母的私生之子。曹叡让曹芳从三岁时起就寄养在郭瑶膝下。但他毕竟不是自己亲生的，郭瑶无论如何也对他生不出浓厚的血缘亲情来。所以，今天听到曹芳将被立为太子，郭瑶却是并无特别高兴之处，反倒认为曹芳来历不正，不适立嗣入继大统。

她百念纠结之际，一抬眼间正看到曹叡意味深长的目光迎面横掠过来，心知这一切早已是曹叡胸中成算，便只得作揖而道：“臣妾恭贺陛下东宫之中储位鼎定，臣妾一定将芳儿视为己出，悉心扶持！”

雨后的洛阳京城，空气分外清新，虽然是一场秋雨一场寒，凉意又加重了几分，但连续多日的阴霾一扫而空，却让人觉得格外爽利。

北坊街市的道边，下了朝的司马师和身为廷尉署秘书郎的贾充各自抱着公文牍件正并肩相伴而行。

贾充瞧了一眼司马师怀里那一大摞的竹帛文牍，不无感慨地说道：“司马君，你天天埋头于这些枯燥无味的竹帛文牍之中，可耐得住烦吗？只怕没有你以前在关中沙场之上驰骋纵横来得潇洒自在吧！”

“唉！师现在任了这散骑常侍之后，才是真正懂得当年班超发出投笔从戎之慨叹的真意了！”司马师将怀中抱着的竹帛文牍向怀里紧了一紧，本欲大发牢骚，但话到唇边又暗一转念，就故意轻描淡写地点到即止了。

贾充也是聪明机智之人，便向他开解道：“司马君，正所谓天赐我事而练我之才，你只要用心去做，这百务万机都可谓无入而不自得。《道德经》有云，合抱之木，生于毫末；九层之台，起于累土；千里之行，始于足下。在贾某看来，司马君你今日忙于琐务，焉知这不是上天垂意要让你为他日莅临朝堂经纶大道而预作锻炼耶？”

听了贾充这话，司马师心底不禁暗暗一暖，脸上却不露声色，只恭然而道：“贾君你太过抬爱了！师在大内担职任事，只求念念无过而免罪为幸，哪里敢如你口中所言这般志存高远，不甘于位也！”

“司马君你这话可就是把贾某当作外人了！”贾充面色一敛，眼圈忽地便红了，“家父生前与太尉大人素为莫逆之交，我们两家一向都有世交之谊。当年家父不幸病殁，若无太尉大人左右经营，贾某今日何得至此？贾某自然是一心盼望着尊府节节高升、昌隆鼎盛啊！”

闻得贾充这番肺腑之语，司马师也不禁恻然动容，抽出手来轻轻在贾充肩上抚了一下，一切尽在无言中。原来，当年贾充之父贾逵生前担任扬州刺史之时与大司马兼镇东将军曹休、征西将军曹真等宗室宿贵关系不甚融洽，所以常被排抑压制，以致当年辞世之际竟是门庭冷清，足可罗雀！在这凄凉之极的窘境当中，是司马懿携满宠、田豫、王昶、王观等东疆将牧雪中送炭，冒着得罪曹氏宗贵的风险，前来贾府亲临吊丧，慰问抚恤，极尽恩惠之谊，深深感动了贾充。后来，又是司马懿在朝堂之上为贾逵力争谥号为“肃侯”，推动陛下追赠贾逵为御史中丞以示褒荣。所以，贾充一家上下一直都对司马懿深怀感激之心，将他敬为父祖之尊。而司马懿父子也把贾充视之若亲，从来不以外人之仪相待。

此刻司马师与贾充正自边说边走，忽然听得身后街道传来一阵震耳欲聋的喧闹之声——他俩诧异地转过头去，只听“轰轰隆隆”一阵巨响，两辆镶金饰玉，华丽惊人的马车拖着一路滚滚烟尘迎面飞驰而来！那街道两侧的铺面货摊全被这两辆马车撞得东翻西倒、七零八落，什么器皿、衣服、食品、布匹都散了一地！市民们纷纷跺脚叱骂着、拔腿追赶着……那两辆马车却全然不理不睬，仍是争先恐后地向前横冲直撞！

司马师一见，双眉一竖，便欲挺身而出前去阻止。贾充在旁急忙接过司马师怀中竹帛文牍往地下一放，伸手一把扯住了司马师的袍角，低声喝道："司马君，万万不可——"

司马师一愣之间，只听耳畔"轰隆隆"一阵劲响掠过，那两辆马车从他身边已是骤闯而过。马车带起的罡风扫得他禁不住倒退了两三步！他此时再欲上前，两辆马车早已跑得踪影全无，自己哪里还追赶得上？

"你……你拦着我干什么？"司马师气咻咻向贾充斥道，"对这等扰民乱市，逐猎殃民之狂徒岂可轻易放过？"

"司马君！这大街之上，舆车无眼，横冲直撞，万一误伤了你，这可如何是好？"贾充满脸委屈地说道，"贾某这么做都是为了你好啊！唉！这不过是武卫将军的两个弟弟在街道上赛车赛马罢了！贾某平时每次从这里步行回家，都会见到这一幕场景的……说实话，贾某对这些早就习以为常了！司马君你犯得着和他们一般见识吗？"

"武卫将军的两个弟弟？"司马师听着，不由得一怔。

"曹训和曹彦啊！"贾充附在司马师耳边轻轻说道，"他俩经常出入大内，靠着曹爽将军的关系把陛下车驾的御马偷乘出来当街赛跑。真是声色犬马，肆无忌惮！"

司马师暗暗捏紧了拳头："曹爽难道就这么眼睁睁地看着他这两个弟弟如此胡作非为？"

"唉，司马君你这话就问得太浅了。曹爽自己也是奢靡成性，喜好浮华，己身既已不正，又如何能够率下正人呢！"贾充幽幽一叹，从地上又拾起了那些竹帛文牍抱在怀里，"罢了！罢了！这从来就是洛阳的一道风景。司马君你看到一起就愤怒一起，哪有那么多怒气发泄得尽啊！"

司马师却不认同他这后面的腔调，愤愤然一跺脚，冷声道："家父与诸位将士尚在前方出生入死，浴血奋战，拼得何其辛苦！这曹家兄弟竟在后方徇私枉法，声色犬马，寻欢作乐，胡作非为！真是令人扼腕嗟叹！"

贾充一瞧司马师这怒气勃发的模样，害怕旁人听见，慌得上前拿袖掩住了他的口："这些曹家宿贵可是子元你现在轻易指斥得起的？走吧！走吧！你这满腔义愤日后且留着自己有权有位可以大展身手之时再来发泄吧！"

第 4 章
智除异己，司马懿三做托孤辅政之臣

魏帝托孤

八月八日，辽东骤雨终于停歇。司马懿立刻集结三军精锐，四面合围，以慕容跋、高允明等客军为先锋，筑土山、掘地道、装云梯、立炮架，日夜攻打不息，炮矢如雨、罩城如网。

只过了六日，襄平城中燕军便是弹尽粮绝，人人怨恨，各无守心，皆欲献城归降。公孙渊万般无奈之下，只得派出伪燕相国王建、御史大夫柳甫自城楼上放下吊篓出城前来魏营请降，求魏军解围退舍，而己方必将面缚告饶。

司马懿是何等的深沉老练，一听之下便知这是公孙渊的诈降逃逸之计，毫不犹豫地下令将王、柳二人斩首入匣送回襄平城内，并命虞松作檄射进城中告曰："楚、郑列国，而郑伯犹肉袒牵羊以迎之。孤天子上公，而建等欲孤解围退舍以应之，岂合礼乎？二人老耄，传言失旨，已相为斩之。若意有未已，可更遣年少有明决者来！"

公孙渊不得已，又遣侍中卫演前来乞求克日送质投降，司马懿当着卫演之面怒斥道："公孙匹夫这般迁延推托，无非是想以缓兵之计赚得再度天降骤雨之机也！可谓一味只欲伺机逃窜而毫无诚心矣！汝且听之，军事大要有五——能战当战，不能战当守，不能守当走，不能走当降，不能降当死耳！尔等既不愿真心而降，则前途唯有一死矣！何必送子为质？”卫演抱头鼠窜回城而禀，公孙渊仍是不肯面缚求降。

五日之后，在魏军强大的攻势之下，襄平城四门俱溃，公孙渊父子仓皇乘乱逃出，却被魏兵截于梁水之畔，戮于当场，传首京师。

司马懿随即率军入城，诛其伪燕从逆公卿将士一百零八家七千余人，筑为京观耀武慑众。同时，他对当日劝谏公孙渊勿叛大魏而遇害的辽东将军纶直、贾范等人尽封其墓而荣其子孙，以为后来者之鉴戒。至此，自东汉初平年间以来，割据辽东四十余年的公孙氏一族被司马懿一举连根铲除，再无后患。而司马懿本人，也凭着这一桩赫赫战功再次深深震撼了吴、蜀两国。

这一日深夜，在由公孙渊旧宫改建而成的太尉行署厅堂里，司马懿屏退了其他无关人员，亲自迎接了从洛阳京师日夜兼程匆匆赶来的幕府军司马牛恒。

二人分宾主之席各自坐定之后，牛恒揩了一把脸上的热汗，顾不上什么寒暄客套，便直接禀道：“太尉大人，牛某是奉了夫人之命特地赶来给您送讯的。如今已从宫中得到绝密消息，当今陛下身患沉疴，恐有不治之虞。朝中奸徒四起，局势异常纷纭复杂！夫人建议太尉大人务必在最短的时间内底定辽东，再以最快的速度驰返京城以应不测之变！”

司马懿一脸认真地仔细听着，用手抚着颔下苍髯久久不语。过了半炷香的工夫，他才沉沉地开口了：“这个事情，本座心中自有分寸的。你且带讯回去，让夫人和两位公子他们在京城里该怎么做还是继续做下去。本座对他们充满了信心。牛兄，本座在这里就拜托你和寅管家在后方对他们给予全力支持了！”

牛恒见司马懿说得真挚，急忙起身抱拳而答：“这个请太尉大人放心——夫人和两位公子运筹于帷幄之间，我等自当任劳任怨，趋奔打拚于雷池险关之中！”

“好！本座也信得你和寅管家的忠勤敏达！”司马懿也起身还礼而谢，“我司马家大业有你和寅管家的全力辅助，何愁无往而不利？”

他谢罢，唤了梁机近前，问道：“梁君，依你之见，当今情势之下，我等面对陛下的重重疑忌和朝中的复杂局势，须当如何因应才好？”

梁机深思了好一会儿，才徐徐答道：“启禀太尉大人，依梁某之愚见，当今情势之下，陛下病重不起之际，心头最在意的自然是哪一个臣子对他最为忠心……咱们司马家就是要兢兢业业，勤勤恳恳，就是要显出比其他所有的臣僚都更为忠心的姿态，这样才会换来陛下的放心重用！”

“很好，你讲得很好。”司马懿背负双手在厅堂缓缓踱起步来，“本座记得这样一件事儿：前几天，不少士兵因辽东这里天寒地冻而缺衣少穿，叫苦不迭，梁君你曾前来建议本座将辽东官库中以前存放着的棉袍、棉裤赏赐给他们以御寒……当然，梁君你这番建议自是不错的。也许你会惊奇，本座当时为何竟对你的建议未置可否。其实那时本座心中已有定见，发放棉袍、棉裤给大家御寒，这件事儿是一定要做的。但在此情此势之下，这件事儿由本座出面来做，却有些不太合适。正所谓人臣无私施，美誉归于上。梁君你马上为本座拟写一道奏表以八百里加急快骑送进宫去。这道奏表就由你一人来写，注意保密，对虞松也不要泄露。它的内容就称本座特向陛下请示求允发放辽东官库棉服为北伐士卒御寒一事……陛下看到身为太尉的本座，居然连向士兵发放御寒棉服这样的琐事都要行文请示自己，心底必然大为受用，这样或许就会冲淡几分他心中的猜忌之情的……”

梁机一听，深深佩服：“太尉大人实是洞明万机，算无遗策，梁某钦佩之至。”

司马懿并不答话，仍是在继续苦苦思忖着，过了良久，又讲道：“这一次拿下襄平城后，本座让虞松呈进现存士兵簿册细看，发现我大魏王师三军之中年满六旬以上的老兵竟达一千八百余人之多。唉！这些老兵为我大魏出生入死拼杀了这么多年，也该放他们一条优游归养之生路了！梁君，你且替本座把这件事儿也附在奏表之中写上。请求陛下恩准遣散这一千八百余名老兵归乡休养，以向全天下宣示我大魏天子的浩荡皇恩与博大宽仁。”

牛恒在旁边听得明白，亦是暗暗惊服。这司马懿笼络人心、收揽人心的功夫确是了得！他这一招，上为天子赢得仁君之誉，下为老卒争得恤养之惠，中为自己赚得上下交赞，实在高明巧妙之极！

夜空中的雪花随着朔风悠然而飘，仿佛轻絮一般纷纷扬扬，洒满了天地之间的每一处角落。

司马府内室中帷幕低垂，将凛冽的寒意挡在了外面。

张春华坐在正中的榻床之上，她右手边的铺锦芦席上坐着的是孙资、刘放二人，左手边的铺锦芦席上坐着的却是司马师、司马昭二人。

孙资、刘放俱是满面喜色，齐齐举起酒盏，向张春华母子三人同声而贺："司马太尉果然不负众望，克服千难万险，于百日之间一举荡平辽东，铲除公孙逆贼，实在是功高盖世，天下无双！"

张春华微微含笑举杯接下了他俩的祝贺，款声而道："两位大人过誉了，我家太尉大人若是未曾得到你们两位大人隐身幕后的暗助之力，岂能如此顺利地一举功成？底定辽东、扫平逆贼的大功之中，有一半亦是属于孙大人和刘大人你俩的。"

"夫人您这样说，刘某和孙君就实在是无地自容了。"刘放一听，伏身席位之上谦逊而答。

孙资却放下酒盏，深深地叹出一口长气来："唉……倘若董司徒未亡，崔司空未病，王肃君未放，太尉大人这一次旋旌班师之日，便是我等全力劝进他晋位丞相、加礼九锡之良辰！只可惜，如今这京师之中，像董司徒、崔司空这样德高望重的元老宿臣实在是太少太少了。"

张春华悠悠一笑，慢慢道："两位大人如今的难处，我和太尉大人也都体会得。你们只要时常存有这份关切之心，我司马家便对此感激不尽了。"

刘放仰起身来，瞥了孙资一眼，徐徐言道："孙君，其实依刘某之见，万事皆有峰回路转，豁然开朗之转机。当今陛下日渐病重，而储君又太过年幼稚弱，我等恐怕一时不能将太尉大人推上丞相之位，但要助他荣升顾命首辅大臣之职，应该还是力所能及的。"

孙资容色一定，深深地盯向了刘放："刘君你对此事未免太过乐观了。近来曹爽、夏侯玄、燕王曹宇等人频频进出宫闱面见陛下，而且几乎每一次进来都是和他屏人密谈……朝局变化之倏忽莫测，万事岂有定数乎？况且，此番曹爽、夏侯玄等人幕后已有高人屡屡潜伏出招，更是不可稍有怠忽！"

"高人？不错，本夫人也发觉近来皇宫大内那边似乎比先前精明了许多，一直感到蹊跷得很。"张春华胸中心弦暗震，脸上却不动声色，"两位大人可知道曹爽、夏侯玄等人的幕后高人是谁吗？"

"唔……孙某也只是听得郭芝中郎将隐约谈起，夏侯玄、曹爽一直在暗中想推助大司农桓范跻身三公之列，接掌司徒之位！”孙资捻着自己嘴角的一撇胡须，若有所思地答了一句。

张春华一听，立时就明白了。郭芝者，郭瑶贵妃之叔父也。他向孙资送来的这个消息一定是郭瑶给出的！因为现在只有郭瑶才是曹叡身边最为亲密的人，她所探听到的消息必是最为准确的！一念及此，张春华在心底暗暗嗟叹不已。难怪近来曹叡突然之间一下似乎变得精明了不少！原来隐在他身后的智囊就是自己丈夫当年的同窗好友桓范啊！细细想来，也只有这位足智深谋、老成多算的桓范，才会设计出这许多凌厉之极的奇招来！她忽又心念一转，故意讶然问道：“孙大人，郭芝中郎将与我司马家并无太多的深交，他也不是轻躁易泄之徒。为何却要将这偌大一个‘礼物’拱手相送呢？莫非其中有诈？”

“夫人，依孙某之揣测，郭芝此举，必是后宫郭瑶贵妃授意而为。”孙资捻着胡须娓娓而言，“后宫郭贵妃摆明了将来必将升任太后之位，她的个性亦是外柔内刚，嗜权如命。她怎么会甘心坐视夏侯家、曹家等沛郡宿贵们在朝廷上下日渐坐大呢？但此刻碍于陛下尚在，她又不好在明面上跳出来公然反对夏侯家、曹家分己之权，于是便来了个‘借刀杀人’之计。企图借助我们司马党之势力来压制他们夏侯氏、曹氏！而夏侯氏、曹氏手中最厉害的底牌就是桓范，只要咱们能一直将桓范打压在偏裨之位上，不让他找到机会冒出头来，夏侯氏、曹氏的势力就始终无法真正壮大起来！”

张春华听得连连点头，面现微笑，款款说道：“孙大人这一番分析实是鞭辟入里，本末无遗。先前咱们一直不曾探查到夏侯玄、曹爽的幕后智囊是谁，如今既然已经是如此准确地搜索到了他，那么，一切就都好办了！孙大人、刘大人可有妙计以制之乎？”

刘放满脸挂笑，看看孙资说道：“张夫人，孙君既已将这一切情形了然于胸，他亦必是腹藏良谋的了。孙君，你就不要再藏着掖着，痛痛快快地讲出来吧！”

孙资虚辞了几句，面容一正，直视着张春华，缓缓言道：“孙某近来苦思数日，已经想出一条调虎离山之计。今年秋季兖州、青州一带粮谷歉收、饥荒成患，而桓范身为大司农，专管官仓缴粮事务。我等可从中书省、尚书台两方联手发力，将他派往山东一带巡视灾情、开仓赈济。桓范他不是一向自诩事事以恤民爱下为先吗？这样一来，桓范纵有疑心，也无从推辞，只得以国家公事为重而离京远出……智囊既去，咱们对付夏侯玄、曹爽就更有把握了！”

坐在他对面的司马昭听到这里，沉吟了片刻，犹豫着问道：“孙大人，倘若桓范固执己见而不肯受诏离京外出呢？还有，陛下和曹爽他们万一也不肯放他离京呢？”

“这一点，孙某事先已经想到了。”孙资慢慢捻着胡髭，冷冷说道，“他若固执不去，咱们就鼓动御史台里的监察御史上书抨击他漠视民生，不念民苦，尸位素餐。以桓范刚毅不屈之个性，必定不堪其辱而自行离京赴去的！”

“很好！很好！到底还是孙大人精敏老练，鲜有人及！”张春华听得喜笑颜开，“依本夫人之见，驱出桓范之后，下一个欲予排摈的便该是夏侯玄了。他的底细，咱们也摸得差不多了，他如今既是与后宫郭氏关系甚僵，与曹爽一家亦似同床异梦，咱们对付他应该是比较容易一些……”

说到此处，她抬起手来指向司马师、司马昭兄弟道：“孙大人、刘大人，你们日后在宫中施展大计之时若有用得着我家师儿、昭儿的地方，尽管开口吩咐就是！”

“夏侯大人，请在此稍候。”内侍将夏侯玄领进后宫观景室，躬身而道，“陛下在温凉池中沐浴完毕之后，便来此室召见您。”

“好的。”夏侯玄应了一声，就在室内一张锦垫胡床之上坐了下来。那名内侍拿眼角的斜光暗暗瞥了他一下，低垂着头，静静地退了出去。

闲得无事，夏侯玄不禁游目四顾，却看到室中的镂花檀香木壁上悬挂着一幅幅字帖。他自己本也是一个酷爱书法之人，便走上前去细细观赏。

但见那些字帖上写的是一篇篇《道德经》里的章句，认真看去其中的字体写法却是极富特色：那一点，迎面便似繁花怒放一般鲜活醒目；那一撇，自左便如一绺青藤一般蜿蜒灵动；那一捺，向右则似鸾凤展翼一般回环飞扬；那一竖，恍然恰同一脉清泉一般涓涓而下；那一横，宛然又若碧波叠叠一般起伏而来！当真是字中有画，画中现字，字画融一，交相辉映！观看这一张张字帖，完全便如欣赏一幅幅美轮美奂的图画。这样的字体，既有荀爽字体的端重方正，又有曹操字体的雄浑大气，还有钟繇字体的圆融灵活，实在可谓造诣非凡！最难得的是它蕴画于字、字画合一，令人赏心悦目，别有一番异趣！

夏侯玄看得兴起，如痴如醉地一帖接着一帖看将下去，不知不觉之中已跨进了观景室后堂的门槛——他一抬头间，正看到一位绝色女子在里边席地而坐，提笔练字。原来，曹叡宫中多以才色兼具之昭仪、才人为女官，专门代他批阅中书省、尚书台的文牍。不用说，这位女子亦是后宫女官无疑。

“这位姑娘的字体好生漂亮——似字非字，似画非画，字中有画，画中有字！”夏侯玄一时忘了所在，随口便深深赞道，“却不知姑娘这一笔好字是师承何门何派？本座实是神往之极！”

他一边说着，一边大咧咧地径自走了进来。

那女子仍是握笔继续而写，恍若未闻，一直待他迈步走近，方才搁下手中毛笔，斜起眼来朝他妩媚之极地一笑——她这一笑恰似电光石火，一闪即灭，无声无息无痕无迹，但足以勾人之魂、荡人之魄！

夏侯玄一瞧之下，饶是他修为有素，心神也不禁为之悠悠一漾——他正自暗暗一呆之际，那女子猝然一头直扑进他怀里来，同时将自己的发髻一扯，衣裳一揉，娇呼了一声：“救命啊！有淫贼！”

“什么？夏侯玄被人举报在宫闱之中调戏才人石英？”曹爽听到自己麾下御前禁军校尉尹大目报来这个消息时，不禁大吃一惊，“别不是有人造谣诬蔑吧？”

尹大目是自幼便与曹爽、夏侯玄一道玩耍长大的亲兵侍卫，和曹爽、夏侯玄的关系一向十分亲密，所以对夏侯玄的个人安危亦是十分关切，一大早就特地跑来向曹爽报讯。他听得曹爽此问，就十分焦急地答道：“这事儿不是别人故意造谣诬蔑的，夏侯大人从昨天起就已经被羽林军扣在后宫偏室里了。具体的事情经过，属下尹某也不太清楚。但郭贵妃身边的侍婢曲萝也出面指证，她当时进观景室后堂之际看到石才人和夏侯大人正搂抱在一起。现在，陛下已经让人将这个消息严密封锁，不准外泄，并请武卫将军您进宫一谈……”

曹爽一听，不禁愤愤地跺了跺脚，恰在这朝廷青黄之交的紧要关头，这个夏侯玄却闹出了这样一桩违礼越矩、伤风败俗的事体，这可如何是好？而且，他先前也曾听闻这石英是当今陛下最为宠爱的内廷女官之一，夏侯玄若是真的调戏了她，麻烦可就大了！他也不及多想，急忙一挥手，吩咐道："大目，你且先回去侦候此事的进展情形，本将军更衣整装之后马上就来……"

"那，尹某便进宫去了……武卫将军您须得赶紧入宫到陛下面前为夏侯大人求情啊！"尹大目也不多话，拔腿便匆匆而去。

曹爽目送着他跑出里屋，正欲吩咐下人去拿朝服来穿上，这时从屋门外面倏地闪进了他的三弟曹训，一把抓住他的袍角，低声道："大哥且慢！"

曹爽一愕，侧头看向了曹训："你做什么？"

曹训转眼瞧见四下无人，才朝曹爽贴耳问道："大哥当真是要前去陛下那里为夏侯太初求情么？"

"太初为人清高明洁，怎会干出那样的事体？他必是遭人陷害的。为兄当然不能袖手旁观了！"曹爽点了点头。

"大哥——小弟也是刚从禁军步兵营里得知这个事儿后急忙赶回来的！这一次夏侯玄恐怕真的是栽到家了！郭贵妃的侍婢都站出来指证他行为不轨了。大哥，你且听小弟一言，恰在此时，你万万不可前去宫中出头解救夏侯玄！"曹训两眼急速地转动着贼亮的光芒，一直紧紧抓着曹爽的衣角不放，"就让陛下自行裁断处置去吧——你就对外宣称自己腿疾猝发，一时不能出府。"

"这……这怎么行？"曹爽狠狠地瞪了曹训一眼，"数日之前，桓伯父离京出巡赈灾事宜之际，就曾经苦口婆心地劝告为兄与太初遇事排难之时定要异体同心，通力合作，万万不可心存歧念。他这番谆谆教诲言犹在耳，为兄如今事到临头焉可不顾太初的安危？"

曹训"哎呀"一声连连摇头摆手，直道："大哥你放心！这事儿也没你想得那么严重！说破了天，它也就是调戏一个才人的事儿！当今陛下聪明睿智，值此用人之际断断不会重惩夏侯玄的。只不过，夏侯玄这个执掌宫门守卫之职的卫尉肯定是当不成了！"

"撤了他的卫尉一职还不严重？如今我曹氏宿旧贵戚之中，能够与为兄联得上手共同对付司马氏一党的，就只有这个夏侯太初了。为兄此刻若不救他，日后必噬脐莫及啊！"

"唉！大哥你总是喜欢把胳膊肘往外拐！他夏侯玄固然帮得着你，小弟和彦弟他们就帮不着你？对付司马党，你何苦非要拉一个外人来联手不可？咱们自家兄弟这么多，恐怕要比夏侯玄他们来得可靠一些吧！”

“三弟，你……你……你怎会这般想？”曹爽听了曹训这话，就似触了电一般悚然一惊，诧异非常地盯向了曹训。

曹训毫不回避他的直视，捧着他的双手，显得极为诚恳地说道：“小弟是真心在为我曹家的未来着想啊！如今陛下的身体是什么状况，朝廷上下文武百官几乎都是心中有数了。那么，他对自己身后的顾命辅政大臣人选名单必定也在深深的酝酿之中。不消说，你和夏侯玄原本必是这下一任顾命辅政大臣名单中的两个重要人选。

“但是，眼下夏侯玄突然闹出了这么一档子事儿，无论此事是真是假，他的名望都必将大大受损。因为司马氏一党一定会抓住这件事儿大做文章，令他难以翻身。所以，他此刻若想接任顾命辅政大臣之位，已是希望渺茫！这样一来，在魏室宿旧亲贵之中，就只剩大哥你有这一份资望荣升辅政之座了。正所谓‘百花齐谢唯我放，一枝独秀占尽春’，岂非天助大哥也？你又何必再去为夏侯玄多生他事？”

“这……”曹爽身子一僵，缓缓地坐回了榻床之上，用手掌不断地摸着油亮亮的脑门，“这件事儿，且让为兄好好静下来想一想。”

“启奏陛下，曹爽将军之弟曹训来报，曹将军正欲应诏进宫之际，突然在府门前跌了一跤，摔伤了腿胫，故而一时不能入宫议事，恳请恕罪。”

内侍躬身俯腰尖声尖气地禀奏着。躺在龙床上的曹叡听了，闷闷地咳嗽了几声，挥了挥手，让他退了出去。

郭瑶端着一只银碗，盈盈然趋近前来，婉声而道：“臣妾恭请陛下用羹。”

曹叡神色有些黯然，将手轻轻往外一摆，止住了她，慢慢说道：“朕不相信夏侯太初会那么轻浮，竟在朕的后宫之中调戏石才人！”

一听这话，郭瑶脸上的表情不禁一滞。

“爱妃，你就那么褊狭，居然容不下他？”曹叡双目陡然一竖，冷冷地看向她来，“还要指使曲萝出来作证，这也太露骨了吧！”

“不……不……”郭瑶急忙放下银碗，急切地分辩道，“臣妾绝对没有指使曲萝去做此事。臣妾私下也认真讯问过曲萝了，她讲她当时就是听到石才人的呼救之声才赶过去一瞧，正看到夏侯卫尉与石才人在地板上扭成了一团……”

“罢了！罢了！你也不要再分辩了！”曹叡很不耐烦地挥了挥手，也不理她，自顾自地喃喃说道：“看来你和夏侯太初之间的确是彼此成见太深，始终难以化解。唉！你们为什么不能同心协力捍卫我大魏呢？爱妃，朕真的很痛心啊！”

说到此处，他用拳头轻轻擂了一擂自己的胸口，又道：“不过，这样也好。这种矛盾暴露得越早，朕就越不会陷入幻想，越好及时处置此事。你将来毕竟是要做皇太后的，要代替朕来照顾和爱护芳儿，朕怎么舍得动你？为了维护你的一切，朕也就只有牺牲夏侯太初了！”

他吃力地抬起下颌朝面前御案上方努了努嘴：“喏，那就是朕亲笔拟写的一道诏书，着即日起免去夏侯玄的卫尉之位，让他外出担任大鸿胪之职。你和你们郭家日后就不须再为难他了吧！”

郭瑶顿时一阵鼻酸，颊边两行珠泪滚滚落下：“陛下对臣妾的百般呵护之情，臣妾永生难忘！”

曹叡歪着头深深地看着她：“爱妃，你是太祖武皇帝时的智囊重臣郭嘉郭贞侯的同族后裔，须当亦有郭贞侯的才识器量方可啊！朕若是万一不在了，你还得替朕好好守护这曹家社稷啊！”

郭瑶以额触地，伏身含泪而答：“臣妾自当以死守护社稷。”

曹叡静静地看着她，一直待到她平静下来，才又微微气喘地说道：“司马懿目前从前方发回了两奏表，一份是请旨给北伐士卒们颁发棉袍御寒过冬；一份是请旨遣散北伐军中年纪在六十岁以上的老兵返乡安度天年。孙资、刘放称赞这是他‘人臣毫无私施，美誉尽归于上’的旷世义举……朕、朕也深有同感。所以，朕毫不犹豫，对这两份奏表都亲笔批准了！”

他讲到这里，抬起头来望向殿外高高的藻井穹顶：“司马公不愧是司马公啊！他简直是圣贤再世，举无过事。朕就是有心想要找他一个破绽，也始终是无疵可寻啊……”

说着，他仿佛又回想起了什么往事，眼眶一热，泪水急涌而出：“爱妃，你……你不知道，当初朕初登大位之际，孙权、陆逊、诸葛瑾等吴贼举兵来袭荆襄，南疆告急，烽火连天，是他司马懿奋然而出，一力荡平之；当年郭废太后一党在宫中兴风作浪，死命动摇朕的宝座，亦是他司马懿一家人共同为朕平定之；后来，诸葛亮提益州之众大举进犯，关中岌岌可危，又是他司马懿投袂而起，为朕御敌于国门之外……这一桩桩丰功伟绩历历在目，朕、朕恐怕当着天下臣民的面也丝毫不敢有所抹杀啊！这一次他又挟底定辽东之硕勋而回，朕、朕哪里还挡得住他的锋芒？唉！可惜夏侯太初这时又给自己捅了这么大一个娄子！”

紫金盆中的一簇炭火腾腾地燃烧着，融融的暖意淌到了魏宫嘉福殿后堂的每一处角落。

然而，堂中四角的烛光却是幽幽地亮着，仿佛是谁欲醒非醒之时半睁半闭的双眼，那被黑暗笼罩了大半的堂室也呼应着渐渐撑开了怀抱，露出了那忽明忽暗的脏腑，心脏的中央斜斜地倚坐着一个人——他正是已经病入膏肓的曹叡。

曹叡半撑着上身，右手慢慢抚摸着自己左掌掌心之中的那块青龙琥珀，眼神显得十分专注。当年的天降祥瑞，这几年下来已被他把玩得晶光透亮。握在手心里，那一条小小的青龙便似活了一般，随时就要从指缝间溜出腾空而去！他一边抚摸着这青龙琥珀，一边皱着眉头深深地思忖着。

中书监刘放、中书令孙资二人恭恭敬敬地捧着纸笔跪坐在他榻前，静静地等待着他发话。

“孙爱卿、刘爱卿，朕现在便开始口述遗诏了，你们就一字不差地记下来吧！”曹叡终于便似下定了一个很大的决心一般，缓缓开口言道，“先召燕王曹宇、楚王曹彪入宫。”

坐在他对面的孙资面色沉肃异常，仿佛早有准备，硬硬地顶了回来：“启奏陛下，老臣忘了提醒您了，先帝留有遗诏，面向天下公开宣布藩王不可入京辅政，老臣必当以死守之。”

曹叡握着青龙琥珀的手顿时一紧，捏得那琥珀隐隐作响：“时变事异，万变流通，无所不可。朕今日为何不可诏命宗室亲王辅政？”

刘放咬了咬牙，也将身形一挺，凛然谏道：“陛下，孙令君所言极是。当今嗣君幼弱，谨防管叔、蔡叔之流乘势窃居天位！若是如此，陛下您身后如何得以入座太庙享祭血食啊？”

这一段话恰似一支利箭射入了曹叡的内心最深处。他犹若吃痛了一般深深一叹，将那块青龙琥珀握得紧紧的，仿佛要从它里面挤出水来："罢了！罢了！那么你俩且代朕拟一道诏书给司马太尉，'间侧息望到，到便直排阁入，亲视朕面，朕有大事相托'！"

说完，他也不管孙资、刘放的反应如何，左手一扬，便将那块青龙琥珀丢进了那炭火盆中！

一缕白烟袅袅升起，那透明如冰的青龙琥珀通体上下慢慢燃起了一股淡蓝色的轻焰，那条"小龙"在淡淡蓝焰中盘旋飞腾而起，随即淡淡的树脂燃烧的幽香弥漫了整个嘉福殿……

孙资、刘放二人捧着墨迹已干的黄绢诏书喜盈盈地走出殿来，正见司马师、司马昭兄弟在殿檐下等候，就急忙赶过去对他俩急声便道："司马太尉大事已定，只是须得请他赶紧回来亲受托孤之任。"

"父亲大人已从襄平城火速赶来了。"司马昭应声而答，"小侄立刻安排得力人士一道护送钦差大臣前去传诏。不知这钦差大臣是……？"

孙资答道："就让我们中书省通事郎钟会去吧！"

司马昭接过那道黄绢圣旨，立刻答道："好！小侄现在就去落实。"

司马师却问孙资、刘放道："倘若禁军之中有人异动，该当如何？"

"陛下还在世，天威还凛然，谁人敢有异动？"刘放似是觉得司马师太过谨慎小心了，有些不解地说道，"子元你担心什么？曹爽他不敢乱来的……"

"子元所虑也不无道理。"孙资却将话头接了过去，深思着讲道，"本来，中护军蒋济、虎贲中郎将郭芝已经奉了圣旨以备非常，但我们在此关键时刻却也不宜掉以轻心。子元你素有戎事经验，多历疆场，可以前去协助蒋大人、郭将军以防万一之变！"

司马懿乘坐着由八百里快骑拉动的追风车一天一夜就从半路上的汲县赶回了京城皇宫，其时已至二更，漫天大雪如鹅毛一般飞洒不息。夜空之中，雪光莹莹闪闪，恰似千千万万陨落人间的星辰残骸！

他在嘉福殿门外走廊上轻轻跺了跺足，双手用力地相互揉搓着，呵出的白气很快就结成了冰晶子，簌簌地落在厚厚的积雪之上。

"太尉请进。"钦差大臣钟会跑在前面为他打起了珠帘。司马懿口头上谢着，同时瞧了一眼这个年纪比自己的昭儿小着七八岁的名门贵公子，为他陪护着自己回京一路上的那份机灵乖巧暗暗吃惊。

他身形一定，敛住了呼吸，用双袖掸净了自己身上的雪尘，努力平复着那颗已然怦怦乱跳的心，扣着那心跳的节奏一步一步走了进去。

“到了！到了！到了！太尉大人终于赶到了！”孙资、刘放的声音在堂室里像一层轻涛般掠过，但马上又恢复了一片安静。

在晦暗的灯光中，衰弱之极的曹叡沉沉地咳嗽着，像一具石像一般从光影的最深处浮了出来。

一瞬间，饶是司马懿心坚如钢，他的脑际里也不禁冒出了十多年前文帝曹丕在崇华殿临终托孤的那一幕情景，眼眶一酸，泪水情不自禁地涌了出来：“陛下……陛下……老臣来迟了！”

“司马太尉……”曹叡颤颤抖抖的声音像那朵在夜风中明灭不定的灯焰一般微弱之极，“世人都说与死亡赛跑是最难胜出的，朕强撑着这最后一口元气终于撑到了司马太尉您赶回宫来，朕已再无遗憾矣！”

“陛下快别这么说……”司马懿“扑通”一声跪了下去，带着悲戚之极的神态哭了出来。他这一番表情，谁也不能说他是在惺惺作态。

“司马太尉，朕的太子就拜托您好好辅佐了！”曹叡将手轻轻抬起，“芳儿，快来给司马太尉跪下！”

刚满八岁的曹芳在郭皇后的牵扶下，满面泪痕地膝行过来，呜呜咽咽着，真的便要向司马懿一头叩下！

“使不得！使不得！老臣焉敢当此大礼？”司马懿急忙爬将过去，伸手止住了曹芳，“太子殿下这么做，实在是折杀老臣了！”

曹叡在榻床上望着曹芳与司马懿对面跪坐而泣的场景，仿佛想到了黄初七年四月在崇华殿那一夜时的情形，不觉泪雨涟涟，声音低得几乎让人听不到：“您……您若真是朕的父亲该有多好啊！”

这边，司马懿在光滑坚硬的地砖上把头磕得“砰砰”有声：“陛下不见当日先皇之托孤于老臣耶？老臣在此立誓，老臣毕生定是大魏一代纯臣，必当为我大魏的社稷永固鞠躬尽瘁，死而后已！”

司马懿的高帽子

大魏景初三年正月十三，洛阳城上，碧空万里，见不到一丝云彩。

暖意洋洋的日光照在落满积雪的九龙殿屋顶之上，融出一粒粒晶莹的水珠，从风铃檐角滴坠下来，在光亮如镜的汉白玉地砖上敲出淅淅沥沥的轻响。

从殿内高高的九层丹墀琼玉台上望下去，大魏的文武众卿、宗室外戚、各属国使者依次排列，在殿堂之上黑压压地跪了一大片，个个凝神敛息地伏身静拜着。

司马懿平生第一次坐到了丹墀玉台上面御座龙床右侧的那个锦垫专席之上，他也是平生第一次和皇帝陛下在天下臣民面前公然离得如此之近。彼此之间的座位仅仅只隔了五尺左右。这一切，恍若梦境重现，让他联想到了前朝建安年间，在许都未央宫正殿之上，曹操以丞相之尊、魏王之贵，也是端坐在汉献帝刘协御座右侧的虎皮榻床上，当众裁处国事的。那个时候，朝堂之上的所有的目光几乎都聚焦在曹操身上，而曹操也当仁不让地直视自己身边那个并肩而坐的汉献帝如同透明的空气一般，自顾自地听言纳谏，自顾自地发号施令。睥睨自若、挥洒自若、笑骂自若、赏罚自若，那是何等地畅快淋漓、自在如意！而今天，自己也几乎和他一样坐到了同样的位置之上，那么自己又该如何表现呢？这数十年来，为了一步一步靠近龙座，几乎一切的苦、累、悲、痛，他都一一尝透了；而身为曹操那样的无冕之王，爵、禄、予、置、生、夺、废、诛这八柄之势，他也在慢慢地品其个中滋味。那是俯瞰九州，唯我独尊的无上尊崇，顷刻间的生杀予夺不容转圜，须臾间的指挥若定一言定鼎，怨不得董卓、曹操、刘备、孙权等英雄豪杰费尽心机，哪怕舍了性命，也要匍匐到这龙座前！而自己，托了祖宗的荫泽和父兄友党的竭力支持，才终于迈近了它——俯首可及，仅距一步之遥！但是，当年曹操就是一屁股坐到这个位置上才骤然引爆了一系列潜伏危机，自己却千万千万一定要汲取他的教训啊！

一念及此，他立时便凝敛了所有的心神，整个人在锦垫专席上坐得稳如巨钟。沉默之际，他目光往左边斜斜一掠：就在幼帝曹芳所坐的御座左侧，五尺开外也是搁着一张锦垫专席，另外一位顾命辅政大臣、新任大将军曹爽就在那上面坐着。看得出来，曹爽似乎十分紧张，胖胖的脸庞涨得红彤彤的，双手垂放在身侧紧紧地捏住了自己的袍角，仿佛要抓住什么东西来给自己一个无形的支撑。司马懿见了，在心底暗暗一哂：这曹爽小儿终究是历练不深、沐猴而冠，给他一个宝座专席让他去坐也似摇摇欲坠、镇定不住！

这时，“当”的一声玉钟长鸣，吉时已到。躬身侍立在丹墀玉阶之下的中书监刘放缓缓走到大殿当中，徐徐展开圣旨，朗声宣读道：

> 皇帝诏曰，朕以眇身，继承鸿业，茕茕在疚，靡所控告。太尉、大将军奉受先帝遗命，夹辅朕躬，三公九卿、各部群臣自当尽忠竭诚以兴魏祉。自今日起，朕改年号为“正始”，以其始之正而永保其终之善。钦此！

他话音刚落，墀下群臣依礼齐齐山呼：“臣等自当尽忠竭诚、勠力王事，以其始之正而永保其终之善也！”

刘放卷起诏书之后，往殿中扫视了一圈，肃然宣道：“有请顾命首辅大臣司马太尉代君训示百官！”

他此语一出，墀下伏身跪着的桓范、夏侯玄、何晏、邓飏等俱是悚然一震：这刘放一开口就把司马懿当众抬了出来，当真是事事都要为他争得一个“棋先一着”啊！

却见司马懿一捋银髯，身子一侧，向御座对面的曹爽客客气气地说道：“曹爽大将军身为大魏肺腑之亲，还是请您先行代君训示百官罢！”

曹爽“腾”的一下涨红了脸——他哪里晓得怎样在朝堂之上“代君训政”啊？事先那司仪官刘放又没给他通过什么气！他哪有什么准备啊？于是，曹爽只得“吭吭哧哧”地答道：“这个……这个，司马太尉您年高望重、德尊才广，还是请您出面代君训政吧！”

曹爽自己都这么说了，司马懿便不再推辞，徐徐起身站在丹墀玉台右侧之上，目光犹如一派浩然巨流般倾泻而下，仿佛注视着墀下所有的人，又仿佛没把墀下所有的人都放在眼里，沉沉缓缓地讲道：

“诸位同僚，老臣何德何能，焉敢代君训政乎？老臣今日在这里，也只是和大家谈一谈心罢了。老臣数日前方从辽东平叛而回，老臣的身上还带着去年讨伐公孙逆贼时所受的箭伤——然而，老臣万万没有想到先帝临崩之际会将这顾命辅政之大任再次托付于自己！老臣垂垂老矣，哪有余力处理得了这天下百务万机？只有深深寄望于在座诸君‘各奉其职，并辔驱驰’，共兴我大魏万世之伟业！而老臣日夜匪懈者，也仅有一事，就是继承武皇帝、文皇帝、先帝的遗志，举毕生之力，合诸君之能，肃清万里、总齐八荒，使天下万民重归一统、共享太平！”

听着他这番慷慨诚恳之言，墀下跪坐着的崔林、蒋济、高柔、卢毓、卫臻、司马孚等高卿宿臣们一个个感动得眼中泪花闪烁。

“同时，老臣在此建议：其一，即刻罢停芳林苑、柏梁台、总章观等一切劳役，遣散各地被征调的农夫农妇，归乡耕织各安本业，不得再有扰动；

“其二，由将作大匠马钧大人领头负责，将柏梁台上的‘顶天铜人’打碎、熔化，用以锻造三军箭镞兵器，全力备战；

“其三，由大司农桓范大人领头负责，力争在三个月内筹措到六百万石军粮，以供平吴灭蜀之费；

“其四，由尚书令司马孚、尚书仆射卫臻领头负责，广发求言求贤之明令，从各州各郡收集各类军国大计之建议……”

他正说着，突然间却见桓范右手牙笏一举，高声呼道：“太尉大人且慢，您要本官在三个月内筹措到六百万石军粮，实在是难于登天！”

桓范这一站出来公开打断司马懿的讲话，顿时引得朝堂之上泛过一阵轻微的轰动。

司马懿闻言，神色微微一滞，随即变得面沉如渊、波澜不起，静静地凝视了他片刻，目光似利剑一般横空刺来：“桓大人，据本座所知：你大司农署将各州军屯的余粮都收归了太仓，只让各地预留了两个月的存粮保底。那么，想来太仓之中必是粟堆满仓——本座不向你要平吴灭蜀之役的军粮，却又向谁要去？”

桓范也迎视着他的凛然目光，面不改色，恭敬之中又不失刚硬地答道：“启禀太尉大人，我大司农所辖的太仓里还有八九百万石积粮不假，但它有两大用途——一是为应付天灾大劫而准备的，不可轻易划拨；二是专供朝廷取来封爵赏赐之用。昨日曹大将军给本官说了，而今新皇登基、与民更始，须得给朝廷上下各级官吏今年的俸米人均增提五石之粮以示浩荡皇恩；大魏八十万精兵、二十万官吏，每人增加五石俸米，统计起来就是五百万石粮食须当支付出去……您说，我太仓国库焉敢再行多支您的军粮？”

“曹大将军，你先前可是确已决定了要给朝廷上下各级官吏今年增发五石俸米以示浩荡皇恩？”司马懿听得明白，双眸精芒一转，侧身盯向了坐在自己左手边的曹爽。

曹爽额上细汗直冒，紧张得满脸通红：“太……太尉大人，这……这个事儿，本大将军也是昨天才刚刚有了一点儿初……初步的想法，就……就和桓大夫先谈了一下……桓大夫他是极力赞成的：赐粮天下而大获人心，何乐而不为？”

司马懿何等聪明？他从曹爽的支支吾吾之中立刻便猜出了这是桓范为阻挠自己实施平吴灭蜀之大略而再立新功的临时一招，而且又打出的是“增发百官俸米、宣布浩荡皇恩”这一张牌，自己此刻当然也不好当众戳破和推拒，以免触了众怨，便装作若无其事，深深点头而道：“曹大将军和桓范此举倒确是极为体恤下情。如此美事，本座亦自当从旁赞成之！好吧，今年太仓国库既是告急，那征纳军粮之事便暂缓施行吧！但大司农署亦不可懈怠，一定要开源节流，多储粮草为我大魏平吴灭蜀之大计夯牢坚实之基！”

司马懿这么一表态，桓范就举笏一口答道：“太尉大人果然英明善断，本官自当领命而行。”

曹爽伸手暗暗抹了一抹额上的汗水，一迭连声地说道：“不错、不错。如此美事，能得太尉大人一力赞成之，本大将军亦是代天下百官、将士为之感激不尽……”

“这个司马懿，实在是太不把大哥您放在眼里了——上任伊始，便发号施令、颐指气使，俨然以首辅之尊自居！大哥，小弟我瞧着他就是一肚子气！”

回到曹府密室里，曹训一坐下来便朝曹爽愤愤地嚷道。

邓飏也捻着颔下须茎，阴阴地说道：“大将军——司马懿这是在明借平吴灭蜀之名而欲暗揽举国的军政大权啊！”

曹爽坐在虎皮胡床之上，双臂抱胸，两眼斜睨，冷冷地瞥着他俩：“本大将军早就看出他的用心了……你俩光在这里空嚷嚷有什么用？还是要拿出管用的办法来遏制住他才行！”

夏侯玄整了整衣襟，深深而道：“昭伯，今日朝会大典之上，幸亏桓伯父老谋深算、随机应变，抓住‘军粮不足’的关键大做文章，将他的平吴灭蜀之役推迟到了明年……在这接下来的十一个月里，我等总算可以缓过一口气来遏制一下他司马氏的风头了！”

曹羲的眉角堆起了一蓬愁云：“话虽是这么说，但大哥你与司马懿刚一辅政共事，便互相怀忌而斗……这恐怕不大好吧？！”

“羲公子你就真是太心善了！”这时，一直慢慢地掸着自己白衫衣角灰尘的何晏温温然开口了，“曹大将军，晏有一语进献提醒于您：司马懿素有大志而深孚众望，倘若日久势成，岂是魏室之福也？对他，我等万万不可推诚委之！”

“这个，本大将军心中有数。”曹爽冷冷地答道。

曹训搓了搓手、耸了耸肩，探身凑上来说道：“大哥！您没看出来吗？司马懿刚一握权在手，便开始‘广树亲党’了——他昨日连发四五道八百里加急快骑诏书，把自己的亲家翁王肃从广平郡太守之位召回洛阳当了太常，把孟建从崇文观调到了御史台任了治书侍御史，把何曾从外郡提回崇文观做了‘太学祭酒’，把合肥太守王观从东疆调回洛阳担任了度支尚书……听说，他和孙资、刘放两个老匹夫商量着还要把孙礼也塞到咱们大将军府署担任长史之职！他……他这分明是在咱们身边公然埋设‘眼线’啊！咱们可不能坐视他如此编织‘势力之网’啊！”

曹爽的胖脸就似凝上了一层寒霜：“我想，咱们应该也还是有对策的。”

“不错。大哥，我等亦可‘以其人之道，还治其人之身’——他正一心编织着忠于他司马家的‘势力之网’，我等也要结网以待：凡是他司马家的宿敌，我们都应该拉拢过来！小弟听到父亲生前曾经讲过，关中丁氏一族与司马懿有着深仇大恨，当年丁氏一族的首领人物丁仪、丁廙兄弟就是被司马懿在文皇帝面前进了谗言暗害而死的……如今丁仪的堂弟丁谧已有‘奇杰俊才’之名蜚声于外，且又与司马氏怀仇相伺而苦于无路可走——大哥何不将他招揽过来一齐对付司马懿？”

“丁谧？唔……大将军，邓某也曾见过此人，他确是一代智谋奇才！只因当年文皇帝留有‘封锢关中丁氏一族’的遗诏，所以他才一直未能入仕……大将军若能将他拔擢而出，借他之手来对付司马懿，这一份手段自然是巧之又巧、妙之又妙——邓某深为佩服！”邓飏一听，在旁边也与曹训附和而道。

“嗯……这件事儿，训弟和邓君你二人就切实去办吧。”曹爽点了点头。

“当然招揽丁谧这样的人才来一起对付司马懿，自是一记高招。咱们在明面上还应该巧妙周旋，以‘欲抑先扬’‘明升暗降’之术来麻痹司马懿……”何晏极为用力地捏了一阵儿自己纤白的手指，直捏得指头泛起了乌青，然后双手又是一松，看着那压下去的血液似枯河涨水一般缓缓浸红上来，又缓缓融于一片雪白之中，“大将军您可以上一道亲笔所写的奏表，请求陛下晋封司马懿为太傅、大司马之重爵，让天下所有士民都看到您对他的推崇与尊敬……这样一来，您便占了一份主动，他司马懿总不好在大庭广众之下向您咄咄相逼吧？”

“晋封他为太傅、大司马之重爵？这岂不是要将他抬举得更高了？”曹彦这时又觉得何晏的这个建议似乎有些太过谦卑了，十分诧异地问道。

“唉……什么太傅、大司马啊，都是一些虚名虚衔之物，只是拿来抬举抬举一下他，在表面上向他示一示好，这也没什么大不了的！反正他都已经在名义上是顾命首辅大臣了，给他戴上几顶高帽子压昏他的头，如何不可？”何晏阴森森地说道，“咱们且先收敛着些儿，夹起尾巴做人，多在下边给他司马家燃上几把烈火，让他们的脑袋发一发烧。”

臣亡父真，奉事三朝，入备冢宰，出为上将。先帝以臣肺腑遗绪，奖饬拔擢，典兵禁省，进无忠恪积累之行，退无羔羊自公之节。先帝圣体不豫，臣虽奔走，侍疾尝药，曾无精诚翼日之应，猥与太尉懿俱受遗诏，且惭且惧，靡所厎告。臣闻虞舜序贤，以稷、契为先，成汤褒功，以伊、吕为首，审选博举，优劣得所，斯诚辅世长民之大经，录勋报功之令典，自古以来，未之或阙。今臣虚暗，忝列班首，顾唯越次，中心愧惕，敢竭愚情，陈写至实。夫天下之达道者三，谓德、爵、齿也。懿本以高明中正，处上司之位，名足镇众，义足率下，一也。包怀大略，允文允武，仍立征伐之勋，遐迩归功，二也。万里旋旆，亲受遗诏，翼亮皇家，内外所向，三也。加之耆艾，纪纲邦国，体练朝政；论德则过于吉甫、樊仲，课功则逾于方叔、召虎：凡此数者，懿实兼之。臣抱空名而处其右，天下之人将谓臣以宗室见私，知进而不知退。陛下岐嶷，克明克类，如有以察臣之言，臣以为宜以懿为太傅、大司马，上昭陛下进贤之明，中显懿身文武之实，下使愚臣免于谤诮。

司马昭一句一句慢慢地念完了曹爽写给陛下的这道案笔奏章，然后将它放在了司马懿面前的案几之上。

“昭儿，你怎么看待曹爽的这道奏章？”司马懿双目炯然生光，注视着司马昭。

“父亲大人，曹爽莫非是真心诚意在向您示好？”司马昭小心翼翼地答道，“或许他就是在借此试探父亲大人您……”

司马懿徐徐抚着自己颔下的长长须髯，若有所思地说：“近日京城士林之中，流传着这样一段品藻名言，‘唯深也，故能通天下之志，夏侯太初是也；唯几也，故能成天下之务，司马子元是也；唯神也，故能不疾而速、不行而至，何平叔是也。’这段品藻名言将夏侯玄、何晏和师儿相提并论，倒是来得有些蹊跷。”

“父亲大人，这段品藻名言孩儿事前也曾听闻过。如果孩儿没有猜错的话，它极有可能就是夏侯玄、何晏自己编造出来的——一方面用来假意示好、麻痹我司马家的警惕之心，一方面又借此吹捧他们自己的才识贤望……”司马昭眼底波光连闪，口吻却是平缓之极，“倘若他们真有这般的险恶用心，我司马家便当及时深防密备！”

司马懿听了他的分析，眸中暗暗一亮：这个昭儿果然识量非凡！我司马懿有子如此，夫复何憾？他不动声色地按下自己胸中的兴奋之情，淡然而道：“昭儿，你说得倒也确是有理。不过，面对曹爽的这道亲笔奏表，你认为为父该当如何因应呢？”

“这个……本来父亲大人您以顾命首辅之尊，再挂上太傅、大司马这两个头衔，也没什么不可以的。”司马昭在自己父亲面前从来都是直抒胸臆的，听得父亲这么一问，就继续顺着自己的思路款声答道，“但是，依孩儿之见，挂上太傅、大司马这两个头衔，已不能再彰显父亲大人您的丰功硕德。您不如将它暂且先行推辞而去，缓上一缓，再看曹爽有怎么回应。”

司马懿双目微微而闭，心中暗有所动，却装作一无所知，也随着司马昭的话头慢慢而道：“哦？你的意见是如果曹爽再送出什么更高级别的‘礼物’，为父届时还是可以接受的？”

“唔……以孩儿之见，孙资、刘放、崔林、高柔等大人事先一直都在酝酿着为您‘晋位丞相、加礼九锡’之殊荣——如果曹爽能够再在这时加一把力，您就可以顺理成章地登峰造极了。”司马昭躬着身低低地说道，头额下俯，让司马懿看不到他的表情。

司马懿没有立刻答话，而是拿起了案几上那份曹爽的亲笔奏表，托在掌中反复摩挲着，将目光从司马昭的头上移了开去，仿佛凝视着某个遥远的地方，沉沉地说道：“为父记得曾经有这样一个故事，当年太祖武皇帝在晋位魏公、加礼九锡之前，文皇帝曹丕极力鼓动他的这个父相去登峰造极……明面上，曹丕是恪尽孝道为父争荣；然而私心里，曹丕却是以此为手段和自己的三弟曹植在他父相面前争宠。结果，曹操迈出一步登上魏公之位，虽然表面上大权独揽、风光无限，可是从此就与九五之尊、王者之业隔在咫尺、永难底定了！”

听着司马懿这番话，司马昭全身骤然如遭电击般一震，脊背立刻弯得更低了，一颗颗冷汗从他额角直滚而下——父亲大人真是太厉害了！自己埋在心底最深处的隐秘意图也一下被他洞察了个清清楚楚、明明白白！

司马懿瞧着他的反应，也不愿再逼他太甚，就将语气放得缓和了一些，转移了话题：“罢了！为父的决定已下，最大程度只会接受他们劝进的太傅之位……为父身为顾命首辅大臣，若以太傅为职，则是实至名归、毫无瑕疵。那么，昭儿你帮为父好好思考一下这个问题，为父在晋升为太傅之后，谁来接任为父空出来的这个太尉之职最为合适？昭儿，为父相信你一向对为父之事是体察入微、思忖至深的，你就不要有所顾忌、放言直说吧！”

司马昭听到父亲倏然又转换了话题，那一颗被吓得“咚咚”直跳的心这才终于放了下来。他暗暗舔了舔嘴唇，理了理自己头脑里的思绪，小心之极地答道：“父亲大人，依孩儿之见，论资历、论才望，这新任太尉应当从满宠大都督、赵俨大军师、裴潜将军这三位元老重臣之中产生。”

司马懿徐徐点了点头，衣角一摆，慢慢从榻席之上站起身来，背着双手，一直走到密室的门口边，朝外面吩咐了一声："梁机，你去将寅管家、牛恒君、牛金将军、子元他们喊到这里来，本座有要事相议。"

守护在密室门外的梁机答了一声，脚步声立刻飞响而去了。

"那么，昭儿你认为这三个人当中谁最有可能接任太尉之职？"司马懿继续接着刚才的话题向司马昭问道。

司马昭沉吟着答道："启禀父亲大人，首先，孩儿是这样想的——这太尉一职干系重大，曹爽他们还是有心染指的。但太尉之位，实非德高望重者不能担任，所以曹爽他们的囊袋之中其实拿不出这样的人选来。这样一来，只要父亲您提名建议这三位重臣之中的任何一位，他都会被升为太尉。因此，在这个问题上，您倒不必担心它会脱离我司马家的掌控。孩儿觉得可虑的倒是该由谁来接任他们调升太尉之后留下的那个空缺之位。"

"唔……为父准备让满大都督升为太尉，但他若一调回到这洛阳里，他那边的'镇东大都督'之位就空了出来……依着为父的平吴灭蜀之大计，自然应该是调任一位得力干将前去徐扬二州坐镇。裴潜倒是这个'镇东大都督'的合适人选……"司马懿早已胸有筹谋，随口便答。

"但是，父亲大人，曹爽他们既然在太尉人选上给您让了一步，又岂会再在'镇东大都督'这个要员上谦让于您？对这一点，孩儿心存疑虑。"司马昭的眉梢挂上了一抹淡淡的忧色。

司马懿的目光一抬，从他头顶越过，向恰巧走进屋来的司马寅发问："曹爽府中那边对东疆帅府有何企图？"

司马寅是和牛恒、牛金、司马师一道进来的，刚刚才听到他俩的问答，微一回忆，便道："二公子所料不差——东疆帅府那边，曹爽一直是想将王凌将军从扬州刺史之位上顶走满大都督，由他来接任镇东大都督。"

"呵！也是——曹爽一直在和王凌暗中勾结。"司马师显然对东疆帅府的内部情形有所了解，也接口而道。

司马寅向司马懿继续禀报道："曹爽素来与王凌的外甥令狐愚关系甚佳。他就是通过令狐愚与王凌暗中搭上了线的。"

"哦，原来是这样啊！"司马懿似有所思，缓缓点头。

司马师双目寒光一亮："父亲大人，当初王凌就是陈矫、曹爽他们鼓捣着硬塞到满大都督手底下的一根楔子。干脆，咱们找个机会把他给彻底拔掉算了。”

听到司马师这么讲，司马昭眉头一动，看了看他，欲言又止。

“你这么枭狠凌厉、咄咄逼人干什么？王凌那几斤几两，为父自己还不清楚吗？不要这么轻举妄动——哪里能一上来就把他弄个鸡飞狗跳呢？”司马懿瞪了司马师一眼，压得他身子一矮，“有为父在，王凌便是挤到了镇东大都督的位置上也掀不起什么风浪来！”

司马师“呃”了一声，只得闭口不语。

司马懿也不管他，招呼着司马寅、牛恒、牛金、梁机等在右边侧席之上坐下，又让司马师兄弟在室中立定。他坐回榻上，正视着司马师兄弟，语重心长地说道：“师儿、昭儿，为父如今已经是年过六旬了，精力终是有些不济了。你俩看，寅管家、牛大伯、牛将军、梁大哥他们跟着为父这几十年来出生入死、东征西战，个个几乎都是鬓角染霜，渐渐老了……现在，也该你们兄弟二人自己放开眼界去寻觅人才，自己放开手脚闯荡世界了。为父打下的这偌大基业，终究还是要由你们兄弟俩担当起来的呀！”

司马师兄弟听罢，急忙齐齐躬下身来，肃然而答：“父亲大人的训示，孩儿等一定谨遵而行。”

司马懿点了点头，神色郑重地吩咐道：“这样吧，今天为父在这里就给你兄弟二人分配一下任务。昭儿，你心思缜密、儒雅通脱，从今以后你就随着寅管家、牛恒大伯学习处置我司马家各种细作、暗线等事务，同时在明面上你就从大内枢要走出来，到度支尚书王观手下担任侍郎，学习经纶军国庶务之道。

“还有，昭儿你专门负责与裴潜的儿子裴秀、满宠的儿子满伟、王昶的儿子王浑、贾逵的儿子贾充等通家故旧们的交游沟通事务，要把我司马家与这些通家故交的友情世世代代传承下去。

“另外，山阳县那一批结社交游的青年名士，也由你出面前去笼络。对这些清流名士，我司马家千万不能效仿他们曹家——霸王硬上弓，喊打又喊杀。敬而礼之、亲而纳之，是上上之策。当年那个太中大夫孔融、议郎祢衡给曹操惹了多大的麻烦，你们知道吗？这个教训，咱们司马家一定要认真汲取！记住——爱民而安，好士而荣，永远是我司马家腾升九霄的双翼啊！”

说到这里，司马懿又仿佛想起了什么似的，缓声言道：“对了，本座听说山阳县竹林诗社之中，有一个名叫阮籍的拔尖儿青年名士。阮籍的父亲阮瑀当年也是清高守节之士，不屑臣服于身为阉宦之后的曹操，曾经为了避开他的征辟而躲进了伏牛山中。曹操当时为逼他出仕，便派人放火焚山而驱之，这才找到了他。阮瑀被迫无奈，只得出山来到了曹操幕府之中任职。

“但他身入曹府之后，却终日饮酒赋诗，并不为曹操出谋划策。所以，他终其一生，也可谓为汉末一代完人。他的儿子阮籍现在又故意在汉献帝当年退位后所居的山阳县封邑里流连徘徊，难道就没有深意？或许他是在怀念昔日的汉室正统？又或许他想效仿他父亲之所为，游心于江湖之远，而止念于廊庙之高？这些，都要昭儿你去和他切近交流出来啊！我们司马家若能将阮籍吸纳入府、化为己有，总比曹操当年滥杀孔融、祢衡等更为高明一些！”

“是！孩儿记住了。”司马昭恭然答道。

司马懿又转头向司马师吩咐道：“师儿，你却要多多关注一下军国要务才是。从今以后，你就跟着牛金大叔、梁机大哥学习用兵征伐之要诀。为父要寻找机会将你推到军机要职上去，让你为我司马家暗暗占据兵权要塞。你具体的任务，就是专门负责平吴灭蜀大业的筹谋。你可以与邓艾、州泰、诸葛诞等寒门精英多加联络，尊崇他们为师，积极探讨平吴灭蜀之良策。”

“夫君，您真的就毅然决定放弃这次接受群臣拥戴而晋位丞相、加礼九锡的大好机会了？您真的就甘于做一个太傅便止步不前了？”

张春华拉过一张毡毯轻轻覆盖在司马懿的腰腿之上，用手隔着毡毯轻轻揉捏着他腿部的肌肉——虽说这时节是初春之际，但毕竟冬寒未远，又加上司马懿去年在辽东平叛时全身浸泡于雨水之中长达一个月左右，所以腿肌受了冻伤，需要时时热敷按摩才不致僵硬麻木。自然，张春华便又担起了这份保健养护之责。她一边柔柔暖暖地给司马懿揉捏按摩着，一边慢慢地说道：“如果真是这样，夫君您荡平辽东四千里疆域的丰功伟绩可就一点儿作用也没发挥出来了……真是白白可惜了这个大好机会了。”

“春华，这个时候并不是晋位丞相、加礼九锡的良机——你一定要清醒啊！”司马懿正倚在榻床靠背上阅看着各地呈上来的奏章，听到张春华这么问，就抬起头来认真回答道，“当今幼帝在位、朝野注目，为夫若是不知进退而一味妄行弋猎殊荣大礼，必被大魏士民视为‘曹操再世’，亦必会成为天下众矢之的，其时何其被动也！你未必清楚为夫踏出这一步后的严重后果！为夫深知当年曹操便是在一时头脑发热之下晋位丞相、加礼九锡才成为汉室遗忠的公敌的！为夫绝对不会重蹈他的覆辙！”

“夫君您真是当辅臣当惯了，今天一步登上了百官之首、顾命元老之位，却仍是这般小心慎重！”张春华微微笑着在他腿上轻轻擂了一拳，“你啊——就是一个一辈子为他人辛苦的劳碌命、臣子命！”

司马懿白了她一眼：“劳碌命、臣子命又怎么啦？周文王姬昌他难道不也是一辈子的劳碌命、臣子命？可是他的儿子成了大周一朝的君王！而且，他本人还被供在太庙里享受了八百年的万民景仰！”

张春华眼角的鱼尾纹都笑得看不见了：“夫君年轻时不是以汉高祖、秦始皇为毕生楷模吗？现在老了，却又想当起周文王来了！”

“曹操生前不也是想以周文王自居吗？不过，照为夫看来，他这个周文王当得最终还是失败了！”司马懿悠悠地叹道，“夫人，不瞒你说，为夫自从当上这个顾命首辅大臣之后，一直就是以曹操为龟鉴的。曹操真的就是在前朝建安十三年时晋升丞相、独揽大权之后才开始走向末路的……当然，他也有不得已的苦衷。他为什么显得那么急功近利、急于求成，就是因为他察觉自己的儿子谁都不能继承得下他曹家的霸王之业，所以他只能铤而走险，企图在有生之年以周文王的身份一统天下之后再移交给自己的儿子。可是，他最终还是失败了。”

“是啊！曹操的这个周文王自己当得还算是合格的——三分天下占其二。”张春华深深而言，“可惜，他的儿子却不是可以光大父业的周武王！”

司马懿慢慢点了点头，注视着张春华说：“夫人，你说对了，我司马家比他曹家更为高明的关键就正在这里：谢谢夫人你帮为夫教育出了子元、子上这两个麟儿，足可继承我司马家的千秋伟业。所以，为夫尽可安然而当周文王，日后子元、子上亦自可接力上来做周武王……曹操欲学周文王而后继无人，为夫却是定会成为周文王而庆流后昆！”

张春华慢慢红了眼圈，含泪而言：“夫君三十年来为他们曹家披荆斩棘、开疆拓土，到了今天却仍是屈居太傅之位而执意谦逊，他曹孟德有这份忍性做得到吗？曹孟德才为汉家朝廷打拼了十多年就迫不及待地废除三公、独任丞相，让人一眼就看透了他的居心，现在想来真是好生浅薄！”

“他的浅薄，最终让他自己付出了惨重的代价嘛！”司马懿慢慢答了一句，心中思绪却放了开来：当年曹操晋封丞相、大权独揽之后，篡汉自立的野心暴露无遗，所以立刻就引来了荀彧荀令君、杨彪杨太尉、王朗王司徒、太中大夫孔融等汉室遗忠贞臣的明攻暗算，终于在重重掣肘之中未能底定四海、成就伟业。那么，反观自照，而今自己成为顾命首辅大臣之后，又会面临什么样的敌手呢？现在看来，应该就是桓范、曹爽、夏侯玄、何晏等这一帮人。不过，对付他们这一帮人，司马懿早是胸中有数：桓范虽有智谋，但他素来清高孤直，所以他远远不及荀令君那般广结人心、一呼百应；曹爽、夏侯玄、何晏等虽是年富力强，然而个个德浅才薄，在朝野上下威望颇低，在儒林名门之中更是没有什么号召之力了。因此，司马懿暗暗庆幸自己成为“周文王”时所面临的阻力应该比曹操那时小得多。

然而，自己真的就可以安枕无忧了吗？司马懿从来不会这么盲目乐观。他倏地又忆起了什么，转头向张春华问道：“夫人，为夫听说关中丁氏一门的新秀丁谧日前竟被邓飏破格提拔为尚书台秘书郎了？这其中有什么蹊跷吗？”

“唉……丁谧这个人也是个铁脑筋，这些年来妾身让寅管家通过各种关系、各种手段前去拉拢于他，他都是不为所动，一心仇恨我司马家而始终难消其意。”张春华沉沉而叹，“夫君你还是心太软，直说‘人才难得’，硬是不让我们斩草除根——现在好了，他终于被搞到曹爽、夏侯玄那一帮人当中去了，终于找到机会与我们司马家为难了。”

“夫人你错了——为夫其实从心底里就是一直暗暗盼望着这一天呢！”司马懿没有答话，只是将自己骨节铮铮的双掌捏得像爆栗似的一阵阵脆响：你哪里懂得——为夫这一生当中若是缺了一些像他这样的厉害敌手，岂不是实在过得太没趣、太乏味了？留着丁谧他们，锻炼一下自己的筋骨身手也好！这样，才会刺激起自己蓬勃旺盛的斗志和能量，而不致让自己老得太快！

关心朝局变动的，其实并不是只有司马氏和魏室宿旧亲贵这两派。就在洛阳西坊钟府的后院密室之中，钟毓兄弟二人紧闭房门，正在窃窃私议着。

“真想不到，司马懿也升任了父亲大人当年所居的太傅之位！”钟毓向弟弟钟会幽幽地叹道，“父亲大人生前给我们讲的预言果然一一实现了。这司马懿几乎拥有了当年太祖武皇帝曹操生前所拥有的一切——总揽万机、统领军政、享受入朝不趋、赞拜不名、剑履上殿的殊礼，他分明已经是我大魏朝‘不是丞相的丞相’了！”

“是啊！伴随着司马氏的势力在朝中异峰突起，”钟会慢悠悠地问道，“大哥您不觉得这眼下的朝局与昔日汉魏易代之际相比，其实何其相仿也？您现在对此可已想好了对策么？”

钟毓双眉一垂，沉下了脸，低低说道：“我钟氏一族在大魏也算是享尽了荣华富贵，正所谓‘乘人之车者载人之患，衣人之衣者怀人之忧，食人之食者死人之事’——当此朝局潜变之际，我钟氏一族难道还有其他的选择吗？”

“大哥，你错了。其实，我钟家还是有其他选择的。”钟会用手指在面前的桌几板上“笃笃”地点了几点，“这些年来，父亲大人早在生前就替我们钟家一心一意经营好了与司马家、曹家的关系……难道大哥您没看出来——现在咱们钟家正巧处在一个‘左右逢源’的超然位置之上？！”

“可是司马氏以卑抗尊、以臣犯君、以下压上，这简直是在‘逆流行舟’啊！追随他们司马氏，未免风险太大！”钟毓仍是双眉紧皱，忧郁而答。

钟会见钟毓的口气终于松动了一些，就继续娓娓讲道：“大哥，父亲大人生前曾经讲过，他毕生之中最为佩服的，唯有三人而已。这三个人一为大汉敬侯荀彧，他善于以德服人而人不忍犯；二为太祖武皇帝曹操，他善于以威服人而人不敢犯；三为司马懿，他善于以智服人而人不能犯。如今，人不忍犯的荀令君、人不敢犯的太祖武皇帝都已经去世了，普天之下又还有谁会是人不能犯的司马太傅的敌手？连西蜀名相诸葛亮尚且被他拖死于国门之外，他还有什么难关闯不过去的？”

钟毓的眼珠飞快地转了几转：“你就这么肯定他司马懿是将来这个天下最后的大赢家？”

“这个自然是一定的。”钟会直视着他郑重地点了点头，从衣袖中取出一幅绢帛在桌几面上铺展开，对钟毓说道，“大哥，您看，这是小弟这些年来暗暗搜集记录的一些朝政大事。”

钟毓探头过去一看，只见那绢幅之上，写着的其实是一段简明的编年史，其内容为：

前朝建安二十五年春，太祖武皇帝驾崩时，司马懿任丞相府主簿、军司马及魏国太子少傅；

大魏黄初元年，文皇帝即位之初，司马懿任侍中兼尚书仆射；

黄初七年五月，司马懿受文皇帝遗诏，为顾命辅政大臣，任抚军大将军、镇南大都督；

太和元年，明帝即位之初，司马懿任御史中丞、骠骑大将军、假黄钺；

太和三年，司马懿兼领镇东大都督；

太和五年三月，司马懿调任征西大都督，击退诸葛亮后升为大将军，与天子分陕而治；

景初二年，司马懿出任太尉，总揽举国兵权，率师平定辽东；

正始元年，司马懿再受明帝遗诏，为顾命首辅大臣，并拥握“持节、都督中外诸军、录尚书事”等军政实权；

……

这张绢帛上面并没有多写什么，只是就这样简明扼要地记录着一段段史实。但它字里行间，却明确无误地暗示出了司马懿是如何一步一步登上今天这个“无冕之王”的宝座的。

“会弟，你……”钟毓正自惊诧之际，钟会却将那绢幅轻轻翻了过来，指着它的背面，轻轻又道：“大哥，您再瞧一瞧这一面的内容。”

钟毓应声定睛看去，只见这绢幅的背面记录着这些内容：

司马懿之三弟司马孚现任尚书令之职，执掌军国机务。司马孚之子司马望现任平阳郡太守；

司马懿之堂弟司马芝现任河南尹，镇抚京师。司马芝之子司马岐现任河南府主簿兼洛阳令；

司马懿之四弟司马馗现任兖州别驾兼鲁国相；

司马懿之五弟司马恂现任鸿胪丞；

司马懿之六弟司马进现任典农中郎将兼关内侯；

司马懿之七弟司马通现任司隶从事兼安城亭侯；

司马懿之长子司马师现任散骑常侍，次子司马昭由大内首席议郎调任度支侍郎；

司马懿之亲家翁满宠现任镇东大都督，即将升为太尉，他另一个亲家翁王肃现任太常；

司马懿之旧友裴潜任镇北将军；司马懿之僚属王昶任镇南将军；司马懿之幕府军师赵俨任平西将军；司马懿之世交崔林任司徒；司马懿之好友卢毓任选曹尚书；司马懿之干将王观任度支尚书；司马懿之老友高柔任廷尉；荆、豫、徐、扬、雍、凉、幽、冀、兖、青等十州郡将校守令十之七八出自司马懿之门生故吏，其中尤以征蜀将军邓艾、荆州刺史州泰、徐州刺史诸葛诞等三人最为杰出；

……

一见之下，钟毓不禁暗暗咋舌：原来司马氏一族的势力网络竟是如此宽阔而又密实！满朝上下、各地要津，都有他们的身影存在！

他喃喃地自语道："这……这……这也太匪夷所思了！他……他们司马家'偷天换日'的勃勃野心最终一定能够实现吗？"

"这还用多说吗？"钟会慢慢将这张绢幅用心地卷好，沉声而道，"司马懿不仅自身才能卓异，他的兄弟亲戚、故交朋友、门生僚属，哪一个不是一等一的人才？单是那司马师、司马昭两兄弟的能力，依小弟看来，就远超曹爽、夏侯玄之上了！"

钟毓颓然坐倒在席位之上，深深叹道："这……这不是王莽重生、董卓再世之凶象么？"

"司马懿哪里是王莽、董卓之流所能比拟的？"钟会冷冷一笑，"他这一生文治武功的造诣至少不在太祖魏武帝曹操之下……啊！能够与他生在同一时代而又可以定睛旁观他在改朝换代之际编出来的精彩大戏，并从中借鉴学习，小弟实在是太兴奋了！"

"会弟，你……你……你这话是什么意思？"钟毓讶然而问。

钟会自知刚才有些失态，急忙心神一敛，把话题移了开去："父亲大人当年真是太傻了，一直默默地甘心为他人忙碌。"

同时，他心底却暗暗想道：我钟会在这当今朝局变荡之际，自然也是要效仿他司马懿当年的手法，"己欲立而先立人，己欲达而先达人"，依附在他司马家的身上同步壮大自己……我就是要押上自己的一切狠狠地赌上这一把，赌的就是自己能不能成"第二个司马懿"！

江南的春天自然是比北方中原来得要快一些。这才刚过二月，五千里长江两岸流域就已是春暖花开、莺歌燕舞，处处洋溢着一派安定祥和的气氛。

然而，吴国国主孙权的心情却丝毫看不出轻松愉悦的迹象。他从建业城皇宫内高高的"望北阁"上望出去，紧紧地拧着两道浓眉："短短的这一年间，想不到公孙渊这么快就灭亡了，伪帝曹叡这么快就毙命了，而司马懿也是这么快就身登伪魏首辅之位、执掌了伪魏的军政大权了！听说这司马懿在扶持伪幼帝曹芳登基之日，便向文武群臣发出了'平吴灭蜀、一统六合'之号召……唉！我大吴又将进入多事之秋了！"

侍立在他身后的陆逊、顾雍、全琮、诸葛恪、孙峻等诸臣亦是一个个愁眉苦脸、忧心忡忡的样子。

"伯言，依卿之见，我大吴应当如何作好准备以抗魏贼的猖狂来犯？"孙权踌躇了片刻，终于还是点名向陆逊直接提问。

陆逊脸上愁云一敛，露出深思沉吟之色来，过了一会儿，才出列肃然奏道："陛下能够未雨绸缪、先天下之忧而忧，老臣钦服。依老臣之见，当今之势，司马懿在伪魏掌兵执政，而我大吴之患亦确是将会尤深于伪帝曹叡在世之时！司马懿乃诡诈叵测、机深谋远之枭贼，其才不在当年曹操之下，我大吴万万不可等闲视之！

"在老臣看来，目前的上上之计，是唯有与西蜀再结盟议，东西呼应，掎角并进，迫使伪魏左右不能兼顾，从气势上先行压倒伪魏君臣，如此方能'反客为主、以攻为守'，保得大吴基业磐固；

"中策，则是敛兵固守长沙、武昌、皖城、东关、建业等五处沿江要塞，广积粮、多修船、常练军，做到'左右联手、此呼彼应'，不让魏贼的势力圈扩张到长江北岸二百里疆幅之内……"

"好了，朕只要听取和择断你这上策和中策就行了——朕不要听你的什么‘下策’。”孙权忽地开口打断了陆逊的奏言，一边踱着圈子，一边微微沉吟起来，“如今西蜀诸葛亮已亡，刘禅他还有什么雄心壮志欲和我大吴一齐出兵共割伪魏吗？伯言，你的上上之策未免有些太一厢情愿了！倒是你的这条中策，来得不缓不急、不虚不浮，朕以为可以及时采纳。

“但朕亦要稍作修改：长沙、武昌两大重镇由伯言你在西面严加把守；皖城、东关两处长江中段要塞，便由诸葛恪、全琮联手据守；东面的建业京都，自是由朕在此亲临坐镇——待到粮足械备之后，我大吴再三路并进，一齐北上讨伐伪魏！”

这时，顾雍却上前一步，躬身谦谦然奏道：“陛下，您这一番决策有攻有守、刚柔兼备，实在英明睿智，老臣深为折服。但是，当今形势之下，老臣愚意以为我大吴雄师尚未到三路并进、大举北伐之时，不可轻易冒进。

“请陛下深加详思，如今伪魏宿贵后裔曹爽正与司马懿并肩辅政，但曹爽以魏室肺腑之亲而暴贵，司马懿以异姓元老大臣而权重，两人岂能同床而又同梦乎？倘若我大吴雄师北上急于进击、威震中原，他俩势必因避共同之害而不得不一致对外、联手合力，则我军难以得志矣！倘若我大吴雄师缓于躁进、持重不发，如此一来，在外患不紧的情形之下，他俩说不定就会因为意念不一，争权夺利而自相残杀，两败俱伤。则我军自可坐收渔利矣！”

他话一讲完，陆逊便面露喜色，拱手赞同而道：“陛下！顾丞相此言实乃老成谋国之策，老臣恳请陛下嘉纳之！”

孙权听了，深深的眸光往陆逊脸上一横，又收转回来在顾雍脸上一划，唇角透出一丝莫名的笑意来：“陆爱卿、顾丞相，你俩倒是此唱彼和，左呼右应，心有灵犀，默契之极啊！你俩都这么说了，朕若不同意你俩共同提出的高明建议，那朕岂不是成了一个不知裁断的昏君了？一切就照着你俩的意见去做吧！”

顾雍、陆逊听着他这话，各自心底里都不禁掠过了一丝隐隐的尴尬与不适，互相侧头对视了一眼，彼此的目光里尽是深深的苦笑。

送走了陆逊、顾雍、诸葛恪、全琮之后，孙权让孙峻单独留了下来。

“你埋设在伪魏境内的细作和暗线可有什么新的情报送将回来了？”

“据微臣埋设在伪魏境内的细作送讯回禀，司马懿因今年南犯之际军粮不足，已经暂缓对吴用兵，大约在明年才会举兵来犯。”

“唔……这可太好了！咱们又可以争取到一年的时间来积粮备械，坚守自固了！”孙权听到这个消息之后，心头顿时一松，但他暗一转念，又向孙峻吩咐道，“你刚才做得很好。这个消息暂时不要向任何第三者泄露，以免泄了他们的锐气。

“从今以后，你就让校事府的那些眼线紧紧盯住陆逊、顾雍、朱然等元老重臣。他们若是稍有不轨之迹，便速来奏报。”

“是。微臣遵旨。”孙峻一脸的谦恭，躬身而答。

孙权直盯着他的背影从阁中慢慢退出，心底却暗暗地想，朕绝对不能让朕的大吴朝中也出现一个“司马懿”式的权臣！这才是朕目前最应关心的问题！对了，司马懿就是在当年魏宫曹丕、曹植兄弟的立嗣之争中渔翁得利的！我大吴也绝不能让司马懿一样的阴枭之才插手到宫闱之争中来！不过，近来校事们来报，那陆逊与朕的太子孙和（原吴国太子孙登已经病亡，孙权的爱子孙和继任了太子之位）信来函往异常频繁，而且他俩之间的关系亦是异乎寻常的热络，孙和的太子太傅吾粲还邀请陆逊到东宫为群僚授课。难道这个陆逊已经准备要在朕万年之后操控和儿了？不行！朕得要给和儿扶持起一个宗室藩王来替他制衡这些异姓大臣们。依朕看来，和儿的同母胞弟霸儿就颇有些才干，若是由他成长起来以宗室至亲的身份来辅佐和儿自然是最好不过了！朕明天便亲笔下诏，晋封孙霸为鲁王，允许他开府建牙，培植羽翼，有足够的力量可以与陆逊、顾雍等异姓大臣们公开抗衡……

第 5 章
司马兄弟招兵买马

笼络贤才

“当当当”的脆响震人耳膜，一蓬蓬火星四下飞溅着。一座不大不小的土庐檐下，一个光着膀子、身材魁梧的壮汉右手抡着一柄铁锤，在那方铁砧上重重地锤打着一块铁坯，神情显得十分投入。在他旁边，一个瘦削的青年正在忙前忙后地为他端水、鼓火。

土庐里面，却有三个儒生模样的人正在相对饮酒。说是儒生，其实这里边只有一个年纪稍大的人士还算是顶冠正襟、端然自持的。另外两人中间，一个将光着的脚丫子搭在了案几上，双手支撑在腰背后，因为手肘在身体后面，衣服有些不整地滑落下来，隐约袒胸露腹，连基本的纶巾都没佩戴，就那么头发散乱地仰面朝天，喃喃不绝地醉吟着什么。而剩下的那一个人士也是一副醉态可掬的模样，两眼一阵翻青又一阵翻白，口里却悠悠地诵道：“昔年十四五，志尚好诗书。被褐怀珠玉，颜闵相与期。开轩临四野，登高望所思。丘墓蔽山冈，万代同一时。千秋万岁后，荣名安所之。乃悟羡门子，噭噭令自嗤！”

“阮君的这首新诗作得也未免太过消极了些。”那正襟端坐的年长名士放下唇边的酒杯，有些不以为然地说道，“你还这么年轻，正是年富力壮，足可建功立业之时，怎能这般颓然？”

“巨源（山涛的字为‘巨源’），你又来了！又来了！”那仰坐在他对面的乱衣人士醉兮兮地笑道，“你是咱们竹林诗社里最没趣儿的一个‘老头子’了。每一次聚会只要有你在场，大家都放松不起来。”

山涛也不以为忤，呵呵笑着：“谁叫我山涛在咱们当中年岁最长呢？山某也是为了大家好嘛——唔，嵇君，你又替吴老汉他们打好了一柄铁锄？”

那个刚好打完铁器的壮汉转过身来，憨憨地瞧着山涛，伸手抹了一下脸膛上的淋淋大汗，龇开雪白的牙齿笑了一笑：“哎呀！这打铁的活儿干起来就是舒服，让人全身所有的血脉都畅通了，全身所有的毛孔都开放了，这比吃那五石散不知舒服了多少倍！”

“嵇君，你这一身力气浪费在这穷乡僻壤里打铁，实在是有些可惜了！”山涛又喋喋地说道，“司马太傅而今正在为一统四海而销铜人、铸兵器，你为何不到他的麾下效力？”

他这话一出，那姓嵇的壮汉面色陡变，冷冷地将手中铁锤往地下“当啷”一丢，沉声答道：“我嵇康之手，向来只铸造济人解困之物，决然不造杀人害命之器！”

“唔……”山涛被嵇康这话噎得神色一滞，马上又笑着掩饰而道，“山某就是和你开个玩笑嘛！你这么较真干吗？”

嵇康瞪着山涛，冷冷哼道：“山巨源你这人本也有才有德，就是太过追名逐利，太过庸俗市侩，我就是瞧不上你这一点儿！你今后再在我面前谈什么入仕为官，莫怪我用铁锤敲你这满是铜臭味儿的脑袋！”

“嗯……嵇君你这话就讲得过火了！巨源兄也是一片好心嘛！你自己淡泊名利也罢了，何须又对别人的劝仕喊打喊杀的？嵇康，你这个性格可不好！”那姓阮的人士一抬手止住了嵇康，朝一脸窘然的山涛使了个眼色，慢慢呷饮着杯中的美酒，轻轻又道，“巨源，我等竹林之友贵在交心，就不必再弯来绕去吧！我瞧你今天一来心底里就像藏了什么事儿，你尽管直说吧！”

“山某就知道嘛，还是阮君你痛快！”山涛不好意思地挠了挠自己的后脑勺，嘻嘻笑着说道，“唔……是这样的，山某那个小表弟，呃，就是那个度支侍郎司马昭，他一向十分仰慕在座诸君的倜傥风流，所以特意托了山某前来带话，恳请在诸位觉得方便的时候过来这里登门拜访。”

他的话音一落，场中立时似一潭深水般静了下来。山涛睁圆了眼睛，东瞧一瞧这个，西看一看那个，目光里尽是充满期盼的意味。

过了许久许久，那醉仰在地的名士刘伶慢吞吞地说道：“巨源，像我刘伶这样放诞旷达的闲散之士，只怕和司马昭这样的礼法之士同席而坐也是一件滑稽之事，他司马昭也未必会以见我刘伶为荣。所以，你替我就把他推托了吧！”

“刘君，他怎不会以见你为荣呢？你……你是真的不愿见他？”山涛从刘伶这里碰了壁后，只得又转头向嵇康问道：“嵇君，你呢？”

嵇康慢慢地穿着衣袍，系着腰带，一脸平淡地说道：“嵇某自在山阳游历以来，连夏侯太初、邓玄茂（邓飏的字为‘玄茂’）他们都没让见，巨源你认为嵇某还会见他司马子上吗？”

“叔夜、叔夜，”山涛禁不住唤起了嵇康的字，耐心地劝道，“司马子上他其实也是一位雅好通脱的儒士。”

嵇康并不再答，而是转头吩咐那刚才帮他鼓火端水的向秀道：“向老弟，你且去帮我把那具古琴拿来。”

“嗣宗……你，你来劝一劝叔夜吧！”山涛只得把求助的目光投向了阮籍。

“叔夜他意不在此，你又何必苦苦逼他？”阮籍淡然一笑，慢慢地说道，“说来阮某对司马子上并不陌生，以前咱们也在夏侯府中玩过‘清谈之戏’。他给先帝上的那道谏言疏写得还不错，风骨峻挺，颇有刚正之节。巨源，这样吧，阮某在方便的时候会通知你喊他前来相见的。”

“谢谢嗣宗！谢谢嗣宗！”山涛连声谢道。

“唉……嗣宗，你怎么就看不出他写那道《谏言疏》是为了给自己沽名钓誉呢？”刘伶在一旁懒懒地说道。

山涛面色倏地一紧，生怕阮籍被刘伶说动而变了卦。却见阮籍放下了酒杯，平静如常地说道：“其实，依阮某之见，他就是有沽名钓誉之心，也总比彻彻底底的弃名亡义要好一些。这就像王莽与董卓之间的差距。”

“哦？那你的意思是，伪君子似乎比真小人更好啰？”刘伶“哧”地一笑。

“伪君子者，以君子之道为手段而谋权私利者也。所以，他至少还是懂得君子之道的些许价值的。而真小人则是全然尽逞其如禽如兽、如枭如獍之本性，毫无掩饰，毫无节制，直视君子之道为无物。这当然是最可恶的了。”阮籍悠悠地答道。

刘伶醉眼蒙眬地看了他半晌，摆了摆手，咕哝着道：“不管你怎么说，我刘伶就是做不来那戴着面具到处蝇营狗苟的伪君子的。”

阮籍瞧着他的眼神微微一暗，脸上却笑容尽绽：“这个当然，你本来就是表里如一的真君子嘛！再怎么说，也学不来那伪君子！”

他们正说之间，嵇康已在那边席地而坐，放琴于膝，慢慢抚了起来。那琴声顿时让阮籍、山涛、刘伶他们停止了争辩，恍恍然如同置身深林幽谷，琴音忽而似流水淙淙，忽而如鸟鸣啾啾，忽而若松涛徐徐，每个人听在耳中，一时之间不禁心静如渊，忧喜皆忘，万念俱空。徘徊流连之中渐行渐远，瑟瑟几声轻响只留下无限韵味……

在司马懿升任太傅之后，魏国庙堂之内经过了一番新的权力分配，整个朝廷中枢的权力格局很快就明朗化了。镇东大都督满宠接替了司马懿空出来的太尉之位，扬州刺史王凌接任了满宠空出来的镇东大都督之位，徐州刺史诸葛诞调任为扬州刺史，蒋济由中护军升任为卫尉，司马师从散骑常侍之职转任了蒋济空出来的中护军，后将军牛金留在皇宫兼任了骁骑将军，曹爽的二弟曹羲从黄门侍郎职上调任为中领军之官，三弟曹训接任了曹爽本人空出来的武卫将军之职，四弟曹彦转任了司马师空出来的散骑常侍之职，司马昭从大内议郎之位升任了尚书台度支侍郎之职，何晏以驸马都尉之职出任了选曹右侍郎之位，邓飏的选曹左侍郎之位依然未变，而关中寒门丁氏一族的后起之秀丁谧却从尚书台秘书郎一位上骤升而起，接任了司马昭空出来的大内议郎之职。

司马师在转任大内中护军之后的第二天，便以父亲司马懿的名义召来了征蜀将军邓艾、荆州刺史州泰、扬州刺史诸葛诞、徐州代刺史兼镇东都督府长史李辅，共商平吴灭蜀之大计。

在司马府后院的偏堂里，司马师全身上下金盔银甲，威风凛凛地坐在榻床之上。他左右两侧，分别坐着牛金、梁机、州泰、邓艾、李辅、诸葛诞等司马氏栽培在大魏东西两军中的骨干精英。

今日的司马师手握兵权，底气十足，与先前居于偏裨之位的气宇仪态大不相同了。他明亮的目光缓缓移动着，向座下每一个人的脸上都注视了一会儿，真诚地点头微笑着，显得极为亲切，仿佛是久违了的故友重逢，流露出无尽的惊喜。他把来宾们一一看罢，面色一正，笑容顿隐，满脸现出一派庄严肃穆来，开口朗声而道：“在座诸君，今日家父有恙，特意委托师在此代为主持平吴灭蜀方略的研究会。平吴灭蜀，是当前摆在我大魏士民面前的头等大事，势在必行，怠缓不得！

“你们都知道，自前朝末年黄巾之乱开始，董卓专权、凉兵造反、两袁图逆、孙氏擅兴、太祖四征、刘备夺蜀、三国鼎峙，战火绵延已经六十年矣！这六十年，是灾难重重的六十年、饥寒交迫的六十年、家破人亡的六十年、白骨蔽野的六十年！非但天下万民涂炭遇难，便是名门世族也血流成河，难免旦夕之祸！遥想我等父祖一辈的经历，谁家不曾饱受离乱之苦？哪一族不曾遭到刀兵之祸？”

他讲到这里，邓艾、州泰、诸葛诞等寒门僻族出身的人士个个脸上颊边都已是禁不住挂满了泪花。是呵！邓艾记得自己的父母当年就是在吕布作乱之际家中粮食被乱兵抢夺之后活活饿死的！而州泰却从小就是一个父母丧生在战火之中而被司马府一直收养长大的孤儿。诸葛诞却记得当年太祖武皇帝为报父仇而血洗徐州，逼得自己居于徐州的父亲忧惧而终，也逼得两个堂兄——诸葛瑾、诸葛亮远走他乡，天各一方……这一切灾厄，都是这场长达六十年的战火所带来的啊！它的确在每个人心底深处都刻下了深深的痛苦的烙印！

司马师看着他们悲痛之极的表情，似乎也受到了强烈的感染，不禁十分激动地站了起来，继续慷慨陈词道：“这种悲惨的局面必须尽快结束！这是千家万户的呼声，也是不可违逆的天意！家父自而立之年起，就辅助太祖武皇帝、高祖文皇帝、烈祖明皇帝上体天心，下察民意，东征西战，昼夜不息，击败了蜀相诸葛亮，剿灭了逆贼公孙渊，在江东一带拓土两千里，逼退了孙权、陆逊的猖獗进犯，为肃清万里、一统六合打下了坚实的基础！

“如今，平吴灭蜀，天下归一的重任就摆在了大家面前。大家都正值年富力强之际，虽是暂无赫赫之名，但个个胸怀韬略，文武双全，实为我朝军旅之精英！你们将是我大魏平吴灭蜀，一统六合的中坚和主力，一甲子的动乱历史将在你们手中结束！你们的功绩必将盖过白起、韩信、霍去病、卫青，你们的荣誉必将万古永存！你们一定要充满自信，以平吴灭蜀、一统六合为己任，结束一甲子之乱世战争，肃清万里、总齐八荒，迎来一个太平盛世，为天下万民立济世之功，成不朽之名！师今日便在这里与各位以此互勉共进，同创大业！”

他一语及此，话音一顿，却见场上虽然无人应答，但几乎每个人眼中都闪烁着兴奋而又奇异的光彩。司马师的目光缓缓扫过，看出他们眸中这奇异的光彩比任何豪言壮语都要来得实在！他平静了一下浮动的心情，又继续言道：“大家有没有信心追随家父将这‘平吴灭蜀、一统六合’的大业进行到底？”

这时，邓艾肃然而起，抱拳而道：“司马君秉承太傅大志，念念以济世平乱为己任，所言非但合乎天意民心，而且字字句句讲到我等的心坎里，我等决不有负太傅大人与司马君之望！”

他是司马懿门生故吏当中最为出色的人才，寥寥数句，却是一语千钧。他这一公开表态，带动州泰、诸葛诞、李辅等也站起了身，鞠躬而道：“我等誓愿追随太傅大人和司马君赴汤蹈火，平吴灭蜀！”

司马师本是性情中人，登时被感动得热泪盈眶，起身向他们抱拳答礼道：“诚蒙兄台们如此看重，师在此便代家父谢过你们了！”

宾主复又坐定之后，司马师不再客套，开门见山地问道：“今日师奉家父之命恭请四位兄台至此，实有要事求教。当今天下，吴蜀峙立，俱为寇敌，我大魏若要兴兵征伐以讨不臣，却是需当以谁为先？”

邓艾看到司马师的目光向自己投了过来，也不回避，就直言而答：“启禀司马君，邓某久在关中，对伪蜀情形比较了解。伪蜀自当年诸葛亮病殁之后，锐气大损，除了现在还有个伪大将军姜维一直在屯兵汉中垂死反噬之外，可以说对我大魏并无太大威胁。但蜀寇坐拥剑门天险与崇山地利，攻取虽不足，自守则有余。又加上诸葛亮一向善于未雨绸缪，将我大魏所有可以乘隙入蜀的进口要道都派兵把守得死死的。所以，要强行进攻伪蜀，我大魏付出的代价必是十分严重！一切还请太傅大人与司马君三思！”

“唔……师明白了。师一定会将邓将军你这番意见转呈给家父的。”司马师深深颔首，又将目光投向了驻守荆襄一带的州泰，肃然而问：“那么，荆楚之域的情形又是如何呢？”

“司马君，荆楚之域一向是伪吴的命脉所在，所以他们对这里的守护亦是从来都毫不含糊。而屯驻武昌的伪吴大都督陆逊的文韬武略又几乎不在司马太傅之下，州泰与王镇南这些年来联手合力也仅仅是勉强和他打成个平手而已！因此，大魏雄师欲从荆襄一带直接楔入伪吴江南之境，只怕实是困难得很！”州泰也是满脸愁容地答道。

司马师一听，面色不禁微微一沉，眉头顿时拧得紧紧的：“这么说来，我大魏从西面、南面这两个方向都很难对外扩张了？公休（诸葛诞的字为‘公休’），你们那边的情形又是如何？不会也是一团僵局吧？”

年近五旬的诸葛诞保养得面如冠玉，须似亮漆，看起来仿佛刚满四十来岁。他捋了捋颔下那一派乌髯，沉吟而答：“听到邓兄、州兄这么一讲，诞倒感到徐扬二州这里的情形似乎要比雍凉、荆楚那两边好受多了。李大人，你说是也不是？你口才好，就给司马君好好谈一谈。”

李辅点了点头：“诸葛君所言甚是，伪吴在我大魏东翼这边并无特别厉害的宿将能手把守，所谓‘兵熊熊一个，将熊熊一窝’，我们徐扬二州自然是压力不大。但他们在这边屯兵最多，大魏若是想从东线一带楔入伪吴，就非得做好大打硬仗的全面准备不可。对兵力、粮草的投放和输送一定要及时到位！”

“哦？照你这么说，伪吴的破绽就在这东翼一带？”司马师听罢，两眼都放出灼灼亮光来，“好的！我大魏就把平吴灭蜀之役的突破口定在徐扬二州！”

“司马君，李大人刚才说了，东翼一带固然不乏可乘之隙，但战线太长，道路坎坷，兵力、粮草的顺畅投放和运输是一个大难题！”诸葛诞提醒司马师道，“不事先解决好这个难题，我们在徐扬二州就是全面铺开战场也未必占得了多大的便宜！”

“那，这个大难题应该怎样解决呢？”司马师拧着双眉冥思苦想着，“干脆从幽州、冀州、青州等地多多征调役夫前来支援……”

“司马君，依邓某之见，这等劳民伤财之举就不必采用了。”邓艾这时却插话进来说道，“诸葛君、李大人，您二位莫怪，邓某一向喜好揣摩天下四方形胜要塞之利弊兴革，近年来对你们东翼一带也研究甚深。邓某愚意以为，徐扬二州一带田肥水稀而不足以尽地利，宜开河渠以引水浇灌，借此大兴军屯，且又并通漕运之道，可谓一举多得。同时，还可以拓宽颍水河道，沿颍水南北两岸大治屯田，再修建广漕渠、百尺渠两条，上引黄河之水，下通淮、颍之流，西起京畿，东至寿春，皆可一路放舟顺流而下！如此一来，我大魏对淮南的兵力、粮草之投放完全就是畅通无滞了……”

“高！高！实在是高！”诸葛诞一听，不禁睁大了双眼直盯着邓艾，慨然叹道，“久闻邓君聪颖好学、才略过人，今日一聆指教，果然名不虚传！”

李辅也捻着胡须含笑赞道：“邓君此策一出，淮南军事后勤保障再无后顾之忧矣！只要连通了黄河、颍水、淮河这三条水道，我军在淮南用兵作战，就再也不愁军力、粮草供应不及时不到位了！”

司马师也听得喜笑颜开，搓着自己的双掌，兴奋地说道：“邓艾将军，既然是你提出了这样一条妙计，就由你将它贯彻到底吧！这样吧！反正西蜀这边难有大的战事，师便启禀家父，暂时将您以太傅府军司马的身份调到寿春，专门主持实施这黄河、颍水、淮河的‘三河互通，两岸军屯’之策！”

邓艾闻言，也不虚辞，“唰”地一下笔挺地站了起来，拱手而答：“邓某但凭太傅大人与司马君之调遣，决无他言。”

就在这时，梁机在一旁若有心又似无意地点道：“司马君，现任镇东大都督王凌在寿春那里会支持邓将军的这项任务吗？他会不会从中掣肘邓将军？他这个人的褊狭和刚愎可是一向出了名的……诸葛君、李大人，你们认为呢？”

“唔……梁君所虑甚是。”李辅微微眯着一双锐目，慢慢捻动颔下的根根须茎，幽幽然说道，“不过，王凌毕竟还是镇东大都督嘛！他何尝不想他自己的军事辖区里水路畅通、粮道无阻？这对他日后企图以战立功也是大大有利嘛！依李某之见，这‘三河互通，两岸军屯’之策对王凌而言，亦可算是公私两便之计，他在这个事儿上是不会过于捣乱的。司马君、邓将军，你们尽可放手去做！”

司马师听罢，浓眉一竖，右手往腰间刀鞘上一按，凛然说道：“就算他有意掣肘和捣乱，我也不怕。他胆敢如此因私废公，横加干涉，我就禀明满太尉和家父将他军法处置，严惩不贷！”

邓艾也向司马师郑重表态道："司马君你放心，邓某到了淮南，保证会圆满完成这项重要任务的。"

议完了平吴灭蜀之大计后，司马师这才放松了心情，呷了一口清茶，款款而道："另外，师在这里还有一件要事要拜托四位兄台。大家都知道，前任骁骑将军秦朗在青龙年间于五丈原与伪蜀诸葛亮交战之时，中了敌计而折损了一万四千多名禁军骑士。目前，大内禁军骁骑营中兵源甚是奇缺，家父有意从四方州镇之中选调人马以充实骁骑营。四位兄台回去之后，各自将自己麾下忠诚可靠的骑兵精卒挑选出两三千人来，拟成一个名册呈进太尉府来，师在这里就按名调人尽行入补骁骑营。四位兄台意下如何？"

"是！在下等回去之后一定仔细照办。"邓艾、州泰、诸葛诞、李辅等齐齐应声答道，"在下等自会暗中训导那些入选骁骑营的亲兵劲卒，交代他们在任何时候、任何地方都要听从太傅大人和司马君的任何调遣！"

天生奇才

斜晖如金，晚风习习。洛阳著名的酒楼——七巧楼下，几株老桃骄人地在仲春季节开着鲜亮红艳的花，妩媚夭夭而又不失傲骨铮铮地挺立着。

这几株桃花吸引了酒楼上一位锦服青年凝亮而炽热的目光。他在靠窗的一张酒桌旁坐着，白皙的右手放在面前碧亮如翠的茶杯上，久久地望向窗外的桃花，任茶杯中袅袅的水汽在他眼帘前飘荡成凤姿鹤态。

"公子，听一支曲儿吧！"一个清清亮亮的女孩儿的声音仿佛从遥远的地方飘来，将锦服青年的目光拉回到酒楼里。

他慢慢地转过脸来，精细的双眉如剑一般斜飞入鬓，湛亮的瞳眸如湖水一般纯净明晰，高挺的鼻梁如山脊一般坚刚有力，在一种俊逸脱俗的气质衬托之下，这一切都显得那么令人望而心折。

前来请他听曲的那个女孩儿只是微微抬头看了一眼这锦服青年，便含羞低下了头。在这青年公子夺人的风采中，她不敢再抬起头来。

锦服青年淡淡地一笑，笑得那么清逸那么温和。他缓缓从袍袖中取出一串铢钱来，放在桌上，轻轻说道："今天我不听曲儿……"

一听这话，女孩儿的心立刻坠入了深深的失望之中，慌得抬起头来，迎上他那星星般明亮的目光，她又有些手足无措起来。

“可是，我想你的曲儿一定很好听，明天我再来听。”锦服青年的声音如春风般轻柔，“这些钱是我先付给你的订金。”

女孩儿怯怯地咬了咬嘴唇。她和她那位双目失明的奶奶已经两天没吃饱饭了，这串铢钱对她来说无异于雪中送炭。而且，她能从这位公子的目光中真真切切地感到一种春天般的暖意。于是，她上前拿起那串铢钱，像小兔似的转身便跑。

锦服青年望着她的背影，目光里充满了无限的怜爱，一种对待自己亲妹妹一般的怜爱。是女孩儿那一脸的饥色让他忍不住拿出身上这几乎仅有的一串铢钱的。他是最见不得哪一个女孩儿受苦挨饿的了。

“嘻嘻嘻……这小妮子长得倒蛮俊俏的！”邻座一个男子淫兮兮地叫了起来，“哎——别走！别走！那位公子不听你的曲儿，小爷我还想听呢！”

只听那女孩儿怯怯的声音说道：“大爷，小娃儿今天已经唱够了饭钱，得赶回去给奶奶买饭了。”

“买饭？买什么饭？”那男子“咣当”一声踢翻了坐枰，硬是扭麻花儿似的不放那女孩，“你给小爷我唱上几曲，逗得小爷乐了，小爷不光赏你十串铢钱，还让这店家备好一席酒菜送到你奶奶那里去。”

“是嘛！是嘛！小姑娘——你就给我家少爷唱上几段吧！说不定我家少爷一高兴，便纳了你做小妾，那就更是你几辈子修来的福气了！”几个似是仆役打扮的汉子也上前拉住了那女孩儿的胳膊，杂七杂八地说了起来。

他们这一逼上前来，更是唬得那女孩儿脸色煞白，自然愈是哭着闹着不肯再待此处的了。酒楼的老板和店小二上前劝解，也被那几个仆役一顿拳打脚踢撵到了一边去。

锦服青年瞧着越来越气，不禁剑眉一扬，厉喝一声：“住手！你等光天化日之下如此逼劫于人，眼中还有没有王法？”

他这一喝劲气十足，竟将那几个仆役给镇住了——他们那个被称为“少爷”的矮胖男子慢慢转过身来，肥肥的脸颊像猪腮一样，两只小得似黄豆一般的眼睛却被酒水灌得红彤彤的，眨巴眨巴地盯着那锦服青年，冷冷地问道：“你这小子是哪里钻出来的？姓什么，名什么？”

锦服青年面罩寒霜地步步走近："你们且放了这小姑娘——本人姓石……"

"姓石？"那矮胖男子心下暗一思忖，记得满朝三品以上要员当中并没有姓石的，立时便放下了心来，彻底抖起了威风，恶狠狠地喝道："王法？你这小子竟敢跟本少爷讲王法？你也不睁开你的狗眼瞧一瞧——本少爷是谁？告诉你，这大魏全天下的王法就是我家制定的！"

他的一个仆役在旁边开口附和道："小子！你识相点儿就赶快滚蛋，咱家少爷是当今大将军的堂侄曹绥！怎么样？吓死你了吧！"

那锦服青年一听，毫不动容，暗暗撇了撇嘴，冷然道："久闻曹大将军秉钧辅政，权重天下，却没想到他底下竟有这等胡作非为的堂侄！"

曹绥听得他居然仍是毫不知趣地在那里反唇相讥，肝火"噌"的一下便冒了起来，抡起拳头便要向他揍去！那几个仆役也大呼小叫地放了那小女孩，围拢过来就要一齐打到！

"慢着！"那锦服青年身形一闪，退开五尺，随手从一张酒桌上抓起一只酒杯，握在掌中，凛然说道，"石某此刻并不想与你等拳脚相见，你们还是识相点儿吧！"

说着，他右掌紧紧一捏，"砰"的一声，那只瓷杯竟被他一把握得粉碎！

曹绥等人一看，顿时都惊得目瞪口呆！

正在这时，酒楼一角里一个懒懒的声音响了起来："好厉害的道家玄门气功！看来，阁下便是陆浑山灵龙谷一脉的传人了？"

那锦服青年听了，也是一惊，不曾料到这里竟然有人会看穿自己的武学渊源，急忙循声望去，却见一个歪戴着青纱纶巾，斜系着油光光的青绶犀带，不修边幅的中年儒士提着一个酒壶慢慢站了起来，走到那曹绥面前，嘻嘻一笑："曹大少爷，你可认得管某么？依管某之神算，你今天怕是在这位石公子手里讨不到半点儿便宜的了。打起这场架来，你的脸是丢定了！明儿个管某再把今天酒楼里你干的这些事儿往你那位大将军叔父那里一说，小心你回府吃板子哟！"

"太……太史令大人？"曹绥一见，立刻蔫了下来。这一身脏乱兮兮的中年儒士原来竟是赞善大夫兼太史令管辂！自去年夏天前任太史令周宣大人病逝之后，管辂就接升上来任了自己师父生前所有的职务。他虽是其貌不扬，但却手眼通天，能量非凡。曹绥听说连自己的堂叔曹爽和太傅司马懿平时都要敬他三分，所以，他的面子是无论如何也得要给的。于是，他悻悻然向管辂拱了拱手，瞪了那锦服青年一眼，丢下了一个“走”字，便带着手下仆役咬牙切齿地拂袖而去。

场中终于静了下来。锦服青年一看，那小女孩刚才早已趁乱脱身走了。他又一转眼，见那管辂正拿着酒壶仰着脖子往嘴里“咕噜咕噜”灌着酒，便迎着他躬身施了一礼：“管大人，在下渤海郡南皮县石苞这厢有礼了。”

管辂一口气将壶中美酒饮了个干干净净，这才眯下眼来，上上下下打量了石苞一番，徐徐言道：“难怪管某今天一大早起来就有喜鹊迎窗而叫，原来它是在告诉管某今天会碰上石君这样一个大贵人！石君你别诧异，你可真是身具异相，实乃非常之器、公侯之才，为何却匿形花柳巷中而不出任乎？”

石苞听得大惊失色，却也毫不虚饰道：“管大人果然料事如神，石某虽有高志，但是出身寒门，且又素来不喜阿谀奉承，岂愿碌碌而为庸君俗主所用也？当年郭嘉郭贞侯还曾在花柳巷中淬炼心性，焉知我石苞今日所为不正与他情同道合？”

“庸君俗主？”管辂听了，哈哈大笑，“石苞君！瞧一瞧你这份天生傲骨，哪个庸君俗主又敢用你？又能用你？又配用你？不过，你也莫要以为当今天下你自己真会无主可辅。苍天既然降下你如此英才，定然不会将你闲置于世，日后必有非常之雄主前来将你驾驭驱驰而建下非常之功业的！”

说罢，他手里一下一下地晃荡着那只空空的铜酒壶，像小孩子一样调皮地把弄个不停，再也不和石苞多说什么，径自施施然扬长而去！

出得七巧楼来，天色已是漆黑。石苞醉意微微地慢慢走进街道对面的那座翠香院，脸色尽是一片苍茫，全然没有了刚才在七巧楼中的英挺之气。

推开翠香院最精致的香月阁房门时，他看到沈丽娘已在那里拨亮了红烛，穿得干干净净、整整洁洁的，静静地坐在香几旁边等着他。

沈丽娘是翠香院里的头牌歌妓，瓜子脸、柳黛眉，明珠一般波光流闪的眼眸，那份娴静若碧荷映水，那份靓丽似虹霓照空，整个人便似从画卷中走出来一般清灵秀逸。

“石郎——你回来了？”沈丽娘一见他进屋，便化开了一脸春水似的笑意，起身若弱柳扶风似的迎了上来。石苞却是满面的沉郁，什么话也不说，如野兽般一下将她抱起，抛入软榻温床，再“哧”地撕开一切，仿佛从潜意识里要证明什么东西似的，狠狠地摁住了她，一如鹰击长空、虎跃丛林般昂扬挺入，直至一声长吟，才将体内所有的壅闷和冲动都宣泄净尽……

自始而终，沈丽娘的玉颊上都是春风般的微笑。她仿佛早已熟悉并适应了他的这一切，任他为所欲为，摊开了白润如象牙雕成的身子，宛若一朵芳馥的兰花迎合着他热烈地绽放，以春水般的温柔和春柳般的曼婉包容着他喷薄而出的所有欲望……并和往常一样在事毕之后轻轻伸出香舌，舔去他眼角的泪痕。

一切都静止了，石苞直挺挺地仰身躺在床上，望着纱帐顶上绣着的那微微颤动的朵朵桃花，深深地吁出一口气来：“我……我是谁？”

沈丽娘立刻蜷起了身子，非常谦卑地跪在了床角，以额触手，毕恭毕敬地说道：“石郎，你是那位在淮阴城下、市井之中怀才待时的韩信。”

石苞转过头来，右肘支起了上身，左手伸出来托起了她的面颊，细细地端详着，“那你是谁？你是给了韩信‘千金一饭’的漂母吗？”

沈丽娘静静地和他对视着，眼神纯净无垢：“我只是那最后一个陪着韩信一同走上刑场的女人。”

石苞的眼眶顿时一酸，险些就要涌出泪来。他收回了手，去拿床边的衣服：“其实你错了。我有韩信之志，也有韩信之才，日后还定会建成韩信之功，但绝不会有韩信那般悲凉的归宿。所以，你成不了那个女人的。”

沈丽娘在床上膝行近来，轻轻地为他系着腰带，淡淡地说道：“听说你下午在七巧楼为了一个卖唱的小女孩得罪了京中有名的小霸王曹绥……你这一份冲动，也跟那只有妇人之仁的韩信差不多了！”

石苞全身装束整齐地站了起来，扶了扶自己头上的纶巾，瞧着她冷冷又道：“你又错了！成大事者，固然可以不拘廉隅细谨之小节，但决然不能丢弃仁义忠信之大道！我师父当年说得对，‘胸无大义，则必无大成；身乏奇节，则难立奇功’！所以，我这个人虽有好色淫逸之弊习，但要漠然坐视他曹绥仗势凌人，欺孤侮寡，却万万不能！”

“好色淫逸之弊习？谁叫你有这好色淫逸的资本呢？”沈丽娘看着他这副冷毅果决的表情，不禁连眼波里都漾出笑来。虽然她在口头上一直温柔地反讽着石苞，但在心底里，她对他这份有担有当、磊磊落落的性格还是非常喜欢的。她伸手抻了抻石苞衣服的后摆，继续调侃着他：“你知道么？这几个月来，京城的花街柳巷里到处都流传着关于你的赞词——‘石仲容（石苞的字为‘仲容’），姣无双；易巾帼，恨作郎’！你若真是生为了女儿身，只怕这京城里的三千脂粉佳丽也尽会被你比了下去！”

“唉……就算独占鳌头又如何？皮囊生得再好看，终是无用！”石苞右袖一挥，大是不以为然，“以色事人，似龙阳、董贤之流，也不过是盆中之花，开不得长久！”

他这一番话来得尖刻，直戳得沈丽娘心中隐隐一痛，身子一僵，双手垂了下来，木然便道：“照你这么说，奴身也是盆中之花，开不得长久了？”

石苞一听，便知她犯了痴病，急忙转圜而道：“丽娘你怎可这么说自己呢？你也是卓文君一样的巾帼女杰，岂是盆中之花可比的？”

沈丽娘这才破颜一笑：“可是石郎你却远非司马相如之流的文士墨客可比啊！其实，那段流言赞词也给你带来了一些名誉呢。你知道吗？听说何晏何大夫听闻你的俊美过人之后，竟也萌生了与你一比雌雄的念头呢……”

“何晏？选曹右侍郎何平叔？”石苞微微一惊，“像这样的俚语流言怎会传到他的耳朵里去？你又是从哪里听说这件事儿的？”

沈丽娘语气一窒，隔了片刻，才怯怯而又慢慢地说道：“邓飏今天上午到奴身的香月阁里听曲来了……这件事儿，是他告诉奴身的。石郎你别生气，邓侍郎没什么恶意的。他听到奴身讲你是奴身的表哥后，还许诺给石郎你一个官职去当呢……这不，这便是他送给奴身的一张选曹通行符牌，说石郎你可以拿着它到选曹去找他。”

石苞接过沈丽娘从香枕底下摸出的那块檀香木制成的选曹通行符牌，拿在手里翻看了几番，终于“当”的一下丢在了痰壶里，不屑而道：“似他这样的嗟来之食，石某怎会接受？邓飏、何晏这些花天酒地、无所作为的浪荡俗吏，石某一个也不会投靠的！”

沈丽娘“啊”了一声，欲阻不及，只得眼睁睁看着那块选曹通行符牌被丢进痰壶里，心头暗暗感到一阵发酸，石郎他哪里知道自己为了得到这块选曹通行符牌在邓飏那里付出的代价啊？一想到邓飏那老皮皱皱的像一只癞蛤蟆趴在自己身上时的丑态，她就不禁一阵恶心！然而，为了给石郎铺出一条入仕升迁之路，她已经付出了自己作为一个女人所能付出的极致。但是，今夜石郎却将她费尽心血换来的这块选曹通行符牌弃之如敝屣！虽然她事前也几乎猜到了将会是这个结果，她也做好了承受这个结果的准备，可是她还是禁不住为自己白白奉献出的那一切而有些黯然，有些心痛。她闷闷地在床沿上坐了半晌，幽幽地言道："石郎，你有这般志气当然是好的。可……可是总得要上面有人赏识你的志气、才气才行吧？曹大将军这一派你不投靠，那司马太傅一派你也该去试一试啊……"

听到她这么一说，石苞微微愣住了。是啊！自己一直想像西蜀诸葛亮早年隐居南阳等待英主明君来"三顾茅庐"的念头是不是真的有些太天真了？司马懿这人，自己也曾听到过他的不少雄奇事迹和精彩传说，但他毕竟已是年过六旬的老夫了，自己这刚满而立之年的青年能够和他谈到一块儿去吗？那……那就只剩下他那两个宝贝儿子司马师、司马昭了。可司马师、司马昭他俩万一也是曹爽、何晏一样的浮华虚骄之徒呢？他慢慢地定住了心念，尽量不让自己去多想这些遥远之事，微笑着伸手抚了沈丽娘披垂腰际的秀发，悠悠而道："丽娘，你不用为我的仕途担心。该来的人到时候他一定会自己找来的，该来的机缘到时候它也一定会自己跑来的。咱们眼下还是暂且在这温柔乡中、花柳丛里及时行乐吧！日后我若是有一天真的完全走出了这翠香院，想要再回过头来过一下这般的快活日子也不行了。"

说罢，他脸上忽又坏坏地一笑："你去把嫣如和翠萝她俩也唤过来，石某要问一问她俩近来在接客时又听到了京中什么消息。"

沈丽娘抹了一下眼角那淡淡的泪痕，柔柔地应了一声，就在她提衫而起的时候，忽然转过头来问了他一句："那么，倘若有朝一日你真的完全走出了这座翠香院后，你会不会成为第二个不惜杀妻以求将的吴起呢？"

"我不是。我还没有吴起那么心肠冷硬吧……"石苞沉声答道，"我可以向你保证，日后我石苞无论闯荡到哪般境地，都会在事定功成之后娶你入门为侧室之妾，都会给你一个明明白白的名分的！"

沈丽娘没有回答。她的背影只是微微地颤了一下，就似一弯泉水，干干净净地流走了。

"哦？管兄，你这么晚急着来找本座，就是要向本座推荐一个奇才？"司马师刚开始走进书房里坐下时还微微带着些许睡意，等一听完管辂讲完来意之后，立刻眉峰一耸，提起了精神，两眼一眨不眨地盯向他去。

“不错。子元，此人风神俊爽、天资不凡，实乃非常之器、公侯之才呀！”管辂一边“咕嘟咕嘟”地喝着壶酒，一边眸光闪闪地向司马师说道，“你不是让管某在外面随时为你寻觅英才吗？所以，管某一见到他，就急忙跑来向你推荐了。你相信管某，管某一定不会看错他的。”

“他是谁？是哪家世族之后？”司马师倾身过来，认真地问。

“他叫石苞，是一介寒士，目前正宿居在洛阳西坊花柳街翠香院里。”管辂放下酒壶，抹了抹嘴，也是一本正经地答道，“正所谓‘芝草无根、甘泉无源’，是不是哪家世族后裔有甚要紧？依管某看来，恰因他是一代天纵奇杰自能白手起家而无须仰仗门资也！”

司马师脸颊一红，慢慢沉吟道：“管兄，听你刚才所言，他也只不过是做了些见义勇为、锄强扶弱的善事，怎见得便成了非常之器，公侯之才？”

管辂“当”地将手中铜酒壶往地板上一搁，把脸一沉：“怎么？子元你不相信管某的观相识人之术？”

司马师素来知道他脾气甚大，也不好拂逆，便拱手笑道：“岂敢岂敢？来人啊——去喊寅管家和二公子来！”

过不多时，司马昭和司马寅就应召而到。司马师便将管辂今天的来意讲了，然后问司马寅道：“寅管家，京城花柳街可有石苞此人乎？他的来历到底如何？”

“石苞？大公子，这个人我们也关注过，您等一等……”司马寅见问，随手便从衣襟处拿出一本簿册，轻轻翻开，边阅边答道，“京城各街各巷之中，近来流传着一段俚语赞词‘石仲容，姣无双；易巾帼，恨作郎’就是指的这个石苞。在下等早已注意到他了，只不过还没来得及向您禀报。

“据在下等派人密查，他的来历如下：此君乃冀州渤海郡南皮县人氏，年未弱冠而父母双亡，依附邻里采牧为生。后来从村庄塾师处攻读经史，羡慕韩信、邓禹一般的英雄豪杰，孤身出外四方游学，东赴江淮，西至雍凉，甚至还到陆浑山灵龙谷拜胡昭先生为师，学成了一身文武全才。

“毕业之后，他心高志大，拒绝了胡先生的荐书，返回故乡渤海郡郡府从一个小小的仓曹小吏做起，任事倒也勤勤恳恳，斐然可观。不料，正当他在郡府仕途顺遂之时，竟查出了该郡太守韦贞有窃公肥私之秽行，于是就向州府告发了韦贞。但因韦贞与曹真、曹休等重臣素有同郡世交之谊，他当时呈上去的举报信连当时的冀州刺史裴潜都不敢接受。于是，此事落了个不了了之。后来，韦贞也偷偷派了刺客去暗害他，不知怎的竟是始终不能得手。没奈何，韦贞只得栽了石苞一个细行不修，小节不谨的罪名将他驱出渤海郡官署。这些年来，他在河北一带东游西走，也曾进过一些郡守的幕府，终因那些幕主德浅量狭，庸碌无为，他最后都弃之而去了。

"近一两年间，他进入京师，混迹于三教九流之中，从此不务正业，变得整日里纵情声色，逍遥度日。至于谈到他有甚'非凡之能，公侯之才'，这些却从他的履历中看不出来。不过，此人素来狂言不断，去年司马太傅奉诏赴辽平叛率师而出西明门饯行之际，他居然混了进来在外围偷看了一番，回来后还对同房室友慨然而叹：'嗟乎！大丈夫当如司马太尉之所为，秉钺万里而天子恭送，立功扬名而不负此生！'"

"够了。"司马师听到这里，微微颔首，瞧向司马昭，问道："二弟，依你之见……"

"大哥，此人要么便是一介狂徒，要么便真是一代奇杰！"司马昭思索片刻，郑重回答，"无论如何，咱们总得前去亲自实地近身考察他一番才是！"

"好！为兄心底正有此意！"司马师一掌拍在案上，将这事儿就当场定了下来，"在适当的时候，我俩一同前去细细实地近身考察他一番！"

说罢，他转过身来，笑吟吟地看向管辂，吩咐司马寅道："管兄今夜不辞劳苦前来荐贤，师也在此多谢了。寅管家，您去后院酒窖里挑选十坛西域进贡来的葡萄酒，送给管兄带回去一解酒馋！"

晨雾如纱，晓风如刀。洛阳西城的城墙根下，何晏正衣袍翩翩地快步踱行着。他的身后，不远不近地跟着几个何府的仆从。

一阵凉风吹过他泛热潮红的双颊，他却丝毫感觉不到半点儿凉意。五脏六腑之内热烘烘的，仿佛就要冒出火来。这正是他服了五石散的缘故。那种混合着石钟乳、石硫黄、白石英、紫石英、赤石脂的白色粉末，顺着食道吞入身体，少顷之后便让他五内如焚。然而，与体内这股"烈焰"一起旺盛起来的，是一种飘飘欲仙、翩翩欲飞的美妙感觉，让人沉迷其中而几乎无力自拔！而他也就只能追寻着、体味着这种快感，在疾行中消化体内的"烈焰”，在疾行中享受欲仙欲死的体验。宽大的袍袖因为疾走而在风里飘荡开来，朝晖的投影在石路上摇晃的影子忽远忽近，何晏在淡淡的朦胧中优雅自若地笑了。

然而，打破了他这种感觉的是城头上猝然响起的那一声长啸！那啸声如一剑穿空，铮然拔起，激烈轩昂，似壮士抽刀、将军披甲，万蹄如雷，大旗猎猎，海潮一般席卷而来！霎时间，何晏只觉被人兜头泼下一瓢冷水，唰地浑身一寒，五石散在体内挥发的灼热随即一扫而光！听着那啸声余音，他感到自己又若置身铁血疆场，四面杀声滚滚，刀枪齐鸣，直撼心魄、直透肺腑！

终于，何晏稳住了心境，骇然向城楼上举目望去，却见那墙垛上一个高挺如白杨的身影迎着朝阳敞怀而立，那啸音正是那人仰天发出的！

“何三！你们快上城头那里看一看——他究竟是什么人？若是碰到了，一定要把他给本座挽留住！”何宴急忙唤来贴身家仆何三等去办此事。这个人的啸声中竟有金戈铁马、吞吐风云之韵，显然是一个胸怀大志、气盖山河的英雄豪杰！自己若能和他交结，岂非美事一桩？

可是，当他吩咐完毕后再抬头看去，那西城城头上却已然是空空如也，杳无人影了！

石苞在洛阳西城头长啸抒怀结束之后，只觉全身上下似有说不出的痛快淋漓，便下了城梯，悠悠然又来到了花柳街的七巧楼饮酒自娱。

他刚上得酒楼，却见自己惯坐的那张倚窗桌位上早已摆满了一席盛宴。两个衣着简朴的青年儒生和管辂正在那里坐着，一见到他竟是齐齐面带笑容地起身迎了上来。

石苞双眸一亮，灼灼地盯向了管辂。

管辂嘻嘻一笑，拉过那两位青年向他介绍道：“石君，别来无恙？哦……这两位是管某的朋友马斯、马钊兄弟俩。他俩亦是我大魏不可多得的饱学之士，近日准备到太学里参加崇文观博士选拔考试。今天专门是来与石君切磋交流的。”

“哎呀！管兄，你带这两位公子找错对象了。我石苞哪里是什么博览群书的饱学之士？不过一介游荡寒士耳！”石苞右袖一抖，拂开了管辂，径去席位之上坐下，瞧了瞧满桌酒菜，呵呵笑道，“这一桌酒菜石某倒可以笑纳，但若要切磋交流什么典章义理，还请免提！”

管辂一下涨紫了脸：“石君，伯乐在此，你可不要轻易自弃！你可知道他俩……”

“唔……管兄少安毋躁。”马斯这时却一下打断了管辂的话，抢上来说道，“石苞不喜切磋典章义理就且罢了！不过，斯久闻石君乃是风月场中的高手。在这一方面，咱俩可以聊一聊吧？”

石苞深深地盯了马斯一眼：“谈风论月？好啊！马君，这样的话题才会逗人兴致嘛！来来来——你对风月之见有何心得，不妨讲来交流交流！”

“既然石苞对此果有雅兴，斯也就不谦辞啦！”马斯一屁股在石苞对面的席位上坐下，并不急着答话，而是提起筷来，从盘碟中夹了一块烤羊肉，送入口中，一边咀嚼着一边笑嘻嘻地说道，“什么谈风论月，说白了，不就是谈女人吗？石君，依斯看来，这天下极品之美女，恰如世间男人三件须臾难离之妙物：一如清茶，令男人饮之难舍，口齿生津，回甘持久，留香绵远；二如美酒，令男人醉生梦死，心神俱迷，愈品愈溺，难以自拔；三如熏香，令男人如坐群葩，心旷神怡，幽思浮漾，可谓‘佳人在座若莲开，余香绕席盈三载’！”

“妙极！妙极！马斯君所言果是极妙！”石苞听了，抚掌而笑，问向那马钊道，“那么，这位兄台你对风月之见又有何心得呢？”

马钊脸上微微红了，似是有些不好意思地讲道：“这个……钊对于女人的见解十分肤浅，还望石君你指正。依钊看来，女人分为三品——上品之女人，德、色、才俱佳；中品之女人，德、才双佳；下品之女人，唯德为佳。而无德之女人，则丝毫不足以论品。”

“唔……马钊君，你这‘女人三品’之说可就有些酸气了，一听就可知你是少在风月场中游戏的人士。”石苞听罢马钊的话，微微蹙了蹙眉，转脸向马斯笑道：“刚才马斯兄用‘茶、酒、香’三物而喻女人，诚然妙不可言。其实，石某也有三物来喻极品之男人——一是如玉盏；二是如金樽；三是如栋梁。它们恰巧与马斯兄的女人之‘茶、酒、香’三喻相得益彰。以玉盏之质，方能涵得清芬之妙茶；以金樽之量，方能盛得醇厚之美酒；以栋梁之木，方能燃得醉人之熏香。马斯兄以为如何？”

“石君果然是心窍玲珑，所感所悟极富灵性。”马斯听了，嘻嘻而笑，抚掌赞道，“你刚才评议马钊那‘女人三品’之说肤浅酸涩，却不知你本人对‘女人三品分级’之说有何妙见？”

石苞闻言，凛然正色，款款而言：“马斯兄，在石某心目之中，女人亦可分为如下三品——上品之女人，春意盎然，一团祥和，令人敬而且爱；中品之女人，冷艳端庄，冰清玉洁，令人敬而且畏；下品之女人，飘摇婀娜，媚态可掬，令人亵而且狎。不知这‘女人三品分级’之说在马斯兄意下如何？”

马斯细细听着，蓦地眸光一转，朗声笑道：“听君一席话，斯真是‘胜读十年书’。如果斯没有悟错的话，石君你这‘女三品’之说，大有深意，耐人寻味。斯隐有一悟，还望石君指教——这‘女三品’之说，其实可以易为‘主三品’之说！”

石苞双瞳深处立时精芒一闪：“马斯兄此话怎讲？”

马斯侃侃而谈：“石君请听，‘主三品’便如‘女三品’。上品之主君，济世如舟，泽民如春，故而令人敬而且爱；中品之主君，纲纪严明，风清弊绝，故而令人敬而且畏；下品之主君，乍昏乍明，贤愚不定，故而令人亵而且狎。石君以为马斯此悟如何？”

石苞听到马斯终于还是将话题引到了经纶世务上来，面色变了几变，徐徐搁下竹筷，肃然正视着他，慢声言道：“马斯兄果然高见，不愧为石某知音之佳友也！罢了，明日你们欲去太学应试，若有什么难解之题便请倾囊而出，石苞今日愿意破例与你们细细切磋一番。”

马斯双手一拱，当下便认真说道：“石君既发此言，我等就言归正题了。明日太学应试之题有一道是这样问的——大内禁军，素为镇抚京畿之本，须当如何方能驭之有道？”

石苞一听，嘴角一撇，淡淡而道：“这有什么难答的？纵是千言万语，不离苞之九纲——以刚镇之，以严束之，以明察之，以仁抚之，以义纳之，以志励之，以情感之，以气激之，以勤练之。然而这八纲之法，运用之妙，存乎一心。若以石某为执掌军之主事，一二年间便可将大内禁军锻造成一支纵横天下无敌手的铁军！”

“讲得好！言简义丰，刚断有力！”马斯听得连连拍掌喝彩，转头问马钊道：“二弟，你有何难题向石君请教的吗？”

马钊轻轻点了一下头，思忖良久，方才沉吟而问："石苞君，钊所关注的却是军事大略。依钊看来，当今大魏天下用兵之重地显然在于淮南，却不知我朝须当如何举措方能用尽淮南之地利而后长驱进击江南伪吴？"

"马钊君问得好！"石苞一听，有如立刻来了精神，神采奕奕地讲道，"淮南者，诚为兵家之重镇也。淮南全境形势犹如一只巨鼎，其间有三大支足：一是合肥城，二是皖城，三是东关城。当今大魏已得淮南全境之北部'鼎足'合肥城。合肥南临巢湖，本是制造舰船、训练水师之最佳场所。但吴贼跨越江北，东据东关而扼之，南倚皖城而逼之，则合肥、巢湖之地利窒矣！若是石某持节淮南，则必视皖城、东关为不可不拔的肉中之刺，势必倾尽全力而先一举夺之！只有拿下了皖城、东关两城，才算得上是真正鼎定了淮南之战局，才算得上把伪吴的江北藩屏尽撤无余！自此而后，我大魏雄师才可谓占尽淮南之地利，与伪吴隔江而峙、直面江南！

"两位马兄必也清楚。伪吴长江一脉共有六处要塞：长沙、武昌、柴桑、皖城、东关、建业。其中，长沙、武昌、柴桑、建业四城为伪吴江南之重镇据点，而皖城、东关为伪吴江北之藩屏要塞。皖城之妙用，在于屏护柴桑；东关之妙用，在于保障建业。倘若我大魏王师一举夺下了皖城、东关二城，便是肃清了淮南全境，再乘势以合肥、皖城、东关为据点，以巢湖为水师训练之基地，往东可以直压建业，往南可以俯揽柴桑，让伪吴陷入门户洞开、极为被动之局面！然后，我大军踞守江北虎视眈眈，待得巢湖船具造齐、水师练成之际，便能顺风扬帆，长驱而渡，一举拿下江南！"

"好！石君果有韩信之略，白起之才！"马钊也听得满脸放光，喜色四溢，转头看向马斯失声赞道："大哥！石君这一条妙计若是献给父亲，父亲真不知该有多高兴啊！"

石苞听着他俩的交口称赞，亦是缓缓而笑，慢慢站起身来，向他俩突然深施一礼："司马师大人、司马昭大人，石某先前失言失礼了，还请恕罪！"

瞧着石苞这般举动，司马师一怔："原来石君你早就瞧破了我兄弟俩的身份？"

石苞深深笑道："二位大人俱有人中龙凤之异姿、上品明主之雄风，这一切岂是微服简装便掩盖得了的？"

司马师一笑，向他缓缓伸出手来，满面堆欢："石君，师自今而后必以师友之礼倾心待你。明日师便亲自送来聘书璧帛，请你担任师的中护军官署司马之职！”

“这个……此事容待石某稍稍缓思一下。”石苞心念电转之下，却不肯一下就轻易屈位受聘。

司马师被他这一个答复碰了一鼻子灰，不禁窘住了。这时，司马昭却款款含笑而道：“哎呀！石苞君，昭险些忘了一件要事。今日我兄弟俩前来拜会石苞君之前，家父也托我等给你送来一份见面礼。刚才咱们彼此之间聊得兴起，差一点儿把它给忘掉了……”

“什么见面礼？”石苞一脸的诧然。

“家父前几日请示陛下，下诏批准惩处了一大批贪官污吏，那个当年在渤海郡被石苞君你检举有窃公肥私之秽行的太守韦贞——唔，他现在已是爬到了冀州别驾位置上了——也仍被撸去官职，流放辽东戍边！”司马昭深深地盯着石苞，不紧不慢地说道，“这，就是家父特意委托我兄弟俩给你带来的一份见面礼。不知石苞君你还满意否？”

石苞听了，整个人不禁愣了一下。仿佛被一道从天而降的闪电骤然劈中了一般，一时竟没反应过来！过了半晌，他才满面泪光地深深躬下身去：“司马太傅赠来如此厚重的见面礼，苞唯有以热血丹心为报！”

司马懿大寿

“来……来……子雍（王肃的字为‘子雍’），这是本座的河内郡温县老家送来的核桃，”司马懿指着桌几上放着的一大盘核桃，向王肃热情地招呼道，“你吃一个吧，它可是补脑健身的上乘佳品啊！”

王肃瞧向了桌面，眼睛到处寻觅着：“仲达，锤子放在哪里呢？你不给我锤子，这核桃怎么吃啊？”

“不用锤子敲碎，照样可以吃核桃啊。”司马懿淡淡地笑了一下，伸手从盘子里拈起一颗铁硬的核桃，慢慢放进嘴里，“嘎嘣”一声就把它的硬壳咬得粉碎，“本座的牙齿还行。”

王肃深深地看着他：“牙齿好，身体就好。仲达，你这一副铁打的身板，实在是我大魏的社稷之福啊！”

司马懿没有马上搭腔，而是将一把鲜脆的核桃肉默默地递到了王肃的手掌里。然后，他背着双手，慢慢地站了起来，踱到轩窗之前，透过白蒙蒙的窗纱，望着窗外花园里一树树金黄的叶子，喃喃地说道：“虽然本座的年纪是老了，但本座‘肃清万里，总齐八荒’的雄心壮志却始终没有老去。子雍，你知道吗？到了明年的春天，本座就又要率着大魏雄师东下扬州去底定淮南了！”

“仲达，你的巍巍功业一定会永载史册，流传万世的！”王肃听罢，面色一敛，深深赞道。

“再辉煌的雄图伟业，说不定也只是昙花一现罢了。只有像当年大汉敬侯荀彧那样‘立德’，像当年陈思王曹植那样‘立言’，才是与日月并明，与天地同寿的！”司马懿轻轻摆了摆手，慢慢言道，“元则近日在他所著的《世要论》里有一段话写得很好，‘夫著作书论者，乃欲阐弘大道，述明圣教，推演事义，尽极情类，记是贬非，以为法式。当时可行，后世可修。且古者富贵而名贱废灭，不可胜记，唯篇论倜傥之人，为不朽耳。夫奋名于百代之前，而流誉于千载之后，以其览之者益，闻之者有觉故也。岂徒转相放效，名作书论，浮辞谈说，而无损益哉？而世俗之人，不解作礼，而务泛滥之言，不存有益之义，非也。故作者不尚其辞丽，而贵其存道也；不好其巧慧，而恶其伤义也。故夫小辩破道，狂简之徒，斐然成文，皆圣人之所疾矣。’子雍，你也是博学著论之鸿儒，对他这段话要细心涵泳啊……”

“元则的为人行文倒真是没什么可说的。”王肃深深点头，轻轻叹道，“可就是这几年来他一直和咱们有些貌合神离的，而且和曹昭伯兄弟走得太近……他不该这么做啊！仲达，你素来待他不薄啊……”

司马懿缓缓将手一抬，止住了他：“你不觉得他刚才这段话其实也是在暗暗批评何平叔、夏侯太初他们强词夺理，小辩破道而扰乱人心吗？元则毕竟是有节有义的一代国士，看不得纲常紊乱，据理直谏而不顾亲疏，绝不会是邓飏、丁谧那样的卖身求荣、私心狭隘之徒！”

一听到何平叔、夏侯太初这两个名字，王肃的气就不打一处来：“何晏、夏侯玄这两个圣门叛徒，完全是弘恭、石显一类的佞人！他们满口靡丽之辞，蛊人心智而毁裂大道，搞得太学里的学子们人心大乱，个个以清虚华伪为先，以尊道贵德为末，长久下去，这可怎么了得？”

司马懿听了，亦是沉沉长叹：“是啊！何晏、夏侯玄用歪理邪说扰得天下学士人心靡乱，本座也很是忧虑啊！这一切，都拜托子雍你这个太常以圣典大道而力挽狂澜了！”

王肃把头直摇，说道：“难！难！难！何晏和邓飏现在在选曹官署里也是几乎架空了卢毓，可着劲儿地安插他们那些浮华交会之友。夏侯玄在大鸿胪任上也是四处宣扬清静无为的道家学说，这样会让士子们志气颓丧的！王某和他们论战了不下五六次，也是孤掌难鸣啊！”

司马懿默然了片刻，才徐徐言道：“唉……夏侯玄、何晏的学术义理终归是没有世代传承的大本大源作为根基啊！夏侯玄的祖上哪里出过什么异才高士？何晏的祖父何进不过也是屠狗卖酒之辈！若论学术渊源，还是颍川荀氏、弘农杨氏的气脉深远悠长啊！”

“是啊！想我们荀、杨、司马、王四大世族当年在许都争奇斗艳、引领风尚之先的辉煌场景——那是何等的令人追忆流连啊！”王肃深有同感地慨然叹道，“如今，荀家、杨家都已凋零不堪，真是令人颇生物是人非之感。”

“哦，对了，懿记得荀令君的第六子荀顗素有美望，叔达称赞他‘博学洽闻，理思周密’，只因身为荀门之后而被一直压抑不用。懿对此焉能漠然坐视？定要上书建议陛下恢宏大度，破格纳贤，征辟他为中书侍郎！”司马懿脚步一定，毅然而道，“还有，杨彪太尉的族孙杨骏亦有文思富艳之才，懿也准备辟他为太傅府文学掾之职，子雍以为何如？”

“好！好！好！仲达你敢于破旧格、理废滞，实有周公吐哺之风也！”王肃欣然抚掌而赞，“你一手提拔了荀顗、杨骏二人，则天下儒林名士无不对你归心景仰矣！”

“唉……子雍，本座哪里是为了获取天下士民归心景仰而提拔荀顗、杨骏二人的？”司马懿遥望着天际那一缕悠悠浮云，眼眶里泪光莹然流转，仿佛想起了许许多多的往事，“荀敬侯之仁、杨太尉之忠，可谓‘天不能死，地不能埋，桀跖之世不能污’，至今思来仍是令人激动不已！他们的大仁大义，以身殉志之壮举，足可德荫子孙，泽及后世。懿不过是顺天应人而为国举贤，岂敢贪此周公吐哺之美名？”

“对仲达这一点深沉的诚挚之心，肃也一向是感同身受。唉……仲达，你去年年初为何不乘势直上接受我们‘晋位丞相，加礼九锡’的劝进之举？你呀，还是太拘于德行、忠于大魏了……”王肃说到半截，忽然压低了嗓音凑近来又道，“其实呢，万事皆有转机，现在咱们只要有心补阙，一切都还来得及。仲达你若再进一步广施惠政，结揽人心，就更能海纳百川，登峰造极！”

“哦？广施惠政？什么惠政？子雍你说具体一些。”

王肃抚着须髯，脸色凝重，道：“仲达，依肃之见，你若想在朝中广纳人心，多获助力，莫过于即刻推行‘五等封建’之惠政！这样一来，朝廷上下几乎所有的名士大夫都会倒向咱们这一边的。他们曹家一派也势必土崩瓦解，溃不成军！”

“五等封建之惠政？”司马懿双眉紧紧一皱，当今魏国实行的正是州、郡、县、乡、亭五层机构的中央集权制，这自然是符合一统六合，包举八荒的切实需要的。而五等封建之制，则是像周代一样分割天下，赐以“公、侯、伯、子、男”五等爵士以封疆食邑。这样一来，岂不是全然倒退回了东周列国时期诸侯割据的局面？当然，这样的做法是能收到一时之效的。那些名士大夫正巴不得被分封食邑呢！他们也自然会是在自己与曹爽一派的权力斗争中纷纷倒向自己的。可是，那么自己“肃清万里、总齐八荒”之大业岂不是完全给这些白白坐享其成的名士大夫捡了便宜？于是，他面色一寒，凛凛而道：“本座与大魏百万将士披荆斩棘，浴血奋战，方才扫平朔方，拓得三千里疆域，这一战果是来得何等艰辛？那些名士大夫想象得到吗？本座决不会为了取媚于人，招揽民心，就不合时宜地施行五等封建之制的！子雍！你这个想法绝不会是你自己的见解，还有谁在私底下向你提起过这个要求？”

王肃从来没见到过司马懿这样严厉逼人的表情，不禁满脸涨得血红：“呃……呃……这个，这个是那一日肃与董胄、钟会他们讨论如何为你多多争取拉拢人心时，他们建议施行此事的……”

“董胄、钟会？”司马懿微微沉吟，“这两个年纪不大，胃口却不小啊！子雍，你今后就不要听他俩的这满口错话了。真要笼络人心，也不是靠他们讲的这种割肉饲鹰之法啊！子雍，你说是不是？”

“仲达批评得是。肃记住了。”王肃听司马懿说的确是有理，便低头道过了歉，像是又想起了什么似的，朝他问道，“对了，肃听闻子元新近征召了一个司马进入中护军官署，他的名字叫石苞？仲达，你知道这个人的底细吗？”

“是有这么回事儿。”司马懿只是点了点头，准备一语带过。但王肃却一本正经地紧抓不放：“仲达，你知道吗？这个石苞是个登徒子，最是喜欢寻花问柳，好酒嗜赌，子元他怎么会想起聘用这样的人做中护军司马哟！”

司马懿想了一想，便对王肃答道：“本座也问过师儿了。师儿回答道，‘苞虽细行不足，而有经国才略。夫贞廉之士，未必能经济世务。是以齐桓忘管仲之奢僭，而录其匡合之大谋；汉高舍陈平之污行，而取其六奇之妙算。苞虽未可以及二子，亦今日之佳选也’。后来，本座也亲自听取了石苞本人所讲的‘底定淮南、扫平江北’之策，觉得他确是一代奇才。子雍，昔日曹操能用好色薄行之郭嘉为掾，而懿今日又为何不可用这石苞为将呢？”

“可……可是中护军司马之职岂同小可？人选千万马虎不得！”王肃仍是固执己见，“这些寒门人士来历淆杂，肃一向是不怎么放心的。其实，子元他完全可以任用我王家的恂儿为中护军司马，这样总比那些外人更靠得住一些吧！”

司马懿神色一正，没有回答。实际上，他对这次司马师兄弟能够走出去自行寻觅并延纳到石苞这样的国士，是暗暗十分满意的。自己这两个宝贝儿子终于真正成熟起来了！对掌权在手的英雄豪杰来说，善于运用权力准确选拔符合自己事业需要的合适人才，就是他真正成熟的标志。司马师兄弟能够正确做到这一点，这自然让司马懿甚为欣慰。自己多年来对他俩呕心沥血的培育教导之功终于结出了硕果啊！他心念定下之后，看到王肃仍是一脸不服之色，便娓娓而道：“子雍，你自己不也是讲过：‘夫圣贤之官人，犹大匠之用木也，取其所长，弃其所短。’你认为恂儿之长适合做师儿的中护军司马吗？当然，恂儿为人清俭方正是不错，可当中护军司马需要的是胸怀韬略、文武兼备啊！懿可以推荐恂儿去担任监察御史或议郎，但却不能违其所长而误了他呀！”

王肃无话可说，只得喋喋而道：“罢了！罢了！仲达你巧舌如簧，处处占理，我说不过你。但我还是要提醒你一点，这石苞始终是一个外人，师儿再怎么信任他，也要随时注意着防他一手！”

司马懿仍是没有答话，在心头暗暗想道，外人又怎么啦？要想成就大业，不靠五湖四海、三山五岳的济济人才，单凭自己一族之力行吗？倘若以无道而驭之，就是自己的至亲至戚便也未必能保证会对自己忠诚到底！曹丕是曹操的亲生儿子吧，可为了夺取嗣子之位，他还不是一样算计曹操、欺骗曹操、蒙蔽曹操？人与人之间相交持久，最可贵的是那一颗生死不易的真心！就像自己当年对荀彧的那份敬爱之情，就像自己当年对方莹的那份爱恋之情，那才是真正坚实的无形纽带，再锋利的刀刃也割不断，再旺烈的火焰也烧不坏！只要自己和门生故吏们一直保持着这样真诚的关系，谁能离间得了？谁又能扭曲得了？但此刻面对王肃这个“犟书生”，他却不愿再争辩下去了，便又拿起一个核桃放进口中“嘎嘣”一响咬碎了：“对了，本座在准备东下扬州‘底定淮南、扫平江北’之前召开一场六十三岁大寿庆贺之宴。本座到时候会邀请文武百官都来参加的……”

“哦……”王肃心底这时却明白了过来，这位亲家翁是想借办六十三岁寿宴之机，来试探一下朝廷百官对他以战立功、耀示天下的支持度啊！

夜空下着毛毛细雨，润得路上的行人发鬓间都挂满了水珠。一辆鹿车缓缓地在洛阳正南道上行驶着，鹿车上仰面朝天地躺着一个醉汉。这醉汉也不顾自己有多么失仪，就是那样旁若无人，敞胸露腹地躺着，仿佛是无比惬意地沐浴在细雨中，任鹿车后面的家童刘小三边走边推着。

刘伶是中书监刘放的远亲，本来他若是想要入仕当官，只要给自己那个堂叔刘放禀告一声，立刻便会飞黄腾达的。但他多年来一直没有这么做。浸润着老庄哲学精华成长起来的他，其实从心底里一直对他这个堂叔汲汲于功名的做法是很是瞧不上眼。

忽然间，远处传来了悦耳动听的丝竹燕曲，似乎在办一场盛大的宴会。刘伶兀自酣然而呼之际，刘小三却朝他唤了起来：“老爷，司马太傅的府邸要到了！您还不快起来穿好了衣服准备过去？”

刘伶是在接到了司马府送来的请柬后，又在自己堂叔刘放来函亲笔点明了利弊得失之下，才磨磨蹭蹭地应邀来赴这司马懿的六十三岁大寿之宴的。他听得刘小三这么一唤，这才慢慢从醉意中醒了过来似的。摇摇晃晃地从鹿车上支起身体来，向那笙箫高歌之处遥遥望去。

司马懿的太傅府邸修得其实并不庞大，但今日在张灯结彩，车水马龙的渲染之下，仿佛变得比洛阳城中最热闹的西市坊还要热闹，长长的客席餐棚竟都从里面一直排到了府门外的半条大街上！

刘伶远远望着这一片由司马氏家族的权势和名望构筑起来的无与伦比的繁华，蓦然悲从中来，在细雨中泫然泪下，轻轻吟唱道：“眼见得他万丈高楼起，眼见得他百尺烈焰旺，气昂昂头戴峨冠，金光灿灿腰悬金印，威赫赫一呼百应，也须要阴骘积给儿孙存！不然，只落得个虚名儿后人钦仰！”

“哎呀！我的大老爷！人家正在这里热火朝天地祝寿呢，您却在这里唱这样的歌儿来损他！”刘小三急忙上前一把捂住了他的嘴，“小的可是奉了夫人之命，但凡您有不得体的，都要阻着您胡来的！”

刘伶挣脱了刘小三的手，突然安静了下来，对刘小三说道：“胡……胡什么来？刘某既然已经被车带到了这里，应该也算是人到了。人到了，礼数就到了。你且到那府里去找着山涛老爷，向他禀告一声，就说我刘伶在前来赴宴的半途中又喝醉了，免得进到太傅府里惹出一些不愉快的事儿。你放心，山涛老爷自然会在司马昭兄弟面前给你老爷我圆这个场的……”

“老爷，您……您真的不进去了？”刘小三迟疑着又问。

“嵇叔夜今晚是断然不来，阮嗣宗今晚是半推半就，我刘伶今晚就给他司马家一个模棱两可，这也是一个很好的答案了。”刘伶向他连连摆手，“你去吧，去吧！”

“老爷——刘叔公大老爷（刘放）和夫人都说了，司马太傅在他这六十三年以来头一次这么大张旗鼓地设宴邀客祝寿，实是有着莫大的深意！您若是进他府中给他捧一捧场，日后必有大大的好处的……”刘小三仍是耐心地劝说道。

“废那么多话干什么？喊你去，你就去！”刘伶推走了他，慢慢地又仰面躺回了鹿车上，任那淅淅沥沥的雨丝撩在自己面庞之上，望着夜空的最深处，长长地吟哦道：“有大人先生者，以天地为一朝，万朝为须臾，日月为扃牖，八荒为庭衢。行无辙迹，居无室庐，幕天席地，纵意所如。”

铺毡结彩的客厅内，司马懿端着酒杯，身后跟着司马师、司马昭兄弟，满面笑容，主动走到堂上的各席各列去向诸位来宾敬酒答谢。

今晚曹爽称有公事缠身，没有亲临司马府祝寿。但他让自己的二弟中领军曹羲专程来讲，司马太傅的这次六十三岁大寿之宴的一切开支费用都由他吩咐皇宫内务府统统包了下来——这是他今晨向皇帝陛下请示而来的专门赐予司马家的特权，“与魏室同体一礼，嫁娶喜丧之事尽皆取于官”。

然后，郭太后、皇帝陛下也让内侍给司马懿送来了祝寿贺礼：一辆金华青盖车，一座朱漆鸾驾乘辇、一根紫竹包金扶杖。这金华青盖车，朱漆鸾驾乘辇已是朝廷宗亲藩王所享的礼仪之物了，格外地超出了礼制。司马懿拼命推辞了这两件礼物，坚决没有接受。他心底自然是清楚的，自己举办这场寿宴的目的根本不在于向外面展示什么，而正是在于从外面为自己吸纳到什么。自己倘若接受了这两件礼物，只怕这场寿宴的效果就会适得其反了。

在第一列客席上，邓艾、石苞、州泰等寒门才俊纷纷站起身来迎着司马懿敬酒。

“太傅大人，艾给您带来了一份薄礼，请笑纳！”邓艾敬过酒后，从自己的衣袖中取出一卷绢轴，恭恭敬敬奉了上来。

“哦？士载（邓艾的字为‘士载’），这是从淮南那里寻觅到的什么名画名帖吗？唉！你知道太傅大人一向不喜欢这样的东西的！”司马师从一旁插上来埋怨邓艾道。邓艾连忙摇头，呵呵笑着将那卷轴抖开在司马懿面前一亮——却见上面是用朱砂笔描绘而成的一幅河道网络分布之图！

司马懿眼中一亮：“这是何图？”

“司马太傅大人您看，这就是邓某亲笔所绘的中原三河互通之图！”邓艾用手指指着那一条条红线，笑眯眯地介绍道，“您看，这是黄河，这是颍水，这是淮河……这近两年来，邓某在淮南监督工匠们不懈努力，终于建成了广漕渠、百尺渠、淮阳渠三条大渠，将黄河、颍水、淮河这三条河道连为了一体。自今而后，咱们的水陆大军和粮草船械完全可以从洛水而溯黄河，再从黄河而转颍水，又由颍水而通淮河，沿着一条水道无阻无碍地便能放舟而下扬州，直取江南了！”

“士载！你这个贺礼送得好！来——师儿，代为父收下了它！”司马懿眼睛都笑得眯了起来，伸出手掌在邓艾肩头上重重地一按，“三条大渠——这么浩大的工程，士载你硬生生竟是给本座拿了下来！实在是辛苦你和淮南将士们了！本座明儿就进宫向皇上请旨重重嘉奖你们！”

邓艾腼腆之极地搔着后脑勺笑了。

“仲容、平泽（州泰的字为‘平泽’），你俩又给太傅大人送了什么礼物啊？”为司马懿父子提酒壶的贾充侧过头来笑嘻嘻地问石苞、州泰道。

石苞、州泰相顾一笑。石苞也从袖中拿出一卷绢轴，拉着州泰向司马懿齐齐躬身而道：“太傅大人，属下等联手为您写了一幅字帖，敬请笑纳。”

“哦？字帖？展来看看！”司马懿饶有兴趣地含笑问道。

石苞、州泰应了一声，各自拉着卷轴向左右两边一站，把那字幅横空展了开来，只见上面写着一段颂词：

> 推诚信士，不恤人之我欺；量能授器，不患权之我逼。执鞭鞠躬，以显寒士之荣；悉委心腹，以彰智者之用。卑身菲食，以丰功臣之赏；披怀虚己，以纳四方之策。

这时，坐在周围的何曾、傅嘏、钟毓等中阶官吏们也都看到了那字帖，纷纷鼓掌喝彩道：“石君、州君写的这颂词当真是与司马太傅所作所为一丝不差，堪称经典之作，足可铭刻金石而流传后世也！”

司马懿自己看罢，却是笑着连连摇头：“溢美之词！溢美之词！本座何敢当也？”同时，又转头吩咐司马昭道：“快快收起！快快收起！”

然后，他又迈步走向了下一张客席。这张客席上坐着的却是他的平辈之交，如蒋济、桓范、满宠、高柔、王肃、卫臻等。

王肃率先站起身来，持杯哈哈笑道：“仲达，肃近来收拾圣典，整顿妙籍，将孔氏一脉的圣学经纬理清捋顺，集孔子、子思、子上、子高、子顺、子鱼等孔门诸贤的著作文章为一册，撰成全三卷的《孔丛子》一书——这个算作给你的贺寿礼，应该不会太差劲儿吧？”

“子雍，你传承圣学、弘扬教化之功何其宏大！岂止堪称本座一份贺寿之礼了得？这全天下的士庶百姓都要感激你的。”司马懿面色甚是激动，一上来就和他敬了一杯。

蒋济、满宠、高柔、卫臻等倒没再搞什么新新奇奇的花样，一齐近前与司马懿碰杯相贺而罢。最后，只有桓范一脸肃然地举杯迎了过来，也从自己衣襟之中取出一卷绢轴来，炯然正视着司马懿道：“仲达，范久思之下，也唯有赠送一幅自己亲笔写成的字帖给你，希望你能喜欢。”

“谢谢！谢谢！”司马懿听到桓范竟也给他备了一份字帖为礼，不禁有些意外。司马师在一旁接过那卷绢轴，迅速展开一看，只见上面写着的是《孝经》里的一段名言：

在上不骄，高而不危；制节谨度，满而不溢。高而不危，所以长守贵也。满而不溢，所以长守富也。富贵不离其身，然后能保其社稷而和其民人。盖诸侯之孝也。《诗》云：“战战兢兢，如临深渊，如履薄冰。”

司马懿读着这段名言，脸色慢慢变得凝肃起来。其中，那“制节谨度”“战战兢兢”八个字被桓范写得特别粗大、特别醒目，仿佛要硬生生地烙进他的眼帘里来。

司马师、司马昭兄弟的面色也不禁微微变了。酒席之上的气氛倏地一下冰冷了下来。蒋济、满宠、高柔等急忙都打着哈哈，准备上来说暖话圆场。

却见司马懿提着手中那幅绢帛字帖，转过了身望向所有的来宾，蓦然面容一动，犹如春风融雪一般，溢出深深的笑意来：“好！好！好！桓兄这幅字帖送得好！送得好！师儿——你且收下，让你母亲把它挂到为父的书房中去！为父会时时刻刻铭记桓兄的警诫之言的！”

桓范深深地盯着他，将手上杯中的酒一仰脖子尽饮入腹：“仲达，你能这样做，自是最好不过了。”

司马懿淡淡地笑了笑，在司马师兄弟的引领之下继续走向了下一张客席。

“士季（钟会的字为‘士季’），你今天的气色很不错啊！”司马昭看到这一张席上坐的全是王浑、裴秀、满伟等世交子弟，便朝坐在席首的钟会寒暄着。

钟会向他含笑回应着，同时从手边举起一卷画轴，迎着司马懿恭恭敬敬地呈献而上：“太傅大人，晚辈近来亲自为您绘了一幅山水禽鸟之画，恭祝太傅大人寿比南山，洪福齐天！”

“今天真是有些特别啊！本座收到的贺礼不是画卷，就是字帖！问一问管辂君，本座今天是不是‘文昌照命’，要饱受一番诗书画帛之熏陶啊？”司马懿握着酒盏，微微扬了扬眉，兴趣盎然地看着钟会，“钟君，你这幅绘的是何山何水何禽啊？”

“晚辈才拙，绘的是一幅《大鹏展翅凌云图》。”钟会垂低了头，谦恭之极地答道。

司马师、司马昭接过那卷画轴，一左一右，平平整整地拉了开来。

跃现在诸人面前的，是一幅极为精美雅致的山水禽鸟工笔帛图——在翻滚起伏的湛蓝色波涛上，一头全身毛羽殷红如丹的大鹏雕宛若一片火云般展翅而飞，宽大高耸的脊背上驮起了一轮金黄的圆日，钢钩一般苍劲有力的双爪正瞄向海际线上那淡墨轻描的叠叠峰岭凌空攫去……而绢图的右下方，则写着一块方方正正的小楷题注：

> 北冥有鱼，其名为鲲。鲲之大，不知其几千里也；化而为鸟，其名为鹏。鹏之背，不知其几千里也；怒而飞，其翼若垂天之云。是鸟也，海运则将徙于南冥，其势能击水震荡三千里，抟扶摇而上九万里，凌云霄，负青天，驮旭日，而莫能与之相匹。

“画得好，画得好。”司马懿走上前来，用手指细细地抚摸着这绢图光滑的表面，眸光闪动之下已是瞧破了这画中的玄妙之处：“唔，这颜料如此鲜红似血，只怕是不易觅到吧？”

钟会低低的声音从后面向司马懿耳边传来：“太傅大人您有所不知，这画中的朱红颜料是晚辈蘸着自己的指血一处一处描绘上来的……”

司马懿仿佛没有听见似的并无反应。他没有回头，伸出手指在殷红色的大鹏之翅上摸了一摸，冷不丁地说了一句：“刺血为图，以画传情，也真是苦了钟君你这份难得的诚心了！”

钟会一听，心旌不由一荡，司马懿不愧是司马懿——一眼便读出了自己这画中之深意！

若将那群山叠峦暗喻为江山社稷的话，那孤悬半空的圆日便象征了日趋没落的魏室。那滚滚波涛则象征了文武百官、天下万民，而能掌控这一切于无形无声的——就是那只巨翼铺天的大鹏雕！驮圆日，便是暗喻“挟天子”；破万涛，便是暗喻“操群臣”；攫青山，便是暗喻“夺江山”！自然而然，那只大鹏雕的寓意也就跃然而出了——它正暗喻着司马懿！司马懿就是这只“外无帝王之名，内有翻天之力；明有赫赫之功，暗有冥冥之志”的大鹏雕！好厉害的一幅绢图，在轻描淡写之间便道尽了司马懿所有的志趣心声！

司马懿静静地端详着，他的唇角慢慢露出了一抹浅浅的微笑，转脸睨向了钟会。钟会那深沉的眼神和他一碰，就慌忙俯低了下去。司马懿双目一瞬不瞬地正视着他，郑重异常地说道：“钟君，这幅《大鹏展翅凌云图》足可以与当年贾诩太尉赠给本座的那幅《冢虎登山长啸图》相媲美了！本座一定会好好收藏的！”

他这话一出，全场都响起了一片潮水般热烈的鼓掌之声。钟会两眼深处都放出明亮如炬的光芒来，向着司马懿深深而躬，谦恭而答：“晚辈多谢太傅大人抬爱了！”

司马懿将他双肩一扶，呵呵笑道：“钟太傅得子如你，可谓‘遗德泽远’矣！说不得日后本座还要让你一席之地，以供你驰骋天下也！”

这一下，更是把钟会夸得从双颊一直红到了耳根处，急忙连声逊词谦谢。

司马懿也满是慈祥地向他笑着，心底却暗想道：钟会这小子真是聪明外露、浮华有余——一幅《大鹏展翅凌云图》，公然便将我司马氏一族的雄图伟业都点了出来！真不知他究竟意欲何为？是为我司马家在外面公开造势吗？还是想以此画表明他自己的拥戴之情？又或许是想用这画来自作聪明地炫耀于人？总之，此人似聪非聪、似明非明，意气之盛胜于心智之深，日后不可不对他“用中有防，防中有用”！

司马懿一边这么暗暗想着，一边又来到了竹林贤士阮籍所在的那张客席边上。司马懿举杯向阮籍遥遥一敬：“阮君一向可好？本座当年在太祖武皇帝的丞相府中担任文学掾时，就对令尊阮大夫的风流文采素来仰慕得很哪！”

阮籍醉眼惺忪地看了一下司马懿，歪歪扭扭地站起身来，双手举杯而应：“太……太傅大人！他……他们都有画儿、帖儿送您开心，籍之一身亦别无长物，就奉上一啸、一诗为您贺寿，如何？”

“好！好！好！”司马昭拍手而赞，同时侧头向司马懿说道：“父亲大人，阮君一向目空四海，是很少为人作诗贺寿的。”

司马懿脸上的笑意始终是那么不浓不淡的：“阮君，你且作来，本座欣赏了！”

他话音未落，那阮籍身形朝天一仰，果然就在这筵席之间吹起了一声长啸！

那啸音勃然而出，恰似银瓶乍破琼浆四溢，一下漫遍了大厅内外的各个角落；接着又似狂飙卷束直扫青霄，荡得四周一片清凉，犹如风环水绕；最后却是低回婉转，有若游云出岫袅袅不绝。

阮籍啸得一时兴起，从桌几上抓起一根竹筷，就势轻轻敲着手中玉杯的杯沿，跟着长啸余音和敲杯之声的节奏又放喉吟了起来：

> 炎光延万里，洪川荡湍濑。弯弓挂扶桑，长剑倚天外。泰山成砥砺，黄河为裳带。视彼庄周子，荣枯何足赖。捐身弃中野，乌鸢作患害。岂若雄杰士，功名从此大！

听着阮籍这慷慨激昂的啸声、吟音，大厅里顿时又是一片哄然叫好之声！

"好一个'弯弓挂扶桑，长剑倚天外。泰山成砥砺，黄河为裳带'！当真是气势磅礴，雄壮绝伦！"司马懿赞罢，高高地举杯过顶，面朝所有来宾，扬声而道，"本座就借阮籍君这一首妙诗之词，在此与诸位一齐恭贺我大魏之国祚有如'炎光延万里，洪川荡湍濑'！"

> 夫人无廉耻，不可以治也；不知礼义，不可以行法也。法能杀人，不能使人孝悌；能刑盗，不能使人有廉耻。故圣王在上，明好恶以示之，经非誉以导之，亲贤而进之，贱不肖而退之，刑诸不用，礼义修而任贤德也。

在宽阔的九龙殿上，司马懿字正腔圆地诵着《文子》里的这段箴言，以太傅的身份坐在丹墀专席上向少帝曹芳和文武众卿们讲解经典。

他讲罢之后，曹芳恭恭敬敬走下御座龙床，双手捧着玉壶，为他案头的茶盏里倒了一杯清茶："朕恭请太傅饮茶止渴。"

司马懿连忙起身谢过，将茶饮尽，然后跪送曹芳归座，又举笏奏道："陛下，现在老臣有请蒋卫尉向您宣讲他近来所著的《政略》一文。"

蒋济应声而起，手举朝笏，向曹芳伏地诵道：

> 夫君王之治，必须贤佐，然后为泰。故君称元首，臣为股肱，譬之一体，相须而行也。是以陶唐钦明，羲氏平秩，有虞明目，元恺敷教，皆此君唱臣和、同亮天功，故能天成地平，咸熙于和穆，盛德之治也。夫随俗树化，因世建业，慎在三而已：一曰择人，二曰因民，三曰从时。时移而不移，违天之祥；民望而不因，违人之咎也；好善而不能择人，败官之患也。三者失，则天人之事悖矣。夫人乖则时逆、时逆则天违。天违而望国安，未有也。

曹芳认认真真听完，又依着身后珠帘里坐着的郭瑶太后所教，颔首答谢道："蒋卫尉献此嘉言，朕谨受其教。赐卿绢布三百匹以示褒奖。"

到了这时，朝堂授课礼仪已毕。郭太后便领着曹芳一道离殿而去，任由司马懿、曹爽二人开始主持朝议剖决国事。当下中书监兼侍中孙资在丹墀玉阶前出列高声宣道："朝议开始！"

他刚刚宣罢，大鸿胪夏侯玄捧笏出班，躬身奏道："司马太傅、曹大将军，君等命世作宰，追踪上古，将隆至治，玄心甚敬。而今，玄有三大谏言进献于上，请两位辅政大臣代帝审断。

"一是革除九品中正官人制之弊，让各州郡之中正官专评人才之善恶优劣，不定人才之品级阶次，同时选曹只据中正官之状语而核实选贤。因为近期以来，中正官所评之人才定为'中上、上下、上中'之品，而往往为选曹一核而降为'中下、中中'之品，各自辩说纷纭，意见难以统一，开了浮华妄争之径。所以，玄认为九品中正官人之制宜加改革，让中正官只写状语、不加品评，而选曹则据实而定品任官。"

司马懿仿佛听得十分仔细，眉睫不眨地盯着夏侯玄，显然极为认真。听完之后，他转过头来，与曹爽双目一对，问道："曹大将军意下如何？"

其实，夏侯玄的这条改革九品中正官人之制的建议，本是夏侯玄与丁谧暗中商议好用来对付各州各郡世族名门出身的那些中正官的一条计策。夏侯玄、丁谧认为司马懿的背后就是倚仗着那些世族名门、宿老郡望的支持，要想削弱他的权势，必须就要将州郡以下的吏治人事大权从那些宿老郡望出身的中正官手中夺回选曹来，转由选曹侍郎何晏、邓飏等染指操控。当然，曹爽肯定事先是知道这件事儿的一切的。但他为了撇清这些关系，避免得罪那些各州各郡世族宿老出身的中正官，却必须在明面上采取另外一种姿态来回应此事。于是，他装作煞是慎重地说道：“太傅大人，夏侯大夫所言本也不错。但是此项改革削去了各州各郡中正官的评品论级之权，只怕会引来汹汹群言而致朝局不安啊！”

司马懿哪能没看懂这里边的玄机？但他自己对九品中正官人之制也素有辨断，自成定见，便借着夏侯玄这个话头侃侃讲道：“当初前司空陈群大人与本座、司马孚等商议制定九品中正官人之制之时，之所以让各中正官拥有评品论级之权，是想借中正官之口褒善贬恶、激浊扬清。但现在看来，这九品的标准实是不易整齐划一，反倒酿成了‘个个皆上品，人人无差别’的混乱情形，也让选曹选贤授官而无所适从。夏侯君刚才的建议很好。本座认为可以削除各州各郡中正官的评品论级之权，让他们只掌状语撰写之责。而且，每州另设大中正之官，专管本州各郡中正官之任免进退。”

夏侯玄没料到这司马懿竟能如此不偏不倚地裁断此事，倒是暗暗吃了一惊。他细细一想之下，又不禁倒吸了一口凉气：司马懿果然厉害，他顺着自己的思路不动声色地又埋下了一记阴招：各州另设大中正之官，专管本州各郡中正官之任免进退！很显然，司马懿是想进一步将九品中正品状撰写之权全部收揽集中，抓到那些州府大中正之官的手里！这样一来，他反而是将地方州郡上的吏治人事大权更紧更牢地攫取在了自己的党羽手中。谁来出任各州大中正？还不是那些更高级别的世族宿老吗？到时候，那些世族宿老出身的大中正岂不是更成了帮助司马懿操纵地方州郡吏治人事的左膀右臂？这反而比先前将地方州郡吏治人事大权散置在大大小小数百个郡级中正官手里显起来更进一步地归揽集中到了司马氏的掌中！但这个建议原本是自己主动提出来，夏侯玄自然也不好对司马懿附加于其上的伏笔辩驳什么。他只得转换了话题，继续举笏禀道：“其二，玄认为当今大魏天下，实行‘州、郡、县、乡、亭’五级官府机构之制太过琐细——不如干脆削去郡级官府机构，实施‘撤郡并县，以州统县’之大略。据玄之统计，郡级官署机构存在有三大弊病：一是冗官太多，二是冗费太多，三是冗务太多。若将郡府一级机构裁去，则必有三利：省官、省费、省事，大大有益于安邦固国！”

曹爽刚才在改革九品中正官人之制之上刻意显得瞻前顾后，缚手缚脚，是先前他认为司马懿会迫于州郡宿老们的阻力而不敢拍板决策，所以他也乐得在一旁装个老好人。没想到司马懿突然胆气极壮，一下几乎全盘支持了夏侯玄的改革九品中正官人之制，显出了一派逆流而上，革故鼎新的元辅气象，令人肃然起敬！这让曹爽又暗暗后悔自己刚才表现得太过软弱了。这时，他一听到夏侯玄这个奏议，感觉到挽回自己威信和颜面的机会又来了，于是抢先开口便答："夏侯大夫此言亦是极为切实，本大将军意欲毅然采纳，司马太傅您以为可否？"

司马懿微微一愕，倏一转念就懂得了曹爽是想借着这个机构改革之事来展现自己的魅力，沉吟了许久，才徐徐地说道："曹大将军——夏侯君这'撤郡并县，以州统县'之大略，务求'省官、省费、省事'之大利，本座也都理解得到。但本座却不得不犯颜而告，以本座多年讨寇灭贼的宿战经验而论，在四疆之域、腹心之所，一郡跨有数县之地，坐拥万千之户，则其守吏、守将可以集中足够的人力、物力、财力以抗外敌！倘若不加慎思而轻削其郡，日后边境烽烟乍起，面对强敌入侵，诸多小县各自为战，力量分散，只怕难逃沦陷之厄！"

他这么一说，殿中诸臣纷纷颔首认可。太尉满宠插话便道："太傅大人所言极是。本太尉镇抚东疆多年，深知边疆诸郡为国之外藩，岂可轻言裁削？"

太仆傅嘏也冷冷笑道："不审时务而'撤郡并县，以州统县'，这会造成何等激烈的朝局动荡？那些郡官、郡吏的安置又是一大难题。曹大将军、夏侯大夫，外有强敌虎伺，而内有乱政之举，万一有所不测之变，谁堪其责乎？"

曹爽一张胖脸顿时涨成了猪肝红，只得紧闭着嘴一言不答。

夏侯玄虽被傅嘏这么当众批评，却并不以为忤。他刚才听司马懿那么一讲，也知他是老成谋国之言，但又心有不甘，长长而叹："可这'冗官、冗费、冗务'之患，何时方能根除？"

司马懿抚着胸前银髯，微微而笑："夏侯君如此忧国忧民，实在难能可贵。依本座之见，你也不必太过忧虑。待到天下一统，河清海晏之后，你这'撤郡并县，以州统县'之大略应该便能顺运而施。所以，唯有平吴灭蜀、一统天下之后，我大魏才可乘机裁官惠民，开创太平啊！因此，我大魏目前的当务之急仍是平吴灭蜀、一统天下！否则，一切惠政善教皆无从谈起！”

夏侯玄深深点了点头，继续举笏禀道：“其三，玄意愚以为，诸臣各官之车舆服章，应皆从质朴，禁除末俗华丽之事，使干朝之家、有位之室，不复有锦绮之饰，无兼彩之服、纤巧之物。自上以下，至于朴素之差，示有等级而已，勿使过一二之觉。若夫功德之赐，上恩所特加，皆表之有司，然后服用之。夫上之化下，犹风之靡草。朴素之教兴于本朝，则弥侈之心自消于下矣。”

司马懿听罢，不禁暗暗抚须颔首：这夏侯玄倒是一个真心要办实事的人啊。倘若明帝当初是以他为顾命辅政大臣，只怕比那个平庸无能的曹爽不知要高明多少！看来，张春华联络郭芝、孙资、刘放等人将他排斥到虚职之位是对的。如果让他也进了辅政班子，恐怕比对付那个曹爽要困难多了！司马懿想到这里，眼角不由得闪过一丝冷笑，开口肃然而道：“朴衣简服，制节谨度，本座一向全力支持，但正所谓‘以身作则，行胜于言’。在座的诸君自己也要在这件事儿上带头做起才行啊！”

他此话一出，众人都将目光射向了殿堂之上衣饰最鲜丽、着装最浮华的选曹右侍郎何晏。

何晏脸上微微红了，为了自护其短，不得不向夏侯玄出列辩论而道：“夏侯大夫，你这‘使干朝之家、有位之室，不复有锦绮之饰，无兼采之服、纤巧之物’也太过刻苦了些！爱美之心，人皆有之；人不爱美，则无所用其雕琢修饰之长矣！如此悖性逆情而为，岂能长久乎？”

夏侯玄提出这“朴衣简服，制节谨度”的建议只是出于自己的一时义愤冲动，却万万没有料到会把此事套到自己的同党颈上。看到何晏出来反唇相讥，他不禁微微沉吟迟疑了起来。

司马懿这时将目光向王肃那里轻轻一瞥。王肃会意，举笏拱手而出，径自向何晏发问道：“肃在此特意请教何大人。何大人，您是最喜欢研习《道德经》的，《道德经》可谓您的学术文章义理之本源。它里面有一句名言，肃也十分钦服，‘圣人处无为之事，行不言之教’。那么，何大人您既以老庄门人自居，却问您的‘不言之教’何在呢？服饰奢华、气宇浮华，天天披金悬玉，敷粉自炫，这便是您的‘不言之教’吗？食方术之药、纵恣肆之欲，这也是您的‘不言之教’吗？何大人您应该如何解释呢？”

何晏白如脂粉的脸庞上倏地泛起了一层潮红。他双袖一抖，长身而立，静了片刻，终于定下心来，若无其事地悠然一笑：“何某是‘浮华身前如风掠，清简心中如玉存’！不劳诸君多虑，何某自信能够入于浮华而不为浮华所污也！”

王肃闻言，瞪着他看了一会儿，突然点了他一句：“何大人，您衬缀在进贤冠上的那颗夜明珠似乎要掉下来了！”

何晏一怔，急忙伸手向进贤冠上摸去。

就在他伸手摸去的一刹那，他仿佛意识到了什么，右手伸到冠角时不禁微微一僵——他分明看到对面站着的王肃脸颊边浮起的那一抹若深若浅的微笑！

是啊！自己心系于物，贪恋皮相，情不自禁，哪里又谈得上是“出浮华而不染，濯清涟而不污”呢？刚才自己的那般动作，不是自己在打自己的耳光吗？何晏念及此处，不由得慢慢放下了手，只觉自己这时讲什么话都是枉然。

司马懿在丹墀专席之上身形一正，双掌一抬，止住了朝堂之上的争辩，肃然总结发言道：“诸君，两个月后，本座便将挥师东下扬州去底定淮南、扫平江北。待到本座与诸位将士班师回京之后，再来朝堂和列位联手合力共推吏治改革、去华返朴、崇本抑末之新政！”

第6章
曹爽威信骤减，司马懿欲清内患

备战东关

“陛下，太史署送来了近日天象占断呈文，请陛下审览。”孙峻抱着一卷竹简走进了太初殿，向背对着他的孙权禀告道。

孙权微仰着脸正目不转睛地向屏风上挂着的那幅淮南军事地形帛图仔细观看着，头也不回，只吩咐了一声：“念！”

“是！”孙峻应声展开那卷竹简，一看之下，顿时大吃一惊，“陛下，太史署在天象占断呈文中讲，近日夜空猝现赤星于西北，皇宫大内琼玉台紫金钟无故自裂，皆是不吉之兆，预示我大吴今年难免会有兵败失地之忧啊！”

“哼！这样明明白白的事情还要他们太史署这群神棍来占卜预测吗？”孙权蓦然转过身来，将大袖“呼”地往外一甩，冷冷而言，“伪魏第一名将司马懿不是已经率师进驻合肥了吗？这个老匹夫极擅用兵、机诈难测。我大吴眼下也确是大难临头了！何须他们前来呈报？”

孙峻的身子被孙权这一番叱骂震得微微一缩，待孙权渐渐平息怒气之后，才小心之极地又奏道：“启奏陛下，据我大吴前线眼线来报，司马懿这老贼进驻合肥也差不多有半个月的时间了，可是他却一直毫无动静啊！说不定，他也是因为暗暗忌惮我大吴的军威而不敢轻举妄动呢……”

“你懂什么？司马懿身为伪魏首辅，挥师大举南来，岂会轻易畏难罢手？他这半个月来驻在合肥城按兵不动，必定是在与僚属们潜心谋划、伺机寻隙，准备猝然发难！朕也一直在思忖他此番南来进犯，究竟会从我大吴的哪一处关隘城池下手呢？”孙权又站到屏风之前，仰望着那幅淮南军事地形帛图，皱眉道，“我大吴在江北扬州境内，就有两处最为重要的藩屏：一是位于巢湖之东的东关，它是我大吴京都建业城的藩屏重地；二是位于巢湖西南的皖城，它是我大吴柴桑行宫的屏障要塞。司马懿若是夺了皖城，便可饮马巢湖、兵临长江，随时能够将我长江天险拦腰截断；司马懿若是夺了东关，就能挥师东进、直抵北滨，与我建业城隔江而峙！这样一来，我大吴藩屏尽失，江南根本之地就完全暴露在魏贼的枪林箭雨之下了，从此连一丝一毫的回旋余地都没有了！这……这可如何是好？”

在他坐回龙床喃喃自语之际，殿门口处突然响起了一串急促的脚步声——一个内侍跌跌撞撞地奔了进来，手里扬着一份粘有雉羽的绢帛讯报，趴在地上，气喘吁吁地禀道：“陛……陛下！全琮将军从淮南东关送来了八百里紧急军情讯报……”

“八百里紧急军情讯报？”孙权一下从龙床上跳了起来，连皇履都顾不上穿，就跑到那内侍身前，劈手一把夺过他那卷帛书展了开来，读了下去，“唔……原来司马懿已从合肥开始兵分两路进攻我大吴了：一路派王凌、诸葛诞率师绕过巢湖之畔来攻东关；一路则由他自己亲统大军，以邓艾为先锋将军，以石苞为军谋掾，跨过舒城而径取皖城。唉，他们来势汹汹，全琮和驻守皖城的诸葛恪都有些撑持不住了……”

“怎么？诸葛恪将军在皖城也抵挡不住？如果连他都难以招架，我大吴江北王师就岌岌可危矣！”孙峻也惊慌失措地向孙权问道，“陛下，以您的圣明之见，我大吴应该如何对敌呢？”

孙权拿着那封帛书讯报，赤着脚背负双手在大殿内来来回回踱了八九圈，最后一咬牙关，“笃”地站定身形，沉声吩咐道：“看来，在此危急关头之下，我大吴务必在东关、皖城两者之间速作取舍了！孙峻，你马上拟诏下发给诸葛恪，就称太史署占断天象不利，让他火速焚弃皖城所有的军械、辎重、粮草，以最快的速度从皖城撤兵渡江，退回到长江南岸的柴桑行宫驻守！”

“陛……陛下……我大吴真的要白白放弃皖城这座战略要地吗？自前汉建安年间以来，皖城一直都是我大吴恃以进取淮南的桥头堡啊！它在曹操手下没有失去过，在曹丕手下没有失去过，在张辽手下没有失去过，在曹休手下没有失去过，在满宠手下也没有失去过……为什么司马懿一来您就决然放弃了呢？”孙峻满面痛苦地跪地奏道。

“哎呀！你不懂——诸葛恪那小子固然英锐剽厉，但他怎是老奸巨猾的司马懿的对手？他若是傻待在皖城中还不见机而逃，则必被司马懿一下包抄个精光、杀个片甲不留的！”孙权跺着脚叹息道，“你拟完这道写给诸葛恪的撤兵诏之后，就马上给全琮拟写一道诏书，让他收缩兵力退守东关城中严防死守！朕立即派朱然、吕岱、步骘等先率五万精兵渡江前去支援。稍后，朕还要亲自统领五万大内禁军御驾而征！东关是我大吴留在淮南拱卫建业的最后一道屏障，它是绝对不能轻易放弃的！”

孙峻只得黯然答道：“喏。孙某遵旨就是。只可惜我大吴在江北皖城、庐江一带的六百里外藩疆域就这样被迫放弃了……峻真是心有不甘啊！”

“你心有不甘又怎的？司马懿如此厉害，你再心有不甘也只得俯首认输！”孙权有些烦躁地摆了摆手，几乎是把他撵了出去。

唉！自己今年也是六十一二岁了，连短暂的清福都不能好好享受一下，却又被司马懿逼得披挂上阵、御驾亲征！孙权坐回到龙床上，满脸浮起了落寞之色——他忽又记起今日清晨潘贵妃在自己耳畔提到过目前太子孙和与鲁王孙霸之间的不和之事，他便吩咐内侍将孙和召到太初殿来。自己必须得赶在御驾亲征之前把东宫之争的隐患遏制住……

孙和匆匆提着袍角跑进门来，还未及向孙权施礼，就遭到了他父皇劈头盖脸的一顿数落：“和儿，朕听得你近来与你弟弟霸儿的关系甚是不睦？你应该懂得，朕让霸儿开府建牙、招贤纳士，是希望他成为我大吴的宗室藩王，好好地辅弼你啊！”

孙和的心底虽然有些惶恐，还是忍不住这样答道：“儿……儿臣委实感激父皇的良苦用心。儿臣也尽了一切努力要与霸弟好好相处。可是，有像他这么辅弼儿臣的吗？舆服礼仪一律拟同于东宫之尊，掾吏僚属多据贵胄之地。别人都讲，他简直就成了我大吴的第二个‘太子’了！”

“你不要听信别人离间之言！父皇既然要让他真正辅弼你，总不能不给他一点儿专断自主之权吧？你看那伪魏宗室凋敝，强臣势盛，国祚如线。父皇不愿像他们这样的悲剧在我大吴朝中上演啊！”

“可是……可是，父皇您一味娇宠放纵霸弟，日后也难免会酿成‘七国之乱’[①]啊！”

“谁给你讲的这些话？谁教你在朕面前来讲这些话的？”孙权双眉一竖，恶煞煞地问道。

“这……这……不是儿臣一个人的愚钝之见，像陆大都督、顾丞相、朱将军他们都是这么讲的。他们都是为国尽谏、顾全大局的忠良之臣啊！”

孙权听了，脸庞立刻拉得长长的，半晌没有吱声。他在心底暗暗却想：“为国尽谏”的忠良之臣？和儿你实在是太天真了！他们这些“老狐狸”心里边打的究竟是什么小算盘，你又知道多少？说不定他们就是要让你兄弟之间手足不和、骨肉相争，然后他们才可以“浑水摸鱼”啊！哼！“天下本无事，奸人乱扰之”，顾雍、陆逊、朱然他们无故离间你们兄弟的骨肉之情以动摇我大吴的社稷根本，朕绝对轻饶不了他们！朕决不会让他们中任何一个人做得成我大吴国中的“司马懿”的。但是，如今我大吴劲敌当前，朕暂时还不好触动他们。等到时机合适了，朕就狠狠地出手整肃一下……

他掩住胸中的这些波动，脸上不露异色，柔声吩咐孙和道：“罢了，朕也不多讲什么了。那些外人的话，和儿你就别再听了。这样吧，父皇几天后就要率师渡江御驾亲征魏贼了，今夜便把你和霸儿召来后殿同桌共席地好好聚一聚，化解一下彼此的心结，如何？”

浩浩荡荡的长江犹如一条白龙般在司马懿眼前奔跃而去，层层波涛扑打在他脚下的礁岩之上，碎成漫天的玉屑四散开去！

司马懿举目凝望着对岸那边隐约成一个小黑点儿似的柴桑城的淡影，微微眯着眼帘，任劲烈的江风拂卷起自己的衣角，却始终岿立如山，一动不动，显得若有所思。

① 七国之乱：西汉景帝时，吴、楚等七个诸侯国联合发动的反叛中央朝廷的军事叛变。

邓艾侍立在他身后，禁不住开口劝道：“太傅大人，这江边风大浪高，您还是下去避一避吧！”

司马懿轻轻摇了摇头：“这点儿风浪算什么？想当年本座随同太祖武皇帝南下平逆、进驻赤壁的时候，多少人一上战船就被风浪颠簸得晕头转向、口吐白沫，本座却在船上如履平地来去自若，连眉头都没有皱一皱！”

“是——太傅大人您最让人佩服的就是体质过人、精神矍铄！”邓艾听了，由衷地赞道，“不知邓某将来到了您这个年龄时身体还有您这么硬朗么？”

司马懿缓缓转过身来，江风刮得愈来愈烈了，吹得他须髯齐扬、衣袂飞舞：“士载，你有没有信心追随本座乘风破浪驱舟扬帆跨过这长江天堑去一举荡定江南？”

“只要太傅大人一声令下，邓某自当效尽犬马之劳！”邓艾双拳一抱，躬身毅然而答。

“好的！士载，本座相信你一定行的！这庐江郡、皖城自前朝建安末年失陷于吴贼之手以来，已经不蒙王化二十余年矣！现在它们重新收回到了我大魏的手中，便似我大魏挺进江南的一个桥头堡。”司马懿望向邓艾背后的那一片山野城郭，无限感慨地说道，“我大魏从此以后就能以巢湖为水师训练之基地，以合肥为后勤保障之枢纽，再以庐江郡、皖城作为楔入伪吴江南之跳板，随时突破吴贼的长江防线，一举底定江南！”

邓艾也感慨着讲道：“是啊！太傅大人这一番谋划确是高明卓远。这一次您亲率王师刚过舒县，便吓得诸葛恪不战而逃，一路龟缩回了长江对岸……您真是威震遐迩、所向披靡啊！”

“士载你怎么也学会这样虚言吹捧了？本座可不爱听你这些废话哈！”司马懿假作嗔怒地喝住了邓艾，心里却暗暗想道：那可是孙权老贼极富自知之明啊！他自是深知若在陆地上与本座交手，莫说一个诸葛恪，就是陆逊、朱然、吕岱、步骘等伪吴大将一齐上阵，也未必是我司马懿的敌手！所以，为了避免白白牺牲自己将士性命，他才催令诸葛恪率领人马越江而逃，保全了实力。这也可谓“善败者不乱，善守者不失”了！

司马懿缓缓又将目光投向了东北方向：“这样吧——士载，你就率领三万将士留在皖城处置善后事宜。三日之后，本座就提兵运粮前去东关城下支援王凌、诸葛诞他们……只要一鼓作气再将东关一举拿下，则伪吴在徐扬二州一带江北之域的藩屏尽失无遗矣！我大魏王师届时渡江灭吴便指日可待！”

一丝丝寒风钻入汉宫宣室紧闭的宫门，撩开了殿内青蒙蒙的烟气。光线仍是不甚明亮，穹顶的龙头藻井黑沉沉的似要压将下来。

斜躺在龙床上的刘禅，他的脸庞这几年胖得愈发滚圆红润了。在没有诸葛亮的这几年里，他削减了军费开支，增加了内务开支，整天锦衣玉食、游山玩水的，把自己养得也自是愈发地显出富态了。但今天他的面色却是冷冰冰地板着，充满不悦之色的目光投向了自己御座龙床下面跪着的那三个人：大将军姜维、尚书令兼益州刺史费祎、镇北将军王平。他们都是来劝谏自己下诏发兵攻魏援吴的。本来大司马蒋琬也是想入宫前来面奏亲谏的，但他近来已然病得重了，所以便暂时卧养在家，没有进宫。

刘禅盯着这三个将臣当中为攻魏援吴一事叫得最起劲儿的姜维，看到斜边金炉那一股香雾喷过来从他的额角绕着飘向脑后，仿佛是直拖出去的一片白发。他顿时觉得这位年方四十、壮气凌云的大将军原来也渐渐被东征西伐累得老了下去。

“老臣叩请陛下速决大计，以姜大将军为三军统领，以王平将军为三军副帅，调集八万精兵，自祁山大营、斜谷道两面东西并举，直伐伪魏！”费祎跪在地上，手举牙笏，朗声奏道。

刘禅才过了几天安生日子，怎肯又回到当年诸葛亮在世之时那般节衣缩食、清苦自持和为前线战事担惊受怕的生活？他想了一想，就挑了一个不太高明的理由来搪塞道：“诸位爱卿——太史署谯大夫送来天象占断讯报，声称当今大汉星相不吉，实在是不宜妄动干戈啊！”

“启奏陛下，天象示警固然不容忽视，但力尽人事以求消灾化咎才是根本出路！”姜维抬起头来正视着刘禅，声音犹如钢敲铁击一般铿锵有力，“如今司马懿率师东扑淮南，吴国皖城、东关两座要塞俱是岌岌可危。况且孙权也让人送来了十万火急的求援密函。我大汉为防唇亡齿寒之患，务必及时锐意兴师，剑指关陇、北伐魏贼啊！”

他话音刚落，王平也一头叩下开口赞道：“陛下，姜大将军所言极是。当今伪魏兵强势大，我大汉唯有与吴国并肩联手共赴时艰方能合力自保啊！

倘若吴国遭险遇厄，我大汉亦必为伪魏的刀俎之鱼矣！”

刘禅拿手摸着自己须茸浅浅的下巴，“嗯嗯啊啊”地沉吟着，将目光瞄向了侍立在宣室一角的黄门令黄皓，看着他眼中那若隐若现的暗示之意，冷冷说道：“姜爱卿、王爱卿——剑指关陇、北伐魏贼，讲起来铿锵动听，做起来谈何容易？相父在世之时，下了‘鞠躬尽瘁，死而后已’的偌大决心，六出祁山，不休不止，可惜仍是天不遂愿！尔等自信己才可以超越相父而底定功成否？”

他这一记闷棍打出，顿时令跪倒在地的姜维、王平两人脸上表情为之一滞，两边的眉梢都抽动了起来！费祎急忙举笏转圜道：“陛下勿忧。北伐之事固然任务艰巨，但我大汉之正统素为四海观瞻之所注，伪魏一时跳梁逞凶，终是难逃覆灭之运！况且，眼下伪魏关中已无司马懿那般的奸虏劲敌，姜将军、王将军两位大汉虎臣此番若是举兵而进，必能旗开得胜的！”

“微臣恳请陛下恩准，允许微臣与王将军再整旌旗，锐意兴师，北伐关陇！微臣定当肝脑涂地，以图底定雍凉。北伐不成，微臣甘愿领罪受罚！”

姜维把额头紧紧地贴着冰凉的地面，声音高亢得如同苍穹中厚厚云层里陨落而下的一响炸雷！

然而，这“雷声”再大，也震不动刘禅麻木壅闭的内心。他死死地瞪着姜维。他那匍匐的后背就像挡路的障碍，生生地撞入了刘禅的眼底，这让刘禅觉得异常烦躁，这家伙跟他的师父诸葛亮一样，真是一头不知进退的犟牛！

北伐！北伐！北伐！除了北伐，你就没想过让朕再好好过几天安生日子吗？你又想像诸葛亮一样把朕拖在后面和你一样劳神苦思、寝食难安、提心吊胆吗？魏贼这几年间不来进犯朕，朕就已经是谢天谢地了。你，你们却要故意去再次点燃战火，引狼来犯！朕、朕决不答应！

于是，他将牙一咬，蓦地抓起了御案上一块镇纸玉符紧紧地握在掌中，仿佛是在握着姜维那颗坚硬之极的“花岗石脑袋”里的那些固执想法，恨不能将它们全部捏得粉碎！他眯着眼睛森森说道：“诸位爱卿，司马懿那老贼虽已不在关中，但他手下的郭淮、赵俨、胡遵、魏平等骁将智士却是全都坐镇边疆，你们真的就能远超他们之上乎？况且他们兵多粮足，扼守要塞，我大汉纵是举国而攻，也是‘杀敌三千，自损两千’！罢了！罢了！朕今日实在是有些乏了，这北伐之事且待改日再从长计议吧！”

说完，他大袖一拂，身形一起，竟是不顾一切地丢下这三个面面相觑的朝廷重臣，径自转入内殿去了。

姜维只觉得全身的热血一下都冲到了耳根，就差没有“腾”地冲起来把刘禅拽回到御座上继续倾听他的陈奏了。他紧咬着牙关，双手十指把地面上的砖缝抠得死紧死紧，只恨不能一头把这满腔羞愤撞碎在地板上！

“伯约！”费祎慌忙用手拍着他的肩头，含泪哽咽而道，“你莫要着急！莫要着急！千万莫要急坏了身子……”

“费令君！我姜维是为我大汉的国运着急啊！此番若不乘隙伐魏援吴，以攻为守，我大汉日后之危局势必日胜一日啊！”姜维仍是以头触地长跪不起，泪水却从他的眼角滴落，打湿了地面。

费祎用拳头在地板上重重地擂了几下，终于他脸色一定，话声一下变得刚硬起来：“这样吧！姜将军、王将军，你们稍后就即刻快马火速返回汉中、祁山，积极整备军马器械，随时准备北伐关陇！祎与蒋大司马则在朝中继续联络文武群臣死死苦谏陛下，只要一拿到发兵之诏，祎便亲自带着它和所有粮草一齐赶到汉中、祁山与你们会面。”

“既是如此，平就和姜将军在这里多谢费令君您和蒋大司马了！”王平一手去扶姜维，一手揩着满脸的热泪，几乎是哭得一塌糊涂。

曹爽的溃败

“什么？司马懿真的已经拿下了庐江郡、皖城，收复了扬州江北六百里疆域？”曹爽惊讶异常地盯着堂下那个前来告密的人，“这么重大的胜利消息，他为何却掩着盖着不肯公开上报？他为何做得这般诡秘？”

那个告密者慢慢从地上抬起头来，赫然正是司马懿的幕府秘书郎——虞松！可以说，几乎谁都不会料到虞松竟然是曹爽一派埋设在司马懿身边的眼线！

邓飏得意扬扬地看着虞松，眼缝里都堆满了笑意。当初他就是在司马懿的招贤会上故意把与曹魏皇室有着世仇的边让外孙虞松推将出来以引起司马懿的青睐和重用。而且，这样做又不会招来司马懿的猜疑。如今看来，自己这一步棋总算是走对了！虞松在关键时刻送来密报，令他们终于占了这场战局中的一着“先手”！

“真是怪了——司马懿这次派你前来入京，既然不是为了向朝廷报送获胜喜讯，那么又是为了其他什么目的呢？”丁谧用手摸着自己的脸腮，沉吟而问。

“启禀大将军，司马太傅让虞某此番悄悄潜回洛阳京城，是密令虞某带口信给尚书台司马孚令君、度支尚书王观、度支侍郎司马昭，请他们在最快的时间里筹措好三个月的粮草和军械送往东翼前线。司马太傅准备在夺得了庐江郡、皖城的基础之上乘胜进击，集中全力攻下伪吴留在扬州江北的最后一道屏障——东关！”虞松缓缓禀道。

“哎呀！如果司马懿此番再将伪吴东关要塞一举夺入掌中的话，他就算得上立下了盖世之功了！”邓飏讶然失声叫道，“自前朝建安年间以来，皖城、东关一直是伪吴打入我大魏淮南的两根‘毒牙’，连太祖武皇帝、张辽大将军、曹休大司马等在世时都没能将它俩拔掉！然而司马懿此番刚一出马就一举拿下了庐江、皖城，收复了扬州江北六百里疆域。这样的风头来得何等健猛！大将军，您看……”

“唔……司马懿这么鬼鬼祟祟地让虞君来找司马孚、王观、司马昭筹措军械粮草，同时又压着夺下庐江、皖城的捷报不发，分明就是不想引起轰动以招来别人的掣肘与牵制。反过来看，丁某倒认为，他之所严防，正是我之所应猛攻！咱们就应该抓住他的这一点顾忌与‘软肋’之处狠狠狙击他，决不能让他在淮南之役底定功成！”丁谧双眉一敛，阴阴地说道。

曹爽一听，暗暗心动：这个丁谧果然智略过人，一眼就洞察到了问题的关键所在！看来，自己将他招入幕府实在是没有选错人！

何晏在那边听了，却是不住地摇头：“丁君，目前要想再在后方牵制司马懿，真是谈何容易？当今尚书台的首席长官是他的亲弟弟司马孚，太尉满宠是他的亲家翁，度支尚书王观是他的心腹爱将，度支侍郎司马昭是他的亲儿子。他们非要将军械、粮食直往淮南战线输送过去，谁又阻拦得住？”

“这个……就有请桓老前辈您来为咱们指点迷津吧！”丁谧并不与何晏直接辩论，而是“借力打力”，顺手将一直坐在席末沉思不语的大司农桓范推到了前台。

桓范静静地坐在榻席之上，他的目光越过室内众人的头顶遥遥射向了西边的天际，许久许久方才深深叹出一口气来："伪蜀自诸葛孔明去世之后，国中似是再无才智之士可以立本应变矣！如今司马懿在东翼猛攻淮南，伪吴面临江北要塞尽失之大劫——这表面上看起来固然是伪吴之大患当头，但何尝又不是西蜀的不测之忧？吴、蜀两国'互助则两安，此损则彼危'，实如唇齿相依之势——若是诸葛孔明在世之时，必会乘此机隙振兵耀武以逼关中、以解吴困！他们救吴，亦是救己啊！然而，这西蜀至今似乎尚无呼应援助东吴之势，令人想来实是可嗟可叹！"

丁谧一听，立刻便明白了过来："桓前辈所言极是，一语激醒我等'醉中之人'！曹大将军，您马上便亲自书写一封紧急密函让心腹亲信赴凉州交给夏侯霸将军，让他以八百里加急快骑讯报通禀朝廷，西蜀正在秣马厉兵，跃跃欲试，意欲前来进犯我大魏关陇！然后，您就顺势亲自上奏朝廷，自揽征蜀灭寇之大权，统领三军，前去关中救急！

"同时，您又上奏陛下，让他从淮南前线调回司马懿坐镇洛阳以安后方。这样一来，司马懿就难以找到借口逗留在淮南大肆扬威了！因为，大将军您是以'征蜀灭寇，驰援关中'为名而亲自领兵出征，再加上桓前辈的大司农官署又掌握在咱们手中，所以尚书台的司马孚、王观、司马昭就是百般不满，也只能是以大局为重，把军械粮草划拨到您麾下使用了！如此一来，司马懿在淮南的兵马后勤保障供应必定难以为继，自然是敛锋而退了。"

听到丁谧如此一说，桓范微微垂闭的双眼不禁霍然一张，射出两道亮亮的精芒在丁谧脸上一掠：当真是长江后浪推前浪、江山代有才人出！久闻关中丁氏一族之士智计超凡，今日一见丁谧之谈吐机变，果然是名不虚传！

那曹爽听了丁谧的建议，先是点了点头，后来又摇了摇头："丁君，你这主意本也不错。但……但是，你建议要本大将军亲自领军征蜀灭寇，这……这却实在有些不妥。本大将军素于军戎之事毫无所长，焉能当此重任？这个、这个，还须从长计议啊……"

丁谧转眼瞧向了桓范，眸中满是钦佩之色，进言而道："曹大将军您且勿忧。桓前辈一向足智多谋，灵机过人，丝毫不在司马懿之下。您领军出征之日，完全可以拜他为征蜀大军师，如同当年项羽敬奉范增为'亚父'一般，以他为自己心腹股肱之辅佐，则此番前去关中必会旗开得胜的！”

“拜……拜桓伯父为本大将军的征蜀大军师？”曹爽听了这个建议，心情才稍稍安定下来，把目光也盯向了桓范，“桓伯父，您……您意下如何？”

桓范双手一拱，慷慨道：“社稷有难，老夫岂敢妄行趋避哉？昭伯，老夫定当助你全力化解此番魏室危机！”

“那……那就太谢谢桓范伯父您了！”曹爽用手指拼命揉着自己的太阳穴，额上汗流如注，口里喃喃而言：“不……不过，征蜀灭寇，兹事体大，本大将军下来之后还要细加详思，细加详思才是！”

“大哥，丁谧建议你亲自挂帅征蜀灭寇，这确是一条绝妙计策啊！”曹训高兴地搓着手掌对曹爽说道，“你其实早就应该利用这个计策立功扬威了！”

曹爽摸着脑门，低着脑袋，忧色浓浓地说道：“训弟，你不知道。为兄实在是愁死了，伪蜀坐拥崇山峻岭之天险，而且兵精将猛天下闻名，为兄哪里就轻易啃得下这块硬骨头哟！”

“唉！大哥你空担心些什么？伪蜀先前有个诸葛亮在，倒是大为可虑。如今诸葛老儿早就没了，你还怕他们作甚？”曹彦也开口为他鼓劲儿，“目前我大魏在关陇一带屯兵近二十万，实力远在伪蜀之上。凭着这人多势众的优势，咱们也不用惧了他们呀！依小弟看来，你带着那近二十万的大魏雄师前去攻取区区一个汉中郡、一座祁山营寨，那还不是吹糠见米、手到擒来啊？”

“可……可是，诸葛亮的亲传弟子姜维和他先前手下的得力干将王平都还屯驻在祁山和汉中，为兄只怕不是他俩的对手啊！”

“嗨！大哥你怕什么姜维、王平？”曹训把嘴一撇，“郭淮、胡遵、魏平、鲁芝他们，和姜维、王平的本领不相上下。有他们‘关中四虎’相助，你想斗败姜维、王平自是大可放心！”

“那倒也是。”曹爽这才微微舒展了眉头，“只不过郭淮、胡遵、魏平、鲁芝他们‘关中四虎’和司马懿渊源极深，他们会听从为兄的调遣吗？”

“大哥！你怎么这么不自信呢！”曹训竖起了双眉，重重地说道，“你是堂堂的一品大将军、辅国大臣，位高权重，予取予夺，只要对他们四个啖之以利、赏之以爵，就不怕他们不会听命于你！况且，除了胡遵之外，郭淮、魏平、鲁芝他们哪一个不是我们父帅当年在关中最初栽培起来的？夏侯霸先前到了凉州，已经把费曜、戴陵抟聚到了身边，也算是为咱们打下了一个比较坚实的基础。现在，大哥你再亲奉皇命代表我们曹家重新返回关中施加影响，还怕那些关中将领们不肯望风归附吗？”

“唔……训弟言之有理。”曹爽这时才彻底放下心来，连连点头，“为兄一边巧妙笼络住‘关中四虎’，一边又请出桓伯父同驾亲征，则此番征蜀灭寇定可马到功成！”

“大哥要请桓伯父同驾亲征？”曹彦一听，吃了一惊，“你真的已经这样决定了？”

曹爽点头说道：“是啊！”

曹彦急忙摆手劝道：“大哥！这桓伯父德高望重，智深谋远，他若是与您一齐同驾亲征而出，必是能够建功立业的，但却未免会有喧宾夺主之忧啊！”

“喧宾夺主？”曹爽一怔。

曹彦凑了近来，压低了嗓音对他说道：“大哥你不知道，现在外面到处都在传言桓范快要成了我们曹家的亚父了，还说大哥你就是他桓范在幕后暗中操纵的傀儡。若是你这一次带着他再上疆场同驾亲征，等他施展神通建功立业回来之后，你准备再把他往哪里搁啊？他若是升了三公之位，岂不又是压在你头顶上的另一个司马懿？平日里他就对咱们兄弟视同小儿呼来喝去的。倘若他再居三公之重，能够开府建牙、独树一帜，咱们岂不成了纵虎入山、自树一敌的傻子了吗？”

曹爽听着，脸色不由得渐渐暗了下来，冷然而问：“那彦弟你说应该怎么办？”

“大哥只要收买到了‘关中四虎’的效忠，加上夏侯霸、费曜、戴陵他们从旁协助，你的征蜀灭寇之役再带上桓范同去就显得太多余了！依彦弟之见，你就把桓范以坐镇后方的名义留在洛阳。你就对他讲，你最担心司马孚、王观、司马昭他们从背后卡你的粮袋子和兵篓子，特意请求桓伯父留守后方坐镇化解各种意外之危。这样一来，桓范也就只有乖乖留在洛阳了，大哥你却可独身一人亲自挂帅征蜀灭寇，独当大任、独占大功了！”

“可……可是为兄一个人亲自挂帅征蜀灭寇，心头还是怎么没底啊！”曹爽还是有些战战兢兢，“既然不能让桓伯父与为兄同驾亲征，干脆为兄就把丁谧和夏侯玄带在身边一齐出征，他俩的地位和名望应该不会对为兄构成什么威胁吧……”

“丁谧？唔……丁谧留在后方出谋划策，随机应变还可以，若是带他同上疆场，他又没打过什么仗，只怕对你征战杀伐没有什么太大裨益的。”曹彦蹙着双眉深思而言，“倒是太初和你同去，能够替你出面前去协调与夏侯霸他们的关系，联合大家齐心合力共打胜仗……这一点，不可不取！”

曹训在一旁听得清楚，亦是心底暗喜：他本来就不乐意让夏侯玄留在洛阳以兄长的身份管教自己，正好趁着这个机会把夏侯玄暗暗踢将出去，免得他天天跑来自己身边聒噪！于是，他满口赞成：“好！好！好！彦弟说得很是。大哥，你就任命太初为征西将军吧！让他和你一齐同驾亲征。他是你的表弟，再怎么做自然也是抢不走你任何风头的！”

东关城外魏军大寨里的操练场上，司马懿端坐在虎皮胡床之上认真观看着幕府军谋掾石苞指挥训练徐扬劲卒摆设“铁盾阵”。

一排排战盾立地高举着形成了一堵堵厚实而锃亮的“城墙”，牢牢的环护在大军前后；而战盾“铁墙”间的缝隙之中一支支丈余来长的枪槊似一条条银蛇般向外伸缩不定，随时准备伺机而噬。这样的“铁盾阵”，确实是对付吴寇骑兵和步卒最为有效的阵法！

瞧着石苞在阵前站台上舞动战旗指挥布阵的飒爽英姿，司马懿不禁看得微微含笑抚髯暗暗称赞：这石苞不愧是一个难得的大将之才！自己才带了他几天，他就自行悟出了行军列阵的诀窍，马上便拿来活学活用，干得还真不错！自己在晚年能够有幸目睹到他这样一位“少将奇葩”，亦实在是大可欣慰了。我司马家麾下的人才倘若个个都能像他这般聪敏精干，何愁大业不成？

他正思忖感慨之间，却瞥见诸葛诞手里拿着一卷绢札匆匆飞步而来，神情有些兴奋，远远地便向他投了一个眼色过来。司马懿会意，立刻起身随他转到幕后。诸葛诞见左右无人，便将绢札展开，向司马懿低声禀道：“太傅大人，诞先前派设在伪吴境内的内应马茂送来密函，声称只要东关之役一经打响，孙权正与我等僵持不下之际，他便在建业集合义士起兵呼应，配合我军腹背夹击孙权！”

司马懿没有立即表态，而是接过那份密函细细地看着，认真地问道：

“唔……诸葛君你这是一着高招啊！这个马茂君现在在伪吴朝中已经做到了何等样的官职？能够发挥多大的作用？他在暗中集合到了哪样一些义士？他准备在伪吴境内和我们呼应的计划方略如何？”

“启禀太傅大人，马茂君是四五年前奉了满宠大都督和诞的绝密指令，假扮成流卒散将叛逃进伪吴境内的。这几年来，他苦心周旋，终于获得了孙权的信任，而今已在伪吴朝中做到了征西将军、建业太守、外部督、禁军步兵校尉等要职，隐蔽在孙权的肘腋。他这些年来，在伪吴境内结交集合了伪吴符节令朱贞、无难督虞钦、牙门将朱志等一批义士。他们商定的‘里应外合’之计是待到孙权等率师空巢而来东关据守之际，他们便让朱贞持节称诏而召建业城中的伪吴众卿进宫议事，然后再由马茂亲率虞钦、朱志等将士于皇宫大内猝然发难，尽擒伪吴众卿之后引兵而取石头坞，从孙权背后狠狠地给他插上一刀！这样一来，吴贼在腹背夹击之下必会不战自溃、旦夕可破！”

“好！好！好！公休，真是难为你和这位马茂君这些年来苦心孤诣巧妙筹谋了！”司马懿听了，不禁深深颔首，“马茂君他们竟是这等忠义守节、念念为国，我大魏日后必当重重有赏！好吧，你且代本座回函于他们，请他们务必善自保重，敛形匿迹，待机而应，千万不可因急于求成而误了大计！”

“是！”诸葛诞响亮地答了一声。

司马懿心念急转，还欲再给诸葛诞细讲一些具体事宜，却听参军梁机在幕前看台上呼喊道：“启禀太傅大人，钦差大臣黄门令张当前来宣旨！请您接旨！”

“钦差大臣来宣旨？”诸葛诞一愣，“什么事儿来得这么陡？”

“张当？”司马懿听了，暗暗也是一惊，急忙与诸葛诞转回看台之上，带领麾下诸位将士一齐跪下接旨。

张当敛起了往日的神态，面无表情地展开诏书念道：

诏曰，蜀寇强梁逞凶，跃跃而试，已然侵犯我大魏凉州一境。为宣扬我天朝神威，特令曹爽大将军为雍凉大都督、夏侯玄为征西将军，统领关中三军，调粮提械，秣马厉兵，火速赴西疆平寇灭贼。

同时，请太傅司马懿以社稷大局为重，暂停淮南之役，尽快返回京师坐镇后方，以分朕心之忧。

钦此！

听完这道圣旨之后，司马懿心头一震，面色微微一变，但此刻也不好公开推托，只得暂且接下了这份诏书。

送走了张当之后，司马懿马上召来梁机、诸葛诞、邓艾、石苞等在军帐密室之中共议有关事宜。

邓艾是个直性子，一上场就开口讲道："依邓某之见，蜀寇来犯，固然可忧，但朝廷就此举兵迎击，实非上策！朝廷还是不如下令让雍州刺史郭淮、凉州刺史夏侯霸各自严守边关要塞，封堵蜀寇于国门之外，大挫他们的斗志锐气！似曹大将军这般兴师扰众，大动干戈地前去征伐，未免也太过躁进了些！"

"仲容，你的意见呢？"司马懿又将目光投向了石苞。

石苞满脸愁云四布："启禀太傅大人，朝廷这是不想让咱们在这里展开东关之战呀！本来，朝廷的对外之策，须当是'以守防蜀，以攻平吴，东攻西守，双管齐下，互不相扰'——但曹大将军却欲在西疆那边和蜀寇大打出手，这不是分明想拖累咱们这淮南之役虎头蛇尾、草草收场吗？"

"就是！就是！"诸葛诞也禁不住嗟叹而道，"我等已为攻取淮南东关作好了万全之备，如今却要戛然而止……那我等前边所有的心血和投入岂不都是白费了？马茂他们好不容易才等来这一次绝妙的里应外合、腹背夹击之机……"

司马懿沉默不语，隔了片刻才沉沉答复而道："这样吧！诸君的意见，本座都了然了。你们暂且回去休息。毕竟圣命难违啊！本座须得下来详加思忖一番才是！"

邓艾、石苞、诸葛诞见司马懿神色沉郁，此时也不好多说什么，只得各自黯然退了下去。

司马懿一个人坐在帐室之中正自沉思之间，梁机又从外面将牛恒匆匆领了进来。牛恒也不及寒暄，马上便把曹爽一党意欲借助征蜀灭寇之机与司马家争功夺权的事情本末尽皆告诉了司马懿。

牛恒将事情讲得差不多了的时候，梁机突然插话进来问了一句：“太傅大人，您知道这次筹粮备械潜攻东关之事是谁泄露的吗？”

“除了他还有谁？”司马懿仿佛早有明鉴一般，“原来本座对他只是有所怀疑，现在本座是确信无疑了。”

“难道太傅大人您是故意拿出这个事儿来试探他的？”牛恒与梁机都是一惊。

“不错。其实，筹粮备械潜攻东关这件事儿也不算是什么格外的机密，曹爽他们迟早也会探查得到的。”司马懿缓缓道，“本座就是故意用这样一个不大不小的事件来试探他，没想到一试他就露了本相……唉！本座差一点儿便被他骗了！”

“那么，梁某不如找个机会将他除掉而免生后患？”梁机试探着又问道。

“唉……虞君他也算是个难得的人才啊！本座还真舍不得就这样除掉他了！你派人先去将他和曹府的关系底细摸清后报来再说。曹爽、邓飏他们也太不爱惜人才了，居然会让他这样的雅士名器来做细作，实在是太小瞧他的价值了……”司马懿肃然吩咐道，“从今以后，把他屏隔在我司马府的核心机务之外，让他摸不着咱们的边际就行了。人才嘛，杀起来容易，培养起来难啊！”

当然，他心底里还有一层更深的用意没有点明：自己既然已经知道了虞松是曹府派来的细作，那就不足为惧了，也就没有必要再把他的身份故意戳穿！就算一怒之下杀了虞松，终究又有他的继任者重新混进府里来的！不如把他不动声色地留在明面处，借此麻痹曹爽他们，如此自己就可以反过来利用他向外面传送假情报、假消息去迷惑别人！这才是使用细作之术的高妙境界。

牛恒继续向司马懿禀报道：“曹爽在亲自挂帅领军出征的同时，还特意让陛下下旨调任二公子为他的监军中郎，专门负责粮草军械供应事宜……”

“昭儿也被他调到他的麾下了？”司马懿微微一惊，“他还想把昭儿扣在他身边做人质不成？”

“太傅大人，曹爽为了笼络关中人心，出师之前又加封了郭淮为车骑将军、胡遵为左将军、魏平为右将军，给他们都升了一级官秩……而鲁芝则被他调进幕府担任了军司马之职，似乎和他走得很近……”

“看来，内患未靖，本座的平吴灭蜀之大计始终就不能顺利实施啊！”司马懿冷冷一笑，目光中透出一丝冰锋般的寒意，“呵呵呵！曹昭伯竟想偷偷摸摸染指本座经营多年的关中地盘！他这是在做春秋大梦啊！梁机，拿笔来——本座要给郭淮、胡遵、魏平他们写一封信去，瞧一瞧他们究竟是听他曹昭伯的话还是听我司马懿的话！”

正始五年三月，曹爽进驻长安，兵分两路进攻蜀国：西路由夏侯霸率领五万精兵，从天水郡出发直取蜀国的祁山大营；东路则由曹爽与夏侯玄共率十万兵马，以郭淮、胡遵为先锋大将，经斜谷道直取蜀国的汉中郡。

不料蜀军早有防备。姜维在祁山大营布下战阵，牢牢抵挡住了夏侯霸等人的进攻；王平也在斜谷道险要之处设下伏兵，打得魏军只有招架之功、毫无还手之力。而郭淮、胡遵又一意以自保实力为念，并不恋战，遇敌辄撤，弄得曹爽、夏侯玄在后面措手不及。

没过几天，蜀国尚书令费祎联合蒋琬等人终于说服了刘禅下旨增兵增粮以救边关，更是亲领五万劲旅自成都星夜疾驰赶来紧急支援汉中郡。这样一来，双方战局形势骤然扭转。夏侯霸在祁山脚下因久攻无获而师劳兵疲，只得撤兵而归；而曹爽与夏侯玄在斜谷道则是进退两难，损兵折将，也只得仓皇敛军而逃。

曹爽在这一场征蜀灭寇之役中投入兵力近二十万，耗费损失粮草近一百八十余万石，丢失军械辎重、牛马骡驴不计其数，只撑不到两个月的时间就溃逃而归。这对他的声望造成了沉重无比的打击，令他一时只觉无颜回到京师面见少帝曹芳、太傅司马懿和其他公卿大臣们。

同时，这一事件也标志着曹爽的外强中干、虚华无能完全暴露。他从父亲曹真那里稍稍继承过来恃以立身掌权的政治资本就此消耗殆尽！至少，在魏国军界，曹爽彻底丧失了作为一个顾命辅政大臣应有的威信度与影响力。这一直接的后果，就是让曹爽日后在与司马懿的巅峰对决中完全不能从魏国军界借取到一分一毫的助力！

九龙殿的朝堂之上，回响着司马懿苍劲有力的声音：“老臣启奏陛下，此番淮南征吴之役，老臣全凭采纳了太傅府军谋掾兼中护军司马石苞的妙计，方才一举夺下了庐江郡、皖城，拓取扬州江北六百里疆域——老臣以为石苞功劳甚大，请赐爵关内侯，加封洛阳令。”

曹芳转脸瞧了瞧满面沉郁之色的曹爽，见他微低着头没有异议，便答道：“可。”

司马懿目不斜视，又开口奏道：“车骑将军兼雍州刺史郭淮、左将军胡遵在此番征蜀之役中颇有全师保众之功，请各赐封邑二百户以示褒奖。”

曹芳知道自己在司马懿这样的四朝元老、顾命首辅面前只能是个“应声虫”，就又随口答道：“可。”

正在这时，中书侍郎傅嘏、黄门侍郎何曾却双双越众而出，举笏同声奏道：“微臣等有本启奏陛下，此番征蜀失利、损兵折将、虚耗官物，必须有人出来担负其责，否则日后军法、朝纲难立于国！微臣等认为征西将军夏侯玄无韬无略，丧师辱国，请予贬官三级，削邑夺爵之罚！”

他俩虽然明面上是指向夏侯玄，但谁都看得出来他俩暗地里锋芒所刺正是曹爽。

曹芳一下变得不知所措，转过了头，直盯着曹爽一言不发。

曹爽的脸庞也顿时变得火烫起来，他正欲发言相应，司马懿却开口讲道：“两位大人，此番西征蜀寇之事本座等已决定暂加搁置，勿得妄议！你等且退下！”

曹爽听了，万万没有想到这时候却是司马懿出面帮他解了围，抬眼怔怔地看着他，面色不禁一片茫然。

烈女沈丽娘

“这个石苞的点子就是多，他知道当今大魏之要务一是务农，二是练兵。但农耕用犁需要冶铁，士兵军械锻制也要冶铁……他就凭着自己当年走南闯北淘出来的经验，硬是带人到冀州广平郡的铁峰山找到了三条铁矿石脉，解了我大魏农具兵器炼制的用铁之需啊！”

司马昭向钟会一谈起石苞就赞不绝口：“钟君，我家兄长能够凭着自己一双慧眼寻觅到他这样一介奇士，实在是令人折节叹服啊！昭实在是自愧不如！”

钟会听到司马昭如此盛赞石苞，心底不由得泛起了一股酸味，嫉妒之念暗生，但脸上却不露声色，假装先附和着司马昭说道："是啊！是啊！石仲容帮着中护军大人整肃禁军也是成效显著啊——一出手就砍掉了二三十个庸才偏将！现在，京师内外都在宣扬中护军大人手下的五个健士营战力之强远在各州各镇的劲旅之上……"

司马昭听着，只是颔首含笑不语。这两三年来，石苞建议司马师定下了"牢牢掌控大内禁军，固本弱枝，以重驭轻，以中制外"之大计，一直是本着"精益求精，宁缺毋滥"的准则选兵择将，使中护军司马师所领的五个健士营之精锐战力远远胜过四方州镇所拥有的外军。倘若四方州镇生变，大内禁军便可及时出动一举荡定于须臾！但这些事情是司马家的核心机密之一，司马昭自然在此时此境也不可能就此向钟会多讲什么，便将这个话题轻轻带了过去。

"不过，司马君，会还是有一些话不得不直言。这石苞现在风头极健，曹爽那一边似乎对他也拉拢得很紧！"钟会眼珠一转，身子一探，凑了过来，向司马昭低声说道，"钟某听到有传言说何晏、邓飏等人私下里悄悄携金带玉地去拜访了石苞不知有多少次……"

"怎么？竟有这等样的事儿？"司马昭其实也是清楚这些事情的内幕的，却假装成今天是第一次听见，显出一副很是吃惊的样子。

"是啊！而且，会还听说何晏、邓飏为收买他而开出的价码越来越高。他们对石苞许诺道，只要石苞投到他们那边，至少一个长平亭侯的爵位和一顶司隶校尉的官帽是跑不了的。"

"呵呵呵！曹爽、何晏、邓飏他们向石苞给出的价码倒真是不低啊！封邑三百多户的长平亭侯爵位，官秩为中二千石的司隶校尉要职，听起来几乎令本座都有些暗暗动心啊！"司马昭唇角的笑意淡然如水，"不过，本座相信以石苞的忠诚贞固，绝不是他们用这些高官厚禄所能收买得了的。"

"唔，这倒也是。"钟会偷偷地窥视着司马昭的反应，不好直接从中挑拨，就又绕了一个圈子来讲道："不过，以钟某之见，何晏、邓飏他们的价码越开越高，反过来说不定就会渐渐滋长起石苞的自命不凡之念来。连何晏、邓飏他们都开出了亭侯之爵、司隶校尉之位这样的高价聘礼，你们总不会用太过低于这些价码的待遇来对待石苞吧……当初韩信不就是被项羽派出的武涉用一番虚夸妄推的骄纵之辞说得从此萌生了沾沾自得之意的吗？”

司马昭“嗯”了一声，微一摇头，肃然正视着钟会：“话不能这么说。我司马家待他石苞究竟如何，恐怕他自己心底还是有数的。只要他眼下不辜负我司马家，我司马家日后也绝不会亏待于他！”

钟会听了，假装慨然而言：“司马君此言当真是铮铮而鸣，可昭日月！他石苞日后若是负了您司马家，必会遭到天谴神罚的！”

司马昭对钟会的话虽是那样讲着，但心底也隐隐为曹爽一派如此竭力拉拢石苞而有些担心起来，一缕忧色不禁浮上了眉梢。

钟会一心想要离间石苞与司马氏的关系，从而借机排除石苞这个自己将来夺权之路上潜在的劲敌，于是仍在一旁暗暗察言观色，又款款进言道：“司马君，说实话，对这些寒门人士，钟某从心底里是一向不太放心的。他们上无世传家法约束，下无亲戚朋友牵绊，孤身闯荡四海，薄情寡义，见利则附，见害则避，始终不似我等名门之后根深源清，世代交好，情谊长久。当然，石苞君为人忠贞诚实，不在这样寒门人士之列，可以另眼相待。但是，钟某有请司马君扪心自问，他日您司马家与别家骤生意外之变，形势千钧一发，他石苞凭什么关系与您司马家同舟共济？他真的能始终如一、不离不弃地站在您司马家一边吗？”

说到这里，他抬起眼来紧盯着司马昭，终于“图穷匕见”地问道：“司马君听说过沈丽娘这个名字吗？”

司马昭沉吟着，缓缓地点了点头：“这个女人，昭听见过她的名字——她不就是石苞挂在嘴上嚷嚷着隔几日后便要用大锣大鼓、张灯结彩地迎进府中的那个爱妾吗？”

“不错。不过，她的来历司马君您清楚吗？据会所知，这个沈丽娘其实是一个青楼女子，与何晏、邓飏一向有染。何晏、邓飏就是通过她在中间牵线搭桥一直和石苞眉来眼去，暗送款曲的。”钟会的话声始终是那么阴冷而又凌厉，“反过来讲，石苞是不是也有可能在借着这个沈丽娘和何晏、邓飏他们藕断丝连，预留后路？他石苞真的是一心一意忠诚于您司马家的话，本就应该效仿当年战国名将吴起仕鲁而杀齐妻以明其忠的义举！”

司马昭听罢，腮边肌肉猛地抽搐了两下，默然不语。但他眼底深处却有一缕冰芒疾掠而过，一闪即逝！

行行重行行，与君生别离。相去万余里，各在天一涯。道路阻且长，会面安可知。胡马依北风，越鸟巢南枝。相去日已远，衣带日已缓。浮云蔽白日，游子不顾返。思君令人老，岁月忽已晚。弃捐勿复道，努力加餐饭。

随着清婉悠扬的歌吟之声，衣裙飘然的沈丽娘莲步轻踏、藕臂轻扬，眸中笑意灿灿，在阁室之中宛若一朵彩莲旋舞绽放。

静静地欣赏着她翩翩起舞的何晏一手握着酒杯，一手抚着案上的锦瑟，悠悠长叹而道："丽娘你这歌词之中离别之意甚浓，看来你我确是缘分将尽了！'胡马依北风，越鸟巢南枝。'你今日真的要离开我了，我实是伤心得很！"

沈丽娘眸光流转，却见他只有伤心之语而毫无伤心之情，知他不过是舍不得自己的美色罢了，就盈盈答道："'弃捐勿复道，努力加餐饭。'何大人，您今后还须善自保重啊！丽娘从此不能再侍奉您和邓大人了，你们都要多加珍重啊！"

"唉……这个石苞也真是固执！"何晏摔了那酒杯，恨恨而道，"亏得我与邓飏那般执勤致意于他，他却仍是一意要携你而去！实在是不可理喻！难道他野心之大，竟连亭侯之爵、司隶校尉也看不上眼？"

沈丽娘停了舞蹈，将那摔在木阁地板上的酒杯轻轻拾起，放回桌案上面，瞧着何晏淡然笑道："先前当石苞君头角未露之际，奴身也多次向何大人与邓大人倾心力荐，您二人却一直以中材常人而遇之；司马懿父子一见石苞君，立刻视他为浑金璞玉，待他亲如子弟，稍一雕琢已成今日之令器。正所谓'士为知己者死，女为悦己者容'。此恩此情岂是你们现在用高官厚禄交换得过来的？"

"这个事儿，我和邓飏也后悔得紧啊！不过，丽娘，'亡羊补牢，犹未晚也'，司马懿父子再怎么赏识他，也只给了他一个中护军司马、洛阳令这样的小官儿；而我家曹大将军若是赏识他，却说不得一下便将他拔擢为列侯之尊、三公之爵也！丽娘，你还是找机会好好劝他一番。"

"何大人，你们就罢手了吧！你们就放手任石苞去吧！"沈丽娘浅然一笑，慢慢向那酒杯给何晏倒满了酒递来，"还有，今日相聚之后，何大人与邓大人也不必再到这香月阁来了。再过两天，奴身大概也就不在这里了。何大人和邓大人你们平素赐给奴身的金银珠翠、绫罗绸缎，奴身尽已封存于椟匣之中，何大人、邓大人自可随时取回……"

"丽娘你何必真的如此决绝？"何晏端起了酒杯，握在手里不停地转动着。

沈丽娘垂下了一双明眸，幽幽而言："不是丽娘决绝——而是丽娘既将身为人妾，便须涤尽旧垢以迎新生了！"

何晏握着酒杯的手蓦地一僵："丽娘真的要将与我等往日的情分尽行抛下么？"

沈丽娘目光一抬，逼视着他："那么，奴身请问，何大人你以堂堂选曹右侍郎、驸马都尉之尊，可以如同石苞君一般公然以鼓吹、花轿迎娶奴身入府而为侧室吗？如果你能做到，奴身亦一样可在此时选择于你从一而终。"

"这……这……"何晏听问，不觉登时口吃起来。

见了他这情形，沈丽娘顿时深深地笑了，笑容里泪光闪闪："这一点，奴身早已料到了。何大人府中的正室是魏朝公主，何大人的出身是名门贵胄，何大人的风度又是何等高雅，怎会迎娶奴身这样一个歌妓为侧室之妾呢？何大人今日之不能迎娶奴身，正如您当日之不能重视石苞君一般，日后也须怨悔不得……"

听着沈丽娘的字字句句，何晏的脸色慢慢变得苍白。他颤抖着的手举起瓷杯将酒一饮而尽，最后缓缓站了起来，如同木头人一般呆呆滞滞地挪着脚步走了出去……

翠香院香月阁的蝉翼窗纱上透出粉红色的光亮，暖暖和和的，仿佛那华阴池里的温泉。

"丽娘！石郎回来看你了！"石苞几步蹿上楼来，喜盈盈地推开阁门，一下却怔住了：只见沈丽娘的阁室里竟是多了几个男人——当头的便是那个曹爽大将军跟前的大红人、内廷首席议郎丁谧，一副鹰目狼颊的模样，正施施然在木榻上坐着；他身侧站着现在已经当上了禁军步兵校尉的曹绥，也是一脸奸笑地向他望了来。阁内的榻床上，沈丽娘竟如粽子一般被人紧紧捆着，几个由丁谧、曹绥带来的仆役正狠狠地按着她不让她挣扎。

"石苞君，你可总算到这里来了。"丁谧一见石苞，便换上满脸笑容说道，“你是来找这位沈姑娘的吧？丁某听闻你这几日正在购房买金，准备着将这沈姑娘娶进府去金屋藏娇呢。所以，丁某便先来找着沈姑娘道喜一声，却不承想闹了这么一场不快。”

“哎呀！丁议郎你给这泥腿子穷酸丁讲什么客气话嘛！何大人、邓大人他们都是太温文尔雅了，不晓得用姓石的这个老相好来要挟他！”曹绥抢过话头就嚷了起来，“石苞！你曹大爷就给你一个痛快的说法。今儿这翠香院里的女人都被我家曹大将军一道手令征为军妓了，你这个老相好的也是名列簿中。你若是舍不得这老相好的，就自个儿向曹大将军求情去。这些日子你算是走狗屎运了，我家曹大将军正高看着你呢！你一去，他不光会把这老相好还给你，说不定连这翠香院里所有的女人都送给你！嘿嘿嘿！你这小子有艳福了！反正你就好这一口……好了！姓石的，你曹大爷就把这丑话搁在前头，你自己就掂量着瞧吧！”

丁谧听他开口讲得如此粗鄙，不由得暗暗皱了皱眉头，却又不好在明面上和他抬杠，只铁青着脸不发话。这一次抓住沈丽娘要挟石苞，是曹爽和他在听到司马府有人传出消息说她一直是一个游走在曹家、司马氏之间的“双面细作”，这些年来不知套了何晏、邓飏等人多少秘密去才决定这样做的。为防万一，他俩才决然要拿住沈丽娘，决不能让她这个潜在的危险因素跟着石苞一道彻底投入司马家。但此刻曹绥一上来就粗言鄙语蛮横万分地威胁石苞，这样的做法却也不是丁谧所能认可的。

果然，石苞听完之后，勃然怒道：“曹绥！你也别太狗仗人势了！这丽娘是我石苞明明白白告诉她们院主过几天来就要接人迎娶过门的，你们竟敢将她强征入军？”

曹绥将一张绢帛从胸襟处掏出来往房中那桌几上“啪”地一拍，横眉立目地吼道：“你这泥腿子穷酸丁，自己睁开狗眼上来看一看，这是不是我家曹大将军的亲笔手令？他是顾命辅政大臣，在这朝廷上下就是‘半个皇上’，他的话你敢不听？”

石苞忍了一忍，缓和了语气，道：“既是曹大将军的手令，石某此刻也就不再多说什么了。不过，石某乃是当今的洛阳令，翠香院正属石某辖地之内，你们这征收翠香院一事，石某必会禀明司马太傅前来彻查明办的！”

“呵呵呵……你想去找司马太傅做靠山来打这一场官司？”曹绥冷冷地

一笑，“告诉你，没用！有本事你去找司马老儿来试一试……”

丁谧见曹绥是越扯越乱了，就咳嗽一声，急忙插过话来，缓和着说道：“石苞君，其实曹大将军一向十分仰慕你的才华，对你一直是青睐有加的。这样吧，丁某愿为你引见一下曹大将军。你放心，丁某可以当众保证，曹大将军不会苛待于你的……”

石苞自然懂得这是曹爽一派在千方百计地设置圈套来控制自己，他钢牙一咬，凛然道：“曹大将军今日此举实在是霸王硬上弓，强扭瓜入手，未免做得太过露骨了些。你们且将丽娘她放了，石某去见曹大将军自有分说！”

“石郎——不要啊！”沈丽娘在床上挣脱了捂着她嘴的仆役，急忙娇呼。但很快，仆役们如狼似虎地扑了上来，又把她摁得严严实实，难以作声！

“很好。其实我们也知道石苞你和司马太傅一家的渊源……曹大将军今天这么做，也不是为难你，只要你答应辞去那个中护军司马之职，曹大将军就会安排你带着这位沈姑娘到并州去当个别驾，让你不再蹚进洛阳城中这潭‘浑水’，岂不两全其美？你那时既不用背上忘恩负主的恶名，又不必直接得罪曹大将军，这应该是一个极好的处置办法了。”丁谧双掌一拍，从木榻上站了起来，似笑非笑地看着他说道，“往深了说，你石苞留在京城之内对朝中大局本也无甚影响。我曹大将军连尚书、侍郎一级的高官都可以撤换自如，何况你一个小小的中护军司马、洛阳令？”

“原来你们的用意是这样啊，丁谧、曹绥，还有你们幕后的那个曹大将军，你们这般做法，连自己都不觉得作呕吗？”石苞双眸一寒，不禁凛然言道。

“哦？你既然这么说了，咱们也就没必要说下去了。”丁谧立刻沉下了脸，转过脸来，阴冷冷地瞧着沈丽娘，“老实说，有些话丁某还不愿公开戳破。你交结的这个沈姑娘明面上被人誉为什么‘京城第一名妓’，私底下她的背景很不单纯，把有些人弄得迷迷糊糊的，被她卖了自己都还不晓得！我丁谧可不是何晏、邓飏那般让人左右摆弄的蠢材！你石苞既然有此答复，也就休怪我们对这个沈丽娘辣手无情了！曹校尉——带她走！”

石苞两眼睁得血红，一下拔出刀来，拦在了门口处：“你们不要逼我！”

“石郎！不要——他们就是要引你出手栽个罪名给你呀！”沈丽娘情急之下，也不知是从哪里拼出来的劲儿，猛地从床上挣开众人一跃而起，一头撞向了曹绥，“石郎快跑！奴身死不足惜——”

她这一头撞得曹绥身形一歪，跌了开去。

然后，沈丽娘转过身来，瞧着石苞凄然一笑：“石郎！你就代奴身好好活着吧！奴身先去了……”提起裙角，娇躯一纵便从那香月阁窗口处往外跳了下去！

“丽娘！”石苞撕心裂肺地痛呼了一声，余音未了，已是飞身抢出门去楼下救她……

“石君，这位沈姑娘虽然身陷风尘，却能舍生取义、全节而终，难得难得！”司马懿的表情显得十分感动，眼眶里泪光隐隐，“本座定当奏明陛下，以‘尽忠于夫，立节于身’为名让她的牌位进入烈女祠，并将她以诰命夫人之礼风光厚葬！”

“多谢太傅大恩。”石苞伏在地下，哽咽着答道。

“石君，逝者已矣，你还是要节哀呀！”司马懿离席而起，亲自前来扶他，“不过，此番石君你侧室遭难，实是我司马家对你们保护不周之过也。本座深感歉意，还望你多多谅解。本座在此向你当众保证，今后绝对不会再有这类事件发生了。”

“太……太傅大人！您何必这般自责？”石苞含泪谦辞道，“这一切都是曹爽、丁谧、曹绥他们豺狼心性而酿成的惨剧！石某今生不报此仇，誓不为人！”

司马懿双手扶在他肩头之上，直视着他深深点头而道：“不错。这笔血债，我们当然是要向曹爽、丁谧他们讨还的。这一次，沈姑娘之所以会不幸遇难，是因为我司马府内部出现了向外告密的奸细……”

“谁？他是谁？”石苞一下将拳头捏得“咯咯”连响，“石某只恨不能食其肉、寝其皮！”

“这奸细就是本府的旧仆田四郎……他隐藏得这么深，连本座都没有察觉！而今他已被本座让寅管家深挖严查了出来，自己亦已写了供词认了罪……”司马懿不疾不徐地抚着须髯说道，“石君，本座就把他交给你自己下去处置吧！”

听了司马懿这话，站在一边的司马昭竟似被钢针刺了一般，双眉一跳，面色微变。

“好！多谢司马太傅成全！”石苞愤然而起，杀气满面，“石某就用他的人头去祭奠我家的丽娘！”

司马懿深深地看着石苞，摆了摆手，让他告辞而去。

待到石苞远去之后，司马懿才一招手，向司马昭唤道：“昭儿——你过来。咦，你的脸色怎么不大好啊？”

豆大的汗珠从司马昭的额角上滚落下来，他似是颇为忐忑不安地说道：“父……父亲大人，您把田四郎交给石苞君去私自处……处置，恐……恐怕有些不太好吧……”

司马懿冷冷地看着他：“怎么？石苞为他的爱妾报仇雪恨，他自己去亲手处决他的害妻仇人，你认为怎的个不太好了？”

“万……万一那田四郎张口乱说，岂……岂不是更丢我司马家的颜面？”司马昭紧张得掌心里都捏出了汗来，“父亲大人，不如孩儿也……也跟过去那里瞧一瞧……”

“田四郎他张口乱说，又说得了什么？又损得了我司马家什么颜面？你自己干干净净，一尘不染，还怕别人抹黑吗？”司马懿盯视着司马昭，意味深长地说道，“人的颜面是自己弄丢的，不是别人剥得去的。昭儿，你莫非犯了什么心病？脸色似乎是越来越难看了！”

司马昭听出了父亲的话外之音，不禁面色一白，慌忙“扑通”一声跪倒在地，带着哭腔说道：“父……父亲大人，孩……孩儿知错了。孩儿也是想用沈丽娘考验一下石苞对我司马家的忠诚……”

司马懿“腾”地一下跳将过来，冲到司马昭面前就是“啪”的一记耳光重重地打将上去，厉声喝道：“你现在才承认自己错了？你当初干这件事儿的时候就没想到会是今天这个结果吗？”

司马昭的脸颊上立时肿起了五道红红的指痕。他流着眼泪挺直了上身跪着，任司马懿“噼噼啪啪”一顿猛抽耳光！

司马师在一旁看着，也只是苦苦劝着，却不敢上前动手阻拦。

司马懿一连扇了司马昭十几个耳光之后，才气咻咻地坐回到了席位之上，瞪着他厉声问道：“讲——你知道你错在哪里了？”

司马昭忍着脸庞上火辣辣的剧痛，口齿有些含糊地答道：“父……父亲大人！孩儿这么做，也是想一心为我司马家拴牢石苞这个人才啊！

“他……他毕竟是以外人的身份参与的我司马家‘扭转乾坤、一统六合’的大业里来的。我司马家一定要得到他绝对的忠心才行！您再怎么抽打孩儿，孩儿也要这么说！

“所以，孩儿就一直认为，要想让石苞别无选择地绝对效忠于我司马家，就必须得让他和曹家之间存在着深仇大恨！而制造这种深仇大恨，最有效的途径就是诱导曹爽一党去欺凌和迫害他的爱妾沈丽娘！他们欺凌、迫害了沈丽娘后，石苞就只有别无选择地投向我司马家寻求助力来复仇……也只有这样，石苞才会死心塌地地跟着我司马家与曹家为敌！于是，孩儿就让田四郎故意将沈丽娘是‘双面细作’的绝密消息泄露给了他们曹家……”

“好！好！好！好阴毒的计谋！好厉害的计谋！”司马懿的笑声冷森森的，“你以为你的计谋真的能够瞒天过海？石苞是什么样的人？这样的计谋只怕你骗得了石苞一时，却未必骗得了他一世！倘若他日后察觉了真相之后，你又该怎么面对他呢？在香月阁上的那一幕，你也看到了人家石苞和沈丽娘是怎么回报我司马家的！你现在回想起来就不感到丝毫的惭愧和自责吗？”

“父……父亲……父亲大人！孩儿知错了，孩儿真的知错了。”司马昭伏倒在地拼命地磕着头。

司马懿又忍不住站起身来，在密室之内来来回回地疾走着，冷然而道：“为父不知给你们讲过多少次了，进贤用士，一味以权制之、以利啖之、以机应之，是下下之策；以德服之、以道驭之、以诚动之，才是上上之策！你们都当成了耳边风！牛恒大叔、牛金二叔他们不是外人吗？寅管家、梁机他们不是外人吗？可是他们对我司马家的那一份耿耿忠心，为父用不着任何考验也信任他们！墨子说得好，‘夫爱人者，人必从而爱之；利人者，人必从而利之；恶人者，人必从而恶之；害人者，人必从而害之’。只因我司马懿从来是一腔赤诚、推心置腹地亲待于他们，他们也就从来是一腔忠诚，无怨无悔，始终如一地回报于我司马家！

“你瞧一瞧石苞送给为父的这幅字帖，‘推诚信士，不恤人之我欺；量能授器，不患人之我逼；执鞭鞠躬，以显寒士之恭；悉委心腹，以彰智者之用’。这是他的心声体会，这也是为父素以自持的待士之道啊！像你这样暗怀机械、东猜西疑、杯弓蛇影的心态和做法，揽得了什么人心？成得了什么大器？做得了什么大业？”

说着，他一伸手指向自己背后屏风上写着的那幅铭训“崇道德，务仁义，履信实，去华伪，弃机诈，施惠天下，有人无我，恩足以感百姓，义足以结英雄，民怀其德，豪杰并用，则海内太平可致”，极其郑重地讲道：“你莫非以为这些圣典箴言都是骗你的空话？这些是你成就大功大业的大本大源！你休要看轻了它们！汉高祖当年尚能尽释雍齿叛己之私怨而布大信于诸侯，你司马昭枉自熟读经史，就学他不来？反倒要跟赵高、王莽之徒去窃习什么尔虞我诈、阳予阴取的鬼蜮伎俩！”

司马昭跪在地上头磕得更厉害了：“父亲大人，孩儿稍后就向石苞君当面认错去……”

司马懿这时却慢慢缓和了下来，将手一摆，悠然道：“这个时候还有这个必要吗？人家田四郎才是侠骨铮铮的义士，他已经向为父保证把这件事所有的责任都替你揽到他自己的身上去了……罢了！罢了！这件事情今天就到此为止吧！

“司马昭，只因你那一念之毒，竟然害死了沈丽娘、田四郎这两个烈女义士。这个教训太深刻了！你今后一定要牢牢记取啊！日后，你每年都要到他俩坟前去多上几炷香表达忏悔之情吧！你一定要记着，‘大丈夫有所必为，亦有所不为；真贤士有所必谋，亦有所不谋’。为父也相信你今后会汲取教训，一定能分得清哪些是‘有所不为’‘有所不谋’，哪些又是‘有所必为’‘有所必谋’的！”

“孩儿一定将今日之错铭刻于心，时时警醒，永不再犯！”司马昭在地板上把额角都叩成一片红肿了。

“父亲大人，请您相信二弟——他一定会用心改正的。”司马师也跪在地上为司马昭拼命求情。

司马懿此时却忽然停住了言语，入神地望着窗格子间流溢着的阳光斑痕，长长地呼出一口气来：“为父有些不明白，钟会怎么会那样建言献策于昭儿呢？”

这个问题来得没头没脑的，很是古怪。但司马昭一瞬间背上的汗毛乍地全竖了起来——父亲大人真乃神人也！竟然明察秋毫如斯！

但，很明显这个问题父亲大人不是问向他的。果然，司马师在一旁接过来答道：“孩儿也很纳闷，他或许单是嫉妒石苞的才能？又或许是不希望看到我司马家旗下人才济济？”

司马师这一番回答看似模棱两可，其实正中要害。

司马懿仿佛很是满意司马师的答话，兀自向榻背上一靠，脸上浮起了一层浓浓的笑意：“师儿，你现在也终于变得粗中有细，勇中有智了！为父深感欣慰啊！嘿嘿，他钟会若起心想和我司马家玩心计，好像还太嫩了一点儿……”

“唉！丁谧！你也是太过冷酷了！沈丽娘先前好歹也曾为我们刺探过不少消息，你怎么就硬生生地将她逼死了呀？”邓飏两眼都瞪得鼓了出来，一脸嗔怒之色，“像你们这样的搞法，完全是把石苞推向了他司马家呀！这对我们可不是什么好事……”

丁谧冷冷地将他的目光挡了回来：“邓侍郎！如今大敌当前，你还是收起你那怜香惜玉的心思吧。像沈丽娘这样的‘双面细作’，我们下手除得越早就越是干净！董卓、吕布他们当年可都是栽在貂蝉手上的——这个教训你忘了吗？”

邓飏一听，不禁被气歪了嘴，正欲反驳，何晏却将他的袖角拉了一下，邓飏这才悻悻然忍住没说。

曹爽也听得很是不耐烦，伸出双手向两边虚按了一下：“哎呀！丁君、邓君，不就是死了一个青楼女子嘛，值得你俩为她起什么争执吗？贱命一条罢了。大家都不要争了，还是言归正事吧。如今司马氏一党实是气焰嚣张，得意非凡，听说王肃、何曾、傅嘏等人又在暗暗张罗着为司马懿劝进丞相、加礼九锡之事呢，咱们应该如何因应才是？”

场中立时一下如一潭死水般沉寂了下来。丁谧、邓飏、何晏都蹙眉苦思着，一时却也拿不出个什么方案来。

曹爽将求助的目光投向了桓范。桓范一捋胡髯，出席进言道：“昭伯，老夫实言相告，而今你外有征蜀之败而堕其望、内有司马懿拥淮南之胜而夺其功，在此两面夹击之下，实在是不宜与司马氏一党正面交锋。所以，昭伯，你应当谦逊自守，以静制动，方为上策啊！”

“谦逊自守、谦逊自守？桓大夫！别人的咄咄锋芒都直逼到咱们的家门口来了！您还要让大哥谦逊自守下去做什么啊！”曹训一听，就愤愤然开口驳斥道，“再这么不冷不热地拖下去，我大哥他也难逃日后如同前汉末年王舜奉玺以献王莽一般的下场！”

“训公子多虑了，昭伯不会成为第二个‘王舜’的。你毕竟还有先帝遗诏所定的顾命辅政大臣的名分，这一点是司马懿不敢忽视的。”虽然曹训的话来得十分尖刻，但桓范仍是显得毫不动气，冷冷静静地讲道，“司马懿今年多少岁了？六十六岁了！昭伯你今年多少岁了！还不到四十岁！你只要谦逊自守、无咎可寻，司马懿就抓不到你的什么把柄，然后熬到司马懿最终老去的那一天，你就可以顺理成章地登上顾命首辅之位，尽揽大权，把所有异心于大魏的朝臣们一驱而净……”

“可是瞧司马懿这老而弥坚的劲头，他恐怕会和钟太傅一样活到八十多岁吧！”曹爽撇了撇嘴，脸皮上挤出了几条难看的皱纹。

“哪怕他能活到一百岁，在此之前你也一定要咬紧牙关硬忍下来！”桓范深深沉沉地说道，“昭伯，毕竟时间永远是在你这一边的！他注定是会死在你前面的！”

“但是，桓大夫，司马懿他们是决不会给我们这种忍耐等待的机会的。”丁谧幽幽一叹，“唉，‘树欲静而风愈骤’啊！”

桓范无声地捻弄着颔下的胡须，过了半晌才慢慢问丁谧道：“丁君，莫非你已想出了什么对策吗？”

“丁某也是刚刚才略有所悟的。”丁谧将衣襟一振，正视着他和曹爽，双目湛然生光地说道，“其实曹大将军手中还是有一张王牌可以打的——先大司马曹公在世之时镇卫西疆、名动关中，战功卓著，曹大将军您可以借着他的遗威来做一番‘锦绣文章’！”

“怎么个做法？”桓范瞳中精芒一亮。

丁谧目光炯炯，款款而道：“不是还有几日朝廷便要到太庙和高祖文皇帝陵中去扫墓纪念了吗？丁某今晚就回去邀约几个议郎一齐联名上奏请求陛下恩准将先大司马曹公列入太庙配享祭祀！”

“唔……把先父列进太庙配享祭祀典礼？”曹爽的脸庞微微地红了。想不到自己今天还要啃父帅曹真生前的老本——利用父帅生前功勋的光辉来亮化自己的形象、提升自己的名望，实在是可笑可叹啊！

桓范的神色亦是隐隐一滞：这曹真生前坐镇西疆，虽与蜀贼交锋多次，但也并无什么卓异超人之功勋，哪里就能从他身上借得来多少光彩呢？只不过，事到临头，这一步棋也该当有这么一个走法，仅仅是聊胜于无罢了。他便沉吟着缓缓点头而道："把先大司马曹公列入太庙配享祭祀以宣扬昭伯你的立身渊源，倒也可行，或许亦能收拢一部分士民之心。老夫回忆起来，直至目前为止，我朝贵戚勋臣之中，也仅有故大将军夏侯惇、故大司马曹仁、故肃侯程昱等三人列进太庙配享祭祀。只是，这一次若真是要将先大司马曹公也列进太庙配享祭祀的话，就不能做得太过露骨。依桓某之见，不如把故征南大将军夏侯尚、故司空陈群、故太尉华歆等也一齐列入太庙配享。其实，司马懿的父亲故京兆府君司马防、大哥故兖州牧君司马朗亦是可以拉进太庙里来的……"

"故征南大将军夏侯尚、故司空陈群、故太尉华歆等列入太庙配享祭祀也就罢了，凭什么把司马老匹夫的父亲、大哥也要拉进来呀？"曹训一脸不快地说道，"桓伯父——您这么做，岂不是让司马懿脸上更有光彩？"

"可是，曹大将军你们若要一味生硬地将司马懿的父亲和大哥排斥出来，就定会示人以狭、授人以柄啊！"桓范紧蹙眉头十分严肃地说道，"这反倒会让外人瞧了觉得不公不平、不尽不实的，如此一来倒把朝廷祭祀纪念大典的公正性和威信度看低了……"

"哎呀！公正性、威信度什么的就扯得太远了！我们把先大司马曹公列入太庙配享祭祀纪念，本就是为大将军兄弟脸上增光添彩的嘛！"邓飏也蛮不耐烦地冲桓范嚷道，"桓大夫你却偏要将司马防、司马朗他俩也拉进来，这不是自己搅乱了自己这一着妙棋嘛！邓某的看法是，真要把司马防他俩拉进来，倒不如都不搞这劳什子'配享祭祀纪念大典'了！"

"你……你们怎么这样器度褊狭浅陋？"桓范闻言，不由得动了真怒，双眼直瞪着曹训、邓飏二人，大袖"呼"地一甩，愤然离席而起，"真是'竖子不足与谋'也！昭伯、丁君，你们自己好好权衡思量吧！老夫言尽于此，你们好自为之！"

说完，他转过身来，气呼呼地就要离去。

"这……这……桓伯父，您……您等一等……"曹爽急忙呼唤着，却是喊他不住，脸上便透出几分不悦来，"这个桓伯父怎么是这样一个人啊！"

"大哥！你今天是第一次才晓得这桓老头儿是这么古怪的一个人吗？"曹训腮上肌肉猛跳了几下，"他就是喜欢倚老卖老……"

邓飏听到桓范直斥他为“竖子”，心头亦是暗恨不已，就在一边煽风点火起来：“哎呀！曹大将军您对桓老头儿也是太过尊崇了，以致让这桓老头儿的尾巴都快翘上天去了！邓某都为大将军你看不下去了！大将军你知道吗？这桓老头儿近来写了一段怪话到处散播……”

“什么怪话？桓伯父怎会讲什么怪话呢？”曹爽愕然而问，“邓君你不要胡说！”

“他这段怪话的内容是这样的：‘钓巨鱼不使婴儿轻豫，非不亲，力不堪也。’大将军，您难道听不出他这话里的机锋吗？”邓飏阴阴冷冷地说道。

他这么一深文周纳、寻章摘句地刻意撩拨，曹爽再怎么信任桓范，思路也立刻被引歪了。于是，曹爽便这样去理解这段“怪话”中的微妙含义了：“钓巨鱼”者，暗喻“受顾命、辅国政”也；所谓“婴儿”者，说不定就是桓范拿来暗讽自己了，抨击自己年轻望浅而不堪重任了。一想到这里，曹爽的心头顿时像扎了一根鱼刺般有些很不舒服起来，咬了咬牙，大袖一摆：“罢了！不去管他这老头儿到底想怎样了！丁君，依你之见，此事应该如何明断！”

丁谧在理智上明白桓范的进言是对的，但从私人情感上却接受不了把杀兄仇人司马懿的父亲、兄长推出来配享祭祀、供奉尊崇，所以他也不愿支持桓范的建议，于是他低回沉吟着徐徐讲道：“桓大夫所言本也不无道理。但从另外一个方面来看，倘若真是将司马防、司马朗也拉进太庙配享祭祀纪念，亦确是难保司马懿会借此契机喧宾夺主，反倒会用他的父亲和大哥大做他司马家的锦绣文章啊！”

“唔……丁君说得是，就照你的意见去办！”曹爽面色一凝，终于定了下来。听到丁君口中那锦绣文章一词，他仿佛又联想起了什么似的，侧过头来看向何晏道：“何大人，说起这做文章，本大将军倒是想问前几日吩咐您做的那一篇锦绣文章可曾完稿了没？”

何晏淡淡一笑：“那篇文章么？何某早已做好，正让下人抄写编册后乘机流传出去呢。”

第 7 章
欲擒故纵，司马懿告老还乡

司马懿还乡

“听说这次列进太庙配享祭祀纪念大典的勋臣名单要出来了？”司马懿捧着茶杯，一边慢慢地呷着，一边似是漫不经心地随口问道，“他们准备了怎么一个排名法？”

“丁谧、何晏、邓飏他们，将故大司马曹真、故征南大将军夏侯尚、故太尉华歆、故司空陈群、故尚书令陈矫等人排在前茅列进了太庙配享祭祀纪念大典勋臣名单。他们还提出了‘非封侯赐爵者不得列名’的规矩，所以将祖父、伯父都排斥在名单之外了。”司马昭极为小心地禀道，“父……父亲大人，您看咱们需不需要及时联络王太常、何大人、傅大人他们一齐上奏反驳？”

“反驳？反驳曹爽他们什么？反驳他们把你祖父、伯父排斥在太庙配享祭祀大礼之外？”司马懿将茶杯轻轻放了下来，“这一切本就是曹爽一派自编自演的一出闹剧。我司马家出面牵头去闹，岂不是把自己也降低到和他们一样卑劣庸俗的水准之上了吗？罢了，他们做得出这样的无耻之事，本座却没那份闲工夫去奉陪！”

“父亲大人——您真的连这样的屈辱也忍得下来？”司马昭愤愤地道，“曹爽他们未免欺人太甚了！”

“是啊！曹爽他们也确是欺人太甚了，非封侯赐爵者不得列名配享太庙祭祀纪念？原来他们就是这样纪念大魏开国功臣的？”司马懿唇边的笑意冷若寒冰，“他曹真算什么开国勋臣？居然还排在配享太庙祭祀纪念名单上第一位？你们祖父、伯父当年与荀令君、钟太傅、董司徒一道辅佐曹操开基创业之际，他曹真还在哪个旮旯里穿开裆裤哟！还有，你们伯父当年是曹操手下所有掾吏当中第一个外放出去担任兖州刺史、独当一面的封疆大员！他……他……”说到这里，他的声音忽然哽咽了，“他临终之际，朝廷上下一致要追封他为列侯之爵、三公之荣，可他还是以‘戎事未定，不宜滥赏’为由而谦让了这一殊礼……现在，曹爽、丁谧、邓飏他们竟然毫不顾念你们祖父、伯父当年对魏室的累累贡献，几乎要把他们的功劳一笔抹杀！这也做得未免太过‘出格’了！哼！他们要抬出曹真这个死人给自己脸上贴金，却犯不着踩着别人的肩膀来四处招摇啊！”

“父亲大人！曹爽、丁谧、邓飏他们如此漠视我司马家的汗马功劳，孩儿真想提起三尺青锋到他们面前去问个清楚！”司马师听得心头火起，不禁伸手按鞘厉声喝道。

“不可妄动匹夫之怒！”司马懿重重地说道，“为父和你们谈这些，是想让你们看清曹爽他们做事如此毫无章法，刻薄寡恩，而不是刺激你们去轻举妄动！其实曹爽他们忒也愚钝了，难道他们当中就没有一个人提醒这样胡作非为除了触犯众怒之外就全无好处？他们可是连故太傅钟繇、故司徒王朗、故太尉满宠（满宠已于司马懿开展淮南之役期间病逝）等元老重臣也没有拉入配享太庙祭祀纪念大典的名单啊……”

“父亲大人您看嘛，曹爽他们搞的就是论功唯亲的那一套，像华歆、陈群、陈矫等和他曹家关系亲近的重臣，他们一律都拉进配享太庙祭祀纪念的名单；凡是和我司马家关系密切的重臣，像钟太傅、王司徒、董大人、满太尉他们就一律排斥在外……”司马师咬着牙恨恨地说道，“父亲大人，您在位之时他们尚且如此胡作非为，这分明是在向我司马家公开挑衅啊！”

司马昭看了一眼司马懿：“对了，父亲大人，孩儿从眼线口中得到密报，其实在他们先前密谋此事之时，大司农桓范还是曾经建议他们以公为本，把祖父和伯父也列进配享太庙祭祀纪念名单的，可是曹训、邓飏、丁谧、曹爽他们都没有听进去。”

“唔……在曹爽一派当中，只有元则到底还算是个明白人——他至少比那些黄口小儿懂得‘己欲立而先立人、己欲达而先达人’的要义，也清楚‘不公不平，无以服众’的真谛。唉！他就是太死脑筋了，跟着曹爽、丁谧、邓飏这一群竖子只怕最终会落个‘范增再世’的下场啊！”司马懿深深地叹了一口气。

司马师森然言道：“父亲大人，既然桓范这老匹夫如此与我司马家刻意为敌，那咱们就不如用当年对付陈矫的办法把他也乘机铲除算了！”

“桓元则是为父当年在灵龙谷紫渊学苑里的同窗师兄，也就是你们的师伯！”司马懿眸中寒光闪动，摆手而道，“他和为父只是政见不同，各为其志而已。不到万不得已，我司马家中任何人都不能伤他分毫！否则，休怪为父对你们铁腕无情！”

“这个……孩儿遵命就是。”司马师只得垂头而答。

“对了，父亲大人，您知道吗？几日前何晏在太学里公开发表了一篇文章，名叫《韩白论》。”司马昭似又想起了什么，向司马懿认真禀告道，“好像他这文章里别有深意，锋芒暗藏，刺人于无形……”

“《韩白论》？具体内容是什么？找来给为父看一看！”

“父亲大人，孩儿现在就给您背诵出来听一听吧。‘此两将者，殆蚩尤之敌对，开辟所稀有也。何者为胜也？或曰：“白起为秦将，攻城略地，功多不可胜数，所向无敌，前史以为出奇无穷，欲窥沧海，白起为胜；若夫韩信，断幡以覆军，拔旗以流血，其以取胜，非复人力也。亦可谓奇之又奇者哉？”白起之破赵军，诈奔而断其粮道，取胜之术皆此类也。所谓可奇于不奇之间矣，安得比其奇之又奇者哉？’”

“唔……为父听懂了，他不就是在这篇文章中暗暗讽刺为父嘛！他以为为父克敌制胜，不过就是‘诈奔而断其粮道，取胜之术皆此类也’。呵呵，在他看来，他若是掌兵持节，只要做到了‘诈奔而断其粮道’，便能轻轻巧巧成为白起、韩信一流的盖世名将？”司马懿脸上的笑意若隐若现、幽幽深深，“这个志大才疏、浮华无用的腐儒！满篇荒唐之言，不过如蛙鸣犬吠耳！简直是不值一哂！”

“父亲大人！咱们也不和他们玩这些弯弯绕绕的花招了，索性就来个一剑封喉！”司马师胸中始终是愤愤难平，“照孩儿的看法，您此番不如就以曹爽这厮征蜀失利为理由，干脆就将他的辅政大臣之位废了！”

司马懿并不回答他，却将目光投向了司马昭：“昭儿，你的意见如何呢？”

司马昭抿着嘴唇思忖了一会儿，才沉吟着答道：“父亲、大哥，昭以为此举实有不妥。这一次征蜀失利，对曹爽来说，也确是一大重挫。但若要想以此为理由便废了他，似乎还是差了那么一点儿。只有达到无功无德的地步，我们才可以下手废除曹爽的顾命辅政大臣之位。如今单凭一个无功，实在是不足以拿来废他啊！”

“哦？这么看来，昭儿你已有对策了？”司马懿伸出手来，轻抚须髯，向他这个次子问道。

“父亲大人，孩儿近来确是想出了一条大胆而出奇的计策，不知该不该讲？”

“讲！”

“父亲大人，依孩儿之见，您此刻不如施展欲擒故纵、以退为进之妙计：暂时称病居家，韬光养晦，任由曹爽一派在朝堂上张牙舞爪，胡作非为，然后待到他恣情纵欲、积恶成山、无功丧德、臭名远扬之际，再伺机发难，打得他永不翻身！”

司马懿还没听完，眸中深处已是灼然一亮，紧紧盯向司马昭，整个人儿乎朝他倾了过去：“你且把理由讲得再具体一些。”

司马昭迎视着父亲火热的目光，按捺住紧张之极的心情，咽了一口唾沫，道：“孩儿深知曹爽之为人，资性平平，遇危则稍知警惕，居安则忘乎所以。您如果日后一直待在朝堂上与他对峙，他若是临事而惧，克己忍性转而倚重桓范、丁谧等智谋之士、奸猾之徒为助，说不定尚能苟延残喘、保得小命；您如果称病告退而去，他则必会如释重负、身心俱懈、忌惮尽消，转而骄狂自大、作威作福、奢侈淫逸，用不了多久就会招来天怒人怨——那时候，您再以‘清君侧、拯社稷’为理由，完全便能名正言顺地将他连根铲除！”

司马懿静静地听罢，并不多言，回过头来，只向司马师问道：“师儿，你认为昭儿此计如何？”

司马师看着他这个二弟，满眼尽是钦佩之色：“父亲大人，二弟此计高明之至，孩儿恭请您予以采纳！”

司马懿这才面色一松，抚着银须，长长而笑：“不错、不错。昭儿你近来真是愈发睿智成熟了。你这一条妙计，为父就此采纳了！”

从司马府后花园的湖心高亭之中遥望出去，四面碧波粼粼、青莲摇摇、云影飘飘，洋溢着一股说不出的怡和幽雅。

“今天，本座将各位老兄弟、老朋友请到这里来，就是要和你们好好聚一聚、谈一谈心。”司马懿倚在亭内的香几后面悠然而坐，娓娓说道，“现在，大家能坐到一起像今天这般促膝谈心的机会不多了……”谈到这里，他眼睛一眨，泪花便闪了出来，“满宠太尉、崔林司徒、赵俨司空他们在这两三年之间都先后辞世而去了，本座对他们实在是思念得紧啊！”

在亭台之中，陪坐在他下首的是：新近升了太尉的蒋济、中书令孙资、中书监刘放、尚书令司马孚、尚书仆射卫臻、选曹尚书卢毓、度支尚书王观、廷尉高柔、太常王肃、大司农桓范、大鸿胪何曾、崇文观祭酒傅嘏等资望较老的公卿大臣。他们听着司马懿在席上声情并茂的讲话，个个神情不一，感慨万分。

司马懿透过蒙眬的泪光望向那天际的缕缕游云，慨然又道：“在这六十余载来，本座和诸君可以说是亲眼目睹了这风云际会间天下士人的三次嬗变——一是汉末诸贤，像王允、荀爽、杨彪、荀彧他们那一代的高士大贤，共同的特点是德胜于才、轻生重义、笃行务实、守节不移；二是建安诸贤，像王肃君、高柔君、贾逵君、满宠君、蒋济君、桓范君和本座等，我们共同的特点是德才并举、追善止过、方圆自如、建功立业；三是像夏侯玄、何晏、嵇康、阮籍、刘伶等，在黄初、太和年间成长起来的名士，对他们这一批，本座就有些不敢恭维了。本座认为他们阅浅历少，未当大难，生长于锦衣玉食之家，交游于升平盛世之际，甘多于苦、逸多于劳，造成了他们才浮于德、华浓于实、轻人重己、好逸恶劳的特点！唉，再往后面看去，世风日下，淫习日滥，那些后来的士人只怕更是德才皆乏、名实交丧，其祸之大愈发不堪深言啊！”

蒋济闻言，亦是恻然动容，沉沉叹道：“司马太傅忧世忧民之心实在感人至深！当今之势，我等也唯有尽人事而后听天命了。眼下，我等能为国家争取栽培得一株好苗就尽力去栽培吧，也不负自己平生济世理乱之志愿了！”

“太傅大人，您莫要过于忧虑，伤了自己的身子啊！”“太傅大人真是圣贤心肠……”高柔、何曾、傅嘏、卫臻等也纷纷发言劝慰司马懿。只有桓范坐在席间，冷然睨向司马懿，也不多说什么。

司马懿双掌按在几上，满脸现出焦虑之色：“哎呀！所以本座才会不辞艰辛东征西战——本座就是想趁着自己这把老骨头这几年还能动，争取在有生之年把蜀寇、吴贼尽行铲除，为在座的诸君和天下的士民开创一个海晏河清、无兵无戈的太平盛世，让我们的子孙后代都生活在幸福安宁之中啊！诸君——难道你们愿意自己当年在汉末以来颠沛流离、杀伐不休、艰苦备尝的日子还让自己的子孙后代也去经历体验吗？”

说到这里，他已是泪落如雨，打湿了颔下苍髯亮晶晶一大片。

这一下，在座的公卿大夫，包括桓范在内，都被他深深感动了。他们齐齐起身向司马懿拱手敬道：“太傅大人胸怀天下、心系苍生、仁盖六合，实在令我等衷心钦敬不已！我等祝愿太傅大人千岁千岁千千岁！”

“罢了！罢了！”司马懿左拳在自己腿膝之上轻轻地擂着，右手向他们挥了一挥，款款言道，“本座近来腿脚旧疾复发，起卧行动是大有不便了。诸君，本座实言相告，今日与你们在此一聚之后，就要返回温县孝敬里老家闭门养病了。日后的朝廷枢务，就多多拜托诸君全力协助曹大将军共同处置了……”

他陡然抛出此话，顿时惊得在座老臣们个个面面相觑，一时竟有些蒙了。

王观第一个从震惊中反应过来，失声喊道：“太……太傅大人！您……您不能就这么告病还乡啊！这大魏社稷，现在是须臾也离不得您在京师主持大局啊！”

接着，蒋济、高柔、卫臻、王肃、卢毓等也纷纷劝了上来：“太傅大人，您这一去，却奈天下苍生何？若说您腿脚不便，我等就联名上奏陛下，赐予您‘乘辇上殿、卧镇庙堂’的特权便行了！您又何必一意抛下这社稷大事回到温县闭门养病呢？”

但不管他们劝得口干舌燥、白沫横生，司马懿仍是不为所动：“本座去意已定——诸君就不要再劝了！”

最后，还是司马孚出来打了圆场：“列位大人，家兄的性格一向是言出必行，你们也就莫要再逼他了。待他回到乡下老家静养几日，身体好转之后还可以再回朝辅政的。”

于是，司马懿这一场归乡养病之事方才就此了结。他指着桌几上的点心、茶果，向诸位老臣笑着招呼道：“好了！好了！大家现在就且陪着本座聊一聊清谈之戏吧。日后诸君若有闲暇，也是可以到温县孝敬里本座的老家来做客玩耍的……”

众人无奈，只得饮茶品果，谈着些儿典章义理上面的辨析之事。

他们玩到半途，却恰逢钟会、阮籍二人前来拜访。司马懿也让他俩在席尾坐了，然后抚须开口而言：“本座久闻钟君、阮君才思颖悟，今日便出一题考一考尔等的学识。这道清谈之题，还是当年文皇帝龙潜东宫之时亲自拟作的。倘若在那战乱之世，你获得了一粒药丸，而你面前躺着两个病人，一为你之主君，一为你之父亲。他俩都只能服食了你这一粒药丸才能得救活命，请问你彼时彼境应该将那粒药丸献给他俩中的哪一位啊？”

他此问一发，场中一片寂静。桓范面色微动，琢磨着司马懿这个问题，目光闪动如电。

司马懿等了一会儿，开始点名了：“阮君，你先回答。”

阮籍双眉紧皱，显得似是左右为难：“司马太傅，这个问题阮某实在是难以回答。父为己命之本，君为己命之干，本干俱不可失，阮某如何能够两全其美？阮某真的是难以取舍——取父而救，则忘君臣之大义，阮某实是不容于天地之间；取君而救，则忘父子之大礼，阮某亦是不容于天地之间！阮某两难之际，也唯有一死以自裁了！”

“哦？阮君原来是这个答案啊！以死自裁，回避矛盾——何至于此？”司马懿深深地瞅了他一眼，又将目光投向了钟会：“钟君，你的答案呢？”

钟会正襟敛色，恭然答道：“启禀太傅大人，这粒药丸究竟应该献给主君还是父亲，却是令人左右为难……不过，会以为在献此药丸之前，首先得应该有一个分别……”

“分别？献药救人还应该事先有个分别？”桓范在一旁听了，微微蹙眉，“此话怎讲？”

“不错。事先应该有这样一个分别：有道之君、无道之君与有德之父、无德之父。”钟会徐徐答来，“依会之愚见，倘若君有道、父无德，则此药丸应当献给主君服用；倘若君无道、父有德，则此药丸应当献给父亲服用。”

司马懿抬头往四下里看了一圈，呵呵笑着，又问钟会道：“若是君有道、父有德，你又该将药丸献给谁呢？”

“那自然是献给主君了——因为君若有道，则所惠者广；父虽有德，所益者狭！况且，有德之父他自己也未必会妄受此药丸。”钟会侃然而答。

“若是君无道、父无德，此药丸又该如何而献？”王肃也插话进来问道。

“这个时候，药丸就该献给父亲——因为君若无道，则所害者众，给他药丸而救，是为虎作伥；因为父虽无德，则所损者寡，而给他药丸是为尽子之孝。”

听了钟会这番辩答，在座老臣们几乎都不禁抚掌称绝。司马懿这时才向其中唯一一个一直是面无表情的桓范问道：“桓大夫，您以为钟会君刚才所答如何？”

桓范早已看出司马懿是蓄意借着这个“药丸献谁”的清谈问题来诱导文武群臣在“纯忠”“纯孝”立场上潜移暗转，以“道之有无、德之多少”隐隐作为“为谁尽忠”一题的前提，给他们的思维框上一个模式来操弄他们将来何去何从之际的选择和行动。于是，他深深笑道：“钟会君之言虽然确是辞理可观，但似乎还有些不够精湛。”

他此语一出，司马懿脸上的表情不禁一滞。

“请桓大夫赐教。”钟会面不变色，伏下身来向桓范施了一礼。

桓范摸着自己唇角的胡须，肃然讲道：“在彼时彼境之下，君若无道，而本大夫认为你仍应将药丸敬献于他——因为你可以在救好了他之后，竭诚辅助他化无道为有道，如此则所益者广、所济者众也！”

听了他这话，司马懿的目光立刻灼灼然逼视过来：“桓大夫，以本座之见，若是可化之君，就不为无道之君矣！”

桓范双眉一挺，用凛然如刀的眼神硬将司马懿的灼灼目光接了下来：“司马太傅，桓某一直认为，君虽无道，而臣亦不可不尽忠！君便是君，无论有道无道，臣下都应誓死效忠！比干、屈原，岂不是我等为臣之楷模也？哼！却不知司马太傅你当年是如何在高祖文皇帝面前回答这个问题的？”

司马懿看着他如此激动的表情，一瞬间有些怔住了：孔融的影子一下突然飘过了他的脑际，悠悠忽忽地重叠在了桓范的脸庞之上！他在心底长长一叹，口中语气却软和了下来：“桓大夫……您这是何必呢？实不相瞒，本座当年在文皇帝面前是这样回答的——君为天地间之至重至大，懿唯有献药于君——和您的答案是一模一样的。”

柏夫人

忽骤忽缓的丝竹之声犹如秋风拂叶，柔柔地在半空中摇摆，又仿佛千条垂柳，在这万象斑驳的人世间长长久久地纠结交缠。奏乐的侍女们或跪或立，俱是穿着半袖华衫，唇上点了胭红，眉间描了浓墨，捧着精巧的笙箫笛管，纤长白净如玉葱的指尖在细圆的音孔上来回逡巡。

对着八瓣莲花蒙纱小窗，习习的霜风让何晏觉得有些凉了。他披着的外袍甚为宽大，并不贴身，松泛得如同盖在窗外池塘上面的那一层干干瘪瘪的枯荷；里边空着身架，像极了外表庞大浮华的名门豪宅，门背后却掩着灰暗的残砖烂瓦，不过是一片近乎虚无的废墟，透出一股精美的颓唐。

“善有元，事有会，天下殊途而同归，百虑而一致。能知其元，则众善举矣。故不待多学，以一知之。”

何晏伏在书简上写到这里，将笔搁了下来，心神又被侍女们的丝乐声吸引了过去：那箫音笛响委婉若翠香院里女人的呻吟，隐隐淌着风月情浓的淫靡。他并不是真的爱好这种乐调，可是比较那些敦厚宏大的雅乐而言，他更情愿溺死在这种靡靡之音中。生当风流，死亦倜傥，是他内心深处隐秘的渴望。

他眯着眼合拍而击，有时纹丝不乱，有时又故意慢半拍或快半拍，只是故意为了好玩，但他的心头始终却有些凉凉的。只可惜了这箫声笛音终是没有沈丽娘弹唱得温婉动人而柔媚入骨……那可真是倾国倾城的尤物！每一次做起那事儿就感觉她永远像处女一般向自己绚烂地舒放……只可惜被丁谧、曹绥这两个不解风月情趣的家伙给逼死了！一想到这里，何晏便有些恨恨的。

门外有人进来了，四十多岁，尖嘴鸡胸的，满身的猥琐气息，踏乱了音乐的节拍，拉着身后一个躲躲闪闪的人，像老鼠一般窜近前来。

透过醉眼，倚伏在书案上的何晏撑起脑袋来，嘻嘻一笑："张当！你这个小子——本座等你许久了！"

张当也媚媚地谄笑着："何……何大人，卑职去给您寻觅尤物，故而稍稍耽搁了。"

"哦？尤物？"何晏斜着眼睛看向他来，"逗人发笑了吧？就凭你那眼神还辨得清什么是尤物吗？"

"大人您先过目瞧一瞧吧！"张当阴阴地一笑，把后面那人轻轻一推。那人怯怯地挪了一步，却仍垂着头、藏着脸，一绺长发挂在了微微渗汗的额头前，弯得像一个神秘的诱人的问号。

"童女？"何晏端正了身子，"抬起头来！"

如被惊雷震吓的荒原小兔，垂落的散发颤了开来，而后露出白生生的脸蛋，仿佛少女的肌肤一般吹弹可破。一双明眸却似两汪春水，漫出来的是一种异样的妩媚，但这人却是一个十来岁的男孩。

何晏的两眼一下发亮了："哪里找来的？"

"启禀何大人，他是宫里才招进来的还没净过身的小太监。"张当一脸媚笑地讲道，"卑职瞧着他模样不错，舍不得把他搁在宫里白白地浪费，就偷偷地给您送来了。哎呀！何大人，您是不知道，卑职为了把他弄出宫来是冒了多大的危险啊！幸好中护军司马师这几日护送司马太傅回温县老家去了。不然，说不定卑职再怎么殷勤，您也未必吃得到这一口'嫩食'了！"

何晏却没怎么听他的唠唠叨叨，蓦地一举右手便扣住了那男孩的手腕，感觉就像捏在了嫩嫩的一片玫瑰花瓣上，让他舒服得倒吸了一口凉气："好！好！好！果真是尤物！"

那男孩身子一抖，吓得脸色更加苍白如雪，又不敢挣扎，莫大的屈辱和惶恐让他两眼泪光激荡。

何晏一下拖了他到案几边抖糠儿似的跪下，用左手继续捏着他白嫩光滑的脸蛋，笑眯眯地说："老张，你果然够意思——说吧！你送我这般的宝贝，本座该当如何谢你？”

“哎呀！何大人！在你口中可说不得这个‘谢’字——卑职命贱，当它不起的。卑职也不要您赐金赏银，只求您给卑职的那个堂侄张寒赏个一官半职的就行了！”张当“扑通”一声跪倒在地，“我张当一个阉宦别无所愿，也只有为家族中人多挣得一些功名，日后死了才会被供进宗祠享受香火祭祀……”

“行！本座明天发你一张品状帖，你再找邓飏签个字，就说是本座吩咐的，让你那侄儿到河东郡安邑县去当个县令吧！”何晏眼皮也没有眨一下就不假思索地答允了，“怎么样！本座待你如何？”

“哎呀！何大人真是大大的善人啊！待我张家真是没得说了！”张当一头就磕了下去，“砰砰砰”磕了八九个响头后又抬起来，怯怯地提醒道，“不……不过，卑职听闻那品状帖需要本州的大中正和卢毓尚书共同核定之后才可授官任职。卑职的老家是冀州邺城，冀州的大中正是裴潜大人。何大人您恐怕还要和裴大人、卢尚书他们先通一通气才好。”

“给他们通什么气？本座吩咐你这么做，你就照样做去！本座现在才是选曹的当道人，那个什么卢尚书也好、裴大中正也好，都说了不算的！”何晏甩了他一个白眼，仍是径自抚摸着那男孩的脸蛋儿不放。

“这个……卑职就万分感谢何大人了……”张当知道自己刚才那话触了何晏的忌讳，急忙嗫嗫地赔笑答谢着。

何晏并不理他，只是看着那男孩乐哈哈地晃着脑袋，松开了双手，扬起衣袖朝两边侍女们一挥：“带他下去！”然后又放轻了声音，话声柔软得几乎能滴出水来：“沐浴、更衣，再给本座好好打扮打扮他！”便有侍女上前将那男孩带走了。那男孩始终惶恐着，紧咬着朱唇，豆大的泪珠还是一泻而下，弯曲的散发便沾了泪水，贴着脸庞勾勒出了他的惊恐。

何晏津津有味地瞅着那已成为自己娈童的男孩俊俏的背影，像在欣赏着被自己锁进笼子里的一只金丝雀，咧着嘴嘻嘻地乐了。

“何大人。卑职就不打扰您的雅兴了……”张当正欲知趣地告辞离开，却被何晏一声喊住：“别急！老张，本座听说先帝时后宫的那个才人石英也是一个活色生香、别有风味的尤物，当年夏侯玄就是被她迷得丢了虎贲中郎将一职的……怎么样？你什么时候把她给本座也弄出来玩一玩？”

“唔……何大人，这个事儿呀，卑职只怕有些难办了……”

何晏目光一寒，向他直逼过去：“怎么？老张你在本座面前答话也要弯一下绕一下的吗？”

“卑……卑职哪儿敢啊！何大人您错怪卑职了！”张当慌得满面失色，瞧了瞧周围正自吹弹抚唱的侍女们，凑到何晏的耳边用低得不能再低的声音讲道，“您不知道——曹大将军早看上她啦！这几日趁着司马懿父子都出京回温县了，早就把那石英弄到他的大将军府上去了……”

温县孝敬里司马府后花园里的逍遥阁看上去依然那么精致玲珑，司马懿遥遥地眺望着那楼阁掩映在莹莹碧荫之间的风铃檐角时，眼眶里宛然便似盛满了盈盈的泪光。

“父亲大人……”司马师、司马昭见了，都有些惶惑起来。

司马懿却似旁若无人，望了那逍遥阁半晌，才慢声吟道：“涉江采芙蓉，兰泽多芳草。采之欲遗谁，所思在远道。还顾望旧乡，长路漫浩浩。同心而离居，忧伤以终老。”

司马师、司马昭看着父亲如此忘情地轻吟着这首乐府诗，神色似喜似悲、悲喜交加，仿佛有无限感慨涌上心头而不能自已——这是他们第一次见到一向冷峻沉毅的父亲也有如此柔情婉转的时候，不禁都暗暗惊呆了。

清清亮亮的琴瑟之声犹如一脉幽泉“叮叮咚咚”地从那楼阁里流泻而出，轻轻漫进了司马懿父子的心境之中，顿时漾起了一片莫名的空明祥和之感。

司马懿侧着耳朵静静地倾听着，隔了许久，才缓缓一招手。一个年轻的侍婢款步走上前来。司马懿头也不回，只低低问了一句：“柏夫人近来还好吗？”

侍婢恭敬之极地施礼答道：“夫人身体还好。”

司马师、司马昭兄弟在一旁瞧得怔住了，父亲大人什么时候竟纳了一个侧妾在温县老家“金屋藏娇”了啊！看父亲大人这神态，似乎对这个“柏夫人”在意得很啊……

司马懿慢慢将目光抬到了那逍遥阁顶的金葫芦尖上，悠悠说道：“那你去告诉她，本座今天终于回来了。稍后，本座便会前来见她。”

侍婢轻轻应了一声，便移步而去。

“师儿、昭儿，你俩且随为父同行，我们先到一个地方去瞧一瞧。”司马懿话犹未了，已是径自向后花园最深处缓缓走进。

司马师、司马昭对视了一眼，急忙紧紧跟上。

他们三人大约走了一炷香的工夫，来到了司马府后花园最后一处秘境——伏犀山壁脚下那座神秘的垒石假山之前停下。

在司马师、司马昭充满诧异的目光里，司马懿一个人往前面默默而行，带着他俩朝那座巍然耸立的垒石假山背后转了进去。

启开那两扇巨大的黑色花岗石洞门，司马懿便带领他们进入了这座司马家的“绝密洞仓”！

“父……父亲大人！孩儿们真没想到这老宅的后花园竟有这么神秘的一个地方！”司马师兄弟感慨不已。

司马懿一边沿着那宽大的青石甬道往里缓步走去，一边向他俩详细介绍道：“这个洞仓是你们祖父、伯父当年建设而成的。这里的甬道四通八达，在咱们温县周边的各个邻县都有出口……前面就是藏兵洞、储粮洞，我司马家遍布天下的万千死士都是从这里面训练出来的。”

“父亲大人！想不到您和祖父大人、伯父大人为建成我司马家‘异军突起，独揽天下’的雄厚基业，竟是这般苦心孤诣，筹谋万全！”司马师慨然而叹，“孩儿等甚是感动。”

“唉……这都是我司马家中人该做的。你们兄弟俩今后难道还不是一样该这么去做？”司马懿摆了摆手，仿佛十分平静自然地说着，径自走到洞厅当中一座擎天灯炬之下站定。刹那间，他脸上和蔼的笑意仿佛渐渐被阴云覆盖了，缓缓从他双颊边无声地消退而下。炬火扑闪地照着，显得他一半儿脸隐没在浓浓的阴影里，一半儿脸凸现在淡淡的光明中。他慢慢说道：“那么，从现在开始，师儿、昭儿，为父就将这‘绝密洞仓’移交给你们接管了——师儿，你就让石苞称病告假吧，反正他与曹爽、丁谧他们已是撕破了脸皮誓不两立，再在朝廷中待下去也没有太多的回旋空间。干脆，你就吩咐他和牛恒大叔一道隐居到孝敬里来，专门负责经营这‘绝密洞仓’之中训练死士、细作等机密要务……”

“是！”司马师朗声答道。

司马懿又道：“这一次我们挑选和训练出来的死士、细作一定要是最精干、最机敏、最伶俐的。他们是我司马家从暗中刺向曹爽一派咽喉要塞最犀利的一柄匕首！昭儿，你回京之后便与牛金二叔好好商量一下，让他出面与辽东鲜卑率义王慕容跋联系，请慕容跋暗暗挑选一批忠诚精干的鲜卑义士送到这里来。他们鲜卑义士的体力和武艺足可以一当十，是担任我司马家死士、细作的最佳人选……"

"父亲大人，这慕容跋的为人……靠得住吗？"司马昭小心翼翼地问道。

"他的为人绝对可靠——他是为父义结金兰的同门师兄弟呢！"司马懿坚定地讲道，"为父和他的友谊可是在辽东之役中血与火的考验之下牢牢建立起来的！"

"那就好。孩儿回洛阳后一定和牛金二叔把这件事儿办得妥妥当当的。"司马昭这才放心地承诺道。

司马懿又向他兄弟俩语重心长地嘱咐道："在为父回老家养病卧居的这段日子里，你俩在京师洛阳一定要收敛锋芒，谨慎自持，要老老实实地夹着尾巴做人，要眼睛里揉得进沙子、屁股下坐得稳火炉，任他曹爽一派怎么挑衅、怎么胡来、怎么妄为，你们都要给为父死死忍住。一定要等到最合适的时机，我们才可以果断出手，将他们一剑毙命！"

……

从后花园"绝密洞仓"里出来，司马懿父子三人刚走到那满月形门口处，却听到一串叮叮当当的环佩交鸣之声渐渐飘近，仿佛檐角下晃在风中的铃铎。

司马师、司马昭循声望去，只觉那一派明丽的流光忽然刺痛了他俩的双眼。等到瞳眸适应过来，才见面前已站着一个女人，身材颀长，秀发挽成双螺髻，仿佛青云出岫，容色万方，明艳得令人不敢正视，犹如灵珠美璧一般，便是在尘垢之中亦能焕发芳华！她那皓腕上戴着玛瑙镯，衬着象牙般的皮肤，像是刚凝成的羊脂玉上不经意掉落的流丹！

他俩再回过头来瞧着父亲大人那痴痴的笑脸，心头顿时一下明白了：这女人必定便是被父亲大人多年以来在老家逍遥阁中金屋藏娇的那个神秘之极的柏夫人了！

铜炉中徐徐飘出的氤氲香雾，朦胧如薄纱。

风姿绝艳的柏夫人身着羽裳，在琴声伴奏之下、飘扬的花影之中翩翩起舞——她犹如九天仙女飞下青霄，容色殊丽，雪肤樱唇，妩媚之态难描难述；髻发高堆，婉曲似灵蛇，斜斜插了两支紫金钗，摇动之际精光闪烁；一双瞳眸澄若秋水，清莹流波；那羊脂般白腻的眉心上偏偏点了一丝鲜血般的妖艳红痕，这使她在秀丽脱俗之中带着魅惑，叫人恨不得立即将她拥入怀中！她的娇躯窈窕有致，展开舞姿来便如汉宫飞燕一般曼妙空灵，在半空中恰似乘风抟云、鹤舞燕翔！动作时而柔缓轻逸，如蝴蝶采花；时而急旋迅舞，如飞鸟投林。当真是“飘然腾转回雪轻，嫣然纵送游龙惊。玉手招摇琅琅声，斜曳长裙云渐生！”

司马懿斜倚在羊毡软榻之上一边看着柏夫人的舞姿，一边向曹爽派来请安问政的新任河南尹李胜（这一年年初司马芝已经去世了）笑道：“曹大将军未免真是太客气了——有什么军国机务，就请他自己在洛阳京师里自行裁断了吧！何必还劳动李君你的大驾来温县跑这一趟啊！”

李胜先前曾是司马懿在持节宛城期间麾下所任的南阳太守，后来被故大司马曹真辟为军祭酒，现在又成了曹爽府中的心腹僚属。所以，他从出身背景而言，算是司马家和曹氏之间彼此都能接受的人士之一。曹爽派他前来孝敬里问安讨教，就是想借他这层关系更多、更深地刺探司马懿在老家养病卧居的真情实况。他听得司马懿这么一问，便恭恭然答道：“太傅大人您德高望重、多谋善断、老成持国，曹大将军在京城中焉敢自专妄断？这一次曹大将军派李某前来，就是想向您咨询接任已故司空赵俨大人的合适人选。”

赵俨是在一年多前自夏侯玄调到关中之后就被升任为司空的。他年老多病，在司空之位上没熬几个月便溘然逝世了。曹爽为了阻挠司马懿再用自己的心腹僚属出任这一要职，就费尽心机将它搁置了起来。今天，他故意让李胜来咨询这个问题，其实就是借此试探司马懿的反应，观察他是不是真的甘心归乡养病，不问朝事了。司马懿对这一切自是洞若观火，看得清清楚楚，于是随口呵呵一笑：“哎呀！这个问题有什么好向本座咨询的？曹大将军他自己定了谁来接任就是谁吧！本座对曹大将军的一切举措都没有异议的。”

“太傅大人，您不要谦虚啊！天下士民谁不知道您用贤有道、人尽其才？”李胜仍是徐徐劝道，“您就给曹大将军一个指教吧！”

“指教不敢当。”司马懿推辞了片刻，方才抚着长须慢慢说道：“如果不出本座所料，曹大将军原意是想推举卫臻大人为司空吧？”

李胜一怔——他没料到司马懿的目光如此敏锐，居然连曹爽的初始意图都这么准确地揣测到了！但他嘴上自是不肯泄露出什么的，就干笑道：“大将军心目中应该是没有什么拟定的人选吧，他是让李某真心前来向太傅您请教的。”

“任用卫臻大人为司空，本也是很不错的。”司马懿也不管他，径自慢慢地说道，“但本座认为大司农桓范的资历和能力似乎比卫臻大人更适合担任司空一职……李君，你认为呢？”

“这……这个，李某不好从旁妄加置喙。”李胜急忙答道，“李某一定将太傅大人您的建议带回去给曹大将军。”

司马懿呵呵而笑：“李君，曹大将军若是用了桓大夫为司空，你日后就再也不用这么辛辛苦苦、颠簸劳顿地到这孝敬里向老朽来讨什么教了……有桓大人协助曹大将军处理万机，本座完全可以撒手归隐、颐养天年了！”

“太傅大人您怎么这样说？您是我大魏四朝元老、托孤重臣，千万不能存有这种急流勇退之念啊！”李胜从案几上端起酒杯敬道，“大魏一朝若无您虎卧坐镇，还不知道蜀寇、吴贼会有多么猖狂呢！”

司马懿轻轻一摆手，喃喃说道：“本座今年六十七岁了……老了，真的是老了。这大魏天下，离了谁其实都会一如既往地欣欣向荣的！李君，你们就让本座好好休养旧疾，快快活活地多活几年吧！这算是本座恳求你们了……”

李胜急忙一边在嘴上竭力劝慰着，一边却在暗暗打量着司马懿——他持杯的手已经确是如同所有高龄老者一般显出了中风似的轻轻震颤！

司马懿也根本像没有听进他任何劝慰的话，开口继续吟道：

生年不满百，常怀千岁忧。
昼短苦夜长，何不秉烛游？
为乐当及时，何能待来兹？
愚者爱惜费，但为后世嗤。
仙人王子乔，难可与等期！

吟罢，他又举杯向李胜敬来："来！来！来！李君，你且陪着老朽先及时行乐一场吧！"

李胜刚一离开，司马府客厅里的轻歌曼舞便戛然而止。

"莹儿，你过来坐吧。"司马懿拍了拍身边的铺锦坐垫，招呼柏夫人上前坐下。

柏夫人就那样拖着两条长长的七彩丝绦，缓步走近，静静地看了他一眼："你可活得真累——连回到温县老家养病卧居也要戴着面具演戏！"

司马懿迎视着她，微微笑了："莹儿，只要我没在你面前演戏就行了。唉，我们这么做，也是为了麻痹洛阳城里那一帮鼠辈啊！"

"谁知道你有没有在我面前演过戏啊？你伪装得这么出神入化，比世上最厉害的戏子都演得好……"柏夫人款款地在锦绣坐垫上挨着司马懿坐了下来，"不过，你让我这么唱歌跳舞地在外面抛头露面——就不怕万一有人认出了我的真实身份？"

"呵呵呵，你倒是有些过虑了。先前那位貌若天仙、风华绝代的方莹贵妃早在二十多年前就香消玉殒了！那个郭老太后也把熟悉你的宫女和宦官们都追杀得干干净净了……真的能够辨认出你现在真面目的人实在是有若凤毛麟角了！"司马懿凝神地欣赏着她玉雕雪塑一般的容颜，仿佛永远也看不够似的，"师父当年送给你的那颗驻颜丹真是奇妙绝伦啊！二十多年过去了，你的容貌永远清新如朝露、明净如璞玉啊！但是，你面前的这位司马师哥却已然白发苍苍、皱纹丛生了……"

柏夫人——也就是方莹——听了司马懿的话，不禁嫣然而笑："妾身终有一天也会老去的……不过，能够朱颜依旧，以当年的姿态一直躺在师哥你的怀抱里慢慢死去，妾身觉得这便是自己一生最大的满足了。"

司马懿握住了她象牙雕琢般的手掌，凝望着窗外愈来愈浓的火红晚霞，慢慢柔声而道："莹儿，你再稍等个三四年，待到为夫将洛阳城里的事情处置干净之后，就把司马家的那些重任大业移交给师儿、昭儿他们去打理。为夫那时便是无事一身轻了，一定会带着春华她回到这里，陪着你俩相依相偎地在每一个傍晚看着这夕阳渐渐落去。虽然好像平实纯淡了一些，但为夫也觉得这就是我们余生最大的幸福了。"

地牢中的美人

“司马懿的近况究竟如何？他是不是在装病？”曹爽将李胜迎入后院密室之中，一进屋就劈头问道。

李胜瞧见室内曹训、曹彦、丁谧、何晏、邓飏、虞松等人早已坐满了长席正在等候，当下也不及虚礼客套，边坐边答道：“启禀大将军，根据此番李某前去拜访观察，司马太傅的确是已经年迈多病，在待人接物之际双手连酒杯都有些端不稳了，有时还洒了些许酒水出来。而且，司马太傅已然萌生了‘及时行乐，安享余生’的念头，整日里沉迷于轻歌曼舞、倚红搂翠，他那六七十岁的身子只怕快被酒色掏空了！”

“唔……看来李大人的话真的是印证了咱们搜集到的那些消息了。”邓飏在一旁听了，深有同感地说道，“咱们埋设在他司马府中的眼线来报，司马懿自从返回温县老家养病卧居之后就迷上了一个新近纳进的宠妾柏姬，没日没夜地纵情声色，把结发老妻张春华早抛到爪哇国去了。张春华得知之后，就借着返乡探病的理由回去制止他，他却当面大骂张春华：‘你这老家伙自己长得丑也就罢了，何必还乱跑出来到处丢人现眼呢？’张春华愤恨之下，便欲绝食自杀。没想到她绝了两天两夜的饮食之后，司马懿仍是铁石心肠，毫不理睬。后来，司马师、司马昭、司马干等兄弟闻讯一齐跑回温县声援他们母亲，都跟着她一道绝食抗议。司马懿这才不得已作出了让步，向张春华道歉认错后方才平息了这场风波。但这事儿让司马懿糗得有些大了，他的亲家王肃、杜恕、诸葛诞等纷纷去函指责他的好色薄情，弄得他是灰头土脸的……”

“这样听来，司马懿既是朽迈多病，又荒于酒色，不可理喻，算是把自己这‘四朝元老、社稷重臣’的名头给一下砸坏了！”曹训笑呵呵地说道，“他可能也真是想以一个志得意满的富家翁了此残生了吧！他或许早就想透了，与其在洛阳京师和我们曹家硬碰硬地死撑，倒不如退归乡里逍遥度日及时享乐了。这不，他连他的太傅府官署都几乎完全停工了，把我们的虞松君也弄得刚过三十岁就成了赋闲无事的冗官。”

“如果他具有这样的觉悟，那自然是再好不过了。难怪何某近来看到司马师、司马昭兄弟俩似乎都有些没精打采的……老家伙那么颓废了，这些小崽子自然也就跟着蔫儿了，听说就连石苞都被吓得从司马师身边辞官而逃、不知去向了……”何晏一边柔声腻语地说着，一边把自己洁净如玉的手掌翻来覆去地捏玩着，“这可是形势一片大好啊！大将军，司马懿父子自甘退让之时，正是我们乘隙拓进之机啊！”

“唔……诸君，依丁某之见，此刻便要断言司马懿甘于退隐，归权魏室，恐怕有些为时太早！”丁谧却与他们不同，脸上并无太多的乐观之色，双眉微蹙而道，“司马懿素来胸怀大志，念念以鼎定四海为己任，且又功高勋重，权盛一时，真的就会从此甘心雌伏于我等之下吗？咱们可千万不能被他骗了，得要多方刺探，直到彻底摸清他的底细才行啊！”

他这么一讲，全场不禁立时沉寂了下来。曹爽眨巴着眼睛思忖了好一阵儿，向李胜问道：“司马懿还和你谈了什么话没有？”

李胜想了一下，答道：“对了，他还托李某带话给您——他建议您将司空之位封给桓范大夫。”

“哦？司马懿这不是在向桓大夫故意讨好吗？”曹彦嘿嘿一笑，“真没想到名重一时、威震八方的司马太傅也有一天放下架子向我们的桓大夫如此谦卑地讨好。他一定是希望通过这一举动促使桓大夫日后在我们面前为他多多美言周旋吧！毕竟，桓大夫曾经是他的同窗好友嘛！”

曹爽拿手托着脸腮沉吟了一会儿，最后一咬牙说道：“哼！他想得倒美！本大将军就是偏不让他称心如意！这个司空之位，还是送给卫臻做个人情吧。这个老家伙处事一向四平八稳，无棱无角，而且颇有资历，拉得上台面，放在司空之位上咱们好摆弄他一些。桓范就免了吧，他这个人满身是刺儿，上来后有些不容易左右。”

坐在下首席尾的虞松听了他讲的这话，心头剧震：原来曹爽这些人竟是如此褊狭浅薄！亏得桓范多年来为他们披肝沥胆，出谋划策，勤勤恳恳，而他们居然对待他竟连卫臻这样一个外人也不如！看来，曹爽他们终是斗筲之器，只喜阿谀奉承之徒，对真正的有德有才之士终是驭之无道。自己跟着他们一道与时沉浮，又会有多大的前途呢？他们对待桓范这样的国士尚且如此虚情假意，又何况自己呢？一瞬间，虞松不由得想起了自己在司马懿幕府之中所受到的种种礼遇，心中实是百味俱陈，暗自嗟叹不已。

这边，丁谧仍是沿着自己先前的思路继续进言讲道：“大将军，对于司马懿的这番养病退隐之举，咱们可以来他一个‘投石问路’之计前去试探：先从易到难、从外到内地慢慢剪除他在朝廷上下的党羽，再静观他的一切反应，然后谋定而后动！他若真是自甘雌伏，便只能坐视不理；他若真是心怀叵测，咱们亦可随机应变，见招拆招！”

“剪除司马懿的党羽？”曹爽神色一怯，“丁君你这样做是不是太猛了一些？咱们且缓一缓再瞧吧。”

“大将军你好糊涂！刚才何大人不是说了吗——‘司马懿父子自甘退让之时，正是我们乘隙拓进之机’！”丁谧重重地一跺脚，“此刻对司马氏党羽还不速速下手剪除，日后更待何时？”

曹爽有些迟疑地抬起头来瞧了瞧周围的何晏、曹训、曹彦、邓飏等人，见到他们都向自己颔首以示赞同丁谧之意，就嗫嗫地问道：“那么，丁君——你认为咱们首先该从剪除司马党中何人下手？”

“您那大将军幕府中的长史孙礼就该当是头一个被剪除的！他便是司马懿通过孙资、刘放之手打进您大将军幕府之中的一根楔子！”丁谧阴阴沉沉地说道，“他终究不是您曹家一脉的故旧亲信，长久待在您幕府长史那个职位上委实令人很不舒服，犹如背上芒刺一般。这样吧！您就用‘明升暗降’之法，外放他出去到哪个州府去当刺史，让他远离大将军幕府！”

曹爽也觉得孙礼留在幕府之中对自己牵制甚多，便微微点头，沉吟着言道：“丁君此言甚是。本大将军把孙礼外放出去之后，干脆便聘你进幕府来任长史之职，如何？”

“丁某谢谢大将军您错爱了，这倒不必。”丁谧急忙谦辞了一番，思忖片刻后答道：“您应该将镇东将军王凌的外甥令狐愚聘进幕府担任长史之官，这样咱们便可以和王凌联起手来对付诸葛诞、王昶、州泰等属于司马氏一党的方面要员。”

“好！”曹爽非常响亮地拍了一下手掌，“丁君此策极是高明，本大将军即刻采纳了！”

丁谧眯缝着双眼，眸中寒芒隐隐：“接下来，司马懿设在朝堂之上的八大亲信——尚书令司马孚、中书令孙资、中书监刘放、选曹尚书卢毓、度支尚书王观、太常王肃、廷尉高柔、大鸿胪何曾——我们都应一一铲除而去！”

曹爽的右掌一下紧紧按在了面前的案几之上，神色肃然地点了点头。

“哦……对了，大将军，您知道这件事吗？何某和邓侍郎早就决定了让张当的堂侄张寒出任河东郡安邑县县令一职，这事儿您也是同意了的……”何晏似乎想起了什么，开口讲道，“可是那个卢毓硬是顶着不让选曹下文批准！他在明面上的理由是说张寒才不符职，不堪入选，但实质上根本就是没把大将军您的意见放在眼里！他还口口声声宣称要致函司马懿，请他回来主持公道呢。”

“什么！真是反了这个老匹夫了！我堂堂一个正一品的辅国大将军，居然连任命一个区区县令的旨意他都敢反驳？”曹爽勃然大怒，脖子上的青筋一下就胀起老高，“何晏——你稍后马上去选曹官署给我把他的选曹尚书之印缴了，马上将批准任命张寒为安邑县令的文书盖印签发了……你看他还敢不敢冲撞本大将军？”

“大将军——请三思啊！”虞松再也忍不住了，进言劝道，“强缴卢毓的尚书之印，等同罢免卢毓的尚书之官——罢免他的尚书之官，非得经过朝议后颁下圣旨不可！您让何大人根据这一嗔之言而去骤施非常之举，似乎有些太过冲动了……”

“你这小子懂什么？这里哪有你多嘴的份儿？”曹爽恶狠狠地一眼向他扫了过来，“卢毓这个老匹夫竟敢公然硬顶本大将军的旨意，实在是令人忍无可忍！本大将军就是要当众缴他的官印、扫他的颜面，让他在文武百官面前一辈子抬不起头来，看他今后还敢再狂再傲吗？”

曹爽的大将军府邸在这半年多里规模突然扩建了近三倍，几乎占据了半个南坊的临街铺面。他先前的邻居住宅都被自愿或不自愿地拆迁搬离了。尽管他们俱是朝中的卿侯大夫，位秩不低，势力不小，怎又奈何曹爽如今是“万人之上，权倾天下”的辅政大将军？连德高望重的四朝元老司马太傅都因为惧了他的权势而自甘归隐故乡、远离京都，又何况这些京官卿士。

然而，立在南坊之尾的那座司马府虽然在明面上是日渐一日地冷清寂寞下来，但每到暮色沉沉，却让桓范、丁谧等几个曹系智士感觉它便如一头沉默地匍匐着的巨兽，正虎视眈眈地时刻准备着一跃而起，一口吞噬掉它的猎物！

曹爽其实也隐隐有了这种感觉。不然，他也不会在自家府邸新扩建的占地十八亩的后花园里五步一岗、十步一哨地安排武士、家丁把守了。

而每到黄昏，曹爽便会醉意醺醺地被自己的家丁侍卫长孙谦保护着，走进后花园的一座巍峨假山之中，扭开山腹上的机关，两扇外表雕成嶙峋峻岩之貌的青石洞门缓缓而开，露出一条深深的梯道，一直往下通到地心深处。

曹爽“沓沓沓”地踩着那石梯道往下走去——原来这里面竟是一个宽大的地下密室！梯道两边的石壁上，悬挂着西域番国进贡来的一颗颗碗口般大小的夜明珠，晶光璀璨，就似一盏盏燃烧的灯烛把里边照得亮堂堂的。

梯道的尽头，又是两扇金光闪闪的大门——门框顶上的那张绿玉匾上镌刻着“极乐洞天”四个典雅秀逸的流云字纹，看上去令人格外赏心悦目。

曹爽就在这里停下脚步，转头吩咐跟在自己身后的孙谦道：“孙君，你就在这里守候着，绝对不能允许任何人靠近此门，连夫人也不准！胆敢擅入者，你可以格杀勿论！”

然后，他便施施然地推开了这两扇金门走了进去，马上又反手紧紧地关上了。

孙谦再傻，也懂得“金屋藏娇”这个典故。而他，就是曹大将军用来守护这座修建在地底之下的金屋的看门狗！那么，大将军又会在这座金屋里关藏着一个什么样的美女呢？他到底是顾忌别人的刺探还是不舍得拿出来让别人共赏才把她关藏在这深埋地底、不见天日的金屋里呢？她又会是怎样的一个绝色美女，让曹大将军痴迷如斯？

孙谦正这么杂七杂八地乱想着，突然听到地面上石门板处被人从外面“砰砰砰砰”地拍了四下！

当下，他凝住声气便向屋门内禀道：“大将军——边关来了紧急军情讯报！”

“极乐洞天”金屋内顿时乍然一静，静得一切声音都在一刹那间消失于无形。没过片刻，曹爽便披着一身紫袍急步而出，嘴里嘟哝着：“这些个吴贼、蜀寇！扰得本大将军这个时候都不得清静，本大将军迟早都要收拾了他们……”

他仿佛竟是没有理会到这两扇金门的一侧还一直值守着一个像木头人一般的孙谦，瞅也没瞅他一眼，就把那两扇金门一掩，“咚咚咚”地沿着那石阶梯道往上面心急火燎地跑了上去！

原来，曹爽再淫靡好色，也懂得边关军情丝毫耽搁不得，所以满脑子的一切浮思杂念都被他一慌之下全抛到爪哇国去了！而孙谦，则居然被他完全遗忘在这个地下洞室里了！

孙谦其实在曹爽从金屋里摔门而出的一刹那，也曾经一闪念间想到应该跳过来跟着曹爽一道出洞而去，但今天他的脚步却陡然似鬼使神差一般在暗中稍微缓了一缓，待他忽地回过神来，曹爽的脚靴声早已消失在石阶梯道的顶端了。

他心底一颤，慌忙便欲追随而去——就在这时，“极乐洞天”金屋的那条门缝里却突然传出了那个娇嫩得仿佛能够滴出蜜汁的声音来：“这位军爷，你何必去得这般性急？”

一瞬间，这声音便如一块无形的磁石一般将他的整个心神都吸引了进去，他心头就似沸水一般翻滚起了那样一个灼热的念头：推开金门看一看她！看一看她的真面目！看一看这个只凭着娇声柔语便足以颠倒众生的女人的真面目！纵是自己为了这一举动被大将军鞭笞重创，也顾不得了！

那两扇沉重的金门被缓缓推开了，一派柔和明亮的光华扑面迎来——金灿灿的屋顶悬挂着一颗灯笼般大小的银色宝珠，洒下缕缕毫光，照耀满屋。

在那珠光金华的辉映之下，却有一个身材窈窕之极的女子正从榻席上站起，背壁而立，悠悠举眸望向他来——孙谦一看之下，顿时便觉眼前一眩，那女子的璀璨风采刹那间将满屋的珠光宝气全都盖了下去，像美轮美奂的浮雕一般凸现出一个走下凡尘的翩翩仙子来！

然而，这翩翩仙子却是带着几分与众不同的精怪。她在端庄优雅的气质之中似乎又混合了一抹说不出的惊艳来——一幅薄若蝉翼的黑纱轻轻掩着她胸前玉碗倒覆似的双峰，随着她一呼一吸之间那黑纱又颤颤然微开微合，隐隐露出那雪亮的肤光和鲜润的嫣红，一下震得孙谦几乎连七魂六魄都要散了！

孙谦慌忙咬牙忍住沸腾的欲望，把目光急移而开，不好意思地向那美人的脚下看去，却见她那玉白的脚踝处紧紧缠绕着一条小指般粗细的银链，银链的那一端拴在金屋墙脚的银环之上——这条银链禁锢了她的活动范围只能在二丈方圆之内。

那美人却似笑含嗔地迎视着他，慢慢将胸前黑纱往上轻轻一撩：

“来吧！妾身已经等您很久了……”

孙谦低吼了一声，只觉浑身的血液“轰”的一下全都烧了起来，他再也控制不住了……

春风度尽之后，孙谦缓缓从迷梦中醒来，却见那美人正抱着双膝坐在榻席边饶有兴致地一直注视着他。

“哎呀！孙某该死！孙某该死！”孙谦慌忙披上衣衫，像被蜜蜂蜇了一下似的跳了起来。

“你是该死——你居然连你们家大将军金屋深藏的娇娃都敢乱碰，你真是该死上一百遍都有余了！”那美人瞧着他，仿佛变了一个人似的用异常冷峻的语气不紧不慢地说道，“军爷——你害不害怕本才人在大将军再次来到这里之时会向他告发你今天在极乐洞天金屋里所做的一切啊！”

“是……是你引诱我的！”孙谦喃喃地说道。

那美人淡淡笑着用手拉了一拉缚在自己脚踝上的那条银链：“你认为大将军会相信你的辩解吗？你瞧一瞧，我连大门口都走不过去，拿什么能引诱你啊？”

“是你的声音、你的声音……”孙谦如同见了魔鬼一般直盯着她，“你、你为什么要这样做？”

“哦，你别害怕——只要你乖乖听我的话，我就不会向大将军告发你了。”那美人用手指捏着那条银链甩来甩去，悠悠地笑道，“而且，我以后还会一直像今天这样对你好的。”

“大将军待我孙谦恩重如山，孙谦今日所为真是对不起他呀！”孙谦涕泪俱下地说道。

“呵呵呵……你和曹爽之间，谈不上谁对不起谁的。”那美人冷冷地瞟了他一眼，“这些话你今天不明白，以后有一天你会懂得的。罢了，时间也不短了，你快走吧！”

当孙谦有些木呆呆地走到金屋门边时，忽然想起了一个问题，回过头来向那美人问道：“你……你叫什么名字？”

那美人遥遥望着他，脸上露出一丝古怪而莫名的笑容来：“我么？我是曾经侍奉过先帝的皇宫鹤唳馆才人石英。”

……

曹爽并没有察觉孙谦和石英的这一次苟合之事，后来依然在每一次到极乐洞天金屋来享受石英之时，都把孙谦带上关在门外值守；而孙谦也一直小心翼翼地掩饰着一切，依然像一尊石头人一般为曹爽值守。

终于有一天，孙谦趁曹爽远出京郊狩猎之机，再次偷偷潜进极乐洞天金屋与石英私通。这一次事毕之后，石英提出了要求："你今天出去之后，给我带一个东西到京都西坊的八宝来当铺里去当了……"

"什么东西？"孙谦惊愕地问。

石英从发髻上取下一支鹤形金钗递了过来："你就把这支鹤形金钗带到八宝来当铺里交给那个掌柜……那个掌柜会给你换成一支青鸾珠花，你把它带回来给我……"

孙谦将那鹤形金钗捏在掌心里看了又看："你去当铺当掉这只金钗干什么？换回那支珠花又干什么？你别是在搞什么名堂吧？！"

"不错，这里边就是有名堂。"石英微微地笑着看他，"不过，你可是答应过要听我的话的。"

"不行！大将军待我恩重如山，对不起他的事儿我不能干！"孙谦的声音一下硬了起来，"你若再逼我，我就向大将军服罪自首去！"

"恩重如山？"石英朝着他微微一撇嘴，"你以为曹爽他真的待你们这些家丁家将就很好？"

孙谦鼓着两眼直瞪了过来："他待我们亲如子弟！"

"亲如子弟？呵呵呵……我在后宫中只听说过唯有太傅司马懿才是真的待他家丁家将亲如子弟。牛金原本是他司马府的部曲家将吧？可是司马太傅硬是一路提拔让他做到了显赫之极的后将军兼骁骑将军，食邑两千户！你孙谦呢？也算是为他曹家拼死卖命了这么多年，他居然仍让你当一个小小的不入品流的家丁侍卫长！"

孙谦喉头一窒："孙某一直没有机会跟随先大司马曹公和曹大将军出去征伐杀敌过嘛……"

"不是没有这些机会，而是曹家不给你这些机会——或许，他们从来就认为曹家的奴仆一辈子都该是卑贱的奴仆，一辈子都该关在府院里效命。哪像人家司马太傅，只要你有真本事，就是最下等的奴隶也可以提拔成威风凛凛的大将军！"

孙谦沉默了下来。是啊！这个石英讲得没错，曹大将军一掌权，就任人唯亲，不仅给他的几个兄弟全都安上了这样那样的高官要职，甚至连曹家最不成器的纨绔子弟曹绶也被他任命为大内禁军步兵校尉！这简直让孙谦看了都暗暗嗤笑不已，这曹绶算什么东西啊？他除了会花天酒地、寻欢作乐之外，哪里有什么统兵作战的真本事？这不是把任贤举能的国之要务当作儿戏一般吗？

石英看着他，款款又道："孙谦，不瞒你说，有些事情我都不好对你讲。你知道你一直拼命效忠的主子，那个曹大将军是怎么对待你的吗？他故意让你站到极乐洞天的金屋门外值守，其实是有一番别样用心的……"

"什么样的用心？"孙谦一惊。

"他就是故意要让你在外边听到我的声音，就是要故意在你面前显耀他几乎掌控一切的权威感。他、他就是一个十足的变态！你知道吗？"石英忽地红了眼圈，哽咽地说道，"你想，他难道不知道你是一个男人？他难道看不出你心底的欲望？他难道不明白你在外面对只闻其声而不见其人的我会本能地产生无边绮思吗？呵呵呵……他关藏着我这么一个稀世尤物，却不能向任何外人炫耀，这该是多么地憋闷啊！

"于是，他刻意选择了你作为炫耀这一切的对象。所以，他才会每次以'你最为忠诚'为名而把你带到金屋门外来值守……你知道吗？他不止一次地给我谈起过，他就是喜欢这样一种操弄一切的权威感。男人、女人，同时都被他玩弄了，哪怕清丽绝俗如我石英，哪怕彪悍生猛如你孙谦，其实都是他用来泄欲尽兴的玩偶……"

"不要再说下去了！"孙谦"咚"的一拳打在亮晶晶的金壁上面，指节伤口处滴出了一粒粒的血珠。

石英闭住了樱唇，静静地瞧着这个心伤欲裂的男人，一双明眸里不禁盛满了泪光。

过了许久许久，孙谦的胸膛仍是激烈地起伏着，一直难以自抑。他蓦地回过头来，瞪着石英道："我明白了，原来你是司马懿的细作！哼！可是，你口口声声称颂不已的那个司马太傅，为何却任由你这么一个忠于职守的死士细作沦陷在这暗无天日的金屋地牢之中遭人蹂躏而不出手救援呢？他们待你的恩情却又何在呢？"

石英伸出纤纤玉指，慢慢抚摸着缚在自己脚踝上的那条银链，徐徐言道："司马太傅待我们的仁义恩情并不在一时一事一人之私，他在辅政之初就准备让中书省拟诏将先帝纳入掖庭的才人、宫娥们尽行遣散出宫，放回民间与亲人们团聚……"说到这里，她脸上浮起了一片灿烂的笑意，"那个时候，是我们这些幽闭深宫的才人、宫娥最开心的日子！真的！没有比听到这个消息更开心的了！

"不料曹爽这厮暗怀私念，却顶着司马太傅的这道惠政建议死命不办……直到那天我被他们偷偷绑进这金屋地牢里时，他才得意忘形地亲口承认了，他当时那么做，就是想拖延到他有朝一日大权尽握之后再霸占我们！古话说：'玩物丧志，玩人丧德。'似曹爽这般玩物玩人、丧志丧德、猪狗不如的人若是还不倒台，只怕老天真是瞎了眼了！"

曹爽引众怒

曹爽已经渐渐地不满足于在洛阳京城里半遮半掩地寻欢作乐了。在洛阳京城里，那些元老宿臣太多了，耳目也太杂了。自己做的那些丑事若是哪一天在这里败露了，只怕稍有不慎就会引起轩然大波，倒会把自己弄得灰头土脸的！而且，他也很不喜欢每日坐在朝堂上和孙资、刘放、司马孚、王肃、高柔那些老家伙阴阴冷冷的目光十分无聊地对峙下去。虽然自己也明显地感到太尉蒋济、尚书仆射卫臻等中立派元老的态度似乎早已发生了微妙的变化，曹爽却仍然满不在乎、我行我素。我是魏国辅政大将军，我家父亲曹真为大魏任劳任怨效命了这么多年，我又曾经和深怀异志的司马氏一党进行过殊死较量，论功行赏，这整个曹家江山的一半几乎都是我们父子兄弟一家人为当今陛下拼命挣来的！现在我代君执政了，难道好好享受享受一下、慰劳慰劳自己的劳苦功高就不行吗？

这些想法一旦充满了曹爽的脑海，他便觉得自己的一切所作所为都是心安理得了。但为了避免公然招来众怨，曹爽决定把享乐之地转移到大魏的应天受命之地——陪都许昌去。太祖武皇帝、高祖文皇帝曾在那里经营日久，且不说其中的殿堂楼阁鳞次栉比、奢华精丽，那方圆十里、异兽充盈的赤鹿园，那碧波荡漾、百舸争流的朱雀池，还有那凌霄而立、群芳荟萃的炎汉长乐宫（听闻那里自汉献帝刘协当日迁出之后，里面便幽居着太祖武皇帝、高祖文皇帝等两代君王数不清的遗妃遗嫔呢！）……这一一念来，何处不是令人心醉神驰？

曹爽愈想愈烈，心意一定，便以巡视许昌兼庆贺自己四十四岁生日为理由，准备离京南下而行。他这个辅国大将军今年是四十四岁了。这应该是一桩极为隆重的大事，当今陛下既然尚未临朝亲政，那么他这个“无君之名而行君之实”的大魏重臣的生日就该当成为一个足以使万民共庆、百官齐贺的重要节日！在他的授意和安排之下，在两三个月前，一些藩邦使臣和州郡牧守便不约而同地呈进了请求为曹大将军举办生日庆贺以慰其勋、以彰其荣的奏疏。然后，少帝曹芳毫无意外地下旨恩准了。于是，由洛阳通往许昌的十三条驿道顿时变得空前地拥挤和热闹起来：香车宝马、美人娈童、鼓吹乐伎、名酒佳肴、琳琅妙器、方物特产等犹如群星逐月一般络绎不绝地南运而去……几乎满朝上下都在围绕着曹大将军的这场生日贺会做着紧锣密鼓的筹备。其间，司马孚、桓范、何曾、傅嘏等人曾经提出过“不宜铺张奢侈”的谏议和意见，但都被曹爽利用少帝曹芳的圣旨给硬生生地压下了。

然而，这场浩大的筹备工程终究还是在最后一个环节上被卡住了：在生日庆典宴会上该用什么秩级的“烹食礼器”？曹爽放出来的话声就是宴会烹器必须采用九鼎列食的标准！但是，依照周礼的规定：“天子以九鼎列食，诸侯以七鼎列食，卿大夫以五鼎列食，元士以三鼎列食。”所以，九鼎列食乃是天子所享受之殊礼，任何臣民都不可僭越。可是曹爽自恃位高权重，就是要故意当众僭越，坚持要用九鼎列食之规格来庆贺自己的生日、招待自己的宾客僚属，以此彰显自己目前的无上权威。

黄门令张当在为曹爽物色好九九八十一个名厨之后前来禀告：“启禀大将军，九鼎列食之殊礼须得以少府寺所藏的大禹九鼎为匹配之重器。而大禹九鼎自夏朝开国之初流传至今，只有历代君王在祭天祀地和敬祖礼宗时方可使用，平时难得一睹，卑职不敢擅取，请大将军示下！”

“大禹九鼎有什么不可擅取的？本大将军说能用就能用！快去取来！”

“可是……”

“怎么？”

“少府卿王观大人掌管着尚方宝库的门钥。卑职找了他多次，他硬是不肯给出，还公开宣称擅取大禹九鼎乃违制僭越之行，便是大将军您亲自来取也定然不给！”

曹爽听到这里，“腾”的一下火冒三丈：这个王观，真是太不识好歹了！他在三个月前听了丁谧的建议，故意将王观从度支尚书一职上外调到皇宫大内担任了少府卿——少府卿本是一个富得流油的肥差，执掌着四方藩国、天下州郡进贡而来的尚方珍玩、绫罗器物以及历朝历代皇室积累下来的御用之宝。按照丁谧的起初设计，正所谓“哪个猫儿不沾腥”，他们原本是想用这样一个富庶绝伦的肥差引诱王观纸醉金迷、堕入陷阱。然而，他们万万没有料到这个王观却真是“清廉如水，一尘不染”，硬生生地没有乱拿少府署尚方宝库里的一针一线、一碗一碟！而且，王观还把少府署尚方宝库视为自家后院一般看守得极严极紧，丝毫不许曹爽他们染指进来擅取一物一械。有一次何晏、邓飏和曹绥结伴去他那里取少府署尚方宝库中存放的那只孔子履和那柄汉高祖斩白蛇剑来欣赏，便被王观骂了个狗血淋头，只得悻悻而返！

曹爽越想越气——这个王观也太不给本大将军面子了！既是如此，本大将军也就不给他什么面子了！他一怒之下，唤来曹绥：“你带上四十个亲兵陪张当一起到少府署，找王观那老匹夫把大禹九鼎给本大将军取来。他若不给，就打到他乖乖交出为止！”

吩咐完后，他便又去和曹训、曹彦、何晏、丁谧他们饮酒作乐、娱玩嬉戏了。

过了一个多时辰，才见曹绥和张当带领四十名亲兵抬着四口大木箱返了回来。不消说，他们到底还是将大禹九鼎取来了。但曹爽一瞧，曹绥的头盔系带也被扯断了，脸颊也被打肿了半边，而张当更是鼻歪血流，一脸是伤！

“怎么回事？”何晏惊问。

“唉！小侄和张大人去少府署要那鼎，王观那老家伙死活不肯交出库房钥匙，还口口声声说什么‘国之重器，礼之命脉，万万不可僭越滥用’……小侄听得心烦，就上前擂了他一拳，于是两下里便打起来了！”曹绥一见到曹爽就表起自己的功劳来，“大将军你不知道，王观这老家伙虽然年近六旬，却毕竟也是当过合肥太守、掌过兵马的，骨头还是硬朗得很哪。小侄拼尽了全力才从他腰带上抢到了库房钥匙，这才打开库门取出了这大禹九鼎……”

张当却满脸忧色地朝何晏说道：“何大人——王观那老家伙实是秉性执拗，在打闹过程中竟然一头撞向了库房大门，撞得他自己是头破血流……还死命大呼‘王某守库不力，致使大禹九鼎被狂贼所劫，实在是无颜再见太祖武皇帝、高祖文皇帝、烈祖明皇帝于地下’！何大人，今天这事儿闹得有些大了！”

“这个……”何晏双眉紧拧，脸上愁云顿生。

“没什么大不了的！”曹爽却丝毫不以为意，“他要寻死便自己寻死去！绥儿——你这事儿办得好！给为叔今天在天下臣民面前打出了一番凛凛的威风来！看他今后哪个老东西还敢硬顶本大将军！去——带上这些亲兵到前院账房那里领赏吧！”

席上，曹训、曹彦也大呼小叫地为曹绥提着虚劲儿。坐在阁角的虞松把这一切看在眼中，眉宇间不禁倏地掠起了一缕隐隐的厌憎之色。这等耍横施暴、喊打喊杀的粗野行径，岂是一个堂堂的辅国大将军之所为？简直和那占山称霸的草寇土匪差不多！

在明亮的灯光照映下，那张紫玉雕成的弹棋棋盘在桌儿上静静地平放着。这棋盘二尺见方，中心一线似屋脊般高高隆起，四角两边却斜斜凹下。而棋盘左右两边的沟槽里分别按照“子”“丑”“寅”“卯”等十二地支之序放置着两排莹莹闪光的玉雕棋子。

左边的这排弹棋子是翡翠色的，一眼望下去好似陷入一潭深不见底的绿波之中，浮现棋身的那一丝丝黄色纹理恰如涟漪一般正在徐徐泛动；而右边的那排弹棋子却是通体明黄，盘绕棋上的翠纹则是如绦如带，如同荒漠之中的一片片绿洲清流一般栩栩鲜活。这样的玉质、这样的纹理、这样的色泽，都足以显示出这两副玉雕弹棋子堪称稀世珍品，人间难觅。

卫烈自从第一眼看到这副弹棋的棋盘和棋子起，就一直情不自禁地啧啧称赞不已，他也曾见过无数的精雕弹棋，但今天所见到的这一副实是他平生仅见，便如伯乐初见骏马一般，自是乐得爱不释手。

司马昭用手指着这副弹棋，微笑着介绍道：“卫烈君，这副弹棋乃是我司马家祖传之宝。今日昭有幸邀到你这样的弹棋高手垂意而用，亦是这副弹棋一时之荣遇了！”

卫烈身为中书省通事郎，虽为天子近侍之职，却无其父卫臻的中庸平和之性，一向不拘小节、多言好动。他听司马昭这么一说，就笑嘻嘻地讲道：“啊呀！司马君，你晓得你这副祖传之宝的来历么？它可是前朝那个著名的跋扈将军梁冀令大内能工巧匠所制的三才弹棋之宝。它的这副棋盘，叫作紫玉梁；它的这副棋子，叫作金丝翠；另外这一副棋子叫作碧螺金……你司马家能够拥有这样一套弹棋珍品，实在是令人羡慕得紧啊！”

“唔……咱们光是这么欣赏它咋行？该下注玩了啊！”司马昭从衣袖里取出鸽蛋大小的一颗黑珍珠来，捧在掌上笑道，“昭这一颗黑珍珠足够值得上十万铢钱了吧？怎么样？卫烈君，你先弹棋吧！”

“哎哟！司马君你下的这个赌注好大呀！”卫烈一见，不禁吃了一惊，同时却又满不在乎地拈起自己这边的一枚碧螺金弹棋子，托在指尖看了一会儿，又放回面前棋盘沟槽“子”字位上，用右手中指“嗖”地一弹，“那好！卫某就恭敬不如从命，出手了！”

那枚碧螺金弹棋子被他这一指弹得斜斜向上飞起，画出了一道漂亮的弧线，越过了棋盘中间的那道拱脊，“叮”的一声，准确无比地击中了司马昭那边棋盘沟槽上位于“子”字位上的那枚金丝翠弹棋子！

要知道这种隔空弹跳而击的打法远比平面相对弹击的打法要困难得多、复杂得多。卫烈居然能够一招出手便已命中对方弹棋，堪称弹技精准超人！

“呵呵呵！卫烈君不愧为弹棋国手，一击而中，毫无偏失！”司马昭鼓掌而笑，将那颗黑珍珠放到了卫烈面前的桌角上，“喏——这是你赢得的胜利品！”

卫烈哈哈一笑，又将手指按在了棋盘这边沟槽“丑”字位上的那枚碧螺金弹棋子上，斜着眼睛看向司马昭：“司马君——你下一个赌注是什么？”

司马昭又从衣袖内摸出了一块晶莹温润的羊脂玉佩，往自己面前桌角大大方方地一放：“这一块玉佩的价值也不在十万铢钱之下，卫烈君你弹棋吧！”

“好！只要子上你输得起，我卫烈就没什么可说的！”卫烈话犹未了，指尖一动，一道黄光破空掠起，射到三尺多高的半空处蓦地又直落而下。又是一声脆响，司马昭那边棋盘沟槽“丑”字位上的那枚金丝翠弹棋子再次被他弹击而中！

司马昭脸上毫无吝惜犹豫之色，右手一挥，又将那块羊脂玉佩递了过来！

卫烈接过那块羊脂玉佩拈在手里欣赏了片刻，咧嘴笑着又问司马昭：“怎么样？司马君可是输得有些心疼了么？还能再赌吗？”

“当然是还要赌下去啦！”

司马昭这一次是从身后带来的紫檀木匣里取出一串七彩珊瑚宝钏，“啪”地一下拍在桌上：“昭再把这串手钏押为赌注！”

“叮”的一声响过，他这串七彩珊瑚宝钏再一次输掉了。

到了这个时候，卫烈再笨也看得出司马昭这是在不动声色地变相贿赂自己了。司马昭他不可能不知道自己是百发百中的弹棋国手。他来找我卫烈赌弹棋，这不是等于白白地送钱给我吗？只不过，以司马家族子弟的位望，若在大魏朝公然送礼行贿，那也未免太过露骨了。于是，这个聪明异常的司马昭便借着赌弹棋这个方法绕了一个圈子来送礼贿赂卫烈。自然，卫烈的心底也是一片雪亮，以司马昭两千石的度支侍郎之尊，他有必要向自己这个一千石的中书省通事郎送礼施贿吗？说到底，他还是想通过自己来个“曲线行贿”——贿赂的对象当然就是自己那个身为尚书仆射的父亲卫臻啦！

一想通了这些，卫烈弹起棋来便再无顾忌。他一口气连弹九子，颗颗命中，简直是赢得钵满盆满！

按照常理，赌棋的输家一般应该是垂头丧气、怨言不断，司马昭却反倒像一个赢家似的兴高采烈、喜笑颜开。最后，他索性将面前的紫玉梁弹棋盘和金丝翠、碧螺金两副弹棋子“哗”地往卫烈面前一推：“卫烈君！正所谓宝鞍配骏马，你这样一位出神入化的弹棋国手缺了相匹配的好棋盘、好棋子怎么行呢？这样吧，这紫玉梁、金丝翠、碧螺金一整套的弹棋妙器，昭都送给你了！”

“哎呀！司马君你真是太客气了！太客气了！本来，今天那么多的人都一窝蜂儿似的跑去许昌给曹大将军贺寿了，却只有司马君你还惦记着乘夜来找卫某赌弹棋。这一份深情厚谊，卫某已是感激不尽了！”卫烈一边在口头上拼命拒绝着，一边却半推半接地拿过了紫玉梁、金丝翠、碧螺金等三宝，“现在，你又将自己家中这祖传之宝送给卫某，卫某怎么敢当呢？”

司马昭笑眯眯地说道：“卫烈君——谁不知道你爱棋如命啊？我今夜若

不将这祖传三宝送给你来个成人之美，还不知晓得你下来后会在背后怎么乱骂我是个小气鬼哪！”

“司马君不小气！不小气！就是真的太客气了！”卫烈也乐呵呵地笑着抱起了那一大堆战利品，施施然凑到司马昭的耳边低声说道，“司马君你的这番美意，我卫氏一门感铭于心！你放心——家父他已经坚决推辞了曹爽以司空之位的笼络，也拒绝了他的弟弟曹皑向我妹妹卫洁的联姻请求……”

司马昭暗暗将卫烈伸来的右手轻轻一捏，脸上的笑意淌得如倾如泻：“下次咱们找机会再好好赌一赌……昭不信就真的硬是赢不了你这位弹棋国手！”

黄叶落尽，稀疏的柳枝无力地在西风中颤抖着，发出一阵阵叹息般的声响。

冷冷清清的皇宫鸾和殿里，太后郭瑶正一个人在认真地教导着少帝曹芳诵读《孝经》。

十五岁的曹芳长得眉清目秀、神采丰逸，颇有当年魏明帝曹叡同龄时的几分气质。他手捧《孝经》，清清朗朗地读着：

“……在上不骄，高而不危；制节谨度，满而不溢。高而不危，所以长守贵也。满而不溢，所以长守富也。富贵不离其身，然后能保其社稷，而和其民人。盖诸侯之孝也。《诗》云，‘战战兢兢，如临深渊，如履薄冰’。”

读到这里，他忽然停了下来，不再继续念下去了。

“芳儿，你怎么不念了？”郭太后一怔。

“母后，儿臣发现这《孝经》中这段话好像有些问题……”曹芳抬起头来正视着郭太后，“在儿臣看来，要么是这本《孝经》中讲错了，要么就是有些人自己做错了。”

“《孝经》是儒门至重至要的圣典之一，它的字字句句都是金玉良言、万世铭训——它怎么会错呢？”郭太后微微地笑了，“错的只能是不遵照《孝经》里的铭训去做的人。”

“那么，大将军他就是违背了《孝经》教导的人！”曹芳突然冷冷地讲道，“他居然派人把守护皇宫大内少府署宝库的王观大人打得头破血流的，又不向儿臣事先奏禀就强行擅自收缴了卢毓尚书的官印。听说他还从大内秘库里窃取了许多历代重宝拿回去自己把玩……这些举动他算得上做到了诸侯之孝吗？”

“芳儿，你不要再说了！”郭太后慌得探过身来，一把捂住了他的口，“芳儿——你也是熟读史书的，前朝汉质帝少而聪慧，因朝会之际讥梁冀为‘此跋扈将军也’！后来的下场，你忘了吗？”

曹芳咬着牙没有答话，但是他那被胸中怨怒烧沸起来的眼神却慢慢冷了下去。

郭太后放开了手，低低地说道：“先帝当年瞧着大将军曹爽为人谨厚，又是同姓宗亲，所以就任命了他为芳儿你的辅政大臣……唉，没办法，这是先帝遗诏所定的。芳儿，你就先忍着吧。到了你弱冠之年，大将军他自然便会还政于你了。”

曹芳深深地看向她来：“母后，他到时候真的会还政于儿臣吗？”

“这……”郭太后顿时语塞起来，不知道该如何回答才好。

正在这时，殿门外的内侍扬声宣道：“启奏皇太后、陛下，卫尉郭芝大人求见！”

郭太后听了，瞧了一瞧曹芳。曹芳立刻会意，便径自起身退进鸾和殿后室里去了。

然后，郭太后才正襟安坐，朗声向外答道：“准见。”

“咚咚咚”的脚步声响起，郭芝愤愤然走了进来，一见郭太后便跪了下去：“老臣恳请皇太后和陛下为老臣做主！”

郭太后指了指座下右侧那张织锦专席：“郭卫尉平身，请坐下讲话。”

郭芝却不起身，伏地奏道：“启奏皇太后，中领军曹羲、武卫将军曹训不经老臣的卫尉署和蒋济大人的太尉署审议同意，居然擅自将步兵校尉曹绥推举成了虎贲中郎将！太后殿下，连虎贲中郎将这样的要职都被换成了他曹爽家的亲戚，老臣的这个卫尉完全是孤家寡人一个，没法再当下去了！”

“大将军他是什么意见呢？”郭太后眉头一皱。

“哎呀！这件事儿本身就是大将军在幕后指使和纵容的嘛！”郭芝恨恨地说道，“先前为了平衡皇宫大内的权力格局，老臣曾经建议让咱们郭家最有出息的郭德贤侄出任虎贲中郎将，结果被曹爽一口就否掉了，今天却突然换上了他这个堂侄曹绥。太后殿下你瞧一瞧曹绥那个脓包样儿，哪里比得过我们的郭德贤侄能文能武？他凭什么就能当虎贲中郎将？”

郭太后听罢，久久地沉吟着，半晌没有开口。郭芝跪在地上，仍是赌气地说道："罢了！罢了！老臣也不想再待在卫尉这个空架子上受他们的闷气。太后殿下你不知道，他们曹家那边放出的风声是想把老臣也撵出宫外去，想让他们的叔父曹璠再来当这个卫尉呢！"

郭太后冷不丁问了一句来："曹爽、曹羲、曹训这么胡来，中护军司马师他是什么样的态度？"

"司马师？唉，他又能怎么样？如今司马太傅离京返乡养病卧居在家，曹爽他们都把司马氏一派的人正死死地压着呢！他虽是一个手握两万禁兵的中护军，除了噤若寒蝉、勉力自保之外，他又能怎么样？这曹爽一伙儿的心思太阴毒了，算计了司马氏一派之后，就来对付咱们郭家了……"

郭太后紧紧地捏着手上的赤金如意，粉脸顿时罩上了一层寒霜："这个曹爽未免也太忘恩负义了，难不成他还真敢欺我大魏主君？先帝也真是看走了眼，曹爽竟是这样一个利令智昏、为非作歹的白眼狼！居然还敢对我们郭家下手？郭卫尉，这样吧，稍后本宫让太医院拣几副上好的药料珍品给你，你就找个机会带上它们代表本宫和陛下到温县去探望一下司马太傅，尽量邀请他回京入朝坐镇庙堂……"

"邀司马懿回朝制衡曹爽？"郭芝一听，不禁大喜过望，"太后殿下这一着妙棋真是高明啊！"

第 8 章
曹爽恶事做尽，司马懿待时而发

“病中”理事

曹爽在率领君臣南下许昌庆贺自己生日之前，为了以防万一，就特意留下了二弟中领军曹羲、四弟散骑常侍曹彦、何晏、丁谧等把守洛阳京畿，然后自己方才径去赤鹿园、朱雀池、未央宫等妙境花天酒地、寻欢作乐了。

不过，何晏自从那次王观被殴事件之后，便一直有些心绪不宁。其间竟有一日，他与曹羲、曹彦、丁谧等欢宴醉酒之后倚着桌案做了一个怪梦：一团黄雾氤氲而升，随风渐渐四散，里面恍恍然现出一个人影来，头戴冕旒，身披龙袍，手持尚方宝剑，一副虬须直竖、横眉立目的威严之相，缓缓向他逼近前来。何晏大骇，定眼一看，却见他赫然正是自己的义父、太祖武皇帝曹操！

悚然一惊之下，何晏清醒过来，已是吓得冷汗满身、食不甘味，当下便不顾曹羲、曹彦、丁谧等人的极力挽留，推说自己身体猝感不适，匆匆离席而去，回府闭门一连静养了多日。

其实，何晏本是机敏疑悟之士，又好研习老庄清虚之学，焉能不知狂极生咎、物极必反之理？他是大魏宗室驸马，又素负盛名，只因先前文帝曹丕、明帝曹叡均不喜欢他的浮华修饰，所以才压抑了他的从政之途。

但这六七年来，却是曹爽让他升为执掌朝堂人事人权的选曹尚书，让他尝到了大富大贵、大权大利的滋味！在他看来，以前别人尊敬你，尊敬的只是你的驸马身份和清辩之才，这样的尊敬仅仅是停留在话头言辞之间，毫无实用、毫不实惠；现在别人尊敬你，尊敬的却是你掌中所握的升降迁免之重权和驷马高车之显赫，这样的尊敬才是实实在在的、发自肺腑的！先前太学崇文观的那些博士个个还敢与他何晏一争口舌辩论之长，现在每当他前呼后拥一登讲坛，那些博士便只剩下唯唯诺诺、交口称赞的份儿了！权力这个东西真是好啊！权力真能使自己变得超凡入圣、伟岸无匹！自己这辈子怕是再也舍不得这等赫赫重权了！往日说什么清淡高雅，淡泊名利，真是太傻了！而今一切都已成过眼烟云矣！

不过，那夜义父曹操蓦然托梦示警，莫非在怪罪自己和曹爽他们骄奢无为、悖上不敬吗？可是扪心自问，说自己“骄奢无为”是有的，自己也是想好好及时享乐一番，好好地活出一番真滋味来；但“悖上不敬”之情却是未必，自己也罢，曹爽他们也罢，哪里真还有什么僭越篡夺的野心了？于是，他定下心神，提起笔来，在案几上写下一诗以抒忧闷之情：

鸿鹄比翼游，群飞戏太清。
常恐夭网罗，忧祸一旦并。

但写到这里，何晏就觉得有些不祥，又用毛笔把写好的诗句涂抹成了一团墨黑。自己是不是太过多虑了？古人讲：“我命由我不由天！”将来的前景哪里就会有自己想象得这般严重？如今自己一派最大的劲敌司马懿已经被撵出了洛阳归隐乡下，而蒋济、郭芝等勋旧贵臣们也只剩下了唯唯诺诺的份儿，那么自己却是祸从何来？网从何来？唉！自己真是被一场怪梦就吓得失了分寸，实在是把书读傻了的缘故！于是，他又拿起笔来，在诗稿的末尾画蛇添足地写上了四句：“愿为浮萍草，托身寄清池。且以乐今日，其后非所知。”再怎么惴惴不安撑过这一生了，也终究逃不了最后一个“死”字！何必又如此自寻烦恼呢？还是随波逐流，及时行乐吧！

正在这时，仆人来报：“嵇康公子前来拜访。”

“叔夜？”何晏一喜，急忙搁下了那支毛笔，连声道，“快快请进！快快请进！”

不一会儿，一位身形清隽的青年人就从室门口走了进来。

他一身浅蓝色的绸袍，随风款款波动，也没有束发戴冠，而是随意地披散下来，风吹发扬，显得格外飘逸。线角分明的嘴唇紧紧抿着，透出一股莫名的刚毅。

何晏笑吟吟地迎了上去，问：“叔夜，你近来又写了什么清谈妙论之文吗？快拿来给本座欣赏欣赏！”

嵇康正视着他，摇了摇头。

何晏又呵呵笑道：“这样吧，本座的《论语集注》已经写得差不多了，你拿出去帮我评校评校如何？”

嵇康这时才开口了：“自然是可以的——康今日前来，是想向姑父您问几件事情的。”

“你讲。”何晏的脸色一下严肃了。

“阮嗣宗近来写了一首诗，内容是：‘昔闻东陵瓜，近在青门外。连畛距阡陌，子母相钩带。五色曜朝日，嘉宾四面会。膏火自煎熬，多财为患害。布衣可终身，宠禄岂足赖？’姑父您看过了吗？”嵇康眉睫一眨不眨地看着何晏。

何晏一愣，自己这几个月来沉湎于酒色欢娱之中，居然对文坛诗苑中的这些新作问世之事毫未理会，哪里会知道阮籍还针对自己这一派的人物写了这么犀利的一首讽谏诗！他嗫嗫地说道：“唔……阮嗣宗的这首诗写得很好，本座一定会铭记于心的。本座还会让人抄写数十篇给大将军、丁议郎、邓尚书（邓飏已经顶任了王观的度支尚书之位）、曹羲将军、曹训将军他们阅看的……”

嵇康又紧逼上来问道：“夏侯玄大人在长安也作了一篇《乐毅论》，其中讲道：‘乐生之志，千载一遇也，亦将行千载一隆之道也，岂其局迹当时止于兼并而已哉？夫兼并者，非乐生之所屑；强燕而废道，又非乐生之所求也。不屑苟得则心无近事；不求小成，斯意兼济天下者也。夫举齐之事，所以运其机而动四海也，讨齐以明燕主之义，此兵不兴于为利矣。围城而害不加于百姓，此仁心著于遐迩矣。举国不谋其功，除暴不以威力，此至德令于天下矣；迈至德以率列国，则几于汤武之事矣。’以夏侯大人如此之识、如此之量，为何却仍将他远置边疆方镇之所也？”

何晏没料到自己这个内侄女婿竟是如此直言不讳，便只得托词道：“夏侯太初这件事儿，本座也多次向曹大将军提及。曹大将军或许公务繁忙，一时忘了吧？本座明日便再去提醒。不过，叔夜，关中要地亦是我大魏之重镇，非得亲信宿旧不可抚临之啊！夏侯太初到那里任职，本是极为合适的。”

嵇康的目光深深亮亮，似乎是一直在认真倾听何晏的讲话，又似乎是在另外思考着什么。他又凛然问道：“姑父，康还听到坊间流传着这样一件事儿，两个月前，吴贼朱然率兵进犯到荆州沔阳城，王昶将军和州泰刺史奋勇还击，历时十八日方才击退了敌军，斩俘吴兵三千余人。但这一捷报送进京来之后，曹大将军居然不肯为他们论功行赏，还要追究他们的防备不严、招贼来犯之罪。这样的做法，请问姑父认为适当吗？”

何晏脸色沉了下来：“叔夜——那王昶、州泰乃是司马氏一派中人，我等魏室亲宿岂可因他们稍立战功便骄纵无厌？该抑他们一下，还是得抑的。”

“姑父！天下之事，犹如日月之行，人皆睹之。在上者若是赏罚不公、处事不平，必会引起天下士庶侧目非议，汹汹难当啊！伪蜀诸葛亮生前尚能做到‘开诚心，布公道，有功者虽仇而必赏，有过者虽亲而必罚’，曹大将军他托孤受命理政，难道连这一点都做不到？”嵇康苦口婆心地劝道，“康毕竟是大魏姻亲，与大魏关系密切，休戚与共，不愿我魏室贵戚因己身之失而遭人怨尤，酿成无穷后患啊！”

何晏咬了咬牙，衣袖一拂，深深一叹：“叔夜，你的书生气真是太浓了！这世间的事儿哪有那么赏罚分明的？大将军就是再怎么赏赐王昶、州泰，他们也不会感激投诚的，反而倒会一味借着立功领赏之机暗暗扩权积势……”

嵇康听到这里，蓦地怔了一下。刹那之间，决定了不想再和自己面前这个一向自诩为“清如水、明如镜、淡泊宁静鉴万机”的姑父继续辩论下去，两眼噙着泪光，只朝他深深躬下腰来施了一礼：“姑父大人，康以姻亲之诚，今日已然言尽于此。万望姑父大人和曹大将军等垂意慎思，康就此告辞而去——请你们日后好自为之！”

时间就这样一天天似渐渐枯涸的潭水一般缓缓消逝了下去。在所有的人几乎都快要习惯了曹爽日胜一日的骄奢淫逸的时候，一直在温县老家养病卧居的太傅司马懿却在正始八年四月十三日这天陡然返回了洛阳南坊的司马府。

原来，他的正室夫人张春华报了病危了。司马懿与张春华举案齐眉这么多年，自然是伉俪情深得很，所以一闻她的病情讯报，就慌忙起驾回府探视。

司马府后院的卧室里，司马懿坐在榻床边沿，让张春华枕着自己的膝盖仰面躺着，同时用手轻轻抚摸着她额边鬓角的根根华发，泪珠大颗大颗地从眼眶里掉了下来。

“夫君，您何必如此不通不达呢？”张春华的笑容依然是那么恬淡温和，“生老病死，人之命运，该来的终究会来。芝弟（指司马懿的堂弟司马芝）那么好的身体，还不是在前年就一病而去啦？只可惜，为妻却看不到夫君您功成名就、登峰造极的那一天了！”

司马懿听着，大为悲恸，急忙伸手向自己的腰囊摸去：“为夫决不会让春华你死的——为夫一定要让你好好活着看到为夫功成名就、登峰造极的那一天的。喏，这是当年师父管宁赠给为夫的一匣九转续命丹……你，你快服了它，听说它最是能治疾疗病、延年益寿的……”

“谢谢夫君您的关心了……”张春华摆了摆苍白枯瘦的手，仿佛看破了一切似的淡淡地笑着，“难得您这么用心良苦地如此安慰为妻了！为妻自知大限已到，又岂是区区一颗九转续命丹可以扭转的？呵呵呵……它如果有效，管宁师父为何自己却在三天前也报了病危呢……”

司马懿听张春华这么一说，不禁捧起了她的双手，泪光莹然地看着她，硬声泣道：“春华……你啊！你啊！为夫什么话都骗不了你……”

“夫君，你这样的欺骗，为妻感到很高兴啊！”张春华的眼眶也红了，目光凝注在他垂在额角的灰白鬓发上，“你看，你自己在温县那里似乎也是消瘦了不少，真是岁月催人老啊……师儿、昭儿都已经长大了、成熟了，你也不必再将所有的难题都往自己肩上扛着了。该交给他们去做的，就放心大胆地交给他们，他们不会让你我失望的。”

“嗯！”司马懿捧着张春华的手，埋下了脸庞，哽咽着点了点头。

张春华似乎又想起了什么，慢慢说道：“方莹妹妹待您是一往情深……她多次和为妻谈起，在夫君您功成名就、登峰造极之后，便要与为妻一道陪着您真正归隐田园，却没想到为妻负了此约将先行辞世而去。日后，为妻就要拜托方莹妹妹好好照顾夫君您了……”

司马懿的声音哽哽的：“方师妹她听到你病危的消息之后，一急之下在温县也病倒了。本来她是准备和为夫要回洛阳一齐探望你的。”

“她的好意，为妻心领了。”张春华的眼眶也湿润了，“这么些年来，也苦了她了！唉，这都是各人的命。夫君，实不相瞒，为妻也曾嫉恨过她，嫉恨她在夫君您心目中所占据的位置。但是，后来为妻知道了她苦心孤诣地为夫君您所奉献的一切后，为妻便被深深感动了。在这个世界上，只要谁对夫君您是真心的好，为妻对她也定是报以十倍、百倍的好。将来，有她陪在身边好好照顾夫君您，为妻也就完全放心了……”

司马懿紧咬着双唇，泪如珠落：“你们都对为夫实在是太好了……”

“现在，为妻要和夫君好好谈一谈身后之事了。”张春华忽然一翻手，抓住了司马懿的双掌，肃然正视着他，双眸中放出异样的亮光来，“三弟虽然和您貌合神离了不少年头，但您也该和他敞胸开怀相见了。经过这么多年的冷眼旁观，三弟他也觉悟到了我司马家代魏而立、一统三国确是顺天应人，实至名归，只不过他在口头上一直不肯承认罢了。他应该不会再与您之间存在有什么歧念了……

“再就是，为妻近来反复观察验证，发现为妻的那个姨侄儿山涛、羊徽瑜的弟弟羊祜、我家婉儿的丈夫杜预都是人中俊杰。这也不是为妻蔽于亲疏之见而任人以私，夫君您自己也是可以加以明察的，立时便知为妻所言不虚。您让师儿、昭儿一定要和他们结为心腹之交，日后必是大有奇用的！‘亲贤并举，化贤为亲，亲贤一体’之大略，是我司马家建基拓业的不二法门。这个法门千万不能丢弃！只有将越来越多的贤才志士都千方百计地纳入到我司马家的三亲六戚的范围里来，我司马家的事业才会日益蓬勃壮大！”

司马懿深深点了点头，哽声答道：“为夫记得你的忠告了。”

“还有，为妻临去之际，其实最放心不下的是师儿。师儿婚运多舛，很是不幸。当年为妻让周宣大夫暗暗推算过了，知道师儿是命中无子之相。

您作为他的父亲，对他这桩心事不能不出面裁断一下。您在合适的时候，就将昭儿膝下炎孙或是攸孙过继给师儿吧……”张春华紧握着司马懿的手道，“夫君，自古以来，齐家之难不低于治国之难。这些年来，有为妻在，我司马府的家法可谓明肃俨然，上下和睦。却不知为妻一旦撒手而去，谁能为咱们司马府正纲立纪、整齐内外啊？方师妹多年来不亲庶务，只是超脱人间烟火之人。她是担不起这副重担的。所幸的是，徽瑜、元姬她们都是大器大量的女中豪杰，都是夫君和为妻给师儿、昭儿精心挑选的媳妇，必能齐家立本、相夫教子的。可是，以后呢？在炎孙、攸孙他们那一辈呢？为妻就再也顾虑不到了……”

司马懿听张春华为自己家族的未来忧虑筹思得如此深远，不禁感动得连连抽泣。

张春华又道：“夫君您近来施展‘欲擒故纵’‘以退为进’之计在麻痹和骄纵曹爽他们，这本也不错。但是，为妻却要在此提醒您，正所谓‘螳螂捕蝉，黄雀在后’。您与曹爽两虎相争之际，一定要提防着莫被第三方的外来势力有隙可乘啊！”

“为夫知道你讲的是谁。”司马懿替张春华掖了掖锦被，“你放心——他们跳不出为夫的手掌心的。”

“既然夫君您如此自信，为妻也就没有什么好再嘱咐的了！”张春华慢慢张开自己干瘦而白净的双掌，静静地凝视着它们，喃喃地说道，“为了帮助夫君实现您胸中的雄图大志，为妻从一个只识针绣织纺的柔弱闺秀脱胎而出，学会了阴谋诡计，学会了杀人、陷害……为妻曾经亲手杀死了爱婢翠荷，又指使死士暗杀了陈矫，杀了很多很多的人……为妻的这一双手简直是沾满了鲜血！可这也是无可奈何的事儿，谁让为妻这么深爱着夫君您呢！这都是为妻为夫君心甘情愿付出的一切牺牲啊！不知到了地下之后，天帝会不会念在为妻对夫君您一片痴心的分儿上饶恕春华呢？！”

“春华你快别这么说！”司马懿捧住张春华的面庞，泪光蒙蒙地凝视着她，仿佛要把她的一切音容笑貌都永远深深地铭刻在自己心里，“春华！你日后一定会供进我司马家的宗庙享祀受礼百年、千年、万年的，司马家的子子孙孙永远都不会忘记你对司马家所做出的贡献的……”

张春华却淡淡然微笑着看向他来：“夫君……有您这样一句话，为妻纵是身入地狱，也都无怨无悔了……”

虽然外面有不少传言里讲司马懿在夫人张春华逝世之后，就因哀伤成疾、旧风发作，双膝重又僵硬如木，躺在床上动弹不得，但他们若是在此刻看到司马懿居然还于后院密室之中舞剑健身，一定会咋舌于这个传言与事实的出入差异竟是如此之大！

“父亲大人，卫尉郭芝已经是第四次派人登门送讯意欲求访于您了，您见还是不见？”司马昭站在一旁向司马懿禀报道。

司马懿这时正将手中宝剑挥成斗大的一朵剑花粲然绽放：“昭儿，你稍后易容改装亲自到郭芝府上去回复他，就说为父近来因妻亡之恸而伤身成疾、旧病发作，实在不宜接见他。待到为父身体稍稍康复之后，为父定当亲自前赴郭府与他相见。”

“父亲大人，据孩儿私下接触了解，郭卫尉意欲前来登门拜访于您，其目的是想和您尽快达成联手共同对付曹爽一派的协议……”司马师沉吟着提醒道，“近来郭太后一党被曹爽他们打压得非常难受，他们是十分迫切地需要和我司马家合力对敌的。父亲大人，此刻亦是咱们急需助力之际，您还是可以考虑一下接见他吧？”

司马懿手中挥舞宝剑的动作犹如行云流水一般毫不停滞，口里慢慢说道：“师儿，为父觉得咱们现在就和他们郭家联手对付曹爽一派，时机还不够成熟。是啊！现在我司马家和郭氏一族联手打倒曹爽，是轻而易举的。但是，打倒了曹爽之后，这朝中格局又是什么样的一个情形呢？你们两兄弟帮为父分析分析看？”

听他这么一说，司马师有些怔住了，眉尖微蹙，若有所悟。司马昭却是先行开口答道：“父亲大人思虑深远，诚非孩儿等所能及啊！如果这个时候我司马家和郭太后一党联手合力打倒曹爽之后，郭太后和郭芝他们仗着皇亲国戚的身份说不定就会居功自大，也未必会对我司马家的援手之恩有什么特别的感激之情。况且，打倒一个曹爽，然后又扶起一个郭芝或郭太后，这符合我司马家‘异军突起，独揽天下’之大业的需要吗？父亲大人如此睿智，自然是断断不会行此得不偿失之事的。”

司马懿听罢，不禁停住了舞剑，朝司马昭抚须颔首而笑。然后，他转过头来，将意味深长的目光投向了司马师。司马师这时其实亦已明白了这其中的玄机，脸颊微微一红，但也并不自羞自隐，侃然而言："二弟讲得不错。看来咱们就是要按捺住性子继续隐忍潜伏下去，一直待到曹爽一枝独大压群芳而将郭太后一党尽行打翻之后，咱们才顺理成章地清君侧，诛逆臣，伺机雷霆出击，把曹爽一派铲除净尽！这样一来，非但曹爽孽党荡然无存，而且郭氏一族亦在先前和曹爽斗得两败俱伤、无力振作，不得不凭仰我司马家之鼻息而依附趋从。只有到了此刻，我司马家才算是真真正正地'反客为主，后来居上，独揽天下'了！"

"不错。你兄弟俩都讲得很对。'鹬蚌相争，坐收渔人之利'之策，本是妙绝天下。"司马懿慢慢地拿起一块羊毛皮毡擦拭着手中宝剑的锋刃，把它擦得越来越亮，光可鉴人，"但是，我司马家在利用这一条计策对付曹家、郭氏双方之时，也要千万牢记'螳螂捕蝉，黄雀在后'这句铭训啊！说不定，在某个被我们一时大意而疏忽了的阴暗隐晦之处，也偷偷地潜伏着一股诡秘的势力在等待着最后的时机跳出来窃取这朝局之争最后的胜利呢！"

"不错。父亲大人，在这两三年里您卧病归隐的期间，孩儿等潜心默察，一些明处、暗处的敌人终于都先后冒了出来，让我们都看了个清清楚楚。"司马昭款款地说道。

"哦？你们也注意到了？你们母亲去世前曾经给为父暗中提醒过，先前为父也只是觉得王凌、令狐愚他们和曹爽一派来往甚密，单纯地认为他们是一群趋炎附势之徒而已。"司马懿右手一抖，那柄宝剑立刻划出一道银弧似的光芒，"现在，为父才渐渐发觉他们的迹象，实在是越来越蹊跷了，看来他们野心不小啊！"

"父亲大人，据李辅、诸葛诞送来密报，王凌日前和楚王曹彪走得很近，在这两个月里连续三次派人前去兖州境内的白马城暗会曹彪……"司马昭的话只说了前面的一半儿，后面的一半儿藏而不露，意思却昭然而明。

"嗯。那曹爽本系魏室之旁支宗亲，他的父亲曹真当年只不过是曹操收养的义子，那些曹姓直系宗亲藩王诸侯怎会甘心臣服于他？楚王曹彪是文皇帝同父异母的兄弟，实为太祖武皇帝一脉的正宗贵胄后裔，他的名分不知比曹爽这个旁枝宗亲硬了多少倍去！"那剑锋上的凛凛锐芒映照得司马懿脸庞上尽是一片森寒的白亮，"王凌拉拢他的目的，分明是想效仿当年前朝汉景帝时期吴王刘濞谋反一般，待到曹爽弄得人神共愤之时，以'清君侧，诛逆臣’为名而起兵入京夺权！说不定，王凌他们还想借势像董卓那样废主树威、拥立新君，贪天之功以为己有啊！”

司马师两道浓眉朝天一竖，冷然说道：“父亲大人果然明察秋毫。曹爽如今虽和王凌一直在勾勾搭搭，表面上狼狈为奸，但私底下却各怀鬼胎。曹爽一边狠拉他的外甥令狐愚进入幕府担任长史之职，以示优宠，一边又提拔他的长子王广进入朝廷担任选曹左侍郎，分明就是想借助他王氏一族的势力来对抗我司马家。而王凌也乐得来个顺水推舟，顺势便将令狐愚、王广推进朝廷权力枢要之地以伺时局之变！他们两派都不是什么好东西！我司马家到时候定要将他们一锅端了！”

司马昭慢慢点头道：“大哥所言甚是。只是王凌、曹彪这一派的危险性其实犹在曹爽他们之上！现在曹爽一派已成满朝元老公卿的众矢之的，他们再怎么折腾都是秋后的蚱蜢，长不了的。然而，王凌却是大魏朝历任三代的宿臣大员，加之他本身乃是汉朝司徒、儒林名臣王允之亲侄，资望甚盛。而且，他的妹夫是雍州刺史郭淮、远房堂弟是镇南将军王昶，关系网络遍布朝堂，是个树大根深的强劲对手。我司马家意欲铲除他们，必须慎之又慎，步步小心，严谨周密才是！”

司马懿默默地听着，陡然将手中宝剑凌空一劈而下，“唰”的一响，划破了层层空气，带起了丝丝锐啸：“昭儿，你立刻启动我司马家潜设在兖州、扬州、徐州的所有眼线，全面监视王凌、曹彪等人的一举一动、一言一行，让他们所有的阴谋暗动在我们眼前都无所遁形！”

“哎哎呀！太傅大人您卧病不起而朝纲日紊，让我等如何是好呢？”何曾第一个奔进司马府后院的卧室，一见到司马懿僵卧榻床的模样，便不禁膝行着爬上前来，泪流不止地说道，“太傅大人——我们都盼着您能为抚宁社稷而早日强撑病体乘辇上殿坐镇经纶哪！”

“何君你这是什么话？太傅大人都病得这般严重了，你还要逼他乘辇上殿坐镇议事么？”随后一齐进来探望的诸位公卿大臣当中，王肃趋步而前亢声叱道。

“王大人！何某真是为国家社稷前途忧思深切而口不择言啊！”何曾跺着脚哭道，“太傅大人——您不知道现在的国事在一群宵小之徒的手中败坏成什么样了！何某真恨不能亲身将您一路背到九龙殿上去震慑一下那些误国乱政之徒啊！”

这时，被曹爽贬到并州任职的孙礼也哭天号地地抢上来说道：“太傅大人！您一定要站出来为咱们主持公道啊！”

司马懿面色蜡黄，从病床上用力地撑起了上半身，颤颤巍巍地看着诸位公卿说道：“诸君，老身而今年迈体衰不堪大任，有负诸君厚望，实在是汗颜之极。一切还请诸君多为谅解……”

“太傅大人您怎么能这样说？您千万不可冷了天下士庶的殷切期盼之心哪！”傅嘏顾不得当众失礼，打断司马懿的话就嚷了开来。

司马懿一摆手止住了他，向旁边侍立着的司马昭微一示意，吩咐道：“昭儿，你且将为父近年来卧病休养期间所悟到的一段心得箴言传给诸位大人们欣赏。”

司马昭恭恭敬敬应了一声，上得前来，将手中所握的一卷绢帛“唰”地抖开，二十四个龙飞凤舞、遒劲非凡的大字如同穿破云幕的一道闪电一般倏地印入了诸位元老公卿的眼帘：

狂飙过岗，树木尽折，伏草唯存；
以忍为本，颐养天年，百福自钟。

见了这二十四个大字，诸位公卿宿老们顿时神态各异、反应不一：有的凝眸深思，有的扼腕长叹，有的面露不解，有的会心而笑，有的满脸惘然，有的不置可否。

当下，却有王观越众而出，挤到司马懿床前，义愤填膺地说道：“太傅大人！您今以伏草图存自喻，不以大魏栋梁为己任，王某好生失望！曹爽这厮悖礼枉法、祸国殃民，实为大魏之权奸，不可不废！王某只望太傅大人能够振作而起，齐踪伊尹、吕望之大贤，匡扶魏室于将倾，上报三朝先帝之托，下建万世流芳之勋！王某愿为太傅大人之马前卒，虽赴汤蹈火亦在所不惜！”

司马懿听了，向司马师暗暗一使眼色：“师儿，王大人必是在外面喝醉了——你且将他扶到后堂休息，免得他再出妄言！”

“不！不！不！太傅大人！王某所言句句是实，绝无虚妄啊！您一定要振作而起、为国除奸啊！”王观一边嘶声哭叫着，一边被司马师和梁机使劲拖往后堂去了。

然后，司马懿朝前来探视的蒋济、卫臻、孙资、刘放、卢毓、高柔、孙礼、王肃等人抱拳言道：“本座真的已经是老朽不堪了……这将来的世界最终都是他们那些年轻人的。咱们不服老不行啊！诸君就且让本座好好过上几天安生日子吧……”

蒋济、卫臻、卢毓等人劝慰了一番，也只得渐渐散去。卧室里最后只剩下了司马懿一个人倚床而卧，目送着他们一一先后告辞离开。

牛恒在门边问了一声：“太傅大人，您要休息了吗？”

司马懿深深沉沉的目光从房门口直射而出，投向了不知尽头的远方：“不用。本座还要在这里等一会儿。”

果然，两炷香的工夫过后，高柔、王肃、孙资、刘放四个人竟是悄悄地去而复返，都从后门绕了进来，重又来到卧室与他相聚了。

高柔这一次进屋刚刚坐定，便拱手讲道：“太傅大人——曹爽派来邓飏找到了在下，说要推举在下出任司徒一职，在下恳请太傅大人示下。”

司马懿还是那样仰卧在榻床之上，并没有直接回答他的问题，顾左右而言他地说了一句：“听说卫臻到底还是拒绝了曹爽的司空之贿。他这一举动做得很好，却不知道这朝中后来又是谁接下了他抛出的这份厚礼呢？”

孙资带着一丝不屑的语气说道：“镇东将军王凌已经答应曹爽出任司空之职了。”

司马懿沉沉地点了点头，神情若有所思，过了片刻才抬头看向高柔而道：“既是如此，高君，你便当仁不让地出任司徒之职吧。三公之尊，素为百官之首，毕竟不可轻弃。机缘巧合之下，这个爵位还是可以发挥虚中生实之妙用的。高君，把它留在你手里总比落入一些宵小之徒掌中要好一些！”

“那在下就谨遵太傅大人之钧命而行了。”高柔深深颔首而答。

“太傅大人，您不知道，近来何晏、邓飏、丁谧他们正在私下里串联文武百官，准备为曹爽劝进丞相之位，晋封汝南郡公，享邑八万户呢！”刘放愤愤地说道。

“是啊！他们都在拼命地帮着曹爽修建空中楼阁啊——只不过，他们把曹爽捧得越高，终有一天必会导致曹爽摔得越重！”王肃一语中的地评论道。

司马懿双目精芒一亮，转过头来，看向刘放、孙资二人，沉声问道：“刘君、孙君，你们两位如今返躬自思，照曹爽他们这样搞下去，你们继续待在中书省还有什么意义吗？”

孙资和刘放对视了一眼，感慨而答：“是啊！太傅大人，大概您还不知道，曹爽把手也伸进这中书省来了。他已经让丁谧兼任了中书省首席通事郎，和他的弟弟散骑常侍曹彦联起手来暗通声气想架空我等呢……”

“这样的情形，本座早已隐有所料了。”司马懿静静地注视着他俩，“本座给你们两位一个忠告，身处枢要之地，面临叵测之敌，稍有不慎，便会招来酷烈之祸！依本座之见，你二位不如暂时逊退归隐，免得再与曹爽一派发生两败俱伤的正面冲突。”

“逊退归隐？孙某和刘大人亦有此意。但是如何巧妙地从纷纭朝局之中逊退而出，还请太傅大人进一步明示。”孙资心念一动，向司马懿恭然问道，“孙某其实也懂得，今日之撤退，实是为了来日之有效进攻而未雨绸缪的……”

司马懿微微闭上了眼：“孙君，你把你的中书令之位让给侍中李丰；刘君，你把你的中书监之位让给黄门侍郎孟康。这样做了，便可算是最为巧妙的逊退归隐了……”

“这……这个……”刘放一听，神色一片惘然，竟是迟疑着没有立即答应。

坐在他身侧的孙资听了，也是暗暗一怔，但他马上就想透了司马懿如此建议的深远用意，不禁在心底叹服不已。李丰的儿子李韬娶了郭太后之爱女齐长公主曹惠为妻，孟康则是郭芝的亲外甥。他和刘放二人将中书令、中书监两个枢密职务让给郭氏一派手中，势必会把矛盾转卸给郭家中人，把他们推到了朝局之争的风口浪尖。毫无疑问，他们所在的职位势必会引来曹爽一派的明抢暗夺。这样一来，曹爽与郭太后两派之间必会爆发一场硬仗。曹爽倘若不赢倒罢了，便就赢了也定然是杀敌三千，自损八百！然后，自己和刘放二人届时再追随司马太傅伺隙而动，异军突起，最终必能卷土重来，大获全胜！

净室正壁上悬挂着一幅巨大的八卦帛图，图的四角边幅写满了密密麻麻的爻辞卦语。

太史令管辂仰着头，细细地观看着那些图像卦辞，时而蹙眉凝思，时而摇头哂笑，时而喃喃自语，状如入魔，痴迷之极。

何晏、邓飏、钟毓等人在周围席地而坐，一个个敛息屏气地等着他看完后再发表见解。

终于，只听得一声轻啸，管辂似是阅完了图上所有的爻辞卦语，伸了伸懒腰，慢慢回过身来，脸上一片淡然。

何晏抬起了脸，笑吟吟地向管辂问道："管君，您阅毕了这壁上卦图之中何某所著的《易经》注解，可有什么妙见？还望指教。"

管辂素来是直言直语惯了，当下径自便道："何尚书详论《易经》之理，可谓'体悟入微，下笔成章，文采斐然'，实在令管某读来如品佳酿，爱不释手。然而，这些卦语注解虽妙，但仍犹若油浮于水，未免似有辞胜于理之弊。夫精义入神者，当步天元、推阴阳、探玄微、极幽明，然后览道无穷，何必借于琐琐细言耶？"

何晏听了，粉白的面庞上表情顿时一呆。那邓飏瞧在眼里，不禁冷冷叱道："你这狂徒——言不及《易》而近于讥，未免太过自负了！"

管辂朝他翻了一下白眼："邓尚书有所不知，古往今来，善《易》者必不以《易》书为囿，而善兵者亦必不以论兵为长！"

邓飏大怒，正欲反唇相驳，何晏却将他衣袖一拉劝住了，满脸堆起笑来问向管辂："管君刚才言之有理，何某受教了。久闻管君您师承周宣大夫，精于占梦析象，何某一直钦佩万分，今日有幸特来请教。何某近日来做得一梦，梦见数十只青蝇嗡嗡飞来，集于自己的鼻端之上，三番五次驱散而后复聚，此乃何兆也？"

管辂听了，沉思有顷，面色一正，拱手而道："今日诚蒙何尚书垂意相询，管某必当尽心以告。昔元、凯之弼重华，宣慈惠和；周公之翼成王，坐而待旦，故能流光六合、万国咸宁。此乃履道体应，非卜筮之所明也。而今何尚书位重山岳，势若雷电，而怀德者鲜、畏威者众，殆非小心翼翼、自求多福之道也。又鼻者艮也，此天中之山，'高而不危，所以长守贵也'，却有青蝇恶臭而集之焉，实为大大不祥。

"正所谓'位峻者颠，轻豪者亡'。何尚书您不可不思害盈之数、盛衰之期也！是故山在地中曰‘谦’，雷在天上曰‘壮’；‘谦’则裒多益寡，‘壮’则非礼不履。未有损己而不光大、行非而不伤败。诚愿何尚书上追文王六爻之言，下思尼父彖象之义，然后三公可致、青蝇可驱也。”

邓飏一听，就哈哈大笑起来：“何尚书——他这不过是一派浮言而已！此乃老生之常谈，了无新意，何足一听也？”

管辂早就见惯了大风大浪，还怕他的讥笑？当下就正视着邓飏道：“邓尚书所言差矣——今日之情形，实乃‘老生者见不生，常谈者见不谈’。”

邓飏本是想邀他过来为自己和何晏多讲几句美言贴金的，今日见他在自己面前却是这般孤傲，不由得勃然而怒：“你这狂徒好生无礼！怎么？你这个太史令当腻了吗？”

听了他这暗含恐吓的一番话，坐在旁边的钟毓顿时变了脸色，伸手拉了一拉管辂的袍角，示意他赶紧赔礼道歉。管辂却全不理会，只朝邓飏冷冷而睨，毫无惧色。

何晏也不愿与太史署搞僵关系，急忙出来转圜而道：“邓君，管大夫之言曲尽易理玄微之妙，您可勿得讥笑。管大夫——‘知几其神乎’，古人以为难；交疏而吐其诚，今人以为难。而今你一见本座便尽此两难之道，可谓‘明德唯馨’，本座钦仰之至。不过本座尚有一大疑问相询，还望管大夫赐教。当今国运方隆，曹大将军功德巍巍，可有异常之兆迹降世显灵乎？”

他此语一出，邓飏和钟毓都拿眼睛死死地盯住了管辂，静待他开口发言。

管辂背着双手在原地转了四五圈，忽然扬声长长一笑：“何尚书此言何疑可虑？当今天下情形，乃是九五龙飞之大吉卦象，正所谓‘利见大人，开泰启运’，自当神武升建、王道昌明，远近归心，四方影附！”

“好！好！好！”何晏大喜过望，吩咐府中仆役道，“快去为管大人准备一箱金饼。本座区区薄礼，不成敬意，还望管大夫笑纳！”

邓飏其实一直等的就是他这句拿来粉饰曹爽政绩的美言，听罢立刻转怒为喜，面露欣悦之色：“管君此言极妙，我等必向曹大将军献之，曹大将军那里也定然会对你重重有赏的。”

管辂也不多礼，收了何晏所送的一箱金饼，道谢辞过，便和钟毓一齐出了何府。乘着马车走出很远之后，钟毓才心有余悸地对管辂说道：“哎呀！

管君——你刚才在何府里和他们应答对接之际，所讲之话也未免太过切直了些，只怕已深深触怒了邓尚书吧？邓尚书这个人心眼小如针孔，睚眦必报，钟某在场可是暗暗为你捏了一把冷汗啊！”

管辂拿出酒葫芦喝了一口烈酒，斜着眼看了他一下：“管某与濒死之人交语，又何足畏哉？”

“濒死之人？你是指何、邓二人吗？”钟毓吓得面如白纸，慌忙把嗓音压得低低的。

“钟大人不知，与祸人共会，然后可洞察其神智淆乱；与吉人相近，然后可测知其全精固元之妙。您瞧邓飏之行步踱走，筋不束骨，脉不制肉，起立倾倚，若无手足，此谓‘鬼躁’；而何晏之面目形色，则是魂不守舍，血不华色，精爽烟浮，容若槁木，此谓‘鬼幽’。二人皆非福厚寿永之士，只怕在这一两年间便有灭顶之灾！钟大人你可将管某之言暗记于心而切莫泄露于外，以观将来之应验便可。”

钟毓听罢，大惊失色：“管大夫此言当真犀利如剑。钟某听了，实是惊骇不已。那么，请问你这‘九五龙飞，利见大人，开泰启运’之预言又究竟主何吉兆？曹大将军莫非还真能一跃而为九五之尊？”

管辂这时却是抱着酒葫芦一顿猛喝，含糊着说道：“钟大人你今日未免问得太多了。‘九五龙飞，利见大人’之卦象，实乃幽深至极之天机，管某而今也轻泄不得……”

排除异己

八宝来当铺是洛阳西坊最大的一家当铺。一身便服的孙谦进了店中，唤来一名店小二，取出那支鹤形金钗和一张写有石英那种花草体文字的手绢，递给了他，道：“这些东西，你且带去给你们掌柜的估一估价，请他出来和我当面谈清。”

那店小二一见他递来的这两件物事，登时便吃了一惊，急忙点头哈腰地将他引进里屋内坐下，随即便跑进后院中去了。

过不多时，只听得里屋内的脚步声“笃笃”而近。孙谦循声看去，却见一个头发花白，身材略显佝偻的六旬老者挪着脚步慢慢地走了出来。他一手拿着金钗和手绢，一手拿着一方羊毛绒巾，不时举到脸前轻轻擦拭着自己那红肿如核桃一般的双眼，径直走到孙谦一侧的坐枰上坐了下来。

“客官，抱歉，抱歉。老朽因先前经常熬夜而落下了这个眼疾，平时举止有些不雅，请您莫要见怪。”那老者继续揩着自己两眼里像揉进了沙子一般而向外直冒的串串泪水，轻声缓语地向孙谦说道，“你能给老朽详细说一说这金钗和手绢的来历吗？”

“这金钗和手绢是一个朋友托我来这里典当的。”孙谦探身过来，直视着他答道，“她说，凭着这两样东西的质地，定能让你们八宝来的大掌柜亲自出来估价交易的。”

那老者不紧不慢地用羊毛绒巾揩着自己那一双见风流泪的病眼，沉沉地说道：“老朽便是这八宝来的大掌柜，他们都叫我寅掌柜。您有什么话尽管对老朽说吧！”

孙谦的目光盯在那老者眼中一动不动：“寅掌柜，您知道在下是谁吗？”

“哦……老朽对客官您么？好像还是略知一二。”寅掌柜放下了手中羊毛绒巾，眯着那两只红彤彤的病眼，瞧着孙谦慢慢说道，“阁下便是曹大将军府中的家丁侍卫统领孙谦君。今天您一大早换了便服从南坊大将军府门口出来，先是走了一箭之地，在南角小巷里徘徊了半个时辰，然后又穿出小巷，到西坊醉月楼闷头喝了半个时辰的酒，大概在那里把事情考虑得差不多了，最后才走进我这店铺里要典当这两件东西的。是也不是？”

“你……你们竟敢监视我？”孙谦一听，不禁惊怒失色。

寅掌柜身子向后微微一仰，微闭双目看向屋顶：“孙谦君，您错了。您和我们都是一家人了，我们还监视您作甚？我们这是在认真保护您啊！”

孙谦一脸讶异地瞧着寅掌柜，却不知他这话从何说起。

寅掌柜拿起那条手绢凑到面前，慢慢看着那上边石英亲笔所写的花草体文字，眼眶里突然涌出泪来：“真是苦了英儿了！她能在百难之中托你送出这些讯息来……当真是鲜有人及！唉，我司马寅枉为义父，真是对不起英儿你呀……”

“司马寅？”孙谦大吃一惊。原来这个鬓发花白、眼疾严重的佝偻老头儿竟然便是传闻中司马府的那位像鬼魅一样神秘难测的老管家——司马寅？！

司马寅又抓起了羊毛绒巾，拼命堵住自己流泻不止的泪水，喃喃地说道：“孙谦君，你能拿到这金钗和手绢，说明英儿已经将你当成了至亲至信之人。你放心，我们也会像英儿一样信任你的。在你介入到我司马家大业之前，你有什么要求就先尽管提吧！”

孙谦满身的血都一下涨到了脸颊之上，通红通红的。决定自己和石英两个人命运的关头终于来了！他压住胸中的激烈心跳，深深倒吸了一口长气，肃然讲道：“寅掌柜，我孙谦今天答应可以为了石英帮助你们做任何事情，但你们大事完毕之后，却必须允许我俩获得彻底的自由！我们自会隐姓埋名栖身江湖，永不暴露，永不泄密！这是我孙谦在介入到你们司马氏大业之前所提出的唯一要求。如果你们不答应，我自己便从曹爽府中强行劫走石英远走高飞！”

司马寅坐在坐枰上仰着双眼尽量以这个姿势将眶中的泪水倒逼回去：“本来啊，英儿是我司马家悉心栽培起来的死士细作，她也是我司马寅最为疼爱的义女之一。老朽自然是希望她活得开心、幸福的。不瞒你说，在正始初年，老朽和太傅大人都准备以‘散放宫中闲人’为由将她从皇宫大内中解救出来了……只是曹爽这猪狗不如的东西从中作梗，方才使得她沦入魔窟。不过，你放心，你的这个要求，老朽一定答应你！在我司马家大事完毕之后，我们一定帮你救出石英，放你们自由！至于你刚才所讲的要从曹爽府中强行劫走英儿远走高飞，那也是一时意气之言了吧！就算你劫出了英儿，只要曹爽不死、曹家势力不倒，你们又能逃到哪里去？你只有帮助我们彻底推翻曹爽一派之后，你和英儿才会有真正的安全和自由的！”

孙谦听了，闭口不答，算是默认了司马寅的这些话。

“好了，老朽既然答应了你的要求，”司马寅一把取下那张盖在他脸上早已浸透了泪水的羊毛绒巾，双眼一睁，目光凛凛然似利剑一般射向他来，“你就该替老朽完成这样几个任务：一是严密监视令狐愚、丁谧这两个人在曹爽府中进出往来的一言一语、一举一动；二是密切注意掩护杨综、虞松，他俩是我司马家设在曹爽府中的内线；三是为了你和英儿的安全，老朽提醒你，从现在起，一两年内不要再到金屋地牢擅自私下接触英儿，免得引起曹爽警觉而失火自焚！”

孙谦坦然迎视着他的目光，重重地点了点头：“好的。”

司马寅和他对视片刻，忽一招手，喊来店小二："你带他下去换上另外一套便服，领他从铺店后门出去吧！"

待得孙谦离去之后，司马寅才长长叹了一声出来，拿那羊毛毡巾抹着眼泪，缓缓从坐枰上站了起来。

就在这时，却见司马昭从里屋内壁背面无声地踱步转出："寅叔，万一这孙谦是来诈降骗取咱们信任的，咱们应该如何因应呢？"

司马寅深深地看着掌中那支鹤形金钗，徐声而道："子上是问因应之道么？其一，英儿既然选择了他，他就一定是合适、可靠的人选。我相信英儿的眼光。其二，对于孙谦，我们也早已布置了眼线在严密监控他。子上，你尽可放心的。"

"可是，寅叔，刚才如你所言——那杨综是我们设在曹爽府中的内线不假，但虞松却未必是也……"

"子上，这一招恰是为叔向孙谦使出的'虚实相生，真伪相杂'之计……万一有一天孙谦起了异心，向曹爽告发出来的也是一个模棱两可的讯息！而曹爽在这模棱两可之际取舍不明的话，咱们还可徐为后图，掩护杨综脱身！"

"寅叔，不愧是办事老练，缜密无失，昭甚是佩服！"司马昭听到这里，不禁向司马寅躬身而赞，"看来，昭需要向您学习的地方还多得很啊！"

"哦？管辂真的对你们声称本大将军是'飞龙在天，九五之尊'？还说本大将军能够开泰启运，神武升建，王道昌明，远近归心？"

曹爽在密室里听了何晏、邓飏的话，放下了一直握在掌中把玩的文皇帝曹丕当年所用的那只东吴贡品虎皮纹金螺杯，双目圆睁地向他俩看了过去，满腹狐疑地问道："你俩别是编出这些神神鬼鬼的话来哄骗本大将军瞎开心的吧？那九五之尊、天子之位，岂是本大将军这样一个凡夫俗子坐得上去的？要像太祖武皇帝那样的天纵英杰才行啊！本大将军哪里是那块料？"

邓飏嘻嘻一笑，从衣袖中抖出一张绢帛奏表来，悠悠笑道："大将军您天庭饱满，地阁方圆，生得有一副异相，怎么就配不上那九五之尊、天子之位？眼下只要有了太史令管辂这番天象预言作铺垫暂时也就够了，大将军您真要登上九五之尊、天子之位，还得像太祖武皇帝那样一步一步地来。喏，这是邓某和何尚书共同执笔为您草拟的劝进殊礼表，请求当今陛下升任您为丞相并加封汝南郡公之爵。我等已经找了一些同僚联名共署。”

“呵呵呵……本大将军日后若是登上了天子之位，就让你邓飏做中书令，何大人当尚书令，丁谧君任中书监和尚书仆射！”曹爽乐滋滋地笑着，接过那奏表一看，却见它末尾上写着司隶校尉毕轨、河南尹李胜、鹰扬将军文钦等寥寥几个名字落款。他脸上喜色一僵，冷冷地将那劝进表往桌几上一丢：“哎呀！你们两位的好意，本大将军心领了。可是就这么几个人，哪里就劝进得起来？哼！一个宿臣旧望也没有！”

曹训捡起那道劝进表看了，也是面带诧异：“是啊！这上面怎么没见桓大司农的名字？对了，夏侯太初他怎么也没署名啊？”

何晏参与到这劝进曹爽为丞相、郡公的事儿里完全是被邓飏天天在耳边鼓吹着来的。他本就心底有些不愿，但这个曹爽又得罪不起，便只得勉勉强强地从了。这时听得曹训直直地问将过来，他脸上不禁透出了一丝尴尬：“这……这个，桓大司农和夏侯太初的态度有些不好说……

“其实想必大将军你们应该也是心中有数的，何某觉得暂时还是不要惊动他俩的好……”

“这两个人归根到底还是不和咱们曹家一条心啊！”曹训咕哝了一句，“平叔，你说得对，先瞒着他俩也好！”

丁谧却在一旁插话进言道：“依丁某之见，真要劝进曹大将军，咱们还是得先从外围的封疆大吏和朝廷的宿臣旧望两者之间双管齐下，来个迂回包抄之策……”

“什么迂回包抄之策？”曹爽一愣。

“当年太祖武皇帝在谋取晋相加礼之际，为了防止朝臣非议，就将那时持反对意见最强烈的太尉杨彪之子杨修征辟进幕府中做了副主簿，借此以示宠信恃赖之意……”丁谧就那么拿话头轻轻一点，邓飏立刻便明白了过来，抢着说道：“不错，不错，大将军您可以绕过那些封疆大吏、宿臣旧望本人，直接在他们的子嗣身上痛下功夫——裴潜的儿子裴秀、王昶的儿子王浑、郭淮的儿子郭统、桓范的儿子桓畅、蒋济的儿子蒋秀、高柔的儿子高俊等，您都可以将他们一网打尽，征纳进自己的大将军府署担任掾吏之职！”

曹爽听了，缓缓颔首，忽地将目光一抬，盯向了自己幕府中的新任长史令狐愚：“令狐君，咱们可没拿你当外人，今夜这些话你也都听到了，你舅舅王凌将军在这个事儿上会表什么样的态？你给本大将军说一说看。”

“大将军以心腹之任如此亲待在下，在下自当肝脑涂地以报之。”令狐愚急忙俯首朗声答道，“我家舅父亦必会不遗余力助大将军您成就大业！”

他话音未落，丁谧却冷不丁地插了一句话直钉进来：“哦？是么？令狐长史，可是丁某怎么听说你家舅父似乎近来和楚王殿下联络得十分火热啊？！”

“是吗？”曹爽把脸一沉，双目寒光森然地逼向了令狐愚。

令狐愚脸上表情微微一滞：“丁兄何必如此多疑？我家舅父为人古道热肠，一心只是想在京外方州之域为大将军多多争取助力而已！楚王殿下身为大魏宗室长老，位望不低，倘若我家舅父能够将他拉拢过来而为大将军所用，这对大将军日后登极加冕、面南称尊岂非大有裨益？届时若有楚王殿下在百官奏表上领衔劝进，足可抵得十万雄师而扫平一切阻力的。”

听了他这番话，曹爽哈哈一笑，伸手重重一拍令狐愚的肩头，豪气四溢地讲道：“令狐君——本大将军信得过你！你和你舅父在下边只管放手去做，要钱要粮本大将军都给你！还有，你让你舅父替本大将军在淮南把那个诸葛诞一定要盯紧点儿！”

“在下一定谨遵大将军钧命！”令狐愚的表情显得无比谦逊，俯下头去恭恭然答着。他用眼角斜光暗暗扫了丁谧一下，唇边笑意一掠而隐。

邓飏突然将手一拍：“哎呀！我等差点儿忘记了，在筹备为大将军劝进晋相加爵一事之前，咱们似乎应该还要做好一件事儿！”

“什么事？”丁谧盯着他问道。

“当今皇宫大内，郭太后垂帘听政，暗控朝纲，而李丰、孟康他们两个郭氏死党又盘踞于中书省中。咱们怎好在他们的眼皮底下去串联诸臣共署劝进上表呢？看来，不搬开他们不行啊！”

丁谧沉吟片刻，开口说道：“这个事儿，丁某也筹思许久了。这样吧，就让邓大人、何大人拟写一道移宫养亲表来给大将军审裁。你俩就在表上写明郭太后不宜久劳国事、深居庙堂，请陛下为她恪守臣子之孝，让她迁出内殿静养！大将军便以母子大孝之义为理由一笔批准。届时就把当年文皇帝一朝郭老太后留下来的‘永安宫’改匾为‘永宁宫’，将她的凤驾迁将过去。

这样一来，郭太后被迁离了内殿，自然是不好再回来垂帘听政了。”

“对对对！只要她一被迁走，我们再找个理由把李丰、孟康也撤换下去，就让丁君、邓君兼任中书令、中书监等枢要之职！”何晏也抚掌而笑，“如此一来，朝廷中枢大权尽归大将军之手，大将军您的雄图伟业便指日可待了！”

在卧室沉沉的黑暗之中，司马懿盘腿凝然踞坐在榻床之上，司马师、司马昭二人在床侧垂手而立。

“郭氏一派这次被曹爽弄得够呛。郭太后被曹爽、丁谧、何晏、邓飏他们用软刀子逼着迁往了永宁宫。郭芝虽然勉强保住了卫尉职务，但却被剥夺了对中垒大营、中坚大营等禁军屯兵要地的控制权。孟康的中书监之职也被丁谧抢了去……只剩下一个李丰还赖在中书令一位上隔三岔五地装病不朝，不过也差不多是在苟延残喘了。”司马昭娓娓地向司马懿汇报着近来朝廷局势的变动情况。

“唔……郭氏一派被曹爽他们摧残到眼下这个地步就够了，不能再让他们继续衰落下去了。师儿，你暗中去和蒋太尉通一通气，一定要在咱们起事之前出手拉郭芝一把，保住他的卫尉之位不遭曹爽劫夺而去！郭芝在这个时候得到我们雪中送炭的暗助之力，必然会对我们感激不尽的。还是把他继续留在卫尉一职之上，日后终会用得着的。”司马懿的声音仿佛是从黑夜的最深处直传而来，沉缓而又深邃，“为父还听说曹爽的那些鹰犬正张罗着为他劝进丞相、晋封汝南郡公？昭儿，你可探到朝中有哪些宿臣旧望卷进了他这件大逆之事当中？”

司马昭回忆了片刻，答道：“启禀父亲大人，这件大逆之事是有的。但是除了何晏、邓飏、毕轨、李胜这几个狂徒在跟着一起上蹿下跳之外，京中似乎暂时还没有什么宿臣旧望卷进这事儿。”

“咦？桓范不是和曹爽走得很近吗？”司马师惊讶地问道，“他怎么不出面牵头领衔上表为曹爽劝进呢？这桓范的资望在他曹爽一派当中可是首屈一指啊！”

“桓范没有掺和到这件事儿中来。”司马昭回忆着禀道，“恰恰相反，他听到了一些有关何晏他们私自串联劝进一事的风声之后，不久前还跑去大将军府当面质问了曹爽，警告他不要专恣妄为，就像训斥三岁小儿一般，闹得曹爽颜面尽失。最后还是丁谧赶来才将他们劝开了事。”

司马懿的双眼在黑暗中闪着炯炯的光芒：“好！好！好！真不愧是为父的桓师兄。赤胆忠心，铁骨铮铮，志存魏室，生死不易！他才堪称大魏的栋梁之臣！曹爽这狂徒连他都不能敬用，实在是愚不可及！从今之后，曹爽自弃智囊、自绝于天，不足畏也！”

“父亲大人，这桓范虽与曹爽同床异梦，但他毕竟是忠于魏室的呀！他终究会是我司马家的敌人啊！”司马师不禁开口提醒道。

“为父知道，为父并没有说他不是敌人，而是称赞他是为父一生当中最为可敬的敌人之一。”司马懿声音有些低沉地说道，他一瞬间想起了当年曹操面对自己的至交好友荀彧翻脸变为敌人时悲伤欲绝的情景，心头也不禁泛起了深深的慨叹，“唉……倘若桓范师兄能够放弃他的愚忠转而辅助为父开创大业，这该是多么圆满的一件美事啊！师儿、昭儿，你们要记着，身为主君，暂时拥有一呼百应、风从云附的至高权力并不算是什么了不起的，自己手下要有像桓大司农这样的忠智之士跟着你一起打拼未来，你才是真正的王者！真正的无敌于天下！”

“好的。孩儿等都记住您的教诲了。”司马师、司马昭兄弟也不禁慨然动容，恭声答道。

司马懿慢慢平静下来，忽又问道：“昭儿，为父听闻你昨日竟派人送信给西域长史府去帮你寻什么东西？你可不能学曹爽兄弟他们一意去渔猎州郡之私……”

“启禀父亲大人，您误会了。孩儿听说西域龟兹国产有一种碧玉清凉膏，极具明目润心之奇效，专治各种眼痛、眼肿、多泪之疾。孩儿是托人找来给寅叔疗用的。寅叔为我司马家的大业熬坏了双眼，孩儿平时见了心底甚是不忍啊！”

“好！好！好！昭儿真是心细如丝，对下属竟然如此体贴入微，为父很是满意啊！”司马懿的声音显得激动不已，朝着司马昭赞了又赞。赞罢之后，他又将话问向了司马师：“谈起你们寅叔，为父倒想起一件事儿来——为父今日听他来禀，似乎曹爽他们一伙儿，又要准备对师儿你下手了？”

“禀告父亲大人，曹爽他们确是要对孩儿下手了。孩儿担心父亲大人您有所忧虑，就没有及时禀告给您。”司马师欠身答道，“曹爽前日突然提出要将孩儿和牛金二叔精心训练起来的中垒营、中坚营、骁骑营、健士营、射声营等两万禁军的单列编制取消，企图全部划入他二弟中领军曹羲的麾下管辖……”

“什么？中垒营、中坚营、骁骑营、健士营、射声营等各营禁军从前不是一向直接隶属于中护军管辖吗？就是卫尉也只能在名义上调控这五营禁军啊！曹爽这么硬划硬拨，分明是要让大哥成为一个有名无实、有牌无兵的空壳中护军啊！”司马昭一听，禁不住立刻就急了起来，“曹爽他们这是要拿掉我司马家的刀把子啊！”

“你‘啊啊啊’地慌什么！且听你大哥把事情先讲完！”司马懿的声音永远是那么冷静而又沉着，“师儿，你继续讲。”

司马师平和了语气，缓缓地讲道：“后来，当曹羲、曹训、曹绥他们过来收编这各营禁军时，牛金二叔就挺身而出和他们大吵了一场，闹出的动静很大。最后，曹爽害怕激起兵变，就出面进行了调解，只把射声营中的两千弓箭手拿走了，其余各营禁军一概没动。孩儿在这一场较量当中损失并不算大，所以就没有禀报上来烦扰父亲大人您……”

司马懿听罢，喉头蓦地动了一下，却没有说出什么来。他就那么静静地僵坐在卧室的黑暗之中，像一头铜狮一般沉凝不动。过了半晌，他才慢慢开口道：“师儿，你错了——咱们的损失可大了！”

“父……父亲大人！此话怎讲？”司马师和司马昭都是一愣。

司马懿苍劲有力的声音就像古旧的磨盘沉重地碾压过坚硬的豆子：“为父问你们这样一个问题。假如你此刻就是那个口含天宪、权倾天下的曹大将军，你被牛金他这么一个有棱有角的宿将当众顶撞得威风扫地，你缓过气来之后又会怎么办？现在，全天下的刀把子在名义上都是握在他曹爽手中的——他撕破脸皮非要拿牛金祭威不可，咱们还好贸然再去硬顶吗？牛金此番危矣！司马师——是你心怀与曹氏争斗之念而督下不严害了他！”

司马师慌得双膝跪地，向司马懿磕头道：“这……这……孩儿知错了。不知此事还有什么转圜回旋之方吗？孩儿恳请父亲大人指教。”

“转圜回旋之方？最好的转圜回旋之方就是让牛金亲自到大将军府去向曹爽负荆请罪！可牛金只怕是豁出性命不要，也不会去做这事儿的！”司马懿闭着双眼，微微向外把手一挥，“罢了！罢了！师儿，你就放他的长假，让他回府闭门谢客、小心提防吧！”

“牛金居然敢当众顶撞大哥您的钧令，这还了得？虽然他以前稍有薄功，就可如此目空一切吗？天下方州诸将若也个个似他这般效仿而起，大哥您身为大将军而威信何在？”

曹训本来就十分痛恨牛金平日对自己的轻慢与不屑，今天夜里当着曹爽的面就一股脑儿发泄了出来。

曹爽这几年来我予我夺，作威作福惯了，那天被牛金那么一当众顶撞，心头也是怒火直冒。但他又不愿背上一个“不能容下”的骂名，只得忍了又忍，自我解嘲着笑道：“唉……牛金、牛金，本就是一头莽牛而已！谁和他一般见识！本大将军胸怀四海，哪能就把他这厮的唐突之举放在了心上呢？”

丁谧坐在一侧，阴沉着脸，森森然开口了：“大将军，您为人宽厚仁慈，固然不错。但牛金他跳出来这么一闹，却阻碍了我们‘尽揽兵权’的大计！负面影响实在不小！若是以后再不搬走他这块又臭又硬的绊脚石，我们便不能将中垒营、中坚营、骁骑营、健士营等一万八千精悍禁兵从司马师手里顺顺当当地夺过来。丁某已经在暗中反复考察过了，司马师手下这四营一万八千禁军实在是一支不可多得的劲旅，拉到战场之上足可以一当十，完全抵得过十万虎罴啊！”

曹训也嘟哝着说道：“司马师这小子别的不咋样，但是选兵、练兵的本事倒是不赖……”

曹爽在那边听了丁谧这么一说，心念转动之下，不禁暗暗倒抽了一口冷气：哎呀！这两三年本大将军一直忙着和郭太后、郭芝、孟康他们争权夺势，怎么把司马懿父子给忘了呢？虽然听说司马懿病得僵卧在床，气息奄奄了，而且司马师兄弟在明面上对自己也是低眉顺眼的，但是他们毕竟还掌握着大内四营一万八千精锐禁军啊！这始终是一个不可轻视的重大隐患啊！更何况他们还有牛金这样的骁将做助手！

念及此处，他不由得紧紧皱起了双眉，“丁君你这话倒是说得不错。只不过牛金此人屡立战功，且又武艺高强，还是司马懿的心腹爱将，本大将军一时也不好轻易乱动他啊！”

密室之中，顿时犹如一片渊潭，沉寂了下来。

半晌过后，令狐愚却冷冷地笑了：“大将军，牛金此人虽是勇冠三军，然而若要制他却也不难。而且，我们定能将他一招毙命于无血无痕之中！”

“哦？令狐长史可有什么妙计吗？”丁谧双目一亮，淡淡笑着看向了令狐愚。

令狐愚面无表情，缓缓从随身携带的一方木匣之中取出一只龙柄虎嘴的紫金酒壶来，那酒壶左半部镶着一块青玉凤符，右半部却镶着一块白玉鸾牌，当真是流光溢彩、璀璨夺目！

“这……这酒壶好生漂亮啊！”曹训见了，不禁眼放奇光，“令狐长史，您可不可以送给曹某啊？”

“这只酒壶，曹将军若是喜欢，在下自然是可以赠送给您的。但是，当前情势之下，它却暂时另有妙用。”令狐愚一边含笑说着，一边从案几之上拿过两个玉杯，然后亲自握着那酒壶的龙形手柄，往这两个杯中斟满了酒。他放下那紫金酒壶，端起面前这只玉杯，向曹爽递了过去：“大将军请尝一尝，这是西域藩国进贡而来的葡萄酒……”

“且慢！”丁谧突然伸手在中间一挡，目光如刀刺向了令狐愚，“这酒，令狐长史你应该先当众亲口尝了之后，再呈给大将军吧！”

“唔……丁君教训得是。好的，好的。”令狐愚似乎并不生气，将那玉杯往口中一送，把杯中之酒喝了个点滴不剩，然后抿嘴咂味儿地甚是惬意。他笑眯眯地指着那剩下的一杯酒，向丁谧问道：“丁君，那么这杯酒和在下刚才所饮的那一杯是从这同一个酒壶之中倾倒出来的——在下可以将它呈给大将军品尝了吧？”

“这个……当然可以。”丁谧这时没有理由再阻拦他献酒了，虽然心底隐隐觉得有些不妥，也只得应允了。

令狐愚面含微笑，用双手将那玉杯端了起来，递到半途之际却蓦地把手一抖，往地板上一泼——只听“哧”的一声，那酒水洒落之处居然冒起了缕缕青烟！

“毒酒！”这一下，不仅曹爽兄弟大惊失色，连丁谧也几乎是一头雾水。真是怪了！为什么同一个酒壶倒出来的两杯酒，令狐愚喝的那杯毫无异样，而另外这一杯却是暗含剧毒？

丁谧双眸一阵急转，目光倏然一亮：“你这只酒壶里面定有蹊跷！”

“丁君果然是聪颖超群！”令狐愚哈哈一笑，“大将军，请恕在下刚才失礼冒犯了。丁君说得没错，这一切的玄机都在这只酒壶里。”

“酒壶？这只酒壶有什么蹊跷？”曹训大为惊诧。

令狐愚举起那只紫金酒壶，将其中的玄妙之处指点展示出来给诸人观看：“诸位有所不知，这酒壶其实便是王莽当年为了篡汉谋位而用来鸩杀了汉平帝的那只阴阳混元壶。它这壶胆之中一半装着令人封喉的毒酒，一半装着令人沉醉的美酒。在下只要摁动这龙形柄上的那两颗龙眼明珠，便可以随意调控壶嘴里倒出来的酒有没有含毒。在下若摁下左边这颗龙眼明珠，壶嘴里倒出来的便是毒酒；在下若摁下右边这颗龙眼明珠，壶嘴里倒出来的便是美酒！这一左一右摁动之间，完全可谓转换得神不知鬼不觉的。”

曹爽痴痴地看着那阴阳混元壶，恍然大悟道：“唔……本大将军明白了，令狐长史，你是想用这只金壶把牛金一招毙命于无血无痕之中啊？好！好！好！咱们便找个机会让他尝一尝这阴阳混元壶里的酒！”

何晏、曹训等人听了，亦在一旁连声称是。

令狐愚放下阴阳混元壶，沉吟了一会儿，才娓娓而言：“大将军，您以此壶之酒一举铲除牛金之后，则皇宫大内禁军重权必将尽归您手，在下先在这里向您预祝恭贺了。接下来之后，依在下之愚见，便是您应该派遣亲信出任方州牧守，以收揽外边的藩镇兵权了！只要您将朝廷内外的兵权尽揽于手，则何敌不可灭？何事不可成？”

曹爽一边抓过那阴阳混元壶反复端详着，一边兴奋之极地随口讲道：“行！本大将军就先派令狐长史你出任我大魏根本之地兖州的刺史，作为本大将军收揽藩镇兵权的第一步！”

他此话一出，令狐愚立刻便“咚”的一响在地板上重重而叩：“在下多谢大将军的栽培之恩。”

而那丁谧在一旁看了，却是暗暗蹙眉不已，一副深为叹惋的模样。

终于，这场密室会议结束了，众人陆续散去。丁谧却一直有意候到最后，看见令狐愚、何晏、曹训、曹彦等其他人士都走光了，他才关上了室门对曹爽顿足叹道：“大将军！你不应该如此轻易地答应让令狐愚出任兖州刺史一职！”

“呵呵呵……丁君你不是一直害怕他在本大将军面前和你争宠吗？本大

将军这可是在为你驱除异己啊！”曹爽满不在乎地嘻嘻笑道，“免得你和他两个人在本大将军面前较着劲儿地斗法！”

“哎呀！大将军——在您眼中，我丁谧怎是那般屑于与他令狐愚争宠夺利之人呢？大将军能够助我向司马氏报复当年的杀兄锢族之仇，我已是感恩戴德别无他求也！您又不是一两日之间方才明我心迹！”丁谧激动之极地大声讲道，“这个令狐愚素来心怀叵测，诡计多端，实是不可委以方州重镇之权！他若是回到兖州之后，便与他那个身为镇东将军的舅父王凌联起手来兴风作浪，谁还压得住他？”

曹爽一听，心头大震，额上冷汗不禁涔涔而下：“这……这……这可如何是好？本大将军刚才已经当面亲口承诺于他了，总不好又食言而肥吧！”

丁谧皱着眉头瞧了瞧他这副蠢样儿，也不好再批评他什么，只得深深一叹：“罢了！罢了！咱们既不能公开收回成命食言而肥，那就只有给令狐愚、王凌他们来个埋桩绊马之计……”

“埋桩绊马？何为埋桩绊马？”曹爽大惑不解。

“大将军，你随后就让文钦将军去担任徐州刺史，让李胜大人去担任荆州刺史，让毕轨大人兼任豫州刺史，从东、北、西三个方向包围和监控令狐愚、王凌，其实也顺便把司马懿的亲信扬州刺史诸葛诞一道给监控住了。这便是埋桩绊马之计！”

“好一个埋桩绊马之计！”曹爽高兴得脸上的肥肉几乎都要挤到一堆儿去了，“这一次本大将军算是看明白了，文钦、李胜、毕轨就是咱们用来对付令狐愚、王凌、诸葛诞的三根绊马桩！可……可是，荆州刺史是司马懿的爱将州泰啊！本大将军换了李胜前去代替他，却又将他如何安置呢？”

“那还不简单？反正州泰也是寒门出身，在朝廷里除了司马懿也没什么背景……况且，司马懿现在也成不了他的什么背景了，他自然是懂得‘胳膊拧不过大腿’这个道理的。”丁谧阴沉沉地说道，“丁某回去后就从中书省里拟出一道圣旨来请您签发！先将州泰的官阶提高半级，当个中二千石的安南将军，再让他兼任新城郡太守，同时却剥下他的荆州刺史之职给李胜……这不就堵得他无话可说了吗？”

复仇大计

蜀汉太史署的内厅里，凛冽的穿堂风吹得四壁悬挂的旗幡符图猎猎作响。

太史令谯周倚坐在竹榻之上，右手拿着一卷《道德经》，左手托腮凝望着厅中那尊旋转不已的水力浑天仪出神。那只在水波丛中缓慢转动而不可回逆的铜球上下抛掷而去的似乎不单是岁月的时辰，简直是在吞噬着一个又一个的王朝。夏、商、周、秦、前汉、新朝、后汉等历朝历代全在那浑天仪之球的旋转之中消失得无影无踪，刘邦、刘秀、曹操、刘备、诸葛亮、周瑜、鲁肃等多少英雄豪杰都在球下机械的齿轮缝间风流云散。

然而，有一个人的面影却穿破了重重水波，在那锃亮的浑天仪球体上渐渐浮凸而出。时间的流逝也丝毫不能掩淡他越来越清晰而深刻的眉目容颜。他赫然正是魏国的首辅元老、太傅大人司马懿！几乎所有顶尖儿的三国英雄智士都在岁月的冲击中先后谢幕了，只有他还硕果仅存般地屹立在历史的舞台上继续扮演着他那神秘莫测而又极为重要的角色！

谯周慢慢地将自己的师侄管辂从魏国写来的密信一片片地撕碎，并放进口中一片片地吞了下去。他吞完了所有的信函纸片之后，扶着床架缓缓站起身来，背着双手踱到窗边，向北方那苍茫的天穹遥遥望去。那里，漫天的阴云浓浓密密，宛若沸腾起来的重重波澜，在不断地翻卷着，滚动着，扑腾着。暴风雨很快就要来了吧？只是，这一场源于魏国上空的暴风雨最终会在这六合八荒之间又造成什么影响呢？对于我们蜀汉会有什么影响呢？对于他们东吴又会有什么影响呢？

“老师……”一个低低的呼唤声在他身后响起。谯周听出来了，来人正是他的关门弟子——尚书台著作郎陈寿。

“陈君，你来了？”谯周慢步坐回了榻床，示意他在自己床侧坐下，看着他问道：“今天朝议讨论的是什么国事啊？”

“今天的朝议没有开多久。”陈寿小心翼翼地言道，“姜维将军从前线赶回来亲自面圣，请求陛下恩准他再次发兵北伐，从祁山大营进击凉州，一举擒灭夏侯霸。费祎大司马也极力赞成此议，认为目前伪魏境内是虚骄浮华的曹爽执政，国中纲纪淆乱、上下不安，正是我大汉百年难遇的乘隙进击之机……但是陛下却一直优柔寡断，不肯准允。后来姜将军就在御前叩血泣谏，陛下一怒之下拂袖而去。于是，这场朝议就这样不欢而散了。可直到现在，姜维将军还在太极殿门外跪着候召陈情呢！费大司马怎么劝也劝不走他……”

谯周听到这里，心底不禁暗暗一叹。这个姜维才气没有他的师父诸葛亮那么大，但脾性之倔强却丝毫不比诸葛亮差！诸葛亮能找到他这样一个活宝继承他的北伐遗志，倒也算不得所托非人也！只是在这几乎不可逆转的天道大势面前，他们这些小小的挣扎又能改变什么呢？

陈寿娓娓讲罢，谯周才慢慢开口了：“这个……陛下啊，谋国持重，守而不出，以静待变，确实是正确之举。陈君啊！不要看眼下魏国近来出现了一些内乱纷争，那都是一些转瞬即逝的小小波折……费大司马、姜大将军他们此刻贸然出击，将来一定会吃大亏的！”

“费大司马、姜大将军他们说，伪魏之中最为可虑者唯司马懿一人而已；现在他已卧病不起，曹爽又骄奢无能，伪魏上下动荡不安，委实机不可失啊！”陈寿还是有些不肯全信谯周的断言。

“寿儿啊，司马懿虽然是一直在称病不起，但他终究还是没有死！只要他没死，我大汉就始终不能收复中原！而且，就算他现在卧病不起，但他当年一手栽培起来的郭淮、胡遵、魏平等枭将都还据守在关中地带……他们的兵法谋略也几乎不在姜大将军之下啊！”

“这……这倒也是。”陈寿嗫嗫地说。

谯周抬起眼来，望着那只水动浑天仪铜球缓缓地、默默地一圈一圈旋转着，悠悠说道：“当年灵龟玄石上那‘天命有革，大讨曹焉，金马出世，奋蹄凌云，大吉开泰，典午则变’二十四字图谶现在已经过时了吗？依为师看来，只怕未必。俗话说，鹰立似睡，虎卧似病。谁能猜得到这一两年后天下又会是什么样的一番光景呢？”

陈寿记起了一件事情，向谯周禀道：“对了，老师——黄皓大人托小生带信给您，请老师您必须要对今日这场朝议发表真知灼见，写成一道奏表呈进中书省去……他还说您是知道这篇奏表的内容应该怎样写的。”

“唔，为师知道了。”谯周缓缓垂下了眼帘，“寿儿，你出去一下吧。

为师要一个人静下来好好构思一下这道奏表究竟应该怎样写……”

当司马懿卧在乘辇上被抬进洛阳东坊的后将军府内时，偌大的府邸早已淹没在悲痛的哭声中了。里边哭红了眼的丫环、仆役们一面各自将孝衣孝帽兜头笼上，一边纷纷去廊柱间结扎灵幡纸花。瞧得这番情景，司马懿一颗心都凉了，眼也花了，手也颤了，整个人像躺在棉花堆里恍恍惚惚的，两行浊泪无声地沿着脸腮奔流不止。

“父……父亲！您一定要节哀啊！”司马昭一边揩着眼睛，一边在乘辇边用力地捏着司马懿的手安慰着他。而司马师则似一个做错了事儿的孩子一样跟在辇后垂头抽泣着。

牛金的卧室里里外外挤着人，是牛金生前麾下的将校、僚属和家仆们混成了一团：有的哭，有的喊，有的端热水，有的捧寿衣，直到见着太傅大人来了，才一个挨着一个地跪倒，一颗颗伏低的头颅像地里冒出的草簇儿，在狂风骤雨的摧打之下悲惨落泪。

一脸戚容的司马懿在乘辇上撑起了上半身，伸手在半空中摆了一摆。

司马昭会意，立刻朗声宣道：“闲杂人等一律退到院坝外等候，不得擅入。太傅大人要向牛将军致哀告别。”

一阵阵驳杂的脚步渐渐退了出去。卧室里只剩下了司马懿父子等三个外人。而牛金唯一的兄长牛恒和他的妻子王氏就跪在那张榻床前默默地做着擦洗牛金遗体的事儿。

乘辇被司马师兄弟慢慢抬到了牛金的床前，司马懿探起了身子，颤声呼道：“牛金弟……仲达二哥看你来了……”

没有任何回应，连目光的交流也没有。

牛金像是睡着了，苍白的瘦削面颊上泛起了酡红，双眸微合，似乎有最后的光芒在慢慢消退。他宛然知道他的“仲达二哥”来了，浅浅的笑在无血的嘴唇上绽放，屋里的檀香烟气掠过他灰青的额头，仿佛是他的英灵在帷帐间飘荡。

司马懿缓缓伸出了右手，下意识里想要挽留他一把，终于又颓然放下——他目光一缩，泪水又一次如决堤般宣泄而出。

牛恒跪在床头，侧过身来向司马懿见过了礼，手里拧着那张湿帕子，继续耐心地给牛金擦着脸庞，动作小心而轻细，像是生怕惊醒了他的弟弟。

“牛金弟怎么就突然亡故了？”司马懿咽着泪水缓缓问道。

“昨天晚上，在京诸将在鹰扬将军文钦府中举办了一场欢送他上任徐州刺史的宴会……牛将军实在拗不过他们的邀请，就去了。结果二更时分回来休息后没多久，便喊肚子绞痛，最后就……”王氏伏在地上悲悲切切地禀告着，“牛将军临终前自己也很诧异，他昨夜和文钦他们都是喝着同一壶里倒出的酒，吃着同一盘里盛着的菜。真不知道这些鬼心鬼肠的家伙到底在哪里下了毒……”她埋下脸，巨大的悲伤攫住了她，她还是忍不住放声哭了起来。

司马懿木着脸，轻轻地问道：“牛金弟留下了什么话了么？”

王氏强压着悲痛，竭力让声音变得平静，一字一字复述道：“牛将军说，卑职突遭殒殁，中道而别，从此不能再行追随太傅大人开创伟业，实在是有负深恩。万望太傅大人善自珍重，登峰造极，拨乱世返太平，还万民以康乐，卑职长埋地下亦能含笑瞑目了……”她到底撑不下去，埋着头已是泣不成声。

司马懿的双掌紧紧捏着乘辇两边的扶手，泪水继续无声地奔流着，眼前却在蒙眬的泪光中浮现出一幕幕自己和牛金从小到大一齐并肩闯过的那些峥嵘岁月里的情景来：

四十年前，他们一起到陆浑山“灵龙谷”管宁先生门下负笈求学时的酸甜苦辣；

三十年前，他们一起到荆州赤壁共谋大业时出生入死的场景；

二十年前，他们一起从荆州宛城转战关中长安时浴血疆场、力抗蜀军的情景；

十年之前，他们又一起远征辽东、攻取襄平、夷平公孙渊的辉煌战绩……

就在他流泪感慨之际，牛恒已是用湿毛巾擦完了牛金的脸，转过身来一摆手，让王氏悄悄地退了下去。然后，牛恒向司马懿叩首一拜：“在下恭请太傅大人节哀。”

司马懿瞧着这位白发苍苍的兄长，一时哽住了：“牛恒大哥——我向您保证，我一定会让害死牛金弟的人血债血偿的！无论凶手究竟是谁，我都不会放过他的！”

牛恒脸上那一层冰壳似的沉毅掩盖住了他无比炙热的愤怒，多年的死士生涯已经训练得他始终静如磐石。他轻轻地说道："启禀太傅大人，有一个人因牛金遇鸩一事而想求见于您。"

"他知道内情？"司马懿一怔之后，见到牛恒点了点头就沉声答道，"让他来见吧！"

牛恒举起手掌凌空"啪啪啪"连拍了数下。这间寝室的偏室里那扇小门立时应声开了，一个全身仆役打扮的青年人膝行着爬了出来。他低垂着头，让人看不到他的面目。

"抬起头来！"司马昭喝了一声。

那人将头一仰——原来他竟是先前已经投靠到曹爽麾下的虞松！

"虞松？！"司马师的脸上露出了愤然之色，"你这个忘恩负义的家伙！你还有脸来见我们？！"

司马懿右手一扬，止住了司马师的斥责。却见虞松满面惭色，已是一头跪了下来，含泪而道："太……太傅大人！在下知错了……"

"没有什么错不错的。"司马懿双目灼灼放光，正视着他缓缓言道，"关于你是双面细作的事儿，其实本座早就察觉了。到底算你还有一点儿良心，你背叛本座之后也没有对我司马家干过多么出格的事儿。至于你在正始六年之后公开投进曹大将军府中，也是出于'良禽择木而栖，智士择主而事'之心。那个时候本座返回温县卧病不起，你一个活蹦乱跳的小伙子跟着本太傅白白度日守更也实在难为你了！所以，你选择了曹爽，离开了本座，本座是不会多心的。

"其实，本座从来都非常欣赏你的文才韬略，你自己也是知道的。本座也曾想举荐你进中书省担任首席著作郎，但又顾忌着曹爽那'逢司马必反'的粗蛮作风，不好明着支持你。你若不信，现在就可以到太傅府秘书署堂厅簿柜第六层抽屉里去看，那里还放着本座所写那份荐表状语的草稿。它可是本座四五年之前早就为你拟写好的，状语便是十六个字：有操有守，谋深心细，精于文牍，英敏之器！"

"太傅大人的拳拳爱才之心和破格选擢之大恩，实在令在下没齿难忘。"虞松在地板上重重地叩头答道，"在下其实从内心深处志愿在太傅大人麾下尽忠毕生！"

"唔……你既然已经投到了曹爽府中，就应该忠于其主，这个时候又返回本座之处，却又何必呢？”司马懿向外轻轻摆了摆手，“虞君，本座如今是日薄西山，你再投转回来，这不是瞎折腾吗？还有，你不怕那曹大将军恼羞成怒拿你问罪吗？”

虞松伏在地板之上沉沉而道：“太傅大人，实不相瞒，在下就是看到曹大将军等人恣意妄为、倒行逆施的种种劣迹之后，方才幡然醒悟、振袂而去的！他们简直是穷凶极恶，居然连告病退避赋闲在家的牛金将军也不放过……”

“慢着——虞松，你此刻意欲重又投回我司马家，”正在这时，司马昭森然开口问道，“我等凭什么相信你的忠诚呢？”

他这一句问话犹如一支利箭暴射而出，正中虞松的心窝。虞松全身微微一晃，仿佛是终于克服了内心深处剧烈的震荡之后，才缓慢地答道：“启禀太傅大人，豫州陈留县武德里东营村住着虞某自幼相依为命的母亲，她是改了‘边’姓为‘陈’的……”

“嗯……虞君，谢谢你告诉了我们你母亲边夫人的住址。”司马昭的语气还是那么森寒凌厉，“但是，据昭所知，其实邓飏、曹爽他们也是十分清楚你母亲的住址的……你可以用你母亲的性命作为你忠于我司马家的担保之物，但反过来你同样也可以用你母亲的性命作为你忠于他们曹府的担保之物啊！”

司马昭这么一说，虞松不禁面色微变，额角顿时沁出了密密的细汗。他紧咬牙关思忖良久，终于双拳一握，下定了决心，肃然又道：“启禀太傅大人，虞某还有一个唯一的弟弟虞竹，我母亲当年为了避免我们兄弟俩因受外公九江府君边让的牵连，就分别将我和弟弟虞竹在襁褓之年便送给别人抱养。这个秘密是我虞家最重要的秘密，邓飏、曹爽他们都不知道。我的弟弟是在并州雁门郡广武县榆柳乡射犬里一直隐姓埋名地居住着，他的伪装姓名叫……”

“叫作高彬是吧？”司马昭这时突然开口插话了，“他今年二十五岁，在射犬里当着一位私塾老师……”

虞松一听，不由得如中雷击，立时全身一震：“二……二公子！原……原来你们连我虞家这样的机密都……都探查到了……”

司马昭微笑不答，而是转过了身向司马懿深深一揖道：“父亲大人，看来虞君真的是把他全家亲人的性命连同他自己的那颗忠心一齐毫无保留地贡献给您了。他应该是值得信任的。”

司马懿听罢，脸上静如止水，只默默地一点头，司马昭立刻又退开到了一边去。

牛恒怕司马懿讲话多了会口干，便端上了一碗清茶给他润喉。司马懿接过茶呷了一口，款款言道：“本座听说虞君你是十分清楚牛金将军如何遭人下毒的有关情形的，那么你且禀来给本座听一听。”

虞松听他这么一开口，顿时明白他已是完全接纳了自己的献忠，心头不禁大定，稳住了自己的情绪，轻轻抬起头来：“太傅大人博学洽闻、见多识广，您应该听说过前汉末年王莽为了篡位自立而用一只阴阳混元壶鸩杀汉平帝的故事吧？”

“阴阳混元壶？”司马懿一怔之下，诧然失声，“原来曹爽居然搞到了这样的毒器？”

“是的。今天一大早，在下到曹府办事，就见曹训和文钦正拿着那只阴阳混元壶在那里得意忘形地炫耀……然后，在下便听到了牛金将军参加昨晚文府宴会之后便突然身亡的噩耗……”虞松叩着头哽咽而道，“当年在襄平之役中，在下曾与牛将军有过同袍战友之谊，想到他堂堂一代骁将，南征北战，功高勋重，居然被这等鼠辈暗害鸩杀，不由得义愤填膺，于是便特意赶来牛府向牛大伯和太傅大人您揭露此事！同时，在下也决定从此弃暗投明……”

他还没说完，一抬眼间，却分明看到司马懿一下从乘辇上挺坐而起，手里抓着那只茶碗，早已是气得须髯怒张。他一个劲儿地狠了命地把那茶碗抓得铁紧，像是把满腔的郁气都过到了掌上指间，那坚硬冰凉的陶碗仿佛变成了他臆想中的曹爽、曹训、文钦等人的脖子，他要拼了命地把它们一一掐断、捏碎！

整个卧室好似落在枯井里的一片叶子，无声中沉淀着令人窒息的沉寂。没有人说话，连一丝丝呼吸也都紧张地缩回了鼻子里。

“天作孽，犹可违；自作孽，不可活！欲已旺，必焚身；恶已极，必灭门！”

司马懿的声音低低地响了起来，这低弱深沉的吟哦仿佛他心口深处流出的那一壶绵绵密密的沙，缓慢地漫过他冷峻如大漠的脸庞。

虞松听得陡然心惊，太傅大人这猝然而来的喟叹宛若凛冽之极的寒风，他即便嗅出了风向，也无法捕握在手！又听司马懿沙哑着声音说道："他们已经到了恶贯满盈的时候了！本座纵容他们猖狂也该到头了！"

冷冷的话语透着一股血腥的杀气，仿佛沉在沙流之中等待脱鞘而出的凛凛锋芒。虞松即便知道这些话与己无关，也不由得打了一个寒噤。

牛恒、司马师、司马昭一齐应声跪下，恭恭而道："太傅大人钧令既下，我等自当为之勠力奋战！"

司马懿没有看向他们三人，却朝虞松招了招手，缓缓而道："虞松，你冲着当年在襄平之战中和牛金将军有着一份同袍之谊，便奋不顾身地来向本座揭露他此番遇鸩被害的真相，倒也算得还有一丝良知尚未泯灭……本座终究是没有看错你！好吧！本座就重新接纳你进太傅府，一切既往不咎，从头开始！"

"在下多谢太傅大人不计前嫌、推心置腹的宽宏大量和深恩厚德！"虞松一听，不禁惊喜得泪流满面，在地板上不住地磕着响头。

司马懿这时又转向司马师忽然问道："不知道石苞君在孝敬里将我司马家的死士们训练得如何了？过几天，你让他带上一支人马过来给为父检阅一番……"

"是！"司马师连忙应道。

司马懿半躺在乘辇上思忖了好一会儿，才招呼虞松近前吩咐道："本座知道邓飏、何晏、李胜他们近来正忙着为曹爽劝进丞相、晋封郡公一事，只是苦于没有天降祥瑞与之呼应而无从着力。你下去和管辂好好商量一下，就给他们编出一个天降祥瑞的奇迹来迷惑他们。近期就有一个绝好的时机——明年正月初六便是先帝的十年大祭之佳辰。按照典章礼制，陛下和曹爽都应该去高平陵风光盛大地拜谒先帝。虞君你就和管辂在高平陵的墓室坟头制造出'六芝同根，丰泉涌现'的旷世奇迹来，然后对外宣称，这'六芝同根'的奇迹，是昭示着曹爽、曹羲、曹训、曹彦、曹则、曹皑他们六兄弟非同凡器，翼辅魏室的大吉大利之兆，鼓动他们六兄弟届时一齐出城专程前去拜谒高平陵而印证这一祥瑞之兆！

"曹爽他们六兄弟贪权恋势，暗怀不轨，而邓飏、何晏、李胜等再从旁推波助澜，邀功求赏，日夜鼓噪，一个个定会忘乎所以，同驾齐去的。只要他们六兄弟全部出城远离大内禁军之后，我们便可一跃而起、大显神通了！”

“好！在下一定尽心竭诚配合管大夫做好此事的。”虞松听了，心底又是惊喜，又是感激。惊喜的是，司马懿父子果然是“藏器于身，待时而发”，把曹爽一派早就暗中掌控得严严实实的；感激的是，司马懿一上来就交给他如此机密的重任，这一份信任当真是难能可贵！他当下重重地点了点头：“在下一定会鼓动邓飏、何晏他们全力说服曹爽六兄弟一齐离京出城前去拜谒高平陵，以印证‘六芝同根’之祥瑞奇迹！”

第9章
灭曹爽，司马懿独揽大权

逼死陆逊

这两三年来，东吴国主孙权的日子过得特别舒适。北方的劲敌魏国自司马懿当年卧病退居之后，就再也没有对东吴开展过什么大规模的进攻了！东吴终于从赤乌八年那一场皖城尽失、东吴告急、举国不安之大劫的阴影下摆脱出来，缓得了一口长气。在这两三年间，孙权一直庆幸着冥冥上苍终究是待他东吴不薄啊！在他最为危急的关头，他那个头号劲敌、魏国太傅司马懿突然就被召回了洛阳，停止了咄咄逼人的进攻态势；接着，只过了半年，司马懿又戏剧性地告病退隐归乡了。而且，他这一卧病就是两年有余！司马懿终于在魏国朝廷内部的权力斗争中败下阵去了，魏国的那个辅政大将军曹爽简直是替自己拿掉了司马懿这柄一直悬在东吴上空逼人眉睫的“倚天长剑”啊！孙权从此感到了一股前所未有的轻松。

更让他愉悦和惬意的消息还不断地从魏国传来。曾经在荆楚一带给陆逊他们造成巨大压力的魏国镇南将军王昶据传与曹爽不和，曹爽已有动摇他方镇之位的迹象，派出了毕轨夺去了王昶先前所兼任豫州刺史一职。而一度在夏口城、江陵城打得吴军魂飞胆丧的魏国后将军牛金亦是猝然暴毙身亡，也有传言说他是因为公然顶撞了曹爽而被毒死的。司马懿一手栽培起来的猛将能臣遭到曹爽一派如此残酷地打压迫害，换了别人恐怕早就拍案而起了，但他好像是真的当起了无力还击的缩头乌龟，任何反应和动作也没有。看来，年近七旬的魏国四朝元老司马懿是委实被废掉了，孙权喜滋滋地想。可见是上天有心要灭亡伪魏啊！上天就是借着那个庸夫曹爽的手替大魏在“自毁长城”“自损藩屏”啊！行！就这么耐心地静待下去吧，等到曹爽把那些魏国的能臣名将都铲光了，我大吴夺取中原、一统天下的机会就来了！

“陛下！陆丞相从武昌以八百里快骑又递进了一封急奏密折……”孙峻那轻轻细细的声音将孙权飘忽悠远的思绪拽回到现实里来。他听了这话，眉头紧紧地拧了起来，十分厌烦地嘟哝道：“又是急奏密折！又是急奏密折！朕真是受够了，他以为他是谁？动不动就摆出一副老资格的模样来朕的眼前聒噪，哼！他莫非还想当第二个‘张昭’吗？”

孙峻俯垂着头，不敢插嘴多言。

“念吧！念吧！快点儿念吧！朕早点儿听完了，早点儿耳根清净。”孙权摆了摆袖，急急地吩咐道。

“启奏陛下，陆丞相是这么写的：‘太子正统，宜有磐石之固；鲁王藩臣，当使宠秩有差；二宫彼此得所，上下获安，实乃社稷之福，否则群臣争竞结党构乱，恐有不测之患。微臣陆逊叩首流血以闻，并请东下诣都面陈己见。’”孙峻捧着那道奏折小心翼翼地念道，不时地拿眼向孙权偷偷瞟视而去。

孙权听着听着，脸庞顿时气得青一阵紫一阵的，忍了半晌，“砰”的一拳重重地擂在了御案之上：“陆逊小子！哼！他到底想怎么样？他自恃功高勋重，还想来建业向朕逼宫吗？朕之家事，何劳他如此操心？”吼到这里，他心底暗暗一凛：这陆逊如此不遗余力地介入我大吴立嗣之事中，莫非他想离间朕的子女骨肉而谋取私利？他也想效仿那个魏国的司马懿以拥戴之功而预先邀宠于曹丕一样以此手段示恩于朕的和儿？以陆逊的威望资历，再加上和儿对他的依赖，他必然会成为我大吴的“司马懿”！不行！不行！朕绝对不能允许这样的事情发生！反正伪魏那边司马懿已废，曹爽无才，我大吴已无重大外患，朕是该腾出手来好好整肃一下国中内务了！

想清楚之后，孙权便向孙峻开口吩咐道：“孙峻，你马上把朕给陆逊的这道复旨记写下来。诏曰：君主之意，自有磐石之固；嫡庶之事，不劳臣下操心；结党构乱，岂非汝之妄疑？太子、鲁王，朕心决不偏倚，各恃其势以匡大吴。丞相须有戒惧之念！”

念罢，孙权又道：“这道复旨你今天就拿去用玺发出，朕让侍中孙弘亲自带到武昌城去丞相府署堂里当众宣读给陆逊听一听。还有，你出去把孙弘给朕传进来，朕还有两件礼物托他带给陆逊！”

晚风很大，吹得相府阁室檐角悬挂着的风铃“叮叮当当”乱响个不停，满地成洼的雨水也在风里激荡成涡，铅灰色的天空压得很低很低，就像背负着什么湿漉漉的沉重情绪。

听了今晨孙弘当众宣读的那道圣旨，陆逊就像被孙权重重地击了一记当头闷棒，打得他眼前金星直冒！

深一脚浅一脚地回到卧室里，他点亮了灯烛，放下了那只黄绫包袱。那里面有孙弘给他带来的孙权所赐的两件礼物。他用微微颤抖着的手，解开了黄绫包袱的系带，里边露出了一方雕龙镂凤的朱漆食盒和一柄带鞘的长剑。

他脸上慢慢现出了一丝苦笑，原来陛下还是和以前一样就喜欢玩弄这种“又打又拉”的手段！

苦笑过后，他伸出手来，将那朱漆食盒轻轻打开一看，表情顿时僵住了，那盒中竟是空空如也，并无一物！

一惊之下，陆逊又一把抓过那带鞘之剑，急忙抽剑出鞘一看，那剑的剑身竟是一条薄薄的、钝钝的铁片，无锋无刃，只怕连一张菜叶也剁不破！

无物之盒、无锋之剑，这就是此番孙权赐给他的两件礼物！

陆逊呆呆地凝视着它们，脸上的神情忽然变得很苦很苦，仿佛浸上了一层浓浓的黄连水。冰凉的泪水无声地滴落在衣襟之上，一颗又一颗，打碎了他的心。

这两件礼物的寓意，他是懂得的。盒中尽空，即是“盒”字无“口”，暗喻陆逊应当自此闭口不言朝事，只需唯唯诺诺而已；剑上无锋，即是“剑”字无“刀”，暗喻陆逊须当知趣，在一旁“佥坐寄名”，销锋去芒，守拙无为而已。

沉默了许久许久，陆逊才振衣而起，走到桌案之前，朝着案头所放的这两件礼物深深拜倒，叩首流泪而道：“陛下，微臣生为吴人，死为吴鬼，此心此志永世不变。您要微臣从此效仿无口之盒、无锋之剑，微臣实不能为。微臣之口，本为尽忠谏言而生；微臣之才，本为安国护君而备。而陛下今日竟皆弃之若敝屣，看来微臣确是已然无所施用于陛下矣！微臣道穷路绝，报国无门，唯有一死以全忠节了！臣去之后，还望陛下善自珍重，恢宏大业，念念以尧舜为圭臬。但愿上苍能够佑我大吴君臣康乐、国祚永盛！若是如此，微臣死亦瞑目了！”

飕飕的晚风里，一只灰鸽破空飞来，掠过树梢，“扑棱棱”一阵声响，在石室的窗台上停了下来，敛翅而立。

一只青筋暴突如小蛇般的手慢慢伸了过来，在斜阳余晖照耀之下，凸出一种刚硬沉劲的线条和力度来，给人的感觉十分深刻。这只手托起了灰鸽，灰鸽温驯地在掌心上站着，拍着翅膀“咕咕”直叫。

它淡黄色的脚爪上系着卷成细细一筒的信函。那只手的食中二指轻轻一捻，信函便到了手心里。

站在这窗台后的那人捻着这筒信函，似是陷入了沉思之中。“扑棱棱”又一阵响，灰鸽双翅一展，飞向了窗外。他看着飞进院角栅笼的信鸽，目光里透出了一缕十分复杂的神色，悠悠叹了口气，然后缓缓展开了那筒信函。

只见信上的字写得蛇形蚓状、盘曲纠结、古古怪怪，根本没有人能认得出来。然而，那人却看得目不转睛，全神贯注，脸色也随之渐渐波动起来！

终于读完了，那信函被那人一下紧紧地捏在了掌心里。他慢慢仰起脸来，望着窗外原野尽头那一轮临近西山的落日，灿烂的斜晖照在他面庞上——这是一张非常英俊的面庞，一张美玉雕琢般冷峻清逸的面庞，剑眉入鬓，星眸生辉，顾盼之间凌凌的英气如冰刃般沁人而来。原来，他竟是石苞！

这一天终于快要到来了！石苞长长地透了一口气，神色里竟有几分说不出的兴奋，又有几分说不出的期待。

一声长啸，清越穿云，他一扬手，掌中的信函刹那间碎为粉屑飞散在了习习的晚风中！

“石君——有何吩咐？”他啸音未落，身材敦实、面目冷毅的慕容木延已是闪电般疾蹿到了石室门前，向他抱拳问道。

“去！把三千死士当中的龙骑天军立刻召到操练场上集合！本大人要亲

自检阅训话！”

一炷香的时间之后，在温县孝敬里司马府后院的操练场上，八百名最精锐的龙骑天军死士整齐而立，个个彪悍如豹螭，人人脸上都戴着青铜面罩，只露出一双锐目在夜色中灼然闪光！

石苞站在阵前，目光凛凛地扫视了一下他们，胸中劲气一提，冷然开口朗声讲道：“各位兄弟！司马太傅已经来了钧令，准备在近期调遣我们前去京师‘清君侧，诛逆臣’！今天，本大人就在这里代表太傅大人对你们练习而成的技击腾挪之术预先检阅一番！”

讲罢，他伸手指着操练场边的那一方书桌般大小、六七百斤沉重的大青石，喝令道：“陈甲！你上前用它来试一试你的刀法！”

原来，这司马府中的死士每一个人都是没有真名实姓的，彼此之间一律以“陈甲”“陈乙”“张三”“何四”等代号进行称呼。

那被唤作“陈甲”的死士闻令越众而出，但见他生得虎背熊腰、豹睛虬须，从体格上看似是慕容木延从辽东带来的鲜卑猛士。他持着一柄足有船桨般阔大的金背大砍刀，“噔噔噔”大步上前，双手高高抡起那大刀，“呼”的一下，风声雷动，朝着那方大青石就是狠命地一劈！

“当啷”一响，震耳欲聋。只见得火星飞溅、石屑四散，偌大一方青石竟被这陈甲一刀如斫木案一般从中一劈为二！

“好！张乙！你上来施展一下你的负重腾挪之术！”石苞眼皮眨也不眨，又继续喝令道。

另一个身材高瘦的死士张乙领命上前，将那两块被陈甲一刀劈开的大青石用左右两手拎起，分别挟在自己的胁下，就似挟了两个硕大的包袱。然后，他一提真气，倏地弹身一跳，“唰”的一声居然连人带石一齐离地飞纵而起，升到半空足有二丈多高！瞧他这样的身手，只怕再高大的城墙亦是能够轻轻巧巧翻飞而过了！

“好！好！好！”全场顿时响起了一片哄然喝彩之声！

石苞又一示意，第三个死士刘丙手握一张半人多高的劲弩徐步而出。他走到离那其中一方大青石七丈开外之处，猿臂一伸，将那精钢弓弦拉得满月一般，然后手指一放，“嗖”的一声，弦上一支羽箭犹如一束寒光猛射而出！

“笃”的一响，众人定神看去——刘丙射出的那支羽箭竟是犀利无匹，赫然穿没进那块大青石坚硬异常的石棱之中深达六寸有余！

……

八百名龙骑天军死士一一展示自己的武艺轻功完毕之后，石苞脸上露出了满意之极的笑容，清清朗朗地训示道：“很好！诸位兄弟果然技艺纯熟、功力精湛，不负太傅大人之厚望！咱们这几年来隐居乡下刻苦训练、勤奋磨砺，终于真正成长为帮助太傅大人斩除一切奸佞寇贼的‘倚天神剑’了！咱们如今曙光在望，更要戒骄戒躁、再接再厉，争取在与逆贼叛臣将来的殊死决战之中以一当十、以一当百、以一当千，为太傅大人立下不朽功勋！”

“是！”八百龙骑天军死士一齐响亮地答道，声音整齐得仿佛是同一个人的口中一下发出来的一样。

“什么？陆逊被孙权下诏逼死了？”

当司马懿听到司马昭报来的这个消息时，不禁大吃一惊，连颔下须髯都翘了起来！

司马昭正视着父亲，语气依然一平如水，继续禀道：“父亲大人，孙权还下诏赐死了伪吴太子太傅吾粲，罪状之一就是他擅自与陆逊交通结党。而且，陆逊的外甥顾谭、顾承、姚信等皆因私附太子之罪而尽被流徙边荒。伪吴太子孙和自己也向孙权递呈了辞位东宫之请……”

“孙权还是在为他的嗣子继位、江山永固而扫清障碍呀！”司马懿深深叹了一口气，一针见血地指出，“昭儿啊！你看清没有，孙权是在将一直坐踞上流、盘守武昌的陆逊这一派势力彻底从伪吴政坛上搬空啊！孙权和为父一样，都是年近七旬的老朽之人了，而陆逊今年才六十二岁。孙权是担忧自己万一猝死在陆逊前面，他的子嗣势必难以驾驭功高勋重、位望无双的陆逊，酿成‘王莽倾国’之乱啊……”

“父亲大人，可是您不是经常给孩儿讲陆逊是一代纯儒名臣，事君之忠、谋国之智几乎不在蜀相诸葛亮之下吗？孙权那么英明，不如把孙和托付给他辅政治国，岂不是任贤得所，有益于国？难道孙权居然连当年的文皇帝曹丕还不如？曹丕临死之前还晓得将明皇帝曹叡托孤于父亲大人您啊！”司马昭有些不解地问道。

“呵呵呵……昭儿啊，古语讲：‘时移则事变，事变则情异。’当年文皇帝临终前又何曾甘愿托孤于为父？只因当时东有陆逊自荆州来犯、西有诸葛亮虎视眈眈，他才迫不得已留下遗诏以为父为顾命辅政大臣！但是，现在孙权环顾海内，自以为西蜀刘禅庸碌无大志，我大魏又是曹爽当道而国势日衰，便就没了‘戒惧四邻，大敌当前’的危机感，所以才会狠下心肠把陆逊逼死以清理门户内患！说起来，孙权还是在替我司马家剪除国外之劲敌呢！看来，为父这一次装病隐退，真的是赚大了！”

司马懿徐徐抚摸着颔下长长的银须，深深一笑：“孙权算来算去、东防西防，怎会料到我司马家才是隐于九天之上而在最后关头乘时崛起的最大赢家啊！”

“父亲大人之言洞烛万机，孩儿实是敬佩。”司马昭颔首而道，“只是，不知为什么，孩儿还是忍不住为一代圣臣陆逊落得如此下场而深深惋惜……”

“昭儿能有如此的爱才惜贤之念，为父很是满意。陆逊确是一代纯儒名臣，事君之忠、谋国之智几乎不次于诸葛亮。这些，为父都不会看错的。其实，孙权的心底也是十分明白的。”司马懿的语气忽然沉重了起来，将深邃的目光向窗外投射出去，望向了遥远的南方，“但是，帝王之心皆偏私无比。为了维护自己至高无上的权位，只要有谁的能力和势力足以构成威胁，他就一定会毫不犹豫地视其为敌人，哪怕是自己的同胞、手足、骨肉、心腹、亲戚都会毫不犹豫地剪除而去！孙权也曾经英明过，当年夷陵大战之时他是多么信任陆逊啊！身为主君，他竟屈身降志为陆逊亲执其辔以壮其威，亲授黄钺以重其权！

“但是，现在时势变了，孙权的心态也变了。哪怕陆逊忠心耿耿的一切贡献都实实在在地摆在那里，孙权也不会再相信他了！其实，孙权连自己都已不再相信了，他还会相信陆逊吗？‘九五之尊’那‘爵、禄、予、置、生、夺、废、诛’的八柄之威，早已迷花了孙权的眼睛！昭儿啊——为父先把话撂在这里，伪吴的这一场因立嗣之事而起的朝廷权力斗争的悲剧还远远没有结束！如果孙权连陆逊这么忠诚贞毅的心腹宿臣都不相信了，还会相信那个被他剪除羽翼的东宫太子孙和吗？还会相信那个逼兄夺嫡的鲁王孙霸吗？他在内心的潜意识里说不定也深深地忌惮着孙和、孙霸，怕他们哪一天也会像齐桓公之子一样逼父让位啊……”

“父……父亲！您……您揭示的这一切真让人听了心寒啊！”司马昭颤

声感叹道。

“昭儿——所以，我司马家的兄弟子孙千万不能效仿他们江东孙氏这种丧心病狂的自相残杀之举啊！”司马懿凝视着他，深深地说道，“只要我司马家兄弟子孙能够精诚团结、互补互助、齐心合力，就绝没有我们战胜不了的敌人！也绝没有我们攻克不了的难关！昭儿——你可明白了？”

司马昭听得身上冷汗直冒，急忙“扑通”一声跪倒在地，恭然答道：“父亲大人指教得是，孩儿永远恪守孝悌之至义，永远以祖宗大业为重，决不妄生歧念，全力辅助父亲大人和大哥成就千秋伟业！”

司马懿面露微笑，伸出手来，轻轻扶起了他：“昭儿，为父相信你——为父永远都相信你的。”

然后，他静静地盯着司马昭那一双湛亮的眼眸，仿佛要一直看透到他眼底的最深处，缓缓说道：“陆逊被孙权以猜忌之心而强逼自杀一事，其实给了为父心底深深的震撼。你不知道，为父在昭儿你现在这个年纪的时候，也曾经暗暗想效仿荀彧、陆逊这样的纯儒名臣，以忠事君九死不悔。为父曾经还羡慕过陆逊居然有幸遇到了孙权这样贤明的知音之主！你知道吗？

“可是，今天为父终于看到了陆逊在这条路上走到尽头时的最后下场。贤明豁达的孙权、忠诚睿智的陆逊，这等情同鱼水的君臣之交，居然末了也是以这样一个结局黯然收场！为父从此毅然决定要带着你们自今而后抛弃掉这一切幻想与杂念，秉承我司马家世世代代‘异军突起，扭转乾坤，独揽天下，一统六合’的大志，去继往开来，登峰造极！”

举事在即

在正始九年的十二月初九这天，即将前去荆州赴任刺史之职的河南尹李胜向太傅府里递进了一张拜帖，声称自己欲来府中探望慰问司马太傅的病情。

司马懿早从杨综、虞松处得到密报，虽然曹爽六兄弟已被高平陵墓室坟头“六芝同根、丰泉涌现”的祥瑞奇迹所迷惑而决定了一齐前去拜谒以印证此天降吉兆，但毕竟还是对卧病在家的司马懿有些不放心，于是派了李胜以辞行告别、慰问探病为理由前来摸察司马懿患病的虚实底细。他沉吟片刻，就让司马昭接了拜帖去领李胜进来相见。

李胜在司马昭的带领之下，进了太傅府，引入几道门，过了几处园子，曲曲折折来到了府第深处的一间精舍。他抬头一看，门上横悬一匾，名为“正心堂”，取的是古今圣贤高士“正心诚意修身养性齐家治国平天下”之寓意。司马昭满面谦敬地在前面为他推开了室门，躬身将他送进屋去，自己却站在了门外不敢擅入。

李胜一入正心堂内，便闻得里边空气中弥漫着一股浓郁得有些刺鼻的草药熬汁味儿，不禁蹙着眉头用袖角在自己鼻子前扇了几扇。

却见一位须发斑白的红袍老翁在室内榻床上由两个侍婢扶持着倚坐起来，一副面容枯槁、目光呆滞的模样，赫然竟是太傅司马懿！

李胜急忙上前施礼见过。那司马懿浑浊的老眼里亮了一下，脸上皱出层层的笑意来，口里哼哼咕咕的，又是摆手，又是招手，显得很是高兴的样子，语句却有些含混的，但也可以大约听出是在和他招呼寒暄。当下，他心底便隐隐一颤，想不到这当年南征北战、纵横天下、功高盖世的一代“战神”司马仲达竟至老朽如此，真是可悲可悯！

他暗暗感慨不已，在客席上坐定，向司马懿拱手而道：“启禀太傅，李某近日承蒙大将军抬爱举荐，不日即将还归本州为牧，特来太傅府上拜别探望。太傅先前坐镇荆襄多年，若能赐教明示，李某不胜感激。”

他说话之间，司马懿似乎有些怕冷，一边缩了脖子听着，一边指指点点示意侍婢为他盖好腰腿上的狐皮软罩。在婢女忙活之际，他身上披着的毡毯却又滑落在地了。这一下，竟似冻得他全身哆嗦，上气不接下气，咳得像是撕心裂肺一般的。慌得侍婢们手忙脚乱地捡起毡毯披在他身上，这才渐渐止住了他的咳喘。

司马懿不好意思地向李胜苦笑了一下，张开嘴巴，露出残缺的牙齿，拿手指着嘴巴，“咿咿唔唔”了几声，向侍婢示意自己口渴了。

左边的那名侍婢端来一碗清淡的稀粥。司马懿却似不愿她们来当着客人的面给自己喂食，拼着力气用自己的双手捧过了粥碗，然而手指之间仍是一直颤抖得厉害，那碗怎么也凑不到嘴边去，终于两手一软，粥碗一歪，那稀粥还是洒了出来，将他的胸衣弄湿了一大片。侍婢们慌忙拿来毛巾为他擦拭干净，他却颓然躺了下来，在床头只是唉声叹气，似是为自己老迈无力而怨嗟不已。

李胜将这一番情形瞧在眼里，不禁慨然而言："太傅大人！您切要多多珍重啊！如今主上年幼，太傅大人您又为社稷柱石、天下所依……我等以前皆是认为太傅大人您应该可调养得好，怎么也没料到贵体竟是一衰至此。"

司马懿这时颤巍巍抬起头来，探着耳朵听了半天，才缓声说道："主上？主上很想念本座吗？唉……本座年老枕疾，自忖是来日无多了。主上那里自有曹大将军辅佐着，本座看来很好。哦，对了，李君你刚才说你要去并州任职？并州靠近匈奴、乌桓，他们生性好乱，你定要小心戒备啊！"

李胜听他言辞错乱，急忙提高了声音强调道："李某此番出任之地，并非并州，而是李某的故乡——荆州！"

"什么？"司马懿似乎没有听清，眯着眼瞅了他好一阵儿，又自顾自按照自己的忖度喃喃地说道："哦……原来你已经刚刚去过了并州？怎么，你也对那里感到头痛了？"

李胜心想，这司马懿别是耳朵也有些聋了吧？连"荆州""并州"也听不明白！于是他又大声讲道："李某要去的是荆州，不是并州！"

他这一句话喊得很响亮，震得那两个侍婢都吓了一跳。司马懿停住了喃喃自语，呆望着李胜，昏花的老眼转了几转，好半晌才似恍然大悟，口中喏喏而答，不好意思地说道："本座听清了、听清了——原来你是要去荆州为牧为守啊！荆州……荆州好像是你故乡吧？这可正是你盛德壮烈、功泽乡梓的大好机遇啊！但是，幽州那里的胡人很是顽蛮，常有烽烟之警，你千万不可大意啊……"说来说去，他的思维又跳到什么"幽州"那边去了。李胜听他言辞错谬百出，自己也懒得再纠正什么了，就顺着他的话语敷衍应和着过去了。

偏偏正如俗谚所云："树老根多，人老话多。"司马懿拉着李胜的手，又是东南西北地乱扯开来，一会儿时断时续、啰啰唆唆，一会儿若遗若忘、半晌乱猜，一会儿又忽作大呼、似有所惊。让李胜听得是昏头昏脑，满口"哦哦"，简直是难受至极。

终于熬过了半个时辰，李胜也丧失了最后一点儿耐心，紧紧握着司马懿的双手，流泪而道："太傅大人！您今日之殷殷教诲，李某尽皆牢记于心矣。太傅您千万要好生调养，少言寡动。太傅贵体安康无恙，不仅是我等之衷心祈盼，也与我大魏社稷之兴亡攸关啊！这样吧——李某便不再叨扰您的休息了，就此告退了！”

听到旁边的侍婢比比画画地解说了好一阵儿，司马懿才算听懂了一个大概，摇着脑袋唏嘘而道：“哎呀！本座耳聋眼花，种种失态让李大人您见笑了！本座那师儿、昭儿若能有您李大人这等沉笃稳重就好了！他日，本座万一身殁之后，还望李大人您对本座那师儿、昭儿不吝提携才好！如此，则本座死亦瞑目矣！”

李胜的手被他牢牢抓着不放，只得连连点头：“太傅这是何言？李某自当与子元、子上永世不负君子之交！太傅大人您且莫过虑，还是好好休息吧！李某真的不能再继续叨扰您了……”

李胜的脚步声终于从屋门外渐去渐远。精舍之内，又恢复成了一潭秋水般的沉寂。

司马懿咳喘着摆了摆手：“你们退下去吧！本座要一个人好好地静一静。”

侍婢和仆役们闻言，立刻便收拾完一切后纷纷退了出去。司马懿就半躺在这间空屋之内，深深地陷入了沉思之中。

“父亲大人……”司马师兄弟低低的呼唤声仿佛从很远的地方飘来。司马懿霍然睁开了眼，两道利剑般的寒芒刺得司马师、司马昭二人不禁心头一凛!

“唉……这么多年过去了，为父都没有像今天这样惟妙惟肖地表演过了！”司马懿收回凛凛的目光，望向了屋顶，“说起来，上一次像这样的表演，那还是在四十多年前呢……那时连他们的太祖武皇帝曹操都被为父的演技蒙过去了，更何况今天这个傻不溜丢的李胜！”

“父亲大人！孩儿等实是无能，居然让您以如此之尊、如此之贵而在李胜这个小人面前装病卖傻地演戏受辱……实乃孩儿等之大不孝也！”司马师、司马昭都不禁跪在地下痛哭失声。

司马懿静静地注视着他俩，面色沉若止水，慢慢地讲道：“怎么？尔等也知道这是一桩莫大的耻辱之事了？师儿、昭儿，为父今天当着全天下人的面在这里装病卖傻地演戏，你们想得到这究竟是为了什么吗？是为了终有一天能让我司马家的人从此在这世上谁都可以扬眉吐气、昂首挺胸，谁都不用再扮演这等丑戏了呀！他日你们开基拓业有所懈怠之时，就多回忆一下为父今日在这屋里所做的这一番屈辱之极的表演吧！这样，或许你们就能知耻而后勇了……”

司马师兄弟以额触地，呜咽着没有回答。

“罢了！不要再哭了！你们速去安排一下，在这十日之内，让王观、高柔、孙资、刘放、郭芝、何曾、王肃等人先后以极隐秘的方式潜入我司马府中来，为父要向他们一一面授机宜，为我司马家‘龙飞九天，扭转乾坤’的最终胜利而未雨绸缪！”司马懿此刻的声音已是变得如同金铁交鸣一般铿锵有力。

“嗨！本大将军先前都说你们是过虑了吧，你们还不信！”

曹爽听完了李胜关于刺探司马懿病情的详细禀报之后，当场就向丁谧、何晏他们说道：“你们听一听李君的禀报，司马老儿形容枯槁、神思昏乱、言语错谬、指东说西，喝粥时碗不能举，着衣时弱不胜衣，死期指日可待也！哪里还能对咱们造成威胁呢？你们啊，就是怕这怕那的，实在是胆小！”

丁谧并不理会他的嘲讽，仍是沉吟着讲道：“莫非司马懿真的已经病入膏肓、旦夕待毙了？丁某总觉得有些不够踏实。唔，什么时候丁某再亲自上门去刺探他一番……”

“丁君！你这是什么话？你是说不相信李某这次到太傅府的亲身刺探了？”李胜听了，心头大为不悦，开口嚷道，“李某虽不及你丁大人智计多端，但是这一双眼睛却还没瞎。他到底是装病还是真病，李某自信还是分辨得了的！”

何晏摆了摆衣袖，劝住了他俩：“李君，丁君他不是这个意思。丁君，何某也让嵇康悄悄从侧面去阮籍那里打探过司马懿的病情了。阮籍现在不正当着太傅府中的秘书郎吗？他也说司马懿如今是‘尸居余气，形神已离，性命堪忧’……”

“阮籍的话可信吗？”丁谧犹豫着问道，“虽然阮籍一向以‘竹林之贤’自居，但他现在已是司马府之掾吏，只怕也未必会给嵇康他们再讲什么真话了……”

“唉！你这个丁谧！李君的话你怀疑，阮籍的话你也不信，那你自己有机会就亲自去察看吧！”曹训在一旁颇不耐烦地说道，“但是你们丁家和司马氏自文皇帝时起就结下了世仇，司马师、司马昭他们会欢迎你登门造访吗？罢了！罢了！只要晓得司马老儿病重不起的情况就够了，你何必非到人家府上去自取其辱呢？咱们还是多商量一下正月初六到高平陵举办先帝十年大祭盛典的事儿吧！”

“对对对！”曹爽一拍自己脑门，向坐在侧席的大将军府主簿杨综问道，“杨主簿，这事儿您准备得如何了？”

“启禀大将军，先帝高平陵十年大祭盛典的各种仪式活动，杨某已在何大人、邓大人的指点下都让司仪们事先排练好了。”杨综拱手而答，“其中最要紧的‘六芝同根，丰泉涌现’这一祥瑞奇迹，管辂大人和虞松君他们亦已在陵室现场踏勘处理完毕。按照仪式部署，大将军与您的五位贤弟届时一齐排在百官之前为先帝进香献祭。然后管辂大人在暗处扭动机关，‘六芝同根，丰泉涌现’的祥瑞奇迹就会豁然而现。陪祭诸卿亲眼目睹这一天降吉兆之后，便会愈加倾心敬服大将军您是天命攸归的周公之臣。”

“好！好！好！”曹爽抚须大笑不已，“在座诸君，本大将军届时真正成为周公之臣后，是决不会忘了你们这一切贡献的。”

“启禀大将军，邓某还有一事呈进。为了防止此番高平陵十年大祭盛典遭到一些古板老臣的异议，邓某的意见是，太尉蒋济、司徒高柔、尚书令司马孚、前中书令孙资、前中书监刘放、卫尉郭芝、太常王肃他们都不必参加了。免得他们在典会上大惊小怪，人多口杂地聒噪！”邓飏进言而道，“咱们只要让当今陛下和大多数朝臣目睹那‘六芝同根，丰泉涌现’的祥瑞奇迹当场降现即可……”

“还有大司农桓范也不能随咱们一道同去陪祭！”曹训忽然开口说道，“这个桓老头儿现在是越来越不识抬举了。前几天大哥你乘辇上殿议事，他居然还跳出来指责大哥您‘僭越失礼’！这样的老顽固，咱们带了他去也是一个大麻烦！”

曹爽沉着脸点了点头。

丁谧在心底为桓范遭此冷遇而暗暗一叹，心念一转之下，开口禀道：“大将军，这一次您兄弟六人齐出京城前去祭陵，虽是为了印证‘六芝同根，丰泉涌现’之祥瑞奇迹而不得已为之，但这京中留后之事却千万不可放松啊！”

“丁君！你真是杞人忧天了！”邓飏哈哈大笑，“如今大将军重权在握，威倾四海，如日中天，司马老儿又垂垂待毙，还有什么人胆敢妄行挑衅呢？”

“凡事不怕一万，就怕万一啊！”丁谧深深而道。

“好吧！这京中留后之事，就由丁君你执掌负责吧！那天的祭典大会你就不必去了。”曹爽沉吟了一会儿，吩咐道。

“丁某遵命。”丁谧应了一声，又款款进言道，“以丁某之见，这京中留后之机务，只有三处最为关键：一是洛阳西坊武库，库中兵器甲械堆积如山，谁占据了它，谁就可以授人以剑，分兵发械，纠合作乱。这个地方，丁某和曹绶校尉届时带人亲自前去把守。二是大将军府，请大将军您指定心腹家将予以留后值守，若有意外之变，便可让家丁、家将倾府而出，前去西坊武库与丁某等会合呼应。三是皇宫大内，大将军可让禁军殿前校尉尹大目在你们外出祭陵期间加强警戒巡守，时刻不可怠忽……”

“好了！好了！就照你说的去办吧！咱们都议得乏了！”曹爽打了个呵欠，挥了挥大手，朝屋门外大声吩咐道，“孙谦——你传话下去，让后花园的歌伎乐师们作好准备，本大将军稍后就要过来休憩取乐！”

零零星星的小雪伴着冻雨簌簌而落，风虽不大，却如同隐藏在暗处的冰刀，冷不丁便飞出来砍得人满脸生痛。而无边的夜幕，更是为这时节平添了一层沉沉的无形压力，仿佛空气中有什么东西就快要被挤爆了似的。

然而太傅府后院的地下密室里却是一个例外：四个屋角放着的兽头大暖炉正发着炽红的火光，使六丈见方的室内温暖如春、明亮如昼。

里边最引人注目的是，一幅极为宽大的洛阳京城内外军事地形全貌帛图紧紧张贴在正壁之上，乍一看赫然便似一堵经纬纵横、线条四贯的布墙。

这幅大帛图画得甚是精细。洛阳城内九街八坊、六部四门，几乎每一条街巷甬道、每一处府邸楼宅、每一个店铺酒肆都被勾描得一丝不差、清清楚楚！近前仔细看去，帛图上皇宫、武库、大将军府、太傅府、河南尹官署、司隶校尉官署、尚书台官署等几处地址图标分别已被人用朱砂毛笔粗粗地画了几个殷红醒目的圆圈儿！

司马昭就着壁侧的灯光凑近那帛图认真看着，啧啧称叹道："石苞君，你做事当真是滴水不漏、天衣无缝。昭也记得这皇宫司马门外南坊朱雀大街街头处有这样一家胡饼馆，你居然把它在这图上标注得如此准确、如此清晰。不简单！实在是不简单啊！"说着，便将钦佩赞赏的目光投向了恭然垂手站在墙角的石苞。

看来，这两三年间在温县孝敬里训练死士细作和联络奔走的杂务确是辛苦——石苞那先前白嫩俊朗的面庞早被暴晒成了一种浅浅的古铜色，眉棱唇角之间的线条也早被磨砺得刀锋似的刚硬锐利！他站在那儿，听了司马昭的夸赞，却只是淡然而笑："二公子您过奖了——这一切都是石某应该做的。"

司马师走到他二弟身边笑着介绍道："二弟，这个胡饼馆当然要特别标注出来啦！它可是我司马家诸位起义死士们届时用来控制这条朱雀大街的一个绝佳据点！凡是在这帛图上被标注圈明出来的地方，其实都是咱们举事之际应该迅速掌控整座京城的各个险要之处……"

"哦？原来是这样啊？"司马昭听了，不由得把那胡饼馆在图上的位置看了又看。大哥讲得没错，假如将京城的朱雀大街比喻为一条长蛇的话，这所胡饼馆的确是恰巧钉在它的"七寸"要害位置之上，是一个可攻可守的合适据点！而在选准这样一个据点的背后，真不知道大哥和石苞这些日子在暗中究竟下了多少苦功啊！

司马懿站在他兄弟俩的身后，伸手轻轻抚着胸前的垂髯，缓声而道："石苞君，看来你对我们这一次起义勤王的奇袭行动方案已然谋划极深了。现在，就请给本座细细讲解一下吧！"

石苞闻言，身形一挺，大大方方地走了过来，将右手执着的那柄细长铜尺指向了墙上那幅京城地形全貌图，点划着一条条举事行军路线，侃侃而谈："启禀太傅大人和二公子，这次起义勤王奇袭行动的策略方案，石苞和大公子预先已经多次反复推演过了。待到举事之际，我们一定要以最快的速度、最强的力度、最巧的手法控制住京城内外！那么，这其中便有三条举事行军路线最为重要。

"一是诸位起义死士护送太傅大人由南坊朱雀大街经过曹爽府邸门口而到皇宫司马门进入九龙殿的这条线路。因为曹爽府邸正巧位于太傅府与皇宫司马门中间，所以太傅您若要进入司马门占据皇宫大内中枢之地，就必须得安全、顺利地从曹爽府邸门前经过。而如何才能做到这一点，实在是不容忽视。”

司马懿听着，微一颔首：“这个难题本座心中有数了，你继续讲吧！”

石苞的语气顿了一顿，又道：“二是从太傅府到京城东坊河南尹官署这条行军路线。要想彻底控制整个京城，河南尹官署实为枢要之地，因为它执管京城四面大门的开闭出入。只有占据了它，我们才能以河南尹的名义动用驻京外军扼紧四面城门以备不测。

“三是从太傅府到京城西坊武库这条行军路线。洛阳全城驻军，禁军三万、外军两万，几乎所有的甲兵器械平时都积放于此。倘若我们不能及时将它一举夺入掌中，万一为曹氏逆党所控，则必遭反噬、追悔莫及！”

司马懿听得两眼发光：这石苞果然有大将之才，谈吐规划之间竟是对洛阳京师内外险要形势了如指掌，巨细无遗！我司马家能够揽得如此英才而用，实在是大幸啊！他正暗暗沉吟之间，司马师又在旁边补充道：“父亲大人，其实在这三条最关键的举事行军路线之外，有三个地方届时能不能迅速控制住，亦是至为关键的。”

司马懿侧脸看向了他：“哪三个地方？说来听一听。”

“一是曹爽府邸，他府中家兵、家将多达两千，个个又都是彪悍亡命之徒，倘若作起乱来，影响不小；二是皇宫内曹爽本人所统的羽林军大营；三是皇宫内曹羲所统的中领军大营。只要届时一举控制住了这三个地方，京中大事须臾可定！”

“好！你们的见解都十分到位。”司马懿微露笑容，缓缓言道：“这样吧！为父也将自己的部署计划向你们明示出来——

“第一步，待到举事之际，为父将亲率高柔、王观、孙资、刘放、王肃等直接赶赴皇宫司马门。郭芝那边，为父将在合适的时候向他交代清楚。他是大内卫尉，掌管宫门守卫事务。我们一到那里，他便打开司马门放我们进去占据中书省署堂和九龙殿。然后，郭芝再从永宁宫接来太后殿下与我们会合响应。

“第二步，为父一旦入宫，即刻以皇太后懿旨速召京中二品以上官员齐集九龙殿议事，并命太尉蒋济进宫担任为父之助手，共定大事。为父会马上任命高柔持节代领大将军之职，接管皇宫羽林军大营；任命桓范或王观持节代领中领军之职，接管中领军之营；任命昭儿你假节代领河南尹之职，火速关闭四面城门；任命师儿你假节镇卫中书省、九龙殿，保护皇太后和诸位大臣。”

“父亲大人，您……您是让孩儿去坐镇河南尹官署吗？”司马昭这时才明确知道了司马懿给自己的分工任务，不禁有些踌躇起来，“孩儿对那里边的僚掾们不是太熟……”

“没关系。为父会让司马岐协助你一道径去河南尹官署摄代河南尹之职的。司马岐现在是河南丞，他和你堂叔司马芝在京师经营多年，人脉甚深，威信颇高。有他辅助你前去，必能马到功成的。”司马懿胸有成竹地向司马昭点拨道，“同时，在起事那天，你可以带上你的妻弟王恽、王恺作为助手一同前往。控制住河南尹官署之后，你便火速调动驻军外军将曹爽府邸紧紧包围！洛阳京城东西南北四门校尉，届时干脆就由你平日结交到的心腹好友贾充、裴秀、卫烈、杨骏等人前去代任吧！由他们去把守，总比其他外人放心一些。”

“是，孩儿记住父亲大人的指示了。”司马昭连忙点头答允。

司马懿最后将灼热如炬的目光直投向了石苞：“第三步，石苞君，你便和牛恒大叔一道率领八百龙骑天军前去攻占洛阳武库，与驻守在那里的丁谧、曹绥决一死战！这样，你就可以为您那位惨死于贼人手中的沈丽娘亲手报仇雪恨了！”

高平陵之变

正始十年正月初三这天下午，大尉蒋济、尚书令司马孚、尚书仆射卫臻联袂来到了卧室探望司马懿。

司马懿还是那么病恹恹地半躺在榻床之上，注视着他们三人，一言不发。

“太傅大人，本座此番前来是想和您商量一件事儿的。”蒋济拱手而道，“如今太傅大人您有两三年卧疾不朝了。您不知道，庙堂之上现在是宵小之徒充塞、纲纪日趋淆乱！本座深为社稷而忧啊！本座恭请太傅大人能够勠力振作，不辞疾苦，在近日之内乘辇上殿，坐镇江山，主持大计！”

司马懿轻轻摇了摇头，脸上泛起了深深的苦笑。他又将目光缓缓移向了司马孚。

司马孚这时亦是须髯俱动，痛心疾首地讲道：“二哥！目前京城内外人心惶惶，到处都在传言曹大将军志存不轨，心怀叵测。听说这一次他们六兄弟一齐随同御驾前往高平陵参祭，就是冲着印证什么‘六芝同根，丰泉涌现’的妖迹怪兆而去的。他、他们居然还明目张胆地将我等宿臣旧望们几乎全部排斥在外，不让我等一同前去祭陵！二哥您一定要及时振作起来去阻止他们啊——不然，一切都来不及了！”

卫臻也深叹道：“古语有云，国将治，听于贤；国将乱，听于妖。曹大将军近来骄狂而溢，自以为大权独揽便可为所欲为，居然将‘三公论道理纲、九卿参政共治’的准则践踏得粉碎。整个庙堂之上，几乎完全只剩下了他一个人在那里发号施令、颐指气使……这岂是社稷之福啊？”

司马懿瞧了他们三人许久许久，才低低弱弱地慢声道：“蒋君、卫君、三弟，你们以为本座今日便是抱疾乘辇上殿阻止，又济得何事？前些年本座还谏阻得少吗？口舌之争，起得了什么作用？”

“难道咱们身为大魏宿臣，就只能这样白白坐视在他曹爽的胡作非为之下朝纲日紊、国事日乱而漠然不理吗？”司马孚禁不住掩袖泣道，“二哥您真病得不是时候啊……”

蒋济与卫臻面面相觑，各自长吁短叹，亦是愁眉不展。

司马懿观察了他们半晌，又缓缓道：“今日以曹大将军之势而揣之，他必是非得尽吞魏室而不止。我等纵是有心欲学比干、伍员，奈何他大权在手啊！二十日前，他还派来李胜刺探过本座呢……本座如今是自保尚且不暇，又岂能轻易再上朝捋他们的虎须也！”

“唉！太傅大人您不知道，近来洛阳城中街头巷尾都流传着这样一段谚语：曹爽兄弟热如汤，司马父子冷如浆。三公九卿尽惶惶，齐叹朝纲已失章！蒋某听来，亦是心酸得紧啊！”蒋济顿足而道，“难道蒋某年过古稀，前生无瑕，末了却反要晚节不保，做个前汉末年孔光一样的萎靡之臣？”

卫臻也哀哀而语：“倘若曹爽真有什么不轨之举，卫某一定掬血而伺，与之偕亡！”

“唔……何至于此？”就在这时，司马懿双眸深处冰芒一闪，猝然现出了一派刚峻深峭之气来，竟扫得蒋济、卫臻不禁呼吸一紧。在这一瞬间，先前那个意气凌云、威风凛然、势压群雄的太傅司马懿仿佛又重新回到了眼前！

他们正自惊诧莫名之际，司马懿又是劲气一敛，缓缓闭上了双眼，只沉沉说道：“谁说咱们要坐视不理了？古话讲得好，多行不义必自毙。你们回去，暂且慎默自守，不可再妄议国事，一切终究会有大转机的！要记着‘忍不可忍，方能成不可成’！”

……

蒋济三人辞别离去之后，司马师、司马昭兄弟便随即从榻床背面的屏风后边转出身来，在司马懿床侧垂手而立。

司马懿望着蒋济三人离去的那个卧室门，悠悠一声长叹：“他们都是被曹爽这狂悖之徒逼得倒向我司马家的大魏忠臣啊！师儿、昭儿，无论我司马家日后拓进到何等地步，你们都要好好善待他们呀！在这当今之世，像他们这样的忠义之士实在是越来越少了。”

“孩儿谨遵父亲大人的教诲。”司马师兄弟躬身齐声而答。

司马懿思绪一凝，看向了他俩：“如今还有两三天，便是我司马家举事之日了。只不知眼下这大战在即的关头，你俩心情却是如何呀？”

司马师双眉高扬，抱拳而道：“父亲大人，在孩儿看来，这全盘大局已在我等掌控之中。我等在父亲大人的英明指导之下，已是筹谋万全，百无一失，只需一朝出手而功成圆满了！”

“昭儿，你呢？”司马懿又问司马昭。

司马昭眉宇间却仍是带着一丝紧张之色：“父亲大人！咱们千万不可存有丝毫的松懈麻痹啊！一着不慎，全局皆输！孩儿总觉得您准备在那天宣召桓范为辅参与举事，实在是有些不妥。桓范此人，胸有定见，他虽然不赞成曹爽专权独断，但也未必就会真心投附到我司马家的麾下啊……”

司马懿深深地注视着司马昭，淡然笑道：“昭儿——你还是谋多于勇，智胜于刚啊！欲成大事，必先尊道贵德，摒除浮念，澄心定志努力去做！正所谓：是非断之于心，毁誉明之于目，收放揽之于手，成败付之于天！桓范此人，为父倾心竭诚而揽之，亦是尽人事而听其心耳！为父以‘清君侧，诛逆臣’为名而起义举事，凭什么妄自先行臆断便要将一代股肱之臣桓范排之于外？别人又会怎么看待为父？届时，桓范能明理而来，善莫大焉；桓范若拒而不从，为父也决不勉强以全其意！”

忽然一朝狂飙来，扫净阴霾见晴空。

曹魏正始十年正月初六，注定了是一个特殊的日子。几天来一直大雪纷飞的天气，突然在这个早晨来了个大变脸：红彤彤的朝阳高悬在湛蓝的天空之上，照得四野八荒一片难得的温暖。

因为这天气的突然好转，曹爽六兄弟他们觉着这是一个可贵的好兆头，于是在清晨卯时就奉着少帝曹芳的御驾，率着在京大部分朝臣，早早地赶往距京城九十里外的高平陵举行先帝十年大祭盛典。恍惚之间，没有了曹家兄弟平时在大街广铺间的喧嚣游驰、耀武扬威，没有了何晏、邓飏等人平时在酒楼歌肆里的呼朋引伴、笙歌不休，偌大一座洛阳京城竟难得地安静下来了一回。

然而，这一片安静在一个时辰之后就被铿锵刺耳的金戈交鸣之声打得粉碎！

在那条通往皇宫司马门的南坊朱雀大道上，一辆辆战车不知从何处猝然冒了出来，犹如一头头猛兽向前疾驰而过，弄得路人眼花缭乱、躲避不及，急骤的马蹄声和士兵整齐的步伐声震动了全城！

在这支队伍的护持当中，那个传言已经“病入膏肓、行将就木”的魏国首辅大臣，当朝太傅司马懿却精神抖擞、意气风发地头戴金盔，身披银铠，手里执着三尺青锋，头顶飘着青罗伞盖，昂然挺立在一辆战车之中，恍若战神临凡，威风凛凛。他的长子司马师和死士侍卫长慕容木延亦是全身披挂，手持长戟，紧紧护卫在他战车左右两侧。

当他的队伍经过曹爽府邸门口之时，突然滞了一滞！原来，从曹爽府中冲出了大将军官署司马鲁芝、典军校尉严世、侍卫统领孙谦等人，率着一批曹府家丁阻住了去路。

司马师跨马上前，厉声叱道：“太傅大人正将赶往皇宫与太后殿下共商国是，尔等怎敢妄加阻拦？还不退下！”

鲁芝冷冷而道：“请中护军转告太傅大人，他若真要与太后殿下共商国是，也需得待到曹大将军今日祭陵返京之后再一同入宫才行！”

“混账！太傅大人乃是顾命首辅大臣，朝廷加以殊礼，自可随时乘车坐辇径入司马门，何须待你家曹大将军陪同而入？尔等速速让开，胆敢擅拦者杀无赦！”司马师浓眉一立，抽出鞘中宝剑大声喝道。

鲁芝咬了咬牙，还是不肯就此退缩：“严世、孙谦，快快布兵拦截！我等受大将军托以职责，焉可坐视不顾？”

严世应了一声，举起手中劲弩，便向司马师当胸瞄准：“中护军大人！你们还是退下吧！”

司马师袍内自有金丝软玉甲护体，所以仍然面无惧色，冷冷喝道：“严世！你竟敢擅拦太傅大驾？！”说着，手中利剑高高举起，便欲凌空劈下！

那边，慕容木延也一声长啸，托起一柄劲弩直接瞄准了鲁芝！

严世瞅着左右的情形，他那扣着劲弩的手指不禁微微颤抖了起来！

正在这相持不下之际，孙谦从一旁将他的左肘突然往上一挡，把严世的劲弩拨得歪了开去！严世大惊，瞪着双眼看向孙谦：“你……你想干什么？”

孙谦坦然正视着他：“司马太傅进宫欲与太后共商国是，我等怎可妄加阻截？擅阻元老大臣进宫谒见，罪在灭族啊！”

“你……你……”鲁芝和严世惊呆了，“孙谦你疯了吗？”

孙谦却全然不睬，转身向曹府家丁们讲道：“诸位兄弟——曹大将军都不在府中，这等擅攻元老重臣之罪谁敢担待得起？大家上有老、下有小，焉能妄自违法？且先都散去了吧！待大将军自己返京回府之后再作处置吧！”

身为家丁首领的他这么一说，那些曹府家丁自然是纷纷称是，无不听从，也不管严世在那里大呼小叫地喝令，居然真的给司马懿他们让开了一条路来。

鲁芝见状，长叹一声：“孙谦！你误了你家曹大将军的大事了！”也不多话，转身跳上一匹坐骑，便夺路仓促而逃。

就这样，司马懿在司马师和死士卫兵们的护送之下，安然无恙地从曹爽府邸门前威风八面地闯了过去。

司马师凑到车旁，向司马懿禀道：“父亲大人，您看要不要派人前去追杀鲁芝？”

司马懿瞧着鲁芝这个老部下飞逃而去的背影，只轻轻答了一句："曹家大厦将倾，岂是他鲁芝之独木可支？由他去吧！"

说完，他回过头去一瞥，赫然见到孙谦站在曹府门前那座石狮之旁，正深深地遥望着自己。那目光，与四十年前青芙、青苹、司马寅他们仰视着自己之时何其相似，溢满了热切与期盼、真挚与感佩！

那目光，让司马懿不知怎的胸口一热，便似掉进了一粒火种一般，"腾"地燃起了当年那股"心系苍生，兼济天下"的情怀！这，给他整个身心平添了无穷的助力与动力！他一下又仿佛回到了三四十年前那样纯净而执着的心境，目光炯炯地平视着前方，直向自己理想的巅峰一往无前地攀登而去！

但是，在洛阳西坊这边武库的战争就比曹爽府门口更加激烈得多。

在武库大门的那排鹿角栅栏掩体之内，丁谧和曹绥指挥着两千亲兵正在拼死抵挡着石苞、牛恒和八百龙骑天军的猛烈进攻！

丁谧的府邸就挨在武库附近，所以他在听闻武库遇袭消息后的第一时间里便赶到了曹绥那里并肩指挥作战。石苞、牛恒这支死士队伍的猝然来袭，令他心底大惊：糟了！司马氏果然不甘雌伏，终于猖狂反扑了！原来石苞这几年销声匿迹、人间蒸发，是在替司马家蓄养死士以借机发动事变啊！但丁谧这时还没料到是司马懿父子共同联手谋划的，只道是司马师一个人在作困兽之斗，便对曹绥打气说道："不要怕！咱们只要挺到鲁芝、严世、孙谦他们前来接应，万事便可大定！司马师单凭他手下一万多禁军搅不起什么风浪来的！石苞他们来抢夺武库，这就是证明他们实力不足而有些心虚，企图攫取这库中甲兵器械武装纠合一些亡命之徒以作垂死之斗耳！咱们不能让他得逞！"

曹绥看到身边亲兵接二连三地中箭倒下，还是有些忐忑不安："丁大人——这些贼徒的身手好生厉害啊！咱们……咱们还是见机暂避锋芒吧。"

石苞一身甲胄，在武库门外不断地指挥着死士们冲杀而上。他朝着掩体里面的丁、曹等人厉声喝道："丁谧、曹绥，快快出来束手就擒！我家太傅大人和中护军大人已经赶赴皇宫九龙殿，奏明太后已罢免曹爽、重振朝纲！你们不要再负隅顽抗了！"

曹绥一听，转头回顾丁谧，大惊失色："司马懿不是病得快要死了吗？

他怎么还能进宫……”

“别听他胡说！”丁谧心头亦知不妙，但此刻岂是动摇军心的时候？他抓起一把弩箭就朝外面射了出去，“石苞这是在恫吓咱们哪！司马懿就是没有病死，又能如何？”

曹绥脸色惨白，战战兢兢地说道：“糟了！糟了！鲁芝、严世、孙谦他们怎么还不赶将过来？别是中途出了什么事儿吧？”

丁谧瞪了这个外强中干的虎贲中郎将一眼，只向旁边的亲兵们喝令道：“顶住！给我顶住！杀敌有功者，本大人重赏五百金！”

正在此刻，外面街道上乍然响起了一片清脆的马蹄声响，丁谧、曹绥初听之下大喜过望，急忙向外面探头一看，却见是卫尉郭芝、大鸿胪何曾率着一批驻京外军杀将过来！

那郭芝一跃下马，从衣袖中取出一卷黄绢，高高举在手上，扬声喝道：“皇太后懿旨，着将洛阳武库移交石苞、何曾接管，不得有误，敢违者格杀勿论！”

他这么公然一宣，武库守卒们立时人心大乱：有的放下了弓弩，有的丢掉了刀剑，有的当场就跪了下来……

原来郭太后一党也和司马懿父子暗中联手了！这可真是糟了！丁谧急得两眼都快冒出火来，只恨自己当初麻痹大意，连连跺脚不已！那曹绥却一脸惊骇地凑上来问道：“丁大人！现在咱们应该如何是好？”

“今日之事，不是你死，就是我亡——”丁谧咬着牙亢声而道，“莫非你还真能接下这道太后懿旨吗？赶快组织部下继续抵挡！”

曹绥慌忙往自己周围一看，那些武库守卒们早已散了大半，只剩下五六百名曹府家丁还在二心不定地跟着自己，差不多每个人的小腿肚子都暗暗抽筋儿似的抖着！再向外面一瞧，郭芝、何曾带来的兵马就足有两千余人，加上石苞、牛恒的那批七八百名死士，自己已然毫无胜算！

丁谧也将这形势看得分明，一把抓过一支熊熊燃烧着的火炬，脸色铁青得厉害：“看来武库咱们这几个人是守不住了！但咱们也不能把这武库白白交给司马氏他们！他们若是占了这座武库，立刻便能如虎添翼，假借皇太后的名义将这京城内外六万大军尽行武装起来向远在高平陵的曹大将军兄弟猝然发难！那可就真是不可收拾了！”

“那……那咱们该怎么办？”曹绶颤声问道。

“烧！烧！立刻放火烧了这座武库！”丁谧举着那把火炬便要冲进武库门内去，“只有烧掉武库，才是给这些叛军反贼‘釜底抽薪’的致命一击！”

然而，他转身刚一迈步，却觉后心蓦地一痛——恍然回首之际，只见竟是曹绶红着双眼，咬着腮帮子狠狠地把一柄利刃扎进了他的背心！

“你……你……”丁谧的动作一下僵住了，满脸的惊骇四溢而出。

“对……对不起！”曹绶流着泪不敢正视他那刺人的凌厉目光，“丁……丁大人！曹某没有您对司马家那样的刻骨仇恨，曹某也没有您对大将军那样的赤胆忠心。丁大人！大将军这一次恐怕是真的完了！但曹某可不想跟着他一道陪葬啊……”

“所以，你……就想拿我的人头去保命？”丁谧软软地倒在了武库的门槛边，火炬从他手中无声地脱落下来。他直直地瞪着曹绶，声音森寒如冰，“哼！你以为这样司马懿父子就会放过你吗？就会放过你们曹家每一个人吗？丁某死了，曹大将军死了，你们也都得死！唉……都是一摊扶不上墙的烂泥！”

“皇太后懿旨，着即任命桓大司农入宫代行中领军之职，协助司马太傅平逆定乱。”钟毓念罢绢书，双手托着递给了桓范，同时说道，“桓大夫，事情紧急，不容耽搁。皇太后和太傅大人正在九龙殿里等着呢！您和钟某马上一道出府赶去吧！”

桓范面沉如水，没有立刻答话，而是拿着那封皇太后诏书凑到眼前仔细看了又看，上面左下角盖着的那方凤印赤痕鲜红夺目，显然是真实无伪的。他一边细细地辨认着，一边喃喃地说道：“协助太傅大人平逆定乱？平什么逆？定什么乱啊？”

“太傅大人、太尉大人、司徒大人、尚书令大人等今晨齐入永宁宫共奏大将军曹爽兄弟无君无道、违法悖礼，酿成朝纲之乱。皇太后已经下旨认可，特命太傅大人便宜从事。桓大夫，您此番就是进宫专门协助太傅大人平定曹爽兄弟之乱的。”钟毓也不再回避，直言而告，“而且，桓大夫您有所不知，论起来任命您代行中领军的这个建议还是司马太傅向皇太后特意提起的。司马太傅对桓大夫您一直都是深怀敬重的……”

桓范听到这里，不禁微微动容，轻轻地点了点头。他右手一举，向钟毓说道："好！那么本座就暂请钟君在客厅稍候，本座到后堂换上朝服之后就出来与你一同进宫！"

钟毓没料到他竟一口承诺下来，惊喜之下不疑有他，便答应了。

桓范退入后堂之后，拿着那皇太后懿旨，背着双手急速踱了起来。桓畅上前劝道："父亲大人——此刻情势紧急，您要当机立断啊！"

桓范自言自语道："本座先前就想得很透彻了。曹爽虽然委实无君无道，但他毕竟是庸而不忠，就算一旦野心勃发而妄据天位，也是朝不保夕，定遭天弃人离，实在不足为惮。而司马仲达父子积功养望已然坐大成势，苦心孤诣这么多年，就是想酿成朝中今日这一大变局而浑水摸鱼！他才是螳螂捕蝉，黄雀在后！分明是要借着'清君侧，正朝纲'为名而铲除异己！大魏社稷若是落入他的把持之中，形势之危必然远在曹爽执政时期之上！本座决不能忘了当年明皇帝之临终嘱托，誓死捍卫大魏基业长治久安！"

心念一定之下，他便对桓畅吩咐道："畅儿，你且到客厅去和钟毓虚与委蛇、拖延时间，为父立刻就带上大司农官印从后门出去，到高平陵去辅助陛下以应今日京师之骤变！"

桓范捧着皇太后的懿旨，蒙过了城中各街各道巡逻将士的一次次核查勘问。如今，司马昭已经代任了河南尹之职，下令全城戒严，四门紧闭。桓范拿着皇太后懿旨作为通行证在城里走动还勉强可以，但他若想出城，就必须要有司马昭或司马懿的亲笔加印手令方可。这样一来，桓范出城自然就难了。

最后，他转来转去，在四大城门之中选择了平昌门——因为这道平昌门的守将司蕃是自己大司农官署的老部下，素来对自己忠心耿耿，这也是他目前唯一能够赌上一把的了。

"本座奉有陛下手谕，"桓范将笏板朝迎上前来的司蕃一亮，"司君，你快放本座出城！"

走到城门栅栏后边站住的司蕃现出一脸的苦相："桓大人……不是在下不放您出去，先前河南尹府和太傅府都来了钧令，不得擅放任何人士出城，违令者斩啊！"

"司蕃！你这浑小子！你到底听不听本座的话？你来看清楚了，这是陛下的手谕，是陛下急召本座出城到高平陵面驾的……"桓范貌若怒狮般厉声叱道，“你居然连圣旨也不遵了吗？”

司蕃听了这话，赶忙从栅栏后面转了过来，向桓范行礼问道：“桓大人，既是如此，您且将圣旨给在下瞧一瞧！”

桓范故意把笏板往怀中一藏，同时上前一步，一把抓住司蕃的衣襟，亢声道：“圣旨是你轻易看得的？你敢怀疑本座的话？”

司蕃素服这个老上司的威严，被他盯得两腿抽筋似的直发软，喃喃地说道：“可……可是太傅府、河南尹府都来了钧令，凡出城者，必须持有司马太傅和司马昭大人的手令才行。当然您拿来的圣旨也行，就让在下验证一下吧！”

“司蕃你怎么变成这样了？难道本座的话还不比什么河南尹府、太傅府的话更真？”桓范一副要将他吃了般的模样，“快给本座开门，本座面圣回来后再找你小子算账！”

似乎感到城外真有什么皇帝陛下对桓范的召唤之声从城门的缝隙间传来一般，司蕃犹犹豫豫地回头看了看那道厚重的城门，又扭头瞧了瞧正怒火冲天的桓范，一咬牙对守门兵卒们喝道：“打开城门，让桓大司农通行！”

守门兵卒们传来了一阵窃窃的非议，但最后，那两扇平昌城门还是在桓范面前缓缓打开了。

桓范这才露出了满意的笑容，用力地拍了拍司蕃的肩膀，一拉马缰就要朝城门外驰去。

“桓大人！”司蕃从他身后大声喊着，追了过来。

桓范浑身一震，紧张之极地转过身来瞪着司蕃：“怎么？你还是不想给本座放行？”

“不是。”司蕃走近几步，用只有他们两个人才听得到的低低声音说道：“当年若不是桓大人举荐，司某哪有这碗饭吃？只是万一司某惨遭不测，还请大人保我家中老小平安！还有，新任南门校尉贾充大人马上就要来了，您要跑得越快越好！”

桓范突然心头一紧，城门外那满目苍白的雪野刺得他眶中一阵发酸。他倏地将右手中指伸到嘴里一咬，咬出血滴滴的伤痕来，然后沾着这指血在那张笏板上写了一行大字：“太傅图逆，速去勿留！”

做完这一切，他把那笏板往司蕃手里一塞，道：“待会儿他们若要追究你擅放本座出城之罪，你就把这张笏板作为证物交给他们，就说本座是矫诏出城的……这样一来，你大约便能逃过这场杀身大祸了……”

说罢，他一扭身，双腿一夹马腹，不顾一切地往前冲了出去！

“西坊武库那边的情形现在如何？”牛恒一进九龙殿内阁门口，司马懿便向他劈头问道。

“禀报太傅，石苞君和何大人已经完全顺利接管了西坊武库，一切都在咱们的掌控之中。”

“丁谧呢？擒住他了吗？”

“丁谧被曹绥杀了。”

“曹绥杀了他？”司马懿微微一怔。

牛恒用最简短的话语解释道：“丁谧宁死不降，还准备放火焚烧武库，曹绥贪生怕死，当场倒戈，就刺死了他前来求降。”

“唉……丁谧一代奇士，末了居然是死在他们曹家人手中的！可惜了！可惜了！”司马懿不禁深深嗟叹而道。

“太傅大人，当曹绥持着丁谧的人头前来投降时，石苞君却将他当场斩首正法了！”牛恒又道，“石苞君当众还说：曹绥于临危之际叛主刺友，不忠不义、无耻之极、天地不容，人人得而诛之，以儆效尤！”

司马懿缓缓颔首：“石苞君真是深明‘用恩莫若用礼，用威莫若用义’的驭众之道啊！他今日将曹绥这么一当众正法，既正了天下君臣礼义之大纲，又断了叛徒们行险侥幸之乱源，还借此教育了八百龙骑天军和在场诸人！一箭三雕——实在是杀得好！唉……再过数年，只怕他的用兵韬略愈加纯熟练达，本座届时也说不得要避他一席之地了！”

他正感慨之间，却见钟毓气喘吁吁地一头闯进阁内来：“太……太傅大人！桓……桓大夫拒绝了皇太后任命他代行中领军的懿旨后悄悄逃跑了……”

“什么？桓大人拒绝了皇太后任命他代行中领军的懿旨后逃跑了？”司马懿听到钟毓的禀报之后，一愕之余，脸上的表情茫然若失，“唉！这个桓兄真是固执啊！”

然而，在他的胸中，一瞬间却油然生起了一股知己之感。自己今天铺设而开的这一场天大的谋略，终究还是没有骗得了桓范的一双“火眼金睛”去！蒋济、司马孚也罢，郭太后、郭芝也罢，甚至连高柔、卫臻、阮籍他们都会以为自己这一次起义勤王奇袭行动的主要目标是曹爽一派。但是，大概只有桓范一个人，在这纷纭淆乱的时局之中，深刻地洞察到自己真正的目标是整个大魏王朝！所以，他才会义无反顾地拒绝了皇太后的懿旨，拒绝了自己用心良苦的特意笼络，直奔高平陵去保卫少帝曹芳了！自己这毕生当中最重要的一次战斗，终究也没有寂寞优游地收场啊。因为桓范的猝然凸现，他才稍稍感到了一股迎来真正敌手的斗争快乐！

“桓大夫怎么会这样？”司马孚、卫臻等都是一脸讶然地看向司马懿来。

司马懿连忙稳住了心神，悠然叹道：“古语有云，‘人各有志’。诸君今日亲眼所见，本座此番对桓大夫已是仁至义尽矣！王观，你马上奉皇太后懿旨前去代行中领军职务，务必镇住军心不得有所骚动！”

“是！”王观毫不犹豫，站起身来响亮地应道。孙资早已在一旁拟写好了一份崭新的任命王观代行中领军的太后懿旨，飞快地盖上鲜红的皇太后凤印，递给了他。

目送着王观大步流星地捧旨离去之后，司马懿缓缓问道：“桓范擅自拒召而逃，诸君对此有何见解？”

他这一番话仿佛是问向在场所有人的，但又仿佛是问向他自己一个人的。

蒋济轻咳了一声，道：“仲达，依济之见，桓范确也不乏奇谋异才，但他这一次拒召而逃，却是投错了主子了。俗话讲，‘驽马恋栈豆’。曹爽兄弟实是驽马中的驽马，仲达你今日猝然举事起义，只怕他们连像当年项羽那样和你破釜沉舟、背水一战的勇气都没有，又哪里会用得了桓范这个‘范增之材’？”

司马懿微微含笑点头，又瞅向了司马师。司马师一手按剑慨然而答：“哼！就算曹爽兄弟能够大胆起用桓范来孤注一掷，那也没什么可怕的！我等举事起义，是磊磊落落的‘清君侧，正朝纲’之壮举，实乃天顺人归！曹爽他们再怎么折腾，也翻不了什么风浪的！”

众人一听，个个点头称是。司马懿眼中的笑意一掠而隐，摆了摆手，吩咐道：“罢了！暂且不去议他了。司马孚，天色将晚，陛下岂能御驾在外不归？你即刻带上御厨、御膳、御帐、御床等尚方物事，与刘放大人、郭德大人一道前往圣驾之处恭迎服侍。

“司马师，你去和尹大目交代一下，让他随司马孚一道同去劝说曹爽兄弟赶快缴械服命，本座和太尉在这里可以保证对他们的无君之举只是免官惩罚、以侯就第，不予深究！”

说罢，他从铺锦专席上站起身来，迎着蒋济微微一笑：“蒋太尉，为防万一，本座需得与您率领一万精兵同车共驾前往城外洛水浮桥而去扼守。倘若意外之间冒出丧心病狂之徒竟敢不顾大局兴兵作乱，本座等也好及时出手消弭镇压！”

老臣司马懿启奏陛下：老臣昔日从辽东平叛还朝，先帝召陛下、秦王及老臣共升御床，亲把老臣之臂，深以后事相托。老臣泣泪答曰：“二祖亦曾嘱老臣以后事，此自陛下所见，无所忧苦；万一有不如意，老臣自当以死奉社稷。”太后殿下，中书令孙资、中书监刘放、卫尉郭芝、原黄门令董箕等，以及诸位在场才人侍疾者皆所闻见。

而今大将军曹爽背弃顾命、败乱国典、私心自用，内则僭拟，外专威权；破坏诸营，尽握禁兵；显官要职，皆置所亲；殿中宿卫，历世旧人悉复斥出，欲置新人以树私计；根据盘互，纵恣日甚。外既如此，又以新黄门令张当为都监，专共交关，看察至尊，候伺神器，离间二宫，伤害骨肉。天下汹汹，人怀危惧，陛下但为寄坐，岂得久安？此非先帝亲召陛下及老臣同升御床共领遗嘱之本意也！臣虽朽迈，敢忘顾命哉？！

昔日赵高极意，秦氏以灭；吕、霍早断，汉祚永世。此乃陛下之大鉴，而老臣立节之所在也！臣太尉蒋济、臣司徒高柔、臣尚书令司马孚、臣尚书仆射卫臻等皆以为曹爽有无君之心，兄弟诸人不宜典兵宿卫，奏呈永宁宫。太后殿下令敕老臣如奏施行。老臣辄敕主者及中书省、尚书台、御史台、黄门署共罢曹爽、曹羲、曹训、曹彦等属下吏兵，各自以侯就第，不得逗留以稽车驾；敢有稽留，便以军法从事。老臣辄力疾将兵屯于洛水浮桥，伺察非常，弹压群嚣。

看完了尚书令司马孚送来的司马懿这道名为表章而实为最后通牒的奏折，曹爽顿时犹如五雷轰顶，颓然坐倒在胡床之上，一时竟瘫了似的站不起来！

他是从今日中午方才仓促逃来的鲁芝口中晓得了洛阳京师内由司马懿父子披挂上阵主持了这场兵变的消息的，一下被打得晕头转向、惊慌失措。自然，高平陵十年大祭盛典是举办不了了。他急忙就下令所有的车队人马停驻在了半途之上的伊水南岸，然后搭起了帐篷，召来曹羲、曹训、曹彦、何晏、邓飏、李胜、杨综、虞松等共商对策。然而，他们商议了两个多时辰，却仍是毫无头绪。到了这时，护送御厨、御膳、御帐、御床等尚方物事的司马孚已经赶来了，同时，他还给曹爽带来了司马懿的那道奏表，请曹爽兄弟“好自裁断”。

司马孚前脚刚从这营帐中走开去探望天子，风尘仆仆的桓范后脚就冲了进来：“曹大将军！”

曹爽诸人俱是一怔：“桓大夫？您怎么来了？”

“九死一生！九死一生！老夫是九死一生拼着这条老命跑出来的！这一路上岗哨真多啊！他们下手太快了！”桓范大口大口地喘着粗气说道，“不知道陛下怎么样了？他还好吧？”

曹训冷着脸从鼻孔里哼了一声出来：“不劳桓大夫操心——陛下他自然是好得很。”刚才曹芳派了侍中陈泰、黄门侍郎许允专门过来以天色将晚为理由催促曹爽他们起驾回京，惹得曹爽兄弟皆是大为反感，所以此刻听到这个桓范一进门便问起陛下安危来不禁就有些冷了心肠，神情也显得敷衍了起来。

“陛下没事儿，那实在太好了。”桓范心头一块大石顿时放下，双目炯炯然正视着曹爽，须髯掀动，慨然而道，“司马懿闭门拒主、威胁群臣、挟制太后、图谋不轨，实在是大逆不道！请大将军速带桓某入见陛下，桓某将要劝说陛下迅速移驾许昌，颁发勤王之诏以号召四方州镇起兵讨逆！”

“这……这……”曹爽犹豫了起来，“这是不是来得太陡了？”

“此举何陡之有？许昌本是大魏陪都，城坚池深，足可固守。”桓范侃侃而道，“唯一可虑者，在于足兵足食也。但老夫此番出京之前特意带来了大司农官印，可以迅速征调各州各郡官仓积粮以备军事之需。这样一来，我大魏王师四方云合，则司马懿唯有坐困洛阳孤城，必败无疑！”

“‘奉天子以讨不臣’？大将军！桓大夫这是一条妙计啊！”鲁芝高兴地说道，“你们就快采纳了吧！”

曹爽嗫嗫地说道：“真……真的要和司马老儿临阵对峙吗？他这老贼用兵神鬼莫测、机变无穷，当年诸葛孔明尚不能敌，本大将军焉能招架？四方州镇将军又有哪一个是他对手？”

“大将军！关于与他对垒交战之事，老夫甘愿挺身而前以挫其锋！”桓范铿锵之极地说道，“老夫自信囊中韬略充沛，足可遏制司马懿的猖狂作乱之势！”

“这个……这个……”曹爽仍是双眉紧锁，不肯立即决断。他沉吟了半晌，却向鲁芝吩咐道：“鲁司马，这桓大夫一路奔波而来必是也累了，也饿了……你且带他下去用膳休憩。本大将军还要在这里细细思忖一番……”

“哎呀！这都什么时候了？老夫哪儿顾得上什么累不累、饿不饿的？”桓范顿足急道，“大将军您现在就快下决断吧！”

曹爽连连摇头：“桓大夫莫要催逼！莫要催逼！兹事体大！兹事体大！本大将军务要好好思量清楚才是！”

桓范不得已，只好被鲁芝扶了出去，走到门边还忍不住回过头来喊道：“大将军您一定要好好思忖权衡啊——稍后老夫便来领命！”

待得桓范离去之后，曹爽才长叹一声，向曹羲、曹训、曹彦、何晏、邓飏、杨综、虞松他们问道：“诸位，听了桓大夫这番建议，你们此时意下如何？”

杨综第一个站出来讲道：“桓大夫所语本也出于好心，但他素来好为浮言、大而无当，大将军您要谨慎听之！”

邓飏也冷然而道：“这用兵征战之事，哪有他讲得那般轻易？他自诩有本领足以与司马懿一决雌雄，那他自己为何却多年来在大魏军界寂寂无闻？他都已经年近七旬了，却为何仍是只混到了一个大司农的官位？罢了！罢了！大将军您敢放心把我等的身家性命都交给他这样一个糟老头儿来负责么？”

“这……这个……”曹爽脸色一僵，语气一滞，又把目光投向了何晏，“何大人，您认为呢？”

何晏粉白的面颊因为惊惧交加而已变得更为苍白，他深深叹道：“桓大夫所提出的‘奉天子以讨不臣’的方略其实倒也不错。但司马懿的手上已然握有皇太后和诸位元老宿臣作为利器，差不多已将咱们拥有的天子名分之优势抵消了十之七八。况且，当今陛下又最是推崇‘以孝治国’的，他会允许咱们将兵刃直指皇太后吗？更为可虑的是，到了许昌陪都，大将军和我们都未必再能掌控局面了。”

“你这话什么意思？”曹爽惊骇而问。

“大将军请细思，若真是依了桓大夫所言，咱们奉天子而入许昌，然后颁发勤王之诏，号召四方藩镇紧急入援——但举目四顾，在这各方藩镇之中，我们又能得到多少助力呢？首先，镇北将军裴潜、镇南将军王昶一向是司马懿的心腹死党，所以他俩必然是不会前来相助的，相反却有可能跑去为司马氏张目；其次，关陇一域，虽有夏侯玄、夏侯霸叔侄镇抚，但他们辖下的郭淮、胡遵、魏平等封疆大将都曾经是司马懿的门生故吏，所以他们也都是不可靠的！最后只有这淮南一方，然而且不说这扬州刺史诸葛诞是司马懿的亲家翁，就是镇东将军王凌、兖州刺史令狐愚二人亦系居心叵测、未可深信啊！何某忧虑的是，咱们若将天子移驾许昌，王凌、令狐愚舅甥二人万一包藏祸心，犹如当年董卓一般，外托勤王定乱之名，内怀挟君自立之念，闯将进来反客为主，大将军您那时如何是好？他们可是重兵在握而又近在肘腋啊！万一应对不慎，我等尚未遭到司马氏之攻击，说不定反倒先已中了他俩的毒手！”

何晏这一席话滔滔然直讲下来，唬得曹爽是冷汗直冒：“哎呀！多亏何大人提醒——本大将军差点误了大计了！幸好我们还没去许昌，否则真是自投罗网了。桓大夫怎么就考虑得这般不周不全呢？”

虞松这时却不咸不淡地开口了：“大将军请恕虞某直言，虞某先前听得前去洛阳城外打探消息的眼线来报，司马懿今天早上起兵时，曾经以皇太后的名义征调桓大夫代行曹羲将军的中领军职务，这可是一份超乎寻常的施恩大礼啊！桓大夫凭什么拒绝他这个昔日同窗——司马懿送来的如此信任呢？这里边，值得令人深思啊……”

“是啊！是啊！说不定这就是桓范在配合司马懿给咱们上演一出双簧戏呢！他其实早就被司马懿心照不宣地买通了，然后由他假装冒险溜出城来唆使大哥您起兵反抗，导致大哥您背上一个不忠不义不仁不礼的罪名，方便司马懿更为歹毒地对咱们‘一剑封喉’！”曹训也似恍然大悟地提醒曹爽道，“大哥——您对桓范提的这些建议一定要倍加小心，多掂量掂量！别弄得被人卖了还蒙在鼓里！”

“既然你们大家都劝本大将军以不战不争为上策，那本大将军是不是真的就该白白交出权位？”曹爽双目无神地看着帐中诸人，“谁……谁能保证司马懿不会食言而肥？就会真正放过本大将军？”

“在下能够保证，所有的元老宿臣都能够保证！”正在此时，一个清朗响亮的声音蓦地传入了帐中！

曹爽等人循声看去，只见那个事先留守在皇宫大内的殿前禁军校尉、曹爽的心腹爱将尹大目掀开门帘一步迈了进来：“大将军，在下带来了司马太傅在九龙殿上当众作出的承诺……”

“为什么曹爽直到现在还没决定起驾返京？”

金碧辉煌的御驾寝帐之中又一次响起了少帝曹芳愤愤然的声音：“这个曹彦也真是的，去了那么久——难道还没说服他大哥吗？”

陈泰、许允、钟会等三名大内近侍在一旁温声款语地安慰着曹芳。十八岁的曹芳却硬是充耳不闻，双手叉腰，在帐内来回踱了八九圈，停下身来厉声吩咐道：“陈泰、许允！你俩再去曹爽那里催一催他！就说朕素来不喜野宿荒居，他若是再不速速决断，朕可就要自行起驾返京了！”

陈泰、许允瞧得曹芳发了脾气，慌忙点了点头，急步出帐而去。

钟会看着他俩离去的背影，身形也慢慢站起，曹芳却向他开口了：“钟爱卿——你就在这帐中陪朕等一等吧。”

“是。”钟会应了一声，只得又坐了下来。其实，这个时候他的心底早就乱成了一团麻。他万万没有料到司马氏父子居然会在事先毫不通知他的情形之下就在洛阳城中一鸣惊人地发动了事变！自己作为司马师兄弟的心腹亲信，竟在这朝局急剧变换的紧要关头被抛在一边当起了一个等同于旁观者的角色！不行！不行！自己决不能在这一场朝局剧变之中白白丢失良机！自己务必要主动出击，抓住一切机会建下功勋，借此向这场事变中必胜无疑的司马懿父子献忠！

他心念一定，思忖片刻，觑见四下无人，便轻步上前跪下向曹芳低头奏道：“启奏陛下，对于今日突发之事变，微臣此刻有话欲献，不知陛下肯否垂意一听？”

“讲！你但讲无妨！”曹芳素来喜欢钟会的乖巧伶俐，想也不想就一口答应了。

钟会一边用眼角偷偷窥视着曹芳的反应，一边轻声言道：“微臣启奏陛下，今日之事，倘若曹大将军自知理亏、自甘屈服，俯首听从司马太傅之命而立即奉驾回宫、退位自责，这自然是莫大之幸；但是，万一曹大将军他不甘屈服、闭耳不从司马太傅之命而不愿奉驾回宫，却又该如何因应呢？”

“他……他敢？”曹芳本来就对曹爽毫无好感，愤然讲道，“司马太傅此番能够出来主持公道，朕是欢迎得很呢！他曹爽除了自甘屈服之外，还有其他的路可走吗？况且，朕归意已决，曹爽他敢违逆么？”

“微臣冒昧地提醒陛下注意，在当前形势之下，曹大将军敢不敢违旨不遵在他那里不算什么问题，关键是曹大将军在这荒郊野地之中有这个能力违旨不遵啊！他此番随驾带来的同党实是太多了……”

“啊？他真的敢这么做？”曹芳全身一震，“那他可真是怙恶不悛了！钟爱卿你说该怎么办？”

钟会垂下双眉低低奏道：“微臣刚才冒险所言，只是将今晚可能会出现的最坏的结果向陛下您毫不掩饰地揭示出来。至于何去何从，一切还请陛下您自行决断！”

曹芳沉思片刻，失声低呼道：“难道你想让朕此刻深更半夜就要微服易容逃回到洛阳去？”

“这倒不必。”钟会目光一跳，深深而言，“陛下身为一国之君，万众瞻仰，岂可白龙鱼服？而且，目前您又处于曹爽兄弟及其同党的严密戒备之下，您想微服易容而去，谈何容易？微臣现在倒有一计，可以令陛下‘不行而行，不去而去’！”

“何为‘不行而行，不去而去’？你快讲来！”

“依微臣之愚见，您就立刻给微臣写一道亲笔手诏，内容不须太长，就是‘诏曰，着太后、太傅速召天下兵马至曹爽逆贼处救朕御驾，以解社稷之危’。倘若曹爽万一猝生逆志，企图挟持陛下您为人质而前往他处擅行董卓篡乱之事，微臣便见机而逃，奉了您这道手诏返回洛阳搬来司马太傅的大军速来救驾！”

"唔……你说得对！曹爽素有无君之心久矣，朕此刻确也不得不预先防他一着！"曹芳一向信任钟会，也不多想什么，"哧"地撕下自己袖中一片紫纱幅，提起笔来就在它上面写了那道手谕，飞快地递给了钟会，"钟爱卿，你马上就带着这道紫纱手诏出去，借着朕让你值守外营的口谕留在外边。只要曹爽一有异动，你就找准机会赶紧逃跑，速回洛阳向太后、太傅搬兵救驾……"

钟会接过那道紫纱手诏迅速藏进了衣襟里，却低低地说了一句："请陛下赐骂于臣！"

曹芳乍一听他这话，不禁大愕，待又看到钟会直向自己连使眼色，这才明白过来，于是大袖一拂，向他高声骂道："你这钟会！竟在侍候朕的时候打瞌睡！实在是失仪——你给朕马上滚到外边去！朕现在就贬你三级，去外营做一个御马监去！"

钟会一边战战兢兢地应诺着，一边像护着自己心肝宝贝似的掩着那暗藏紫纱手诏的衣襟，假装灰溜溜地连滚带爬出了御驾寝帐。

拨开众人围上前来的劝慰，一路奔到外营马圈旁边坐下，钟会这才放下心来。曹芳是少年心性喜怒无常，谁在这时都不容易猜到他是在"假戏真做"，所以谁也不会怀疑钟会被贬为"看马倌儿"其实暗有用意。那么，自己现在算是比较安全了！钟会用手隔着胸衣按着藏在那里面的曹芳紫纱手诏，一颗心脏"怦怦怦"地狂跳了起来。我钟士季真是天纵奇才！居然在这样的境遇之下也能为自己找到一个这样的立功机会！倘若自己返回洛阳京城之后，向司马懿父子呈上这一道紫纱手诏，还不知道他们会有多高兴呢！他们虽有皇太后懿旨在手，但毕竟在将来公开讨伐"挟天子以令诸侯"的曹爽时会显得底气不足。可是如果他们得到了陛下亲笔所写的这道紫纱手诏，就得到了举兵进讨的最大助力，完全可以师出有名，堂堂正正地前来"清君侧，诛逆臣"了！那个时候，曹爽兄弟在他们手下必将如摧枯拉朽一般不堪一击！而自己，也必将借此青云直上，获得司马家最大的信任和褒赏！

想到这儿，钟会禁不住将脸深深地埋在双膝之间无声地笑了。他双肩肩头剧烈地抖动着，以致让旁人看上去他仿佛是在为自己遭到曹芳的贬斥而抽泣着一般。

五更天，刀枪剑戟都蒙上了寒霜，潮湿的空气里飘浮着无形的激烈的杀机与震荡——剑拔弩张之间，而又回音四漾。

远处传来阵阵鸡鸣——大帐之中终于响起了曹爽最后的嘶喊：“司马懿无非是想逼我家兄弟交出所有的权力罢了！好吧！我就答应他吧！我们兄弟六人一齐以侯爵之身卸职归府，仍然还可以当一个优哉游哉的富家翁嘛！”

说着，他拿出那方大将军官印往尹大目怀里一丢，苦笑而道：“丢了它也就好了！这倒说不定是咱们大家的福气呢！你们也休要再争吵了！”

正与曹训、曹彦、何晏、邓飏他们争辩得口干舌燥、面红耳赤的桓范听了曹爽这话，仿佛被人当头打了重重一记闷棒，一下呆若木鸡，半晌没能说出话来——终于，他长长一声嘶啸过后，脸如死灰，黯然道：“大将军——您怎能如此脆弱？你们的史书都白读了吗？自动缴械、授人以柄的有几个人是好下场？唉！老夫冒着灭族之危只身突出重围跑到这里，是为了挽救大魏社稷，为了挽救你们所有人的性命哪！没想到你们个个居然连奋起最后一搏的勇气都没有！太祖武皇帝啊！您瞧一瞧这些大魏的宗亲贵戚，他们可是将您千辛万苦打下来的江山基业就这样乖乖拱手送人了……”

第10章 司马懿最后一击，三国尽无敌手

司马家的春天

正月初七，曹爽兄弟交出了所有的权位，被罢官归第。一切都仿佛归于了平静。

然而，仅仅过了三天，正月初十那天，曹爽府中的侍婢、奴役赴廷尉署告发了曹爽兄弟先前的种种劣迹秽行。廷尉署上奏尚书台、中书省：“黄门令张当私以先帝才人窃与曹爽，疑有奸。”少帝曹芳下旨彻查，张当被打入天牢讯问。张当爆出惊人供词：“曹爽与尚书何晏、邓飏、丁谧、司隶校尉毕轨、荆州刺史李胜等阴谋图逆，须三月中发。”这一下，事涉“谋逆篡位”之大罪，已远远超过了司马懿、蒋济、高柔等当初所保证的“无君无道”之范围。于是，由少帝曹芳亲自上殿主持，皇太后垂帘参加，召集了京中一千石以上卿僚进行朝议讨论。最后，朝议共同决定：收曹爽兄弟、何晏、邓飏、毕轨、李胜等下狱，劾以大逆不道，与张当俱夷三族。

同时，大司农桓范因为诬陷司马懿“图逆”，也被廷尉收押在监，择日审判。

在彻查严惩曹爽一派谋逆大罪的过程中，有人揭发太史令管辂臆造妖言

逢迎曹爽，助纣为虐。其中最主要的证据就是管辂曾经以“乾”卦预言曹爽是“九五龙飞，利见大人”，并以“神武升建，王道昌明”来粉饰、鼓吹曹爽一派的罪行。

管辂却不以为然，于朝堂之上当着太傅司马懿、太尉蒋济、司徒高柔、卫尉郭芝等元老重臣的面，认真解析了当年那次在曹爽府中所讲的“乾”卦占断之义。他讲：“卦辞‘飞龙在天，利见大人’八字当中最为关键的是‘大人’一词。‘大人’者，即为‘人中之大’也，德广才博，犹如飞龙在天，恩泽八荒，可以使得大魏‘神武升建，王道昌明’。那么，当今天下，谁人堪称‘大人’？据辂所知，司马太傅的名字正为‘仲达’。正与卦辞蕴意吻合无误！所以，管某之意，实是暗指司马太傅方为‘治国安邦，神武升建，王道昌明’的命世‘大人’，而决非曹爽那样的谋逆之徒。”

他这么一解释，自然是毫无缺漏——结果非但没有受谴遭责，反而官升一级，被朝廷加封为了关内侯。

阳光与灰尘一同从狱窗的木框边飘落下来，纷纷扬扬，像无数的微虫在飞动。

司马懿半坐半躺在那乌漆坐辇之上，由着六名亲兵抬了进来。他待得乌漆坐辇落定之后，便向外轻轻摆了摆手。亲兵们会意，静静地退了出去。

在他前面，头发蓬乱的桓范靠着石墙坐在稻草堆中，一双明亮似剑的眼眸正视着他，毫无卑屈之色，依然如同一尊铁像般铮然不动。

“桓兄，你连胡昭师兄的劝告也不听吗？”司马懿的声音没有了平日的刚毅沉凝，变得酸楚了起来，“你这是何苦？你只要承认‘太傅图逆’这四个血字是你一时糊涂之下乱写而成的，懿便让高柔、卢毓他们免去了你的‘诬人反受’之罪……”

“司马仲达！这四个字，桓某不仅是写在血书上的，而且更是将它们刻在史简中的！”桓范横了他一眼，仍像四十多年前在陆浑山灵龙谷紫渊学苑里与他辩道论理时一样毫不相让地凛然讲道，“你以为你做得神不知鬼不觉，就可以骗得了大魏所有士民吗？不错，现在人人都称赞你是‘清君侧，诛逆臣，正朝纲’的旷世功臣，可是你骗得了你自己吗？你骗得了冥冥上苍吗？”

司马懿垂下了双眼，慢慢地说道：“你应该听说了曹爽兄弟蓄谋炮制高平陵‘六芝同根，丰泉涌现’之祥瑞奇迹以欺世篡国之事了吧？你也应该知道曹爽一派犯下的窃取御物、奸淫先帝才人、私纳藩国贡品、卖官收受贿赂等种种罪行了吧？”

说着，他又从怀里摸出了正月初六那个晚上曹芳托钟会准备带出来的那道紫纱手诏，轻轻抛到了桓范的面前：“你看一看吧，正月初六懿与诸位大臣举事起义的那天晚上，你在外帐这边拼命劝说着曹爽兄弟‘奉天子以讨不臣’，然而陛下自己却早把曹爽看成了逆贼！你此刻还有什么话说？”

桓范接过那道紫纱手诏，透着阳光细细看罢，微微怔了一下，然后又马上苦苦地笑了。许久，他才平静下来，继续冷冰冰地说道：“仲达，你果然厉害。好一招‘欲擒故纵’之计啊！他们都被你骗了……”

刹那之间，司马懿原本雍容平和的神色一下滞住了。

“曹爽他们的这些劣迹秽行，你本来就可以随时阻止、消弭的。”桓范直盯着他，冷冷地说道，“你不是没有这个能力，而是你从来都没有这个意图。其实，你就是事先故意躲在暗处一味纵容曹爽兄弟胡作非为、积恶成山，然后待到时机合适，再以堂堂正正的大义之名将他们铲除无余，最终由你司马家来彻底独揽大权！你就是要刻意给天下所有的士民留下除了你司马氏一族之外，甚至连魏室宗亲贵戚也不配辅政治国的印象！司马仲达！为了这个目标，你真是苦心孤诣，隐忍之极，连装瘫卖傻的百般丑态都摆弄出来了。”

“够了！”司马懿一声怒喝打断了桓范的讥讽，脸色沉沉的，“当今天下，是谁能让我煌煌大魏神武升建，王道昌明？是谁能让我煌煌大魏俯瞰吴蜀，气吞四海？是谁能让我煌煌大魏远近归心，四方影附？”

饶是桓范素来心沉如渊，也被他这三个追问震得面色微微一变！

司马懿喝完之后，捂着胸口激烈地喘息着，满脸涨得通红，只是死死地盯着桓范。

桓范沉默了半晌，目光忽然变得柔和起来，徐徐而道：“好了！你也不必再来劝我认错了。管宁师父当年曾言，‘忠者立节，智者立功，岳立江行，各从其道’。你自当你立功万世的智者，我自当我立节千秋的忠者，你我各得其所，如何？”

他这话一出，司马懿悲愤之极的表情顿时崩碎了：“桓师兄——你何必如此固执？而今的魏室，本已不值得你为它尽忠立节。曹爽兄弟他们先前是怎么对待你的？他们但凡能听了你一句谏言，又何至落到今日这般的灭族之祸？！”

“仲达，你何必逼我太甚？玄通子管宁先生的门下高足之中，论智你自是无人能及，论忠我却是当仁不让了，”桓范双拳按膝，微微闭上了双目，“我若不食魏朝之禄则罢，既食魏禄便誓与大魏共存亡。你大概也后悔当初极力推举我入魏从仕了吧？”

司马懿沉沉嗟叹，哀伤之色溢然而出。

桓范的双眸霍然一张，目光如剑地正视着他，继续直言而道：“仲达，你今日以深机巧诈而潜移魏鼎于无形，却不怕他日亦会遭此报应吗？”

司马懿面色一滞，仿佛记起了很多年以前有个人也曾讲过类似的话，但那个时候他是在隔空质问曹操，没想到今天桓范也拿这个问题一针见血地向自己心口直刺而来！他沉吟了许久，才终于决定正面接下这凌厉之极的一问，深深一叹，肃然敛容而答：“桓师兄你问得好。我司马家中所有的人都会牢牢记住你这个问题的。你放心——我司马家他日代魏而立，必是天顺民归，四海倾诚，亦必令天下百姓心服口服，毫无异议！皇天无亲，唯德是辅。天下士民的共同选择，才是真正的报应！”

桓范也深深地凝视着他：“那，桓某在这里就预祝你司马家早日平吴灭蜀、一统六合，赐天下苍生一个太平盛世了！或许，唯有如此，你们才能比魏室诸雄更上层楼，登峰造极！才能令天下士民心悦诚服，毫无异言！”

司马懿闻言，深深动容，从乌漆坐辇上站了起来，慢步走到桓范面前，深深下拜：“懿多谢桓师兄的预祝之情。”

桓范缓缓闭上了双眼，再不睁开，口吻变得悠悠远远的：“仲达，你走吧。我会在黄泉之下真心期盼着你早日实现师父当年‘肃清四海、兼济天下’的遗志的……”

“桓师兄，懿在此吟诵你当年所作的《尽忠论》来为你送行壮色！”司马懿伏在地板之上，肃然开口而吟，“夫事君者，竭忠义之道，尽忠义之节，服劳辱之事，当危难之时，虽肝脑涂地、膏液润草而不辞。诚欲以安上治民，宣化成德，使君为一代之圣明，己为一世之良辅，辅千乘则念过管、晏，佐天下则思丑稷、禹，岂为七尺之躯宠一官之贵、贪充家之禄、荣华器之观哉……”

诵着诵着，司马懿的声音渐渐哽咽，渐渐沉抑，渐渐低回。泪珠终于掉了下来，在青石地板之上敲起了清脆的回音，和着他的吟诵之声一起久久飘荡在无尽的空旷之中，仿佛是一直贯穿到历史最深处的琅琅清音……

“父亲大人，这里有几件事需要请您裁断一下。”司马昭抱了一叠文牍进来向司马懿禀道，“廷尉署和司隶校尉府来问对于鲁芝等原大将军府僚属们需当如何处置？”

司马懿坐在榻席之上反问道：“昭儿，你的意见呢？”

“依孩儿之见，不如以‘劝励事上者’为名将他们一律宽恕，免得妄兴大狱而致人心不安。”

“唔……昭儿你的思维是越来越成熟了。”司马懿微微点头，“这样做，可以让天下士民明白，为父举兵‘清君侧、正朝纲’，只问首恶元凶之罪，决不滥及从属之人。当年王允诛除董卓，就是犯了那‘以偏概全，滥杀无辜’之失，给大汉朝廷招来了郭汜、李傕之乱！咱们决不能重蹈覆辙！”

“父亲大人，在曹爽府署僚属之中，还出现了这样一个人物：他名叫王基，青州东莱郡人氏，两年前被爽辟为府中仓曹掾，后见曹爽兄弟骄奢淫逸、胡作非为，就写了《时要论》予以切谏。曹爽兄弟闭耳不听，王基亦以谏上无效而辞官告退。几日前曹爽兄弟被斩于东市之时，曹府僚属故吏无敢往者，这王基却奋不顾身携酒含泪前去法场送别，哀婉之情令左右为之动容……”

司马懿听到司马昭讲至此处，不禁拍膝大呼一声：“好！真乃无双国士也！昭儿呀，你记住他的名字，待到朝事稍宁之后，你便让选曹去调查一下他的平日作为，请青州大中正写出他的状语来，立刻征他进太傅府任仓曹掾！”

“好的，孩儿记住了。孩儿就是欣赏此人进退有节、临事有操才前来向您禀告的。”司马昭点了点头，又道，“父亲大人，在此番诛灭曹爽兄弟三族过程之中，还发生了这样一件事情——曹爽的堂弟曹满之妻夏侯令女先前早寡而无子，其父欲劝她再嫁。这夏侯令女也是性烈，竟以利刃截去双耳以自誓，然后居于曹府为夫守寡。如今曹府倾覆，其家上书明示绝婚，将夏侯令女强迎以归，复将嫁之。而夏侯令女口虽佯允，却窃入寝室，引刀自断其鼻以丑其貌，血流满被，惨不忍睹。其父家上下惊惋哀惜，咸曰：‘人生世间，如轻尘栖弱草耳！何至自苦乃尔？且汝夫家夷灭已尽，守此欲谁为哉？’令女答曰：‘吾闻仁者不以盛衰改节，义者不以存亡易心。曹氏前盛之时，尚欲为夫守寡保终，况今衰亡，何忍弃之？此禽兽之行，吾岂能为之？！’”

司马懿静静地听着，眼圈却慢慢红了：“好！好！好！此女贞节感天，应当刻碑旌扬才是啊！”

“可是……父亲大人您有所不知，那夏侯令女在曹府倾覆以后返回娘家之际，曾从曹府暗暗带了一个孩子过去……据钟会君明察暗访，她带走的那个孩子可能是曹爽兄弟中一人的孽子。她以守节保终为名而暗存夫家之后，用心实在深沉！父亲大人，您看需不需要……”司马昭讲到这里，伸出手掌做了一个凌空下劈的动作。

“不需要。”司马懿用毛巾擦了一下自己的眼眶，平静地说道，“昭儿！非常之品操，须享非常之待遇。这位夏侯令女贞节过人，为父深为敬服！她即使真的是收养了曹爽兄弟的幼子，也由她去吧！以截耳削鼻之行而明志立节，换得自己夫家一脉终存，当真是惊天地而泣鬼神！我司马家自许为天下未来之主，胸怀四海、德布八荒，怎会连这等贞节烈妇也容之不得呢？”

“父亲大人您训示得是。”司马昭脸上一红，急忙认错，“孩儿一时心燥气烈，杀机太盛，以致悖德忘义，实是错了。”

司马懿这才缓和了脸色，慢声而道：“昭儿啊，道德节义，乃是护身宝符。人不失德，天不能杀，何况人乎？不知德之可敬，亦不知德之可畏者，天不佑之，人不助之，祖宗亦不泽之！你要牢记啊！”

司马昭垂手点头，不敢多言。

“还有什么事吗？”司马懿又问。

“从关中传来消息称，征蜀护军兼凉州刺史夏侯霸已于三日前弃祖叛国而遁逃到伪蜀去了。”司马昭继续禀道。

“哦？想不到夏侯霸自称勇冠关陇，事到临头却如此贪生怕死？”司马懿淡然微笑，“罢了，不去说他。那么，征西将军夏侯玄呢？”

“夏侯玄已经上奏辞去征西将军之位，请求入京担任大内近侍之职。”

司马昭款款禀报而道，“父亲大人，这夏侯玄自请进京而来，莫非还想一心拱卫魏室、尽忠魏朝？”

“行！就允了他的奏请吧——让他入京担任大鸿胪之职！”司马懿抚着自己雪白的须髯悠然言道，“夏侯玄能够做到不像他的堂叔夏侯霸那样背君叛祖而遁逃敌国，毕竟还是风骨铮然、令人生敬！当年曹孟德的胸襟都可以装得下刘备、关羽，咱们司马家中人难道连他还不如吗？”

当洛阳城又恢复生机的时候，冬天已经过去了。

曹爽一派被肃清之后，大魏便已经是另一个天下了。虽然挂着的还是魏室的年号（不过为了庆贺曹爽一党的被灭，曹芳已经将“正始”年号改为了“嘉平”年号），但许多人都知道河内司马家的羽翼已然将整个苍穹遮盖得差不多了！

二月刚到，文武百官就“不约而同”地联名上奏请求为太傅司马懿晋封丞相、加礼九锡，以表彰他的辅国元勋。当今陛下在第一时间就完全批准了这个奏议，并令太常王肃持诏册命司马懿为大魏首任丞相，增封颍川郡之繁昌、鄢陵、新汲、父城等四县，添加邑户二万，群臣奏事不得称名，如前汉霍光故事。伴随着这场盛况空前的册封活动而来的，是一派传言的蓬勃兴起。有人解析当年先帝在世时横空出世的那座天降异物——灵龟玄石上的二十四字谶文“天命有革，大讨曹焉，金马出世，奋蹄凌云，大吉开泰，典午则变”其实指的就是司马家的势力异峰突起，如日中天；而“大讨曹焉”四字完全印证了司马懿父子此番讨灭逆贼曹爽一派的赫赫功绩！自然，接下来的就该是“天命有革、大吉开泰、典午则变”等预言的逐一实现了……

然而，司马懿本人的一封逊让表却使这一切喧闹戛然而止：“老臣亲受顾命，忧深责重，凭赖天威，摧除奸凶，赎罪为幸，功不足论。又三公之官，圣王所制，著之典礼。至于丞相一职，始自秦政，汉氏因之，无复变改。而今三公之官皆备，横复宠臣，违越先典，革圣明之经，袭秦汉之路，虽在异人，臣所宜正；况当臣之身而不固争，四方议者将谓臣何？”同时，对于加礼九锡于自身，司马懿也是拼命辞让：“昔日太祖武皇帝有大功大德，汉氏崇重，故而加其九锡之礼。此乃历代异事，非后世之君臣所得议也。”

经过了“十封十让”的反复“拉锯”之后，司马懿最后只勉强接受了这样一些封赏：特奉诏命于洛阳南坊建立司马氏祠庙，以公开纪念列祖列宗，并受天下士民之香火供奉；太傅府内专设左右长史，增员掾吏、舍人满十人，每岁荐举掾属出任朝廷御史、秀才各一人，添官骑百人、鼓吹十四人。

他的功劳论定行赏之后，追随他讨伐曹爽一派的所有公卿僚臣也都得到了朝廷的赐赏：太尉蒋济进封都乡侯，增邑七百户；司徒高柔进封万岁乡侯，增邑七百户；太仆王观进封百里亭侯，兼任度支尚书；卫尉郭芝升任车骑将军，增邑六百户；孙资复任中书令，加封方城侯；刘放复任中书监，加封中都侯；司马孚加封御史中丞，增邑五百户；司马师升任卫将军，持节掌管京师内外诸军，加封长平乡侯，食邑千户；司马昭升任司隶校尉，领中护军，增邑千户；司马孚之嗣子司马望升任中领军，增邑六百户；石苞升任虎贲中郎将，直辖中垒、中坚两营，食邑五百户；钟会升任散骑常侍兼大内首席议郎，增邑三百户；尹大目升任黄门令，食邑二百户。至于贾充、卫烈、裴秀、王恽、王恺等亦是各有封赏不差。

到了这时，所有的人几乎都看懂了，嘉平元年这个夏天，俨然已经注定了是司马氏一派的夏天。

“嗣宗，听说司马太傅正在请你为《孝经》作注？”在洛阳城角的一个小茶馆里，山涛一边呷着清茶，一边问阮籍道，“他还送来了辟书征召山某也前来和你一起共事呢！”

“太傅大人的确对忠孝节义之道看得很重——巨源，你知道吗？他把那位曾经为母解饥而不惜卧冰求鲤、孝感动天的王祥大人从温县县令一职超擢为大司农，这等的‘取贤以德’之法颇具大汉遗风啊！”阮籍却没有喝茶，抓着自己随身携带的那个葫芦仰天痛饮着美酒，“别看太傅大人那么严谨方正的一个人，为了希望把这本《孝经》注解得好，他还不吝屈尊降礼，专门让子上君送来了十大坛西夷葡萄酒来犒劳阮某呢……”

“那么，叔夜你呢？你也愿和我们一道进太傅府做这刊注圣典的大事么？”山涛又将目光转向了嵇康。

“我吗？我忽然对这些都没了什么兴趣。”嵇康把茶杯握在手里转来转去。他的整个人显得冷冷清清，仿佛有些格外的瘦削。

“叔夜——司马太傅父子一向是公私分明、中正无偏的。虽然你是魏室的藩王驸马，是何晏的内侄女婿，但他们也定然会不计嫌隙地青睐和重用你的。”山涛又是那么苦口婆心地朝嵇康劝说起来。

“嗯……我早已经想好了，我在乡下有一块薄田，在它旁边再建一间茅房，过几天就去那里养老。”嵇康放下茶杯，用手撑着下巴，悠悠地看向茶馆窗外的远山绿野。

“噗……”阮籍一口酒水直喷出来，溅得对面的山涛一头一脸的，“叔夜——你怎么这样去想？居然这么早就去归隐养老了？”

嵇康认真地点了点头，透出了一个略带稚气的微笑：“是的，我是真的想养老了。”

山涛顾不得和阮籍计较，一边擦拭着脸上的酒水，一边急急地劝说道：“叔夜啊！你才多少岁，正是血气方刚之秋，怎么就一心念着要退隐了呢？”

“这样不好吗？”嵇康盯着面前那只空空的酒杯，慨然而语，“你们瞧我的姑父，他没有从政掌权之前，为人、行事、作文，那是何等的潇洒飘逸、恬然空灵，可是一当上选曹尚书之后就变了个样儿，变得几乎忘了自己的本源何在。我不能再步他的后尘啊！”

“叔夜！你怎么能和何晏去比呢？”阮籍面色一肃，“你不是他那样的人！一切还是大有可为的。”

“嗣宗、巨源，作为你们的知交好友，我也为你们能够进入司马太傅的幕府任职感到高兴。毕竟，司马太傅父子胸怀大志、气吞四海，他们的幕府正是英雄志士建功立业的最佳归宿。”嵇康也是一脸诚恳地答道，“至于我嵇康，无论是自己的门户背景，还是自己的心性作风，或许都已不宜在这个时候的大魏官场里曳尾优游。你们就放我一条生路，莫要再劝我了！让我当一个快快乐乐、逍逍遥遥的升斗小民，行不？”

嵇康这番话一讲出来，山涛和阮籍都怔住了，面面相觑，却是无言再说。

茶馆另一角里那张桌几旁，坐着一对夫妻模样的茶客。那男的把顶上的圆笠压得低到了眉梢，脸庞俯垂向桌面，让别人看不到真面目。那女的也是一身淡妆布衣，半挽起发髻，素面朝天，却栩栩然自有一股撩人心扉的风韵。她双眸波光闪闪地往嵇康这边一望，伏低了头，淡淡地叹道：“这个人还算把世间百味看得透彻了。知道当一个快快乐乐、逍逍遥遥的升斗小民的好处……”

那男子并不接话，只从桌底下伸过手来，将她的玉掌轻轻一拍：“英儿，咱们喝完了茶就赶快上路吧。这天子脚下、京师要地，人多眼杂，只有快快走了出去，才会见得天高地阔。”

那女子柔柔地应了一声，拈起那盏清茶放到唇边，一滴晶亮的泪“噔”地坠落，在茶杯水面点出微微的涟漪，不知混合了多少沧桑翻覆后淘来的一脉沉沉的喜悦……

可是，司马太傅父子真能如他们所讲的誓言那般给他俩，甚至给邻座的嵇康——这些遁入风尘的“升斗小民”一个快快乐乐、逍逍遥遥的未来么？

也许，他们父子应该能行吧？那女子和那男子，也就是石英和孙谦，此刻似乎亦只能作如此之盼了。

“黄某多谢太傅大人的擢拔之恩。”雍州别驾黄华向司马懿深深拜倒，“兖州刺史一职，黄某只怕力不能当。”

“你能当的，就不要推辞啦！”司马懿抚须含笑而道。

“启禀太傅大人，原兖州刺史令狐愚大人乃是镇东将军王凌的外甥。黄某乍然前去取代他，不知王将军意下如何？”黄华最终还是将自己心底的顾虑点了出来。

“这个无妨。你应该知道的，你的老上司郭淮将军就是王凌将军的亲妹夫，本座已经吩咐郭淮专门为你给王凌写去了一封用意极深的介绍信，帮你在王凌那里事先作好了种种沟通和铺垫。王凌应该是不会对你有什么成见的。至于令狐愚，本座是要调他进京担任选曹右侍郎这样的要职，他自然也不会怨恨你来夺他的刺史之任的。你放心前去兖州赴任吧！”

听了司马懿这话，黄华才觉心意稍安。他面露喜色，感激道：“既然太傅大人已经替黄某安排得如此周详，黄某敢不从命？”

司马懿徐徐颔首，郑重地讲道：“黄君，你到兖州之后，一定要和兖州别驾杨康妥为交好。你和他的关系若是相处得好，这偌大一个兖州你便可安安稳稳地坐镇得住了。”

“杨康？好的，黄某记住太傅大人的交代了。”黄华连连点头。

“还有一件事儿，近来兖州南部一直流传着这样一段讹言：‘白马河里出神马，蹄大如斗印沙滩。夜过官牧边呜呼，众马皆应如云从。’又有这样一段谣言：‘白马素羁西南驰，其谁乘者朱虎骑。’黄华，你到了兖州之后，且替本座将它们的来龙去脉暗暗彻查一番，只是切记不要轻泄于外，免得打草惊蛇！”司马懿又肃然吩咐道。

黄华听他讲得这般认真，也肃然答道：“请太傅大人放心，黄某一定遵命而行。”

这时，司马懿忽又深深一笑，从书案抽屉中取出那日从曹训府中搜抄出来的阴阳混元壶，托在掌上，向黄华言道：“黄君——这只金壶里装着陛下垂恩特赐给令狐愚的极品美酒，本座让太傅府右长史牛恒大人带着它陪你一道到兖州牧府去见令狐愚，当面颁赐给他，并请他当众饮下此壶之酒以谢圣恩。他收到你送上的这份代君而赐的见面礼之后，一定会十分感激你的。”

虽然司马懿的话声听起来甚是温和平实，不知怎的，黄华却隐隐嗅到了一丝说不出的刺骨的寒意。他抬眼向那只紫金酒壶看去，见那把柄上的浮雕盘龙，似若抽搐扭曲，一对明珠嵌成的“龙眼”死死地突凸出来瞪向了自己，赫然直是它垂死之前挣扎不已的惨状！

再无敌手

在魏国正始七年到嘉平元年间相对应的东吴赤乌十年到赤乌十三年这三四年里，孙权先后对太子孙和、鲁王孙霸两方的势力分别都进行了刻意的打压和削弱。孙和一派的骠骑将军朱据、扬武将军张休、太常顾谭、御史陆胤、太子太傅吾粲等均被孙权下诏问罪赐死，孙霸一派的拥立者鲁王府少傅杨竺、中书侍郎吴安、大将全琮之次子全寄、议郎孙奇等也都被孙权下狱诛杀。

到了赤乌十二年下半年，孙和与孙霸的“两宫构争”之战愈演愈烈，居然发展到了互遣刺客暗杀行刺以及图谋潜逼父皇孙权退位的地步。于是，在这一年的八月，孙权被迫亲笔作诏废掉了太子孙和，赐死了鲁王孙霸，另立幼子孙亮为嗣君，终于给他一手挑动起来的这场吴宫立嗣之争画上了一个残缺不全的句号。而这件“两宫构争”之案，使得孙权为之白白浪费了太多的精力和时间虚掷其中，也使得东吴立国根基“顾陆朱张”四大家族精英尽损、元气大伤，从而为吴国国势的日趋衰弱埋下了深深的祸根。

等到孙权好不容易勉勉强强稳住了国中局势之后，他蓦然北望，才发觉真正的危机已如漫天乌云一般从边疆上俯压而来。素来为他忌惮之极的魏国太傅司马懿竟一夕之间又发动兵变重返魏室权力中心，正磨刀霍霍向自己择机而攻！然而，此时此刻孙权手中已然再无宿将良材与之匹敌了。他这才禁不住深深后悔起来，自己当年实在是把丞相陆逊逼死得太早了！

在内忧外患的双重打击之下，孙权终于病倒了。他火速派人将征北都督诸葛恪从柴桑府急召而回坐镇建业，并以最快的速度任命诸葛恪为辅吴大将军兼领太子孙亮的太子太傅之职。现在，他手头也仅有诸葛恪算是勉强拿得出来的一个军政人才了。

在吴国的后宫寝殿里，孙权躺在软榻之上，脸色一片枯黄——一名御医正拿着一根根灿亮的银针扎在他颈背之际，为他施行着针灸之法。

孙权虽然半闭着眼似睡非睡，但从眼角斜射而出的一线寒光却不时地在那名御医全身上下转来转去，随时提防着他万一突然做出什么对自己不利的动作来。

“启奏陛下，近来伪魏镇南将军王昶、荆州刺史州泰猝然逞凶，对我大吴荆州西陵城发起了围攻……西陵守将屈林护城不力，已经失陷，折损兵马六千。如今大吴西疆的江北藩屏可谓尽破无余矣！”诸葛恪伏在地砖上叩首奏道，“微臣恳请陛下下旨拨兵十万予以全力还击，微臣自愿亲领而出，不破魏贼誓不还都！”

“罢了！罢了！诸葛爱卿，朕此刻哪里再舍得让你这么一位辅国良臣去亲冒矢石浴血疆场啊！”孙权微微摆了摆手，仍是双目半闭不睁地倚躺着，“西陵城丢了就丢了吧，如今魏贼势大，司马懿父子更是野心勃勃，欲立战功以倾魏室，我大吴实在是无力再与他们在长江之北一争雌雄了。你就让中书省、尚书台拟下诏旨，命长沙、武昌等西疆重镇诸军只需划江严守、全力自保即可！”

“这……微臣领旨。”诸葛恪沉吟了一下，只得这样答道。

“西疆那边的战事，朕就这样安排了。”孙权似闭非闭的双眼忽又一睁，仿佛想起了什么，“东疆的防务也不可不加以注重啊！你拟诏给征东都督吕据，命他在坚守东关的同时，调遣人马速速去把徐州堂邑县的涂水筑堰堵塞了。只要据守徐州那边的魏兵闻风一来，就开闸放水冲垮掉他们的南下侵犯之道……”

诸葛恪没想到孙权竟已对魏军忌惮到这种地步，不禁在心底暗暗一叹：当年孙权跨吴据越、拥兵耀武，帐下周瑜、鲁肃、吕蒙、陆逊、甘宁、程普等良将如云，一时北抗曹操、西擒关羽，那是何等的威武雄壮！而今，孙权却是久卧病榻、气息奄奄，面对司马懿手下的魏兵魏将忌惮丛生，畏畏缩缩，又是何等的虚弱怯退也！

他正自沉吟之际，那孙权突然号叫一声，一脚蹬倒了那个御医："你这贱奴！想用银针谋刺朕吗？你把朕的龙体都刺出血来了……来人！把他拖下去斩了！"

空落落的寝殿里回荡着孙权歇斯底里的咆哮和那御医哭天抢地的哀求。诸葛恪像死了一般跪伏在地，大气都不敢多出！他突然从心底里冒出一阵莫名的寒意来。这大吴王朝，现在莫不是也像他面前这个衰弱枯朽、昏聩颠倒的孙权陛下一样"垂垂老矣"了吗？自己……自己真的能肩负起中兴大吴的重任吗？

"夏侯将军，您今日能弃暗投明归顺我大汉，实在是先知先觉之义士！朕与大汉定会重酬于你的！"蜀帝刘禅举起青金酒爵，向夏侯霸直敬而来。

夏侯霸从席位上站起了身，半躬着接下了刘禅的敬酒，谢道："陛下仁盖宇内、恩泽域外，霸有幸归入大汉，能得保全项领已是知足，何敢再受陛下重酬？"

"夏侯将军，你是熟知伪魏内情的。"姜维三句话不离北伐，揪住夏侯霸就问道，"司马懿父子眼下已是篡位夺权得手。他们会不会在近期举兵来犯我大汉？我大汉该不该当以攻为守先行北伐？"

夏侯霸沉吟片刻，答道："司马懿父子日前篡权初成，根基尚未大定，在这两三年间应该不会大举侵犯大汉。不过，这两三年后，司马氏根基已固，说不定就会跳梁逞凶而来。所以，大汉在这两三年间一定要养精蓄锐，伺机待发！"

"司马懿已经年过七旬了，他还残喘得了多久？"费祎也十分关注地问道。

"据霸所知，这司马懿身强体健，或许还能再活十年左右吧！"夏侯霸思忖着答道。

"十年？司马懿还能再活十年？"刘禅面色大变，"这个老不死的妖贼，真是遗祸天下啊……”

“陛下勿忧，我大汉有崇山之险、剑门之隘，足可自保而有余，当年司马懿统兵关中之时尚不能破，再过十年、三十年、一百年又如何？”散骑常侍兼黄门令黄皓却在御席一侧进言而道，“您尽可垂拱庙堂，高枕无虞！”

刘禅听了，这才渐渐宽下心来，笑呵呵地说道：“黄爱卿所言甚是、所言甚是！”

夏侯霸听罢，犹豫了好久，最后还是忍不住开口言道：“启奏陛下，大汉固然有地利之险可以自守，但司马氏麾下已经蓄有邓艾、州泰、石苞、钟会等不少奇才异士，个个都是能征善战的好手。陛下千万不可掉以轻心啊！”

刘禅若有所思地点了点头：“夏侯将军你说得很对。费爱卿、姜爱卿，你们亦要从各郡各县之中多多发掘人才以备国用啊！”

费祎闻言，却不禁苦苦而笑，神色复杂地望着刘禅：“陛下，您今年年初曾经颁下了‘省官削禄’之诏，不是说因为国赋供给不足而停止征辟各地官吏了吗？”

“这……这……”刘禅一怔，不由得将目光投向了黄皓——今年年初，就是黄皓向他抱怨宫中内用不足，才迫得他们颁下了那道“省官削禄”之诏以损官吏之俸禄而益内廷之开支的。

黄皓本是想借这道“省官削禄”之诏来中饱私囊的，被费祎这么一逼，急忙眼珠一转，嘻嘻笑道：“费令君，陛下的那道‘省官削禄’之诏自然是极为高明的，也应当不折不扣地执行下去的。至于发掘人才嘛，也不在这一朝一夕。大家慢慢来、慢慢来，一切自然都会好起来的……”

费祎和姜维一听，都微微变了脸色，碍于刘禅在座，却又不好抨击黄皓什么。

夏侯霸坐在一旁，将这一幕看得清清楚楚，不知怎的，他心情竟也说不出地沉重起来。似蜀汉这般一味敷敷衍衍，得过且过，哪里还有锐气和余力去踏平关陇、直取洛阳为他夏侯家殄灭司马氏以报仇雪恨呢？

自从嘉平元年夏季之后，司马懿便以身体老病交加、行动困难为理由而不再进入朝堂主持国事，全部交给了司马师、司马昭代为打理。而他自己，却优哉游哉地住在司马府中当起了司马炎、司马攸两个宝贝孙子的经学老师。

夫孝，德之本也，教之所由生也……身体发肤，受之父母，不敢毁伤，孝之始也。立身行道，扬名于后世，以显父母，孝之终也。夫孝，始于事亲，忠于事君，终于立身。《大雅》云，“无念尔祖，聿修厥德”……

阁室之内，十三岁的司马炎和十一岁的司马攸捧着《孝经》扬声朗诵着。司马懿坐在书案后面满脸慈祥地看着他俩，捋着须髯微微而笑。

听得他俩认真诵完之后，司马懿才开口问道：“两位乖孙儿啊，爷爷问你们——在这《孝经》之中，你俩各自最喜欢哪些章句啊？”

司马炎虎头虎脑的，黑亮亮的眼珠闪闪放光，抢先答道：“爷爷！爷爷！炎儿不喜欢这《孝经》里的章句，炎儿还是喜欢多读兵书战策，学成一身武艺，将来随着伯父、父亲一道率领千军万马冲锋疆场扫平群寇！”

司马懿听了，呵呵一笑：“原来我炎孙的志向竟然是当个大将军啊！好！好！好！今后爷爷给你伯父、父亲说一声，他们若是什么时候用兵疆场，顺便就将你一道带去历练历练！我司马家的子孙本就不该像寻常人家一样圈在院子里无所锻炼！是虎崽，就该放到大森林里去扑腾；是鹰种，就该放到高云天里去翱翔！”

他说罢，又瞧向了司马攸：“攸孙，你呢？”

司马攸生得眉清目秀的，性子亦是十分文静。他恭恭敬敬地答道：“回禀爷爷，攸儿最喜欢的是《孝经》里这样一段话，‘君子言思可道，行思可乐，德义可尊，作事可法，容止可观，进退可度，以临其民。是以其民畏而爱之、则而象之。故能成其德教而行其政令。’《诗》云，‘淑人君子，其仪不忒’。”

司马懿听着，深深的眼底里不禁波光一闪，神色肃然而敛，久久地注视着司马攸，缓缓而言：“攸孙，你小小年纪，竟已喜好玩味这般箴言真义，实在是难能可贵。爷爷希望你能以刚才这段《孝经》铭言为己身言动之圭臬，念念行行遵而从之，日久之后习以为常，养成从容中道之礼仪，则自有无穷受用之妙矣！”

司马攸听完，渐渐红了面庞，俯下身来，以额触席，向他的祖父深施一礼：“攸儿一定牢牢铭记爷爷的教诲。”

司马炎在一边斜眼睨着司马攸，把嘴一撇："桃符（司马攸的小名叫'桃符'）就是喜欢把自己装成一个小老头的模样，专门讨爷爷的喜欢！"

司马攸只向他白了一眼，并不理他。

司马懿呵呵笑道："打嘴！炎孙你自己不如攸孙好学，反倒还这样说他！嗯……爷爷就罚你到后花园里去练一个时辰的骑射技艺回来！攸孙嘛，就留在这里陪着爷爷读书念经！"

"好啊！"司马炎还没等司马懿讲完，早一骨碌从席位上爬了起来，撂下书卷就一溜烟跑了出去！

司马懿瞅着他的背影微微笑着摇了摇头，招手让司马攸坐到自己身边，同时提笔在绢帛上写下一段箴言："天下之事，未有不生于微而成于著。圣人之虑远，故能谨其微而先治之；庸人之识近，故必待其著而后救之。治其微，则用力寡而功多；救其著，则费力多而未必能成。"然后将那绢帛递给了司马攸，含笑而语："攸孙懂得这段箴言的意思么？"

司马攸细细看罢，点了点头："攸儿略懂一二。"

司马懿惊讶地看着他："真没料到我司马家竟然会出了攸孙你这样一个经学奇才！好！好！好！看来你外公、外祖的经学根脉已然融到你的禀赋之中了。过几日，爷爷喊阮籍大人、虞松大人过来给你辅导一下……"

他正说之间，却见司马昭从室门外匆匆迈步进来，开口禀道："父亲大人，淮南王凌那边欲有异动！"

司马懿面色从容如常，向司马攸拍了拍肩头，道："攸孙，你自己且去书阁里自习着，爷爷待会儿再过来陪你读书。"

司马攸彬彬然应了一声，退了出去。司马懿这才伸手指了指旁边的侧席："昭儿，不要慌，你且坐下细谈。"

司马昭急忙定住心神，在侧席上坐下之后，放缓了语气说道："启禀父亲大人，王凌欲有异动之迹象有二——其一，今日王凌递进八百里加急快骑奏章，声称吴贼在徐州堂邑县涂水中流筑堰堵塞，企图蓄水冲毁徐州南下伐吴之要道，特此请求朝廷给他颁下虎符和进军令，让他能够迅速募兵集众进击吴贼！"

"募兵集众？哦……看来他真的是想借机兴师动众地大干一场了？"司马懿沉吟了几句，"那么，他的异动迹象之二呢？"

司马昭直视着司马懿，缓声讲道："其二，兖州刺史黄华送来密报，王凌日前派了参军杨弘与他暗中联络，其意认为当今陛下幼弱且不任天位，而楚王曹彪素为宗室之望，可以立为新帝，迎都许昌，然后挥戈洛阳以图造反！"

司马懿静静地听着，脸色渐渐沉郁起来，右掌的指节却一下捏得"咯咯"连响，他低低沉沉地说道："为父本不想再开杀戒了。念着当年太原王氏一脉与我司马家多年的世交旧谊，为父也一直不希望他们做下这卑劣无耻的勾当！为父已经替他们拿掉一个令狐愚以示警告了！他们却偏偏不悟，贼心不死。那，就休怪为父要痛下杀着了……"

嘉平三年四月十七日，司马懿亲率驻京中军劲旅三万人马，以虎贲中郎将石苞、中领军司马望为先锋大将，全部驾舟而驶，旌舳蔽空，从黄河津口转浪荡渠而入颍水，一路顺流东下，日行三百里，以迅雷不及掩耳之势直取王凌治所之地寿春城。这样奇袭的效果是惊人的：他们抵达两千里之外的颍水百尺堰时，只用了七天七夜的时间！而这一切，都得益于十年之前邓艾在这一带建好的漕运堰渠环环相扣的衔接。原来，这一条从洛阳直达寿春的水上通道，不仅可以极速运粮，而且还可以极速运兵！多年之前司马懿通过邓艾之手看似漫不经心地布下的这一着妙棋，实质上是为了在今天更为便捷有效地掌控淮南这块地盘！

这一下，王凌被搞得措手不及、困窘无比，再加上听闻邓艾在汝南、州泰在义阳、黄华在平阿、诸葛诞在合肥都对自己整兵严阵以伺，形成了四面钳击之势，自知败局已定，只得乖乖束手投降。他乘船单出逆流而上，一直跑到豫州汝南郡的丘头津口去专程恭候司马懿的大驾并准备向他当面谢罪告饶。

司马懿在旗舰之中得到这个消息后，沉吟许久，最终还是答应了他上船来见。

一进座舱，王凌自恃世交旧谊，又比司马懿年长，就故意装疯卖傻，大大咧咧地说道："哎呀！司马太傅您真是太见外了。以您的赫赫威望，只需发来一纸书函，王某便自当疾趋而至，哪敢稍有怠慢？何必还似今日这般兴师动众呢？"

司马懿听了他这话，只觉此人脸皮厚如城垣，就冷冷一笑："王将军，以您的勃勃雄心，身负大才，岂是区区本座一纸书函便可招之即来的？”

王凌脸色一白，急忙单膝跪地，抱拳而道：“太傅大人！您误会王某了！王某岂敢妄生异志耶？”

“‘白马河里出神马，蹄大如斗印沙滩。夜过官牧边鸣呼，众马皆应如云从’这段讹言是怎么回事？‘白马素羁西南驰，其谁乘者朱虎骑’这段童谣又是怎么回事？”司马懿冷森森地厉叱道，“王彦云（王凌的字为‘彦云’）！本座前年赐下鸩酒毒死令狐愚，就是在向你敲山震虎了！你居然还不觉悟！还要借机诈取虎符招兵买马图谋不轨！”

“太……太傅大人！哪……哪有这回事儿？”王凌全身哆嗦得就像飒飒寒风中的一片枯叶。

司马懿“哗”的一下将案头上的几封纸简抛在了他的面前：“你还敢狡辩？这是黄华、杨弘、杨康他们写来的密报！还有，这是你儿子王广写给你的劝谏信：‘启禀父亲大人，孩儿以为凡举大事，应本人情。今曹爽兄弟以骄奢失民，何平叔虚而不治，丁、毕、邓、李虽并有浮誉，皆专竞于世。加变易朝典，丧师辱国，政令数改，所存虽高而事不下接，民习于旧，众莫之从。故虽势倾四海、声震天下，同日斩戮，名士减半，而百姓安之，莫或之哀，失民故也。今司马懿情虽难量，事未有逆，赦鲁芝不诛以劝事上者，取王基不疑而尽其诚款，任人唯贤，广树胜己，修先朝之政令，副众心之所求。曹爽昔日之所以为恶者，彼莫不必改，夙夜匪懈，事事以恤民为先，可谓大得人心。且其父子兄弟群英荟萃，并握枢要，岂易亡也？父亲大人务必慎之！’听一听！听一听！王彦云！你真是空活了七十多岁，还没你自己的儿子把时事看得明澈！”

“太……太傅大人！饶……饶命啊！”王凌这时才慌得在船板上把头磕得如捣蒜泥。

司马懿缓缓闭上了眼睛，声音始终似冰线一般毫无起伏：“罢了！你敢做就得敢当。既然你那么推戴那头朱虎（楚王曹彪的小名为‘朱虎’），那便陪他一同到太祖武皇帝、高祖文皇帝、烈祖明皇帝那里去谢罪吧！你们的罪行，本座也没有这个权力给予饶恕！”

……

嘉平三年五月，司马懿进驻寿春城，与王凌同谋之徒尽皆自首服罪。他穷治其事，一查到底，逼迫王凌饮鸩谢罪，并以圣旨赐楚王曹彪自尽，其他所有的从谋者悉被夷灭三族。

为了防微杜渐，免得四方州镇日后再次裹挟曹氏藩王谋逆造反，司马懿奉诏将所有魏室王公全部录名安置在邺城软禁起来，使有司严加监察，不得与外人交关。

经过这最后一战，司马懿在生前终于将魏室至高权力完全牢牢揽入了司马家之手，放眼天下，已经无人再敢与他司马家争锋了。

天下归心

司马家的列祖祠庙立于京师洛阳的南坊街头，院内院外都有朝廷派来的精兵把守。由于是少帝曹芳亲诏拨款修建以示崇重，故而它的规模和工艺几乎可与魏室的太庙相媲美。

在嘉平三年七月二十九日这天，司马懿亲率自己的所有兄弟子孙来到祠庙里共同祭祖感恩。

一缕缕的青烟缭绕在庙梁之上，飘漾若丝，悠悠不绝。宽大的香案之上，司马懿的曾高祖汉初殷王司马卬、高祖东汉征西将军司马钧、曾祖父东汉豫章府尊司马量、祖父东汉颍川府尊司马俊、父亲汉末京兆府尊司马防、叔父汉末荆州高士司马徽、兄长汉末兖州牧君司马朗等七人的漆金灵牌高高地供奉着，被案前紫金炉里升起的香烟衬托得无比的肃穆庄严。

主持祭祖大典的司礼是他的亲家翁太常王肃。王肃如临大宾，神态俨然，将手中玉杖一举，朗声宣道："起礼！进贡！"

司马炎和司马攸兄弟二人抬着一只青铜盥盆稳步走了上来，放到司马懿的身前。那青铜盥盆透出来一股古朴典雅之气，盆侧两面雕刻着两只圆溜溜、亮晶晶的兽眼，兽眼中闪着沉静而神秘的光芒。

司马懿伸出了双手，在盥盆里慢慢润洗着。过了一盏茶工夫，他才收回双手，用司马炎递上来的绸子将手轻轻擦干。

这个时候，司马师从他身后膝行着爬上前来，双手捧着一方已经打开了的银匣呈到他面前。银匣之中，那块"殷王之印"莹然生辉、青光流转，在阳光映照之下，印纽上雕着的那匹神马更是显得栩栩生动，跃跃欲飞！

司马懿凝视着这方“殷王之印”，脑海中顿时浮现出了自己的祖父司马俊、父亲司马防、叔父司马徽、大哥司马朗等人一幕幕真挚亲切的音容笑貌来，仿佛他们又来到了自己的身边，殷殷切切地鼓励着自己，鞭策着自己，指导着自己继续朝着更高更远的雄伟目标不懈不倦地不断迈进！一瞬间，素来庄敬自持的司马懿居然深深而泣，禁不住流下了一颗颗晶亮的泪珠。

他缓缓托起了那方“殷王之印”，将它高高地举过了头顶，然后以额碰地，带领着庙堂之上所有的司马氏子孙们毕恭毕敬地连续磕了九个响头。

进贡礼毕，王肃猝然扬声高喝道：“司马仲达，司马氏列祖列宗一脉所传的‘肃清万里，总齐八荒，兼济天下，继往开来’的大志，你和你的族人是否铭记在心？”

司马懿再次叩下头去：“懿和懿的兄弟子孙对此永世不忘，天地可鉴，日月可证！”

王肃微一点头，又将玉杖一扬：“示图明心！”

这时，司马师、司马昭兄弟二人又共同抬着一筒巨大的绢帛画卷走上堂来，当众竖立如柱。

然后，他俩各自握住画卷左右两边的卷轴，分别走了开去：白绸的底面上，金灿灿的城邑、银亮亮的江河、红彤彤的峰岭、蓝幽幽的湖泊……在幽州、冀州、并州、青州、兖州、徐州、扬州、豫州、荆州、司州、益州、雍州、凉州、西域等一块块形色各异的州郡图案上凸现而出、赫然入目！原来，这便是当年诸葛亮在渭河边密赠给司马懿的《六合归一图》！

司马懿旁若无人地慢慢膝行上前，伸出自己的手指在那幅巨图光亮滑润的锦缎画面上徐徐摩挲着，喃喃地说道：“列祖列宗、父亲大人、叔父大人、管宁老师、大哥、诸葛君……你们看到了吗？懿呕心沥血、披荆斩棘，终于肃清了中原诸州，而今只剩下益州、扬州、交州三州之地未归王化了……懿愿在有生之年奋力一搏，底定江南，一统六合，誓死不负你们的期望……”

他刚说到这里，陡然而来的一阵晕眩仿佛黑幕一般从头罩下，弄得他神色一滞。他暗暗一惊：唉！我今天真是感慨得有些昏了头么？一念未已，他蓦觉后背像是被人重重一击，整个身子磨旋儿似的原地一转，不由控制地斜倒了开去，竟然摔了一个结结实实！

“父亲大人！”司马师和司马昭二人一见，慌忙把手一松，就要过来扶他——只听“哗啦啦”一阵震耳巨响，那幅《六合归一图》登时就如一堵彩墙般直朝后面的地板上倒了下去！

司马懿仰倒在地上，正剧烈地喘息着，望着那幅轰然倒将下去的《六合归一图》，一瞬间不知从哪里又涌起了一股动力，拼命地挣扎着爬了起来：“别管我！不要摔坏了那图！”一边这么喊着，他一边手足并用，艰难之极地一寸一寸地向那已经仆倒在地的《六合归一图》缓缓爬去。他听得见自己上身的所有骨骼都似刚才被摔裂了一般发着“吱吱嘎嘎”的隐隐声响，然而这时他除了一心要爬到那图边之外是什么也顾不得了！

司马孚、司马师、司马昭、王肃、司马炎、司马攸等人一窝蜂围上来，搀的搀胳膊，抬的抬腰腿，噙着眼泪帮着已经几乎被摔成半瘫的司马懿小心翼翼地挪近那幅《六合归一图》……

终于，司马懿咬着牙关爬上了那平平铺倒着的《六合归一图》。这张蜀锦巨图七八尺来宽、一丈四尺来长，看上去犹如一张巨大的彩色锦榻。他忍着直入骨髓的剧痛一直爬到了画中的那块中原地带的图案上面，缓缓仰天躺了下来，朝着高高的庙堂穹顶，长长地呼出一口气来，仿佛是对凑上眼前来的兄弟子孙们，又仿佛是对九天之上的列祖列宗们，悠悠沉沉地说道：“你们——今天就让我这一次躺在这幅图上好好休息一下吧！”

司马懿在自家祠庙里祭祖行礼时突发风痹而跌倒摔地一事的消息被司马府上上下下数百口人严严密密地封锁了下来。只有隐居在温县老家的柏夫人在第一时间被府内总管司马寅火速接进了洛阳到司马懿榻前侍疾。这世界上，大概没有什么人比司马寅更清楚司马懿在临终之前最希望见到谁了。

当天晚上，名医华佗之徒、太医院供奉吴普就被秘密接进司马府为太傅大人诊病。诊断的结果是，风痹虽重而寿命无损，司马太傅若是再无意外还可安然多活二十年。

司马懿躺在榻床之上听罢之后，哈哈一笑，让司马寅赏了吴普二十块金饼以示谢意，然后便吩咐将他留宿府内替自己随时调治。

司马寅刚将吴普领去了后厢客房休息，司马懿就朝侍立床边的司马师、司马昭兄弟二人直言而道：“你俩何必要暗暗买通了这吴普前来瞒骗为父呢？难道为父一生博学治闻、饱读群书，自己还不清楚自己的病情到底如何吗？”说着，又幽幽叹了一口气：“唉！为父当年为骗曹操装了一次风瘫，后来为诈曹爽又装了一次风瘫，没想到末了自己这一次真的却是栽在了风瘫之疾上了！这可真是天意啊！看来，老天爷和列祖列宗都是在垂怜为父的辛苦，准备让父好好休息了……”

“父亲大人！风痹之疾固然难治，但您体内元气并未大损，日后慢慢地细心调理，或许会有大大的转机亦未可知。”司马昭急忙开口劝慰而道。

司马懿脸上毫无波动，摆了摆右手，缓缓说道：“师儿、昭儿啊，这个转机为父怕是等不到的了。大圣孔子当年是在七十三岁之上去世的，为父今年也是七十三岁了，若能与他同龄而逝，也算是大有福缘了！既然所剩时日无多，为父就该向你们交代好身后的一切了……”

“父亲大人何出这等不祥之言？”司马师、司马昭都慌得伏在地上连连磕头，“您是天纵圣贤、命世雄杰，一定会没事儿的……”

在他床侧侍疾的柏夫人方莹也放了汤匙，掩面垂泪，哽咽而泣。

司马懿自己却开豁得很，呵呵一笑，从床头边揽过那面铜镜来，瞧着自己在镜面里那须发如银的容貌，看了又看，慨然道：“司马仲达，你这一生，大大小小、明明暗暗斗过多少场战争来，打败过多少个对手来，枭狠如曹操、狡诈如孟达、睿智如诸葛亮、精明如陆逊、恃强如公孙渊……哪一个在你手上占得了上风去？末了你终究是拗不过宿命，你想不到你也会有今天么？你也会有僵卧病榻奄奄待毙的这一天么？”说着，眼角却无声地落下泪来。

司马师兄弟听得心头发酸，都抱着司马懿的被角直哭。

方莹强忍着悲泣，皓腕轻抬，用手中绸巾轻轻拭去了司马懿腮边的泪痕。

司马懿暖暖地看了她一眼，缓缓放下铜镜，转脸朝着司马师兄弟淡然说道：“为父刚才有些失态了……生死更易，如同昼夜交替，明达之人不讳。今日却也不是你们兄弟二人难过的时候，都且静下来听为父将身后大事定了吧！”

司马师、司马昭二人只得咽住了泪，不再抽泣出声。

司马懿在方莹的扶持下从榻床上强自撑起上半身来，目光湛然地注视着这两个儿子，满面严肃地讲道："为父临终之前，愿将自己这一生当中甘苦尽尝、顺逆俱历之后所得的经验铭训倾囊传授于你们！

"一是《黄石公三略》里有一段话讲得好：'夫为国之道，恃贤与民。信贤如腹心，使民如四肢，则策无遗。所适如肢体相随，骨节相救，天道自然，其巧无间。'《荀子》也讲：'爱民而安，好士而荣。'你们要想将我司马家的千秋伟业承前继后、别开生面，若不广纳贤才、博取民心，如何能成？日后，万望你们远睹西伯、汉高等圣主明君的用贤之道，近观为父对州泰、邓艾、王昶等英杰奇士的栽培之术，就可以借鉴而行了。

"二是《墨子》曾言：'夫爱人者，人必从而爱之；利人者，人必从而利之；恶人者，人必从而恶之；害人者，人必从而害之。'《荀子》里也讲：'有社稷者而不能爱民、不能利民，而求民之亲爱己，不可得也。'大汉敬侯荀令君之所以邈乎而不能及者，正在于此！为父之德行本不足法，你们要多多向他这样的大圣大贤深心研习才能德量日增而功业日隆啊！"

司马师听到这里，禁不住还是抽泣道："父亲大人！您文以缵治、武以棱威，兵动若神，谋无再计，超越荀令君、魏武帝远甚！孩儿等念念行行以您为楷模已足矣！又何必去典章史籍中空求前贤往迹？"

司马懿听罢，悠悠而笑："师儿，你错了！为父这一生当中最大的优点就是'好学、勤学、善学'这六个字而已。这世上哪有什么'不学而能，不习而知，不专而精'的天生圣贤？就是大圣孔子当年也曾问道于老子！你们要将我司马家的千秋伟业进一步推上层楼，就一定要多方学习精进，要超越为父今日之境界才算得你们有真才实学！"

司马师、司马昭二人听得父亲讲出了这等期许，不禁又被感动得泪流如注。

司马懿将深深沉沉的目光直仰上去，望向寝室的天花板，继续讲着自己的临终遗训："三是《管子》曾言：'圣君任法而不任智，任数而不任说，任公而不任私，任大道而不任小物，然后身佚而天下治。'《墨子》里讲：'官无常贵，而民无终贱，有能则举之，无能则下之。'这些都是至理名言啊！从之则立竿见影，违之则灾殃立至！你看曹丕、曹叡、曹爽他们，岂不都是'任智而不任法，任说而不任数，任私而不任公，任小物而不任大道'

的庸材？最后一个个作茧自缚、身败业销！我司马家日后开基拓业，就不能有他们这样的褊狭之量、私刻之见。若是忠贤兼备之才，哪怕曾为仇敌也要公心而举之；若是庸碌无能之辈，哪怕亲为骨肉也要毅然而弃之！这样一来，宗亲外戚、世族巨室皆可以道驭之而无患可生！”

他讲至此处，语气顿了一顿，深深说道：“如果将来哪一天连魏室贤王曹植的子孙也心悦诚服地在我司马家开创的新朝里尽忠效力，那我们‘兼济天下，鼎造太平’的千秋伟业就可谓底定功成了！”

司马师、司马昭听罢，齐齐顿首同声应道：“孩儿等立誓谨遵父亲大人的这三点训示要诀，一定让司马家之大业更上层楼、登峰造极，令天下子民心悦诚服，毫无异议！”

司马懿静静地听着，微微颔首，同时伸手向方莹示了示意。方莹急忙便去书案上取来一方锦盒呈给了他手中。

他慢慢打开了锦盒，从里面拿出当年曹操所赠的那柄九曜宝刀来，持在掌中，同时把目光投向了司马师，款声道：“好了，为父将毕生的心得要诀都传授给你们了，心头再也没什么可遗憾的了。现在，为父要对司马府的家务作最后的安排了。师儿，为父早已向王肃、高柔、何曾、傅嘏他们透出口风了，倘若为父万一殁了，他们就会以‘伊尹既卒，伊陟嗣事’的经典理由拱举你继承为父之大位，升为抚军大将军替魏室辅政理国！”

司马师脸上泪痕纵横，两眼早已哭得通红：“父亲大人！孩儿不才，如何能够当起司马家的大任？请父亲大人体察——将本府嗣位传给二弟吧！”

“你当得起的！”司马懿的目光灼灼亮亮地向司马昭那边一扫。司马昭已是一边擦拭着眼泪，一边也扑近前来捧着司马师的手认真劝道：“大哥！大哥！您真的当得起的——小弟一定与您同心同德，全力辅佐您拓进我司马家的大业！”

司马师这才哽咽着点了点头，仰头迎上了司马懿灼灼的目光。司马懿直视着他，仿佛是说给他听，又仿佛是说给司马昭听，缓缓而道：“师儿——你魄力雄大，敢为破格之举，如何承袭不了我司马家的雄图大业？为父既然定了是你，你就不要再推辞了！昭儿他只能在一旁全力协助你开创大业！”

听到司马懿把话讲得如此明澈，司马师兄弟一齐敛容垂下头来，含泪恭然而答：“是！父亲大人，孩儿遵命。”

看到两个儿子这样表了态，司马懿严峻的面色这时才缓和了下来。他仿佛有些随意地问司马师道："师儿啊，倘若为父一旦不讳之后，你以为我司马家眼下会以何事为忧？"

"这……孩儿只是担心有人会乘隙作乱。"

"谁人会作乱？"

"孩儿筹思已久。洛阳京师群臣素服我司马家之威望，必无他患；四面方镇之中镇北将军裴潜、镇西将军郭淮、镇南将军王昶等亦决无异心；唯有东面的徐州刺史文钦为曹爽余党，貌似恭而心叵测，不可不深防！"

"那么，你准备如何应对此事？"

"上上之策，孩儿还是想尽心竭诚将文钦他笼络过来，收为我司马家所用。而眼下，孩儿只能采取中策，即日便派石苞前去寿春协助诸葛诞将军合力提防文钦。有他二人联手，文钦便是公然跳梁逛逞，亦成不了什么气候！"

"好！好！好！师儿真的是成熟了！"司马懿乐呵呵地笑着，将那柄九曜宝刀向他递了过去，"这是当年魏武帝赠给为父的九曜宝刀，为父今天将它转赠给你，希望你今后能够用它披荆斩棘，一往无前，为我司马家辟开一条康庄大道来！"

司马师伸出双手郑重已极地接过，叩头答道："孩儿多谢父亲大人赠以此刀！孩儿愿为司马家大业之'九曜宝刀'，辟开我司马家之新成就来！"

"好吧！当今庙堂之上不可再无我司马家中人坐镇。"司马懿双目微微而闭，"师儿，为父该给你讲的话都讲完了，你且进魏宫去部署大事吧！"

"是！"司马师也不多言，将九曜宝刀佩在腰间，随即长身而起，深躬之后便昂然而去。

寝室之内，便只剩下了司马昭和方莹二人。司马懿却静静地看了司马昭半晌，冷不丁开口问道："昭儿，为父赠给你的那块紫龙玦还在么？"

司马昭急忙从腰间锦囊中将那块紫龙玦捧取而出，托在掌上："孩儿将它始终随身佩带，不离不忘，从不轻亵。"

"很好。"司马懿目光极深地注视着他，"你想必应该已经知道为父赠送你紫龙玦的蕴意了。当年汝南名士许劭赠荀令君以紫龙玦，是期许他为大汉的'周公之器'；荀令君后来是当之无愧地做到了。他临终之前又将这宝玦转赠为父，是希望为父成为他这个'汉末周公'的接班人。为父因为志不在此，所以空受了这紫龙玦，并转送给了曹丕。时光轮回，后来曹叡在大魏运衰危深之日又一次将它赐给为父，希望为父能任‘魏末周公’。而为父这一次却将它特赠给你——你对于师儿来说堪称亲贤兼备，完全可以成为他的‘周公’，辅佐他为我司马家平吴灭蜀，一统六合，开创太平！”

司马昭将那紫龙玦高捧于顶，肃然答曰：“父亲大人赐玦托付之深意，孩儿早已体悟。孩儿定与大哥齐心协力，互济互助，无私无异，一同将我司马家千百年来一脉传承的万世基业继往开来，再铸辉煌！”

司马懿满眼欣慰之色地点了点头，徐徐言道：“为父也相信你们兄弟二人一定能够鼎定大业，再铸辉煌的！依为父之见，伪吴之辅国大将军诸葛恪、伪蜀之护国大将军姜维这二人的文韬武略，岂能与你兄弟俩相提并论？你兄弟俩日后只管放心大胆地去并肩合作、开基拓业，没有什么难关攻不下，没有什么劲敌打不败的！”

……

最后一个进来和司马懿话别的人是他的三弟司马孚。司马懿看到他这个弟弟满面悲恸地抢身进来，不禁莞尔而笑，柔声说道：“三弟——你也是颖悟通明的饱学之士，竟连生死物化这一关也勘不破吗？”

司马孚坐到榻边，紧握着自己这个二哥的手，只是呜呜咽咽地泪流不止。

司马懿露出难得的慈和的表情来，安慰他道：“你伤心什么？你算一算，孔子那样的大圣大贤活了多少岁？七十三岁！为兄能和他同龄而终，为兄知足了。你真的不必悲伤的。”

说到这里，他仿佛又想起了什么，目光深深远远地望着前方，自言自语道：“三弟啊——记得我们小时候读书阅经之时，最觉得不可思议的就是大圣孔子所讲的‘正心诚意修身齐家治国平天下’这样一个成功模式。那时候，我们还笑孔子圣人只是在书简上画了一个‘香饼’来吊大家的胃口！那不过是孔圣人用来鼓励大家努力精进的一个漂亮的志愿罢了！

“然而，为兄在笑过了之后，却暗暗立誓要用自己一生的精力和时间来践行这个志愿，要让‘正心诚意修身齐家治国平天下’这个理想模式从书简上转化成现实。为兄为着践行这个志愿，吃了多少的苦啊！遭了多少的难啊！今天，总算是勉强达到了！这个志愿，萧何没有达到，董仲舒没有达到，王莽没有达到，一千年来千千万万的儒生文士没有达到，只有我司马懿一个人最终闯到了这最后的终点！为兄真是感到骄傲啊！无论是过去也好，还是将来也罢，这人世间开国建基的皇帝成百上千，但他们当中能够与我司马懿并肩而立的绝对没有几个！”

司马孚听到这里，不禁浑身一震，抬起泪痕斑斑的脸，看着自己这个二哥，哽声说道：“二……二哥！您……您毕竟是大魏之臣哪……”

司马懿闻言，脸上一阵微微波动：“三弟——大魏早就亡了！你难道还没看透这一点吗？在曹操赤壁之败的那一天起，在曹操不能底定四海的那一天起，大魏就已经亡了！现在的大魏帝国，已经不是曹操缔造的那个大魏帝国了！它是为兄一招一式、一步一印地历尽千辛万苦打造出来的！当年曹操晋公拜相篡汉夺位，还有满朝名士大夫与之为敌；而今，高柔、何曾、傅嘏等群起而给为兄推戴晋相加礼，朝野上下谁有异议？为兄，早已是现在大魏帝国的‘无冕之王’了……”

司马孚哭泣着讲道：“二哥……小弟只要一想到咱们曾经侍奏多年的魏朝终有一天就会倾覆在我司马家手里，小弟却还是有些隐隐心痛啊！‘忠’之一字，是我们身为人臣的首务啊……”

“是啊！‘忠’之一字，确是我们身为人臣的首务……”司马懿无限感慨地说道，“为兄知道你一生想成为善始善终的一代纯臣，为兄也一直都在努力成全你的这个志向……只是，将来浩浩大势不可逆转，只怕你也未必能置身世外高遁了！”

“小弟多谢二哥成全。”司马孚重重地在地板上叩了一个响头。

司马懿轻轻摆了摆手，道：“你放心。为兄是决不会像曹操那样急功近利、浮躁而行的。曹操为奠定大位，不惜弑主后、害皇嗣、僭皇号、受九锡，破了自己‘周文王’的形象。为兄终己一生，决不会为一些一毫不义之举！

“昨日王肃和高柔前来探视为兄，提到为兄万一不讳之后，便要给为兄加赠‘敬侯’谥号，为兄当时就拼命推辞了。为兄哪里当得起这‘敬侯’二字？古往今来，普天之下，万千英雄，为兄也只有独服荀令君一人堪当‘敬侯’之不世美谥！为兄有这个自知之明啊……后来，他们又提到给为兄加谥为‘贞侯’。谥书有云：‘清白守节曰贞，大虑克就曰贞，不隐无屈曰贞。’为兄自信毕生立身行事还当得起这个‘贞’字，便觍颜接受了。”

他讲到这里，看见司马孚仍是咽泪吞声而不多语，知道他心底必是有些不以为然，便坦然而道：“于今日之大魏国而言，为兄所作所为纯然就是一个‘贞’字！你看，为兄依法循章，铲除掉的第一个人是孟达！但孟达是何许人也？他卖主求荣、反复无常、背君谋逆，不该杀吗？为兄依法循章杀掉的第二个人是公孙渊。那么，公孙渊又是何许人也？他野心勃勃、割据称雄、叛魏自立，不该杀吗？还有曹爽——曹爽的所作所为，三弟你自己是亲眼目睹的啊！他穷奢极欲、败乱朝纲、悖上弄权，大失人心，不该杀吗？王凌、曹彪更不用说，编造谶言、私窃兵权、废主篡位等等丑恶行径，讲来亦是令人发指！三弟啊！为兄都是为了大魏天下的基业永固而在大举屠杀啊！为兄所杀之人，无一不是该杀之人！所以，为兄心怀坦荡，绝对当得起‘贞侯’这个谥号！”

司马孚慢慢拭去眼泪，只低声道：“二哥——你只是为那个迟早都会属于你自己的大魏国在明正典刑、大开杀戒！你的‘贞’，终究是为了那个迟早都会属于你自己的那个大魏国在‘贞’！”

他这段话犹如一支利箭，“哧”地射中了司马懿的“死穴”。司马懿脸上一僵，喃喃地说道：“你说得不错——现在的大魏，就是我了；我就是现在的大魏了！”

司马孚面容一敛，仿佛终于下定了一个最后的决心，向他深深而拜：“二哥，您放心。在您离去之后，小弟一定会替您好好监督着师儿、昭儿。小弟一定会让我司马家禅代魏室、一统六合大业犹如百川归海般自然而然，而不会染上丝毫瑕疵。唯有如此，我司马家方能免去篡逆之名而流芳百世。”

司马懿的面色也急剧变化着，简直是说有多复杂就多复杂。他将司马孚的双手一下用力握紧：“好兄弟——你二哥就把一切拜托给你了……”

……

一切的喧闹和纷扰都终于渐渐远去了。寝室里，最后只剩下了司马懿和方莹两个人。

在一潭秋湖似的静谧中，方莹轻轻问道：“夫君，您现在在想什么？”

司马懿悠悠地笑着：“莹妹，为夫在想，为夫这一生应该感谢哪些人……”

“夫君觉得应该感谢哪些人呢？”

“所有的朋友，所有的敌人，我都感谢。其实，我觉得自己对那些敌人还要感谢的更多一些。像曹操、丁仪、曹丕、孟达、陆逊、诸葛瑾、曹休、曹真、陈群、诸葛亮、公孙渊、曹爽、丁谧、桓范、王凌等一个个强大的敌人，都值得我用心感谢。是他们磨砺了为夫的锋芒，是他们锻炼了为夫的本领，是他们提升了为夫的境界，也是他们成就了为夫今天的伟业！为夫今天能够登到这天下之巅，就是踏在他们的肩头上一步一步扎扎实实地走上来的！为夫真的是衷心感谢他们！”

“哦？您的意思是只感谢他们……”方莹的目光忽而变得有些闪烁不定起来。

“为夫当然还应该感谢你和春华啊！”司马懿目光一转，向她傻傻地笑着，“明天，你就能陪我一道回孝敬里老家去‘坐看晚霞起，相拥赏月明’了……那才是我一生当中梦寐以求的最大幸福啊……”

尾声

三分天下，尽归于晋

大魏嘉平三年八月五日，司马懿薨于京师，时年七十三。柏夫人当日便随之吞金殉情自杀。

少帝曹芳素服临吊，丧葬威仪一依前汉霍光之故事，给他追赠相国、郡公。司马孚奏陈司马懿之遗志，辞去郡公之爵。九月庚申日，葬于河阴首阳山，谥曰“文贞侯”。

大魏咸熙元年夏三月，司马昭挟平蜀之功而为晋王，五月魏朝追封司马懿为“晋宣王”。

大魏咸熙二年冬十二月，晋受魏禅，司马炎登基称帝，为司马懿上尊号曰“宣皇帝”，陵曰“高原”，庙称“高祖”。十四年后，司马炎调兵遣将，挥师从东西两路同时夹击，一举吞并了东吴，统一了全国。至此，三分天下，尽归于晋。

罗贯中的名著《三国演义》对司马懿集大魏之守成者、大晋之奠基者双重角色于一身的精彩一生用一首古诗[①]作了一个精准而凝练的概括与评价：

---

① 此诗见于明代嘉靖年间刊刻的《三国志通俗演义》，现行的《三国演义》通行本中已无此诗。

开言崇圣典，用武若通神。
三国英雄士，四朝经济臣。
屯兵驱虎豹，养子得麒麟。
诸葛常谈美，能回天地春。

我们认为，这首古诗于司马懿而言，当是最为公允的盖棺之论。

（全书完）